KB092125

자료로 보는
고전문학과 여성

심재숙

고려대학교 문과대학 영어영문과 졸업
동 대학원 국어국문학과 졸업(문학박사)
현 고려대 강사
주요 논저로『설화에 나타난 미륵의 형상화 양상과 그 의미』
「근대계몽기 신작고소설 연구」등 다수

자료로 보는
고전문학과 여성

초판 발행   2015년 9월 2일
2 쇄 발행   2017년 1월 25일

지 은 이   심재숙
펴 낸 이   박찬익
편 집 장   권이준
책 임 편 집   정봉선
펴 낸 곳   ㈜**박이정**
주   소   서울시 동대문구 천호대로 16가길 4
전   화   02) 922 - 1192~3
팩   스   02) 928 - 4683
홈 페 이 지   www.pjbook.com
이 메 일   pijbook@naver.com
등   록   2014년 8월 22일 제305-2014-000028호
ISBN   979-11-5848-068-4 (93810)

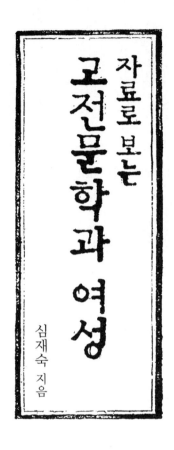

자료로 보는
고전문학과 여성

심재숙 지음

(주)박이정

고전문학과 여성은 조금은 낯선 결합이다. 최근 고전문학을 새롭게 해석하려는 시도가 다양한 방향에서 이루어지고 있다. 우리시대는 고전으로부터 무엇을 요구하는가에 대한 고민에서 비롯된 것이라는 점에서 매우 고무적인 일이다. 이 책은 그러한 시도 가운데 하나이다. 그렇다면 굳이 왜 여성인가? 우리 사회를 이해하는 몇 가지 개념이 있다. 민족, 계급, 성(젠더)이 그것이다. 이 가운데 성, 여성에 대한 관심은 비교적 늦게 이루어졌고 우리나라의 경우 특히 그러했다. 그런 의미에서 여성과 관련된 고전문학 작품을 살펴보고 여성주의의 관점에서 고전문학의 현대적 가치를 새롭게 해석하는 작업은 고전문학의 편폭을 넓히는 일이 될 것이다.

수천 년 동안 두텁게 축적된 우리 고전문학 유산을 한 학기에 혹은 한 권의 책에 담는 것은 쉽지 않은 일이다. 여성이라는 조건 속에서 사람으로 살아간, 그리고 위대한 여성이 아닌, 보통 사람으로서 각자의 삶을 최선을 다해 견디고 살아간 다양한 방식을 보여주는 작품, 여성 작가의 작품 등 여성과 관련된 고전문학 작품과 여성주의의 관점에서 새롭게 재규명할 여지가 있는 작품을 중심으로 열여덟 개의 테마를 뽑아 시대 순으로 정리해보았다. 이렇게 함으로써 고전문학사의 전체적인 흐름을 읽을 수 있도록 하고자 했다.

아울러 각 작품 뒤에는 '생각해볼 문제'를 제시함으로써 여성주의의 관점에서 여성의 삶을 새롭게 이해하는 데 도움이 되도록 했다. 고전문학을 여성주의의 관점에서 재해석한다는 것은 성적 불평등의 원인과 해결방향을 탐색하는 데 그 근간을 두고 있는 만큼 여성의 억압과 소외에 초점을 맞추는 것은 자연스러운 현상이다. 그러나 지나치게 여성주의적 시각에 매몰되어 가부장제라는 일반화된 시선으로 여성의 고난과 성적 억압의 징후를 발견하는 것으로 만족해서는 안 된다. 문학과 역사에서 주체로서의 자리를 잃고 타자화된 여성의 삶을 객관적으로 재해석하는 것이 바람직하다. 그러기 위해서는 역사적, 문화사적 배경에 대한 이해를 바탕으로 균형 잡힌 시각으로 독해하려는 노력이 필요하다. 또한 성적 갈등 이외에 신분과 세대에 의해 차별화되고 위계화 된 전근대 사회의 문제(신분갈등, 세대갈등)를 놓치지 않는 균형 잡힌 시각으로 독해하려는 노력 또한 필요하다. '생각해볼 문제'가 이러한 이해의 바탕이 되기를 바란다. 아울러 고전문학 작품을 현대적으로 각색, 재창작하는 문제를 배치함으로써 오늘의 문제의식을 투사하여 여성의 문제를 새롭게 재인식해 볼 수 있는 기회로 삼도록 했다.

 마지막으로 이 책을 기꺼이 맡아 출판해주신 ㈜박이정출판사에 감사드린다.

2015년 8월 심재숙

차 례

1강 창조주로서의 여신

창세가

1.

하늘과 땅이 생길 적에 미륵(彌勒)님이 탄생(誕生)한즉,

하늘과 땅이 서로 붙어 떨어지지 아니하소아,

하늘은 북개[1] 꼭지처럼 도드라지고 땅은 사(四)귀에 구리기둥을 세우고.

그때는 해도 둘이요, 달도 둘이요.

달 하나 떼어서 북두칠성(北斗七星) 남두칠성(南斗七星) 마련하고,

해 하나 떼어서 큰 별을 마련하고,

잔별은 백성(百姓)의 직성(直星)[2] 별을 마련하고,

큰 별은 임금과 대신(大臣) 별로 마련하고.

미륵님이 옷이 없어 짓겠는데, 감[3]이 없어,

이 산 저 산 넘어가는, 버들어[4] 가는

칡을 파내어, 베어내어, 삼아내어, 익혀내어,

---

1) 북개 : 솥뚜껑.
2) 직성 : 사람의 나이에 따라 그 운명을 맡고 있는 아홉 별. 제웅직성, 토직성, 수직성,
   금직성, 일직성, 화직성, 계도직성, 월직성, 목직성이 있다.
3) 감 : 옷감.
4) 버들어 : 뻗어.

하늘 아래 베틀 놓고

구름 속에 잉아 걸고,

들고 꽝꽝, 놓고 꽝꽝 짜내어서,

칡 장삼(長衫)5)을 마련하니,

전필(全匹)이 지개6)요, 반필(半匹)이 소맬러라.

다섯 자(尺)가 섶일러라, 세 자가 깃일너라.

머리 고깔 지을 때는

자 세 치를 떼쳐내어 지은 즉은,

눈 무지7)도 아니 내려라,

두자 세치를 떼쳐내어, 머리 고깔 지어내니,

귀 무지도 아니 내려와

석자 세치 떼쳐내어, 머리 고깔 지어내니,

턱 무지에를 내려왔다.

미륵님이 탄생하여,

미륵님 세월에는, 생화식(生火食)8)을 잡수시와,

불 아니 넣고, 생 낟알을 잡수시와,

미륵님은 섬9) 두리10)로 잡수시와, 말(斗) 두리로 잡숫고,

이래서는 못할러라.

내 이리 탄생하야, 물의 근본 불의 근본,

내 밖에는 없다, 내어야 쓰겠다.

---

5) 장삼 : 승려의 웃옷. 길이가 길고, 품과 소매를 넓게 만든다.
6) 지개 : 몸판.
7) 무지 : 아래.
8) 생화식 "생식"의 오자인 듯. 익히지 않고 날로 먹음.
9) 섬 : 곡식 따위를 담기 위하여 짚으로 엮어 만든 그릇. 부피의 단위. 곡식, 가루, 액체
　　따위의 부피를 잴 때 쓴다. 한 섬은 한 말의 열 배로 약 180리터에 해당한다.
10) 두리 : 들이. 그만큼 담을 수 있는 용량을 뜻하는 접미사.

풀메뚜기 잡아내어, / 스승틀[11])에 올려놓고,

석문[12) 삼치[13) 때려내어,

여봐라, 풀메뚝아, 물의 근본 불의 근본 아느냐.

풀메뚜기 말하기를,

밤이면 이슬 받아먹고,

낮이면 햇발 받아먹고,

사는 짐승이 어찌 알라,

나보다 한 번 더 먼저 본

풀개구리를 불러 물으시오.

풀개구리를 잡아다가,

석문 삼치 때리시며,

물의 근본 불의 근본 아느냐.

풀개구리 말하기를

밤이면 이슬 받아먹고

낮이면 햇발 받아먹고

사는 짐승이 엇지 알라,

내보다 두 번 세 번 더 먼지 본

새앙쥐를 잡아다 물어보시오.

새앙쥐를 잡아다가,

석문 삼치 때려내어, 물의 근본 불의 근본을 네 아느냐.

쥐 말이, 나를 무슨 공(功)을 세워 주겠습니까.

미륵님 말이, 너를 천하의 뒤주를 차지하라,

한즉, 쥐 말이, 금덩산 들어가서,

---

11) 스승틀 : 형틀(刑틀).
12) 석문 : 무릎.
13) 삼치 : 세 번.

한쪽은 차돌이오, 한쪽은 시우쇠[14]요,

톡톡 치니 불이 났소.

소하산 들어가니,

삼취[15] 솔솔 나와 물의 근본.

미륵님, 수화(水火) 근본을 알았으니, 인간(人間)말 하여 보자.

2.

옛날 옛 시절(時節)에,

미륵님이 한쪽 손에 은(銀)쟁반 들고,

한쪽 손에 금(金)쟁반 들고, 하늘에 축사(祝詞)하니,

하늘에서 벌기[16] 떨어져,

금(金)쟁반에도 다섯이오

은(銀)쟁반에도 다섯이라.

그 벌기 자라 와서

금(金)벌기는 사나이 되고,

은(銀)벌기는 계집으로 마련하고,

은(銀)벌기 금(金)벌기 자라 와서,

부부(夫婦)로 마련하야,

세상(世上)사람이 낳았어라.

미륵님 세월에는,

섬두리 말두리 잡숫고,

인간세월이 태평하고.

그랬는데, 석가님이 나와서서,

---

14) 시우새 : 강철(鋼鐵).
15) 삼취 : 천(泉).
16) 벌기 : 벌레.

이 세월을 앗아 뺏자고 마련하와,

미륵님의 말씀이,

아직은 내 세월이지, 네 세월은 못 된다.

석가님의 말씀이,

미륵님 세월은 다 갔다,

인제는 내 세월을 만들겠다.

미륵님의 말씀이,

너 내 세월 앗겠거든,

너와 나와 내기 시행하자.

더럽고 축축한 이 석가야,

그러거든, 동해(東海)중에 금병(金瓶)에 금줄 달고,

석가님은 은병(銀瓶)에 은줄 달고,

미륵님의 말씀이,

내 병의 줄이 끊어지면 네 세월이 되고,

네 병의 줄이 끊어지면 네 세월 아직 아니라.

동해중에서 석가 줄이 끊어졌다.

석가님이 내밀어서,

또 내기 시행 한 번 더 하자.

성천강(成川江) 여름에 강을 붙이겠느냐[17].

미륵님은 동지(冬至)채[18]를 올리고,

석가님은 입춘(立春)채[19]를 올리소아,

미륵님은 강이 맞붙고,

---

17) 붙이겠느냐 : 얼리겠냐.
18) 동지채 : 동지재의 오자인 듯. 동지에 올리는 재.
19) 입춘채 : 입춘재의 오자인 듯. 입춘에 올리는 재.

석가님이 졌소아.

석가님이 또 한 번 더하자,
너와 나와 한 방에서 누워서,
모란 꽃이 모락모락 피어서,
내 무릎에 올라오면 내 세월이오,
네 무릎에 올라오면 네 세월이라.
석가는 도적(盜賊) 심사를 먹고 반잠 자고,
미륵님은 참잠(眞眠)을 잤다.
미륵님 무릎 위에,
모란꽃이 피어올랐소아,
석가가 중동 사리[20]로 꺾어다가,
제 무릎에 꽂았다.
일어나서, 축축하고 더러운 이 석가야,
내 무릎에 꽃이 피었음을,
네 무릎에 꺾어 꽂았으니,
꽃이 피어 열흘이 못 가고,
심어 십년이 못 가리라.

미륵님이 석가의 너무 성화를 받기 싫어,
석가에게 세월을 주기로 마련하고,
축축하고 더러운 석가야,
네 세월이 될라치면,
쩌귀[21]마다 솟대[22] 서고,

---

20) 중동 사리 : 사물의 중간이 되는 가운데 부분.

네 세월이 될라치면,

가문마다 기생 나고,

가문마다 과부 나고,

가문마다 무당 나고,

가문마다 역적 나고,

가문마다 백정 나고,

네 세월이 될라치면,

합들이 치들이23) 나고,

네 세월이 될라치면,

삼천(三千) 중에 일천 거사(居士)24) 나느니라.

세월이 그런즉 말세(末世)가 된다.

그러던 삼일(三日) 만에,

삼천 중에 일천 거사 나와서,

미륵님이 그 적에 도망하여,

석가님이 중이랑 데리고 찾아 떠나서,

산중에 들어가니 노루 사슴이 있소아,

그 노루를 잡아내어,

그 고기를 삼십(三十) 꼬치를 끼워서,

차산중(此山中) 노목(老木)을 꺾어내어,

그 고기를 구워 먹어라,

삼천 중25) 중에 둘이 일어나며,

---

21) 쩌귀 : 문(門), 집집.
22) 솟대 : 나무나 돌로 만든 새를 장대나 돌기둥 위에 앉혀 마을 수호신으로 믿는 상징물.
23) 합들이 치들이 :
24) 거사 : 출가하지 않고 집에서 불도를 수행하는 남자를 이르는 말.
25) 중 : 僧.

고기를 땅에 떨쳐뜨리고,

나는 성인(聖人) 되겠다고,

그 고기를 먹지 아니하니,

그 중들이 죽어 산마다 바위 되고,

산마다 솔나무 되고,

지금 인간들이 삼사월이 당진(當進)하면, 상향미(上饗米) 녹음(綠陰)에,

꽃전놀이 화전(花煎)놀이.

유구의 창세 신화1

옛날 미륵불과 석가불이 세상을 빼앗는 싸움을 하고, 서로 양보하지 않았다. 그런데 미륵불이 "잠잘 때 베갯밭에 꽃병을 두고, 꽃병에 꽃이 빨리 피는 쪽이 자기 세상을 삼자"고 해서 두 부처가 의견을 모았다. 꽃병을 머리맡에 두고 잠을 잤다. 한 밤중에 석가가 눈을 떠 보니 자기 머리맡에 있는 꽃병에는 아직 꽃이 피지 않았는데, 미륵의 꽃병에는 꽃이 아름답게 피어 만발했다. 석가는 몰래 꽃이 피지 않은 자기 꽃병을 아름답게 피어 있는 미륵의 꽃병과 바꿔치기 했다. 그래서 약속대로 마침내 석가 세상이 되었다.

석가에게 세상을 빼앗긴 미륵은 하는 수 없이 인류, 짐승류, 곤충류 등에 이르기까지 만문에게 눈을 감게 하고 불씨를 숨기고 용궁으로 가버렸다. 그러자 세상이 불이 없어져서 석가는 무척 난처해졌다. 석가는 인류, 곤충류, 조류, 짐승류 등의 살아 있는 생물을 모두 모아놓고 미륵이 불씨를 숨긴 데를 물어보았다. 그러나 어느 누구든 눈을 감고 있어서 모른다고 대답했다. 그런데 메뚜기가 나서서 "제가 알고 있습니다"고 대답했다. 석가는 빨리 이야기해 달라고 부탁했다. 메뚜기는 "저는 날개로 눈을 덮고 있었으나, 제 눈은 겨드

랑이 밑에 있습니다. 그래서 미륵이돌과 나무로 불씨를 숨기는 것을 보았습니다."라고 말했다. 석가는 매우 기뻐하고 나무와 나무를 문질러서 불씨를 만들고, 돌과 돌을 부딪혀서 불씨를 만들 수 있었다. 석가는 메뚜기에게 "잘 봤다. 그 대가로 하나 말해 둘 것이 있다. 네가 죽을 때는 땅 위에서 죽고 개미 등이 먹지 않게 하겠다. 나무껍질이나 풀잎 위에서 죽어라."라고 말했다.

그래서 이 세상에서 거짓말을 하거나 가난한 사람이 있거나 도둑이 나오거나 한 것은 석가가 미륵의 아름다운 꽃병을 훔쳐서 자기 것으로 만들었기 때문이다. 한편 미륵은 정직했기 때문에 즐겁게 살았다고 한다

몽골 창세 신화

채록자 : 항갈로프, 구전자 : 부리야트족

옛날 대지(땅)는 없고 전체가 대수로 덮이어 있었다.

석가모니 보르항(석가모니불), 마이다르 보르항(미륵불), 에세게 보르항 셋이서 힘을 합해 세상을 만들기로 하고 물 위를 가고 있었다.

그 때 앙가트라는 새가 새끼 12마리를 데리고 물 위를 떠가고 있었다. 세 보르항이 물 밑에 들어가 검정색, 빨강색 흙과 모래를 가져오라고 했다.

앙가트는 세 보르항의 명에 따라 물 밑바닥으로 들어가 검정색 흙과 빨강색 흙과 모래를 날라다 주었다.

세 보르항은 앙가트가 가져다 준 흙과 모래를 물 위에 뿌려 땅을 만들고 그 곳에 나무와 식물이 자라나게 하였다.

다음으로 남자와 여자 두 사람을 만들었다. 몸은 빨강색 흙으로, 뼈는 하얀색 돌로, 피는 물로 만들었다.

세 보르항은 두 사람에게 생명을 불어넣고 보살필 사람을 선택하기 위한 내기를 했다. 자기 앞에 놓인 그릇에서 먼저 빛이 발하는 보르항이 사람을

보살피기로 한 것이다.

　내기 방식을 정한 후 세 보르항은 잠이 들었다. 다음 날 아침 석가모니 보르항이 맨 먼저 일어나 그릇을 살펴보니 마이다르 보르항 앞에 있는 그릇에서 빛이 발하고 꽃이 피어났다. 석가모니 보르항은 마이다르 보르항 앞에 있는 그릇을 자기 앞에 있는 그릇과 바꾸어 놓고 다시 잠을 잤다.

　얼마 후 모두 잠이 깨어 석가모니 보르항 앞에 있는 그릇에서 꽃이 피어나고 빛이 발하고 있음을 확인하고 석가모니 보르항이 사람들을 보살피게 되었다.

　그러나 마이다르 보르항은 석가모니 보르항이 속임수를 써서 그릇을 바꾸어 놓았다는 사실을 알아차리고 '네가 나를 교활하게 속였기 때문에 네가 보살필 사람들 역시 서로가 서로에게 거짓말을 하고 속이고 도둑질하면서 살게 될 것이다'라고 한 후, 에세게 보르항과 하늘로 갔다. 석가모니 보르항은 자신이 만든 두 사람과 함께 지상에 남았다.

　한 편 보르항이 처음 사람을 만들 때 추위에 떨지 말라고 털을 주었고 개에게는 털을 주지 않았다.

　석가모니 보르항은 두 사람이 자고 있는 사이 개가 이들을 지키도록 명하고 하늘로 갔다.

　개는 보르항의 명대로 악마가 사람 쪽으로 접근하지 못하도록 했으나 악마는 개에게 음식과 털을 주겠다고 유인하여 잠자고 있는 사람에게 다가가 사방에 침을 뱉고 가버렸다.

　석가모니 보르항이 하늘에서 내려와 상황을 보고 화가 나 개에게 '너는 항상 굶주림에 시달리리라. 뼈나 씹어 먹고 추위에 떨면서 사람이 세수하고 남은 더러운 물이나 핥고 사람에게 두들겨 맞으면서 지내리라'라고 하였다. 또한 사람의 더럽혀진 털을 뽑아 정화하고 머리와 깨끗한 털만을 남겨 놓았다. 사람이 머리를 감싸고 잠자고 있었기 때문에 머리털은 더럽혀지지 않아 남길 수 있었다. 이렇게 사람은 몸에 털이 없는 벌거숭이가 되었다고 한다.

제주도 선문대할망 이야기

옛날 선문대할망이라는 키 큰 할머니가 있었는데, 키가 엄청나게 커서 한라산을 베개 삼고 누우면 다리는 현재 제주시 앞바다에 있는 관탈섬에 걸쳐졌다. 빨래를 하려면 관탈섬에 빨래를 놓고, 팔은 한라산 꼭대기를 짚고 서서 발로 빨래를 문질러 빨았다고 한다. 또 제주도에는 많은 오름[26]들이 여기저기 흩어져 있는데, 이 오름들은 할머니가 치마폭에 흙을 담아 나를 때에 치마의 터진 구멍으로 조금씩 새어 흘러서 된 것이라 하며 마지막으로 날라다 부은 것이 한라산이 되었다 한다.

할머니는 제주 백성들에게 속곳[27] 한 벌만 만들어 주면 육지까지 다리를 놓아 주겠다고 했다. 속곳 한 벌을 만드는 데에는 명주 1백 필이 필요하였다. 제주 백성들이 있는 힘을 다하여 명주를 모았으나 99필 밖에 안 되어 속곳을 완성하지 못했다. 할머니는 다리를 놓아가다가 중단했는데, 현재 그 자취가 조천읍 앞바다에 남아 있다.

게다가 할머니는 키 큰 것이 자랑이어서 깊은 물마다 들어서서 자기의 키와 비교해 보았다. 어느 물도 무릎을 넘는 물이 없었는데, 한라산의 물장오리에 들어섰다가 그만 풍덩 빠져죽어 버렸다고 한다. 물장오리는 밑이 빠진 깊은 물이기 때문이다.

(또 다른 설화는 할머니가 5백 인의 아들을 낳아, 그 아들들을 먹이려고 큰 솥에 죽을 끓이다가 잘못해서 빠져죽었다고 하여 할머니의 죽음이 다르게 나타나는 변이형도 있다.)

---

26) 오름 : 산의 제주도 방언.
27) 속곳 : 속옷.

평양 마고할미 이야기

단군이 거느리는 박달족이 마고할미(선문대할망과 같은 계열)가 족장인 인근 마고성의 마고족을 공격했다. 싸움에서 진 마고할미는 도망친 후 박달족과 단군의 동태를 살폈는데 단군이 자신의 부족에게 너무도 잘해주는 것을 보게 된다. 마고는 단군에게 마음으로 복종하지 않을 수 없게 되었다. 단군은 투항한 마고할미와 그 아래 아홉 장수를 귀한 손님으로 맞아 극진히 대접했다. 아홉 손님을 맞아 대접한 곳이 구빈 마을이고 마고가 항복하기 위해 마고성으로 돌아오면서 넘은 고개를 왕림고개라고 한다.

평양시 강동군 구빈마을에 전승되는 이야기

(그간 남쪽에는 알려져 있지 않았는데 남북교류가 빈번해지면서 북한을 다녀온 최창조 교수가 채집한 이야기임)

1. 창세신화는 무엇에 관한 이야기이며, 창세신화의 내용은 어떻게 구성되어 있는지 알아봅시다.

2. 우리나라에는 창세신화가 존재하는지 그렇다면 어떤 것이 있는지 알아봅시다.

3. 미륵이 이룬 업적은 무엇인지 생각해봅시다.

4. 미륵과 석가는 인세를 차지하기 위해 세 번의 대결을 벌입니다. 각 대결이 의미하는 무엇인지 생각해보고, 이를 통해 드러나는 미륵과 석가의 능력을 비교해봅시다.

5. 석가의 세계가 부정한 세상으로 표현되는 이유는 무엇이며, 미륵과 석가의 대결에서 석가가 승리한 것은 무엇을 의미하는지 생각해봅시다.

6. 창세가와 선문대할망 이야기의 공통점과 차이점에 대해 알아봅시다.

7. 거대한 몸집의 창조여신인 선문대할망이 한라산 물장오리에 익사한 것(혹은 500명의 아들을 먹이려고 끓이던 죽 솥에 빠져 죽은 것), 혹은 마고할미가 단군에게 항복(나아가 복종)한 것이 의미하는 바는 무엇인지 생각해봅시다. (마고할미=서고할미=선문대할망)

2강 여신들의 황혼

삼국유사 제5권 감통(感通) 선도산(仙桃山聖) 성모(聖母)가 불사(佛事)를 좋아하다

진평왕(眞平王, 579~632)) 때 지혜(智惠)라는 비구니(比丘尼)가 있어 어진 행실을 많이 남겼다. 안흥사(安興寺)에 머물면서 불전(佛殿)을 새로수리하려 했지만 힘이 모자랐다. 어느 날 꿈에 모습이 아름답고 구슬로 머리를 장식한 한 선녀가 와서 위로하며 말했다.

"나는 바로 선도산(仙桃山) 신모(神母)인데 네가 불전을 수리하려 하는 것을 대견하게 생각하여 금 10근을 주어 돕고자 한다. 내가 있는 자리 밑에서 금을 꺼내서 삼존불상(三尊佛像)을 장식하고, 벽에는 53위의 부처[1]와 육류성중(六類聖衆) 및 모든 천신(天神)과 오악신군(五岳神君)(신라 때의 오악(五岳)은, 동쪽의 토함산, 남쪽의 지리산, 서쪽의 계룡산, 북쪽의 태백산, 중앙의 부악, 또는 공산이다!)을 그려라. 그리고 해마다 봄과 가을의 10일에 남녀 신도들을 많이 모아 널리 모든 일체 중생을 위해서 점찰법회(占擦法會)[2]를 베푸는 것으로써 일정한 규정을 삼도록 하라."

지혜가 놀라 꿈에서 깨어 무리들을 데리고 신사(神祀) 자리 밑에 가서, 황

---

1) 53위의 부처 : 과거세의 53佛을 말함.
2) 점찰법회 : 무속 행위를 불교, 특히 밀교가 받아들여 중생을 교화하기 위한 방편으로 삼은 것. 업보를 적은 대나무쪽을 뽑아 운명을 점쳐 중생을 참회에 이르도록 하는 것

금 160냥을 파내어 불전 수리하는 일을 완성했다. 그 일을 이룰 수 있었던 것은 신모가 가르쳐 준대로 따랐기 때문이다. 그러나 그 사적은 아직 남아 있지만 법회는 폐지되었다.

신모는 본래 중국 제실(帝室)의 딸이며, 이름은 사소(娑蘇)였다. 일찍이 신선의 술법(術法)을 배워 해동(海東)에 와서 머물러 오랫동안 돌아가지 않았다. 이에 그녀의 아버지인 황제가이 솔개의 발에 매달아 그에게 보낸 편지에 말했다.

"솔개를 따라가다가 멈추는 곳에 집을 지어라."

사소는 편지를 보고 솔개를 놓아 보냈더니, 선도산(仙桃山)으로 날아와서 멈추었으므로 드디어 그곳으로 옮겨와 집을 짓고 그 땅의 신선이 되었다. 그래서 그 산 이름을 서연산(西鳶山)이라고 했다. 신모는 오랫동안 이 산에서 살면서 나라의 안녕을 지켜주는 등 신령스럽고 기이한 행적을 아주 많이 남겼다. 때문에 나라가 세워진 뒤로 항상 삼사(三祀)의 하나로 삼았고, 그 제사의 차례도 산천에 지내는 많은 제사 가운데 가장 윗자리에 있었다.

제 54대 경명왕(景明王)이 매사냥을 좋아하여 일찍이 여기에 올라가서 매를 놓았다가 잃어버렸다. 이 일로 해서 신모에게 기도하며 말했다.

"만일 매를 찾게 된다면 마땅히 성모(聖母)께 작(爵)을 봉해 드리겠습니다."

조금 있다가 매가 날아와서 책상 위에 앉으므로 이 일로 성모를 대왕(大王)의 작위에 봉했다. 그(성모)가 처음 진한(辰韓)에 와서 낳은 신성한 아들이 우리나라의 첫 군주가 되었으니, 이것은 아마 혁거세(赫居世)와 알영(閼英)의 두 성군(聖君)이 태어난 유래를 말하는 것일 것이다. 그러므로 계룡(鷄龍)· 계림(鷄林)· 백마(白馬) 등으로 부르니 이는 닭이 가리키는 방위가 서쪽이기 때문이다. 일찍이 신모가 하늘의 여러 선녀들에게 비단을 짜게 해서 붉은 빛으로 물들여 관복을 만들어 남편에게 주었다. 나라 사람들이 이 일로 인해 처음으로 성모의 신비한 영험을 알게 되었다.

또 〈삼국사기〉에 보면, 사신(史臣)이 이렇게 말했다.

"김부식(金富軾)이 정화(政和) 연간에 일찍이 왕명을 받들고 송나라에 사신으로 갔다. 우신관(佑神館)에 갔더니 한 사당에 여선(女仙)의 상(像)이 모셔져 있었다. 나를 대접하던 학사(學士)인 왕보가 말했다.

'이분은 바로 귀국의 신인데 공은 알고 계신지요?'

그리고 말했다.

'옛날에 어떤 중국 황실의 딸이 바다를 건너 진한(辰韓)으로 가서 지내다가 아들을 낳았으니 그가 해동의 시조가 되었습니다. 또 그 여인은 그곳 땅의 신선이 되어 오랫동안 선도산(仙桃山)에 있었는데 이것이 바로 그 여인의 상입니다.'

또 송나라 사신 왕양(王襄)이 우리 조정에 와서 동신성모(東神聖母)에게 제사지낼 때에 그 제문에,

"그녀는 임신하여 어진 아들을 낳으니 아들이 처음으로 나라를 세웠다."

는 글귀가 있다. 지금 성모가 황금을 시주하여 부처를 받들게 하고, 중생을 위해서 향화법회(香火法會)를 열어 성불하는 길을 열었으니, 어둡고 몽매한데 사로잡혀 다만 오래 사는 술법(術法)만 배운 것이겠는가!

삼국사기 권12 경순왕본기

신라의 박씨와 석씨는 모두 알에서 태어났고 김씨는 금 궤짝 속에 들어 하늘에서 내려왔다. 어떤 사람은 말하기를 금수레를 타고 왔다고도 한다. 이것은 매우 괴상하여 믿을 수 없으나, 세간(世間)에서는 서로 전하여 그것을 사실로 여긴다. 정화(政和) 연간에 우리 조정에서 상서(尙書) 이자량(李資諒)을 송나라에 보내 조공하였는데, 신(臣) 부식(富軾)이 문한(文翰)의 임무를

띠고 보좌하여 따라갔다가 우신관(佑神館)에 나아가 한 집에 선녀상을 모셔 둔 것을 본 적이 있다. 대접하던 학사(學士) 왕보가 말했다

"이는 그대들 나라의 신(神)인데 공들은 그것을 아시는지요?"

그리고 덧붙여 말했다.

"옛날에 황실의 딸이 남편 없이 임신하게 되었으므로 사람들에게 의심을 받게 되었습니다. 그래서 바다 건너 진한(辰韓)에 이르러 아들을 낳았는데, 그가 해동(海東)의 첫 임금이 되었고 황제의 딸은 그 땅의 신선이 되어 오래도록 선도산(仙桃山)에 있었으니 이것이 그의 상(像)입니다."

나는 또 송나라 사신 왕양(王襄)의 동신성모(東神聖母) 제문(祭文)을 보았는데, 『어진 이를 낳아 나라를 처음 열었다.』는 구절이 있었으므로 동신(東神)은 곧 선도산의 신성(神聖)임을 알았다. 그러나 그 아들이 어느 때 왕 노릇을 했는지는 알지 못하겠다.

삼국유사 박혁거세

진한(辰韓) 땅의 여섯 마을 우두머리들이 알천 상류에 모여 군왕을 정하여 받들고자 하여 높은 곳에 올라 멀리 남쪽을 바라보았다.

그러자 양산 기슭에 있는 나정이라는 우물가에 번개와 같은 이상한 기운이 드리워진 흰말이 엎드려 절하고 있었다.

찾아가서 그곳을 살폈더니 자줏빛 알이 있었고 말은 사람들을 보자 길게 울고는 하늘로 올라갔다.

그 알을 깨뜨리자 사내아이가 나오매, 경이롭게 여기면서 동천 샘에 목욕시키니 온몸에서 빛살을 뿜는 것이었다.

이때 새와 짐승이 더불어 춤추고 하늘과 땅이 흔들리고 해와 달이 청명하였다.

이로 말미암아 혁거세왕이라 이름을 짓고 위호(位號:벼슬의 등급 및 그 이름)는 거슬한(居瑟邯)이라고 하였다.

1. 선도산성모 이야기는 〈삼국사기〉와 〈삼국유사〉에 기록되어 전승되고 있다. 두 역사서가 고려 중반에 편찬된 역사서라는 점을 고려할 때, 선도산성모 이야기를 분석할 때 유의해야 할 점은 무엇인지, 김부식과 일연이 선도산성모 이야기를 기록한 이유를 생각해봅시다.

2. 선도산성모 이야기는 파편적인 이야기로 전승되고 있어 그 정체를 파악하기가 쉽지 않습니다. 겹겹이 베일에 싸인 선도산성모의 정체를 파악하기 위해 프로필을 작성해봅시다.(이름, 출신, 거주, 업적, 가족, 취향, 재력, 스킬 등)

3. 선도산성모의 진짜 정체는 무엇인지 살펴보기 위해 다음의 세 가지 질문에 대해 생각해봅시다.

   1) 혁거세는 선도산 성모가 낳았나, 하늘에서 내려왔나? "6촌-하늘-알"의 결합이 갖는 의미는 무엇인가?

   2) 선도산 성모는 처음부터 불사를 좋아했을까?

   3) 선도산 성모는 중국 황실의 딸인가?

4. 선도산성모 이야기를 대모신 선도산성모의 관점에서 새로 써 봅시다,
   (가부장적 신화에 의해 억압된 대모신 신화의 정신을 부활시킴으로써 인간과 자연 간의 괴리, 종족과 종족 간의 갈등이 첨예화된 현세를 치유하고 통합한다는 관점을 살려서)

3강 건국서사 속의 여성, 웅녀

三國遺事 紀異 古朝鮮(檀君王儉)

옛날에 하늘 나라를 다스리는 환인이 있었는데 그의 서자[1]인 환웅이 하늘 아래 땅을 자주 엿보며 인간 세상을 다스리고 싶어 했다. 아버지가 아들의 뜻을 알아차리고 삼위태백(三危太白)[2]을 내려다보니 널리 인간을 이롭게 할 만한 곳이어서 이에 천부인(天符印) 세 개를 주어 그곳으로 가서 다스리게 했다.

환웅이 무리 3,000을 거느리고 태백산(太伯山, 지금의 묘향산이다!) 꼭대기 신단수(神壇樹) 아래로 내려왔다. 그곳을 신시(神市)라 하고, 이 사람을 환웅천왕이라 했다. 바람의 신과 비의 신과 구름의 신을 거느리고 곡식, 생명, 질병, 형벌, 선악 등 인간세상의 360여 가지 일을 관장하며 세상을 다스렸다.

이때 곰 한마리와 범 한마리가 같은 굴에 살고 있었는데 환웅에게 늘 사람이 되고 싶다고 빌었다. 이에 환웅이 영험스러운 쑥 한 줌과 마늘 스무 개를 주며 말했다.

'너의들이 그것을 먹고 백일 동안 햇빛을 쐬지 않으면 곧 사람의 모습을 갖게 될 것이다.'

곰과 범이 그것을 받아먹었는데 곰을 가르친 대로 스무하루 동안 금기(禁

---

1) 서자 : 큰아들이 아닌 둘째 아들을 가리킨다.
2) 삼위태백(三危太白) : 삼위태백에 대해서는 여러 가지 설이 있으나 확실하지 않고, 태백은 뒤에 나오듯이 우리나라의 태백산을 가리키는 듯하다.

忌)한 끝에 여자의 몸이 되었으나 범은 금기하지 못하여 사람의 몸을 얻지 못하였다.

웅녀(熊女)는 혼인할 사람이 없어서 매번 신단수 아래에서 아이를 잉태하게 해 달라고 소원을 빌었다. 환웅이 그 소원을 듣고는 잠시 사람으로 변하여 그녀와 혼인하여 아들을 낳으니 그 아이의 이름을 단군왕검(壇君王儉)이라 했다.

왕검이 요임금 즉위 후 50년인 경인년에 평양성(平壤城)에 도읍을 정하고 비로소 나라 이름을 조선이라 일컬었다. 뒤에 또 백악산(白岳山)의 아사달로 도읍을 옮겼는데 그곳을 궁홀산(弓忽山: 弓 대신 方자로도 씀.) 또는 금미달(今彌達)이라고도 했다.

단군은 1,500년 동안 나라를 다스렸다. 주나라 무왕이 즉위한 기묘년(B.C. 1122)에 기자(箕子)를 조선의 임금으로 봉하니 단군은 이에 장당경(藏唐京)으로 옮겨갔다. 후에 다시 아사달로 돌아와 은거하다 산신이 되었는데 나이가 1,908세였다.

에벤키족 신화

어떤 사냥꾼이 사냥하러 갔다가 암곰에게 잡혀 굴 속에서 함께 살았다. 몇 해 함께 사는 사이 곰은 새끼 한 마리를 낳았다.
나중에 사냥꾼은 기회를 타 도망을 친다.
사실을 안 곰이 새끼를 안고 따라오자 사냥꾼은 뗏목을 타고 달아난다.
성이 난 곰은 새끼를 두 쪽으로 찢어 한 쪽은 사냥꾼에게 던지고 한 쪽은 자기가 가진다.
남은 쪽은 곰으로, 던져진 쪽은 에벤키 사람으로 자랐다.

공주 곰나루 전설

그전에, 그전에가 아니라 아마 이것은 아 그 옛날이지. 곰이 시방 사람, 곰하고 사람하고 살았다는 얘긴디 말이지, 저 지금도 가믄 고마나루라고 이름을 지어 있어요. 공준디 말요. 동넷가에 저짝 나루 건너갈 것 같으면 청양 땅이고 나루 건너올 것 같으면 공주 땅이고요.

그서 한 사람이 청양서 사는디, 나무를 하러 강 건너로 가요, 나룻배를 타고서. 하루는 나룻배 타고 가서 나무를 하는디, 이 곰이 한 마리 나오도만 버쩍 업고 갔어요, 업고 가서 굴 속으 들어갔어요, 그 곰이라는 것은 힘이 장사거든. 그닝가 앞으서 바위를 막 큰 놈을 문앞이다 걸어놓고서는, 막어놓고서는 저녁일라 치며는 나가서 어디가 먹을 걸 갖다 줘 먹고 사는디, 암곰이라, 곰이 암놈여. 그놈이 그서 맻 날을 살았던지 맻 날을 살었던지. 그서는 살고보니가 거그서 새끼 세 마리를 낳어.

곰한티 곰이 새끼 세 마리를 낳는데, 이놈이 새끼 나기 전이는 말이지 새끼 나기 전이는 문을 꼭 바우로다 눌러놓고 댕기는디, 그러나 이 곰이 인저 저도 생각이 있었던 모양여. 자식까지 이렇게, 이렇게 낳고 히서 설마 도망가리야 허구서는 문을 열어놓고 댕겨, 고 기회를 봐가지고서는 정월이 나간 뒤여 말여 나간 뒤, 인자 도망 와 가지고서 근게 마침 나룻배가 거그가 있어, 그 나룻배를 타구서 어지간히 중간쯤 건너간게 곰이 와본게 없거든? 도망가고.

그런게 본게 아 배를 타고 건너가. 배를 타고 건너간게 새끼를 데리고 대번 막 그냥 발로다 그냥 막 굴르고서 이렇게 막 날뛰고 거시기 허다가서는 나중 으는 굴 속으 들어가 새끼 세 마리를 가지고 나왔어. 나와가지고서는 새끼를 들면서 막 그냥 소리를 질르고 그러더니, 그떠니 나중으는 결국은 돌아도 안 보고서나 간게는 새끼 세 마리가 그냥 물 속으 집어뎅겨 죽여버리고 저도 물 속으 빠져 죽었어.

그래가지고서나 사람이 그렇게 가지고서 삼 년만인가, 거기서 곰하고 살고 나왔대야. 그리가지고서는 자기 집이 와가지고서는 자그 집이서는 어디 도망가서 인저 어디가 죽은 줄 알았던 사람이 삼 년만이 들온게 얼마나 반갈 것여. 그런, 그런 사람이 있드래요. 그서 거그 갈라치며는 지금도 고마나루라고 이름이 있어요. 공주읍으서 저 청양으로 건너가도 저리… 고마나루. 그리서 고마나루라고 이름을 지었어요.

1. 시조신화와 건국신화의 관계에 대해 이야기해보자.

2. 단군신화는 환웅과 웅녀의 결합에서 누구의 관점을 반영하고 있는지 생각해보자.

3. 웅녀의 원래 모습은 어떠했는지 살펴보기 위해 단군신화의 웅녀와 곰을 숭배하는 에벤키족 신화의 웅녀를 비교해보자.

4. 공주 곰나루전설은 웅녀이야기의 후대적 양상을 보여주는 이야기이다. 웅녀이야기의 원래 모습을 간직하고 있는 에벤키족 신화와 비교해봄으로써 웅녀이야기가 어떻게 변모했는지 알아보자.

5. '에벤키신화-단군신화-곰나루전설'을 통해 웅녀의 잃어버린 이야기를 추정해보자.

6. 단군신화를 웅녀의 관점에서 새로 써 봅시다.

4강 건국서사 속의 여성, 유화

동명왕편(이규보, 동국이상국집)

한 나라 신작 3년인 임술년에 천제(天帝)가 태자를 보내어 부여왕의 옛도읍에 내려와 놀았는데 이름이 해모수(解慕漱)였다. 하늘에서 내려오는데 오룡거(五龍車) 타고, 따르는 사람 1백여 인은 모두 흰 고니를 탔다. 채색 구름은 위에 뜨고 음악 소리는 구름 속에서 울렸다. 웅심산(熊心山)에 머물렀다가 10여 일이 지나서 내려오는데 머리에는 오우관(烏羽冠)을 쓰고 허리에는 용광검(龍光劍)을 찼다. 아침에는 정사를 듣고 저물면 곧 하늘로 올라가니 세상에서 천왕랑(天王郎)이라 일컬었다.

성 북쪽에 청하(靑河=압록강)가 있으니 하백의 세 딸이 아름다웠다. 맏은 유화(柳花)요 다음은 훤화(萱花)요 끝은 위화(葦花)이다. 압록강 물결 헤치고 나와 웅심연 물가에서 놀았다. 자태가 곱고 아리따웠는데 여러 가지 패옥이 쟁그랑거리어 한고(漢皐)와 다름 없었다. 왕이 나가서 사냥하다 보고 눈짓을 보내며 마음 두었다. 곱고 아름다운 것을 좋아함이 아니라 참으로 뒤 이을 아들 낳기에 급함이었다. 왕이 좌우에게,

"얻어서 왕비를 삼으면 후사를 둘 수 있다." 하였다.

세 여자가 왕이 오는 것을 보고 물에 들어가 한참 동안 서로 피하였다. 장차 궁전을 지어 함께 와서 노는 것 엿보려 하여 말채찍으로 한번 땅을 그으

니 구리집이 홀연히 세워졌다. 비단 자리를 눈부시게 깔아 놓고 금술잔에 맛있는 술 차려 놓았다. 과연 스스로 들어와서 서로 마시고 이내 곧 취하였다. 왕이 그때 나가 가로막으니 놀라 달아나다 유화(柳花)가 왕에게 붙잡혔다.

하백(河伯)이 크게 노하여 사자를 보내어 고하기를,

"너는 어떠한 사람이기에 내 딸을 잡아 두는가?"

하였다. 왕이 회보하기를,

"나는 천제(天帝)의 아들인데 지금 하백에게 구혼하고자 합니다."

하였다. 하백이 또 사자를 보내어 고하기를,

"네가 만일 천제의 아들이고 내게 구혼할 생각이 있으면 마땅히 중매를 시켜 말할 것이지 지금 문득 내 딸을 잡아 두니 어찌 그리 실례가 심한가?"

하였다. 왕이 부끄러워하며 하백을 뵈려 하였으나 궁실에 들어갈 수 없었다. 그래서 그 여자를 놓아 보내고자 하니 그 여자가 이미 왕과 정이 들어서 떠나려 하지 않으며 왕에게 권하기를,

"만일 용거(龍車)가 있으면 하백의 나라에 이를 수 있다."

하였다. 왕이 하늘을 가리켜 고하니, 조금 뒤에 오룡거(五龍車)가 공중에서 내려왔다. 왕이 여자와 함께 수레를 타니 풍운이 홀연히 일어나며 하백의 궁에 이르렀다.

하백이,

"왕이 천제(天帝)의 아들이라면 무슨 신통하고 이상한 재주가 있는가?"

하니, 왕이,

"무엇이든지 시험하여 보소서."

하였다. 이에 하백이 뜰 앞의 물에서 잉어로 화하여 물결을 따라 노니니 왕이 수달로 화하여 잡았고, 하백이 또 사슴으로 화하여 달아나니 왕이 승냥이로 화하여 쫓았고, 하백이 꿩으로 화하니 왕이 매로 화하였다. 하백은 참으로 천제의 아들이라고 생각하여 예로 혼인을 이루고 왕이 딸을 데려갈 마음

이 없을까 두려워하여 풍악을 베풀고 술을 내어 왕을 권하여 크게 취하자 딸과 함께 작은 가죽 수레에 넣어 용거(龍車)에 실으니 이는 하늘에 오르게 하려 함이었다. 그 수레가 미처 물에서 나오기 전에 왕이 술이 깨어 여자의 황금비녀로 가죽 수레를 뚫고 구멍으로 홀로 나와서 하늘로 올라갔다.

하백이 그 딸에게 크게 노하여,

"네가 내 훈계를 따르지 않아서 마침내 우리 가문을 욕되게 하였다." 하고, 좌우를 시켜 딸의 입을 옭아 잡아당기어 입술의 길이가 석 자나 되게 하고 노비 두 사람만을 주어 우발수 가운데로 추방하였다. 우발은 못 이름인데 지금 태백산(太白山) 남쪽에 있다.

어사(漁師) 강력부추(强力扶鄒)가 고하기를,

"근자에 어량(魚梁 물을 막아 고기를 잡는 장치) 속의 고기를 도둑질해 가는 것이 있는데 무슨 짐승인지 알 수 없습니다."

하였다. 왕이 어사를 시켜 그물로 끌어내니 그물이 찢어졌다. 다시 쇠그물을 만들어 당겨서 돌에 앉아 있는 여자를 얻었다. 그 여자는 입술이 길어 말을 못하므로 그 입술을 세 번 잘라내게 한 뒤에야 말을 하였다.

왕이 천제 아들의 비(妃)인 것을 알고 별궁(別宮)에 두었더니 그 여자의 품안에 해가 비치자 이어 임신하여 신작(神雀) 4년 계해년 여름 4월에 주몽(朱蒙)을 낳았는데 우는 소리가 매우 크고 골상이 영특하고 기이하였다. 처음 낳을 때에 좌편 겨드랑이로 알 하나를 낳았는데 크기가 닷되[五升]들이만하였다. 왕이 괴이하게 여겨 말하기를,

"사람이 새알을 낳았으니 상서롭지 못하다."

하고, 사람을 시켜 마구간에 두었더니 여러 말들이 밟지 않고, 깊은 산에 버렸더니 모든 짐승이 호위하고 구름 끼고 음침한 날에도 알 위에 항상 햇빛이 있었다. 왕이 알을 도로 가져다가 어미에게 보내어 기르게 하였더니, 알이 마침내 갈라져서 한 사내 아이를 얻었는데 낳은 지 한 달이 지나지 않아서

언어가 모두 정확하였다.

어머니에게,

"파리들이 눈을 빨아서 잘 수가 없으니 어머니는 나를 위하여 활과 화살을 만들어 주십시오."

하였다. 그 어머니가 댓가지로 활과 화살을 만들어 주니 스스로 물레 위의 파리를 쏘는데 화살을 쏘는 족족 맞혔다. 부여(扶餘)에서 활 잘 쏘는 것을 주몽(朱蒙)이라고들 한다.

나이가 많아지자 재능이 다 갖추어졌다. 금와왕은 아들 일곱이 있는데 항상 주몽과 함께 놀며 사냥하였다. 왕의 아들과 따르는 사람 40여 인이 겨우 사슴 한 마리를 잡았는데 주몽은 사슴을 퍽 많이 쏘아 잡았다. 왕자가 시기하여 주몽을 붙잡아 나무에 묶어 매고 사슴을 빼앗는데, 주몽이 나무를 뽑아 버리고 갔다. 태자(太子) 대소(帶素)가 왕에게,

"주몽이란 자는 신통하고 용맹한 장사여서 눈초리가 비상하니 만일 일찍 도모하지 않으면 반드시 후환이 있을 것입니다."

하였다.

왕이 주몽에게 말을 기르게 하여 그 뜻을 시험하였다. 주몽이 마음으로 한을 품고 어머니에게,

"나는 천제의 손자인데 남을 위하여 말을 기르니 사는 것이 죽는 것만 못합니다. 남쪽 땅에 가서 나라를 세우려 하나 어머니가 계셔서 마음대로 못합니다. 하였다.

그 어머니가,

"이것은 내가 밤낮으로 고심하던 일이다. 내가 들으니 장사가 먼길을 가려면 반드시 준마가 있어야 한다. 내가 말을 고를 수 있다."

하고, 드디어 목마장으로 가서 긴 채찍으로 어지럽게 때리니 여러 말이 모두 놀라 달아나는데 한 마리 붉은 말이 두 길이나 되는 난간을 뛰어넘었다.

주몽은 이 말이 준마임을 알고 가만히 바늘을 혀 밑에 꽂아 놓았다. 그 말은 혀가 아파서 물과 풀을 먹지 못하여 심히 야위었다. 왕이 목마장을 순시하며 여러 말이 모두 살찐 것을 보고 크게 기뻐서 인하여 야윈 말을 주몽에게 주었다. 주몽이 이 말을 얻고 나서 그 바늘을 뽑고 도로 먹였다 한다.

남쪽으로 행하여 엄체수에 이르러 건너려 하나 배는 없고 쫓는 군사가 곧 이를 것을 두려워하여 채찍으로 하늘을 가리키며 개연히 탄식하기를,

"나는 천제의 손자요 하백의 외손인데 지금 난을 피하여 여기에 이르렀으니 황천과 후토(后土)는 나 고자(孤子)를 불쌍히 여기시어 속히 배와 다리를 주소서."

하고, 말을 마치고 활로 물을 치니 고기와 자라가 나와 다리를 이루어 주몽이 건넜는데 한참 뒤에 쫓는 군사가 이르렀다. 쫓아온 군사가 하수에 이르니 고기와 자라가 이룬 다리가 곧 허물어져 이미 다리에 오른 자는 모두 빠져 죽었다.

주몽이 이별할 때 차마 떠나지 못하니 어머니가 말하기를,

"너는 어미 때문에 걱정하지 말라."

하고 오곡 종자를 싸 주어 보내었다. 주몽이 살아서 이별하는 마음이 애절하여 보리 종자를 잊어버리고 왔다. 주몽이 큰 나무 밑에서 쉬는데 비둘기 한 쌍이 날아왔다. 주몽이,

'아마도 신모(神母)께서 보리 종자를 보내신 것이리라.'

하고, 활을 쏘아 한 화살에 모두 떨어뜨려 목구멍을 벌려 보리 종자를 얻고 나서 물을 뿜으니 비둘기가 다시 소생하여 날아갔다. 왕이 스스로 띠자리 위에 앉아서 대강 임금과 신하의 위차를 정하였다.

만주족 신화

장백산 동북 포고리산 아래 포륵호리라는 호수가 있었다. 하늘에서 내려온 세 선녀가 이 호수에서 목욕을 했는데 첫째는 은고륜, 둘째는 정고륜, 셋째는 불고륜이었다. 목욕을 마치고 기슭에 오르니 신작이 주과를 물어와 불고륜의 옷 위에 두었는데 빛깔이 몹시 아름다웠다. 불고륜은 그것을 아껴 차마 손에서 놓지 못했다. 드디어 입에 물고 겨우 옷을 입다가 주과가 그만 뱃속으로 들어갔는데 곧 감응이 있어 잉태되었다. 두 언니에게

"나는 배가 무거워 함께 올라갈 수 없는데 어쩌지?"

라고 말했다. 두 언니는

"이것은 하늘의 뜻이다. 네 몸이 가벼워지기를 기다려 올라와도 늦지 않다"

라고 말하고는 작별하고 가버렸다.

불고륜은 나중에 한 사내아이를 낳았는데 태어나면서 말을 할 줄 알았고 아주 빨리 성장했다. 어머니는 아들에게

"하늘이 너를 낳은 것은 실로 난국을 안정시키려 함이다. 저 싸우는 곳으로 가서 장차 네가 태어난 까닭을 하나하나 상세히 설명해라"

라고 말했다. 그리고 배 한 척을 주며

"물을 따라가면 곧 그 땅이다."

라고 했다. 말을 마치자 갑자기 보이지 않았다.

아들은 배를 타고 물을 따라 내려가다가 사람들이 사는 곳에 이르렀다. 물가에 올라가 버들을 꺾어 坐具를 엮으니 마치 의자와 같았다. 그는 혼자 그 위에 걸터앉아 있었다. 그때 장백산 동남쪽에 세 성씨가 있었는데 족장이 되려고 다투어 종일 서로 살상을 하고 있었다. 마침 한 사람이 물을 길러왔다가 그 아이의 행동거지가 기이하고 생김새가 보통이 아닌 것을 보고 싸우는 곳으로 돌아와 무리들에게 말했다.

"당신들은 싸우지 말라. 내가 물 긷는 곳에서 이상한 남자를 만났는데 범인이 아니었다. 하늘이 이 사람을 낳은 것이 범연치 않으니 가보지 않겠는가?"

사람들이 함께 가보니 과연 보통 사람이 아니었다. 남자는

"나는 천녀 불고륜의 소생이고 성은 애신각라 이름은 포고리옹순이다. 하늘이 너희들의 분란을 안정시키라고 나를 내려보냈다"

라고 말했다. 무리가 모두 경이로워하며

"이 사람을 걸어가게 할 수 없다"

라고 하고 드디어 서로 손을 끼워 가마를 만들어 떠받들고 돌아왔다. 삼성 사람들이 분쟁을 끝내고 포고리옹순을 군주로 모시고 백리녀를 처로 삼게 했다. 국호를 만주로 정했으니 이가 그 시조이다.

1. 다음은 〈동명왕편〉의 창작동기를 보여주는 부분입니다.
   "동명왕의 일은 신이한 일로서 여러 사람의 눈을 현혹한 것이 아니고 나라를
   창업한 신비한 사적이니 … 시를 지어 기록하여 우리나라가 본래 성인의 나라임
   을 천하에 알리고자 할 따름이다."

2. 이규보는 과연 누구를 향하여 이처럼 우리나라가 본래 성인의 나라임을 과시하
   려고 했을지 이야기해봅시다.

3. 해모수의 정체에 대해 이야기해봅시다.

4. 유화의 프로필을 알아봅시다.

5. 건국신화 속 유화의 역할에 대해 생각해봅시다.

6. 신화의 서사가 유화가 출산, 양육과정에서 겪는 시련에만 집중되어 있는데 이것
   이 의미하는 바는 무엇인지 생각해봅시다.

7. 유화를 좀 더 이해하기 위해 만주족 건국신화 〈포고리옹순〉에 등장하는 불고륜
   과의 공통점과 차이점을 찾아봅시다.

8. 주몽신화를 유화의 관점에서 새로 써 봅시다.
   (주몽신화의 내용을 최대한 살리면서 관점을 바꿀 것)

5강 사랑과 희생

김현감호(金現感虎) 삼국유사(三國遺事) 권5 감통(感通)

신라 풍속에 해마다 2월이 되면 초파일(初八日)에서 15일까지 서울의 남녀가 다투어 흥륜사(興輪寺)의 탑(塔)을 도는 복회(福會)를 행했다.

원성왕(元聖王) 때에 김현(金現)이라는 낭군(郎君)이 있어서 밤이 깊도록 혼자서 탑을 돌기를 쉬지 않았다. 그때 한 처녀가 염불을 하면서 따라 돌다가 서로 마음이 맞아 눈길을 주고 받았다. 돌기를 마치자 김현이 처녀를 으슥한 곳으로 이끌고 가서 정을 통하였다. 처녀가 돌아가려 하자 김현이 따라가니 처녀는 사양하고 거절했지만 김현은 억지로 따라갔다. 길을 가다가 서산(西山) 기슭에 이르러 한 초가집으로 들어가니 할미가 처녀에게 물었다.

"함께 온 자는 누구냐."

처녀가 사실대로 말하자 할미가 말했다.

" 무리 좋은 일이라도 없는 것만 못하다. 그러나 이미 저지른 일이어서 나무랄 수도 없으니 은밀한 곳에 숨겨 두거라. 네 형제들이 나쁜 짓을 할까 두렵다."

하고 김현을 이끌어 구석진 곳에 숨겼다.

조금 뒤에 세 마리 범이 으르렁거리며 들어와 사람의 말로 말했다.

"집에서 비린내가 나니 요깃거리가 있구나. 어찌 다행하지 않으랴!"

할미와 처녀가 꾸짖었다.

"너희 코가 잘못이다. 무슨 미친 소리냐."

이때 하늘에서 외치는 소리가 들렸다.

"너희들이 즐겨 생명을 해치는 것이 너무 많으니, 마땅히 한 놈을 죽여 악을 징계하겠노라."

세 짐승은 이 소리를 듣자 모두 근심하는 기색이었다. 처녀가

"세 오빠들이 만약 멀리 피해 가서 스스로 징계한다면 내가 그 벌을 대신 받겠습니다."

하고 말하니, 모두 기뻐하여 고개를 숙이고 꼬리를 치며 달아나 버렸다. 처녀가 들어와 김현에게 말했다.

"처음에 저는 낭군이 우리 집에 오시는 것이 부끄러워 짐짓 사양하고 거절했습니다. 그러나 이제는 숨김없이 진심을 말씀드리겠습니다. 저와 낭군은 비록 종족은 다르지만 하루저녁의 즐거움을 얻어 중한 부부의 의를 맺었습니다. 하늘이 세 오빠의 악함을 미워하시니 집안의 재앙을 제가 당하려 하오나, 보통 사람의 손에 죽는 것이 어찌 낭군의 칼날에 죽어서 은덕을 갚는 것만 하겠습니까? 제가 내일 시가(市街)에 들어가 몹시 사람들을 해치면, 임금께서 반드시 높은 벼슬로써 사람을 모집하여 저를 잡게 할 것입니다. 그 때 낭군은 겁내지 말고 저를 쫓아 성 북쪽의 숲속까지 오십시오. 기다리고 있겠습니다."

김현은 말했다.

"사람은 사람과 사귀는 것이 도리이고, 다른 유(類)와 사귐은 떳떳한 일이 아니오. 그러나 일이 이미 이렇게 되었으니 진실로 하늘이 준 다행인데 어찌 차마 배필의 죽음을 팔아 한 세상의 벼슬을 바라겠소?"

처녀가 말했다.

"낭군은 그 같은 말을 하지 마십시오. 이제 제가 일찍 죽는 것은 대개 하늘의 명령이며, 또한 저의 소원이요, 낭군의 경사이며, 우리 일족의 복이요, 나

라 사람들의 기쁨입니다. 한 번 죽어 다섯 가지 이로움을 얻을 수 있는 터에 어찌 그것을 마다하겠습니까. 다만 저를 위하여 절을 짓고 불경(佛經)을 강론하여 좋은 과보(果報)를 얻는 데 도움이 되게 해 주신다면 낭군의 은혜, 이보다 더 큼이 없겠습니다."

그들은 마침내 서로 울면서 작별했다.

다음날 과연 사나운 범이 성안에 들어와서 사람들을 몹시 해치니 감히 당해 낼 수 없었다. 원성왕(元聖王)이 듣고 영을 내려,

"범을 잡는 사람에게 2급의 벼슬을 주겠다."

고 하였다. 김현이 대궐에 나아가 아뢰었다.

"소신이 잡겠습니다."

왕은 먼저 벼슬을 주고 격려하였다. 김현이 칼을 쥐고 숲속으로 들어가니 범은 변하여 낭자(娘子)가 되어 반갑게 웃으면서,

"어젯밤에 낭군과 마음속 깊이 정을 맺던 일을 잊지 마십시오. 오늘 내 발톱에 상처를 입은 사람들은 모두 흥륜사의 장을 바르고 그 절의 나발(螺鉢) 소리를 들으면 나을 것입니다."

하고는, 이어 김현이 찬 칼을 뽑아 스스로 목을 찔러 고꾸라졌다. 김현이 숲속에서 나와서,

"범을 쉽게 잡았다."

고 말했다. 그리고 그 연유는 숨기고, 다만 범에게 입은 상처를 그 범이 시킨 대로 치료하니 모두 나았다. 지금도 민가에서는 범에게 입은 상처에는 역시 그 방법을 쓴다.

김현은 벼슬에 오르자, 서천(西川) 가에 절을 지어 호원사(虎願寺)라 하고 항상 범망경(梵網經)을 강론하여 범의 저승길을 인도하고 또한 범이 제 몸을 죽여 자기를 성공하게 해 준 은혜에 보답했다. 김현이 죽을 때에 지나간 일의 기이함에 깊이 감동하여 붓으로 적어 전하였으므로 세상에서 비로소 듣고

알게 되었으며, 그래서 글의 이름을 논호림(論虎林)이라 했는데 지금까지도 그렇게 일컬어 온다.

정원(貞元) 9년에 신도징(申屠澄)이 야인(野人)으로서 한주(漢州) 십방현위(十方縣尉)에 임명되어 진부현(眞符縣)의 동쪽 10리 가량 되는 곳에 이르렀을 때였다. 눈보라와 심한 추위를 만나 말이 앞으로 나가지 못하므로 길 옆의 초가집으로 들어가니 그 안에 불이 피워 있어 매우 따뜻했다. 등불 밑에 나가 보니 늙은 부모와 처녀가 화롯가에 둘러앉았는데, 그 처녀의 나이는 바야흐로 14, 5세쯤 되어 보였다. 비록 머리는 헝클어지고 때묻은 옷을 입었으나 눈처럼 흰 살결과 꽃같은 얼굴이며 동작이 아름다웠다. 그 부모는 신도징이 온 것을 보고 급히 일어나서 말했다.

"손님은 심한 한설(寒雪)을 만났으니 앞으로 오셔서 불을 쬐시오."

신도징이 한참 앉아 있으니 날은 이미 저물었는데 눈보라는 그치지 않았다. 신도징은

"서쪽으로 현(縣)에 가려면 길이 아직 머니 여기서 좀 재워 주십시오"

하고 청했다. 부모는 말했다.

"누추한 집안이라도 관계치 않으신다면 감히 명을 받겠습니다."

신도징이 마침내 말안장을 풀고 침구를 폈다. 그 처녀는 손님이 묵는 것을 보자 얼굴을 닦고 곱게 단장을 하고는 장막 사이에서 나오는데 그 한아(閑雅)한 태도는 처음 볼 때보다 훨씬 나았다. 신도징이 말했다.

"소낭자(小娘子)는 총명하고 슬기로움이 남보다 뛰어났습니다. 아직 미혼이면 감히 혼인하기를 청하니 어떠하오."

그 아버지는 말했다.

"기약치 않는 귀한 손님께서 거두어 주신다면 어찌 연분이 아니겠습니까."

신도징은 마침내 사위의 예를 행하고 타고 온 말에 여자를 태워 가지고

길을 나섰다. 임지(任地)에 이르러 보니 봉록(俸祿)이 매우 적었으나 아내는 힘써 집안 살림을 돌보았으므로 모두 마음에 즐거운 일 뿐이었다. 그 후 임기가 끝나 돌아가려 할 때는 이미 1남1녀를 두었는데 또한 총명하고 슬기로워 그는 아내를 더욱 공경하고 사랑했다.

일찍이 아내에게 주는 시를 지었는데 이러했다.

> 한 번 벼슬하니 매복(梅福)이 부끄럽고,
> 3년이 지나니 맹광(孟光)이 부끄럽구나.
> 이 정을 어디다 비길까,
> 냇물 위에 원앙새 떠 있구나.

그의 아내는 종일 이 시를 읊어 속으로 화답하는 것 같았으나 입 밖에 내지는 않았다. 신도징이 벼슬을 그만두고 가족을 데리고 본가로 돌아가려 하자, 아내는 문득 슬퍼하면서 말했다.

"요전에 주신 시 한 편에 화답한 것이 있습니다."

그리고는 이렇게 읊었다.

> 금슬(琴瑟)의 정이 비록 중하나,
> 산림(山林)에 뜻이 스스로 깊도다.
> 시절이 변할까 항상 걱정하며,
> 백년해로 저버릴까 허물하도다.

드디어 함께 그 여자의 집에 갔더니 사람이라고는 없었다. 아내는 사모하는 마음이 지나쳐 종일토록 울었다. 문득 벽 모퉁이에 한 장의 호피(虎皮)가 있는 것을 보고 아내는 크게 웃으면서 말했다.

"이 물건이 아직도 여기에 있는 것을 몰랐구나."

마침내 그것을 뒤집어쓰니 곧 변하여 범이 되었는데, 어흥거리며 할퀴다가

문을 박차고 나갔다. 신도징이 놀라서 피했다가 두 아이를 데리고 간 길을 찾아 산림을 바라보며 며칠을 크게 울었으나 끝내 간 곳을 알지 못했다.

아! 신도징(申屠澄)과 김현(金現) 두 사람이 짐승과 접했을 때 그것이 변하여 사람의 아내가 된 것은 똑같다. 그러나 신도징의 범은 사람을 배반하는 시를 주고 으르렁거리고 할퀴면서 달아난 것이 김현의 범과 다르다. 김현의 범은 부득이 사람을 상하게 했지만 좋은 약방문을 가르쳐 줌으로써 사람들을 구했다. 짐승도 어질기가 그와 같은데, 지금 사람으로서도 짐승만 못한 자가 있으니 어찌 된 일인가.

이 사적의 처음과 끝을 자세히 살펴보면 절을 돌 때 사람을 감동시켰고, 하늘에서 외쳐 악을 징계하려 하자 스스로 이를 대신했으며, 신효한 약방문을 전함으로써 사람을 구하고 절을 지어 불계(佛戒)를 강론하게 했던 것이다. 이것은 다만 짐승의 본성이 어질기 때문만으로 그런 것은 아니다. 대개 부처가 사물에 감응함이 여러 방면이었던 까닭에 김현공(金現公)이 능히 탑을 돌기에 정성을 다한 것에 감응하여 명익(冥益)을 갚고자 했을 뿐이다. 그 때에 복을 받은 것은 당연한 일이라 할 수 있지 않겠는가.

경북 경주 호랑이처녀의 죽음

1. 청년(화랭이라고 함)이 월성 숲에서 경비를 하다가 호녀와 인연을 맺었다.
2. 호녀의 거처로 청년이 따라갔다.
3. 호녀는 오라비가 오자 청년을 장 속에 숨겼다.
4. 호녀는 청년의 속에 죽을 것을 자청하고 다시 만날 날을 알려줬다.

5. 나라에서 현상금(삼천만호부로 봉함)을 걸고 호랑이 퇴치자를 구했다.
6. 청년은 약속한 날짜에 호녀를 만나 그를 퇴치하고 큰 부자가 되었다.

1. 일연이 〈김현감호〉라는 제명 하에 두 이야기(김현과 신도징 이야기)를 매치한 이유는 무엇인지 생각해 봅시다.

2. 〈호랑이처녀의 죽음〉과 〈김현감호〉의 차이점에 대해 생각해 봅시다.

3. 김현은 어떤 캐릭터인지 살펴봅시다.

4. 호녀는 어떤 캐릭터인지 살펴봅시다.

5. 호녀의 관점에서 과연 무슨 일이 일어났나를 알기 위해 〈김현감호〉를 지라르의 희생양 메커니즘으로 분석해봅시다.

4. 〈김현감호〉를 현대적으로 각색해봅시다.

6강 여귀와의 하룻밤

崔致遠 (太平通載)

최치원은 자가 고운으로 12세 때에 서쪽으로 당나라에 유학했다. 건부 갑오년에 학사 배찬이 과거를 관장할 때 한 번에 합격하여 율수현의 현위가 되었다. 일찍이 율수현 남쪽 경계에 있는 초현관에 가서 놀았는데 초현관 앞 언덕에 쌍녀분이라 부르는 옛 무덤이 있었으니 고금의 명현들이 놀던 곳이었다. 최치원은 그 석문에다 시를 지어 썼다

> 뉘 집 두 딸이 묻혀 있는 이 무덤인가?
> 적적한 황천의 문빗장에서 몇 번이나 봄을 원망했는가?
> 형영은 부질없이 시내에 남아 달과 짝하고
> 이름은 무덤 가 먼지에게 묻기 어렵도다.
> 꽃다운 정이 혹 그윽한 꿈속에서나마 통하기를 허락한다면
> 기나긴 밤에 이 나그네를 위로함이 어찌 해로울 것인가?
> 외로운 여관에서 만약 운우(雲雨)의 밀회(密會)를 한다면
> 그대와 더불어 낙신부(洛神賦)를 이어 부르리로다.

시를 써 놓고 초현관으로 돌아왔다. 이때 달은 밝고 바람은 맑아 명아주 지팡이를 끌며 천천히 산보하는데 갑자기 한 여인이 나타났다. 용모와 자태가 맵시가 있고 손에는 붉은 주머니를 들고 앞으로 와서 말하기를

"팔낭자(여덟째 아가씨)와 구낭자(아홉째 아가씨)께서 수재(秀才)께 말씀을 전합니다. 아침에 특히 옥지(玉趾. 남의 발의 존칭)를 수고롭게 하여 오시고, 겸하여 경장(瓊章. 남의 글의 존칭)을 내려 주셨으므로 두 낭자께서 각각 수답(酬答. 화답)하신 글을 삼가 받들어 올립니다."

공이 그녀를 돌아보고 깜짝 놀라 어떤 집 아가씨냐고 다시 물으니 여인이 말하기를

"아침에 수풀을 헤치고 돌을 쓸어 시를 써 놓으신 곳이 바로 두 낭자께서 사시는 곳입니다."

공이 이에 깨닫고 첫 번째 주머니를 열어보니 이는 팔낭자가 쓴 시였다.

유혼(幽魂. 영혼)이 이별의 한을 외로운 무덤에 붙이고 있으나
복사꽃 같은 뺨, 버들 같은 눈썹은 아직도 봄빛을 띠었네
학을 타고 삼도(三島)의 길을 찾기 어려워
봉황 비녀가 부질없이 구천(九泉)의 먼지 속으로 떨어졌구나
당시 세상에 있을 때는 낯선 이를 무척 부끄러워 했지만
오늘은 알지 못하는 사람에게 교태를 품었네
시로 저의 뜻을 알림을 깊이 부끄럽게 여기어
한 번 목을 뺄 때마다 한 번씩 마음이 아프네

다음 둘째 주머니를 보니 구낭자의 것이었다.

왕래하면서 누가 길가의 무덤을 돌아보았으리?
난경(난새를 새긴 거울)과 원금(원앙을 수놓은 이불)에는 먼지만 가득 일어나네
한 번 죽고 한 번 태어남은 하늘의 정한 운명이요
꽃이 피고 꽃이 떨어지는 것이 세상의 봄이로구나
매양 진녀(秦女)처럼 속세를 버리기를 희망했고
임희(任姬)처럼 남자의 사랑을 받기를 본받지 않았더니

양왕(襄王)을 모시고 운우(雲雨)의 꿈을 꾸고자 하니
천만가지 생각이 정신을 어지럽히는구나

또 그 뒤폭에다 쓰기를,

이름을 숨김을 괴상히 여기지 말라
외로운 혼이 속세의 인간을 두려워하는 까닭이니.
장차 심사를 모두 말하고자 하니
능히 잠시 친해지는 것을 허락하랴?

공이 꽃다운 시를 보고 자못 희색이 만면하여 그녀의 이름을 물으니 취금
(翠襟)이라 하였다. 그는 기뻐하여 희롱하니 취금이 화를 내어 말하기를
"수재께서는 답서나 써주실 일이지 부질없이 사람을 피곤하게 하시는군요."
치원이 이에 시를 지어 취금에게 주었다.

우연히 아무렇게나 고분에 시를 쓴 것이
어찌 선녀가 속세를 묻는 기회가 될 줄을 알았으리오?
취금(푸른 옷깃)도 오히려 구슬꽃 같은 아름다움을 띠었으니
붉은 소매는 응당 옥 같은 나무에 깃든 봄을 품었으리라
굳이 이름을 숨겨 속세의 나그네를 속이고
교묘히 문자를 지어 시인을 번뇌하게 하네
애타게 바라기는 오직 모시고 웃고 즐기는 것이니
천령만신(온갖 신들)에게 기원하나이다

끝 폭에다 이어 쓰기를.

푸른 새가 무단히 일을 알려주니
잠시나마 생각하느라(그리워하느라) 두 줄 눈물을 흘리네

오늘 밤 만약 선녀를 만나지 못한다면
분명히 명대로 못 살고 죽고 말 듯

취금이 이 시를 가지고 돌아가는데. 빠르기가 마치 회오리바람과 같았다. 치원은 홀로 서서 애닯게 읊조리는데 한참이 되어도 소식이 없었다. 그래서 단가(짧은 노래)를 불러 거의 끝나려고 하는데, 갑자기 향기가 스쳤다. 조금 있다가 두 여인이 나란히 오는데 분명히 한 쌍의 맑은 구슬이요, 두 송이 상서로운 연꽃이었다. 치원이 놀라 기쁘기가 꿈같아 절을 하면서,

"치원은 섬나라의 한미한 선비요 속세의 말단 관리로, 어찌 외람히 선녀께서 범속한 무리를 돌아보아 갑자기 희롱하는 말이 있더니 문득 꽃다운 발자취를 드리워 주실 줄 기대했겠습니까?"

두 여인은 미소만 지으면서 말이 없으니 치원이 시를 지어 말하기를

꽃다운 밤에 잠시나마 친해질 수 있는 기회를 다행히 얻었는데
무슨 일로 말없이 늦은 봄을 대하고 있나?
장차 진실부(秦室婦)를 알게 되는가 여겼더니
원래 식부인(息婦人)인 줄 몰랐네

이에 자줏빛 치마를 입고 있는 여인이 화를 내며 말하기를
"처음에는 웃으면서 말하려고 하였는데 갑자기 경멸을 당했군요. 식부인은 일찍이 두 남편을 섬겼지만, 저는 아직 한 남편도 섬기지 않았습니다."
공이 말하기를
"부인이 말을 안 하려고 하시지만, 하면 맞는 말만 하시는군요."
두 여인이 모두 웃었다. 치원이 이에 다시 묻기를,
"낭자들은 어디 사시며 어떤 사이입니까?"
자줏빛 치마를 입은 여인이 눈물을 흘리면서 말하기를
"저와 동생은 율수현 초성향 장씨의 두 딸입니다. 돌아가신 아버지는 현리

를 하지 않으셨지만 근처에서 제일가는 부자여서 넉넉하기가 동산(거부 등통이 살던 곳)과 같고 호화롭기가 금곡(거부 석숭이 살던 곳) 같았습니다. 제 나이 18세, 동생의 나이 16세 때, 부모님이 혼인을 의논하여 저는 염상에게 정하고 동생은 차상에게 정했습니다. 저희들은 매일 남편감을 바꾸어 달라고 조르면서 마음에 불만만 품다가 울결(막히고 맺힌 것)이 풀리지 않아 마침내 일찍 죽은 것입니다. 바라건대 그대는 혐의를 두지 마십시오."

치원이 말하기를

"말씀이 분명하신데 어찌 의심이 있겠습니까?"

이에 두 여인에게 묻기를,

"무덤에 기탁한지가 오래되었고, 초현관에서 그리 멀지 않으니 만약 영웅과 만났다면 어찌 아름다운 이야기가 아니겠습니까?

붉은 소매를 한 여인이 말하기를

"왕래하던 사람들은 모두 비루한 남자들뿐이었습니다. 오늘 다행히 수재를 만나니 기품이 오산처럼 빼어나 함께 현묘한 이치를 말할 수 있겠습니다."

최치원이 술을 권하면서 두 여인에게 말하기를

"속세의 맛을 세상 밖의 분들에게 올려도 될지 모르겠습니다."

자줏빛 치마를 입은 여인이 말하기를

"먹지 않고 마시지 않아도 배고프지 않고 목마르지 않습니다. 그러나 다행히 훌륭한 자태를 접하고 경액(신선이 마시는 술. 좋은 술)을 만나니 어찌 감히 사양하겠습니까?"

이에 술을 마시고 각각 시를 지었는데 모두가 맑고 빼어나 세상에 있는 시구가 아니었다. 이 때 달이 낮처럼 밝고 맑은 바람이 가을 같으니 언니가 시의 규칙을 고쳐 말하기를

"달을 가지고 시를 짓되 바람 풍자를 운으로 삼읍시다."

이에 치원이 먼저 기련(起聯)을 지었다.

금빛 물결이 눈에 가득하고 장공에 넘실거리니
천리의 수심은 곳곳마다 같구나

팔낭이 말하기를

바퀴 그림자(달)가 움직이지만 옛 길을 잃지 않고
계수나무 꽃(달)은 피지만 봄바람을 기다리지 않네

구낭이 말하기를

둥근 광휘가 점점 희어지며 삼경이 넘으니
이별할 생각이 바라보는 마음을 아프게 하는구나

치원이 말하기를

명주의 색이 펴질 때 비단 휘장을 나누고
옥돌의 모양이 비치는 곳에 구슬 창살을 뚫고 지나네

팔낭이 말하기를

인간의 먼 이별에 애가 끊어지는 것 같고
황천의 외로운 잠에 한이 끝이 없도다.

구낭이 또

매양 상아가 계교 많음을 부러워하니
능히 향각(香閣:일반적인 여성의 거처)을 포기하고 선궁(仙宮)에 이르렀
구나

공이 더욱 감탄하고 놀라며 말하기를

"이럴 때 음악이 없다면 안 될 것입니다."

이에 붉은 소매를 한 여인이 몸종 취금을 돌아보며 최치원에게 말하기를

"현악기는 관악기만 못하고 관악기는 사람의 몸만 못하지요. 이 아이가 노래를 잘 부른답니다."

이에 〈소충정〉이라는 노래를 부르게 했다. 취금이 옷깃을 여미고 한 번 노래를 부르니 청아하고 절세했다.

이 때에 세 사람이 한창 취했으므로 치원이 두 여인을 희롱하면서 말하기를 "일찍이 듣건대 노충은 사냥을 나갔다가 우연히 좋은 인연을 얻고, 완조는 신선을 찾아갔다가 아름다운 배필을 만났다고 합니다. (우리의) 꽃다운 정이 이러하니 인연을 맺을 만합니다."

두 여인이 모두 허락하면서 말하기를 "순임금이 군주로 계실 때도 쌍으로 모셨고 주랑이 장수로 있을 때도 둘이서 따랐습니다. 저 옛날에도 오히려 그러했는데 지금에야 어찌 그렇지 않을 수 있겠습니까?"

치원은 기쁘기가 기대 이상이었다. 이에 세 개의 정갈한 베개를 늘어놓고 한 채의 새로운 이불을 펴서 세 사람이 함께 자니 그 얽히고 섥힌 정은 이루 말로 표현할 수가 없었다. 치원이 두 여인을 희롱하면서 말하기를

"규중에 들어가 황공의 사위가 되지 못하고 도리어 무덤가로 와 진씨의 여종을 끼었으니, 무슨 인연으로 이렇게 만나게 되었는지 모르겠습니다."

언니가 시를 지어 말하기를

> 그 말을 들으니 그대가 어질지 못하여
> 여종과 자는 것에 익숙함을 알겠군요

동생이 이에 꼬리를 붙여

무단히 미친 놈에게 시집을 가서
경망한 말로 지선(땅에 사는 신선)이 모욕을 당하는구나

최치원이 대답을 시로 지어 말하기를

오백년 이래에 비로소 어진 이를 만나고
또한 오늘 밤 쌍으로 동침함을 즐겼네
마음속으로 미친 객과 상친했다고 탓하지 말라
예전부터 봄바람을 향하면 적선(귀양 온 신선)이라 했다네

이윽고 달이 지고 닭이 울었다. 두 여인은 깜짝 놀라 공에게 말했다.
"즐거움이 지극하면 슬픔이 오고, 이별은 길고 만남은 촉박합니다. 이것은 인간 세상의 귀한 이나 천한 이나 다 같이 마음 아픈 일이니, 하물며 존몰(存沒)과 승침(昇沈)의 길이 다름이겠습니까? 매양 대낮을 부끄러워하고 헛되이 꽃다운 때를 버리더니 오늘 하루저녁의 즐거움을 맛본 것이 이로부터 천년의 원한이 되겠습니다. 처음으로 동침의 다행함을 기뻐하다가 갑자기 (부부의) 이별의 기한이 없음을 차탄합니다."
두 여인이 각각 시를 선사하여 말하기를

북두칠성이 처음으로 돌아가며 밤이 깊어져
이별의 정서를 말하고자 하니 눈물이 먼저 넘쳐나네
이로부터 문득 천 년의 한이 맺히리니
다시 긴 밤의 즐거움을 누릴 계교가 없구나

또

빗긴 달 창에 비치니 붉은 뺨이 차가워지고
새벽바람에 소매가 나부끼니 푸른 눈썹이 찡그려지네
그대를 이별한 걸음걸음에 애가 끊어지고

비는 흩어지고 구름은 돌아가니 꿈에 들기도 어렵구나

치원이 시를 보고 저도 모르게 눈물이 흘렀다. 두 여인이 치원에게 말했다. "혹시 나중에 다시 여기를 지나가게 되면 황폐된 무덤을 쓸고 돌보아주십시오." 말을 마치자 곧 사라졌다.

다음날 아침, 최치원이 무덤가로 돌아가 방황하고 읊조리며 더욱 심하게 감탄하다가 노래를 지어 스스로 위로하였다.

풀과 먼지로 컴컴한 두 여인의 무덤이
옛부터 이름 있는 유적인 줄 누가 들었으랴?
오직 넓은 들에 비치는 천추(千秋)의 달에 마음 상하고
부질없이 무산에 두 조각 구름이 잠겼구나
스스로 웅대한 재주로서 먼 지방의 관리가 된 것을 한하여
우연히 외로운 여관에 왔다가 유벽한 곳을 찾아
희롱삼아 석문에 시를 썼더니
선녀가 감격하여 자태가 밤에 이르렀네
붉은 비단 소매와 자줏빛 비단 치마
앉으니 난초와 사향의 향기가 사람을 엄습하고
푸른 눈썹과 붉은 뺨이 모두 세속 사람을 뛰어넘으며
마시는 태도와 시 읊조리는 정서 또한 출중하였네
시드는 꽃을 대하고 아름다운 술을 기울이며
쌍쌍이 묘한 춤에 가느다란 손가락을 드러내는구나
미친 듯한 마음은 이미 어지러워 부끄러운 줄을 모르고
꽃다운 뜻을 시험하여 허락 여부를 보았구나
미인의 안색이 한참동안 어두워지더니
반은 웃음 반은 울음을 품었네
낯이 익자 자연히 마음이 불길 같아
뺨이 붉어지는 것이 술에 흠뻑 취한 듯하네
아름다운 노래를 부르며 즐거운 화합을 누리니

꽃다운 밤에 좋은 모임은 전생에서 이미 정해놓은 것이로구나
겨우 사녀가 맑은 담론을 말하는 것을 듣겠더니
또한 반희가 우아한 노래를 부르는 것을 보겠네
정이 깊어지고 뜻이 친해져야 비로소 결합하기를 요구하니
정히 따스한 봄날에 도리(桃李)가 만발한 때로다.
밝은 달은 금침의 은정을 배가하고
향기로운 바람은 굳이 비단옷 입은 몸을 들추어내네
비단옷에 싸인 몸, 금침 속의 은정
그윽한 즐거움이 다하기도 전에 이별의 근심이 닥쳐오니
몇 마디 남은 노래는 외로운 혼을 끊어지게 하고
한 점 잔등은 두 줄기 눈물을 비추는구나
새벽이 되어 난조와 학이 각각 동서로 흩어지네
홀로 앉아 생각하니 꿈속인 듯 싶어라
깊이 생각해 보니 꿈 같으면서 꿈은 아니고
수심은 아침 구름을 대하여 푸른 하늘로 돌아가네
한 마리 말은 길게 울며 갈 길을 바라보는데
미친 이 몸은 오히려 무덤을 다시 찾았네
비단 버선이 꽃다운 먼지를 밟음을 만나지 못하고
다만 꽃가지가 아침 이슬에 우는 것만 보았구나
애가 끊어지는 듯하여 머리를 자주 돌리나
황천의 문이 적막하니 누가 문을 열어줄 것인가
고삐를 잡고 바라볼 때 한없는 눈물만 흘러내리고
채찍을 드리우고 읊조리는 곳에 남은 슬픔만 있네
늦은 봄바람, 늦은 봄날
버들꽃만 어지러이 바람에 흩어지네
항상 나그네는 봄빛을 원망하기 마련인데
하물며 이별의 정이 꽃다운 아가씨를 생각함에 있어서랴?
인간의 일이란 수심이 사람을 죽이는 것이어서
비로소 제대로 된 길에 들어섰나 싶으면 또 길을 잃는구나
풀이 동대에 마르니 천고의 한이요
꽃이 금곡에 피니 하루아침의 봄이로다

완조와 유신은 평범한 인물이요
진시왕과 한무제도 선골이 아니로다
당시 아름다운 만남은 묘연하여 쫓기 어렵고
후세에 이름만 남기는 것이 부질없이 슬프구나
유유히 왔다가 홀연히 가니
바람과 비가 항상 주된 방향이 없음을 알겠네
내가 이곳에 와 두 아가씨를 만난 것은
옛날에 양왕이 운우를 꿈꾼 것과 흡사하구나
대장부여, 대장부여,
씩씩한 기운으로 여자의 한을 풀어주었으니
마음을 요염한 여우(妖狐)에게 두어 연연해 하지 말라

뒤에 최치원이 급제했다.[1] 동쪽(신라)으로 돌아오는 길에서 시를 지었는데 말하기를

뜬세상 부귀영화는 꿈속의 꿈이니
흰 구름이 깊은 곳이 몸을 편안하게 하기 좋네

이에 물러나 신선의 길로 들어서서 산림과 강해에 있는 승려를 찾아다녔다. 작은 서재를 얽고 석대를 쌓고 글과 책을 탐독하며 풍월을 읊고 그 사이에서 소요하였다. 남산 청량사, 합포현 월영대, 지리산 쌍계사, 석남사, 묵천의 석대 등에 모란을 심어 지금까지 오히려 있는데 모두 그 놀던 곳이다. 최후에 가야산 해인사에 은거하여 그 형 대덕현준과 남악 사정현과 함께 경론을 탐구하여 마음이 충막(그윽하고 조용해서 흔적이 없음)의 경지에 올랐다. 이로써 늙어 죽었다.

---

1) 실제로는 이러한 사실이 없음.

1. 〈최치원〉의 배경, 인물, 사건을 정리해보고, 최치원과 팔구낭의 캐릭터를 분석해봅시다.

2. 〈최치원〉과 같은 전기(傳奇)에서는 의사 표현이 시를 통해 이루어집니다. 작품에 등장하는 시가 무슨 내용인지 파악해 봅시다.

3. 작품이 염두에 둔 독자층은 어떤 사람들인지 생각해봅시다. 그리고 최치원이 빵을 만드는 사람이었다면 내용이 어떻게 바뀌었을까 상상해봅시다.

4. 팔구낭은 왜 귀신으로 설정되었을지 생각해봅시다.

5. 팔구낭은 어떻게 타자화되어 표현되고 있는지 이야기해봅시다.

6. 환상적 하룻밤을 보내고 난 후 여인들을 요망스런 여우라 일컬으며 자신을 위로하는 최치원을 어떻게 평가해야 할지 생각해봅시다.

7강 사랑, 중세권력을 허무는 힘

운영전

수성궁은 안평대군(이조 세종의 셋째 아들)의 옛집으로 장안성 서쪽으로 인왕산 아래에 있는지라, 산천이 수려하여 용이 서리고 범이 일어나 앉은 듯하며, 사직이 그 남에 있고 경복궁이 그 동에 있었다. 인왕산의 산맥이 굽이쳐 내려오다가 수성궁에 이르러서는 높은 봉우리를 이루었고, 비록 험준하지는 아니하나 올라가 내려다보면 아니 뵈는 곳이 없는지라, 사면으로 통한 길과 저자거리며, 천문만 호가 밀밀층층하여 바둑판과 같고, 하늘의 별과 같아서 역력히 헤아릴 수 없고 , 번화 장려함이 이루 형용치 못할 것이요, 동쪽을 바라보면 궁궐이 아득하여 구름 사이에 은영(隱映)하고 상서(祥瑞)의 구름과 맑은 안개가 항상 둘러 있어 아침저녁으로 고운 자태를 자랑하니 짐짓 이른바 별유천지(別有天地) 승지(勝地)였다.

때의 주도(酒徒)들은 몸소 가아(歌兒)와 적동(笛童)을 동반하고 가서 놀았으며, 소인(騷人:풍류를 즐기어 노래하고 읊는 사람)과 묵객(墨客)은 삼춘 화류시와 구추단풍절에 그 위를 올라 음풍영월하며 경치를 완상하느라 돌아가기를 잊으니, 산천의 아름다움과 경치의 좋음은 무릉 도원에 지남이 있더라.

이 때, 남문 밖 옥녀봉 아래에 한 선비가 살고 있었으니, 청파사인 유영이라. 그는 연기 이십 여에 풍채가 준아하고 학문이 유여 하되, 가세가 빈곤하

여 의식을 이을 길이 없는지라, 울적한 마음을 이기지 못하여 이 곳의 경개가
좋음을 익히 들었으며 한번 구경코자 하되, 의복이 남루하고 얼굴빛이 매몰
하여 남의 웃음을 받는지라 머뭇거리다가 가보지 못한 지가 오래되었다.

만력(萬曆) 신축(辛丑) 춘삼월 기망(보름)에 탁주 한 병을 샀으나 동복도
없고 또한 친근한 벗도 없는지라, 몸소 술병을 차고 홀로 궁문으로 들어가
보니, 구경 온 사람들이 서로 돌아보고 손가락질하면서 웃지 않는 이가 없었
다. 유생은 하도 부끄러워 몸둘 바를 모르다가 바로 후원으로 들어갔다. 높은
데 올라서 사방을 보니, 새로 임진왜란을 갓 겪은 후라, 장안의 궁궐과 성안의
화려했던 집들은 탕연(蕩然)하였다. 부서진 담도 깨어진 기와도, 묻혀진 우물
도, 흙덩어리가 된 섬돌도 찾아볼 수 없었다. 풀과 나무만이 우거져 있었으며,
오직 동문 두어 칸막이 우뚝 홀로 남아 있을 뿐이었다.

유생은 천석(泉石)이 있는 그윽하고도 깊숙한 서원으로 들어가니, 온갖 풀
이 우거져서 그림자가 밝은 못에 떨어져 있었고, 땅 위에 가득히 떨어져 있는
꽃잎은 사람의 발길이 이르지 아니하며 미풍이 일 적마다 향기가 코를 찔렀다.

유생은 바위 위에 앉아 소동파가 지은

我上朝元春半老滿地落花無人掃
아상조원춘반로만지낙화무인소

라는 시구(詩句)를 읊었다. 문득 차고 있던 술병을 풀어서 다 마시고는 취
하여 바윗가에 돌을 베개삼아 누웠더니, 잠시 후 술이 깨어 얼굴을 들어 살펴
보니 유객은 다 흩어지고 없었다. 동산에는 달이 떠 있었고, 연기는 버들가지
를 포근히 감쌌으며, 바람은 꽃잎을 어루만지고 있었다. 그때 한 가닥 부드러
운 말소리가 바람을 타고 들려왔다. 유영은 이상히 여겨 일어나서 찾아가 보
았다. 한 소년이 절세(絕世) 미인(美人)과 마주 앉아 있다가 유영이 옴을 보
고 흔연히 일어나서 맞이하니, 유영은 그 소년을 보고 묻기를,

"수재(秀才)는 어떠한 사람이기로 , 낮을 택하지 않고 밤을 택해서 놀고 있느뇨?"

소년은 생긋이 웃으며 대답하더라.

"옛 사람이 말한 홍개약구(蓋若舊)란 말은 바야흐로 우리를 두고 한 말이지요."

세 사람은 솔밭처럼 앉아서 이야기를 시작하매, 미인이 나지막한 소리로 아이를 부르니, 차환(시종 드는 계집 아이) 두 명이 숲 속에서 나왔다. 미인은 그 아이를 보고 말하기를,

'오늘 저녁 우연히 고인(故人)을 만났고, 또한 기약하지 않았던 반가운 손님을 만났으니, 오늘밤은 쓸쓸히 헛되이 넘길 수 없구나. 그러니 네가 가서 주찬(酒饌)을 준비하고, 아울러 붓과 벼루도 가지고 오너라.'

두 차환은 명령을 받고 갔다가 잠시 후 돌아 왔으니 빠르기가 나는 새 오락가락 하는 것과 같더라. 유리로 만든 술병과 술잔, 그리고 자하주(신선이 마시는 자줏빛의 술)와 진기한 안주 등은 모두 인세(人世)의 것은 아니더라.

세 사람은 석 잔씩 마시고 나서, 미인이 새로운 노래를 부러 술을 권하니, 그 가사는 이러하니라.

> 깊고 깊은 궁안에서 고운 님 여의나니
> 천연은 미진한데 뵈올 길 바이없네
> 꽃피는 봄날을 몇 번이나 울었더뇨
> 밤마다의 상봉은 꿈이지 참이 아니었네
> 지난 일이 허물어져 티끌이 되었어도
> 부질없이 나로 하여 눈물짓게 하누나

노래를 마치고 나선 한숨을 '후유'쉬면서 느껴 우니, 구슬 같은 눈물이 얼굴을 덮으니, 유영은 이상히 여겨 일어나 절을 하고 묻기를,

"내 비록 양가의 집에 태어난 몸은 아니오나, 일찍부터 문묵(文墨)에 종사하여 조금 문필(文筆)의 공을 알고 있거니와, 이제 그 가사를 들으니, 격조가 맑고 뛰어나시나, 시상이 슬프니 매우 괴이하구려. 오늘밤은 마침 월색이 낮과 같고 청풍이 솔솔 불어오니 이 좋은 밤을 즐길 만 하거늘, 서로 마주 대하여 슬피 울음은 어인 일이오. 술잔을 더함에 따라 정의가 깊어졌어도 성명을 서로 알지 못하고, 회포도 펴지 못하고 있으니 또한 의심하지 않을 수 없소."

하고 유영은 먼저 자기의 성명을 말하고 강요하더라. 이에 소년은 대답하기를,

"성명을 말하지 아니함은 어떠한 뜻이 있어서 그러하온데, 당신이 구태여 알고자 할진대 가르쳐 드리는 것은 어려우리까마는, 그러나 말을 하자면 장황합니다."

하며 수심 띄운 얼굴을 하고, 한참 있다가 입을 열어 말하기를,

"나의 성은 김이라 하오며, 나이 십세에 시문(詩文)을 잘하여 학당(學堂)에서 유명하였고, 나이 십사세에 진사 제이과에 오르니, 일시에 모든 사람들이 김진사로서 부릅디다. 제가 나 어린 호혈한 기상으로 마음이 호탕함을 능히 억누르지 못하고, 또한 여인으로 하여 부모의 유체를 받들고서 마침내 불효의 자식이 되고 말았으니 천지간 한 죄인의 이름을 억지로 알아서 무엇하리까? 이 여인의 이름은 운영이오, 저 두 여인의 이름은 하나는 녹주요, 하나는 송옥이라 하는데, 다 옛날 안평대군의 궁인이었습니다."

"말을 하였다가 다하지 아니하면 처음부터 말을 하지 않은 것만 같지 못하옵니다. 안평대군의 성시(盛時)의 일이며 진사가 상심하는 까닭을 자상히 들을 수 있겠소?"

진사는 운영을 돌아보면서 말하기를,

"성상(星霜)이 여러 번 바뀌고 일월이 오래 되었으니, 그때의 일을 그대는 능히 기억하고 있소?"

"심중에 쌓여 있는 원한을 어느 날인들 잊으리까? 제가 이야기해 볼 것이오니. 낭군님이 옆에 있다가 빠지는 것이 있거든 덧붙여 주옵소서."

하고는 이야기를 시작하더라.

세종대왕의 왕자 팔 대군 중에서 셋째 왕자인 안평 대군이 가장 영특하였지요. 그래서 상이 매우 사랑하시고 무수한 전민과 재화를 상사하시니, 여러 대군 주에서 가장 나았사옵더니, 나이 십삼 세에 사궁에 나와서 거처하시니 수성궁이라 하였습니다.

유업(儒業)으로써 자임(自任)하고, 밤에는 독서하고 낮에는 시도 읊으시고 또는 글씨를 쓰면서 일각이라도 허송치 아니하시니, 때의 문인재사들이 다 그 문(門)에 모여서 그 장단을 비교하고, 혹 새벽닭이 울어도 그치지 않고 담론(談論)을 하였지마는, 대군은 더욱 필법(筆法)에 장(長)하여 일국에 이름이 났지요. 문종대왕이 아직 세자(世子)로 계실 적에 매양 집현전 여러 학사와 같이 안평대군의 필법을 논평하시기를,

"우리 아우가 만일 중국에 났더라면 비록 왕희지에게는 미치지 못하겠지만, 어찌 조맹부에 뒤지리오."

하면서 칭찬하시기를 마지않았사옵니다.

하루는 대군이 저희들을 보고 말씀하시기를,

"천하의 모든 재사(才士)는 반드시 안정한 곳에 나아가서 갈고 닦은 후에야 이루어지는 법이니라. 도성(都城) 문밖은 산판이 고요하고, 인가에서 좀 떨어졌을 것이니 거기에서 업을 닦으면 대성할 수 있을 것이다."

하시고는 곧 그 위에다 정사(精舍) 여남은 간을 짓고, 당명을 비해당(匪懈堂)이라 하였으며, 또한 그 옆에다 단을 구축하고 맹시단이라 하였으니, 다 명(名)을 돌아다보고 의(義)를 생각한 뜻이었지요. 때의 문장(文章)과 거필(巨筆)들이 단상에 다 모이니, 문장에는 성삼문이 으뜸이었고, 필법에는 최흥효가 으뜸이옵니다. 비록 그러하오나 다 대군의 재주에는 미치지 못하였사옵지요.

하루는 대군이 취함을 타서 궁녀 보고 말씀하시기를,

"하늘이 재주를 내리심에 있어서, 남자에게는 풍부하게 하고 여자에게는 재주를 내리심에 있어서 적게 하였으랴. 지금 세상에 문장으로 자처하는 사람이 많지마는, 능히 다 상대할 수 없고, 아직 특출한 사람이 없으니. 너희들도 또한 힘써서 공부하여라."

하시고는 대군께서는 궁녀 중에서 나이가 어리고 얼굴이 아름다운 열 명을 골라서 〈소학〉, 〈언해〉〈중용〉, 〈대학〉, 〈맹자〉, 〈시경〉, 〈통감〉, 〈송서〉 등을 차례로 가르쳐 5년 이내에 모두 대성하였지요. 열 명의 이름 금련, 은섬, 자란, 보련, 운영이니, 운영은 바로 저였어요.

그리고 항상 영을 내리시기를,

"시녀로서 한 번이라도 궁문을 나가는 일이 있으면 그 죄는 죽음을 당할 것이며, 또 외인이 궁녀의 이름을 아는 이가 있다면 그 죄도 또한 죽음을 면치 못할 것이다."

라고 말씀하셨습니다.

— 중략 —

하루는 밤에 자란이 지성으로 저에게 묻기를,

"여자로 태어나서 시집가고자 하는 마음은 누구나 다 가지고 있다. 네가 생각하고 있는 애인이 누군지 는 알지 못하나, 너의 안색이 날로 수척해 가므로 안타까이 여겨 내 지성으로 묻나니, 조금도 숨기지 말고 이야기하라."

저는 일어나 사례하며,

"궁인이 하도 많아 누가 엿들을까 두려워 말을 못하겠거니와 네가 지극한 우정으로 묻는데 어찌 숨길 수 있겠니?"

하고는 이야기를 하여 주었습니다.

지난 가을 국화꽃이 피기 시작하고 단풍이 떨어지기 시작할 때, 대군이 칠언사운 10수를 쓰시고 있었는데, 하루는 동자가 들어와 고하기를,

"나이 어린 선비가 김진사라 자칭하면서 대군을 뵈옵겠다 하옵니다."

하니, 대군은 기뻐하시면서,

"김진사가 왔구나."

하시고는 맞아들이게 한즉, 베옷을 입고 가죽띠를 맨 선비로서 얼굴과 거동은 신선 세계의 사람과 같더구나. 진사님이 절을 하고 하는 말이,

"외람 되어 많은 사랑을 입고 존명을 욕되게 하고 이제야 인사를 올리게 되오니 황송하기 말할 수 없사옵니다."

하니, 대군은 위로의 말을 하시더라.

진사님이 처음 들어올 때에 이미 우리와 상면을 하였으나, 대군은 진사님의 나이가 어리고 착하므로 우리로 하여금 피하도록 하지도 아니 하였었지. 대군이 진사님 보고 말씀하시기를,

"가을 경치가 매우 좋으니 원컨대 시 한 수를 지어 이 집으로 하여금 광채가 나도록 하여 주오."

하시니, 진사가 자리를 피하고 사양하며 말하길,

"헛된 이름이 사실을 어둡게 하고 말았나이다. 시의 격률도 모르는 소자가 어찌 감히 알겠나이까?"

이때 대군은 금련으로 노래하게 하시고, 부용으로 거문고를 타게 하시고, 보련으로 단소를 불게 하시고, 나로써 벼루를 받들게 하시니, 그때 내 나이는 십칠 세였단다. 낭군은 한 번 보매 정신이 어지러워지고 가슴이 울렁거렸으며, 진사님도 또한 나를 돌아보면서 웃음을 머금고 자주 눈여겨보더라.

진사님이 붓을 잡고 오언사운 한 수를 지으니 그 시는 이러하였지.

　　　기러기 남쪽을 향해 가니

궁안에 가을빛이 깊구나.
물이 차가워 연꽃은 구슬 되어 꺾이고,
서리가 무거우니 국화는 금빛으로 드리우네.
비단 자리엔 홍안의 미녀
옥같은 거문고 줄엔 백운같은 음일세.
유하주 한 말로 먼저 취하니
몸 가누기 어려워라.

대군이 읊으시다가 놀라시면서,

"진실로 천하의 기재로다. 어찌 서로 만나기가 늦었던고."

하시었고, 시녀들도 이구동성으로 말하길,

"이는 반드시 신선이 학을 타고 진세에 오신 것이니, 어찌 이와 같은 사람이 있으리오."

라고 하였지.

나는 이로부터 누워도 능히 자지를 못하고, 밥맛은 떨어지고 마음이 괴로워서 허리띠를 푸는 것조차 깨닫지 못했는데, 너는 느끼지 못하더라.

자란은,

"그래 내 잊었었군. 이제 너의 말을 들으니 정신의 맑아짐이 마치 술깬 것과 같구나."

라고 하더이다.

그 후로 대군은 자주 진사님과 접촉하였으나, 저희들은 서로 보지 못하게 한 까닭으로 매양 문틈으로 엿보다가 하루는 설도전에다 오언사운 한 수를 썼습니다.

베옷에 가죽띠를 맨 선비는
신선과 같은데,
매양 바라보건만

어이하여 인연이 없는고.
솟는 눈물로 얼굴을 씻으니
원한은 거문고 줄에 우나니,
가슴속 원한을
머리 들어 하늘에 하소연하오.

시와 금전 한 쌍을 겹겹이 봉해 가지고 진사님에게 부치고자 하였으나 방법이 없었어요.

얼마 후 진사님이 오셨는데, 얼굴은 파리해져서 더욱이 옛날의 기상은 아니었어요.

제가 벽을 헐어 구멍을 뚫고 봉서를 던졌더니, 진사님이 주워 가지고 집으로 돌아가서 펴 보고는 슬픔을 스스로 이기지 못하며 차마 손에서 놓지 않고 그리워하는 마음은 몸을 가누지 못하는 것과 같았습니다.

한 무녀가 대군이 궁에 드나들면서 사랑과 신용을 얻고 있었는데, 이 소문을 들은 진사님이 그 집을 찾아가 보니 나이가 삼십도 못되는 얼굴이 아주 예쁜 여자로서 일찍 과부가 되고는 음녀로 자처하고 있었는데, 진사님을 보고는 기뻐하였지요. 무녀는 진사님을 붙들어 놓고 정으로써 돋우고 밤을 새우면서 같이 자리라 마음먹고는, 다음날 목욕하고 짙은 화장을 하고 화려한 꾸밈을 하고 꽃같은 담요와 옥같은 자리를 깔아놓고 계집종으로 하여금 망을 보게 하였답니다. 김진사가 와서 이 광경을 보고 이상히 여기니, 무녀가,

"오늘 저녁은 어떤 저녁이기에 이와 같이 훌륭한 분을 뵈옵게 되었을까."

하였으나, 김진사는 뜻이 없었기 때문에 대답도 않고 있으니, 무녀가 또 말하길,

"과부의 집에 젊은이가 왜 왕래를 꺼리지 않고 자기의 번민을 말하지 않는지요?"

"점이 신통할 것 같으면 어찌 내가 찾아오는 뜻을 알지 못하오?"

이에 무녀는 즉시 영전에 나아가 신에게 절하고 방울을 흔들고 몸을 떨며,
"당신은 정말로 가련합니다. 그 뜻을 이루지 못할 뿐만 아니라. 삼 년이
못 가서 황천의 사람이 되겠습니다."

"나도 알고 있습니다. 그러나 마음속에 맺힌 한을 백약으로도 고칠 수 없으
니, 만일 당신이 다행히 편지를 전하게 될 것 같으면 죽어도 영광이겠습니다."

"비천한 무녀로서 부르시지 않으면 감히 들어가질 못합니다. 그러하오나
진사님을 위하여 한번 가보겠습니다."

무녀가 편지를 갖고 궁에 들어와 가만히 전해 주더이다. 제가 방으로 들어
와서 뜯어보니,

'한 번 눈으로 인연을 맺은 후부터 마음은 들떠 있고 넋이 나가 능히 마음을
진정치 못하고 매양 성 그쪽을 향하여 몇 번이나 애를 태웠지요. 이전에 벽
사이로 전해 주신 편지로 해서 잊을 수 없는 옥음을 황경히 받아들고 펴기를
다하지 못하여 가슴이 메이고 읽기를 반도 못하여 눈물이 떨어져 글자를 적
시기에 능히 다 보지 못하였으니 장차 어찌 하오리까. 이러한 후부터 누워도
자지를 못하고 음식은 목을 내려가지 않고 병은 골수에 사무쳐 온갖 약이
효험이 없으니 저승이 보이는 것 같습니다. 오직 소원은 조용히 죽음을 따를
뿐이오니, 하느님께서 불쌍히 여겨주시고 신께서 도와 주서 혹 생전에 한 번
만이라도 이 원한을 풀게 하여 주신다면 마땅히 몸을 부수고 뼈를 갈아서라
도 천지신명의 영전에 제를 올리겠습니다.

다시 무슨 말씀을 하오리까. 예를 갖추지 못하고 삼가 붓을 놓나이다.'
라 하였고, 사연 끝에 칠언사운 한 수가 적혀 있었으니, 이러했지요.

누각은 저녁 문 닫혔는데
나무 그늘 그림자 희미하여라.
낙화는 물에 떠 개천으로 흐르고

어린 제비는 흙을 물고 제 집을 찾아가네.
누워도 못 이룰 꿈이오. 하늘엔 기러기도 없구나.
눈에 선한 임은 말이 없는데
꾀꼬리 울음소리에 옷깃을 적시네.

제가 보기를 다함에 기운이 막혀서 입으로는 능히 말할 수 없었고,
눈물이 다하자 피가 눈물을 이었습니다.

하루는 대군이 비취를 불러,

"너희들 열 명이 한방에 같이 있으니 업을 전념할 수 없다."

하시고 다섯 명을 나누어 서궁에 가서 있게 하니, 저는 자란, 은섬, 옥녀,
비취와 같이 즉일로 옮겨갔습니다. 옥녀가 말하길,

"그윽한 꽃, 흐르는 물, 꽃다운 수풀이 산가나 야장과 같으니, 참으로 훌륭
한 독서당이라 말할 수 있구나."

이에 제가 대답했지요.

"산 사람도 아니고 중도 아니면서 이 깊은 궁에 갇히었으니, 정말로 이른바
장신궁이다." 하였더니, 좌중 궁인들이 자탄하고 울적하게 여기지 않는 이가
없었습니다.

그 후로 저는 편지를 써서 뜻을 이루고자 했으며, 진사님도 지성으로 무녀
를 찾아 간절히 부탁을 하였으나 그녀는 오기를 좋아하지 않았으니, 아마 진사
의 뜻이 자기한테 없음을 유감으로 여겼기 때문에 그랬을 것 같기도 합니다.

그럭저럭 두어 달이 지나고 계절은 다시 가을로 접어들어 바람이 불고 국
화는 황금빛을 토하고 벌레는 소리를 가다듬고 흰 달은 빛을 밝혔습니다. 이
때에 시내에서 빨래함은 좋은 때라. 여러 궁녀와 같이 날짜와 빨래할 장소를
결정하려 했으나 의논이 맞지 아니하였지요. 남궁 사람들은,

"맑은 물과 흰 돌은 탕춘대 밑보다 나은 데가 없단다."

그러자 서궁 사람들도 말했습니다.

"소격서동의 물과 돌은 바깥에서 더 내려가지 아니하니 왜 가까운 곳을 버리고 먼 데를 구하는가."

하였으니, 남궁 사람들이 고집을 부리고서 승낙하지 않으므로 결정을 짓지 못하고 그 날 밤에는 그만두고 말았지요. 그 뒤 진사님을 그리워하는 저의 병이 위중해짐에 남궁·서궁의 궁녀들이 모여 의논 끝에 소격서동으로 정하기로 하였지요. 중당에 모였는데, 소옥이 말했습니다.

"하늘은 명랑하고 물이 맑으니 정히 빨래할 때를 당하였구나. 오늘 소격서동에다 휘장을 치는 것이 좋겠지?"

이에 여러 사람은 다 반대가 없었습니다. 저는 서궁으로 돌아가서 흰 나섬에다 가슴속에 가득 찬 슬픔과 원한을 써서 품에 넣고 자란과 같이 오겠다."

그 집에 가서 좋은 말로 애걸하며,

"오늘 찾아온 것은 김진사를 한 번 만나 보고 싶은 것뿐이니, 기별해줄 것 같으면 몸이 다하도록 은혜를 갚겠어요."

무당이 그 말대로 사람을 보냈더니 진사님이 찾아왔습니다. 둘이 서로 만나니 할 말도 못하고 다만 눈물을 흘릴 뿐이었지요. 제가 편지를 주면서 말했어요.

"저녁에 꼭 돌아올 것이니 낭군님은 여기에서 기다려 주옵소서."

하고는 바로 말을 타고 갔습니다. 진사님에게 전한 편지의 그 사연은 이러하였습니다.

'일전 무산 산녀가 전해 준 편지에는 낭랑한 옥음이 종이에 가득하였습니다. 정중한 마음으로 읽고 또 읽어보니 슬프고도 기뻐서 마음을 스스로 진정하지 못하고 바로 답서를 보내고자 하였사오나 이미 전할 길이 없었습니다. 또한 비밀이 샐까 두려워서 고개를 들어 멀리 바라보며 날아가고자 하오나, 날개가 없으니 애가 끊어지고 넋이 사라져 다만 죽을 날을 기다리고 있사오니 죽기 전에 이 편지를 통하여 평생의 한을 다 말씀드리오니 엎드려 바라옵건대 낭군께서는 저를 새겨 두옵소서. 저의 고향은 남쪽이옵니다. 부모님이 저를 사랑하시기를 여러 자녀 가운데에서도 편벽 되게 사랑하시어, 나가 놀아도 저하고자 하는 대로 맡겨두셨습니다. 부모님은 삼강오륜의 행길을 가르치시고 또한 칠언당음을 가르쳐 주셨습니다. 나이 열세 살 때 대군의 부르심을 받은 까닭으로 부모님을 이별하고 형제를 멀리하여 궁중에 들어오니 집으로 돌아갈 생각을 마음 금할 수 없었습니다. 오늘 빨래하러 가는 행차에는 양금의 시녀들이 다 모였던 까닭으로 여기에 오래 머물러 있을 수 없사옵니다. 눈물은 먹물로 변하고 넋은 비단 실에 맺혔사오니 바라고 원하옵건대 낭군님께서는 한번 보아주옵소서.'

이러한 글은 가을을 맞이하여 상심하는 글이고, 그 시는 상사의 시였습니다.

제가 말을 타고 무당의 집에 돌아와 본즉 진사님은 종일 느껴 울어 넋을 잃고, 실성하여 제가 온 것도 알지 못하는 것 같았어요. 제가 왼손에 차고 있던 운남의 옥색 금환을 풀어서 진사님의 품속에 넣어 주고 말하였습니다.

"낭군께서는 저를 보고 박정하다 아니 하시고 천금같은 귀한 몸을 굽혀 더러운 집에 와서 기다리시니, 제가 비록 불민하오나 또한 목석이 아니오니 감히 죽음으로써 허락하리이다. 제가 만약 식언한다면 여기에 금환이 있사옵니다."

하고, 갈 길이 총총하므로 일어나 작별을 고하니, 흐르는 눈물이 비와 같았습니다. 제가 진사님의 귀에다 대고,

"제가 서궁에 있으니 낭군께서 밤을 타 서쪽 담을 넘어 들어오시면 삼생에 있어서 미진한 인연을 거의 이을 수 있을 것입니다."

말을 마치고는 옷을 떨치고 나와서 먼저 궁문을 들어오니, 여덟 사람도 뒤따라 들어오더이다. 얼마 후 제가 자란 보고,

"오늘 저녁에는 나와 진사님과 금석의 약속이 있으니, 오늘 오지 않을 것 같으면 내일에는 반드시 담을 넘어 오리라. 오면 어떻게 대접할까?"

그 날 밤에는 과연 오지 않았더이다.

진사님이 담을 본즉 높고 험준하여 넘지 못하고 돌아와서 근심하고 있는데, 특이라 하는 어린 종이 있어 이를 알고는 진사님을 위해 사다리를 만드니, 매우 가볍고 능히 거두었다 폈다 하기에 아주 편리하였습니다. 그 날 밤 궁으로 가려고 할 때 특이 품안으로부터 털옷과 가죽 버선을 주면서 말하였습니다.

"이것이 있으면 넘어가기가 어렵지 아니할 것입니다."

진사님이 입으니 빛이 낮과 같았습니다. 진사님은 그 계교를 써서 담을 넘어 숲속에 엎드리니 달빛은 낮과 같았습니다. 조금 있다가 사람이 안에서 나와 웃으면서,

"이리 나오소서. 이리 나오소서."

진사님이 나아가 절을 하니, 자란이 말하였습니다.

"진사님이 오심을 고대하기를 대한에 비를 바라듯 하였는데, 이제야 뵈옵게 되어 저희들이 살아났사오니 진사님은 의심하지 마옵소서."

하고는 바로 이끌고 들어가기에, 진사님이 층계를 거쳐 들어오실 제 저는 사창을 열어놓고 짐승 모양의 금화로에다 향을 사르고, 유리 같은 서안에다 〈태평광기〉 한 권을 펴들고 있다가, 진사님이 옴을 보고 일어나 맞이하고 절을 하니 진사님도 답례를 하더이다.

자란으로 하여금 진수성찬을 차려놓고 자하주를 따라 권하니, 석 잔을 마시고 진사님은 좀 취한 듯이 말하였습니다.

"밤이 얼마나 깊었는가?"

자란이 마침 그 뜻을 알고는 휘장을 드리우고 문을 닫고 나가더이다. 제가 등불을 끄고 잠자리에 나아가니 그 즐거움은 가히 알 것입니다. 밤은 이미 새벽이 되고 뭇닭은 날 새기를 재촉하기에 진사님은 바로 일어나 돌아가셨습니다.

이러한 후로부터는 어두울 때에 들어와서 새벽에 돌아가시니 그렇게 하지

않는 저녁이 없었지요. 사랑은 깊어가고 정은 두터워져 스스로 그치기를 알지 못하였어요. 이 때문에 궁중 안 눈 위에는 문득 발자취가 나게 되었습니다. 궁인들은 다 그 출입을 알고 위험하다 하지 않는 이가 없었습니다.

하루는 진사님이 좋은 일의 끝이 화기가 될까 두려워 근심하고 있는데 특이 들어와 물었습니다.

"저의 공이 매우 컸는데 상을 논하지 않으시니 옳은 일이 아닙니다. 진사님의 얼굴빛을 보니 근심이 있는 것 같사와 알지 못하거니와 무슨 까닭이옵니까?"

"보지 못한즉 병이 마음과 골수에 있고, 본즉 헤아릴 수 없는 죄가 있으니 어찌 근심하지 않겠느냐?"

"그러면 어찌하여 남 몰래 업고 도망가지 않으십니까?"

진사는 그렇게 하기로 하고 그 날 밤 특의 계교를 저에게 말하였습니다.

"특이 노비지만 지모가 많아 이 계교로써 가르치니 그 계교가 어떠하오?"

저는 허락하여 말하였습니다.

"저의 부모님과 대군이 주신 의복과 보화가 많은데, 이 물건들을 버리고 갈 수 없사오니 어찌하면 좋으리이까. 말 열 필이 있다 하여도 다 운반할 수 없습니다."

진사님이 돌아가서 특에게 말하니, 특은 기뻐하면서,

"무엇이 어려움이 있사옵니까? 저의 벗 중에 역사 20여 명이 있사온데, 이 무리로 하여금 운반케 하면 태산도 또한 옮길 수 있을 것입니다."

밤마다 수습하여 이레만에 바깥으로 운반하기를 마치고 난 특이 말했습니다.

"이와 같은 보화는 본댁에 쌓아두면 상전께서 의심할 것이오니 산중에다 구덩이를 파고서 깊이 묻어두는 것이 좋을 것 같습니다."

그런데 특의 뜻은 이 보화를 얻은 후에 저와 진사님을 산골로 끌고 들어가서 진사님을 죽이고는 저와 재보를 자기가 차지하려는 계획이었으나, 진사님은 알지를 못하였습니다.

하루는 진사님이 대군의 궁에 갔다 돌아와서 하는 말이, "도망해야 하겠소. 내가 지은 죄로 해서 군이 의심을 품고 있으니 오늘밤에 도망가야 하겠소. 오늘밤에 도망가지 않으면 후환이 있을까 두렵소. 지난 밤 꿈에 한 사람을 보았는데 얼굴이 흉악하고 모돈단우라 칭하면서 말하기를 '이미 약속한 바 있어 장성 밑에 오래도록 기다렸노라' 하기에 깜짝 놀라 깨어 일어났거니와, 몽조가 상서롭지 아니하니 낭군님도 생각하여 보옵소서."

"꿈은 허망하다고 하는데 어찌 믿을 수 있겠소."

"그 장성이라고 말한 것은 궁장이며, 그 모돈이라고 말한 것은 특이니, 낭군님은 그 노복의 마음을 잘 알고 있으신지요?"

"그놈은 본래 미련하고 음흉하지만 전일 나에게 충성을 다하였으니 어찌 나중에 악한 일을 하겠소?"

"낭군님의 말씀을 어찌 감히 거역하오리이까마는 자란이와 나의 정이 형제와 같으니 이를 말하지 않을 수 없어요."

하고는 곧 자란을 불러 진사님의 계교로써 말하였더니, 자란이 크게 놀라며 꾸짖어 말하더이다.

"서로 즐거워한 지가 오래 되었는데 어찌 스스로 화근을 빨리 오게 하느냐? 한두 달 동안 서로 사귐이 또한 족하거늘 담을 넘어 도망하는 것을 어찌 사람으로서 차마 할 수 있으리오? 천지는 한 그물속 같으니 하늘로 올라가거나 땅으로 들어가지 않는 이상 도망간들 어디를 가리오? 혹 잡힐 것 같으면 그 화는 어찌 너의 몸만으로 그치겠느냐. 몽조가 상서롭지 못하다 하는 것은 그만 두고라도 만약 길하다고 하면 네가 기쁘게 가겠느냐. 마음을 굽히고 뜻을 누르고서 정절을 지켜 평안이 있으면 천이를 듣는 것과 같은 것이다. 너의 얼굴이 좀 쇠하면 대군의 사랑도 풀어질 것이니 사세를 보아 병이라 하여 누워 있으면 반드시 고향으로 돌아가게 허락하여 주실 것이다. 이때를 당하여 낭군과 같이 손을 잡고 가서 백년해로(百年偕老) 함이 가장 큰 계교이니 이런 것을 생각하여 보지 못하였는가. 이제 그와 같은 계교를 당하여 네가 사람을 속일 수는 있으나 감히 하늘을 속일 수야 있겠느냐?"

이에 진사님은 일이 이루어지지 못할 것을 알고는 한탄하면서 눈물을 머금고 나갔습니다.

하루는 대군이 서궁 수헌에 와서 철쭉꽃이 만발하였음을 보시고 시녀에게 명하여 오언절구를 지어 올리게 하고는 대군이 칭찬하여 말씀 하셨습니다.

"너희들의 글이 날로 발전하므로 내 매우 가상히 여기거니와 다만 운영의 시에는 뚜렷이 사람을 생각하는 뜻이 있구나. 네가 따라가고자 하는 사람이 어떠한 사람이냐? 김진사의 상량문에도 의심할 만한 대목이 있었는데, 너는 김진사를 생각하고 있지 않느냐?"

이에 저는 즉시 뜰에 내려 머리를 땅에 대고 울면서 고했어요.

"대군께 한 번 의심을 보이고는 바로 곧 스스로 죽고자 했으나 나이가 아직 이십 미만이고, 또 부모님을 보지 않고 죽으면 구천지하에 죽어서도 유감이 있는 까닭으로 살기를 도적하여 여기까지 이르렀다가 또한 이제 의심을 나타 냈사오니 한 번 죽기를 어찌 애석히 여기리까."

하고는 바로 비단 수건으로 스스로 난간에다 목을 매었더니, 대군이 비록 크게 노하였으나 마음속으로는 정말로 죽이고 싶지 않은 고로, 자란으로 하여금 구하여 죽지 못하게 하였습니다. 진사가 그날 밤 들어오셨으나, 저는 병이 들어 일어나지 못하고, 자란으로 하여금 맞이해 들여 술 석 잔을 권하고는 봉서를 주면서 제가 말했지요.

이후로는 다시 볼 수 없을 것이니, 삼생의 인연과 백년의 가약이 오늘 밤으로 다한 것 같습니다. 혹 천연이 끊어지지 않았으면 마땅히 구천지하(九天地下)에서 서로 찾게 되겠지요.

진사는 편지를 받고 우두커니 서서 맥맥히 마주 보다가 가슴을 치고 눈물을 흘리면서 나갔습니다. 자란은 처량하여 차마 볼 수 없어 몸을 숨기고 눈물을 흘리면서 서 있었습니다. 진사가 집에 돌아와 봉서를 뜯어보니,

'명한 운영은 두 번 절하고 엎드려 사뢰하옵니다. 제가 비박한 자질로서 불행하게도 낭군님께옵서 유념하여 주시어 서로 생각하기를 몇 날이며, 서로 바라보기를 몇 번이나 하다가 다행히 하룻밤의 즐거움을 나누었을 뿐, 바다같이 크고 넓은 정은 다하지 못하였나이다. 인간사 좋은 일에는 조물주의 시기함이 많사와, 궁인이 알고 대군이 의심하시어 조석으로 화가 다가왔으매, 낭군께서는 작별한 후로 저를 가슴에 품어 두시고 상심치 마시옵소서. 힘써 공부하시어 과거에 급제하여 벼슬길에 오르고 후세에 이름을 날리시어 부모님을 기쁘게 하여 주시옵소서. 제 의복과 보화는 모두 팔아서 부처님께 바치시어 여러 가지로 기도하시고 정성을 다하여 소원을 내어 삼생의 미진한 연분을 후세에 다시 잇게 하여 주시옵소서.'

진사는 다 보지를 못하고 기절하여 땅에 넘어지니 집사람들이 뛰어나와 구하시니 다시 깨어났습니다.

"궁인이 무슨 말로 대답을 하였기에 이렇게 죽으려 하시나이까?"

하고 물으니 진사는 다른 말은 하지 않고 다만 한 가지만 말할 뿐이었습니다.

"재보는 네가 잘 지키고 있느냐? 내 창차 다 팔아서 부천님께 숙약을 실천하리라."

특이 집에 돌아와서 생각하기를,

'궁녀가 나오지 않으니 그 재보는 하늘과 나의 것이겠지.'

하며 벽을 향하여 남몰래 웃었으나, 사람들은 까닭을 알 수 없었지요.

하루는 특이 스스로 옷을 찢고 코를 쳐서 피가 흐르게 하여 온몸을 더럽히고 머리를 흐트리고 맨발로 뜰에 엎드려 울면서 말했어요.

"제가 강적의 습격을 받았나이다. 외로운 한 몸이 산중을 지키다가 수많은 도적들이 습격하여 오므로 목숨을 걸고 도망쳐 왔나이다. 만일 그 보화가 아

니더면 제게 어찌 이와 같은 위험이 있으리이까?"

하고 주먹으로 가슴을 치면서 통곡하므로 진사님은 따뜻한 말로 위로하여 주셨습니다.

얼마 후 진사님은 특의 소행을 알고 노복 십여 명을 거느리고 가서 불의에 그 집을 수색하여 보니 다만 금팔찌 한 쌍과 운남 보경 하나가 있을 뿐이었습니다.

이 말이 전파되어 궁인이 대군께 고하니, 대군이 대노하여 남궁인으로 하여금 서궁을 찾아보게 한즉 저의 의복과 보화가 전부 없어졌으므로, 대군이 서궁 궁녀 다섯 사람을 뜰에 불러놓고, 형장을 엄하게 차려놓고 영을 내리기를,

"이 다섯 사람을 죽여서 다른 사람을 징계하라!"

하시고는 집장 한 사람에게,

"장수를 헤아리지 말고 죽을 때까지 치렷다!"

이에 다섯 사람이 호소하였습니다.

"바라건대 한 번 말이나 하고 죽겠나이다."

하고 은섬이 초사를 올리니, 대군이 보기를 마치고 나시더니 또 한 번 초사를 다시 펴고 보시는데, 노여움이 좀 풀리는 것 같으므로 소옥이 엎드려 울면서 아뢰었습니다.

"전날 빨래하러 갈 때에 성안으로 가지 말자고 한 것은 저의 의견이었으나, 자란이 밤에 남궁으로 와서 매우 간절히 청하기에 제가 그 뜻을 안타까이 여겨 군의를 물리치고 따랐사옵니다. 운영의 훼절은 그 죄가 저의 몸에 있사옵고 운영에게 있지 아니하오니 저의 몸으로써 운영의 목숨을 이어 주옵소서."

이에 대군의 노여움이 좀 풀어져서 저를 별당에다 가두고 다른 궁녀들은 다 돌려보냈는데, 그 날 밤 저는 비단 수건으로 목매어 죽었습니다.

진사는 붓을 잡아 기록하고 운영은 옛일을 당겨서 이야기하는데 매우 자상하였다. 두 사람은 마주보고 슬픔을 스스로 억제하지 못하다가, 운영이 진사

보고 말하였다.

"이로부터 다음 이야기는 낭군님께서 하옵소서."

이에 진사는 이야기를 하기 시작하였다.

운영이 자결한 후 모든 궁인들이 통곡하지 않는 사람이 없어 부모가 돌아간 것과 같이 했습니다. 저는 공불의 약속을 저버릴 수 없어 구천의 영혼을 위로해 주고자 그 금팔찌와 보경을 다 팔아 사십 석을 사서 청녕사로 보내어 재를 올리고자 하나 믿을 만한 사람이 없어 특을 불러 전일의 죄를 사하고,

"내 운영을 위해 초례를 베풀고 불공을 드려 발원을 빌고자 하니 네가 가지 않겠느냐?"

특이 즉시 절로 가서 삼 일을 궁둥이를 두드리면서 누워 놀다가, 지나가는 마을 여인을 강제로 끌고 들어와 승당에서 수십 일을 지내고도 재를 올리지 않으므로 중들이 분히 여겨 재를 올리라고 하매, 특이 마지 못하여,

"진사는 오늘 빨리 죽고 운영은 다시 살아나 특의 짝이 되게 하여 주소서."

이와 같이 삼 일을 밤낮으로 발원하는 말이 오직 이것뿐이었답니다. 그리고 나서 특이 돌아와서 하는 말이,

"운영 아씨는 반드시 살 길을 얻을 것입니다. 재를 올리던 그날 밤 저의 꿈에 나타나서 정성껏 발원해 주니 감사한 마음 이루 다할 수 없다고 하면서 절하고 울었으며, 중들의 꿈도 또한 같았다고 합니다."

하기에 저는 그 말을 믿고 있었지요.

저는 독서하고자 청녕사에 며칠 묵는 동안 중들로부터 특이 한 일을 자세히 듣고는 분함을 이기지 못하여 목욕 재계하고 부처님 앞에 나아가 절을 하고 향불을 사르면서 합장하고 빌었습니다. 그랬더니 칠 일만에 특이 우물에 빠져 죽었습니다.

이러한 후로부터 저는 세상 일에 뜻이 없어 새 옷을 갈아입고 고요한 곳에 누워 나흘을 먹지 않고 한 번 깊이 탄식하고는 다시 일어나지 못할 몸이 되고

말았습니다.

쓰기를 마치자 붓을 던지고 두 사람은 마주보고 슬피 울면서 능히 스스로 그칠 줄을 몰랐다. 유영은 위로의 말을 해 주었다. 김진사는 눈물을 흘리면서 사례하고 말하기를,

"우리 두 사람은 다같이 원한을 품고 죽었기로 염라대왕이 죄없음을 가련히 여기시어 다시 인간에 태어나도록 하고자 하였습니다. 그러나 지하의 즐거움이 인간보다 못하지 않는데 하물며 천상의 즐거움은 어떠하겠습니까? 이로써 인간에 나아가기를 원치 않습니다. 다만 오늘 저녁에 슬퍼한 것은 대군이 한번 돌아가시자 고궁에 주인 없고 까마귀와 새들이 슬피 울고 사람의 자취가 이르지 않으므로 그리 했을 뿐이옵니다. 거기에다 새로 병화를 겪은 후로 아름답고 빛나던 집이 재가 되고 섬돌, 담이 모두 무너지고 오직 섬돌 위에 피어 있는 꽃만이 향기 만발하고, 뜰에는 풀만이 깔리어 그 빛을 자랑할 뿐이니, 그 찬란하던 옛날의 모습이 바뀌지 않았다고 하지만 인간사 변화가 이와 같이 같거늘 다시 옛일을 생각하니 어찌 슬프지 아니하겠습니까."

"그러면 그대들은 천상의 사람입니까?"

"우리 두 사람은 본래 천상 선인으로서 오래도록 옥황상제를 모시고 있었더니, 하루는 제가 반도를 따가지고 운영과 같이 먹다가 발각되고, 전세에 적하되어 인간의 괴로움을 골고루 겪다가, 이제 옥황상제께서 전의 허물을 용서하사 삼청궁으로 올라가서 다시 옥황상제의 향안 앞에서 상제를 모시게 하였삽기로, 돌아가는 이때를 타서 바람의 수레를 타고 다시 진세의 옛날 놀던 곳을 찾아와 보았을 뿐입니다."

하며 김진사가 말하고는 눈물을 흘리면서 운영의 손을 잡고 또 말했다.

"바다가 마르고 돌이 불에 타 버린들 우리들의 정은 사라지지 않을 것이요, 오늘 저녁에 존군과 서로 만나 이렇듯 따뜻한 정을 나누었으니 속세의 인연이 없으면 어찌 얻을 수 있겠습니까? 바라옵건대 존군께서는 이 원고를 거두

어 가지시고 돌아가 뭇사람의 입에 전하여 웃음거리가 되자 않도록 영원히
전해 주시오면 다행으로 생각하겠습니다." 하더니,

　　그리고는 김생은 취하여 운영의 몸에 기대어 시 한 수를 읊었다.

　　　　　꽃 떨어진 궁중에 연작이 날고,
　　　　　봄빛은 예와 같건만 주인은 간 곳 없구나.
　　　　　중천에 솟은 달은 차기만 한데,
　　　　　아직 푸른 이슬은 우의를 적시지 않았네.

　　　　　花落宮中燕雀飛　화중궁중연작비
　　　　　春光依舊主人非　춘광의구주인비
　　　　　中宵月色凉如許　중소월색량여허
　　　　　碧露未沾翠羽衣　벽로미첨취우의

　　　　　운영이 받아서 읊었다.
　　　　　고궁의 고운 꽃은 봄빛을 새로 띠고,
　　　　　천 년 만 년 우리 사랑 꿈마다 찾아오네.
　　　　　오늘 저녁 예 와 놀며 옛 자취 찾아보니,
　　　　　막을 수 없는 슬픈 눈물은 수건을 적시네

　　　　　古宮柳花帶新春　고궁류화대신춘
　　　　　千載豪華入夢頻　천재호화입몽빈
　　　　　今夕來遊尋舊跡　금석래류심구적
　　　　　不禁哀漏自沾巾　불금애루자첨건

　　이때 유영도 취하여 잠깐 누워 있다가 산새 소리에 깨어났다. 구름과 연기
는 땅에 가득하고 새벽빛은 창망한데, 사방을 살펴보아도 사람은 보이지 않
고, 다만 김생이 기록한 책자만이 있었다. 유영은 쓸쓸한 마음 금할 수 없어
신책(神册)을 거두어 가지고 돌아왔다.

장 속에 감추어 두고 때때로 내어 보고는 망연자실(茫然自失)하여 침식(寢食)을 전폐했다. 후에 명산을 두고 두루 찾아다니더니, 그 마친 바를 알 수 없다고 한다.

1. 유영은 어떤 캐릭터인지 알아봅시다.

2. 안평대군은 어떤 캐릭터인지 알아봅시다.

3. 운영과 김진사가 유영을 만나 옛 일을 술회하는 수성궁은 어떤 공간이며 무엇을 상징하는 공간인지 이야기해 봅시다.

4. 안평대군, 운영(김진사, 궁녀)은 각각 사랑에 대해 어떻게 인식하고 있는지 이야기해 봅시다.

5. 운영은 왜 안평대군의 선처에도 불구하고 죽음을 선택했으며, 김진사는 왜 다시 태어나게 해주겠다는 명사의 제안을 거절했는지 생각해봅시다.

6. 〈운영전〉의 결말을 비극에서 희극으로 바꾸어 봅시다.

8강 열녀, 만들어지다

그림1 백희체화

그림2 고행할비

그림3 김씨동폄

그림4 열부입강

그림5 영녀절이

그림6 원강해곡

그림7 위씨참지

그림8 임씨단족

그림9 주씨구욕

그림10 취가취팽

경국대전 성종 2년

'실행(失行)한 부녀 및 재가한 여자의 자손은 동서의 관직에 임명하지 말라 (失行婦女及在家女之所生勿敍東西班職)'

문무관 2품 이상 관리의 양첩 자손[3]에게는 정3품으로 한정하고 천첩 자손에게는 정5품으로 한정한다. ...(이하 중략)... 7품 이하 관리부터 관직이 없는 자의 양첩의 자손에게는 정5품으로 한정하고 천첩 자손 및 그밖에 천인으로 양민이 된 자는 정7품에 한정한다. ...(이하 생략)... (文武官二品以上良妾子孫限正三品　賤妾子孫限正五品　...七品以下至無職人良妾子孫限正五品賤妾子孫及賤人爲良者限正七品...)

재가(재혼)하거나 실행한 부녀의 아들 및 손자, 서얼의 자손은 문과를 응시하지 못하게 하라.(再婦失行婦女子及孫 庶孼子孫勿許赴文科)

조선실록

수신전은 과전을 받은 사람이 죽었을 때 그 아내가 수절할 경우에 주던 토지로, 자식을 두고 수절할 경우 과전의 전부를 주고, 자식이 없이 수절할 경우 그 반을 주었다. 개가하거나 사망한 경에는 국가에서 환수했다.

여성수신서의 국가적 차원의 보급

여성이 자발적으로 열녀가 되기를 열망하도록 하기 위해 윤리와 규범을 세뇌시킬 텍스트의 보급, 여성의 새로운 정체성을 심어주기 위해 고안된 텍스트(여성수신서)로 〈열녀전〉, 〈삼강행실도〉, 〈오륜행실도〉, 〈내훈〉 등이 있다.

박지원의 〈열하일기〉 속 한 장면

중국 역관, "온 나라의 여성이 일부종사하는가?"

박지원, "온 나라의 미천한 백성이나 노비까지도 모두 그렇다는 것은 아닙니다. 하지만 명색이 사족이라고 하면 아무리 빈궁해도 삼종이 끊어질 경우 죽을 때까지 과부로 수절합니다. 이런 까닭에 천한 노복까지도 수절하는 풍속을 이룬 것이 4백 년입니다."

-박지원의 〈열하일기〉, 중국 방문 시 조선의 여성 수절을 조선을 대표하는 아름다운 풍속으로 소개하며

열녀 이데올로기의 완벽한 보급을 보여주는 사건

임진왜란 시 441명의 열녀를 선정하여 정문을 내리다.

정묘호란 시 126명이 강간, 납치에 저항하기 위해 자살하다.

1. 그림의 내용이 무엇인지 생각해보고 열녀가 되려면 어떻게 해야 하는지 이야기 해 봅시다.

2. 정절이란 무엇인지 생각해봅시다.

3. 열녀 이데올로기는 어떤 과정을 거쳐 확립, 전파의 과정을 거치게 되었는지 생각해봅시다.

4. 박지원의 글은 열녀와 관련하여 어떤 입장을 취하고 있는지 살펴보고, 이 시기에 이르면 열녀 이데올로기는 더 이상 강제에 의해 이루어지고 있지 않음을 알 수 있는데 어떻게 이것이 가능하게 되었는지 이야기해봅시다.

5. 열녀의 죽음을 여성의 주체적 결단으로 볼 수 있는지 생각해보고, 없다면 왜 그렇게 생각하는지 이야기해봅시다.

9강 말하는 꽃, 기녀

소수록

이내 행사 생각하니 호부호모(呼父呼母) 겨우 하니
산과 물 가르치고 저적저적 걸음할 때 초무(初舞) 검무(劍舞) 고이하다
명선으로 이름하여 칠팔 세에 기생되니 이르기도 이르구나
명월(明月) 같은 이내 얼굴 선연(嬋娟)하여 명선인가
명만천하(名滿天下) 큰 이름이 선종신(善終身)할 명선인가
사또에게 수청들랴 부인 행차 시종하랴
이십이 늦잖거든 십이 세에 성인(成人)하니
어디 당한 예절인지 짐승과 일반이라
                                    - 해주 감영 명기 명선 작 -

우리는 어인 팔자로 제 짝을 못 짓고 나며
남의 님과 결혼하여 상사 회포 속상하며
유정랑(정을 둔 남자)을 그리면서 무심한 곳 살게 되며
평생에 눈엣가시 더부살이 어렵구나
                                    - 별실자탄가 -

어와 벗님네야 이내 말 웃지 마소
낙양성 도리원(桃李園)에 꽃시절이 매양이며

폈다 지는 화류계에 오입객을 믿을쏜가
웃음 파는 우리 처지 견국부인 못 바라나 우선 상봉 즐겁도다
- 소수록 1편(해주 감영 명기 명선 작) -

성여학의 글

어떤 선비 하나가 기생을 아주 사랑했다. 아내가 그에게 물었다.

"사내가 아내에게는 야박하고 창기에게 빠지는 것은 무슨 이유에서인가요?"

"아내는 서로 공경하고 분별하는 의리가 있어 존중할 뿐, 무람없이 굴 수는 없는 법이. 하지만 창기에게는 정욕을 마음대로 드러내고 못할 음탕한 짓거리가 없다고. 공경하면 서로 소원해지고 무람하면 친해지는 법이니 그건 이치가 원래 그런 것이라오."

아내가 발끈 화를 내었다.

"내가 공경을 받으려 했던가요? 내가 분별이 있어야 한다고 했던가요?"

아내는 남편을 난타하여 마지 않았다.

김진형과 군산월의 사연

- 김진형 북천가

세상 사람들아, 이내 말씀 들어보소
과거를 하려거든 청춘에 해야 하지
오십에 급제하여 흰머리로 고생하나
벼슬이 늦었으면 처세나 약아야지
눈치 없이 내달아서 소인배의 적이 되어
형벌을 무릅쓰고 조정에 상소하니
이전에는 빛나고도 옳은 일이었지만

시끄러운 세상에선 남다른 일이로다.
상소 한 장 올라가니 온 조정이 울컥한다.
어와 황송하네, 임금이 진노하니
삭탈관직 하시면서 엄하게 꾸중하니
운 없는 이 신세가 고향으로 돌아갈 때
추풍에 배를 타고 강호로 향하다가
남수찬의 상소 끝에 '명천' 유배 놀랍구나.

중략

벼슬 잃고 떠나오니 운수도 괴이하다.
갈 길이 몇 천리며 온 길이 몇 천린가.
하늘같은 저 '철령'이 고향을 막아섰고
저승 같은 귀문관이 우뚝이 서 있구나.
바람 같은 이내 몸은 어디로 향하는가.

중략

슬프다 내 일이야, 꿈속에서 들었던가.
이곳이 어디인가, 주인 집 찾아 가니
높은 대문 넓은 사랑 이천석군 집이로다.
본관과 초면이라 서로 인사 다한 후에
수령이 하는 말이
김 교리의 귀양길이 죄 없이 오는 줄을
북관 수령 아는 바요, 모든 이가 울었으니
조금도 슬퍼 말고 나와 함께 놀아보세,
여기 기생 다 불러라, 오늘부터 놀아보세.
무인의 호탕함인가, 마음씀씀이 장하도다.

중략

당당하게 추석이라 집집마다 성묘하네.
여기 사람들도 깨끗이 성묘하네.
본관이 하는 말이
이곳의 칠성봉은 북쪽의 명승지라.
금강산과 다툴지니 칠봉산 한번 가서
깊은 산 찾아가서 구경함이 어떠한가.

나 역시 좋지마는 주변 시선 난처하다.
귀양지로 쫓긴 몸이 명승지에서 노는 일이
분수에 미안하여 처음에 괴이하나
마음에 끌리지만 안 가기로 작정하나
주인의 하는 말이 그렇지 아니하다.
악양루 환강경은 왕등의 사적이요,
적벽강 제석놀음 구소의 풍정이니
금학사 칠보놀음 무슨 허물 있으리오.
그 말을 반겨 듣고 황망히 일어나서
나귀에 술을 싣고 칠보산 들어가니
구름 같은 천만봉은 그림 같은 풍경이라.
박달령 넘어가서 금장동 들어가니
곳곳의 물소리는 백옥을 깨치는 듯
봉우리마다 단풍 빛은 비단장막 둘렀구나.
가마를 높이 타고 개심사에 들어가니
먼 산은 그림이오, 가까운 산은 웅장하다.
선비들 육십 명이 앞서고 뒤에 서니
풍경도 좋거니와 광경이 더욱 좋다.
근심어린 나의 회포 '개심사'로 들어가서
잠을 설친 후에 새벽녘에 일어나서
청소하고 물을 여니 기생들이 앞에 와서
인사하고 하는 말이 본관사또 분부하되
김교리님 칠보산에 너희 없이 놀이 될까
교리는 사양하되 내 도리로 그럴쏘냐
산신도 섭섭해 하고 원학도 슬프리라.
너희들을 딸려 보내면 나으린들 어찌하랴.
부디부디 조심하고 칠보산에 모시어라.
사또의 분부 끝에 소녀들이 대령하오.
우습고 부끄럽다, 본관의 정성이여
풍류남자 시주객은 남쪽의 나뿐인데
신선이 사는 곳에 너희 어찌 보내리오.

이왕에 너희들이 칠십 리를 따른다 하니
풍류남자 호탕함을 숨기기가 어려워라.
방으로 들라 하고 이름 묻고 나이 물으니
한 년은 '매향'인데 나이는 십팔이요,
하나는 '군산월'로 십구 세 꽃이로다.
중 불러 음식하고 노래시켜 들어보니
매향의 평우조는 구름을 흩는 듯
군산월의 해금소리 봉우리에 푸르도다.
지로승 앞세우고 두 기생 옆에 끼고
연꽃 가득한 골짜기로 개심대 올라가니
단풍은 비단이요, 솔 소리는 거문고라.
상상봉, 노적봉과 만사암, 천불암과
탁자봉, 주작봉은 그림처럼 둘러치고
높고 높아 대단하다.
아양곡 한 곡조를 두 기생이 불러내니
모든 산이 더 높아지고 단풍이 더 붉어진다.
고운 손으로 양금 치니 솔 소린가 물소린가.
군산월의 손길 보소. 곱고도 고을시고.
봄산의 여린 풀인가, 안동밧골 비단주머니인가.
양금 위에 노는 손이 보드랍고 안쓰럽다.
                    중략
연적봉 구경하고 회상대 향하는데
두 기생 간 데 없어 찾느라 골몰한다.
어디서 노랫소리 하늘로 일어나니
놀라서 바라보니 회상대 올라 앉아
푸른 옷 붉은 치마 단풍 가지 꺾어 쥐고
만장산 구름 위에서 사람을 놀랠 시고.
어와 기이하다.
이 몸이 이른 곳이 신선의 땅이로다.
평생의 연분으로 조정에서 죄를 받아
바람으로 부친 듯이 이 광경 보겠구나.

연적봉 지난 후에 이 선녀를 따라가면
연화봉 저 바위는 청천에 솟아 있고,
배바위 채석봉은 바로 앞에 펼쳐 있네.
생활봉 보살봉은 신선의 굴이던가.
매향은 술잔 들고 만장운 한 곡조라.
군산월 앉은 모습 한 떨기 꽃이로다.
오동 목판 거문고에 금실로 줄을 매어
대쪽으로 타는 모습 거동도 곱거니와
섬섬한 손길 끝에 오색이 영롱하다.
네 거동 보고나니 임금 명령 엄하여도
반할 번 하겠구나.
영웅은 역사에도 절개 없다 하느니라.
내 마음 단단하나 네게 큰소리치랴

중략

숯막에 들렀더니 하인이 달려와서
무슨 기별 왔다는데 석방 기별 내렸구나.
임금 은혜 망극하여 눈물이 흘러내려
문서를 손에 쥐고 남쪽으로 절을 하니
함께 간 이 거동보소. 축하인사 거룩하다.

중략

시월에 말을 타고 고향을 찾아 가니
본관의 성덕 보소 옷을 주고 종 보내며
이백 냥 노자 주고 군산월을 따르게 하여
떠나는데 하는 말이 뫼시고 잘 가거라.
나으리 서울 가도 너를 멀리할까.
천리강산 큰 길에서 김학사 꽃이 되어
비위를 맞추면서 좋게좋게 잘 가거라.
가마를 앞세우고 풍류 남자 뒤 따르니
왔던 길이 넓고 넓어 돌아가는데 흥이 난다.
길주읍 들어가니 본관의 거행 보소.
금연화촉 넓은 방에 음악이 가득하다.

군산월과 하나 되니 풍류 정취 가득하다.
곱고 고운 군산월이 금상첨화 되었구나.
　　　　　중략
북병사를 이별하고 마천령 넘어간다.
구름 위에 길을 두고 가마로 올라가니
군산월을 앞세우면 눈앞에 꽃이 피고
군산월이 뒤 세우면 뒤쪽에 선동(仙童)이라.
문천에 중화1)하고 원산장터 숙소하니
명천이 천여리요 서울이 육백 리라
주막집 깊은 밤에 밤한경 새운 후에
계명시2)에 소쇄하고 군산월을 깨워내니
몽롱한 해당화가 이슬에 휘젖는 듯
괴코3)도 아름답다 유정하고 무정하다
옛일을 이를 게니 네 잠간 들어봐라
이전에 장대장이 제주목사 과만 후에
정들었던 수청기생 버리고 나왔더니
바다를 건는 후에 차마 잊지 못하여서
배 잡고 다시 가서 기생을 불러내어
비수 빼어 버힌 후에 돌아와 대장 되고 만고영웅 되었으니
내 본래 문관이라 무변과 다르기로
너를 도로 보내는 게 이것이 비수로다
내 본래 영남 있어 선비의 졸한 몸이
이천 리 기생 싣고 천고에 없는 호강 끝나게 하였으니
협기하고4) 서울 가면 분의5)에 황송하고 모양이 고약하다
부디부디 잘 가거라 다시 볼 날 있으리라
군산월이 거동보소 깜짝이 놀라면서 원망으로 하는 말이
버릴 심사 계셨으면 중간에 못하여서

---

1) 중화(中火) : 길을 가다가 점심을 먹음
2) 계명시(鷄鳴時) : 닭이 울 때.
3) 괴코 : 고양이 코. 괴는 고양이를 이름.
4) 협기(挾妓)하고 : 기생을 데리고.
5) 분의(分義) : 자기의 분수에 알맞은 정당한 도리

어린 사람 호려다가 사무친척[6] 외론 곳에
게발물어 던지시니[7] 이런 일도 하나있가
나으리 성덕으로 사랑이 배부르나 나으리 무정키로 풍전낙화 되었구나
오냐오냐 나의 뜻은 그렇지 아니하여 십리만 가잤더니 천리나 되었구나
저도 부모 있는 고로 원리한 심회로서 웃으며 그리 하오 눈물로 그리 하오
효색은 은은하고 추강은 명랑한데 홍상에 눈물 나려 학사두발 희겠구나
승교에 담아내어 저 먼저 회송하니 천고에 악한 놈 나 하나 뿐이로다
말 타고 돌아서니 이목에 삼삼하다 남자의 간장인들 인정이 없을소냐
이천리 장풍유를 일조에 놓쳤구나 풍정도 잠간이라 흥진비래 되었구나
안변원이 하는 말이 어찌 그리 무정하오
판관사도 무섭던가 남의 눈이 무섭던가 장부의 헛된 간장 상하기 쉬우리라
내 기생 봉선이를 남복시켜 앞세우고 철령까지 동행하여 회포를 잊게 하소
봉선이를 불러드려 따라가라 분부하니 자색이 옥골이라
군산월이 고은 모양 심중에 깊었으니 새낯보고 잊을소냐
철령을 넘을 적에 봉선이를 하직하고
억궂은 이 내 몸이 하는 것이 이별이라
조히 있고 잘 가거라 다시 어찌 못 만나랴
남여로 내 넘으니 북도산천 끝이 난다
설움도 지나가고 인정도 끝이 나고
풍류는 끝이 나고 남은 것이 귀흥이라.

중략

마을이 탈이 없고 예전 모습 그대로다.
어린 것들 반갑구나. 이끌고 안에 드니
애쓰던 늙은 아내 부끄러워하는구나.
어여쁘네 수득 어미 군산월이 여기 왔나.
술잔에 술을 부어 마시고 취한 후에
삼천리 남북 고생 일장춘몽 깨었구나.
어와 김학사야, 그르다고 한을 마라.

---

6) 사무친척(四無親戚) : 어디에도 아는 사람이 없음
7) 게발 물어 던지시니 : 볼 일 다 보았다고 내던져 외롭게 하시니. '까마귀 게발 던지듯'은
   볼 일 다 보았다고 내던져져 외롭게 된 모양을 이르는 속담임.

남자가 겪을 일을 다하고 왔느니라.
강호에 편케 누워 태평하게 놀게 되면
무슨 한이 또 있으며 구할 일이 없으리라.
글 지어 기록하니 불러들 보신 후에
후세에 남자들은 다른 남자 부러워말고
이 내 노릇 하게 되면 그 아니 상쾌할까.

군산월애원가

어와 기박할사 창여신명 기박하사
괴이하다 양반행실 이다지도 무정하오
세상의 이별이 또 이별마다 처량하다
                중략
내 본디 기생이나 행실이야 기생일까
십구세 이내광음 일부종신 하자서라
절행이 높다기로 본관수청 아니하고
심규의 몸을 처해 이전사기 살펴보니
남원의 춘향이는 절행이 높다하기로
옥중의 죽게 될 때 어사소식 반가와라
이다지 재회하여 어사 안전 꽃이 되고
평양의 옥단춘이 어사 이별 몇 달인고
영광정 큰잔잔의 걸음으로 오신 사람
낭군인 줄 내가 알고 김학사 이번 정배 학사의 액운인가
이내 몸이 연분있어 연분 찾아 왔었는가
연분이 중하고 중해 하늘님이 둘렀는가
전생에 연분 있어 승상님이 보내신가
칠보산 첫 안면의 언약이 금석같다
칠보산 거행하고 본집에 돌아와서
나으리 모시기를 예의로 모셔보세
육예는 없을망정 사군체법 다를손가

어와 감축할사 천은이 망극하니
죄명을 놓으시고 회비하라 분부하니
나으리 거동보소 북향하여 사배하고
문발을 손에 들고 본관에 들어가서
희희낙락 즐겨하고 행장을 수습하여
본관이 하는 말이 본관을 하직하나니
군산월을 어이할까 싫어하나이까
학사의 하는 말이 군산월을 여기두고
고향에 돌아간들 오매불망 어이할꼬
언약이 있었으니 데리고 가오리다
본관의 성덕보소 남북 두고 형제죽고
남행의 하는 말이 모시고 잘 가거라
천리강산 대도상의 김학사 거치 되어
객회를 위로하고 조심하여 잘 가거라
군산월이 그 말 듣고 일희일비 그지없다
천리타향 가자하니 부모동생 그리워라
아니 가자 생각하니
이왕의 김학사의 천첩이 되었으니
아무리 천첩인들 삼종지법 모를손가
마음의 괴로운 체로 부모동생 손을 잡고
은근히 위로하되 이왕의 김학사를
군자로 섬겼으니 학사가 해배하여
향산에 돌아가니 불경이부 이내 절개 나도 잊어 가나이다
아무리 기생이나 행실이야 다를손가
여자유행 원부모라
출가외인 생각 말고 만세 만세 안보하여
무양하게 지내시면 타향의 몸을 떠서
천리만리 멀고머나 다시 와서 보오리다
부모의 하는 말이 오냐오냐 그리하라
오냐오냐 잘거라 네 성품 내 알듯이
못가라 하겠느냐 아무리 자식인들

사군제법 생각하고 불원천리 갈라하니
내 어찌 말릴손가
　　　　　중략
연약한 계집 몸이 여러 날 길에 나서 노독이 심하구나
나온 길 생각하니 전생인가 몽중인가
주막에 잠을 자고 아침에 조반 후에
행장을 수습하여 한 술 뜨고 일어서니
나으리 거동보소 변색하고 하는 말이
가련하고 어여쁘다 너를 처음 만날 적에
언약이 금석 같고 인정이 태산 같아
춘풍 삼월 꽃 필적과 유월 훈풍 좋은 때와
온갖 슬픔 요란하고 심사가 뒤숭하며 고향 생각 간절할 때
주야로 너를 데려 객의 회포 위로하며
고향산천 같이 가서 슬하에 두었더니
지금 와 생각하니 난처하고 어려워라
내 본래 잘못하여 너를 이제 속였으니
섭섭히 알지 말고 좋게 좋게 잘 가거라
군산월이 깜짝 놀라 눈물짓고 하는 말이
이게 차마 웬 말이요 버릴 심사 계시거든
칠보산 거행시에 아주아주 멀리 하지
무단히 언약 맺고 몇 번을 몸을 급히
든 정이 태산같이 많은 사람 다 버리고
험코 험한 먼먼 길에 모시고 왔더니
그다지도 무정하오 그다지도 야속하오
산산수수 멀고먼데 돌아가라 분부하니
이군불사 충신절개 나으리 하실 바요
이부불경 굳은 절개 소녀의 직분이라
초수오산 험한 길에 이별하고 돌아가면
적적한 빈방 안에 독수공방 어이하며
십구세 이내 광음 속절없이 되었구나
연연한 이내 몸을 몇 천리 훑어다가

사고무친 타도타향 귀로 막막 이내 행지
이다지도 버리시오
중략
명년삼월 꽃피거든 내 한번 갈 것이니
부디 조심 잘 가거라
남자의 평생 일을 미리 기필 못하나니
다시 어찌 못 볼 소냐
군산월이 하는 말이 가련하오 이내 신세
처량하오 이내 신세 다시 어찌 보오리까
이천 리 천 리밖에 거영하여 오시리까
다시보자 당부하면 나으리께 악담이요
영영이별 하자하니 소녀신세 그만이라
중략
다금다금 돌아서서 남북으로 향하실제
또 다시 당부하되 잘 가거라 잘 가시오
군산월이 거동보소 추파를 넌짓 들어
학사풍채 다시보고 우시며 허락하나
그 웃음이 진정인가 어이없는 웃음되고
눈물이 솟아나고 울음 화해 우슴이라
중략
아침에 떠난 길이 일락서산 달이 뜨네
하루 온 길 생각하니 몇이나 되었던고
아래 주막 떠나와서 촌촌전진 동일 길이
윗 주막이 숙소되네 사고무친 주막방에
무정히 밝은 달은 화장창 높았는데
난간에 비껴 전후사를 생각하니
어이없고 기가 막혀 숙맥이 방불하다
중략
백설은 분분하고 낙엽은 만산한데
남북을 분간 없고 산도 설고 물도 선데
지형이 아득하여 오던 길 생각하니

벼면이 지내왔다 이럴 줄 알았으면
익히 와볼 것을 이 지경이 뜻밖이라
흠양에 돌아간들 부모동생 어이보며
원근친척 어이 볼꼬 비회를 자위조
근근이 돌아가서 절행을 적히고서
일부종신 하여서라
홍안이 백발되고 무릎이 귀넘도록
세월을 보내시니 그 아니 장할손가

진이의 달라지는 유언

1. 허균, 성소부부고 16세기 후반

진랑은 개성 눈먼 여자의 딸이다. 성품이 사사로운 데 속박되지 않아 남자와 같았다. 가야금을 잘 타고 노래를 잘 불렀다. 일찍이 산수 사이를 노닐 적에 금강산으로부터 태백산과 지리산을 거쳐 금성(나주)에까지 이르렀다.

고을의 관리가 잔치를 벌였는데 노래하는 기생들이 자리에 가득했다. 진랑은 해진 옷과 때 낀 얼굴로 그 자리에 끼어 앉아 이를 잡으며 태연자약하게 있었다. 노래하고 가야금 탈적에 조금도 부끄러워하는 빛이 없으니 뭇 기생들이 기가 죽었다.

평소에 화담 서경덕의 인물됨을 사모하여 반드시 가야금을 옆에 끼고 술을 걸어 화담의 별장에 이르러 즐거움을 다하고 갔다. 매양 말하기를,

"지족 선사는 삼십 년 면벽을 하였으나 또한 나에 의해 무너졌는데 오직 화담 선생은 서로 가까이 한 지 몇 년이 지났으나 끝내 난잡한 데 이르지 않으니 이 분이야말로 참 성인이시다."

라고 하였다.

장차 죽을 적에 집 안 사람들에게 명하기를

"곡을 하지 말고 장사할 때 북치고 노래 부르면서 상여를 인도하라."

라고 했다. 지금까지도 노래하는 사람들은 진랑이 지은 노래를 부르고 있으니 또한 이인이라 할 만하다.

2. 유몽인 어우야담 16세기 후반

"내가 살아서는 화려한 것을 좋아하는 성격이었다. 죽은 뒤에는 산골에 장사지내지 말고 마땅히 큰길가에 장사지내라."

황진이는 여자 가운데 호걸로 기개 있고 호방하고 용감한 사람이었다.

황진이는 어느 날 천하의 명산 금강산에 가보고 싶다는 생각에 동행자를 물색하다 재상가의 아들인 이생에게 산행을 하자고 제안했다. 의기투합한 둘은 길을 나서서 몇 달간 절에서 걸식하며 금강산 곳곳 가보지 않은 곳이 없을 정도로 다녔다. 때로는 황진이가 중에게 몸을 팔아 양식을 충당하기도 했고, 같이 간 이생을 일컬어

"첩에게 종이 하나 있는데 몹시 굶주렸습니다"

라고 해서 양식을 얻기도 했는데 이생은 이것을 전혀 개의치 않았다. 둘은 1년 남짓 돌아다닌 끝에 다 떨어진 옷에 새까매진 얼굴로 돌아왔다.

또 황진이는 노래 잘하기로 이름난 선전관 이사종의 음악에 반해 6년간 함께 살았다. 황진이는 3년간 첩의 예를 다하며 이사종의 집에서 그의 일가를 먹여 살렸고, 나머지 3년은 이사종이 황진이를 거둬 먹이면서 행복하게 살았다. 그리고 6년이 지나자 둘은 작별하고 서로의 길을 갔다.

3. 김택영 숭양기구전 19세기

"내가 천하의 남자들이 스스로를 아끼지 못하게 하고 결국 여기에까지 이

르렀다. 내가 죽거든 천으로도 싸지 말고 관을 짜지도 말고, 시신을 옛날 동문 밖 모래와 물이 만나는 곳에 내놓아라. 그리하여 땅강아지, 개미, 여우 살쾡이들이 내 고기를 먹게 해 천하의 여자들로 하여금 나로써 경계를 삼게 하라."

진이와 소세양 (임방, 수촌만록)

소세양은 젊었을 때 마음이 꿋꿋하다고 스스로 믿고 매양 말하기를
"여색에 미혹되는 자는 남자도 아니다"
라고 했다. 송도의 창녀 진이 재색이 뛰어나다는 말을 듣고 벗들과 약속하여 말하기를 "내가 이 계집과 더불어 삼십 일을 살고 곧 떠나 한 터럭만큼도 다시 마음에 두지 않을 것이다. 이 기한을 넘겨 만일 하루라도 더 머문다면 너희는 나를 사람이 아니라고 해도 좋다."라고 했다.
송도에 도착해 진을 보니 과연 멋진 기생이었다. 함께 즐거움을 누리면서 한 달을 머물렀다. 떠나기 전날 진과 더불어 남쪽 누대에 올라 잔치하며 술을 마셨다. 진은 이별을 슬퍼하는 기색을 조금도 드러내지 않고 다만 청하여 말하기를,
"공과 서로 이별함에 어찌 한 마디 말이 없을 수 있겠습니까? 시를 바치고 싶은데 어떨지요?"

황진이(1520?~1560?)

月下庭梧盡(월하정오진) 달 아래 뜰에는 오동잎이 다 졌고
霜中野菊黃(상중야국황) 서리 내린 들에는 국화가 노랗구나

樓高天一尺(누고천일척) 누대는 높아서 하늘과 한 척 사이이고
人醉酒千觴(인취주천상) 사람은 취하여 술이 천 잔이로다
流水和琴冷(유수화금냉) 흐르는 물은 가야금 소리와 섞여 차갑고
梅花入笛香(매화입적향) 매화는 피리 소리에 들어가 향기롭네
明朝相別後(명조상별후) 내일 아침 서로 이별한 후에도
留情碧波長(유정벽파장) 정은 푸른 물결과 더불어 길리라
〈奉別蘇判書世讓〉

그리움과 만남이 다만 꿈길뿐이니
내 임을 찾아갈 때 임도 날 찾는다오
바라건대 언젠가 다른 밤 꿈속에선
한때에 길을 떠나 도중에서 만나요
〈그리운 꿈〉

저 물결 한 가운데 뜬 조그만 잣나무 배
몇 해나 저 푸른 물결 위에 한가로이 매였나
누가 먼저 건넜는지 뒤 사람들이 묻는다면
문무를 모두 갖춘 만호의 후작이라 하리라
〈작은 잣나무 배〉

이매창 (梅窓, 1573~1610)

閨中怨(규중원)
瓊花梨花杜宇啼(경화이화두우제) 배꽃이 눈부시고 두견새 우는 밤
滿庭蟾影更悽悽(만정섬영갱처처) 뜰 가득 달빛 어려 더욱 슬퍼라
相思欲夢還無寐(상사욕몽환무매) 꿈에나 만나려 해도 잠도 오지 않고
起倚梅窓聽五鷄(기의매창청오계) 일어나 매화 핀 창가에 기대니 새벽
닭이 우네

竹院春深曙色遲(죽원춘심서색지) 대숲엔 봄이 깊고 날 밝기는 멀었는데
小庭人寂落花飛(소정인적낙화비) 작은 뜨락에 인적이 없어 꽃잎만
　　　　　　　　　　　　흩날리네
瑤箏彈罷江南曲(요쟁탄파강남곡) 거문고 강남곡을 뜯으니
萬斛愁懷一片詩(만곡수회일편시) 가득한 시름이 한 조각 시가 되네

自恨(자한)

春冷補寒衣(춘냉보한의) 봄날이 차서 엷은 옷을 꿰매는데
紗窓日照時(사창일조시) 사창에 햇빛이 비쳐드네
低頭信手處(저두신수처) 머리 숙이고 손길 가는 대로 맡기니
珠淚滴針絲(주루적침사) 구슬 같은 눈물 실과 바늘을 적시네

근심

평소 떠돌며 밥 얻어먹기를 부끄럽게 여기고
오로지 달빛에 젖은 차가운 매화만을 사랑했다오
고요히 살려는 나의 뜻을 세상사람들 아지 못하고
제멋대로 손가락질하며 잘못 알고 있어라

병중의 시름

병들어 빈 방에서 본분 지키며
가난과 추위 속에 사십 년일세
인생을 살아야 얼마나 산다고
가슴 속에 시름 맺혀 옷 적시지 않은 날 없네

온정(溫貞) 18세기의 기녀

실제(失題)

妾身淪落屬娼家(첩신륜락속창가) 첩의 몸이 윤락하여 창가에 속했지만

願得賢郎送歲華(원득현낭송세화) 바라기는 어진 낭군을 얻어 사는 것이
었지요

不識郎心盤石固(불식낭심반석고) 낭군의 마음이 반석처럼 굳은 줄 모르고

暫時移向別園花(잠시이향별원화) 잠시 다른 동산 꽃으로 옮아 갔지요

1. 성여학의 글과 명선의 시를 읽고 기녀란 무엇이며 기녀의 삶은 어땠을지 생각해 봅시다.

2. 김진형의 〈북천가〉와 군산월의 〈군산월애원가〉를 읽고 동일한 사랑과 이별에 대한 다른 기억, 시선에 대해 이야기기해 봅시다.

3. 진이의 유언에 나타난 차이는 진이에 대한 기록자의 다른 평가에서 비롯됩니다. 각각의 기록에서 기록자는 진이를 어떻게 바라보고 있는지 생각해봅시다.

4. 소세양이 내기를 한 이유는 무엇이며, 소세양은 진이의 시를 듣고 내기를 포기하고 며칠을 더 머물렀는데 소세양이 마음을 돌린 이유는 무엇인지 이야기해 봅시다.

5. 황진이와 매창의 시를 비교하여 읽어봅시다.

6. 온정의 시를 읽고 느낀 바를 이야기해 봅시다.

10강 운명적 사랑

숙향전

중국 송(宋)나라 때에 천하 제일의 명공(明公)이 있었으니, 성은 김(金)이요 이름은 전(佺)이라 하더라.

그의 집안은 대대로 명문거족(名門巨族)이라, 부친 운수선생(雲水先生)은 도덕이 높은 선비로서, 공명(功名)에 뜻이 없어 산중에 은거하여 세월을 보내었으니, 천자(天子)가 그 소문을 들으시고, 신하를 보내어 이부상서(吏部尚書)의 벼슬을 주며 불렀으나 종시 조정에 나오지 않고 산중에서 일생을 마치니, 집안이 처량하더라.

그의 아들 김 전이 또한 문장이 빼어나서 이태백(李太白)과 두보(杜甫)를 압도하고, 글씨는 왕희지(王羲之)와 조화보를 무색하게 할 정도라, 그에게 배우려는 선비들이 구름 모이듯이 따르더라.

하루는 동학에 사는 친구가 호주부(湖州府)로 벼슬 하여 부임하게 되었으므로 十오 리 밖까지 전송하려고 술대접을 하고 반하물[半河水] 강가에 이르렀으니, 때마침 여러 어부들이 큰 거북을 잡아서 불에 구워 먹으려고 법석대었으니, 김 전이 수상히 여기고 자세히 본즉 그 거북의 이마 위에 하늘 천(天)자가 있고, 배 위에도 역시 하늘 천자가 있더라. 김 전은 그 거북이 비상한 영물임을 알고 당부하기를,

"이 거북은 영물이니 물에 놓아 살려주시오."

그러자 어부들이 말하되,

"우리가 종일 고생 끝에 이 거북 하나를 잡았는데 어찌 놓아 주겠소?"

하고 듣지 않았으니, 이때 거북이 김 전을 보고 눈물을 흘리면서 죽을 목숨을 슬퍼하는 형상을 짓더라. 김 전은 갖고 있던 술과 안주를 어부에게 조고 그 거북을 사다시피 바꾸어 받아서 다시 강물에 넣어 주었더니, 거북이 기쁘게 물 속으로 들어가면서 감사한 형용으로 김 전을 돌아보더라. 김 전이 친구를 전송하고 돌아오는 길에 그 강을 건널 때에 갑자기 심한 풍랑이 일어서 다리가 무너지고 배가 뒤집혀서 사람들이 물에 빠져 죽었고, 김 전도 물에 빠져서 죽을 지경에 이르더라.

이때 김 전의 앞에 홀연히 꺼먼 널빤지 같은 것이 떠올랐다. 김 전이 그 널빤지 위에 올라타서 겨우 피란을 하였으나 알고 보니 그것은 큰 물짐승이 었는데, 네 굽을 허위대며 물 위를 살같이 빠르게 달려서 순식간에 건너편 강 언덕에 다다라서 무사히 육지에 오르게 되더라.

'아, 이 짐승이 필경 앞서 구해 준 거북이가 저 살려준 은혜를 갚고자 나를 구해 주었구나.'

하는 생각으로, 김 전은 그 거북에게 고마워하자 거북의 입에서 말 대신으로 안개 같은 것을 토하며 그 광채가 무지개 서듯이 황홀하더니, 이윽고 그 황홀한 기운이 사라지는 동시에 거북도 홀연히 없어지고, 그곳에 새알 만한 진주(眞珠) 구슬 두 개가 놓여 있었으니, 김 전이 더욱 기이하게 여기고 두 손 위에 놓고 자세히 보니 구슬 가운데 오색의 광채가 찬란한데, 한 개에는 목숨 수(壽)자가, 한 개에는 복 복(福)자가 선명히 보이더라.

'거북을 살려준 인연이라 하지만 기이한 일이로다.'

김 전은 그런 생각을 하며, 그 구슬 두 개를 갖고 집으로 돌아오니라. 이때 김 전의 나이 二〇세였으나, 집이 빈한해서 장가를 들지 못한 총각신세이더라.

형초(荊楚) 땅에 사는 장희라는 사람이 공명에 뜻이 없어서 벼슬을 탐내지 않고 있었으나, 본디 지체가 공후(公侯)의 자손이라 집이 부유하며, 슬하에 무남독녀를 두었는데, 낭자의 사람됨이 뛰어나고, 재주와 용모가 어질고 아름다와서 양친이 장중보옥(掌中寶玉)[1]같이 아끼면서 사윗감 고르는데 여간 안목이 높지 않았으니 그러던 장희가 김 전의 인품이 어질다는 소문을 듣고 청혼하여 왔고, 김 전은 반하물 강가의 거북에서 얻은 진주로 예물을 보내고 약혼을 하였으나, 장모 되는 장희부인은 그 초라한 예물을 탓 삼아서 평소의 뜻과 어긋난 불평을 남편에게 말하기를,

"공경대부(公卿大夫)들 집안에서 우리 딸에게 구혼하는 귀공자가 구름같이 모여드는 데도 허하지 않으시더니, 왜 구태여 가난한 김 전에게 허혼하시오. 이제 김 전의 예물을 보니 그 빈한의 정도를 알겠으며 외 딸의 평생이 걱정이외다."

"혼인은 인륜의 대사이매, 당신이 모를 말이오. 더구나 혼인에서 재물을 취하는 행위는 오랑캐의 풍습이 아니요? 그뿐 아니라 당신이 초라하게 여기는 그 폐물의 진주를 보니 천금과 바꾸지 못랄 보배요."

하고, 은방에 맡겨서 반지로 만들었더니, 광채가 황홀 찬란하여 눈이 부셔서 보지 못할 정도였으니 좋은 날을 택해서 김 전을 사위로 삼으니, 신랑신부의 품격과 용모가 해와 달을 합한 것같이 황홀하더라.

장인 장희는 김 전의 풍모를 보고 희색만연하여, "내 딸의 사위로는 도리어 과만하다"고까지 말하고, 사랑함이 친아들 못지 안았으니, 김 전은 장씨를 아내로 맞자, 원앙이 푸른 물에 놀고, 비취가 연리지(連理枝)[2]에 깃들인 것같이 금실이 좋고 아름다웠으나, 그들이 결혼한 후 三년 만에 장희 부부가 모두 세상을 떠나매, 딸의 애통이 망극하였는데 김 전은 장인 장모의 장례를 극진

---

1) 매우 사랑하는 자식이나 아끼는 물건을 보배롭게 일컫는 말.
2) 화목한 부부 또는 남녀의 사이를 일컫는 말.

히 지낸 뒤에 조석의 제사를 공손히 받들더라.

이러저러 여러 해를 지났으나, 김 전 부부의 슬하에 일점의 혈육이 없어서 서럽게 보내던 중, 어느 해 첫 가을 七월 보름날 밤에, 김 전과 장씨는 부부동반하여 누(樓)에 올라서 달구경을 하고 있었으니 이때 홀연히 공중에서 꽃송이가 장씨 치마 앞에 떨어졌으니, 이상히 여기고 자세히 보니 배꽃도 아니요, 매화꽃도 아닌데 높은 향기가 진동하더니, 문득 회오리바람이 불어서 꽃입이 산산히 흩어져서 어디로 날라가 버리니라. 장씨는 마음에 그 꽃을 아깝게 여기고 집으로 돌아왔더니, 이날 밤에 이상한 꿈을 꾸었는데 꿈에 달이 떨어져서 황금 산돼지로 변해서 장씨의 품안으로 기어드는 바람에 놀라서 잠을 깨니 기인한 꿈이었기에, 잠든 남편을 깨워서 그 꿈 이야기를 알리기를,

"어젯밤에 계수나무꽃 한 송이가 떨어져 뵈더니, 오늘밤 꿈도 이러하니, 하늘이 우리의 무자(無子)함을 불쌍히 여겨서 귀자(貴子)를 점지해 주실 모양이오."

남편은 이런 해몽을 하고 기뻐하였더니, 과연 그날부터 아내 몸에 태기가 있더라. 김 전 부부는 크게 기뻐하며 아들 낳기를 기다렸더니, 一〇삭이 차매 장씨는 난산으로 고생하므로 김 전은 의약으로 치료하며 순산을 빌었는데, 그러다가 마침 四월 八일에 기이한 향기가 풍기며 오색구름이 집을 둘러싸더니, 밤이 깊은 후에 선녀 한 쌍이 내려와서 말하되,

"집을 정하게 소제하고 있으면 선녀(仙女)가 하강(下降)하실거요."

하고, 장씨의 산실(産室)로 들어가니라. 김 전이 바삐 나와서 노복(老僕)을 시켜 집 안팎을 소제하고 기다렸더니, 이윽고 오색구름이 집을 두르며 향기가 다시 진동하므로, 김 전은 혹시 아내가 죽는 징조가 아닐까 하고 산실로 달려가 보니, 아내는 순산하고 산파 노릇을 한 두 선녀는 벌써 방문 밖에 나와 있었는데 금새 자취를 감추어 버리니라.

김 전이 놀라서 황급히 방안으로 들어가 보니, 아내 장씨는 기절하고 인사

불성이었는데, 김 전은 아내의 수족을 주물러서 한참 후에 정신을 차렸으므로 반색을 하고, 낳은 아이를 보니 옥골선풍(玉骨仙風)3)이 비범하게 탈속(脫俗)하였으나, 불생히 남자가 아니라 서운함을 금치 못하더라.

이 딸의 이름을 숙향(淑香)이라 하고, 자(字)를 월선궁(月仙宮)이라 하여 사랑하고 귀중히 함이 비길데 없었느니라.

나이 다섯 살이 되매 자태가 더욱 아름다와졌으므로, 달에서 내려온 선녀의 태생임을 나타내었고 믿어졌더라. 보름달이 구름과 안개를 헤치고 창공에 걸린듯 사람의 눈이 부시고— 목소리가 맑고 고와서 백옥을 산호(珊瑚)채로 두드리는 듯하니, 모든 일에 진선진미(眞善眞美)하매, 김 전은 행여나 단명(短命)하지나 않을까 걱정하여 우명한 관상가 왕규를 청해다가 숙향의 사주를 보였더니,

"숙향아가는 세상 사람이 아니라 월궁항아(月宮姮娥)의 정맥이라, 장차 귀하게 되리로소이다. 다만 옥황상제께 죄를 지어서 인간으로 태어났사오매, 초분(初分)은 험하고, 그 후는 길하리이다."

이 말을 들은 김 전은,

"우리의 집은 다행히 의식이 족한데 어찌 초분이 괴로우리요."

하니 의아하여 반문하기를,

"미리 정하지 못할 것은 사람의 팔자이옵니다. 아가씨는 五세에 부모를 이별하고 사방으로 우랑하다가, 二○세가 되면 부모를 다시 만나 부귀영화하고, 이자일녀(二子一女)를 두고, 七○세 때 하늘로 올라가리라."

김 전은 이 관상가의 말을 믿지는 않았으나, 만일의 일을 걱정해서 숙향의 생년월시를 금실로 수놓은 비단 주머니를 만들어서 채워 두니라.

이때 송나라의 국운이 불행해서 금나라가 반(叛)하여 황성(皇城)을 침노하려고, 먼저 형초지방을 침범하였으니, 김 전의 가족은 피란하다가 도중에서

---

3) 살 빛이 희고 깨끗하여 신선(神仙)과 같은 풍채.

도적을 만나서 재산이 든 행장을 전부 버리고, 김 전은 숙행을 등에 업고 아내를 데리고 도망하기 바빴는데, 도적의 추격이 급해서 점점 가까이 몰려왔으므로 김 전은 숙향을 업고는 도저히 빨리 도망할 수가 없었으니, 기진맥진한 그는 아내에게 이르기를,

"여보, 도적의 추격이 급하고 우리의 힘이 다해서 빨리 도망칠 수가 없으니 어찌하오. 우리가 요행히 살아나면 자식은 다시 만나 보려니와, 만일에 우리가 도적에게 잡혀서 죽어 버리면 죽은 몸은 누가 거두며, 조상 제사는 누가 받들겠소. 혈육의 인정으론 야속하지마는 숙향을 여기 두고 우산 급한 화를 피하였다가, 다시 와서 데려가기로 합시다."

아내는 남편의 이 말을 듣고 망극하여 울며 애원하기를,

"나는 숙향이와 함께 죽을 결심이니, 당신이나 어서 빨리 피신하여 천금귀체를 보존한 뒤에, 우리 모녀의 죽은 몸이나 찾아서 거둬 주시오."

"당신을 버리고서야, 차마 어찌 나 혼자 피신하겠소. 차라리 함께 죽기로 합시다."

"그건 안될 말씀이오. 대장부가 어찌 처자 때문에 개죽음을 당한단 말씀이오. 그러지 말고 어서 빨리 상신 먼저 피신하시오."

아내의 손을 잡고 또다시 주저하는 김 전은,

"내가 당신을 어찌 버리고 가겠소."

하고 가려고 하지 않자, 장씨가 통곡하면서 단념하고 말하기를,

"당신이 정 그러시다면, 정박한 심정이지만 그럼 숙향을 여기 두고 가십시다."

"자아, 어서 갑시다."

김 전이 아내를 재촉하자 장씨는 표주박에 밥을 담아서 숙향에게 주면서 타이르기를,

"숙향아, 내 배고프거든 이 밥을 먹고, 목이 마르거든 냇가의 물을 떠서 마시고 잘 있거라. 우리가 내일 와서 데려가마."

어린 숙행은 어머니의 매정한 말에 발을 동동거리며 울며 애원하기를,

"어머니, 아버지. 나를 데리고 가요."

하니, 장씨는 어린 딸의 애원에 가슴이 메어지는 듯하고 정신이 아찔해서 말을 못하다가 우는 소리로 또 달래기를,

"잠깐만 여기서 기다리면 다시 와서 데려가마. 울거나 큰 소리 말고 있어야 한다. 큰 소리를 내면, 도적이 알고 와서 잡아죽인다. 알겠지 응?"

그러나 숙향은 더욱 큰 소리로 울면서 어미에게 매달리며 가로되,

"어머니는 왜 나를 여기 버리고 나 혼자 도적에게 잡혀 죽으라 해요. 싫어요, 싫어요. 나를 데리고 가요."

하고 어머니 옷을 쥐고 놓으려 하지 않으니 장씨는 차마 그런 딸을 버리지 못하여 안고 울었는데, 김 전도 마침내 통곡하면서 말하기를,

"형세가 급한데, 어찌 그애 하나 때문에 세 가족이 다 죽는단 말이오. 당신이 정 가지 않는다면, 나도 안 가고 여기서 함께 잡혀 죽겠소."

장씨는 천지가 망극하여, 마침내 옥가락지 한 짝을 빼어 숙향의 옷고름에 매어 주고 달래기를,

"숙향아, 울지 말고 여기 있으면 내가 곧 오마."

결심을 하고 뒤를 돌아보니, 도적은 벌써 저쪽에서 달려오고 있었으니, 김 전이 황망히 장씨를 이끌고 가니 숙향이 통곡하며,

"어머니, 날 버리고 어디로 가요? 나도 데려가요."

하고 부르는 소리가 멀리 가도록 들리니 김 전 부부의 간장이 녹는 듯이 저리고 아파 어두운 길을 허둥지둥 달아나니, 그 형상이 실로 참혹하더라.

도적이 와서 홀로 우는 숙향을 보고,

"네 아비 어미는 어디로 갔느냐? 간 곳을 알리지 않으면 죽여 버린다."

숙향은 부모를 찾는데 놀라서 울면서도 정신을 차려서

"나를 버리고 간 부모를 내가 어찌 알겠어요. 알면 내가 찾아 가겠어요."

하고 애절히 울었으나, 도적은 잔인하게도 죽이려고 얼러댔으나, 도적 중의 한 명이,

"몹쓸 제 아비 어미가 버리고 간 불쌍한 어린 것이 배 고파서 우는데 무슨 죄가 있다고 죽이겠느냐? 여기 이대로 두면 산짐승에게 상할 거다."

하고, 인정있게 업어다가 마을 앞에 두고 가면서,

"나도 자식이 이만한 것이 있는데, 참으로 가련하다. 네 부모가 너를 버리고 가면서 오죽 마음이 아팠으랴!"

하고 눈물까지 머금었으나, 숙향은 어디로 갈지를 몰라 부모만 부르고 길로 방황하매 그 정상을 보는 사람들이 불쌍히 여겼으며, 날이 이미 저물고 인적도 그쳤으니, 배고프고 갈 바를 몰라서 덤불 밑에 엎드러 우니라.

그때 문득 황새 한 떼가 하늘에서 날아 오더니, 날개로 덮어 주었으므로 춥지는 않았으나 배가 고파서 견디지 못하니, 이윽고 원숭이떼가 아직 살아 있는 물고기를 갖다 주었으므로, 숙향은 반색하여 배가 부르도록 먹으니라.

이튿날 아침에 까치가 날아와서 숙향의 앞에 와서 오락가락하는 꼴이 어디로 인도하려는 기색 같으므로, 숙향이 울면서 그 까치를 따라서 고개 여럿을 넘어 가니 어떤 마을이 있었는데, 숙향이 그 마을로 들어 가니, 마을 사람들이 숙향을 보고서,

"어떤 아인데 혼자 방황하느냐?"

"우리 부모가 내일 와서 데려간다 하시더니, 지금껏 찾아오지 않아요."

하고 숙향이 울며 대답하였으므로 무두 가엾이 여기더라. 그들도 숙향의 얼굴이 고우므로 데려다가 기르고 싶어하는 사람이 많았으나, 병란(兵亂)이 급해서 피란할 때인지라 그리하지도 못하고, 다만 밥을 먹여 주면서,

"우리도 피란 길이기 때문에 데려 가지는 못하니, 이 밥을 잘 먹고 어디로 든지 안전한 데로 가거라."하더라.

각설하고. 일시 피신하였던 김 전은 아내 장시를 깊은 산속에 감추어 두고,

살며시 산에서 내려와 숙향을 찾아 갔으나 종적을 모르매 필경 죽었으려니 하고, 아내 있는 산중으로 돌아가는 수밖에 없더라.

"숙행이가 그 근처에 없으니, 필경 죽은 모양이오."

울면서 말하는 남편의 말을 들은 장시는 통곡하다가 그만 기절할 지경이더라. 김 전은 놀라서 아내를 위로하며,

"모두 운명이니 너무 서러워 말아요. 아까 내가 죽었으리란 말은 나도 잘못한 낙망 끝의 말이었소. 어린 것이 그 두고 온 장소에서 멀리 가지 못하였을 터이니 죽었어도 시체가 그 근처에 있을 것인데, 그것조차 없었으니 필경 누가 데려간 것이 분명하오. 왜 숙향이가 어렸을 때에 사주를 보인 관상가 왕규가 다섯살 때에 부모와 이별한다고 하지 않았소. 그 말이 맞는 것이니 너무 상심치 마시오."

"가엾어라 숙향아, 내가 너와 함께 죽지 못한 것이 한이다. 여보 당신은 관상가의 말이나마 믿어서 죽지 않았으리라 하시지만, 그 애는 죽었어요. 요행히 살아 있을지라도 누구를 의지하고 살아가겠어요."

하고 혼절하니, 김 전은 위로할 바를 몰랐으니,

"숙향이가 살아 있으면 앞으로 반드시 만나보리니, 당신도 왕규의 말을 믿어요."

하는 말로 위로하더라.

이 무렵에 숙향은 피란하는 사람들이 다 흩어져 가버린 밤중에 천지가 괴괴히 적막하고 달빛만 처량한데 배고프고 슬퍼서 홀로 울고 있자니, 푸른 새가 나타나서 앞을 인도하자 숙향이 그 푸른 새를 따라서 한 곳에 이르러 본즉, 큰 전각(殿閣)이 으리으리하고 풍경 소리가 은은히 우니라.

홀연히 청의(靑衣)의 소녀가 그 전각에서 가만히 나와서, 숙향을 안고 들어가서 높은 집의 고운 자리에 놓으니, 숙향이 놀라는 눈으로 본즉, 한 부인이 화관(花冠)을 쓰고 칠보단장으로 황금교의에 앉았다가 숙향을 보고 황망히

자리에서 내려와서 동편에 놓은 백옥교의로 자리를 옮겨 앉았는데, 숙향이 그냥 울고만 있으니 부인이 입을 열어,

"선녀가 인간세계에 내려와서 더러운 물을 많이 먹어서 정신이 상하였으니, 선약 경액(瓊液)을 쓰도록 하라."

부인의 명을 받은 시녀가 경액을 만호종에 가득 부어서 주니, 숙향이 그것을 받아서 마시며, 흐렸던 정신이 선명해지며, 전생의 월궁(月宮)의 선녀로 천상(天上)에서 놀던 일과, 인간세계에 내려와서 부모를 잃고 고생한 일이 역력히 회상되니, 몸은 비록 아이지만 마음은 어른이라. 머리를 들어서 부인에게 사례하기를,

"제가 하늘에서 죄를 얻어서 인간으로 내려와 고초를 당하던 중, 부인께서 이처럼 데려다가 관대히 대해 주시니 감사하옵니다."

"선녀는 나를 아십니까?"

"제가 멀리 나와 고생을 한 탓으로 정신이 혼미하여 알아 뵙지 못하오니 황송하옵니다."

"나는 후토부인이로소이다. 선녀가 인간에 내려와서 고초이단(苦楚異端)이시매, 원숭이와 황새와 파랑새를 보내었더니, 그것들을 보셨나이까?"

"모두 보았삽거니와, 부인의 은혜 백골난망이오라 천상(天上)의 죄를 속(贖)하옵고, 부인 좌하(座下)의 시녀가 되어 은혜를 갚고자 하옵니다."

"선녀는 월궁소아(月宮小娥)라. 불행하여 지금 인간으로 잠시 귀양살이를 하지만 七0년의 고락을 지내시면 다시 천궁(天宮)의 쾌락을 받으실 것이니, 서러워하지 마소서. 오늘은 날이 저무었고, 오신 길이 머온지라. 오늘은 나와 함께 머무시고 내일 돌아가소서."

하고 좋은 음식과 풍악을 갖추어 대접하니, 인간세상에 보지 못한 풍류더라. 부인이 경액을 권하니, 숙향의 정신이 상쾌 총명해져서 천상의 일만 기억되고, 인간 세사(世事)는 깨끗이 잊혀졌으니, 숙향이 후토부인에게 묻기를,

"듣자오니, 명사계는 시왕4)이 계시다 하더니 정녕 그렇습니까?"

"그렇소이다."

숙향의 물음에 후토보인이 대답하기를,

"인간의 부모를 시왕전에 있으면 만날 수 있겠습니까?"

"선녀의 부모는 인간으로 그저 계시거니와, 옥황상제의 사람이 아니라, 봉래산 선관(仙官)선녀로서 인간으로 귀양내려갔사오니, 기한이 차면 다시 봉래로 가시니 이곳이 계실 리는 없사옵니다."

"인간 세상으로 나가면 다시 부모를 찾아 볼 수 있겠습니까?"

"인간으로 태어난 숙향의 말인지라, 후토부인은,

"월궁의 선녀로 계실 때는 상제님게 득죄하여 억울하게 되었더니, 규성(奎星)이란 선녀가 옥황님께 득죄하여 인간으로 내려와서 장승상의 부인이 되었사오니, 선녀도 그 댁으로 가서 전생의 은혜를 갚고, 바야흐로 때를 만나 귀히되고 부모를 만날 것이니, 앞으로 一五년 이후 되오리다."

"인간의 고행(苦行)을 생각하면, 일각이 삼추 같사온데 一五년을 어찌 지내리까. 차라리 죽어 말고자 하옵니다."

"이것은 천명(天命)이라, 천상에서 득죄하여 받는 바이어니와, 다섯 번 죽을 액을 겪고서 생전의 죄를 속한 후에 인간의 영화를 보실 것입니다."

이윽고 금계(金鷄)가 울고 날이 밝아 오니 부인이 황급히,

"선녀를 모시고 말씀이 무궁하오나, 가실 곳이 머옵고 때가 늦어가니 어서 가소서."

"때는 늦어가나, 인간의 길을 모르오니 누구의 집으로 의탁해 가오리까?"

"그건 염려 마소서. 선녀가 가실 길은 내가 알리오리다. 장승상 댁으로 먼저 가소서."

---

4) 저승에 있다고 하는 십대왕. 순차로 각 왕(王)의 거소를 거쳐, 사바 세계에서 저지른 죄의 재단(裁斷)을 받고 그 결과에 의하여 내세의 생소(生所)가 정해진다고 함.

"장승상 댁이 여기서 얼마나 되나이까?"

"三천 三○○리지만 그건 염려 마소서."

하고 부인은 화분에 심은 나무 한 가지를 꺾어서 흰 사슴의 뿔에 매고서 다시 말하되,

"이 사슴을 타면 순식간에 만리라도 가시리니, 시장하시거든 이 열매를 가지고 가소서."

숙향이 부인에게 사례하고 사슴의 등에 올라타니, 그 사슴이 한번 굽을 치고 달리자 만리 강산이 번개같이 눈앞을 지나가니라. 가는 새 없이 한 곳이 이르니 사슴이 더 가지 않고 발을 멈추고 서므로 숙향이 사슴의 등에서 내리자 배가 고팠으므로, 부인이 준 열매를 먹으니 배가 부르고 천상의 일이 일시에 잊혀지고, 마음도 다시 인간으로 돌아와서 타고 왔던 사슴이 물지나 않을까 하는 생각조차 들기 시작하였으며, 그곳은 초목이 무성하여 어디로 갈지 길도 없으므로, 잠시 모란나무에 몸을 기대고 졸더라.

알고 보니 이곳은 흠남군(欽南郡) 땅의 장승상 집의 동산이었으며, 장승상은 한(漢)나라의 장량(張良)의 후손이라 일찍이 벼슬하여 명망이 조정에서 으뜸이라. 四○ 전에 승상이 되어 부귀공명이 일국에 제일이더니, 시종조(時宗朝) 때에 간신의 모함을 만나서 사직하고 고향으로 돌아와서 한가로운 세월을 보내었으니, 슬하에 일점 혈육이 없어 항상 슬퍼하다가 승상이 하루는 꿈을 꾸었더니, 선녀가 구름을 타고 하늘에서 내려와서 계화(桂花)꽃 한 가지를 주면서,

"전생의 죄가 중해서 무자(無子)하였더니, 이제 이 꽃을 주매 잘 간수하라. 그러면 뒤에 좋은 일이 있을지라."

노라서 깨보니 꿈이엇는데, 부인을 불러서 꿈이야기를 하고,

"우리 부부 무자하여 쓸쓸하더니, 이제 하늘이 자식을 점지하시는 모양이오. 그러나 우리 나이 五○에 어찌 생산을 바라겠소?"

하고 한탄하였으나 집 위의 하늘에는 오색의 안개가 어리어 있었고 기이한 향기가 집안에 가득하매, 승상이 다시 이상히 여기고,

"이때가 겨울이라. 오색 안개가 어리고 꽃이 피어 향내를 풍길 계절이 아닌데, 꿈처럼 이상도 하오."

하고 청려장(靑藜杖)5)을 짚고 뒷동산에 올라서 주위를 살펴보니 모란포기에 새 잎이 피어나고 있는데, 그 밑에서 어린 소녀가 잠을 곤히 자고 있자 승상이 놀라서 부인과 시녀를 부르는 소리에 그 잠자던 소녀가 깨어서 울기 시작하니 장승상이 그 소녀 앞으로 가서,

"너는 어떤 아이인데, 이 동산에서 혼자 자고 있느냐?"

속햐은 반갑기도 하고 겁도 나서 울며 말하되,

"저는 부모를 잃고 거리로 헤매던 중에 어떤 짐승이 업고 가다가 여기에 두고 간 모양입니다."

"네 나이가 몇 살이냐? 이름은 뭐냐?"

"나이는 다섯 살이요, 이름은 숙향이라 하옵니다. 우리 부모가 나를 바위틈에 숨겨 두고 가시면서, 내일 와서 다려가마 하시더니 오시지 않아서 울고 있습니다."

장승상이 측은히 여기고 탄식하며,

"허어 부모 잃은 어린애로구나."

하고 부인을 불러다 보이니, 그 소녀의 모습이 꿈에 본 아이와 똑같았으므로 기뻐하며 말하되,

"이것은 하늘이 우리에게 자식 없음을 가엾이 여기시고 주신 아이이니, 집에서 기르고 싶소이다."

하고, 안고 들어가 음식을 먹이고 옷을 갖추어 귀엽게 기르더라. 어느덧 이태가 지나서 일곱 살이 되니, 숙향의 얼굴은 일월 같고, 배우지 않은 글에

---

5) 명아주 대로 만든 지팡이.

능통하고 수놓기를 잘하매, 승상부부의 사랑이 친딸 이상이더라. 이러구러 열 살이 되니, 점점 기이한 재주를 나타내서 어른이 믿지 못할 일이 많았으니, 부인의 사랑과 신임이 두터워서 집안의 크고 작은 일을 모두 맡기매, 숙향이 모든 일의 전후 곡절을 잘 살피고, 늦게 자고 일찍 일어나서 부지런하며, 승상 부부를 친부모처럼 지성으로 섬기고, 여러 남녀 비복을 인덕으로 부리었는데, 승상부부의 의향은 어진 가문에서 숙향의 배필을 구하여 가문의 후사(後事) 를 맡기려고 기회를 기다리더라.

구러나 장승상 집에 오래 있던 사향이라는 계집종이 숙향에게 큰 불평을 품게 되었는데, 그 전에는 사향이가 이 큰 집의 살림을 도맡다시피 모든 일을 감찰하여 재물을 속여 내고 하여 제 집도 부자 부럽지 않게 지냈으나, 숙향이 가사를 맡은 후로는 떨어진 뒤웅박[6]처럼 세도도 실속도 없어서 항상 불평을 품고 숙향을 해칠 기회만 노리고 있었는데 그럴 틈을 얻지 못한 사향은 그윽 히 계략을 꾸미더라. 하루는 영춘당(迎春堂)에서 승상부부를 모시고 잔치를 베풀고 있을 때, 홀연 저녁 까치가 날아와 세 번이나 숙향을 향하여 울고는 날아가 버리므로, 놀란 숙향은 마음속으로 불길하게 생각하니라.

'까치는 계집의 넋이라더니, 집안의 많은 비복 가운데 하필이면 내 앞에서 울고 가니 길조가 아니다.'

장승상도 까치의 방정맞은 짓을 불쾌히 느끼고 괴이하게 생각하였는데, 잔 치를 마친 뒤에도 승상은 근심에 잠겨 있으므로 부인도 또한 적이 염려되어 이날 사향이 승상부부를 위하여 영춘당에서 잔치를 베풀고 봄경치를 구경한 다는 소식을 듣고, 숙향을 해칠 좋은 기회로 이용하려고 결심하더라. 사향은 부인이 영춘당에 사서 없는 틈을 타서 부인 침소에 들어가서 옆방에 감춘어 둔 승상의 장도(粧刀)와 부인의 금비녀를 훔쳐 내다가, 숙향의 방에 숨겨두고 二〇여일 후에 부인이 동네 잔치 가려고 금비녀를 찾으니 그것이 감쪽같이

---

6) 쪼개지 않고 꼭지 근처에 구멍만 뚫고 속을 파낸 바가지.

없어졌는데, 여러 곳을 샅샅이 찾았으나 나오지 않고, 그러는 동안에 승상의 장도까지 없어진 사실을 알게 되더라. 부인은 시녀들을 모두 불러놓고 어찌 된 일이냐고 힐문하자, 이때 사향이 거짓 모른 척하고,

"마님, 무슨 일로 댁내가 이렇게 소요하옵니까?"

하고 물으니,

"큰 변고가 났다. 조정에서 대감께 내려 주신 장도와 내 혼인 때 빙폐(聘幣)⁷⁾하신 금봉채(金鳳釵)⁸⁾ 비녀가 없어 졌으니, 이 두 가지는 가중의 큰 보배인데 이게 원일이냐?"

"저번에 숙향낭자가 마님 침소로 가기로 수상히 여겼삽는데, 혹시 그때 가져갔는지 알아 보옵소서."

사향이 충복(忠僕)처럼 고자질하니,

"그럴 리가 있겠니, 숙향의 마음이 빙옥(氷玉)과 같거늘 그것을 속이고 가져다가 무얼 하겠느냐. 아예 그런 의심을 말아라."

'부인은 오히려 사향을 나무라니',

"마님 말씀처럼 전에는 숙향낭자가 그렇지 않더니, 요사이 구혼하는 기미도 있삽고 나이도 점점 차가매 자기 실속을 차리려고 그러한지, 저희들도 보기에 미안한 일이 많사오나, 마님이 하도 애지중지하시므로 감히 말씀드리지 못하였을 따름이옵니다. 조우간 숙향낭자의 방을 찾아보소서?"

부인은 설마하는 생각을 하면서도 숙향의 침소로 가서 조용한 말로 물어보되,

"내 금봉채와 승상님 장도를 잃었으니, 혹시 네 그릇에 있지나 않은가 찾아보아라."

깜짝 놀란 숙향은 의외의 부인 말을 원망스럽게 여기면서,

"소녀가 가져오지 않은 것이 어찌 제 방의 그릇에 있겠사옵니까?"

---

7) 경의(敬意)을 표하여 드리는 예물.
8) 금으로 봉황(鳳凰)을 새겨서 만든 비녀

하고 모든 세간을 부인 앞에 내놓고 뒤져 보니, 과연 성적함 가운데서 금봉채와 장도가 들어 있었으니, 그때서야 숙향이 크게 놀라서 한 마디의 변명도 하지 못하거늘 부인이 성을 내며,

"네가 안 가져온 것이, 어찌 여기 들어 있느냐?"

책망하고 금봉채와 장도를 가지고 승상 앞으로 가서 사실을 고하기를,

"지금까지 우리는 숙향을 친딸같이 사랑하여 집안일을 모두 맡기고 혼인을 시켜서 후사를 위탁코자 하였더니, 역시 남의 자식은 할 수 없어요. 나를 이렇게 속이니, 어찌 분하지 않습니까?"

"허어 이런 것이 제게 소용도 없을 텐데 왜 가져갔을까?"

부인의 말에도 장승상은 믿으려 하지 않자 옆에 있던 사향이 풀반하여 말하되,

"숙향낭자가 요새 와서는 전과 달라서, 혹은 글을 지어서 남자에게도 주며, 부정한 일도 많사오니 그 변심을 저도 모르겠습니다."

"에잇 망측스럽구나. 그 애가 과연 나이가 찼으니 외인을 통간(通姦)하는 모양이구나. 이대로 집에 두었다가는 불측한 환이 있을지 모르니, 빨리 내어 보냄이 마땅하다."

이때 숙향은 자기 방에서 통곡하며 머리를 싸매고 누워 있었으니, 부인이 가서 조용히 타일러 말하되,

"우리 팔자가 기박하여 자식이 없어서 너를 얻은 후로 매사에 기특하여 친자식처럼 고이 길러, 장차 적당한 혼인을 시키고 우리 후사까지 맡길까 하였더니, 네가 상한(常漢)의 자식인지 행실이 그럴 줄은 꿈에도 몰랐도다. 네가 이 집의 후사를 맡으면 황금이 수십만 냥이나 되니 생계에 지장이 없을 테요, 또 장도와 금봉채가 갖고 싶으면 나에게 달라면 아끼지 않고 줄 내가 아니냐. 비녀는 여자의 패물이니까 혹 욕심이 날지도 모르지만, 장도는 너한텐 소용도 없는 물건인데 왜 훔쳐다 두었느냐? 나는 너하고 깊은 정이 들어서

이번 일은 용서하지만, 승상께서 단단히 노하시니 어찌하랴. 노염이 풀리실 때까지 너 입던 옷가지나 가지고 근처 마을집에 가 있거라. 추후로 내가 승상께 조용히 말씀해서 도로 데려오도록 하마."

하고, 슬픈 마음을 진정하지 못하며 부인의 볼에 눈물이 비오듯이 흘렀다. 숙향이 자리에서 일어나서 공손히 재배하고,

"제 전생의 죄가 중하와 다섯 살 때에 부모를 잃고, 동서로 구걸하여 밤이면 숲속에서 자고, 배곯고 지치옴이 어찌 한두 번이었겠습니까? 불쌍한 인생이 부모를 찾지 못하고 밤낮으로 울고 지낼 적에, 하늘이 살리시려고 사슴에 태워다가 이 댁 동산에 두고 간 인연으로 승상님 양위의 사랑을 받고 금의옥식9)으로 기르셨으매 이 숙향이 몸이 죽더라도 그 은혜에 보답하여 제 힘껏 정성껏 섬기려 하였더니, 천만 뜻밖의 누명을 입었사오니 모두 제 팔자이오매 누구를 원망하오리까? 금봉채와 장도는 소녀가 가져온 바 결코 아니요, 귀신의 조화가 아니면 사람의 간교이오니 이제 발명하여 무엇하오리까? 마님 눈앞에서 죽사와 소녀의 백옥같이 청백한 마음을 표하고자 하옵니다."

억울한 말을 마치자 천지를 부르고 통곡하다가 칼을 들어서 자결코자 하거늘, 부인이 그러는 숙향의 기색이 조금도 어색하지 않고, 억울한 사연의 말에 진정이 나타나 있음을 깨닫게 되더라. 가만히 생각컨대 어떤 간사스러운 자의 시기로 숙향의 총애가 미워서 한 모함인가 의심하게 되었는데, 부인은 다시 숙향을 달래며 말하되,

"네 말이 당연하니, 내가 승상께 말씀드려서 좋도록 할 것이니 조급하게 죽으려는 생각은 버려라."

이때에 사향이 매우 조급한 태도로 와서 전갈하되,

"승상님의 명으로 마님께 전갈하옵니다. 숙향의 행실이 불측하기로 내쫓으라 하였는데, 뉘라서 내 명을 거역하고 지금까지 머물러 두었느냐고 어서 빨

---

9) 호화롭고 사치스런 의식(衣食)을 가리키는 말.

리 내쫓으라는 분부이옵니다."

부인도 하는 수 없이 눈물을 흘리고 숙향에게,

"숙향아, 승상의 노기가 풀리실 동안만, 잠간 문밖의 늙은 상노집에 가서 기다려라. 내가 조용히 말씀해서 너를 데려오겠다."

그러나 숙향이 사양하고,

"부인의 은혜는 백골난망이오니, 죽은 후에도 다 보답하지 못할 것이 원한 이옵니다."

하고 칼을 들어서 또 죽으려고 하거늘 부인이 황급히 숙향의 손을 꼭 잡고 울면서,

"너로 하여금 이렇게 괴롭게 한 것은 내가 경하게 말한 죄다. 내 마음을 살펴서, 죽느니 사느니 하는 것은 그만두어 다오."

하고 애걸하다시피 무수히 달래었으나, 사향이 또 나서서,

"승상의 분부가 숙향이 사족(士族)의 자식 같으면 그런 행실을 할 리가 없지만, 기생의 자식인 모양이니 일시가 바쁘게 쫓아내라 하시며, 집에 두면 필경은 큰 화를 볼 것이니 일시도 더 집에 두지 말라 하셨습니다."

부인은 더욱 당황해서 계집종 금향을 명하여 숙향의 의복을 내어 주라 하고 눈물을 주르르 흘렸다. 숙향이 울면서 비로소 참았던 말을 하더라.

"요전에 영춘당에서 저녁까치가 제 앞에서 세 번이나 울더니 이런 억울한 일을 다하오니, 이것은 하늘이 소녀를 죽이심이니, 어찌 천의(天意)으 거역하오리까. 다만 부모와 이별하올 적에 옥지환 한 짝을 주었으니, 그것이나 제 부모 본 듯이 가져가겠나이다. 의복은 갖다 무엇하오리까."

부인은 그 참혹한 모양을 차마 볼 수가 없어서, 승상한테로 가서 말하되,

"내가 이제서야 생각이 나오이다. 금봉채와 장도는 내가 갖다가 숙향의 방에 두었던 것이었는데, 정신이 없어서 그것을 까맣게 잊고 있었던 탓으로 이제 숙향에게 억울한 누명을 씌워서 쫓아 내라 하시니, 숙향이 저도 모르는

일이라 변명할 길이 없어서 죽으려 하니, 이런 잔인한 일이 어디 있겠습니까.
승상은 내 잘못으로 생긴 이 일을 용서하시고 다시 돌려 생각하소서."

"허허 당신도 노망했소. 당초에 그런 줄 알았으면 가엾은 숙향에게 왜 억울
한 누명을 씌워서 내쫓겠소. 사실이 그러하면 더욱 숙향이가 애처러워 어찌
할지 모르겠소."

하고, 잠시 후에는 도리어 부인을 위로해서 조용한 말로,

"내가 지난밤에 꿈을 꾸었는데, 앵무새가 복사꽃 가지에 깃들였는데 한 중
이 와서 도끼로 꽃가지를 배어 버리매, 앵무새가 놀라서 달아났소. 이것이
무슨 징조인지 모라서 오늘 종일토록 마음의 보배를 잃은 듯하여 매우 울적
하니, 당신은 술상을 갖다 나를 위로해 주시오."

"그런 꿈을 꾸셨어요?"

하고, 부인은 시녀를 시켜서 주찬을 차려다가 승상의 울적한 마음을 위로
하더라.

이리하여 승상과 부인이 숙향을 용서하고 다시 집에 두려는 눈치를 알고,
사향은 곧 숙향의 방으로 달려가서,

"승상께서 너를 그대로 두려는 마님을 대책하시고, 나더러 시급히 너를 내
보내라 하시니 어서 나가거라."

하고, 성화같이 독촉하더라. 숙향이 울면서,

"부인께 하직인사나 여쭈고 가겠다."

그러자 사향이 큰 소리로 꾸짖되,

"흠, 염치도 좋구나. 좋은 의식에 싸여 있으면서 그런 배은망덕의 몹쓸 짓
을 하고도, 지금 또 무슨 면목으로 마님께 하직인사를 드리겠다는 거냐? 마님
역시 승상님 꾸중을 들으시고 너에게 노해 게시니 다시는 너를 보려 하지도
않으실 거다. 어서 빨리 이 댁에서 나가거라."

하고 숙향의 손목을 잡고 끌어 내었으므로, 숙향은 부인에게 하직인사도

못하고 쫓겨 가는 것이 더욱 망극해서, 사향의 손을 뿌리치고 자기 방으로 들어가서 손가락을 깨물어서 하직인사의 사연을 혈서로 쓰고 눈물을 흘리며 나오니, 사향의 성화 같은 재촉이 발이 땅에 붙지 못하도록 몰아치매 천지가 망망하여 동서를 분별할 겨를조차 없더라. 어디로 가야 좋을지 방향을 모르고 어리둥절하자 사향이 또 표독스럽게,

"승상께서 네가 이 댁 근처에도 있지 못하게 하라신다. 썩 먼 곳으로 가서 그림자도 다시는 보이지 않도록 해라."

하고 등을 왈칵 밀어서 대문 밖으로 밀어내고 등뒤에서 대문을 덜커덕 닫아 버렸으니, 숙향의 눈앞이 캄캄해서 다만 부모를 부르며 정처없이 갈 적에 정든 승상의 집을 자주 돌아다 보며 그 마을을 떠나 가니라. 얼마쯤 간 곳에 큰 물이 앞을 막고 있었으므로 숙향은,

〈마침 잘 되었다. 이 강물에 빠져 죽자.〉

하고, 강가에 가서 하늘을 향해서 재배하고,

"박명한 이 숙향이는 전생의 죄가 중하와, 五세 때 부모를 잃고 낮이면 거리로 방황하다가 밤이면 숲속에 의지하여 자오니, 외로운 단신이 의탁할 곳 없어서 눈물로 지내다가, 천행으로장승상댁에 의탁하여 태산 같은 은혜를 입삽고 일신이 안전하옵더니, 참혹한 누명을 쓰고 축화(逐禍)을 입사오매, 이 이상 차마 더 살 수 없어서, 부모의 얼굴을 다시 보지 못한 슬픔을 머금고 물에 이 몸을 던지오니, 천지신명은 이 불행한 숙향이의 누명을 벗겨 주시옵소서."

하고 슬피 우니, 그 광경을 왕래하는 행인들이 보고, 눈물 흘리지 않는 사람이 없으니 숙향은 한 손으로 치마를 추켜잡고, 또 한 손으로 옥지환을 쥐고서 강물에 뛰어들었는데, 수세(水勢)가 급한데다가 풍랑이 일어서 행인이 구하려 하였으나 구하지 못하고, 물에 빠져 부침(浮沈)[10] 하며 떠내려 가는 것을

---

10) 물 위에 떠오름과 물 속에 잠김.

탄식할 뿐이니라.

숙향이 물속에서 허위적거릴 때, 문득 물 가운데서 매판만한 무엇이 나타났으므로 숙향이 그 위에 기어 오르자 편하기가 마치 육지와 같았으니, 이윽고 오색의 그름이 일어나는 곳에서 양의 머리를 가진 소녀들이 옥피리를 불면서 연엽주(蓮葉舟)를 급히 저어 와서 말하기를,

"용녀(龍女)는 어서 그 낭자를 모시고 빨리 배에 오르시오."

하고 권하니, 매판이 변하여 고운 여자가 되더니 숙향을 안고서 배에 오르매, 소녀들이 숙향에게 절하고,

"낭자께서는 그 귀중한 천금지신을 가볍게 버리려고 하십니까? 우리 항아(姮娥)의 명을 받자와 낭자를 구하라 하옵기로 이리로 오더 도중에서 옥화수(玉和水)의 소녀들이 술레놀이 하자면서 잡고 놓지 않았기 때문에 진작 오지 못하였더이다. 진실로 용녀가 아니었으면 구하지 못하여 항아의 명을 어길 뻔하였습니다."

하고 또 용녀에게 사례하여 말하기를,

"용녀는 어디서 와서 이렇게 낭자를 구하였는가?"

"네, 그 전에 사해용왕(四海龍王)이 우리 수궁에 와서 잔치할 때에 내가 사랑하는 시녀가 옥그릇을 깼으나 만일 벌을 받을까 두려워서 고하지 못하였더니, 마침내 그것이 발각되어서 부왕(父王)이 매우 놀라셔서 저를 반하물로 내쫓았었는데, 마침 어망에 쌓여서 어부에게 잡혔던 일이 있사옵니다. 천행으로 김상서를 만나서 구함을 얻고 그 은혜를 갚을까 하였으나 수부(水府)와 인간이 다른고로 뜻을 이루지 못하고 있던 차, 이제 부왕이 옥황상제께 조회(朝會)11) 하시고, 옥황상제의 말씀을 듣사오니, 월궁소아(月宮小我) 천상(天上)의 죄를 얻고 인간 김상서의 딸이 되어 반야산의 도적에게 죽을 액을 겪고, 화재도 만나고, 이후 낙양 옥중에서 사형을 지낸 다음에야 귀하게 되실

---

11) 모든 벼슬아치가 함께 정전(正殿)에 모여 왕께 조현함.

것이매, 그 월궁소아가 죽지 않게 하라고 물신령에게 분부하셨나이다. 그래서 제가 김상서의 은혜를 갚고자 그 따님인 월궁소아를 구하고자 자원해 왔사옵니다. 이제 선녀들과 함께 안전한 배에 계시게 되었으니 저는 안심하고 가옵니다."

하고 숙향에게 하직인사를 하고 물 속으로 돌아가려고 하니, 아무것도 모르는 숙향은 그 구해주고 가려는 여인에게 묻기를,

"당신은 물 위를 마치 평지같이 다니니 누구신지요?"

"저는 동해용왕의 셋째 딸로서 이 표진강 용왕의 아내이온데, 예전에 당신의 부팅께서 저를 구해 주신 은혜를 갚으려고 왔다가 가옵니다."

"아, 그렇습니까. 나는 어려서 부모를 여의고 고아가 되어서 의탁할 곳이 없어 남의 집의 시녀가 되었다가, 억울한 누명을 쓰고 분해서 이 물에 빠져 죽으려 하였더니, 이렇게 구제해 주시니 고맙습니다."

그러자 용궁의 여인이 상냥한 미소를 지으며,

"당신은 인간의 화식(火食)을 먹어서 우리를 잘 모르시는군요."

하고, 옆에 찼던 호로병(胡虜瓶)을 기울여서 차를 따라서 권하여 주면서 말하기를,

"이 차를 마시게 되면 아시게 되오리다."

숙향이 그 차를 받아서 마시니, 정신이 상쾌해져서 천상의 옛 기억이 역력해져서, 자기가 분명히 월궁소아로서 옥황상제를 모시고 있다가, 사랑하는 태을진군(太乙眞君)과 글을 지어 창화(唱和)[12]하고, 월영단(月靈丹)을 훔쳐서 태을진군에게 준 죄로 인간세계로 귀양갔던 기억이 역력하더라. 그리고 연엽주를 저어서 자기를 구하려고 달려온 선녀 같은 두 소녀는 월궁에서 자기가 부리던 시녀인 줄도 알게 되매, 서로 붙들고 대성통곡하여 마지않더라. 소녀들은 숙향을 위로하였으나, 숙향은 그 전의 하늘에서 시녀로 부리던 옛

---

12) 한 쪽에서 부르고 한 쪽에서 대답함.

날 소녀들을 선녀들을 선녀로 대접하고 공손한 말로,

"우리 부모는 봉래산의 선관 선녀로서 옥황상제께 득죄하고 인간으로 내려와서 딸을 잃고서 간장을 녹이는 고통으로 천상의 죄를 속죄하도록 하심이니, 딸된 나로서 어찌 한이 되지 않으리까. 장승상 집에는 一○년간의 연분이 있으나, 더 있지 못하고 쫓겨 나왔습니다."

"그 집의 사향이란 계집종은 당신을 모해하여 누명을 씌운 죄로, 항아께서 옥황상제께 고하여 이미 벼락을 쳐서 죽였으므로, 당신의 억울한 누명은 장승상부부도 잘 알게 되었겠지요. 그래서 당신의 뒤를 찾아 강가에까지 와서 찾다가 그냥 돌아갔으니, 이제 당신은 액운을 세 번 지낸 셈입니다. 앞으로도 두 번의 액운이 남아 있으니 조심하소서."

"아직도 무슨 무슨 액이 있다는 말씀이오?"

숙향은 깜짝 놀라 묻더라.

"노전(盧田)에 가서 화재를 보시고, 낙양옥중에서 부친께서 죽을 액을 겪으시고, 그 뒤에 마침내 태을진군을 만나서 부귀영화를 누리실 것입니다."

"아아, 나는 이미 지낸 액도 천지망극한데, 앞으로도 두 번이나 액이 있다 하니, 어찌 살기를 바라겠소. 장승상 부인이 나를 다시 생각하시리니 다시 그 댁으로 가서 액을 면할까 하오."

"액운은 이미 하늘이 정하신 바니, 장승상 집으로 가서도 면하진 못하리다. 태을을 만나지 못하면 승상부인의 힘으로는 부모님 만나기가 아득하외다. 그러나 태을이 계신 곳이 三천여 리나 되는 먼 길이외다."

"태을은 누구이며, 이승의 인간의 성명은 무어라 하는지요?"

"항아님 말씀을 듣사오니, 태을이 낙양 북촌리의 위공(偉功)이― 자제가 되어 일생 부귀를 누리게 되었다 하옵니다."

숙향은 그 말을 듣고 탄식하며,

"월궁에서 서로 같은 죄를 짓고서, 그는 어찌 부귀가 극진하고, 나는 어찌 이토록 고생을 겪어야 하는고. 더구나 그 태을 있는 곳이 여기서 三천 리라 하니, 그를 만나지 못하면 누구를 의지하며 그리운 부모를 언제나 만나뵈올까?"

하고 눈물을 비 오듯 흘리니라. 그러자 선녀가 위로하여 말하되,

"그것은 근심 마시오. 육로로 가면 一년을 가도 못가지만, 이 연엽주를 타시면 순식간에 득달할 것이오니, 또 천태산 마고선녀(麻姑仙女)가 당신을 위해서 인간으로 내려와서 기다린 지 오래매, 의탁할 곳이 자연 있으니 염려 마시오."

하고, 배를 순풍에 놓으니, 빠르기가 살과 같더라. 이윽고 어떤 곳에 배가 머무르고, 선녀들이 숙향에게,

"뱃길은 다 왔으니, 여기서 내려서 저쪽 길로 가시오. 그러면 자연 구할 사람이 있을 것이옵니다."

하고, 동정귤(洞庭橘) 같은 과실을 주면서 시장할 때에 먹으면 요기가 된다고 말하며 이별을 슬퍼하니라. 숙향이 배에서 내려 보니, 선녀들은 배와 함께 간 데 온데 없이 홀연히 자취를 감추고 없었으니, 숙향은 신기하게 느끼고 공중을 향하여 사례하고, 선녀들이 가리킨 길을 향하여 걷더라. 이윽고 배가 고파서 과실을 먹으니 배는 부르나, 배 위에서 기억되던 천상의 이력은 아득히 잊혀지고, 인간으로서 고생한 일만 회상되니, 숙향은 스스로 생각하되,

'내 몸이 이만큼 장성한 여자라, 새옷을 입고 큰 길로 가다가는 욕을 볼지 모르겠다.'

하고, 촌가에 들러서 고운 비단옷을 헌옷과 바꾸어 입고, 얼굴에는 재와 흙을 바르고, 한 눈이 멀고 한 다리 저는 병신 거지 시늉으로 길을 걸어가니, 길가에서 그런 숙향의 꼴을 보는 사람마다,

"젊은 여자가 불쌍하게도 병신이구나."

하며. 희롱하려고 들지는 않더라.

각설하고. 이대 장승상의 취기가 거나하자,

"내 불찰로 숙향에게 애매한 누명을 씌워서 내보냈으니 얼마나 슬퍼하겠소. 어서 불러 오도록 하시오."

승상의 말에 부인이 크게 기뻐하고 시녀들에게 숙향을 불러 오라고 명하니, 사향이 승상부부의 눈치를 알아채고 황급히 들어오면서 수선을 피우며, 손뼉을 치면서,

"우리는 그런 줄 몰랐더니, 그럴 데가 어디 있어요?"

부인이 깜짝 놀라서 사향에게 묻기를,

"넌 무슨 일로 그렇게 경망스러우냐?"

"저희들은 숙향낭자를 양반집 출생으로 속았으나, 알고 보니 비천한 장사치 딸이었습니다. 아까 마님께서 승상 계신 곳으로 가신 사이에 제 방에 들어가서 무엇인지 싸 가지고 줄달음질로 도마쳐 가기에, 저는 그 가져가는 물건을 알기 위해서 따라 갔더니, 어찌나 빨리 달아나는지 잡지 못하였습니다. 그래서 제가 아무리 죄진 몸으로 도망치기 바쁘더라도, 은혜 입은 마님께 하직인사라도 여쭈고 가는 것이 도리가 아니냐고 물었더니, 글쎄 그년 보십시오. 함부로 종알거리는 말투가, 마님이 저를 구박해서 내쫓는데 무슨 정이 있어서 하직인사를 하느냐고 발악을 하지 않겠어요. 그리고는 어떤 행인 남자를 따라 가면서 온갖 욕과 비방을 하였습니다."

부인이 사향의 말을 듣고 크게 놀라면서, 그 애한테 직접 물어 볼 일이 있으니, 어서 빨리 불러 오도록 하라고 하니, 사향은 하는 수 없이 대답하고 밖으로 찾는 체하고 나갔으나, 마을 집에 가서 앉아 있다가 시간을 보내고 돌아와서 천연스럽게 거짓말로,

"벌써 멀리까지 간 것을 제가 죽자하고 쫓아가서 마님 말씀을 드리고 데려오려고 하였으나, 숙향이가 입을 삐죽이면서, 내얼굴과 재주로 어딜 간들 그만 의식을 못 얻겠느냐고 코웃음을 치면서, 악소년들과 정답게 손을 잡고 잡스러운 희롱을 하면서 가 버렸사옵니다. 저는 비록 천한 몸이오나 아직까지,

그런 행실을 보도 듣도 못하였습니다."

하고, 분해서 어쩔 줄 모르는 체하니라.

이때 대문 밖에서 누비옷 입은 중이 곧장 내당(內室)으로 들어오니, 얼른 보아도 태도가 비상하여 보통 산승(山僧)이 아니라, 승상이 부인을 옆방으로 보내고 몸을 일으켜서 중을 맞아서 당상으로 오르게 하니라.

"선사(禪師)는 어디서 오셨습니까?"

"소승은 옥황상제의 명을 받고 승상에 옥석(玉石)을 가리려고 왔소이다."

승상이 아직 대답도 하기 전에, 사향이 쪼르르 달려 나와서,

"숙향은 본디 빌어먹는 걸인이었는데, 승상과 부인께서 불쌍히 여기시고, 댁에 두고 금의옥식으로 길렀사오나, 행실이 불측스러워서 귀중한 보배를 훔쳐서 감추었다가 드러났으므로, 그뿐 아니라 그런 죄로 댁에서 쫓겨 나갈 때도 이 댁의 은공을 모르고 도리어 원수로 악담을 한 년인데, 임자는 어떤 중놈이기에 숙향이의 부축을 들고 감히 재상댁 내당에 들어와서 숙향을 위하여 무슨 시비를 따지겠다는 거요? 대감님, 이 중놈을 노복에게 잡아 내다가 쳐죽이도록 하십시오."

"중이 허허 웃고 말하되",

"승상 내외분은 속일 수 있으나, 하늘조차 속일소냐! 네가 승상댁 가사 맡아 볼 적에 온갖 것을 도적질해서 네 집 재산을 만들다가, 승상 내외분이 三月 三日에 영춘당에서 잔치하는 사이에, 네가 부인 침소에 들어가서 금봉채와 장도를 훔쳐다가 숙향의 방에 숨겨 두고, 숙향이가 도둑질한 것처럼 꾸미지 않았느냐. 그런 간계로 숙향을 부인께 모함하여 승상 내외분을 속이고 허무한 말로 이간중상하여 마침내 숙향을 내쫓고, 그 후에 부인께서 숙향의 억울함을 동정하여 숙향을 불러 오라 하시니, 너는 그러는 체하고 마을 집에 가서 앉았다가 돌아와서, 또 맹랑한 말로 승상을 속이지 않았느냐. 처음부터 끝까지 네 간악을 감추고 누명을 숙향에게 씌웠으나, 승상과 부인께서는 네

간악을 깨닫지 못하셨거니와 하늘이야 어찌 속이겠느냐?"

하고 소매에서 작고 붉은 물건을 꺼내서 공중으로 던지니 즉시로 뇌성벽력이 진동하며, 갑자기 큰 비가 쏟아지며 천지가 암담하니, 온 집안이 황황망조하여 어쩔 줄을 모르게 되니라. 노승이 뜰에 내려와서 하늘에 무어라고 하매, 이윽고 공중에서 집동 같은 불덩어리가 내려와서 사향을 벼락치니, 이 통에 온 집안 사람들이 기절하였다가 한참 만에 먼저 정신을 차린 부인이 울면서,

"사향이는 제 죄로 천벌을 받았거니와, 숙향은 어디로 가서 누구에게 의지하고 있는가? 불쌍하다. 무죄한 숙향은 필연 길로 방황해 다니면서 나를 생각할 거다. 내가 소홀히 생각하고 또 사향의 간악한 말을 곧이 듣고서 숙향을 내쫓았으니 모두 내 불찰의 탓이다.

하고 울면서 숙향의 방으로 들어가서 본즉, 방안이 고요한데 오직 숙향의 혈서 한 장만 남아 있었는데, 그 글의 사연을 보니,

〈숙향은 五세 때에 부모를 잃고 동서로 유리하다가 장승상 댁에 一○년을 의탁하니 그 은혜 하해(河海) 같도다. 일조에 악명을 얻으니 차마 세상에 있지 못할 터이라. 유유창천13)이여, 나를 가엾이 여겨서 누명을 벗기소서.〉

이렇게 피로 써 있었느니라.

부인은 더욱 탄식하면서, 숙향이는 필경 죽었구나 생각하고, 승상에게 가서 호호하기를,

"숙향이는 사향의 모함으로 꼭 죽었을 것이니, 그런 잔인할 데가 없사옵니다."

"당신은 어찌 숙향이가 꼭 죽었으리라고 단정하오?"

승상도 뉘우치면서 부인을 위로하려고 하였으니, 부인이 그 증거로서 숙향의 혈서를 내 보이자 승상도 측은히 여겨 마지않았으며, 때마침 승상의 당질14) 되는 장원이 왔다가 이 말을 듣고서,

---

13) 한없이 멀고 푸른 하늘.
14) 종질(從姪)을 친근하게 일컫는 말.

"어제 표진강가에서 멀리 보았는데 그 소녀가 숙향이었던 모양입니다."

하고 말하니, 장승상은 곧 노복을 보내어 찾게 하였으나 숙향의 종적은 묘연하고, 그곳 사람들의 말이 벌써 죽었다고 하므로 그냥 돌아와서 그대고 고하니, 부인이 더욱 슬퍼서 실성통곡하면서 숙향의 그 화월(花月)같은 얼굴 과 미옥(美玉) 같은 음성이 이목(耳目)에 선해서 잊지 못하여 음식을 전폐하 고 주야로 슬퍼하자 승상이 근심한 나머지, 숙향의 화상을 그려서 위로하고 자 유명한 화가를 청해 오라 하니라. 이 말을 들은 장원이,

"숙향이 열 살 때에 저를 업고서 수정(水亭)에 가서 구경할 때, 장사(長沙) 땅에 있는 조적이라는 화가가 숙향의 얼굴을 보고서, 자기가 경국지색(傾國之 色)15)을 많이 보았으나 이 처자(處子) 같은 미인은 보지 못하였다 면서 숙향 의 얼굴을 그려 갔사오니, 그 사람에게 그 그림을 구하면 좋을까 하옵니다."

"그럼 네가 그에게 가서 구해 오라."

승상이 장원을 조적에게 보냈으나, 그는 벌써 그 화상을 다른 사람에게 팔았다고 대답하니라. 장원이 돌아와서 승상에게 그대로 고한즉, 승상은 곧 황금 一ㅇㅇ냥을 주면서 그 화상을 물러 오라고 조적에게 당부하여 물러 오 게 하니라. 승상부부는 그 화상을 받고서 숙향을 만난 듯이 반갑고 슬퍼서 눈물을 흘려 마지 않으며 침실에 장식하고 조석으로 밥상을 차려 놓고 혼백 을 위로해 주니라.

한편 숙향은 절름발이 걸음으로 걸어서 한 곳에 이르르매, 하늘에 닿을 듯이 높은 갈대가 무성한 끝도 없는 갈대밭이 앞을 막고 있었으니, 마침 날이 저물어서 갈대 숲에 의지하여 자는 둥 마는 둥하고 있다가 어느덧 밤중이 되어서 큰 폭풍이 불면서 난데 없는 불길이 충천하매, 숙향이 어쩔 바를 몰라 서 하늘을 우러러 재배하고 기도하니라.

"제 전생의 죄가 중하와 이승에 인간으로 태어나서, 어려서 부모를 여의고

---

15) 나라에서 으뜸가는 미인.

천만 가지 고초를 겪으며 부모의 얼굴이나 다시 한번 만나 보려고 구차한 목숨을 부지하여 하였삽더니, 이 땅에까지 와서 화재로 죽게 되었사오니, 명천 (明天)은 살피사 부모의 얼굴이나 한번 보고 죽게 하여 주십시오."

정성껏 기도하자, 홀연히 한 노인이 주장을 짚고 와서,

"너는 어떤 소녀인데 이 밤중에 참화를 만나서 고생하느냐."

"저는 난중에 부모를 잃고 의탁할 곳이 없어서 동서로 유랑하옵다가, 길을 잘못 들어 이 땅에 와서 재화를 만나 죽게 되었사오니, 노인장께서 저를 구해 주시옵소서."

"그렇지 않아도 너를 구하려고 내가 왔으니, 화세가 급하기로 입은 옷을 다 벗어서 이곳에 놓고 몸만 내 등에 업혀라."

숙향이 노인의 말대로 입었던 옷을 다 벗어 버리고 노인의 등에 업힐 순간 불길이 벌써 등에 화끈화끈하니라. 그러나 노인이 소매 속에서 부채를 꺼내 서 부치니 불길이 가까이 번져 오지 못하니라. 그리하여 화재를 면한 숙향은 노인의 은혜를 잊지 않겠다고 사례하려고 묻기를,

"필시 신선이신 노인장께서는 어디 계시오며 존함은 누구라 하시옵니까?"

"내 집은 남천문(南天門) 밖이고, 부르기는 화덕진군(火德眞君)이라 하거 니와, 네가 어찌 四천 三〇〇리나 되는 나 있는 고장을 지나가겠느냐?"

하고 홀연히 간데 온데 없이 사라져 버리니라. 숙향이 공중을 향하여 사례 하였으나 젊은 여자로서 발가벗은 알몸으로 길을 갈 수 가 없어서 망연히 울고 있을 수 밖에 없었더니, 그때 홀연히 한 노파가 광주리를 옆에 끼고 지나가다가, 숙향을 보고 옆에 앉아서 묻기를,

"너는 어떤 처녀인데 해괴하게 길가에 앉아 있느냐? 너 어디서 큰 죄를 짓고 이 꼴로 내쫓긴 것이나 아니냐? 남의 재물을 도적질하다가 내쫓겼느냐? 불한당을 맞아 옷을 약탈당하였느냐?"

"저는 본디부터 부모가 없는 고아라, 부모에게도 내쫓긴 일은 없으나 자연

곤궁해서 이 꼴이 되어 오도가도 못하고 앉아 있습니다."

"본디부터 부모가 없으면 세상 사람이 모두 네 부모로구나. 네 부모가 반야산에서 너를 보리고 갔는데 내쫓긴거나 무엇이 다르랴. 장승상 집에서 계집애 종과 금봉채 연고로 그 집을 나왔으니, 쫓겨난 것과 무엇이 다르냐?"

하고, 무수히 조롱하기로 숙향은 자기의 과거사를 자세히 아는 노파에게 놀라서,

"할머니는 어떻게 내 과거를 그리 자세히 알고 있나요?"

"남들이 말하기로 듣고 알았으니, 너는 지금부터 어디로 갈 생각이냐?"

"갈 곳이 없어 방황하고 있습니다."

"나는 자식 없는 과부니, 나하고 같이 가서 살지 않겠니?"

하고, 노파는 숙향의 마음을 떠 보니, 숙향은 반갑기도 하고 또 한편으로는 불안도 해서 울면서 간청하되,

"할머니가 끝까지 저를 버리지 않으시면 따라 가오리다. 그러나 제가 벗은 몸이요, 또 배가 고파 민망하옵니다."

그러자 노파가 광주리에서 삶은 나물 한 뭉치를 내어 주면서 먹으라 하므로 숙향이 그것을 받아 먹었는데, 이상한 향내가 나고 배가 부르며 정신이 상쾌하더라. 노파가 웃으면서 자기 옷 한 가지를 벗어 입히고 어서 같이 가자고 재촉하니, 숙향이 노파를 따라서 두어 고개를 넘어 가니, 마을이 정결하고 집집마다 부유하게 사는 고장이더라. 노파는 그 마을에서 제일 작은 집으로 들어가면서 본즉, 집은 작으나 매우 정결하고 아담하더라. 숙향이 이 집에 온 지 반달이 되도록 종시 병자인 체하고 있었더니, 하루는 노파가 타이르기를,

"너를 보니 정말로 병든 사람 같지 않으니 나를 속이지 말라."

숙향은 웃기만 하고 대답을 아니 하니라.

『내 집은 본디 술집이라 마을 사람들이 자주 출입하는데, 네가 그렇게 더럽게 하고 있으면 안되겠으니 얼굴이나 씻고 있어라."

숙향이 오래 있어보았으나, 이 술집이라는 집에 출입하는 남자는 없고 여자만 출입하고 있었으니, 숙향이 얼굴 단장을 다시 하고 의복을 갈아입고 수를 놓고 있을 때, 외출했던 노파가 돌아와서 아주 고와진 숙향을 보고 퍽 기뻐하며 말하되,

"어여쁜 내 딸아. 전생에 무슨 죄로 광한전을 이별하고 인간에 내려와서 그처럼 고생을 겪느냐?"

"할머니가 나를 친자식처럼 여기시니, 어찌 숨길 수 있습니까. 난중에 부모를 잃고 의탁할 데가 없어서 유리하하옵더니, 사슴이 업어다가 장승상집 뒷동산에 두고 가오매, 그 댁이 무자하여 나를 친딸같이 길러 주시더니 종계집 사향이란 애가 나를 모해하여 승상 내외께 참소되어 내쫓기고, 그 누명을 씻지 못하여 표진강 물에 빠져 죽으려 하였삽더니, 그대 연꽃 놀이하던 소녀들의 그함을 받고, 처녀의 단행이 두려워서 거짓 병신꼴을 하고 정처없이 가다가 화재를 만났으나 요행히 화덕진군의 구원을 받았으며, 그 직후에 할머니를 만나서 나를 친딸같이 사랑하여 주시니, 나도 친어머니처럼 아옵니다."

노파가 이 말을 듣고 새삼스럽게 숙향에게 절하고, 낭자의 마음이 진정 그럴가 하고 그 후로 더욱 사랑하니라.

숙향은 본디 총명하여 배우지 않아도 매사에 모를 것이 없으니, 수만 놓아서 팔아도 생계가 족하였으므로, 노파가 더욱 소중히 여기니라. 어느덧 이 집에 온 뒤로 해가 바뀌어서 춘삼월 보름날에 노파는 술 팔러 나가고 숙향이 홀로 집에서 수를 놓고 있을 때 파랑새가 날아와서 매화가지에 앉아 슬피 울고 있었는데, 숙향이 심란하여 혼자 탄식하되,

"새도 나처럼 부모를 잃고 우는가."

하고, 창에 의지하여 잠이 들었더니, 문득 그 파랑새가 숙향에게 속삭여 말하니라.

"낭자의 부모가 모두 저기 계시니 나를 따라 가시죠."

반가와서 잠을 깨어 그 파랑새를 따라서 한 곳이 이르르니, 연못가 백사장에 구슬로 대를 쌓고 산호기둥의 집을 지었는데, 호박(琥珀) 주추와 집의 모든 장치가 오색 구름같이 아로 새겨져 광채가 찬란하여 눈이 부셔서 똑바로 보지 못할러라. 숙향이 그 놓은 집을 우러러 본즉 전각(殿閣) 위에 황금의 큰 글자로 요지(瑤池)16) 보배라 씌어져 있었는데, 하도 집이 엄숙하여 감히 들어가지 못하고 문 밖에 서 있을 때, 층층대에서 오색구름이 일어나고 향기가 진동하며, 무수한 선관과 선녀들이 혹은 학을 타고 혹은 봉황을 타고 쌍쌍이 집안으로 들어가는데, 채운(彩雲)이 일어나며 대룡(大龍)이 황금수레를 끌고 가는데 이것은 옥황상제의 연(輦)17)이라. 그 뒤에는 석가여래가 오신다 하고 오백나한(五百羅漢)이 차례로 시위(侍衛)하여 오는데, 각종 풍악과 향내가 진동하니라. 여러 행차가 지났으나, 숙향을 본 체하는 이가 없더니 이윽고 한 덩이 구름이 일어나며 백옥교자에 한 선녀가 연꽃을 들고 단정히 앉으니라. 이것은 월궁항아의 행차라. 수레 위의 항아가 숙향을 알아보고,

"소아야, 너를 여기서 보니 반갑구나. 인간고생이 어떠하더냐? 어서 나를 따라 들어가서 요지를 구경하고 가거라."

숙향이 파랑새를 앞세우고 항아를 따라 들어가니, 그 집의 형용이 찬란할 뿐 아니라, 팔진경장과 육각난 곳에 한 보살이 젊은 선관을 뒤에 거느리고 들어와서 옥황상제께 인사를 드리자 상제가 그 선관에게,

"태을아, 어디 가 있었느냐? 반갑다. 그래 인간생활이 재미있더냐?"

하고 물으셨다. 그 다음에 항아의 인도로 소애[淑香]를 만나 보신 상제께 항아가 아뢰되,

"이 소아는 이미 죽을 액을 네 번 지냈으니 그만 천상의 죄를 용서하시고, 석가여래에게 수한(壽限)을 점지하시되 七○을 점지하옵소서."

---

16) 중국 곤륜산(崑崙山)에 있다는 못. 선인이 살았다고 함.
17) 임금이 타는 가마의 하나. 좌우와 앞에 주렴(珠簾)이 있고 형겊을 비늘 모양으로 느리었으며, 채 두 개가 썩 길게 되었음.

"칠성(七星)에 명하여 자손을 점지하되 二자 一녀를 점지하라."

상제가 분부코, 이어서 남두성(南斗星)에 명하여 복록을 점지하였더라. 그러자 남두성이 상제께 여쭈되,

"아들은 정승하고, 딸은 황후가 되게 하나이다."

다음에 상제는 소아에게 반도(蟠桃)[18] 두 개를 주고 계화(桂花) 한 가지를 주시매, 숙향이 옥쟁반 위의 반도와 계화를 받아들고 내려와서 태을에게 주자 태을 선관이 땅에 엎드려서 두 손으로 받아들고 숙향을 눈주어 보았으므로, 숙향이 당황해서 몸을 두루 가누는 바람에 손에 낀 옥지환에 박은 진주알이 빠져서 떨어지니, 태을이 몸을 굽혀서 그 진주를 주워 손에 쥐었더니, 숙향이 부끄러워서 돌아와서 어쩔 줄 모르는데, 문득 노파가 술을 팔고 집으로 돌아와서,

"숙향낭자, 무슨 잠을 이토록 자고 있나요?"

그 소리에 숙향이 꿈을 깨었으나 오지의 풍류 소리가 아직도 귀에 쟁쟁히 남아 있느니라.

"숙향낭자, 꿈에 본 천상의 광경이 어떠하던가요?"

"내가 꾼 천상의 꿈을 어떻게 알았어요?"

숙향이 깜짝 놀라서 물으니,

"파랑새가 낭자를 인도해 갈 적에 나에게 알려 주었기로 이미 알고 있었지요."

숙향이 이상히 여기면서 꿈이야기를 자세히 아뢰니,

"그런 광경을 보고 그냥 지내면 잊어버리기 쉬우니, 낭자의 재주로 그 찬란한 광경을 수 놓아서 기록해 두시오."

숙향이 좋은 생각이라고 곧 수 놓아서 보인즉,

"어쩌면 이렇게도 재주가 놀라울까?"

하고 노파가 대단히 칭찬하니라. 그리고 훗날에 장에가서 팔면 큰 돈이

---

18) 선도(仙桃)의 한가지로 三천 년만에 한 번씩 열매가 연다고 함.

될 거라고 기뻐하였으나 숙향은 의아히 여기고,

"이 경치는 천금으로도 싸고, 이 공력은 백금으로도 싸지만, 이 진가(眞價)를 누가 능히 알아 볼는지요?"

하고, 그 후에 장에 가서 팔려고 하였으나 과연 아무도 사려고 하지 않아서 단념하려던 끝에, 그림을 그리는 조적이 그런 것에 조예가 깊어 진가를 알기 때문에 반기면서 묻기를,

"이 수를 누가 놓았느뇨?"

"우리집 어린 딸이 놓았습니다."

노파가 숙향을 자기 딸이라고 대답하니라. 조적은 이어서 묻기를,

"할머니는 어디 살며 누구신가요?"

"나는 낙양 동촌리 화정술집의 할미인데, 이 수는 딸이 놓은 진품이라 만금도 쌉니다."

조적은 흥정 끝에 五〇〇냥으로 사 가니라. 노파가 그 돈을 답아 가지고 집에 돌아와서 숙향에게 수 판 이야기를 하자,

"인간에도 하늘 경치를 알아보는 사람이 있군요?"

하고 숙향이 감동하여 말하니라.

조적은 큰 돈을 주고 수를 샀으나 제목이 없으므로, 명필에게 제목 글씨를 받아서 천하 보물를 삼으려고 두루 수소문한 끝에, 낙양 동촌리의 이위공의 아들이 글과 글시로 이태백과 왕희지를 무색케 한다는 말을 듣고 그를 찾아 가니라. 병부상서(兵部尙書) 이위공은 젊어서부터 문무겸전(文武兼全)[19]하여 명망이 사해(四海)에 떨치매, 황제가 칭찬하고 위공을 봉하고 국사를 맡기려 할 적에 그는 후래(後來)의 화가 두려워서 거짓 병들었다 하고 사양하고 고향으로 돌아갔으나 황제는 그의 충성과 재주를 아끼시어 마지않으니라. 위공은 고향으로 돌아와서 농업에 힘써서 가세가 넉넉하나 다만 슬하에 혈육이

---

19) 문식(文識)과 무략(武略)을 다 갖추고 있음.

없어서 슬퍼하더니, 어느해 七월 보름날 밤에 부인과 더불어 완월루(玩月樓) 달구경을 하니라.

"내 공과 부귀가 조정에 으뜸이로되, 자녀가 없어서 후사를 의탁할 곳이 없으니, 조상의 제사를 누가 이어받들겠소? 타문의 숙녀를 취하여 자식을 볼까하니 당신은 서운히 여기지 마시오."

이위공은 자기 부인의 양해를 구하니, 부인은 그 말을 듣고 긴 한숨을 쉬며 탄식하니라.

"제사 박복하여 무자하니, 여러 부인을 맞으시더라도 어찌 불평을 하오리까."

그런 일이 있은 후에 부인은 부친인 왕승상의 친정으로 가서, 그런 사연을 자세히 고하되, 왕승지는 말하기를,

"무자한 죄는 죄 중에서 가장 큰 죄다. 내가 들으니 대성(大聖寺) 부처가 영검[20]이 장하다 하니, 네가 가서 정성껏 빌어 보라."

왕승상의 말을 기쁘게 들은 왕씨는 길한 날을 택하여 목욕재계하고 친히 저에 가서 불전에 정성으로 빌었더니, 그날밤의 꿈에 한 부처가 이르되,

"전생에 죄 없는 사람을 많이 살해한고로 이승에서 무자하게 정하여 있었으나 그대의 정성이 지극하매 귀자(貴子)를 점지하니 빨리 집으로 돌아가라."

하였으므로, 왕부인이 집으로 돌아오매 이상서가 의아히 여기고 묻기를,

"며칠 더 친정에 있을 줄 알았더니 왜 벌써 돌아오셨소?"

"위공이 나를 무자라 탓하고 소박하려 하매, 산천기도 하고 돌아왔사옵니다."

"산천기도 정도로 자식을 얻는다면 세상에 무자할 사람이 어디 있소?"

하고, 상서는 탄식하며 부인의 경솔함을 가엾이 코웃음쳤으나 그날 밤에 취침 중 상서는 한 꿈을 꾸었는데,

〈천상은 태을진군이 옥황상제께 죄를 지었으므로 점지하여 그대에게 귀히 보중하라.〉

---

20) 사람의 기원(祈願)에 대한 신불의 영묘한 감응(感應).

하고, 그 말을 전갈한 신선이 홀연히 사라졌으니 이상서가 꿈을 깨고서 부인에게 말하기를,

"당신의 자식 비는 정성이 지극하여 내가 이런 꿈을 꾸긴 하였지만, 영검은 두고 보아야 알 일이오."

부인은 기뻐하면서 그제야 자기가 대성사에 아들을 빌어 치성한 사실을 고하고, 그 치성 중에 얻고 돌아온 자기의 꿈이야기도 하니라. 과연 그 달부터 태기가 있어서 이듬해 四월 초파일에 이르러, 상서는 마침 외출하고 부인은 혼자 있을 때, 홀연히 오색구름이 집을 두르고 기이한 향기가 집안에 가득 찼으니, 부인이 좋은 징조로 생각하고 시녀들로 하여금 집을 청소하고 기다렸더니 오시부터 부인은 몸이 불편하여 침석에 기대었다. 이윽고 공중에서 학의 소리가 나며, 선녀 한 쌍이 침실로 들어와서 재촉하기를,

"시각이 가까와 왔으니 어서 침석에 누으시오."

왕부인이 침석에 눕자마자 아무런 고통도 없이 이내 어린애 우는 소리가 들렸으니, 선녀가 옥병의 물을 따르며 어린 아이의 몸을 씻어 눕히고 가려고 하니,

"당신은 어디서 온 누구온데, 이렇게 누추한 집에 와서 수고를 해 주시니 불안하고 고맙소."

"우리는 천상에서 해산 가늠하는 선녀이오라, 옥황상제의 명을 받고 아기 낳으시는 것을 보러 왔삽고, 배필은 남군 땅에 있기로 그를 바삐 보려고 가는 길입니다."

"선녀님, 그러면 이 아이의 배필은 어떤 가문에서 나며 성명이 무어라 하옵니까?"

왕부인은 갓난아이의 아내감의 신분을 물으니,

"김상서의 딸로서 이름은 숙향이라 하옵니다."

하고 선녀들은 홀연히 흔적을 감추었으니, 부인은 필묵을 내어 선녀의 말

을 기록해 두니라.

이날 상서가 꿈을 꾸니 하늘에서 선관이 내려와서 부인에게 벼락을 쳤으므로 놀라서 깨었더니, 그 꿈깬 순간에 황제로부터 부르시는 어명이 전갈되니라. 곧 조정으로 들어가서 황제를 뵙고, 간밤의 꿈에 신의 처가 벼락을 맞아보였으니 궁금해서 돌아가 보겠다고 하니

황제가 상서에게 하문하기를,

"경의 부인이 잉태하고 있소?"

"네, 늦도록 자식이 없삽더니 홀연히 잉태하여 이달이 산월이옵니다."

"아, 그럴 거야. 짐이 천기를 보고 낙양성에 태을성이 떨어졌으매 기이한 사람이 나리라 하였더니, 과연 경의 집에 경사로구료. 고이 길러서 경의 뒤를 이어 짐을 돕게 하오."

상서가 황공한 분부를 사례하고 집으로 돌아와 보니 부인이 과연 아들을 순산하고 있었으니, 상서가 크게 기뻐하여 급히 산실로 들어가 본즉, 어린 아이의 얼굴이 꿈에 본 선관과 똑같아서 더욱 기이하게 놀라니라. 이름은 선(仙)이라 하고, 자를 태을(太乙)이라고 지으니라. 선이 낳은 지 五, 六삭에 벌써 말을 하고, 四, 五세에 글은 모를 거의 없었고 一〇세에 이르러서는 문장으로 천하에 이름을 떨쳐서 공경대부들 가문에서 타투어 구혼하였으나 선이 항상 희롱하는 말로,

"나의 배필은 월궁소아가 아니면 혼인하지 않는다."

하고, 주장하였으므로 병부상서 위공이 자부 간택에 여간 힘들지 않았으니, 선이 부친에게 여쭈되,

"나라에서 과거를 근자에 보인다 하오니, 한번 구경하고자 하옵니다."

하고 은근히 과거 볼 뜻을 표명하기로,

"네 재주는 과거를 볼 만하지만, 벼슬을 하면 몸이 나라에 매이게 되매, 우리가 너를 그리워서 어찌 쓸쓸하게 지낼 수 있겠느냐?"

과거 볼 뜻을 부친의 반대로 이루지 못하자, 선은 마음이 울적하여서는 근처의 산수 유람을 일삼았으니, 하루는 우람차 한 곳에 이르니 대성사라는 큰 절이 있었는데, 뜰에 들러서 난간에 의지하였다가 어느덧 잠이 들었는데, 꿈속에서 부처가 이르되,

"오늘 왕모의 잔치에 선관과 선녀가 많이 모인다 하니 그대 나를 따라 구경하라."

선이 기쁘게 부처를 따라서 한 곳에 이르니 연꽃이 만발하고 누각이 층층이 높고, 눈에 띄는 모든 것은 장엄하여 이루 형언할 수 없었는데, 부처가 선에게 잔치 장내의 광경을 가리키며,

"저 오색구름이 모인 탑 위에 앉으신 분은 옥황상제이시고, 그 뒤에 삼태성이 모든 것을 거느리고 앉았고 동편의 황금탑 위에는 월궁항아시니, 모든 선녀들이 근신하고 있다. 그리고 서편의 백옥탑 위에 앉으신 분은 석가여래시니 모든 부처를 거느리고 계시다. 내가 먼저 들어갈 터이니 그대는 내 뒤를 따라 들어오라."

"하도 엄엄하여 동서를 구별치 못할까 겁부터 납니다."

부처가 웃고서 소매 안에서 대추 같은 붉은 열매를 주자, 선이 그것을 받아 먹으니 금시로 정신이 소연해지는 동시에, 자기는 천상의 태을진군이 인간으로서, 전에는 옥황상제 앞에서 매사를 봉승(奉承)[21]하던 일과, 월궁소아께 애정의 글을 지어 창화(唱和)하던 일과 액도적해서 주던 일이 역력히 회상되었는데, 거기 모인 선관들이 모두 옛날 천상의 벗들이라 반가움을 이기지 못하니라.

선은 옥황상제에게 사죄하고, 또 전생의 일이 그립게 생각난다고 하면서 모든 선관들에게 인사하자 모두 반겨하니 상제가 선에게 인간의 재미가 어떠냐고도 하문하니라. 선이 땅에 엎드려서 사죄하자 상제가 한 선녀를 명하여

---

21) 웃어른의 뜻을 이어받음.

반도 두 개와 계화(桂花) 한 가지를 주라하시매, 선녀가 옥쟁반에 반도를 담고, 계화 한 가지를 들고 나오자 선이 땅에 엎드려서 받은 뒤에, 문득 선녀를 곁눈으로 보았는데 선녀가 부끄러워서 몸을 돌이킬 때에, 속에 낀 옥지환에 박은 진주가 계화가지에 걸려서 떨어지자, 선이 진주를 집어서 손에 쥐고 섰다가, 절의 종소리에 놀라서 깨고 보니 꿈이더라. 요지(瑤池)의 잔치 광경이 눈에서 암암하고, 천상의 풍악 소리가 귀에 쟁쟁히 남아 있고, 손에는 아직도 진주가 쥐어져 있었는데, 선은 그 꿈이 매우 기이해서 글을 지어서 꿈에 본 정경을 그대로 기록하고, 부처께 하직한 뒤에 집으로 돌아오자 그 뒤부터는 소아만 생각하니라.

하루는 동자가 밖에 남성 땅에 사는 사람이 선을 만나자고 청하고 있다고 알리니, 선은 불러들여서 만나자 한즉 그 사람이 절하고 나서,

"소생은 남성 땅에 사는 조적이라 하는 자이온데 한 개의 수놓은 족자를 구해 두었는데, 그 경치에 찬(贊)을 짓고자 하되 뛰어난 문장이 없어서 여의치 못하였나이다. 듣자오니 공자(公子)의 문필이 천하에 제일이라 하옵기에 불원천리하고 찾아 왔사오니, 청컨대 한번 수고를 아끼지 마옵소서."

하고, 그 수를 놓은 그림 족자를 내놓았는데, 선이 받아서 본즉 자기가 꿈에 본 바로 그 선경이 역력히 그려져 있으므로 놀라서 묻기를,

"이 족자를 어디서 얻었나요?"

"공자는, 왜 이 그림을 보자마자 놀라십니까?"

하고 속으로 생각하기를, 그 노파가 혹시 이 집의 족자를 훔쳐다가 자기에게 판 것이 아닌가 의심스러워 말하되,

"허허, 참 이상한 일도 있군요. 실은 내가 일전에 본 것이니, 나를 속이지 말고 바른 대로 말하시오."

"난양 동촌리의 이화정에서 술 파는 노파에게 산 족자입니다."

"이것은 천상의 요지도(瑤池圖)이니 우리에게는 소용되나 그대에게는 필

요 없을 테니, 다른 수족자와 바구어 주거나 중가(重價)를 주겠으니 팔고 가는 것이 어떠하오?"

선의 요구에 응한 조적은 六〇〇냥에 팔고 갔으므로 선은 자기가 지은 글을 금자로 그림 위에 쓰고 족자로 꾸며서 자기 방에 걸고 주야로 바라보니, 몸은 비록 인간으로 있으나 마음은 전부 요지에 있는 듯하니라. 그리고 오직 소아를 찾고자 하는 소원으로 초조하니, 그리던 중에 하루는 스스로 깨닫고 혼자 중얼거리니라.

"나는 요지에 다녀왔거니와, 이 수를 놓은 사람은 어떻게 인간으로서 천상의 일을 역력히 그렸을까. 필경 비상한 사람이다. 이화정의 노파를 찾아서 수놓은 사람을 알아 보리라."

하고, 부모에게는 산수유람으로 떠난다고 말하고, 노파를 찾아서 이화정으로 가니, 이때 마침 숙향이 누상에서 수를 놓고 있자니, 홀연히 파랑새가 석류꽃을 입에 물고 숙향의 앞에 와서 앉았다가 북쪽으로 갔으므로 숙향이 이 새가 역시 자기를 그리로 인도하는 것이나 아닐가 하고 발을 쳐들고 새 가는 곳을 바라보고 있었는데, 마침 한 소년이 청삼(靑衫)을 입고 노새를 타고 자기집을 향하여 드어오고 있었으니, 숙향이 자세히 보니, 꿈에 요지에서 반도를 받아갈 제 가락지에서 빠진 진주알을 집어가던 신선의 얼굴과 같아 마음에 반가우면서도 한편으로는 짐짓 놀라와서 발을 내리고 조용히 앉아서 그 소년의 거동을 보고파서 나가 있었더니, 소년은 바로 그 집으로 와서 주인을 찾는데 가서 보니 북촌의 이위공 댁의 귀공자라. 공손히 맞아 좌정한 후에,

"공자께서 어떻게 이 누추한 곳을 찾아 주셨습니까? 진실로 감격하오이다."

"유람차 지나다 들렀으니 한잔 술이나 아끼지 마오."

하고 웃더니 다시 말을 이어서,

"요지 그림을 수놓은 것을 할머니가 팔았다 하는데, 어떤 사람이 수를 놓았소?"

"그것은 소아라는 소녀가 놓았는데, 왜 물으십니까?"

"그 그림을 산 조적이란 사람에게 듣고 찾아왔소."

"그 소아를 찾아서 무엇하시렵니까?"

노파가 계속 캐어 묻되,

"소아는 본디 전생의 죄가 중해서 병신이 되어서 귀가 먹고 한 다리 한 팔을 못 쓰는 위인이라 쓸모 없는 여아임에, 천생연분으로 구하는 것부터가 망계(妄計)입니다."

"나는 소아가 아니면 평생 혼인하지 않을 결심이니 어서 만나게 해 주시오."

하고 선은 노파를 졸랐으나, 노파는 다시 말을 피하여,

"귀공자는 귀공자니까, 왕의 부마(駙馬)가 아니면 공경대부의 신랑이될 것인데 어찌하여 그런 천인을 구하십니까? 그런 허황스러운 말씀은 다시 하지 마시오."

"만승천자(萬乘天子)[22]의 공주라도 나는 싫으니, 할머니는 소아가 있는 곳을 알리시오."

"나는 소아를 본 지가 하도 오래 되어서 지금 있는 곳을 모르거니와, 남양 땅의 장승상 댁을 찾아가 보시오. 이승의 인간 이름은 숙향이라 하였습니다."

선은 노파의 말만 믿고 집으로 돌아와서 다시 거짓말로 여행할 것을 청하기를,

"형주 땅에 기이한 문장이 있다 하오니 소재(小才) 찾아가 보고자 합니다."

부친 위공이 대견히 여기고 허락하니, 선이 절하여 하직하고 황금을 말에 싣고 길을 떠나니, 그는 형주(荊州) 땅에 이르러 남양으로 향하여 여러 날 만에 김 전의 집을 찾았다. 문전에 이르러 김상공이 계시냐고 묻자, 하인이 나와서 계시다고 대답하되,

"낙양 동촌의 이위공의 아들 선이 뵈오려 왔다고 여쭈어라."

---

22) 천자(天子)나 황제를 높이어 일컫는 말.

주객의 인사가 필한 뒤에 김 전이 선에게,

"귀한 손님이 누지에 오시니 고마우나, 무슨 일이오."

"제가 댁을 찾아온 것은 다름이 아니오라. 영녀(令女)의 향명(香名)을 듣고 구혼코자 하옵니다."

이 말에 주인 김 전이 눈물을 머금고 대답하되,

"내 팔자가 기박하여 남녀간 자식이 없더니, 늙어서야 여아를 낳으매 위인이 남의 아이 못지않더니, 五세 때에 난중에 잃은 채 지금까지 생사를 알지 못하고 있소. 그러던 중 지금 그대의 청을 들으니 마음이 더욱 비장하오."

선은 하는 수 없이 김전을 하직하고 남군의 장승상의 집을 찾아가서 명함을 들었으며, 장승상이 청해 들여서 인사를 필한 후에 선이 먼저,

"저는 낙양 동촌의 이위공의 아들입니다. 남양 땅의 김 전이라는 사람의 딸 숙향이라는 여자가 댁에 있다 하오매, 불원천리하고 구혼코자 왔습니다."

장승상은 그 말에 벌써 눈물을 흘리며 슬픈 사정을 말하되,

"그 숙향이 五세 때에 짐승이 물어다가 내 집 동산에 버린 것을, 우리가 무자(無子)하기로 一〇년을 길러서 양녀로 삼았으나, 사향이라는 종년이 모함하여 내쫓았으므로, 숙향은 누명을 목숨으로 씻으려고 표진강 물이 빠졌기로 사람을 보내 구하려 하였으나 공적이 없었던 채 지금까지 생사를 몰라 슬퍼하고 있네."

"제가 분명히 댁에 있음을 알고 왔으니, 그런 핑계로 거절하지 마시고 저의 구혼을 허락하여 주십시오."

선은 장승상이 거짓말로 자기의 청을 피하려는 줄 알고 안타까와하니 장승상이 말하되,

"그게 무슨 말인가? 숙향이가 내 친딸일지라도 자네와 배필함이 과만하거늘 어찌 마다 하여 핑계하겠는가. 이것이 모두 우리의 박복한 탓일세."

"듣자오니 숙향이 병신이라 하는데, 사향이 비록 구박하더라도 어디로 멀

리 갈 수 있겠습니까?"

선은 그래도 장승상의 말이 믿어지지 않았기 때문에 다시 추궁하더라.

"우리 집안에서 숙향을 잃은 뒤에 화상을 그려서 방에 걸었으니, 내 말을 못 믿겠거든 보게나."

선이 부인의 방으로 인도되어 가서 보니, 한 폭의 화상이 걸려 있었으니, 선의 눈이 반가움에 끌려서 자세히 본즉 어디서 본 듯한 선녀의 자태더라. 그는 반가운 마음을 이기지 못하고,

"숙향이 병신이라더니, 이 화상은 이상이 없으매 괴이하옵니다."

"숙향은 본디 아무런 병도 없고 불구자도 아니며, 이 화상은 열살 전에 그린 모습일세. 一〇세 후에는 자태가 더욱 고왔는데 병신이란 금시초문, 뜻 밖의 말일세."

"승상님, 숙향을 찾아왔다가 그냥 가게 되었으니, 이 화상을 저에게 팔아 주시면 중가(重價)를 드리겠습니다."

장승상은 선의 정상이 딱하였으나 부인이 그 화상을 잃으면 섭섭해 할 것이 또한 염려되어 말하되,

"자네 정성이 지극하여 주고는 싶으나, 그것마저 없어지면 실인(室人)[23]이 실성할 것이매 그럴 수 없네."

선은 하는 수 없이 그냥 하직하고, 표진강 물가에 와서 그 근처를 두루 찾아 보았으나 알 길이 없었는데, 그러던 차에 어떤 노인이 그때의 사정을 말해 주기를,

"수년 전에 모양이 아리따운 소녀가 장승상 댁에서 나와 이 물가에서 하늘에 사배(謝拜)하고 빠져 죽었소."

선은 숙향이 정녕 억울한 물귀신이 되었다니 슬프게 낙망하고, 향촉을 갖추어 제사를 지내자, 물 위에서 피리부는 소리가 세 번 나더니, 한 청의동자

---

23) 자기의 아내를 일컫는 말.

(靑衣童子)가 작은 배를 타고 피리를 불며 오더니 선에게,

"숙향을 보고자 하거든 이 배에 오르시오."

하고 전하기로, 선이 고맙게 여기고 그 배에 오르니 뱃길이 살같이 빨랐고, 한 곳이 다다르자, 동자가 다시 일러 주기를,

"이 물을 지키는 신령이 숙향을 구해서 동다하로 보냈다는 말을 들었으니, 그리로 가서 찾아보시오."

선이 사례하고, 동다하로 가는 도중에 한 중이 지나가므로 길을 물으니,

"여기서 조금 가면 감투 쓴 노옹(老翁)이 있을 것이니 그에게 물으면 알려 주리라."

선이 갈밭 속으로 가다가 보니, 소나무 아래의 바위의에 한 노옹이 감투를 쓰고서 졸고 있었다. 선이 그의 앞으로 절을 하여도 노옹은 본 체도 하지 않기에 선이 민망스러워하면서,

"저는 지나가는 행인이온데, 길을 몰라서 그럽니다."

그제야 노옹이 졸던 눈을 조용히 뜨고서,

"나에게 무슨 말을 묻는고? 귀 먹은 사람이니 큰 소리로 말하라."

"저는 이위공의 아들이온데, 숙향이라는 낭자가 있다 하와 불원철리하고 왔으니 가르쳐 주십시오."

하고 애원하니, 노옹이 눈살을 찡그리며,

"숙향이라는 말은 듣도 보도 못하였는데, 너는 아이로서 이 깊은 밤에 함부로 와서 내 잠을 깨우고 수다스럽게 구느냐."

선은 어이가 없었으나 다시 절하고서,

"표진강의 물신령이 이곳 어른께 가서 물으라기로 왔으니 가르쳐 주십시오."

"그 전엔 어떤 여자가 표진강에 빠져 죽었다는 말은 들었지만, 표진강 용왕이 너한테 제물을 받아 먹고 어쩔 수 없으니까 내게로 미룬 모양인데, 아마 전일에 여기 갈대밭에서 불타 죽은 그 소녀인 성싶다."

"정녕 여기까지 와서 불에 타 죽었습니까?"

"저 잿더미에 가 봐라."

선이 또다시 실망하면서 그곳으로 가서 보니, 불탄 위의 재는 있으나 해골 탄 재는 없었는데, 선은 여전히 졸고 있는 노옹 앞으로 돌아와서,

"어른은 저를 속이지 마시고 바른 대로 알려 주시오."

"네 열성이 그만하니, 내가 잠들어서 숙향이 어디 있는지 보고 오마. 너는 그동안 두 손으로 내 발바닥을 문지르고 있거라."

선은 노옹의 말대로, 그날의 해가 저물도록 노옹의 발바닥을 문지르고 있었는데, 이윽고 노옹이 잠을 깨더니,

"너를 위로해 주려고, 내가 마고할미 집에 가 보니 숙향이 누상에서 열심히 수를 놓고 있더라. 내가 그 증거로 불똥을 떨어뜨려서 수놓은 봉황새 날개를 태우고 왔으니, 마고할미 집으로 가서 숙향을 찾고 수놓은 봉의 날개를 보면 내가 분명히 갔던 것을 알 것이다."

선은 자기가 이미 그 할미집에 가서 물었더니 이리이리 하라고 해서 천리 길을 여기까지 해매어 돌아다녔다는 말을 고하자 노옹이 껄껄 웃으며,

"그 마고할미에게 지성으로 빌면 네 뜻을 이룰 수 있을 거다."

선이 노옹의 말이 신기하므로 감탄하면서 하직하고 돌아서니, 노옹은 벌써 홀연히 흔적이 없었더라, 선은 그 길로 집으로 돌아오자, 걱정하고 기다리던 부모가 반겨 맞으면서 묻기를,

"네 어디를 그리 오래 있다가 왔느냐?"

"도중의 산수에 끌려서 그럭저럭 일자가 늦었소이다."

하고, 천연스러운 변명을 하니라.

이 무렵에 이화장의 노파는 선을 속여서 돌려보내고 숙향의 방으로 가서,

"아까 우리집에 왔던 소년을 보셨소?"

"못 보았소이다."

"그 소년이 전생의 태을진군이라는 선관이라 아가씨의 배필이오나, 아깝게 도 그 소년은 전생에 중한 죄를 진 벌로 한 눈이 멀고, 한 다리를 절고, 한 팔을 못 쓰는 병신이오."

"그분의 전생이 진실로 태을진군이라면 병신인들 상관 있습니까? 내 옥지 환의 진주르ㄹ 가진 사람이 태을이니 할머니는 금후 자세히 살펴 주사이다."

하고, 변치 않는 태을에 대한 일편단심으로 부탁하니라.

하루는 숙향이 누상에서 수를 놓고 있을 때, 홀연히 난데없는 불똥이 공중 에서 떨어져서 수놓은 봉의 날개를 태워 버리니, 노파가 보고서 놀라며 혹시 화덕진군이 왔었는지 여부는 후일에 알 수 있으리라고 말하니라.

한편 선은 집으로 돌아온 지 三일 만에 목욕재계하고 요지에 가서 얻은 진주와 요지도의 수족자를 가지고 금은 몇 천냥을 말에 싣고서 이화정의 마 고할미의 집으로 찾아가자, 노파가 선을 반갑게 맞아서 초당에 인도한 뒤에,

"요전에 공자를 만났을 때는 약간의 술을 하고 섭섭히 지냈으나, 오늘은 싫도록 대접하며 나도 먹겠소이다."

"그날도 술을 받고 사례를 하지 못하였으니, 오늘은 갚겠소. 그대 할머니 말을 곧이 듣고, 남양과 남군과 표진강까지 두루 다니며 숙향을 찾다가 고생 만하고 왔소이다."

선이 농 비슷하게 노파를 원망하자, 노파가 웃으면서,

"호호호, 주시는 술값은 감사하와 사양치 아니하거니와 내 집이 비록 가난 하나 술독 아래는 주천(酒泉)이 있고 위에는 주정(酒井)이 있으니 무슨 값을 받으리까? 그런데 공자느 무슨 일로 그런 먼 곳을 다녀오셨습니까?"

선은 큰 한숨을 내쉬며,

"숙향을 찾으려고 갔다고 하지 않았소."

"공자는 진실로 의리와 정분이 많은 군자입니다. 그런 병신을 위하여 천리 를 지척같이 찾아 다니시니 숙향이 알면 오죽 감격하리까?"

"숙향을 만났으면 감격해 주었을지 모르지만, 못 만났으니, 내가 애서 찾아다니는 줄을 어찌 알겠소?"

노파는 거짓 놀라는 체해 보이며 묻기를,

"그러면 숙향이가 벌써 다른 곳과 혼인했던가요?"

"하하하, 나도 다 알고 있으니, 할머니도 나를 그만 속이시오. 화덕진군의 말을 들으니, 숙향은 지금 이 마고할미 집에서 수를 놓고 있다던데요. 할머니한테 천백 번 절이라도 하고 빌겠으니 나의 마음을 그만 태워 주시오."

노파는 그래도 정색을 하고 딴청을 쓰기를,

"공자도 거짓말 그만두시오. 화덕진군은 천상(天上)의 남천문 밖에 있는 불을 다스리는 산관인데 어찌 만나보셨다는 말이오? 또 마고할미로 말하자면 천대산에 있는 약을 다스리는 선녀인데 이런 누추한 인간의 집에 내려와서 숙향을 데려갈 리가 있습니까?"

선은 자기가 화덕진군을 만났을 때에 이 집에서 숙향이가 이화정에서 놓고 있는 수에 불똥을 떨어뜨려서 태우고 왔으니 그것을 징험해 보라던 말을 다 하였으나 그래도 노파는 딴청을 쓰고,

"정 그렇다면 이화정이라는 곳이 또 있는지 모르겠습니다."

선은 노파의 말을 듣고는 술도 먹으려 하지 않고 탄식하기를,

"아, 할머니가 나를 속이는 것이 아니라면 나도 어찌 할 바를 모르겠소. 삼산(三山) 사해(四海)를 다 찾아다니되 만나지 못하니, 나는 인제 죽을 수밖에 없소."

하고, 선은 자리에서 수연(愁然)히 일어나니, 노파는 당황한 듯이 선을 바라보며,

"공자는 공후가(公侯家)의 귀공자로서 아름다운 배필을 얻어서 원앙이 녹수(綠水)에 놀고, 추월(秋月) 춘풍(春風)을 지내실 몸인데, 왜 그런 미천한 병신 여자를 생각하십니까?"

"모를 제는 무심하나, 숙향이라는 그 천상연분의 배필이 이 세상에 있는 줄을 안 뒤로는 침식이 불편하고 숙향이가 나를 위하며 많은 고생만 겪으며 병신까지 되었다 하니, 철석간장[24]인들 어찌 녹지 않겠소. 내가 끝내 숙향을 찾지 못하면 인강르ㄴ 살아서 있지 않을 결심이오."

"공자는 너무 낙망치 마시오. 지성이면 감천이니, 좌우간 두고 봅시다."

"내가 숙향을 만나고 못 만나는 것은 오직 할머니한테 달렸으니, 이 일생을 가엾이 여겨 주시오."

하고, 선은 이화정을 떠나서 집으로 돌아왔으며, 사흘 후에 밖에 나와서 서 있을 때, 마침 이화정의 노파가 나귀를 타고 그 앞을 지나가고 있었으니, 선이 반겨 인사하고 묻기를,

"할머니, 어디를 가시오?"

"공자의 지성에 감동하여 숙향을 찾으러 갔다 옵니다."

"아 그래요? 그래 거처를 알았습니까?"

"글쎄요. 실은 숙향이라는 이름을 가진 소녀를 三명 알아냈으니, 공자는 그 중에서 본인 一명을 알아서 택하시오."

"그 三명은 어디 있습니까?"

"하나는 큰 부자 질갈의 딸이요, 하나는 빌어먹는 거지 계집애요, 또 하나는 만고절색이나 병신의 몸입니다. 그런데 그 병신의 여자가 자기의 배필의 남자는 내 진주를 가져간 사람이니까, 그 증거품의 진주를 본 뒤에 몸을 허하겠다고 말하고 있었습니다."

선이 노파의 말을 듣고 여간 기뻐하지 않았다.

"그 진주의 증거품을 말한 여자가 내가 찾는 숙향이요. 내가 요지에 갔을 때, 반도 주던 선녀에게 진주를 얻었으니 할머니도 보시오."

하고, 선은 집안으로 뛰어가더니 제비알만큼이나 큰 진주를 가지고 나와서

---

24) 굳고 단단한 절개를 일컫는 말.

노파에게 주면서,

"할머니 수고스러우나 이 진주를 갖다가 그 병신 소녀에게 보이고, 이것이 자기 진주라 하거든 데려다가 할머니 집에 두시오. 그리고 택일해서 알리면 혼사제구는 모두 내가 담당하리다."

노파는 그러마 하고 진주를 받아 가지고 와서 집에 있는 숙향에게 보이고 선의 말을 전하였더니, 숙향이 그 진주를 받아서 보고 눈물을 흘리면서,

"이 진주는 분명히 내 것이니, 모든 일은 할머니 요량대로 하세요."

노파가 다시 선을 찾아가서 사실대로 알리자, 선은 황금 五〇〇냥을 주며 혼수에 쓰라고 부탁하더라.

"혼사 지내는 비용은 내가 비록 가난하나 적당히 하겠으니, 이 돈을 두었다가 숙향낭자나 주시오."

하고, 도로 서에게 맡기고 받지 않더라.

선의 고모는 좌복야(左僕射)[25] 여흥(呂興)의 부인이나 자식이 없어서 선을 친자식같이 사랑하였다. 선이 고모집을 찾아가니 고모가 반기면서 말하기를,

"어제 밤중에 백룡(白龍)을 타고 하늘로 올라가서 광한전이라는 대궐로 들어갔더니, 한 선녀가 말하기를, "사랑하던 소아를 너에게 주니 며느리로 삼으라." 하므로, 내가 너의 아내로 삼으려고 데려다가 다시 본 즉 정말로 아름다운 낭자였다."

선은 전생이 월궁소아라는 선녀로서 인간의 이름을 숙향이라는 소녀와 혼인하게 된 경위를 자세히 고모에게 알리니, 고모가 크게 반기고 기뻐하며,

"나는 찬성이지만 부모의 성정(性情)이 나와는 다르니 그런 빈천한 소녀를 며느리로 삼을 리 없으니 어찌하랴."

"저는 부모가 반대하더라도 다른 여자와는 혼인하지 않겠습니다."

"네가 벼슬하면 두 아내를 둘 것이요, 또 네 부친이 서울에 가시고 없으니

---

25) 상서성(尙書省)의 정 二품을 일컫는 말.

혼사는 내가 주장하고, 둘째 아내는 네 부친의 뜻에 맡기면 좋지 않겠니?"

"고모님의 넓은 아량으로 제 소원을 이루게 해 주십시오."

선은 신신당부하고 돌아와서 혼인날만 기다리고 있었다. 어느덧 그날이매 선의 고모 이부인은 숙향의 집에 기구가 없으리라고 염려하고 채단[26]과 기구를 장만해서 도왔다. 그리고 신랑의 위의(威儀) 차린 행차를 모두 고모집에서 마련해서 신부집인 이화정으로 가매 잔치에 모인 여러 선객들이 요지선관(瑤池仙官)처럼 성황을 이루었더라. 전안지례(奠雁之禮)를 맞고 동방화촉에 나가서 교배(交拜)하매 천정(天定)한 배필임을 의심할 사람이 없더라.

이리하여 선이 요조숙녀 숙향을 아내로 맞으매 금실의 정이 원앙새가 푸른 나무숲에 놀고 비취가 연리지(連理枝)에 깃들임과 같아서 무궁하게 즐거워하니, 이튿날 선이 고모에게 문안을 들이자 신부가 병신이라더니 어떠냐고 물었으며, 곧 데려다 보고 싶으나 부친이 서울서 내려오시는대로 권귀차로 기별하고 신부를 데려오겠다고 말하니라.

"데려오기 전에 자부(子婦)의 용모가 궁금하시거든 이 족자의 화상을 보십시오."

"이것이 꿈에 본 선녀이구나."

하고, 놀라며 반색하여 마지않았으나 그 전에 이 혼인에 반대한 부인은, 서울의 조정에 있으면서 변방문제로 시골에 내려오지 못하고 있는 남편 이상서에게 몰래 알렸던 것이며, 일이 전과는 달라진 것을 보고, 시녀들에게 물어서 비밀로 혼인하려는 실정을 알고, 서울 있는 상서에게 몰래 알렸던 것이매, 일이 전과는 달라진 것을 보고, 시녀들에게 물어서 비밀로 혼인하려는 실정을 알고 서울 있는 상서에게 기별하였더니 상서가 대노하니라. 그는 곧 낙양 태수(洛陽太守)에게 통첩하여 자기 아들을 유혹하는 그 계집을 잡아다가 죽이라는 엄명을 하였던 것이라.

---

26) 혼인 때 신랑 집에서 신부 집으로 미리 보내는 청색 홍색 등의 치마 저고리감.

어느날 저녁, 까치가 숙향의 방 창문 앞의 나무에 와서 놀란 듯이 울어대니 숙향이 무슨 흉한 징조일가 하고 놀라서,

'장승상 댁의 영춘당에서 사향의 울음과 함께 저녁 까치가 울어서 뜻밖의 봉변을 당하였더니, 오늘 또 저녁까치가 창 앞에 와서 울어대니 무슨 연고가 있을지 두렵다.'

하고, 신혼 직후에 뜻하지 않은 걱정을 하게 되었고, 그날 밤이 깊어서 관가의 포리(捕吏)27)가 몰려와서 불문곡직하고 숙향을 성화같이 잡아가니라. 숙향이 무슨 이유인지도 모르고 잡혀 가서 아문(衙門)에 이르르니, 좌우에 등불을 밝히고 태수가 문초하기를,

"너는 어떤 계집인데, 이상서 댁의 공자를 유혹하여 죽을 죄를 지었느냐? 상서께서 기별하시기를 너를 잡아다 즉시 죽이라 하였으니, 너는 나를 원망치 말고 형벌을 받으라."

하고, 형틀에 올려 매고 치려고 하거늘 숙향이 울면서 아뢰되,

"저는 다섯 살 때에 부모를 잃고 이화정의 노파를 만나서 의탁하고 있사옵더니, 이생(李生)이 구혼하였으매 상민(常民)의 태생이 양반댁 자제의 배필이 되었다 해서 그것이 제가 유혹한 죄는 되지 않을 것입니다."

"낸들 어찌 이상서의 분부를 거역하랴. 형리야, 어서 그년을 쳐라!"

부사는 사리의 시비곡절을 가리려고도 하지 않았다. 집장(執杖)28)과 사령이 매를 둘러 메고 사정없이 치려고 달려 들었으나 형리들이 팔이 금방 무거워지고 움직일 수가 없게 되어서 매를 치지 못하니라.

"음, 무죄한 여자를 치려 하니 그런 성싶으되, 상서의 명을 어기지 못할지니, 너희들의 팔이 움직이지 않아서 칠 수가 없거든 몸을 꽁꽁 동여서 깊은 물에 넣으라."

---

27) 포도청 및 지방 관아에 딸려 죄인을 잡는 하리(下吏).
28) 장형(杖刑)을 집행하는 사람.

하고 태수가 다시 명령하니라.

이때는 밤중이라, 잠자던 태수의 부인이 꿈을 꾸니, 숙향이 울면서 부인 앞에 절하고 엎드려 울면서

"부친이 저를 죽이려 하시는데, 모친은 왜 구해 주시지 않습니까?"

하고 호소하기로, 장시가 놀라서 잠을 깨고 시녀를 불러서 묻기를,

"영감께선 어디 계시냐?"

"이상서 댁의 기별로, 그 댁의 새 며느리를 쳐 죽이는 형벌로 동헌에 계십니다."

장씨가 놀라서 남편 태수를 급히 청하여 내실로 오게 하고 울면서 호소하기를,

"우리 딸 숙향을 잃은 지 一〇 년이로되, 야속할 정도로 한 번도 꿈에 보이지 않더니, 아까 꿈을 꾸니 숙향이가 와서 "부친이 나를 죽이려 하시는데 모친은 왜 구해주지 않느냐'고 울면서 애원하였으니, 몽사가 역력하고 이상하니, 그 여자가 어떤 사람입니까?"

"이위공의 아들이 정식으로 취처하기 전에 임의로 작첩하였으므로, 위공이 노해서 잡아다 죽이라는 명령이오."

"아무리 관권에 관계되는 일이지만, 무자식한 우리가 어찌 또 죄없는 사람에게 적악(積惡)29)을 하겠어요. 그 계집을 놓아 주도록 하십시다."

태수 내외가 숙향을 죽여야 할까 살려야 할까 한 끝에 부인의 말대로 그냥 석방은 하지 못하고, 우선 옥에 가두어 형편을 보아 처리하려고 하니라. 낙양 옥중에 갇힌 숙향은 남편 선에게 자기가 죽는 줄이야 알도록 기별하려고 하였으나 소식을 전할 길이 없어서 더욱 가슴이 터질 것 같아서 울고만 있을 때에 홀연히 옛날에 보던 파랑새가 옥중의 숙향이 앞에 날아와서 앉았으니, 숙향이 기뻐하고 급하게 적삼소매를 뜯어 입으로 깨문 손가락으로 혈서로

---

29) 못된 짓만 하여 죄악을 쌓음.

급한 사연을 써서, 파랑새의 발목에 매어주고 새에게 푸념하듯이 간청하기를,

"이 숙향이는 옥중에서 죽게 되었으니 죽기는 섧지 않으나 부모와 이랑(李郎)을 보지 못하니 명목(瞑目)하지 못하겠다. 또 비명으로 죽으니 원통하지 않으랴. 파랑새야, 너는 신의가 두텁거든 이 소식을 꼭 이위공 댁 아드님께 꼭 전해다오."

파랑새는 약속한 듯이 세 번 울고서 옥밖으로 날아가니라. 이날 밤 선은 고모집에서 자고 있었는데, 어쩐지 마음이 산란하여 잠을 이루지 못사고 울울불락(鬱鬱不樂)30) 하더니, 파랑새가 날아와서 누워 있는 선의 팔에 앉으므로, 이상히 여기고 본즉, 새 발목에 혈서의 편지가 매어 있더라. 풀어서 본즉 숙향의 위급하고 애퍼로운 사연이더라. 혼비백산한 선은 그 혈서를 고모에게 보이고, 낙양 감옥으로 달려가서 숙향을 구하려고 하매,

"놀라운 불행이지만 아직 경솔히 굴지 말고 이화정 노파에게 시녀를 보내서 사정을 알아 오도록 하라."

하고, 한편으로 이상서 댁의 노복을 불러서 사건의 전말을 물어서 자세히 내막을 알게 되자 부인이 대노하니라.

"선이가 비록 상서의 아들이나 내가 양육하였는데, 내가 주혼(主婚)31)한 일에 대해서 상서가 나를 큰누이 대접한다면 그럴 수가 있나. 동생이 애매한 사람을 죽이려 하니, 내가 직접 서울에 가서 상서 만나서 말하고 그래도 동생이 고집을 부리고 듣지 않으면 황후게 여쭈어서 조처하겠다."

하고, 행장을 차려서 서울로 급히 올라가니라.

이때 낙양태수는 일찌기 과거에 급제하고 벼슬하여 그 자리로 부임하였던 김 전(金佺)이었으며, 이때 공교롭게도 병부상서 이위공의 말을 하자면 사사(私事)의 명령을 거역하지 못하여 마음이 자연 비창하였으나 마지못해서 낭

---

30) 마음이 답답하고 즐겁지 아니함.
31) 혼인에 관한 일을 주관하고 가정적인 책임을 맡음.

자를 잡아 들였던 것이라. 숙향이 고운 얼굴에 괴로운 눈물을 흘리고 약한 몸에 큰 칼을 쓰고 끌려서 동헌에 나왔을 때 김태수가 신원을 문초하기를,

"네 나이 몇이며 성명은 무엇인고? 고향은 어디요, 누구의 자식이냐? 속이지 말고 바른 대로 대어라."

숙향은 정신을 겨우 차리고,

"저의 아비는 김상서라고 하고 제 이름은 숙향이며, 나이는 一五세로소이다."

태수 옆에 나와 있던 부인이 이 말을 듣고 단번에 눈물이 비오듯이 쏟아져 내리더라.

"네 얼굴을 보니 우리 숙향이와 같고 나이가 꼭 맞으며, 김상서의 딸이라 하니 근본을 더 조사하기로 하고 아직 다스리지 마시기 바라오."

금태수가 부인의 말을 옳게 여기고 다시 하옥시키고 그 사연을 서울 있는 이상서에게 기별하니라. 김태수의 부인이 숙향을 생각하고 울기만 하므로 태수도 부인을 위로할 겸하여 옥리에게 분부하기를,

"그 정상이 참혹하니 큰 칼이나 벗겨주라."

서울의 이상서가 낙양태수 김 전의 편지를 보고 크게 노해서 계양태수로 좌천시키고 다른 사람으로 낙양태수를 삼아서 기어코 숙향을 죽이려고 생각할 때에, 마침 하인이,

"여(呂)좌복야 댁의 부인께서 오십니다."

하고 알리매, 상서가 반가와서 하당(下堂)하여 맞아 들이며 문후하자, 부인이 인사도 받지 않고 곧 화를 내고 큰 소리로 상서를 꾸짖어 가로되,

"요사이 세상에선 벼슬 높고 위엄이 커지면, 동기도 업수이 여기고 억제하려는 거냐?"

이상서가 황공해서 영문을 모르고,

"누님, 왜 이렇게 노하십니까?"

"선이를 내 손으로 길러서 친자식같이 알기 때문에 마침 마땅한 혼처를

만났기에, 네게 미처 기별하지 못하고 성혼시켰으며, 또 그렇게 한대도 좋은 꿈의 징조와 부합했기 때문에 쓸쓸한 슬하에 내가 데리고 있으려고 그랬던 것이었으나, 그런데 너는 내게도 알리지 않고 무죄한 여자를 죽이려 하니, 대장부가 그러하고서 천하의 병마(兵馬)를 어찌 부리겠느냐?"

하고 호통을 내리니, 장병을 지휘하는 병부상서도 어쩔줄을 몰라하더라.

"이번 일을 누님게서 주혼하진 줄은 모르고 잘못 하였으니, 실은 여기서도 마침 양왕(襄王)이 구혼해 왔으므로 제가 허락한 차에, 선이 미천한 계집에게 장가들었다고 시비가 많아서 그리하였던 것입니다. 혼인은 인륜의 대사이오니 인력으로 어찌하겠소? 낙양태수에게 다시 기별하여 죽이지 말고, 낙양 근처에 주지 말도록 하겠습니다."

여황후(呂皇后)는 여(呂)부인의 시고모였으므로 황후가 조카딸이 상경하였다는 기별을 듣고 궁중으로 청하여 머무르게 되었으매, 여부인은 곧 선에게 편지를 부쳐서 숙향이가 옥에서 석방될 것을 알렸더니라.

그러나 이상서는 자기의 아들이 호탕하여 학업에 지장될 것을 염려하고 서울로 불러 올렸고, 그렇게 함으로써 선이 숙향을 다시 보지 못하고 상경하게 되었으니, 선이 모친에게 하직인사를 하고 눈물을 흘리며 흐느껴 울매, 모친이 위로와 꾸지람을 겸한 훈계로,

"내 인물 풍채가 남만 못하지 않으매, 좋은 배필을 구할 곳이 어디 없으랴. 부모를 속이고 천한 계집을 얻어서 지내면 성정(性情)이 타락된다. 그런데 이 기회에 부친이 서울로 불러다 공부를 잘 시키려는데 왜 그리 슬퍼하느냐?"

선이 그때서야 숙향과 혼인하게 된 자초지종의 연분을 자세히 고하고,

"모친은 제 천정(天定)을 생각하고 숙향을 집으로 불러 들여 주소서."

"아, 그런 줄은 전연 몰랐다. 네 말대로 진실이 그렇다면 천생연분이니 낸들 어찌 구박하랴. 부친도 그런 실정만 아신다면 하락하실 테니 염려 말고 과거나 해서 성공하고 잘 돌아오거라. 벼슬을 한 뒤에는 너 하려는 일을 부모

도 말리지 못할 거다. 그런 점에서도 꼭 과거에 성공해라."

선은 숙향을 만나지 못하더라도 이화정의 노파나 만나고 가려고 생각하였으나, 역시 부명(父命)을 거역치 못해서 편지로 숙향을 잘 보호하도록 당부하고 서울로 떠나니라. 상경하여 부친을 뵈니, 부모 허락업이 장가든 것을 대책하고 곧 태학(太學)[32] 으로 보냈고, 부친은 이내 황제께 하직하고 고향집으로 돌아오니라.

이때 김 전은 계양태수로 전근해 가고 낙양태수로는 신관(新官)이 부임하여 숙향을 옥에서 석방한 뒤에 낙양 근처에는 있지 못하도록 하였더니, 이화정의 노파는 옥문 밖에서 기다리고 있다가 숙향을 맞아서 끌어 안고 집으로 돌아와보니, 마침 선이 보낸 편지가 와서 기다리고 있더라. 숙향이 임 본 듯이 반갑게 뜯어보니 만단정화(萬端情話)라. 서러운 눈물을 흘리며 탄식하여 마지못하더라.

"이랑이 이제 서울로 가시고 고을에서는 이 근처에 있지 못하게 하니, 나는 장차 어디로 가서 몸을 의탁하지요?"

"이것이 때의 액운이요, 여기 오래 있으면 또 화를 당할 것이니, 이 지의 세간을 정리하고 나와 같이 이 고장을 떠납시다."

그리하여 숙향은 노파와 함께 정든 이화정을 버리고 딴 고장으로 가서 살게 되었으며, 그러던 중에 하루는 노파가 숙향에게 서글피 말하기를,

"나는 본디 천태산의 마고할미였는데 낭자를 보호하기 위하여 세상에 내려와서, 이제는 낭자의 급한 화를 다 구하여 드렸으며, 이와 동시에 연분이 다하여 떠나게 되었으니, 여러 해 동안 같이 살던 정의를 잊을 수 없습니다."

숙향이 그 말을 듣고 깜짝 놀라서 절하고 은혜를 감사하여 말하되,

"미련한 인간의 눈이 지금가지 할머니가 신선이심을 알아 보지 못하고, 이제 인연이 다하여 버리심을 당하게 되오니 망극하옵니다. 그동안 할머니의

---

32) 이조 성균관(成均館)의 별칭.

은혜를 입어서 일신이 안일하더니 할머니가 선경으로 돌아가시면 누구를 의지하오리까?"

"내가 청삽살개를 두고 갈 테니, 그 놈이 낭자의 어려움을 도우리다."

"할머니 가시는 길이 얼마나 되며, 어느날 가시렵니까?"

"나 갈 길은 여기서 五만 八천 리요, 지금 곧 떠나려고 합니다."

숙향이 작별이 급함에 놀라 슬퍼하면서 간청하기를,

"하루만 더 계시다가 가십시오."

노파가 한숨을 쉬면서,

"내가 간 뒤에 나 입던 옷을 염하여 관 속에 넣고, 저 삽살개가 가서 발로 파는 곳에 묻어 주시고, 만일에 어려운 일이 있거든 그 무덤으로 오면 자연히 구하게 될 것입니다."

하고, 입었던 적삼을 벗어 주고 이별하니, 두어 걸음 간 뒤에 홀연히 보이지 않아서 간 곳을 알지 못하더라. 숙향이 망극하여 두고 간 적삼을 붙들고 통곡하더라.

숙향이 통곡하다가, 마고할미가 남기고 간 말대로 장례를 지내려고 예복을 갖추고 관에 넣어 가지고 산소터를 찾아서 갈 때에, 따라 오던 청삽살개가 숙향의 치마끝을 물어서 그만 가라고 하매, 조석으로 제사를 극진히 하여 삽살개를 사랑하고 믿으면서 세월을 보내더라.

하루는 달이 밝고 하늘에 한 점의 그름도 없이 맑게 개어서 잠을 이루지 못하는 숙향이 사창에 의지하여 탄식하는 심정을 글로 지어서 책상 위에 놓고 졸다가 깨어 보니, 글도 없고 개도 없어져 버렸으며, 숙향이 낙망하고 울면서 한탄하기를,

"가련하다 내 팔자여, 할머니도 가고 할머니가 남겨 준 의지할 개마저 잃었으니 밤이 적적하여 잠도 오지 않는구나."

이때 서울에서는, 선이 태학에 가서 공부한 뒤로는 숙향의 소식을 들을

길이 없어서 주야로 눈물을 짓고 있었더니, 하루는 문득 바라보니 청삽살개 한 마리가 자기를 향하여 왔으므로 살펴본즉, 그 앞에 와서 앉은 개가 입에 물고 온 것을 토해 놓으므로, 선이 기이하게 여기고 보니 동촌리 이화정에 있던 숙향의 필적이라 급히 그 글을 떼어보니,

"슬프다. 숙향의 팔자여. 무슨 죄로 五세에 부모를 잃고 동서로 표박[33]하다가, 천우신조하사 이랑을 맞았으나 다시 이별하고 외롭게 의지할 곳도 없는 나의 신세, 다행히 할머니를 의지하였더니, 여액(餘厄)이 미진하여 일조(一朝)에 승천(昇天)하니, 혈혈단신 어디 가서 탄식하리요. 내 생전에 이랑을 보지 못하면 부모를 어이 찾으리요. 슬프다, 나의 신세여 죽고자 하나 죽을 땅이 없고나!"

선이 이 글을 읽고 슬픔을 금하지 못하고, 노파가 죽은 줄 알고 더욱 낙망하더라. 음식을 내다가 개에게 주고 편지를 써서 개 목에 걸어매고서 당부하기를,

"할머니까지 죽으매 낭자는 너만 의지하고 지낼 테니 빨리 돌아가서 이 편지를 전하고 낭자를 잘 보호하여 다오."

그러자 개가 잘 알았다는 듯이 머리를 끄덕이고 날 듯이 돌아가니라. 이때 숙향은 개를 잃고 종일 흐느껴 울며 기다렸는데, 해가 저물어서 인적이 끊어지고 짐승 소리조차 나지 않는지라 고적하여 견딜 수 없더라. 오직 먼 밤하늘만 바라보며 탄식하고 있을 때, 홀연히 청삽살개가 나는 듯이 와서 숙향이 앞에 엎드렸으매, 어디로 가서 죽지나 않았을까 하던 숙향이가 반색을 하고 머리를 쓰다듬어 주면서 하소연하기를,

"네가 아무리 짐승이기로 나를 버리고 어디로 갔었느냐? 배를 오죽인 주렸으랴!"

하고 머리를 쓰다듬으며 위로해 주매, 개가 반겨하고 앞발을 쳐들며 목을

---

33) 일정한 주거나 생업(生業)이 없이 떠돌아 다니며 지냄.

숙여 보이므로, 숙향이 비로소 그 개 목에 편지가 매어 있는 것을 발견하고 끌러서 펴보니 다음 같은 선의 사연이더라.

"숙향낭자에게 부치나니, 낭자의 옥안(玉顔)이 그리워서 밤낮없이 생각하고 있던중, 천만 뜻밖에 청삽살개가 그대의 글을 전하거늘, 못내 감동하여 우리 두 사람의 안부를 전하게 되었도다. 그대의 심한 고생은 모두 이 선(仙)이 죄라. 한 번 이별하여 약수가 가리었고 청조34) 끊겼으니 서산에 지는 해와 동령에 듣는 달을 대하여 속절없이 가장만 태우다가 삽살개가 소식을 전하니 반가운 마음을 금치 못하오. 그러나 할머니가 죽었다 하니 낭자는 누구를 의지하며, 그 고적한 신세를 생각하는 내 마음이 어떠하리요. 지필을 대하매 마은은 진정치 못하고 눈물이 앞을 기라도다. 쌓인 회포를 다 기록하지 못하나니, 옛 사람이 이르되, '흥진비래(興盡悲來)요 고진감래(苦盡甘來)라' 하니, 설마 언제나 그러리요. 지금 과거 소식이 들리니 이에 응하여 혹 뜻을 이루면, 나의 평생의 원을 풀고, 낭자의 은혜를 갚으리니 옥보망신을 완보하여 내가 돌아갈 날을 기다려서 생사를 같이함을 원하노라."

숙향이 편지를 다 보고 흐느껴 울면서 탄식하기를,

"황성 서울이 여기서 五천여 리나 길이 요원하고 산이 망망하니, 약한 여자의 발로 찾아 가기 극난하고 또한 도중의 강포지욕(强暴之辱)이 두려워서 좌사우량(左思右量)35)하나 백계무책이라."

하루는 그런 걱정과 수심에 잠겨 있을 때, 흉흉한 소문이 들렸다.

때마침 도적이 성행하던 중, 불량배들이 이화정에 노파조차 없음을 알고 재물을 약탈하고 숙향을 겁탈한다는 소문에 숙향은 눈앞이 캄캄하여 곧 동촌리의 아는 아이를 불러다가 자세히 물어보니,

"내가 길가에서 들으니, 이화정 집에 보화가 많으니 오늘밤에 겁탈하여 보화

---

34) 푸른 새가 온 것을 보고 동박삭이가 서왕모(西王母)의 사자라고 한 한무(漢武) 고사에서 온 말로 반가운 사자(使者) 또는 편지.
35) 이리 생각하고 저리 생각하여 곰곰 헤아려 봄.

를 나누어 갖고, 낭자를 잡아다가 저희들이 데리고 산다고 벼르고 있었습니다."

낭자가 그 말을 듣고 모골[36]이 송연하고 마음이 다급하여 어찌할 줄을 몰랐으며, 해가 저물어 황혼이 되자 더욱 초조해서, 궁리 끝에 한 가지 계교를 생각하매, 삽살개를 불러서 타일러 말하되,

"아가 지나가는 아이의 말을 들으니 오늘밤에 도적이 들어와서 재물을 수탈하고 나를 기어코 겁탈한다 하매 만일 그렇게 되기 전에 나는 죽어서 절개를 온전히 지킬 결심이다. 지금 할머니 묘소에 가서 목숨을 끊고 할머니의 해골과 함께 묻히고자 한다. 그러니 너는 할머니 묘소에 가서 영혼에게 묘방을 물어서 나의 욕을 면하게 할 수 있겠느냐?"

하고 눈물을 흘리자 청방이 다만 고개를 들어서 멍청하니 듣기만 하고 응하는 기색이 없더라. 숙향은 하는 수 없이 의복 두어 가지를 보에 싸고 개가 할머니 묘소에 인도하기를 바랐으나, 청방은 누운 채 일어나지 않으매 숙향이 더욱 황망하여 개에게 호소하기를,

"네 비록 짐승이지만, 지금 사세가 급한 줄을 알거든 생각해 봐라. 이렇게 하다가 때가 늦으면 도적의 욕을 보고 말 것이 아니냐?"

청방이 그제야 일어나서 보에 싼 것을 입으로 물어당기매, 옷보를 주자 청방이 그것을 제 등에 물어서 얹고 밖으로 나가므로 숙향이 그 뒤를 따라간즉, 얼마쯤 가던 개가 어떤 무덤에 앉고 더 가지 않더라. 숙향이 자세히 살펴보고 그것이 할머니 무덤임을 믿고, 봉분(封墳)에 엎드려 어루만지며 통곡하니라.

이때 선의 모친 상서부인이 완월루에 올라서 달구경을 하고 있을 때, 멀리서 여자의 곡성이 은은히 들려오므로 비복들에게 분부하기를,

"야심한 이때에 어떤 여자가 저리 슬피 우느냐? 누가 가서 알아 보아라."

마침 거기 시위하고 있던, 선이 어릴 때에 섬기던 유부(乳父)가 명을 받고

---

36) 아주 끔찍한 일을 당하거나 볼 때에 두려워 몸이나 털 끝이 으쓱하여진다는 말.

울음 소리 나는 고을 찾아가 본즉 소녀 혼자 무덤 앞에서 울고 있으므로 물어 가로되,

"낭자는 누구이신데 심야에 홀로 여기서 울고 계십니까?"

유부가 공손히 절하고 묻기에 숙향이 눈을 들어서 보니 늙은이였으므로 울음을 그치고 대답하기를,

"나는 동촌에 사는 이공자(李公子)의 낭자인데, 도적의 욕이 급하므로 피해 와서, 전에 은혜지 할머니께 죽어 함께 묻히려고 합니다."

이 말에 깜작 놀란 늙은이가 땅에 엎드리며,

"저는 이공자의 유부입니다. 이공자 모친 마님께서 소저(小姐)이 곡성을 들으시고 사정을 알아 보라 하시기로 왔는데, 소저께서 이곳에서 이러실 줄은 천만 뜻밖이옵니다. 우선 소복(小僕)의 집으로 가시면 앞으로 자연 평안하게 될까 하옵니다."

"할아범이 이랑(李郎)의 유부라 하니 참으로 반갑고 이제 죽어도 여한이 없게 되었소. 승상댁 대감께서 나를 죽이라 하셨거늘 이리 하시라는 명도 없이 그대로 갔다가 나중에 아시게 되면 반드시 죽을지나, 나 죽기를 섧지 않으나, 할아범에게 누가 미칠 것이니 그냥 돌아 가오. 다만 이랑이 서우에서 돌아오시거든, 내가 이곳에서 죽었다고 알려 올리면 은혜가 태산 같겠소."

"낭자의 말씀을 듣자오니 그것도 마땅한 듯하나, 제가 마님께 알려 드리고 올 때까지 기다리시고, 천금 귀체를 가볍게 하지 마십시오."

하고 나는 듯이 되돌아 가니, 청삽살개가 등에 얹었던 옷보를 내려 놓고 숙향에게 그 옷을 입으라고 권하는 시늉을 하더라.

"네가 나로 하여금 죽으라는 뜻이라면 당을 파거라. 그러면 내가 거기 누워 죽을 테니 나를 덮어 두었가, 낭군이 오시거든 가르쳐 드려라."

하고 숙향이가 옷을 입으니, 개는 땅을 파지 않고 이상서 댁 방향을 앉아 보였으매, 숙향은 속으로 생각해 보기를,

'상서가 오시면 반드시 나를 죽이실 것이니, 그러면 나중에 상서의 신상에도 시비가 될 테니, 내가 스스로 죽어서 그런 시비를 낭군의 부친께 끼치지 않느니만 같지 못하다.'

하고 수건으로 목을 매려고 하자, 삽살개가 수건을 물어 빼앗아 죽지 못하게 하므로 숙향이 울면서,

"너는 왜 나를 죽지 못하게 하느냐? 구차하게 살았다가 낭군을 만나 볼 수 있거든 할머니 산소를 향해서 절해라. 그러면 네 뜻을 따라서 죽지 않겠다."

하고, 영물로 믿는 개의 뜻을 점쳐 보려고 하였고, 그러자 개가 할머니 산소를 향하여 절하고 안심하듯이 앉았으니 숙향이 감사한 마음으로 개의 머리를 쓰다듬으면서 아직 불안한마음이 놓이지 않아서 한탄하더라.

"네가 나르 죽지 못하게 하니, 살았다가 만일 내가 욕을 볼까 두려워한다."

이대 유부가 빨리 돌아가서 아내에게 자기 집에 숙향으 데려다 두도록 이르고, 그동안에라도 자결할지 모르니 급히 가서 구하도록 이르고 상서 댁으로 가서 부인에게 보고 온 사실을 보고하자, 부인이 그 참혹함을 동정하여 상서에 고하여,

"그 정상이 가련하오니 데려다가 근본이나 보고, 하는 양을 보는 것이 좋을까 합니다."

하고, 청하자 그처럼 노하던 상서도 인명을 가긍히 여기고 부인의 뜻을 허하더라. 부이은 곧 하인들에게 교자를 보내고 유모(乳母)에게 데려오도록 분부하니, 유모가 이보다 미리 혼자 숙향의 앞에 이르러서,

"저는 이공자의 유모이온데 요전에 듣자온즉 공자께서 소저와 성혼하셨다 하오나 고모부인께서 조용히 구혼하셨기로 알지 못하였더니, 그후 옥중의 곤경을 당하셔서 슬퍼하던중, 아까 왔던 바깥사람의 말을 듣자오니 공자를 뵈온 듯하와 달려 왔습니다."

"이랑의 유모라니 나의 정의를 마음놓고 얘기할 수 있소."

하고, 전후 경과와 사정을 다 말하고자 하였으나, 얘기가 끝나기 전에 유부가 시비들을 거느리고 와서 교자에 오르라 하면서 상서부인의 뜻을 전달하니라.

"부르시는 명이 계시니 어찌 거역하리요마는, 천한 몸으로 교자를 타기가 외람되니 걸어서 가겠소."

하고, 사양하자 유모가 또한 전하기를,

"마님의 명이시니 교자를 사양치 마십시오."

숙향이 마지못하여 올라서 승상부인 앞에 이르매, 시비들이 부인의 명으로 몰려 나와서 완월루로 모시더라. 숙향이 교자에서 내리니 향속 든 시비가 좌우에 나열하여 밝기가 낮과 같았으며, 한 시비의 인도로 따라가서 상서부인에게 멀리서 사배(四拜)하니, 상서부인이 옆으로 와서 앉으라 하여 자리를 같이 한즉, 숙향의 탁월한 색태(色態)에 놀라지 않는 눈이 없더라. 며느리를 처음 보느 시어머니인 상서부인도 진심으로 탄식하여,

"이만 인물이니 집 아인들 어찌 무심하였으랴. 홍안박명(紅顔薄命)이라 하니 만첩수운(萬疊受運)이나 기질이 이와 같으니, 장강의 색태도 미치지 못할 거다."

하고 다시 숙향에게 묻기를,

"네 고향이 어디이고 성명은 무엇이며 나이는 몇 살이냐?"

"저는 다섯 살 때에 부모를 잃고 정처없이 구걸해 다니다가, 흰 사슴[白鹿]이 업어다가 장승상 댁 동산에 버린 것을, 그 댁에 자녀가 없어서 저를 一〇년 동안 딸처럼 귀엽게 길러 주셨는데, 마침내 사고가 있어서 그 댁을 떠났으며 본향과 부모의 성명을 모르나이다."

이 말을 들은 이상서가 거듭 묻기를,

"장승상 댁에서 무슨 일로 나와서 이화정 할미에게 와 있었느냐?"

"장승상 댁의 시비 사향이 승상의 장도와 부인의 금봉채를 훔쳐다가 제 상자 속에 두고, 제가 훔쳤다고 부인께 참소했으므로, 저는 변명이 무익하여

누명을 죽음으로 씻으려고 표진강에 몸을 던졌삽더니, 마침 채련(採蓮)하는 선녀들이 구해 주며 동리로 가라기에, 아녀자의 행색이라 거짓 병신인 체하고 가다가 기운이 파하여 갈대밭 속에서 자다가 화재를 만나서 죽게 되었더니 다행히 화덕진군이 구해 주셨으나 의복이 없어서 진퇴를 정하지 못하고 있었더니, 의외의 이화정의 할미를 만나서 그 집에 의탁하여 있었더니, 그러던중 생각지도 않은 공자의 구혼을 받고 성혼하였사옵더니, 낙양 옥중에서 사액(死厄)을 지내옵고, 다시 하령하여 멀리 추방을 받고 북촌에 가서 사옵더니, 오늘밤에 도적에 쫓겨서 할미 무덤에서 죽으려 하였을 때, 뜻밖의 부르심을 입사와 이리 대령하였습니다."

"남군에서 몇 달 만에 낙양까지 왔었느냐?"

승상이 또 묻더라.

"갈대밭에서 하루를 묵고 이튿날 할미를 만났습니다."

"남군이 여기서 三천 五〇〇리라. 한 달에도 오지 못할 텐데 이틀 만에 왔다니 매우 이상하다."

라고, 상서가 깜짝 놀라서 말하고, 부인이 또 이름과 나이를 묻더라.

"이름은 숙향이요, 나이는 一六세올시다."

"생일은 언제냐?"

"四월 초파일입니다."

부인이 오래 생각한 끝에,

"네 모습이 과연 의젓하다. 선이를 낳을 때에 선녀들이 하던 말을 기록해 두었는데, 이제야 깨달았다."

하고, 시녀에게 그 기록한 것을 가져오라 하여 보니 아들 선의 배필은 '김 전의 딸이요, 이름은 숙향으로 분명히 적혀 있었다.

"부모의 성명을 모르면서 생년월일의 사주는 어떻게 알고 있느냐?"

부인이 또 묻자, 숙향이 말없이 엎드렸다. 부인이 바라본즉 숙향의 이마에 금자(金字)로 '이름 숙향·자월궁선·기축 四월 초파일 해시생'이라고 씌어져 있었다. 부인이 그것을 본 뒤에 더욱 기특히 여기고 놀라며,

"네 생년월일의 사주가 우리 선이와 같은데 네가 성를 모른다니 답답하구나."

"그 전에 꾼 꿈에는 신인(神人)의 말씀이 낙양의 김 전이 제 부친이라 하였읍니다마는 어찌 알 수 있습니까?"

"그렇다면 이 얼마나 다행하랴."

하고, 상서가 그렇기를 바란다는 듯이 말하니라. 부인이 상서에게,

"그는 어떤 사람입니까?"

"운수선생(雲水先生)의 아들이니 문벌은 더 물을 것이 없소."

부인이 기뻐하고, 기어코 숙향의 근본을 알아서 아들의 정실(正室)로 삼으려고 하였으며, 그 후로부터는 숙향의 부인의 좌우에 가깝게 두고 그 행동을 주야로 보니, 모든 일이 진선진미(眞善眞美)하여 하나도 그름이 없으므로 부인의 사랑은 갈수록 더하더라.

하루는 숙향이 전에 있던 집의 가장집물을 옮겨 오기를 청하니, 부인이 반신반의로 묻기를,

"도적이 무엇을 남겨 두었겠느냐?"

"중요한 것은 땅을 파고 묻었으니까 도적도 몰랐을 것입니다."

"그럼 네가 가지 않으면 찾아오기 어렵겠구나."

"제가 아니더라도 저 청삽살개를 데리고 가면 알려 줄 것이옵니다."

부인은 곧 유부를 불러서,

"저 개를 데리고 소저가 있던 집에 가서 기명37)과 수품을 가져오게."

하고 시키면서도, 저런 짐승이 어찌 그런 것을 알 수 있으랴고 심중으로 의아스러워하니라. 유부가 바로 하인들을 거느리고 북촌에 있는 숙향이 살던 집으로 가자, 데리고 간 개가 울 밑의 한 곳을 발로 후벼서 가리킨 곳을 깊이

---

37) 살림에 쓰는 그릇붙이

파고 본즉 과연 귀중한 기명이 많이 나왔으므로 그것을 거두어 가지고 돌아와서 부인에게 고하더라.

"개조차 그렇게 영감한 것을 보매, 우리 신부는 범인이 아닌 게 분명하구나."

하고, 더욱 사랑함이 비할 데 없더라. 그리고 어느날 숙향에게 묻기를,

"너는 침선방적(針繕紡績)을 잘 살 줄 아느냐?"

"어려서 부모를 잃고 파산하여 길에서 방황하였기 때문에 배운 바는 없사오나, 본이 있으면 무엇이든 그대로 시늉을 낼 수 있습니다."

부인은 숙향의 재주를 시험해 보기 위하여 비단 한 필을 주면서,

"상서께서 멀지 않아 상경하실 때 입으실 관복이 무색하니 네 이 관복을 보고 지어내라."

숙향이 명을 받고 자기 침소로 돌아와서 그 비단을 보니 천이 곱지 못하므로 자기가 작고 있던 좋은 비단과 바꾸어서 불과 반 나절 만에 관복 일습을 완성하였으니, 시녀가 부인에게 고하였으나 믿지 않고,

"관복은 예사옥과 다르기 때문에 내가 연소할 때 침재(針才) 남에 못지않았으나 닷새에 지었던 것을 소저 아무리 재주가 능하더라도, 어찌 그렇게 빠를 수가 있겠느냐? 그것은 거짓말이다."

하고 숙향을 불러서 물은즉,

"관복은 이미 지어 놓았습니다. 그러나 어찌 하올지 몰라서 즉시 아뢰지 못하였사옵니다."

하고 관복을 갖다 부인에게 올리니, 부인이 받아서 본즉 수품제도가 그전 관복보다 나을 뿐 아니라, 비단이 자기가 준 것이 아니므로 더욱 이상히 여기고 묻자,

"비단이 이것이 나을 듯 하옵고 할미집에서 짠 것인데 마침 빛깔이 같기에 바꾸어 지었사옵니다."

부인이 크게 놀라고 이런 재주가 천하에 어디 있으랴 대찬하고, 즉시 관복

을 갖다가 상서에게 보이고 신부의 재주를 알리더라.

"관복을 새로 지었으니 입어 보시오."

"허어, 근래는 당신이 늙어서 몸에 맞는 옷을 입기 어렵더니, 이 관복은 몸에도 맞고 솜씨도 좋으니 늙어서 굉장한 호사를 하겠구료."

상서가 옷을 입고 매우 기뻐하므로 부인이 웃으면서,

"나는 소시에도 수품제도가 이렇지 못하였는데, 하물며 이 늙은 솜씨로 어찌 이렇게 짓겠습니까? 이것은 새로 온 자부(子婦)가 제 손으로 짠 비단을 가지고 제 손으로 지은 관복이옵니다.

"허어! 만일 그렇다면 자부는 실로 무쌍한 재주로군."

하고, 칭찬을 하고 흉배[38]를 보니, 관대의 흉배가 무색해서 다른 흉배를 사 오라고까지 하니라. 그러자 부인이 상서의 작품에 맞는 흉배를 이곳에서는 창졸히 사기 어려워서 그것을 구색하려면 출발이 늦을까 염려된다고 말하니, 이 말을 들은 숙향이 상서 적품은 어떤 흉배를 다느냐고 공손히 묻더라.

"상서는 일품(一品)이며 쌍학(雙鶴)을 붙이신다."

고 부인이 알리더라.

"제가 약간 수를 놓을 줄 아오니 해볼까 하옵니다."

"흉배는 다른 수와 달라서 사람마다 놓을 수 없을 뿐 아니라 내일 상경하실 테니, 네 재주가 비록 능하더라도 어찌 하룻밤 사이에 될 수 있겠느냐?"

하고, 아예 그런 생각도 말라고 말하니라. 그러나 숙향은 침소로 물러나서 밤을 새워서 쌍학의 수를 놓아서 이튿날 아침에 갖다 바치자, 상서 부부가 자부는 진실로 신통한 재주를 가졌다고 애중(愛重)하여 마지 않더라.

이상서가 상경하니, 황제가 인견(引見)하시고 정사를 의논하시다가 상서의 관복과 흉배가 매우 훌륭한 것을 보시고 하문하기를,

"경의 관복과 흉배는 어디서 구하였소?"

---

38) 관복(官服)의 가슴과 등 쪽에 붙이는 수놓은 헝겊 조각.

"신(臣)의 며느리가 지은 수품(手品)이옵니다."

황제가 의외의 말로 묻되,

"경의 아들이 죽었소."

"살아 있사옵니다."

"허어? 그런데 경의 관복을 보니 하늘의 은하수 문채요, 흉배는 바다 가운데서 짝을 잃은 학의 외로운 형상이니, 아들이 살아 있으면 어찌 이러하오?"

상서가 황제 앞에 엎드려서 아들 선이 며느리 숙향을 만나던 일을 아뢰니,

"허허 그 자부의 경력과 재주가 희한하오. 경의 충성이 지극하매 하늘이 현부(賢婦)를 주사 복을 도우심이 분명하오."

하시고, 비단 一○○필을 하상(下償)하시매, 상서가 사은(謝恩)하고, 부중(府中)으로 돌아와서 황제의 하교(下敎)를 전하고, 환제의 상사품(償賜品)은 전부 자부 숙향에게 주더라. 숙향은 부중으로 온 뒤에 일신이 안한(安閑)하게 되어서 용모가 더욱 고와져 갔으므로 상서 부부의 애중이 날로 더하더라.

그러나 선(仙)은 서울 태학에서 공부하면서 숙향의 소식을 듣지 못하여 심신이 울울하여 회포를 안정치 못하였으나, 마음대로 고향으로 돌아가지 못하매, 주야를 탄식으로 보내더니, 그러던 차에 하루는 태학의 관원들이 상소하여,

"근간에 길조(吉兆)의 태을성이 장안에 비치었으니, 과거를 보여서 인재를 잃지 마옵소서."

하고, 황제께 권하므로 황제가 옳다고 윤허하고 곧 택일하여 과거를 시행하였는데, 이때 선이 과장(科場)에 나가서 평생의 재주를 다하여 글을 지어 장원급제로 뽑혔으며, 이 순간에 선의 명성은 천하에 떨쳤으니, 풍채가 당당하고 기질이 현양하여 만인 중에서 뛰어나더라. 황제가 인견하시고 대경기애(大驚奇愛)하사 즉시 한림학사를 제수하니, 학사가 된 선은 사은하고 고향으로 사당에 분향 보고하러 돌아가는 도중에 낙양 이화정에 이르러 곧 숙향의 거처를 찾았으나 사람은 고사하고 꼬리치고 반겨하던 삽살개도 없는 적막한

빈 집이었으며, 집안에는 일용의 기물이 하나도 없으므로, 분명히 도적이 들어서 숙향을 죽이고 간 줄 알고 심회가 통절하여 하늘을 우러러 탄식하기를,

"숙향낭자여, 나로 하여금 천만고초를 겪고 몸이 사망지경에 이르러 유명(幽明)간에 어찌 원혼(怨魂)이 되지 않았으리요. 내 지금 과거에 장원하여 몸이 현달(顯達)하였으나, 그대 없는 이 세상에 무엇이 귀하리요. 내 또한 그대의 뒤를 따라 죽어서 그대를 따르리라. 내 명이 또한 오래지 않으리라."

하고 슬퍼하다가 날이 서산에 떨어지매, 다시 정신을 진정하고 냉정히 생각하고 다짐하기를,

'이제 여기서 울어도 부질없으니 부모께 보인 후, 숙향의 분묘를 찾아서 그 죽음을 본 받아서 나의 의절을 표하리라.'

하고 눈물을 거두고 고향의 본집으로 돌아오니, 그의 양친이 한림학사가 되어서 온 아들을 보고 기뻐하고, 그 영화를 축하하는 상하의 화성이 낭자하니라. 양친은 귀하게 된 아들의 손을 잡고 애중함을 이기지 못하되, 학사는 숙향의 불행을 생각하는 마음이 간절하여 수색이 만면할 뿐이더라. 부친 상서가 이상히 여기고 묻기를,

"네가 소년등과(少年登科)하여 부모에게 영효(榮孝)와 일신의 영광이 극하고 가문의 경사 극하거늘 무슨 일로 수색을 만면에 띠고 있느냐?"

"저인들 영친지도(榮親之道)에 어찌 기쁘지 않으리이가? 먼 행로에 일신이 피로하와 자연 그러하옵니다."

하고, 아무런 다른 이유가 없은 듯이 대답하니, 상서부부는 아들이 자부 숙향이가 죽은 줄 알고 그런다고 짐작하고 모친이 안심시키려고,

"네가 취한 숙향은 우리 집의 현부다. 네 뜻을 알고 데려다가 지금 부중에 두고 있으니 근심하지 말라."

하고, 알렸으나 학사는 의혹하고 손을 모아 송구스럽게 말하기를,

"장부가 어찌 천부(賤婦) 때문에 미우(眉宇)를 찌푸리겠습니까? 도중의 풍

한촉상으로 몸이 불편할 따름이옵니다."

하고, 겉으로 의젓한 대답을 하는고로 속으로는 숙향이 집에 와 있도록 부모가 허락하였다는 말에 마음이 든드나였으며, 상서 부인이 시녀에게 숙향을 데려오도록 이르니, 이윽고 숙향이 안에서 나와서 서로 상면하게 되자, 반신반의하던 학사가 눈으로 분명히 숙향을 보고 반가움을 이기지 못하여 손발 둘 곳을 모르고 미칠 듯이 기뻐하더라. 숙향이 먼저 낮은 음성으로,

"일찍 청운의 뜻을 품으시고, 이제 영광이 비할 데 없으니 치하하옵니다."

"요행히 득의(得意)하니 가문의 경사요, 그대를 위하여 조운모월(朝雲暮月)에 간장을 태우다가 이번에 오는 길에 이화정에 들러 보았는데, 인적은 물론 그 귀엽던 개조차 없어서 비창한 마음을 금하지 못하였더니, 이제 집에서 서로 만나니 무슨 한이 있겠소?"

"먼 길에 피로하셨으며, 양친께서 편히 쉬라 하시온즉 잠시 침소로 가시면 하옵니다."

선이 기쁘게 숙향의 옥 같은 손을 잡고 봉루당으로 가서 피차 사모하던 정을 달게 탐하더라. 그리고 마고할미의 문상을 하고 숙향을 위로하자,

"할머니 생각을 비롯하여 지낸 일을 생각하며 슬픈 회포가 첩첩하나, 오늘은 낭군을 모시고 즐기는 날이니 뒤에 두루 말씀드리오리다."

이윽고 학사가 옷을 고쳐 입고 산부와 함께 정당(正堂)으로 나오자, 상서 부부가 기쁨을 이기지 못하여 칭찬하고 상하가 모두 치하하여 마지않더라. 이튿날 친척과 근처의 사람을 초청하여 성대한 잔치를 베풀었으며 다음날에는 여복야부중(呂僕射府中)에서 또 잔치를 하였다. 부인이 기뻐서 여러 문중의 부인들을 청하여 즐기면서 숙향낭자의 모든 기이한 비밀을 좌중에 설파하여 기특히 여기고 또 가엾게 여겼으나, 그것이 모두 축복하는 칭찬의 말이더라.

하루는 학사가 부친 상서에게 문안하자, 아들에게 은근히 중대한 문제를 꺼내기를,

"자부를 슬하에 두고 보니 백사가 영리하여 자못 사랑스러우나, 그 집안의 내력을 모르는 탓으로 남들이 미천한 여자를 취하였다고 시비하는 듯하고, 전자에 양왕이 너에게 구혼하기에 내가 허하였으나, 네가 현부를 택했으므로 중지하였었기로, 너는 이제 입신하였으므로 이실(二室)을 거느려도 좋게 되었으매, 양왕의 구혼을 다시 성취시켜 볼까 하는데 네 생각이 어떠냐?"

"이 문제는 제가 알아서 좋도록 하겠으니 염려 마십시오."

하고, 이내 행장을 차려서 서울로 향하게 되자, 부모께 하직하여, 나라에 받친 몸이매, '슬하를 떠나지 않을 수 없음을 아뢰고 침소로 가서 이내 숙향에게 이별하여 말하기를',

"그대를 위하여 여러 해 마음을 상하고, 이제 서로 만나서 자리가 덥지도 못해서 또 떠나게 되니 심정이 울울하나 사세가 마지못하여 상경하니, 그대는 부모봉양을 극진히 하여 내가 바라는 바를 저버리지 말아 주오."

중략

(황태후가 병들어 선계의 약이 아니면 치료할 수 없다고 하자 양왕이 이선을 구약 책임자로 추천함. 이선은 여러 선인들의 도움을 받아 선계를 여행하며 약을 구함. 봉래산에 도착하여 구루선이라는 선관과 대화를 나누게 됨)

"그대는 어떤 사람인데 감히 이곳에 들어오느냐?"

"인간 병부상서 이 선이온데, 구류선을 뵈옵고자 왔습니다."

그러자 청의선인(靑衣仙人)이 의아히 여기고 물으니,

"황태후의 병환이 중하셔서 황제의 명을 받들고 약을 구하려고 왔습니다."

이번에는 홍의선인(紅衣仙人)이 위를 가리키면서,

"구류선을 보려거든 저 상봉(上峯)으로 올라가 보라."

"황태후 위중하시와 신자(臣子)로서 군명(君命)을 지체치 못하겠으니 약을 곧 얻어 가게 해 주십시오."

"우리는 약을 모른다."

이 선이 인간의 재주로는 올라갈 수 없는 상봉을 쳐다보고 한탄하고 있을 때, 홀연히 청학(靑鶴)을 탄 신선이 오면서 이 선에게,

"자네를 오래간만에 여기서 만나니 옛 생각이 그립구나. 그래 자네는 인간의 재미가 어떠하며, 설중매를 만나 봤느냐?"

"인간으로서 고생할 뿐인데 전생에 알지 못하던 설중매를 어찌 알겠습니까?"

"허허허. 자네는 인간으로 귀양가더니 천상(天上) 시절의 일을 다 잊었구면."

하고, 동자에게 차를 부어라 하여 이 선에게 전하였고, 이 선이 그 차를 받아 먹으니 즉시 정신이 상쾌해지면서 천상의 태을진군으로서 득죄(得罪)한 일과 봉래산에 올라가 능허선의 딸 설중매와 부부가 되어서 살던 일과, 옛 친구라는 이 신선이 자기의 수하(手下)로 지내던 기억이 어제같이 소생하므로, 이 선이 길게 탄식하고,

"나는 그때 갑자기 죄를 짓고 인간으로 귀양 가서 고행(苦行)이 자심한데, 자네들을 모두 무고하니 다행일세. 그런데 설중매는 어디 있는가?"

"능허선 부부는 인간 이부상서 김 전 부부요, 설중매는 양왕의 딸이 되었으니, 장차 자네의 둘째 부인이 될 것일세."

이 선이 긴 한숨을 쉬면서 묻기를,

"능허선 부부와 설중매는 무슨 죄로 인간으로 갔는가? 또 어찌하여 월궁소아는 김 전의 딸이 되고, 설중매는 양왕의 딸이 되었는가?"

"능허선 부부는 방장산(方丈山)에 구경갔다가 상제께 꿀진상을 늦게 한 죄로 인간으로 귀양 갔고, 자네 아내 설중매는, 자네가 소아를 흠모하는 줄 알고 항상 소아를 질투하더니, 전생의 그런 원수로 후생에 소아와 부부가 되어서

서로 간장을 썩게 한 셈일세. 그리고 설중매는 상제께 득죄한 일은 없으나, 부모와 자네가 인간으로 내려갔으므로 보려고 양수에 빠져 죽었으므로 후생에 귀하게 되어 양왕의 공주로 태어났던 것일세.』

"아, 이젠 알겠네. 그 양왕의 딸과의 혼사를 거절하다가, 양왕이 보복으로 나를 죽이려고 봉래산의 선약을 구하도록 나를 보내라고 황제께 명하게 한 것이로군. 나는 죽어도 설중매와 혼인을 하지 않고 소아만 사랑하려고 하였지만, 하늘이 정하신 일이니 피할 수 없는 운명임을 알게 되었네."

"아차, 자네가 돌아가 때가 늦었으니 이 약을 갖고 가서, 여기서 내가 주더란 말을 말게."

하고, 그 신선이 세 가지 선약을 주므로, 이 선이 사례하고 묻기를,

"이 약의 이름이 무엇인가?"

"작은 병에 든 물약은 환혼수(環魂水)요, 금빛약은 개언초(開言草)요, 또 한가지가 우화환(羽化丸)일세. 지금 자네가 세상으로 돌아가면 황태후가 벌써 승하하였을 것이니, 자네가 가진 그 옥지환을 황태후 시체 위에 얹어 두면 썩은 살이 다시 소생할 것이니, 그 물약을 입에 칠해 드리게. 그래서 혼백이 돌아온 귀에 개언초를 쓰면 말을 하실 것일세."

"그리고 이 우화선은 어디 쓸 약인가?"

이 선이 남은 한 가지 약의 용도를 물으니,

"자네가 감추어 두었다가 나이 七〇이 되거든 七월 보름날에, 소아와 하나씩 나누어 먹게."

중략
(구루선과 헤어져 마고선녀를 찾아 감)

수십 보를 걸어가니, 한 노파가 광주리를 옆에 끼고 길가에서 산나물을

캐고 있으므로, 이 선이 가서 절하고 찬태산을 물으니,

"여기 이 산이 바로 당신이 넘어온 천태산이라."

"옥포동은 어디 있읍니까?"

"여기가 바로 옥포동이라."

이 선이 기뻐하고 다시 묻기를,

"그러면 마고선녀의 집은 어디입니까?"

"내 눈이 어두워서 몰라보겠는데 당신은 누구십니까? 내가 바로 그 마고선 녀이옵니다."

이 선이 반가워서 두 번 절하고,

"나는 낙양 북촌의 이 선이온데 노선(老仙)을 찾아 약을 구하러 왔는데, 왜 나를 못 알아보십니까?"

"아, 정말로 그러십니까? 서로 이별한 지 오래고, 또 나이가 많아서 선망후 실(先忘後失)하여 생각이 나지 않기 때문입니다. 그러면 숙향낭자는 무사히 잘 있사옵니까?"

이 선이 숙향의 무사를 알리고, 숙향이가 써 보낸 편지를 전하니,

"하하하, 내가 당신을 떠 보느라고 모른 체 했소이다."

숙향의 편지를 다 읽은 뒤에 기뻐 마지 않으면서,

"내가 공자를 위하여 기다린 지 오래이옵니다."

하고 약을 주면서,

"구정을 펴고 조용히 이야기하고 싶으나, 요전에 내가 가서 숙향낭자를 만 났더니 황태후가 승하하셨다 하니, 빨리 돌아가라고 알려 주니라."

이 선이 그 약을 받아 들고 사례하는 순간에, 마고선녀는 문득 간 데 없더 라. 이 선이 공중을 향하여 눈물을 흘리며 사례하고 길을 찾아 어떤 강가에 이르니, 용왕의 왕자가 배를 대령하고 반갑게 맞아 주더라.

"제가 공(公)을 보내고 서해용궁에 갔더니 숙모의 말씀이, 개안주(開眼珠)

로 김상서의 은혜를 갚으려고, 요전에 정렬부인(淑香)이 표진강에 와서 제사 지낼 때 술잔에 담아 바쳤으니 이미 상서 땅에 가 있을 것이니, 어서 댁으로 돌아가십시오."

하고, 배에 올려 태우고 눈을 감으라고 권하므로, 이 선이 하라는 대로 눈을 감았더니 이윽고 한 곳에 이르러 눈을 떠본즉, 벌써 장안성(長安城) 一○리 밖의 해경하라는 강가이더라. 이 선이 꿈인 듯이 기뻐하면서 용왕의 왕자와 이별하고 입성(入城)하매, 황제가 즉시 알현하여, 이 선이 어전에 엎드려서,

"신이 불명하와 빨리 복명하지 못하온 죄를 청하옵니다."

"그 방향도 모르는 몇 만 리 길을 무사히 왕복하여 선약을 얻어 왔으니, 경의 충성이 놀랍도다. 그러나 황태후께서 이미 승하하셨으니 과연 회생(回生)의 영험이 있을는지 의심스럽소."

하시고 시험하였는데, 먼저 옥지환을 시체 위에 얹으니 상했던 살결이 산사람의 살 같아졌고, 입에 환혼주를 바르니 가슴에 숨기가 회복되었으나, 말은 하지 못하였으므로 입 안에 개언초를 넣으니 이윽고 말을 하므로, 또 개안주로 감은 눈 위에 세 번 문지르니 눈을 뜨고 만물을 환히 보게 되어서 완전히 소생하시더라. 이런 선약의 신기한 영험을 보고 황제와 백관이 모두 놀라 기뻐하며, 황제가 이 선의 손을 친히 잡으시고,

"경은 이런 선약을 어떻게 구하였소? 그 원로의 고생은 추측하고도 남음이 있소."

이 선이 전후의 경과를 보고해 올리자, 황제가 칭찬하여 하는 말씀이,

"옛날에 진시황과 한무제의 위엄으로 능히 하지 못한 것을 이번에 경이 이제 선약을 구하여 황태후를 재생케 하시게 하니, 이것은 불세지공(不世之功)이매, 짐이 어찌 그 공을 갚으며, 어찌 한시라도 잊으리요. 처음의 약속대로 마땅히 천하를 반으로 나누어 주겠소."

이 선이 엎드려 아뢰되,

"욕신(欲臣)은 사(死)라 하였사옵는데, 어찌 그같이 과도(過度)하사, 신으로 하여금 추세에 역명(逆名)을 면치 못하게 하시나이까? 바라옵건대 성상은 소신(小臣)의 미충을 살피소서."

하고, 머리로 땅을 쳐서 피를 흘리며 사양하니, 황제가 이 선의 사양하는 뜻이 굳음을 보시고 상을 감하여 초왕(楚王)에 봉(封)하시고, 김 전으로 좌승상을 시키시고, 공을 다 갚지 못함을 한탄하시더라. 이 선은 부득이 사은퇴조(謝恩退朝)하여 부중(府中) 자기 집으로 돌아와, 부모와 장승상 부부와 정렬부인 숙향이 죽었던 사람을 다시 만난 듯하여 큰 잔치를 베푸니, 황제가 들으시고 어악(御樂)을 보내어 흥을 돋우어 주시더라.

숙향부인이 초왕으로 봉해진 남편 이 선에게,

"길을 떠나신 후에 북창 앞의 동백나무 가지가 날로 쇠진하므로 돌아오시지 못하실까 주야로 염려되기로 대신 박명한 목숨을 끊기로 천지신명께 기약하옵더니, 하루는 꿈에 마고할미가 와서 말하기를 이상서를 보려거든 따라오라기에 한 산골로 들어가 보니 큰 궁전에서 상공을 보고 왔사옵니다. 상공이 아무리 양왕의 딸과 혼사를 사양하셔도 이미 하늘이 정한 배필이니 아니치 못하리다."

숙향의 그 말을 듣고 이 선이 천태산 선녀의 집에 갔던 일을 말하고, 양왕의 딸이 알고 보니 전생에 자기의 아내였던 것을 말한즉, 숙향부인이 더욱 혼인을 권하더라.

이때에 양왕이 초왕의 부친 위왕에게 권하였으므로, 마침내 설중매를 제이 부인으로 맞아들이기로 설정하였으니, 택일 성례하게 되어서 황제가 그 소문을 들으시고 크게 기뻐하셔서 숙향을 정렬왕비(貞烈王妃)를 봉하시고, 매향을 정숙왕비(貞淑王妃)를 봉하시었다. 그리하여 매향공주는 김승상 부부를 부모같이 섬기고, 숙향부인은 양왕 부부를 친부모같이 대접하였다. 그리하여 삼위(三位)의 부부가 화락하여 숙향부인은 이자 일녀를 두고 매향부인은 삼자 이녀를 두어서, 한결 같이 소년등과(少年登科)하여 벼슬이 높고 자손이 번성하니라.

숙향부인의 장자는 태자태부(太子太傅) 겸 병부상서로 있고, 여아는 태자비(太子妃)가 되었고, 차자는 정서대도독(征西大都督)으로 오원주천이라는 땅에 가서 오랑캐를 정벌하고 있었고, 적병을 무수히 무찌르고 어떤 적장을 죽이려고 할 새 창검이 들지 않고 결박한 것이 저절로 풀렸으므로, 활로 쏘았으나 맞지 않고 도망하지도 않기로, 적병은 그러한 기적이 하늘의 도움이라 생각하고 항복하였으므로 종으로 삼아서 데리고 부중으로 돌아와서 부모께 그 사연을 자세히 고하더라. 초왕부부가 두고 친근히 부렸는데 어느 해 정월 보름에 초왕이 모든 노복을 불러서 뜰에서 씨름을 붙이고 유흥하였으매, 그 귀화(歸化)한 오랑캐 종이 가장 힘이 강해서 여러 사람을 이겼으므로, 초왕이 칭찬하여 마지않더라.

이때 숙향부인이 자세히 보니 그놈이 반야산에서 업어다가 마을에 갖다 두고 간 도적 같은 기억이 떠올랐으므로, 그래서 자기가 가진 수족자를 보니 역시 그 때의 도적과 방불하더라. 초왕에게 그 족자를 보이고 오랑캐 출신의 종과 비교하여 보였더니, 그 그림과 종의 얼굴이 조금도 틀리지 않았으니, 초왕이 신기하게 여기고 묻기를,

"너는 옛날에 반야산에서 사람을 구한 일이 있느냐?"

"그 난리 때 반야산에서 한 계집아이가 부모를 잃고 바위틈에서 울고 있는 것을 도적이 죽이려는 것을 제가 그 아이의 상을 보니 매우 비범하여 업어다 유곡촌(有穀村)에 두고 왔습니다."

초왕이 이 말을 듣고 크게 기뻐하고 그 말을 전하자 왕비 숙향이 반겨서 그 종을 불러서 그때의 은혜를 말하고 성명을 물으니,

"제 성명은 신비해로소이다."

하고 대답하므로, 숙향부인은 곧 금은으로 후상(厚賞)하고 초왕 이선도 많은 상을 내렸고, 이 일을 황제에게 아뢰자 황제가 기특히 여겨서 신비해로 하여금 평서장군진서태수(平西將軍鎮西太守)로 삼으시고 모든 도적을 진정하라고 분부하셨으므로 그 후로는 서방이 평정되어 도적이 없어지더라.

어느 해, 장승상 부부 세상을 떠났으므로 예(禮)로서 후장(厚葬)하고, 매향부인의 애통하는 모양은 모든 사람을 감동시켰으며, 그 후에 위왕 부부는 또한 세상을 버리매 선산(先山)에 왕례(王禮)로 안장(安葬)했으며 그후 초왕이 선이 七0세가 되어서 七월 보름날에 제자제손(諸子諸孫)과 가족을 거느리고 궁중에서 잔치할 때에, 한 선비가 곧장 궁중으로 들어왔으므로 초왕이 보니 그는 여등빈 선관이더라.

"그대는 어디로 해서 이렇게 오는 길이오?"

"옥황상제의 명으로 초왕을 데리러 왔으니 바삐 가십시다."

"속객이 어찌 천상에 올라갈 수 있겠소?"

"전에 봉래산에서 그 선녀가 주던 약을 지금 가지고 계시옵니까?"

그제야 초왕 이 선이 깨닫고 즉시 약을 내어 왕비 숙향과 왕비 매향께 一개씩 먹이니, 삼부처(三夫妻)의 몸이 공중으로 두둥실 떠 올라가자 초왕의 三녀五자가 망극하여 공중을 향하고 통곡하면서 왕례(王禮)로 허장(虛葬)을 지냈더라.

1. 천상 존재를 통해 알게 된 내용을 바탕으로 전생에서 과연 무슨 일이 일어났는 지 재구성해봅시다.

2. 현생의 일도 살펴봅시다.

3. 숙향전에서 현세는 전생의 사건에서 비롯된다. 전생 이야기는 여러 인물들을 통해 조금씩 알려지는데, 후토부인, 거북용녀, 월궁 시녀들이 알려주거나 요지 연에서 차를 마시고 직접 기억해냅니다. 그렇다면 숙향전은 철저히 운명론에 기반한 작품인지 생각해봅시다.

4. 이선은 숙향을 위해 양왕의 딸과 혼인하는 것을 계속 거부했으나 선계구약여행 을 다녀온 후 마음을 바꾸어 둘째 부인으로 맞아들이는데, 그 이유는 무엇인지 생각해봅시다.

5. 숙향은 명사계에서 나가려 하지 않고 승상댁으로 돌아갈 생각만 하는 등 운명을 거부하는 모습을 보이는데 요지경에서의 꿈 이후 이선과의 혼인에 적극적으로 변한다. 그 이유에 대해 생각해봅시다.

6. 천상계와 지상계는 숙향과 이선의 사랑을 어떻게 받아들이는지 살펴봅시다.

11강 박씨는 왜 피화당을 지었나?

박씨전

　명(明)나라 숭정 연간에 조선국(朝鮮國)에 한 재상(宰相)이 있으니, 성은 이(李)요 이름은 득춘(得春)이라. 이득춘은 어려서부터 학업을 힘써 문장(文章)을 성공하매 이름이 일국에 진동(振動)하고, 또한 지인지감(知人之鑑)이 있는지라. 이러므로 소년등과(少年登科)하며, 차차 승천(陞遷)하여 외직(外職)으로 경상감사, 물망(物望)으로 함경감사, 내직(內職)으로 좌의정을 지냈다.

　상공이 집으로 돌아와 그 아들 시백(時白)에게 문필(文筆)을 힘써 권하니, 사서삼경(四書三經)과 시서백가(詩書百家)를 무불통달하며, 또한 계교(計巧)와 술법(術法)이 장안에 제일이라. 상공이 심히 사랑하니, 만조백관(滿朝百官)이 뉘 아니 치사(致辭)하리오. 상공이 또한 바둑·장기와 옥저(玉笛) 불기를 잘하는지라. 꽃을 향하여 불면 꽃이 다 떨어지며, 그 재주가 세상에 비길 데 없더라.

　일일은 외당(外堂)에 홀로 앉았더니, 어떠한 사람이 갈건야복으로 찾거늘, 상공이 자세히 보니, 그 사람의 의복은 비록 남루(襤褸)하나 용모와 거동은 비범한 사람이더라. 급히 일어나 공손히 예(禮)하고 좌정(坐定)후에 성명을 물으니, 그 사람이 대답하기를,

　"나는 금강산(金剛山)의 박처사(朴處士)입니다. 상공의 높으신 덕(德)을

들고, 한 번 뵈옵기를 원하여 왔나이다."

하거늘, 상공이 단정히 예좌(禮坐)하며 사례하기를

"존객(尊客)은 선관(仙官)이요, 나는 진세간(塵世間) 더러운 사람이라. 선범(仙凡)이 현수(懸殊)한데, 오늘날 말씀이 분수에 지나오니 도리어 황공하나이다."

하고 주찬(酒饌)을 성비(盛備)하며 극진히 대접하니, 처사가 가로되

"듣사오니 상고께옵서 바둑두기와 옥저불기를 세상에 당할 이 없다 하오매, 나도 또한 조박(糟粕)이나 아는 고로 한 번 듣고자 왔나이다."

하거늘, 상공이 공순히 답하기를

"나는 속세의 무지한 사람이라. 바둑과 옥저불기를 조금 안다 하오나 선관에 미칠 바 아니거늘, 오늘날 성문과장(聲聞誇張)의 말씀을 듣사오니 도리어 무안하여이다."

처사가

"너무 겸사(謙辭) 마옵고, 재주를 구경하사이다."

하니, 상공이 안 마음에 헤아리되,

'내게 바둑과 옥저를 세상에 당할 이 없더니, 이제 이 사람을 보니 거동이 비범하고 또 바둑과 옥저를 안다 하니, 아무커나 재주를 시험하리라.'

하고, 바둑을 대하여 수삼차 두니, 상공은 정신을 과히 허비하나 처사는 유념(留念)치 아니하고 예사로 두되, 재주 월등하여 미칠 길이 없더라.

일변 탄복하며 일변 주찬으로 대접하고, 또한 옥저를 잡아 대하여 부니 과연 꽃이 떨어지더라. 처사가 크게 칭찬하고 옥저를 취하여 꽃나무를 향하여 부니, 소소리바람이 일어나며 꽃나무 뿌리째 빠지거늘, 상공이 보매 신기함을 이기지 못하여 백번 치사하며 속마음 그윽히 탄복하더라.

이러구러 여러 날 소일하다가, 하루는 처사가 상공께 청하기를

"듣사오니 귀댁에 귀남자(貴男子)가 있다 하오니, 잠깐 보기를 청하나이다."

상공이 고이히 여겨 그 아들 시백을 불러 처사에게 뵈이니, 처사 이윽히 보다가 칭찬하되,

"이 아이 진실로 귀남자이라. 봉(鳳)의 머리요 용(龍)의 얼굴이라 반드시 재상을 하리로다."

하고, 상공더러

"내 이곳에 옴은 다름 아니오라, 여식(女息) 하나 두었으되 나이가 이팔이요 재덕(才德)이 남에게 내리지 아니하되, 혼인은 천정(天定)이 아니면 이루지 못할 뿐 아니라, 두루 구하여 귀댁 공자(公子)만한 자가 없사오니, 허락하실까 하나이다."

상공이 안 마음에

'이 사람의 거동이 비범하고 신기할 일이 많으니, 만일 자식으로 이 사람의 사위를 삼으면 필연 좋은 일이 있으리라.'하고 허락하기를,

"나는 속세의 더러운 사람인데, 선관의 높은 덕으로 이렇듯 하옵시니, 도리어 감당치 못할까 하나이다." 처사가 웃으며,

"한미(寒微)한 사람의 말을 듣고 이렇듯 관후(寬厚)하시니, 그 덕을 어찌 치사치 아니리까." 하고, 즉시 손금을 짚어

"아무 날이 가장 좋으니 그날로 행례(行禮)하시되, 신행(新行)하는 날에 상공이 상객(上客)이 되고, 절차를 찬란케 말고 부디 단출케 하여 금강산으로 찾아오옵소서."

즉시 하직(下直)하고 떠나니라.

상공이 처사를 이별하고 집안 사람과 친척을 모아 정혼(定婚)한 말을 의논하니, 모두 말하기를,

"혼인은 인륜대사(人倫大事)라. 경솔히 할 바가 아니요, 또한 하물며 장안 성중(城中)에 귀한 대신(大臣) 댁이 허다하며 어진 처자(處子)가 많거늘, 구태여 알지 못하는 산중(山中) 사람에게 허락하시며, 또한 문벌(文閥)도 모르

옵고 이렇듯이 경솔한 일이 있사오리까?"

혹, "퇴혼(退婚)하시오." 하고, 혹

"상공의 의향(意向)대로 하소."

하며 시비(是非)가 분분하거늘, 상공이 웃으며

"사람의 혼인은 인력으로 못할 바요, 또한 그 사람을 보니 범인과 달라 우연한 일이 아니매, 이것이 다 천정이라. 내 또한 허락하였으니 어찌 고치겠소. 이제는 내 의향대로 할 것이니 다른 의논 하지 마시오."하더라.

일변 신행 절차(節次)를 차리더니, 상공이

"처사의 집은 본 사람이 없고, 또한 금강산이 길이 머니 미리 가야겠다."

하고, 행장(行裝)을 단속하며 하인을 단촐케 하여 시백을 데리고 길을 떠나니라.

여러 날 만에 금강산에 다다르니, 아무데도 갈 줄을 모르더라. 첩첩한 산중에 희미한 길을 찾아 점점 들어가니, 길이 끊어지고 또한 석양이 재를 넘으매 어찌 할 길이 없어 여각(旅閣)에 나와 자니라.

이튿날 다른 길을 찾아 점점 들어가니, 천봉만학(千峯萬壑) 높은 곳에 백운이 유유(悠悠)하고, 층암절벽(層岩絕壁) 험한 길에 계수(溪水)는 잔잔하여 경개절승한지라. 구경하며 차차 들어가 반일(半日)이 지나되 사람 하나 보지 못하여 정히 민망하던 차, 초군(樵軍) 수삼인이 마주 나오거늘, 반겨 묻기를

"박처사댁을 아는가?"대답하되,

"우리는 박처사 마을의 사람이옵거니와, 어떠한 행차(行次)관대 이 깊은 곳에 와 박처사를 묻나이까?"

상공이 반겨하며,

"나의 심사(心思)를 묻지 말고, 박처사댁만 가르치라."초군이 웃으며,

"우리는 박처사를 모르옵고, 박처사 살던 골이 있으되 옛 노인(老人)이 차차 전하기로 말만 들었을 뿐이외다."

상공이 이 말을 들으매 어이없이 생각되어,

'박처사는 일정 허망한 사람이 아닌즉, 산중에 분명히 있으련마는….'

산은 높고 골은 깊은데, 이리저리 배회할 제 서산에 해가 지고, 잘새는 날 아들며 원숭이 슬피 울고 두견(杜鵑)은 불여귀(不如歸)를 읊으니, 객회(客懷)에 슬픈 간장 처량한지라. 마지 못하여 도로 객점(客店)에 나와 자고, 이튿날 도로 찾아간들 속객(俗客)이 어찌 선경(仙境)를 알아 찾으리오.

이리하기를 사오 일 하매, 시백이 부친께 여쭈되

"아버님이 당초에 허망(虛妄)한 사람의 말을 듣고 이렇듯 낭패하오니, 누굴 원망하오리까. 다만 남이 부끄럽고 우세함을 염려하나이다."

상공이 그 말을 옳게 여기되, 일변 생각하니 박처사는 분명 사람속일 사람이 아니라. 시백더러,

"내일은 당초 언약(言約)한 날이라. 내일을 보아 진퇴(進退)를 정하리라."

하더라.

이튿날 다시 행장을 차려 산골짜기 깊은 길로 점점 들어가니, 한 사람이 청려장을 짚고 갈건야복으로 풀을 헤치며 나오거늘, 반겨 바삐 보니 과연 박처사라. 급히 맑게 예하고 여러 날 찾음을 말하니, 처사 웃으며,

"신자라, 상공이 여러 날 근고(勤苦)하시도다."

하고 길을 인도하여 찾아 들어가니, 금강산 제일봉의 층암절벽은 좌우에 병풍되고, 청송녹죽(靑松綠竹)은 울밀한데, 기화요초(琪花瑤草)는 향기 가득하고 난봉(鸞鳳)·공작(孔雀)이 넘노는데, 그 가운데 초옥(草屋) 수간이 있으되, 문 앞에 양류(楊柳) 있고, 그 밑에 연못 파 연화가 만발하고, 백구(白鷗)는 점점(點點) 범범하여 속객을 보고 놀라는 듯. 문 앞에 이르니, 처사가 상공더러,

"내 집이 본디 누추(陋醜)하고 협착(狹窄)하여 주접(住接)할 곳이 없사오니, 이곳에서 머무옵소서."

하고, 문 앞 반석(磐石) 위에 앉히며,

"날이 이미 저물었으니, 어서 행례(行禮)하사이다."

신랑을 재촉하여 대례차(大禮次)로 세우고 들어가더니, 이윽고 처사 신부를 단장하여 내시어 대례를 지낸 후에, 신랑을 큰 방으로 인도하고 신부는 협방(夾房)으로 들어가며, 상객(上客)과 하인 등은 그 반석 위에 앉았더라.

이윽하여 처사가 한 손에 술병 들고, 또 한 손에 작은 소반에 두어 가지 채소를 놓고 나오며, 웃어 가로되

"산중에 별미(別味) 없사와 대접이 이러하오니 허물치 마옵소서."

하니, 상공은 공순히 대답하며 좋게 여기나, 하인들은 비소(鼻笑)하더라.

처사가 친히 술을 부어 상공께 한 잔을 권하고, 하인들도 각각 한 잔씩 권하더라. 그 술이 심히 취하여 더 먹지 못하고 상객과 하인이 다 취하여 잠깐 졸더니, 술이 깨어 일어나 보니, 이미 밤이 다하고 동령(東嶺)에 해가 오르니, 일행이 다 꿈 깬 듯 서로 보며 이상히 여기더라. 이윽고 조반을 재촉하여 들이니, 대소반에 두어 가지 채소가 정결할 뿐이더라. 처사가,

"어제 송화주 한 잔에 그다지 과히 취하셨으니, 오늘은 행역(行役)에 상할까 하여 다시 권치 못하나이다."

하고, 조반을 파한 후에

"이렇듯 먼 길에 후일 기약하기 도리어 폐단(弊端)이라. 오늘 상공이 아주 데리고 가옵소서."하고, 신랑은 보행으로 행하고 신부는 신랑이 탔던 말을 태워 치행(治行)하더라. 처사는 문전 십여 보에 나와 상공을 이별하고 후일 다시 봄을 기약하더라.

상공이 신부를 데리고 길을 떠나, 날이 저물매 여관에 들어가, 신랑과 신부를 데리고 한 방에 들어가니, 신부 무릎깨를 벗고 앉을새, 그 용모를 보니 형용이 흉칙하여 보기가 염려로운지라. 얽기는 고석(古石) 같고 붉은 중에, 입과 코가 한 데 닿고, 눈은 달팽이 구멍 같고 치불거지고, 입은 크기가 두 주먹을 넣어도 오히려 넉넉하며, 이마는 메뚜기 이마 같고, 머리털은 짧고

심히 부하니, 그 형용을 차마 보지 못하겠더라. 상공과 신랑이 한 번 보매, 다시 볼 수 없어 간담이 떨어지는 듯하고 정신이 없어 두 눈이 어두운지라.

상공이 겨우 정신을 차려, 다시금 생각하되,

'사람이 이같이 추비하니 응당 규중에서 늙힐지언정 남의 집에 출가치는 아니할 터이로되, 구태여 나를 보고 허혼하였으니, 이 사람이 필연 아는 일이 있을 터이요, 또한 인물은 이러하나 이 또한 인생이라. 만일 내가 박대하면 더욱 천지간 버린 사람이 될 것이니, 아무커나 내가 중히 여겨야 복이 되리라.'

하고, 시백더러

"오늘날 신부를 보니 내 집이 복이 많고, 네 몸에 무궁한 경사(慶事)가 있을 것이니, 어찌 기쁘지 아니하랴."

하고, 행로에 참참이 신부의 마음을 편케 하며 음식도 각검하더라.

여러 날 만에 집에 들어올 새, 일가 친척이며 장안 대신댁 부인들이 신부 구경하러 많이 모였는지라. 그러구러 신부 들어와 무릎깨를 벗고 중당에 앉으니, 그 형용이 어떻다 하리오. 한 번 보매 침 뱉으며 비소하고 수군수군하다가 일시에 물결같이 헤어지나, 상공은 희색이 만면하여 외당(外堂)에 앉아 손님을 대하여 신부의 덕행(德行)을 자랑하더라.

상공의 부인이 상공더러,

"대감께서 한낱 자식을 두어, 허다한 장안규수(長安閨秀)를 다 버리고 허망한 산중 사람의 말을 들어 자식의 일생을 그르치니, 남도 부끄럽고 집안도 낭패할지라. 다시 생각하시어 도로 보내고, 다른 가문에 구혼하여 어진 며느리를 얻으면 어떠하오리까?"

상공이 대로(大怒)하여 부인을 나무라며,

"사람이 아무리 절색(絶色)이라도 행실(行實)이 없으면 사람이 공경하지 아니하나니, 이러므로 전하는 말이 '양귀비 절색이로되 나라를 망쳤다'하니, 오늘날 신부는 내집의 복이라. 어찌 색만 취하고 덕을 모르시오. 또 우리 부부 만일 불안히 여기면, 자식과 집안을 어떻게 조섭(調攝)하겠소. 이제는 내 집이 빛날 때를 당하였으니, 어찌 기쁘지 아니하오. 이런 말을 다시 내지 말고, 부디 십분 잘 섬기소서."

부인이 어찌 사랑하며, 또한 범인이라 그 어찌 소견(所見)이 넉넉하리오. 이러므로 부인이 미워하고, 시백이 또한 내방(內房)에 거처를 전폐하니, 비복(婢僕)들도 박씨(朴氏)를 또한 박대하더라. 박씨는 독부가 되어 슬픔을 머금고, 매일 밥만 먹고 잠만 자며 매사를 전폐하니, 일가가 더욱 미워하며 꾸지람이 집안에 가득하되, 다만 상공을 꺼려 면박(面駁)을 못하는지라. 상공이 이 기미를 알고, 노복(奴僕)을 꾸짖어 각별 조섭하며 극히 엄하더라.

또한 시백을 불러 꾸짖기를,

"대범한 사람이 덕을 모르고 색만 취하면 신상에 복이 없고 집안이 망하니, 네 이제 아내를 얼굴이 곱지 않다 하여 구박하니, 범절(凡節)이 이러하고 어찌 수신제가(修身齊家)하리오. 옛날 제갈양의 처 황씨(黃氏)는 인물이 비록 추비(鄙)하나 덕행이 어질고 천지조화(天地造化) 무궁한지라. 이러므로 공명이 화락(和樂)하여 어려운 일을 의논하여 만고에 어진 이름을 유전(遺傳)하였으니, 네 처는 신선(神仙)의 딸이요 덕행이 있으며, 또한 '또한 조강지처는 불하당'이라 하였으니, 무죄하고 덕있는 사람을 어찌 박대하리오. '비록 금수(禽獸)라도 부모 사랑하시면 자식이 또한 사랑한다'하니, 하물며 사람이야 일러 무엇하리오. 네 만일 일양(一樣) 박대하면 이는 나를 박대함이라."

하니, 시백이 뜰에 내려 사죄하기를,

"불효하는 자식이 부모의 명을 거역하였사오니 죄사무석(罪死無惜)이로소이다."하고 물러나오더라.

그날 밤부터 내방에 들어 거처하려 들어가면, 박씨의 얼굴을 보매 문득 추비한 마음에 과연 동침(同寢)할 뜻이 없어, 한편 구석에 등 돌아 앉았다가 나와 다른 방에서 자고, 계명(鷄鳴) 후면 부친 계신 데 문안하니, 상공은 연고를 모르고 내방에 거처하는 양으로 알아 기뻐하더라.

그러구러 시백의 모부인(母夫人)이 며느리 멀미를 내어, 시비(侍婢)를 불러,

"밥을 적게 주라."

하고 미워하니, 박씨가 아무리 덕이 있은들 어찌하리오. 견디지 못하여 시비 계화(桂花)로 하여금,

"할 말씀 있사오니 상공께 여쭈어라."

하니, 계화가 상공께 아뢰자, 상공이 즉시 계화를 따라 며느리 있는 방에 들어가더라.

박씨가 추연히 한숨 쉬고 단정히 여쭈되,

"미부(微婦) 얼굴이 추비하고 덕행이 없어 군자(君子)에게 뜻을 얻지 못하오니, 후원(後苑)에 협실을 창건하여 주옵시어, 일신을 감추어 거처케 하옵소서."

상공이 그 형상을 보고 불쌍히 여겨 개연탄식(慨然歎息)하며,

"자식이 불초(不肖)하여 아비 말을 듣지 아니하니, 이는 다 나의 훈계치 못함이라. 다시 녀석을 경계할 것이니 안심하여 이후를 보거라."

하니, 박씨가 그 말씀에 감격하여 다시 여쭈되

"아버님 분부 지극하옵거니와, 이는 저의 불민(不敏)함이라 어찌 군자를 원망하오리까. 황공하오되 미부의 말씀대로 후원에 협실을 지어 주옵소서."

상공이 마지 못하여,

"내 종차(從次) 생각하여 하리라."

하고 나와, 시백을 불러 크게 꾸짖기를,

"네 일양 아비 말 듣지 아니하고 덕 있는 사람을 거절하고 미색만 원하니, 이러하고 내두(來頭)를 어찌 하리오. 또한 '나라가 어지러우면 어진 신하(臣下)를 생각하고, 집안이 요란하면 어진 처를 생각한다'하니, 네 일정 복을 물리치고 화를 구하는도다. 만일 그리하다가는 네 처가 독수공방(獨守空房)에 독한 마음을 두어 슬픔을 품고 죽으면, 집안이 망하고 또한 조정시비(朝廷是

非) 있을 뿐 아니라 벼슬을 파직(罷職)당할 것이니, 너는 어떠한 놈으로 미색만 생각하고 덕을 배반하느냐?"

시백이 복지대죄(伏地待罪)하고, 물러와 생각하되

'일후는 다시 그리 아니하리라.'

하고 아내 있는 방문에 들어가면, 자연 마음이 싫고 눈이 감겨, 아무리 하여도 동침하고 화락하기 어려운지라.

상공이 이 기미를 알고 홀로 자탄(自歎)하기를,

"인제는 내 집이 망할 것이로다."

하고, 후원에 협실 수삼 간을 정쇄(精灑)히 지어, 시비 계화를 안동하여 각기 살림을 배설하여 주니, 그 경상이 참혹하더라.

각설,

이때 나라에서 상공을 우의정으로 패초하시니, 밤을 지내면 조회입시(朝會入侍)할지라. 상공이 전지를 받들고 부인더러,

"내일 조회에 조복(朝服)을 입고 입시하겠소"

하니 부인이

"바느질 잘하는 사람을 많이 얻어 하리다."

하고, 장안 일등 침재(針才)를 많이 청하여 지으려 할 차에, 박씨가 이 말을 듣고 계화로 하여금,

"조복감을 가져오라."

한다. 계화 이 말씀을 상공과 부인께 전하니, 부인은 외면하고 상공은 기꺼하며,

"분명 이 사람이 특별한 재주 있으리라."

하고 조복감과 일등침재를 며느리에게 보내더라.

박씨 촛불을 밝히고 바늘을 잡아 조복을 지을새, 제일침재 선수들이 보니 기묘한 수품(手品)이라. 다른 사람은 가리어 침재를 삼지 못할러라.

하룻밤 사이에 조복을 짓되, 앞에는 봉황을 새기고 뒤에는 청학을 수놓았으되 침선함이 흠잡을 곳 없어 인간수품이 아니라. 보는 사람이 뉘 아니 칭찬하리오. 계화로 하여금 상공께 드리니, 상공이 보고

"이는 천상수품(天上手品)이요 인간수침(人間繡針)은 아니라."

하더라. 내외 상하와 일등침재들이 보매 평생에 보던 바 처음이라. 모두 조복을 보고,

"박씨를 보면 아무라도 이런 재주가 있음을 생각지 못할러라."

하며 말하되,

"헝겊 주머니에 의송 들고 초막집에 의장(衣欌) 들었다 하는 말이 이를 두고 이른 말이구나."

상공이 조복을 입고 숙배하니 상이 이윽히 보시다가,

"경의 조복은 누가 지었느뇨?"

상공이 복지 주왈,

"신의 며느리가 지었나이다."

상이 가라사대,

"그러하면 경은 어찌 며느리를 두고 일생을 고초를 시키며 독수공방케 하시오?"

우의정이 말씀을 들으매, 한출첨배하여 복지주왈,

"전하께옵서 어찌 그러함을 통촉하나이까?"

상왈,

"경의 조복을 보니 앞에 수놓은 봉황은 황이 봉을 여읨이요, 뒤에 수놓은 청학은 백설이 산하에 가득하여 주린 기색이니 이 어찌한 연고요?"

우상이 감히 숨기지 못하고 땅에 엎드려 아뢰기를

"신의 며느리가 얼굴이 추비하와 불초한 자식이 실락(室樂)을 잃어 공방을 면치 못하나이다."

상이 가라사대,

"부부간 실락이 없으면 공방독수 예사려니와 일생에 기한(飢寒)을 면치 못하기는 어찌한 연고요?"

우상이 황공하여,

"소신은 외당에 있어 내중 일은 과연 모르나이다."

하니 상왈,

"경의 며느리 얼굴은 보지 못하였으나 조복 지은 수품을 보니 인간 재주가 아니라. 그 수품을 보건대 그 사람의 여일(如一)함을 알지라. 부디 박대치 말고 후대하시오. 짐이 박씨를 위하여 매일 서 말 녹(祿)을 제수하나니 부디 후대하여 각별 조심하시오."

승상이 돈수수명하고 집에 나와 부인과 시백을 불러 전교 사연과 서 말 제수하신 말씀을 숙사(熟思)하고 시백을 꾸짖기를,

"내 전일부터 덕 있는 사람 박대치 말라 하였더니, 오늘날 전교하시니 너는 어떠한 놈으로 이같이 불초하냐?"

하니 송구하여 엎드려 다음에 개과할 것을 아뢰니, 상공이 다시 조용히 훈계하시며 각별 조심함을 당부하더라.

이날부터 나라에서 사급(賜給)하신 쌀 서말을 삼 시에 한 말씩 지어주니, 박씨 조금도 사양치 아니하고 다 먹되 오히려 부족한 듯 하니 그 소량과 식량이 하해 같더라. 그 후로는 집안 사람이 감히 박대치 못하고, 승상은 더욱 경대(敬待)하더라.

박씨 계화를 통해 승상께 여쭈오되,

"아뢸 말씀이 있나이다."

하는지라. 상공이 급히 들어가니 박씨 여쭈되

"가산이 넉넉지 못하오니 성재(成才)할 도리를 하옴이 좋을 듯 하오이다."

하니 승상이 가로되,

"빈부도 또한 수(數)라. 어찌 인력으로 되겠느냐?"

박씨가,

"내일 종로에 제주 말이 많이 왔을 것이오니, 노복을 명하옵시어 계마(繫馬) 중 패려하고 비루먹은 망아지를 300냥을 주고 사오라 하옵소서."

우상이 이미 그 신기함을 아는지라. 어찌 듣지 아니하리오. 급히 외당에 나와 노복을 불러 300냥을 주며 이리이리 하라 하시니 비복들이 서로 말하되,

"대감께서 제주말이 온 줄을 어띠 알으시며, 또 그 중에 패려하고 비루먹은 망아지를 300냥을 주고 사오라 하시니 아무커나 가봐야겠다."

하고 300냥을 가지고 가보니, 과연 말이 많이 왔으되 그 중에 비루먹은 망아지가 있더라. 비복들이 망아지 값을 물으니 마주(馬主)가,

"갑이 닷 냥이오."

하거늘, 노복이,

"우리 대감께옵서 작은 망아지를 사오라 하시며 300냥을 주었노라."

하니 마주가 앙천대소하며,

"값이 닷 냥이 차지 못한 말을 300냥이란 말은 어쩐 연고요?"

하고 굳이 사양하거늘, 종로 사람들도 다 웃으며

"마주가 안 받는 돈을 어찌 위력으로 줄까?"

하는지라. 노복들이 도리어 무안하여 100냥만 주고 200냥은 감추어 대감 전에 아뢰니, 대감이 며느리에게 들어가 망아지 사온 말을 전하니, 박씨가,

"그 말 값이 300냥이온데 100냥만 주었사오니 남은 돈을 마저 찾아 마주를 주옵소서."

우상이 그 말을 들으매 어이없어 즉시 외당에 나와 노복을 엄문하니 과연 200냥은 아니 주었거늘, 노복을 꾸짖어 300냥을 충수(充數)하여 주고,

"망아지를 한 끼 쌀 서 되, 보리 서 되, 참깨 서 되씩 먹여 잘 기르라."

하더라.

시백이 부친의 말씀과 전교 있으매, 박대할 마음이 없어 내방에 들어간즉, 자연 얼굴이 보기 싫으면 외면하고 등돌아 앉았다가 나오니라.

이때 박씨가 계화(桂花)를 시켜 후원 협실 사방에다 나무를 심되, 동방에는 청토(靑土)요, 남방에는 적토(赤土)요, 서방에는 백토(白土)요, 북방에는 흑토(黑土)요, 중앙에는 황토(黃土)요, 나무 나무 북돋아 때때로 물을 주어 무슨 형용같이 기르더니, 그 나무 무성하였는지라.

일일은 승상이 계화더러 묻기를,

"이 사이는 너의 아씨 무슨 일을 하느냐?"

"나무를 심으시고, 소비(小婢)는 물주기에 골몰하나이다."

승상이 구경코자 계화를 따라 후원 협실에 들어가니, 과연 나무를 심어 무성하였는데, 그 나무가 사면에 뻗어 용과 범이 수미(首尾)를 응하였고, 가지와 잎은 뱀과 각색 짐승이 되어 서로 응하여 보기 엄숙하고 운무(雲霧) 자욱한 듯하여, 오래 서서 이윽히 보니 그 가운데 풍운조화(風雲造化)가 있어 변화무궁한지라. 또한 협방을 보니 문 위에 현판(懸板)을 붙였으되, 호왈(號曰) '피화당(避禍堂)'이라 하였거늘, 우상이 박씨를 보고

"저 나무는 무엇이며, 피화당이란 말은 어찌한 말이냐?"

박씨가,

"길흉화복(吉凶禍福)은 세상에 떳떳한 일이요, 이후 불행한 때를 만나면 저 나무로 화를 면하올 터이옵기로 당호(堂號)를 피화당이라 하였나이다."

우상이 그 말을 듣고 놀라고 의심내어 길흉을 물으니, 박씨가

"황송하오나 묻지 마옵소서. 그 때를 당하오면 자연 알으시리이다. 천기(天機)를 누설치 못하나이다."

우상이 그 신기함을 탄복하고, 애연(哀然) 탄식하며,

"슬프다, 너는 진실로 영웅호걸(英雄豪傑)이라. 남자로 되었던들 무슨 근심이 있으리오. 나는 남의 아비가 되어 한낱 자식을 불초케 두었다가, 너같은

사람을 박대하니 나의 나이 이미 육십이라. 곧 나 죽으면 너같이 어진 사람이 목숨을 보전치 못하렷다."

박씨 흔연(欣然)히 위로 왈,

"저의 위인이 부족하옵고 팔자 기험(崎險)하오니 어찌 군자를 원망하오리까. 군자가 어서 입신양명(立身揚名)하여 부모께 효도하고 나라에 충성하며, 어진 가문에 다시 취처(娶妻)하여 유자(有子)하여 만대에 유전하오면, 천첩(賤妾)같은 인생은 죽어도 한이 없겠나이다."

우상이 듣고 며느리의 어짊에 탄복하여 애연낙루하며, 나와서 시백을 불러 꾸짖기를

"너는 내 말을 일양 듣지 아니하고 덕 있는 사람을 구박하니, 장차 내 집이 망하리로다."

이때 종로에서 사온 망아지를 3년을 기르니, 한 호말마 되었는지라. 용의 몸에 범의 머리요, 걸음은 추천(秋天)의 구름같더라.

박씨가 상공께 여쭈되,

"모월 모일(某月某日) 되면 중국(中國)에서 칙사가 나올 것이니, 그 때 이 말을 새문 밖 영은문(迎恩門)에 매어두면, 칙사가 보고 당장에 사자하며 말값을 물을 것이니, 호가(呼價)를 3만 냥이라 하옵소서."

승상이 그 신기함을 아나, 말값이 너무 과함을 염려하니, 박씨가

"이 말은 보통 말이 아니오라 범용(凡庸)에 비하지 못하게 되었삽고, 조선 지방은 불과 수천리요 대국(大國)은 지방이 수만리오니, 중국에서밖에 쓸 곳 없사오니, 값은 다소하고 쓸 터이오니, 가문(價文)이 3만 금은 적으니이다."

우상이 탄복하고 기다리더라.

과연 그 때를 당하매 칙사 오는 패문(牌文)이 있거늘, 만조백관(滿朝百官)이 다 영은문에 대후(待候)하더라. 우상이 또한 노복을 명하여,

"말을 영은문에 매어두라."

하나라. 과연 칙사가 영은문에 당도하여, 그 말을 보고 놀라 말임자를 찾거늘, 우상의 노복이 땅에 엎드리니, 칙사가

"말을 팔려느냐?"

하니, 노복이

"팔려 하오나 임자 없어 팔지 못하였나이다."

칙사가 또 묻기를,

"팔려 하면 값이 얼마나 하느뇨?"

노복이

"3만 냥이로소이다."

칙사가

"말을 본즉 3만 냥이 오히려 적은지라."

장안에 들어와 3만 냥을 주니, 우상이 며느리를 칭사(稱辭)하고 신기함에 탄복하더라.

이때에 국운(國運)이 태평하여 인재(人材)를 보려 하시고 과거(科擧)를 뵈이시더라.

이때 박씨 한 꿈을 얻으니, 연못 가운데로부터 청룡(靑龍)을 물고 박씨 있는 방으로 들어와 뵈거늘, 박씨가 꿈을 깨어 괴이히 여겨 연못가에 가보니, 전에 못 보던 연적이 놓였는지라. 가져다 계화를 시켜 서방님께 잠깐 들어오심을 청하니, 시백이 계화를 꾸짖으며,

"장부의 과거 길에 요망한 계집이 무슨 일로 청하느냐?"

호령이 추상(秋霜) 같거늘, 계화가 이대로 여쭈니, 박씨가 탄식하고 연적을 내어

"장중(場中)에 쓰시라고 해라."

하는지라. 시백이 받아 가지고 장중에 들어가 글제를 보고, 연적을 기울여 먹을 갈아 일필휘지(一筆揮之)하여 선장하였더니, 이윽고 전두관(銓頭官)이

호명(呼名)하기를

"금반 장원급제(壯元及第)는 이시백이라."

부르는 소리가 장안에 진동하는지라. 시백이 들어가 탑전에 숙배하니, 상이 칭찬하시고 어주(御酒)를 주시더라.

시백이 어사화(御史花)를 꽂고 청홍개(靑紅蓋)를 앞세우고, 화동(花童)을 쌍쌍이 세우고, 갖은 풍류(風流)로 장안 대로에 언연(偃然)히 나오니, 이때는 삼춘 호시절(三春好時節)이라. 만화방창(萬化方暢)하여 경개절승(景槪絕勝)한데, 소년급제(少年及第) 얼굴이 옥 같아서 천상선관(天上仙官) 같은지라 뉘 아니 칭찬하며, 장안 인민이 다투어 구경하며 치하가 분분하더라.

슬프다, 박씨는 피화당 깊은 곳에 홀로 앉아 수심으로 지내는지라. 시비 계화가 그 거동을 슬퍼하며 위로하니, 박씨가

"사람의 팔자는 길흉화복이 다 천정(天定)이라. 이러므로 탕(湯)임금이 하걸(夏傑)에게 갇힘을 당하고, 문왕(文王)도 유리옥에 갇혔으며, 공자(孔子)같은 성인도 진채에서 욕을 보셨으니, 하물며 나같은 사람이 무슨 한이 있겠느냐."

계화가 그 말을 듣고 내심에 혹 좋은 일이 있을까 저으기 바라더라.

일일은 박씨가 상공께 여쭈되,

"미부 출가(出家)하온 지 3년이나 친가(親家) 소식을 듣지 못하였사오니, 잠깐 다녀옴을 청하나이다."

상공이,

"네 말이 당연(當然)하나, 금강산 길이 머니 여자 행색(行色)이 첩첩 험로(險路)에 극히 어렵겠다."

박씨가,

"행장 차릴 것도 없삽고, 이틀 말미만 주옵시면 다녀오리이다."

승상이 고이히 여기나, 그 신기한 일을 사람이 본받기 어려운지라 허락하며, 부디 수이 다녀옴을 당부하더라. 박씨 이튿날 계명 후 승상 전에 하직(下

直)하고, 문 밖에 나서 두어 걸음에 간 곳을 모를러라.

과연 이튿날 박씨가 은연히 들어와 다녀온 말씀을 고하니, 우상이 가중평부(家中平否)와 처사의 하는 일을 묻더라. 박씨가,

"집안은 무사하옵고, 친정 아버님은 아무날에 오마 하더이다."

우상이 기뻐하여 주찬(酒饌)을 많이 장만하고 기다리더라.

그날이 당하매, 우상이 의관(衣冠)을 정제하고 외당을 소쇄하여 기다리더니, 홀연 옥저소리 차차 가까와오며 채운(彩雲)이 영롱하더니, 처사가 백학(白鶴)을 타고 공중으로부터 내려와 당에 오르는지라. 우상이 반기어 맞아 예하며, 여러 해 그러던 회포를 말씀하다가, 우상이

"내 팔자 무상(無常)하와 한낱 자식을 두었더니 덕있는 며느리에게 일생 슬픔을 끼치니, 이는 다 나의 불민한 탓이라. 사장(査丈)을 대하여 죄 많사와 부끄럼을 어찌 형언하오리까."

처사가,

"자식의 인물이 추비하고 또한 팔자라. 이렇듯 험한 인생이 사장의 덕택으로 이때껏 기탁하였사오니 은혜 감격하옵니다. 내 도리어 부끄러움을 이기지 못하나이다."

주찬을 내어 서로 권하며, 바둑과 옥저를 대하여 즐기더라.

일일은 처사가 그 딸을 불러,

"네 이제는 액운(厄運)이 진(盡)하였으니 허물을 고치라."

하니, 박씨가 대답하고 피화당으로 들어가니, 시아버지도 그 말을 알지 못하고 고이히 여기더라.

처사 닷새를 유(留)한 후에 하직을 고하니, 승상이 간곡히 만류하되, 처사가 듣지 아니하는지라. 우상이

"이제 가시면 어느 때 다시 뵈오리까?"

"운산(雲山)이 첩첩하고 약수(弱水)가 묘연하니 다시 보기 어렵도다. 인간

회환(人間回還)이 정한 수(數)가 있느니 어찌합니까? 부디 백세무양(百歲無恙)하시옵소서."

하니, 우상이 애연함을 이기지 못하여 이별하는 정이 자못 결연(缺然)하되, 며느리는 그 부친을 하직하며 조금도 서러워함이 없더라. 이윽고 공중에서 구름이 영롱하며, 처사가 당에서 내려 솟아 공중으로 향하더니, 다만 옥저소리만 들리고 간 곳을 알지 못하겠더라.

이날 밤에 박씨가 목욕하고 뜰에 내려서 하늘을 향하여 축수(祝手)하고 방에 들어가 자더라. 이튿날 평명(平明)에 일어나 계화를 불러,

"내 간밤에 허물을 벗었으니, 대감께 여쭈어 옥함(玉函)을 짜 주옵소서 하라."

할 제, 계화가 보니 추비한 아씨가 허물을 벗고 옥 같은 얼굴이며 달 같은 태도 사람을 놀래며 향기가 방안에 가득한지라. 계화가 도리어 정신을 진정하여, 보고 또다시 보니 그 아름답고 고운 태도는 옛날 서시(西施)와 양귀비(楊貴妃)라도 미치지 못하겠더라.

계화가 한 걸음에 나와 우상께 뵈옵고 희색이 만면하여 숨이 가빠하거늘, 상공이 고이하여

"네 무슨 일이 있어 저다지 좋아하며, 말을 못하느냐?"

계화가 입을 열어 승상께 아뢰되,

이내 심정 즐겁도다 반갑도다.
아름다운 저 봄빛과 어여쁜 저 명월(明月)이 난만(爛漫)하고,
고진감래(苦盡甘來) 거룩하다.
낙양춘몽(洛陽春夢) 백화(百花) 중에 이 봄빛 저 달이라.
분분요요(紛紛擾擾) 저 봉접(蜂蝶)아
청산녹수 맑은 곳에 이 봄빛 돌아보소.

상공이 들으매 정신이 쇄락하고 마음이 감동되어, 급히 계화를 따라 피화당에 들어가니 전에 없던 향내가 진동하고, 어떠한 미색(美色)이 일어나 흔연(欣然)히 말하기를

"미부 간밤에 허물을 벗었사오니, 옥함을 짜 주시면 허물을 싸서 좋은 땅에 묻으려 하나이다."

승상이 놀라 자세히 보니 과연 절대가인(絶代佳人)이라. 용모가 화려하고 아리따운 태도는 정정요요하여 월궁(月宮)의 항아 같은지라. 상공이 도리어 정신이 혼미(昏迷)하여 아무 말도 못하고 나와, 옥함을 짜 들여보내며, 안으로 들어가 부인과 시백더러 이 말을 전하더라.

부인이며 일가가 분주히 다투어 피화당으로 들어가 보니, 옥빈홍안(玉鬢紅顔)이며 화용월태(花容月態)는 아무리 보아도 인간 인물은 아니라. 뉘 아니 진기(珍奇)히 여기지 아니 하리오.

이때 시백은 이 말을 듣고 정신없는 사람같이 되어 피화당에 들어가, 전일 박대하던 일을 생각하여 감히 방문에 들지 못하고 주저하더니, 계화가 문득 나와 시백을 대하여 청가일곡으로 걸음을 인도하며 노래하였으되,

아름다은 저 명월(明月)이 흑운(黑雲) 속에 숨었으니,
밝은 날이 그믐 되고,
시중천자(時中天子) 이태백은 시중흥미(時中興味) 전혀 없네.
적벽강(赤壁江) 소자첨은 선유(船遊) 놀음 할 길이 전혀 없다.
천공(天空)은 유유(悠悠)하고 옥태(玉態)가 단정(端正)하여
지나간 밤 삼경야(三更夜)에 뜬 구름 벗어나니,
천지는 명랑하고 정신도 쇄락하다.
좋을시고 좋을시고 월하흥미(月下興味) 좋을시고
명월이 놀기 좋은 양류(楊柳)로다.

서방님은 백옥루(白玉樓) 저 좋은 곳에 저 월색(月色) 구경하소.

시백이 그 노래를 들으매 마음이 상쾌하고 정신이 헌칠하여, 급히 들어가
방안에 들지 못하고 문 밖에서 엿보니 박씨가 과연 경국지색(傾國之色)이라.
방안이 명랑하고 향내 진동하여 들어가고자 할 때, 박씨가 또한 위엄(威嚴)
씩씩하고 외모를 단정히 하여 눈을 들지 아니하매, 감히 들어가지 못하더라.
　외당에 나와 아버님을 뵈니,
"네 처를 보았느냐?"
시백이 황괴(惶愧)하여 감히 말하지 못하고 묵묵히 앉았다가 나와, 심신이
산란하여 해 지기를 기다리더라.
　그러구러 날이 저물매, 밥 먹을 줄 잊고 피화당에 들어가니, 박씨가 촛불을
밝히고 얼굴이 단정하여 위엄을 돋우고 언연히 앉았더라. 시백이 방문을 열
고 들어가려 하되, 걸음이 자연 뒤로 걸려 들어가지 못하고, 정신을 진정치
못하여 다시금 생각하니 미칠 듯한 욕정을 걷잡지 못하여, 문 밖으로 배회하
며 생각하되
'아니 들어가진 못하리라'
하고 들어가려 하면, 자연 얼굴이 붉어지며 말이 꼬질꼬질, 가슴이 답답,
숨을 쉬지 못하고 겨우 한 발만 들여놓고 생각하다 얼풋 들어 앉더라. 박씨는
짐짓 그 눈치를 알고 속마음에 우습되, 외면 더욱 낯빛을 씩씩히 하고 몸을
요동(搖動)치 아니하고 앉았더라. 이때 시백이 방 안에 죽기를 무릅쓰고 앉았
으나 입이 무거워 말을 할 수 없어, 다만 두 눈이 박씨 얼굴을 뚫을 듯하되,
박씨는 단정히 앉아 호발(毫髮)을 부동하더라. 시백이 오래 앉아 맥맥히 보고
묵묵히 앉았으니, 가슴 두근거리는 것은 조금 덜하나 부끄러운 마음이 간절
하여, 아무리 생각하여도 손잡고 말하고 동침하기는 하늘에 오르기보다 어렵

겠더라. 그러구러 계명 후 시백이 마지 못하여 일어나, 외당에 나와 우상께 문안하니, 연고 모르고 의색이 만면하더라.

이튿날이 새매 시백이 피화당 근처를 배회하며, 방에는 감히 들지 못하고 혼자 생각하되

'어서 해가 지면, 오늘밤에는 들어가 전일 박대하고 잘못한 말을 먼저 말하리라.'

하고 기다리더라. 황혼을 당하매, 시백이 의관을 정제하고 피화당에 가 방문을 열고 들어앉으니, 마음 죄이는 중은 어제보다 조금 나으나, 생각하던 말은 입을 열어 할 도리가 없는지라. 박씨는 더욱 단정히 앉아 위엄이 씩씩하니, 이른바 '지척(咫尺)이 천리'라. 설마 장부되어 처자에게 박대함이 있다 한들 그다지 말 못할 바가 아니로되, 3, 4년 부부간 지낸 일이 참혹할 뿐, 박씨 또한 천지조화를 가졌으니 짐짓 시백으로 말을 붙이지 못하게 위엄을 베푸는 것이라.

이러하기를 여러 날 거듭하매, 시백이 철석간장(鐵石肝腸)으로 어찌 견디리오. 자연 병이 되어 식음(食飮)을 전폐하고 형용이 초췌(憔悴)하니, 어화 이 병은 편작인들 어이하리오. 우상이 전념(專念)하여 조심하시고 일가 황황(遑遑)한들, 시백이 말을 감히 못하고 박씨 혼자 아는지라.

일일은 박씨 황혼을 당하매, 계화로 하여금 시백을 청하는지라. 시백이 박씨 청함을 듣고 전지도지(顚之倒之)하여 피화당에 들어가니, 박씨가 안색을 단정히 하고 말씀을 나직히 하여,

"사람이 세상에 처하여, 어려서는 글공부에 잠심(潛心)하여 부모께 영화(榮華)와 효성(孝誠)으로 섬기며, 처를 얻으면 사람을 현숙히 거느려 만대유전함이 사람의 당당한 일이온데, 군자는 다만 미색만 생각하여 나를 추비하다 하여 인류(人類)로 치지 아니하니, 이러하고 오륜(五倫)에 들며 부모를 효양(孝養)하겠소. 이제는 군자로 하여금 여러 날 근고하게 할 뿐 아니라,

군자의 마음이 염려되어 예전의 노여움을 버리고 당신을 청하여 말씀을 고하나니, 일후는 수신제가(修身齊家)하는 절차를 전과 같이 마옵소서."

하고 말씀이 공순하니, 시백이 이때를 당하여 마음이 어떻다 하리오. 공순이 답하되,

"소생(小生)이 무지하여 그대에게 슬픔을 끼치니, 이제는 후회막급(後悔莫及)타. 부인이 이렇듯 노여움을 푸시니 무슨 한이 있으리오."

하니, 부인이 일어나 금침(衾枕)을 내리며

"이 금침은 신행 후 처음 펴와요."

하고, 이 밤에 동침하니 그 정이 비할 데 없더라.

이때에 박씨가 변하였다는 소문이 장안에 낭자한지라. 장안 대신댁 부인들이 박씨를 구경코자 각댁을 회문(回文)하되, 이때는 춘삼월 호시절이라. 화류(花柳) 구경차로 각각 주찬(酒饌)을 가지고 아무 날 낙산 숲 이원(梨園) 청루상(靑樓上)으로 모이자 하였더라.

장안 각댁이 주찬을 성대하게 갖추어 그날을 당하매 박씨 또한 술과 안주를 장만하여 비자(婢子)를 재촉해서 화교를 타고 청루에 다다르니, 각댁 재상의 부인이 다 모였더라. 박씨 화교에서 내려 계화를 앞세우고 청루에 올라, 모든 부인과 예필(禮畢) 후 각각 좌정하여 동서로 앉았으니, 각댁 공후부인(公侯夫人)의 고운 얼굴과 선명한 의복 단장이 일대 선녀가 요지(瑤池)에 오른 듯 광채 찬란한지라. 그 중에 박씨 옥같은 얼굴과 달같은 태도로 위의(威儀) 거룩하고 풍채(風采) 정정하니, 아무리 인간 인물인들 선범(仙凡)이 같을소냐. 좌중이 한 번 보매 도리어 경신흠앙(敬信欽仰)하여 감히 언어를 통치 못하겠더라.

이윽하여 배반(杯盤)이 낭자하더니, 술이 박씨에게 미치매, 박씨 잔을 잡아 짐짓 치마에 기울이니 치마가 젖는지라. 즉시 시비를 명하여 치마를 벗어주며, "불에 사르라."

하니, 시비가 곧 불에 넣으니 다 타고 재만 남았는지라. 박씨가 시비를 명하여,

"재를 털고 치마를 가져오라."

하여 입으니, 그 치마 빛이 전보다 황홀하여 더 고운지라. 좌중 부인들이 이 일을 보고 놀라며 기이히 여겨 그 연고를 물으니,

"이 비단 이름은 화한포라. 혹 투색(妬色)하면 물로는 씻지 못하고 불로 씻으며, 이 비단은 불쥐 터럭으로 짠 비단이니 불쥐는 인간에는 없고 선경(仙境)에만 있나이다."

부인들이 또 묻기를,

"입으신 저고리는 무슨 비단이니이까?"

박씨가

"이 비단이름은 빙잠단이라. 우리 부친이 용궁(龍宮)에 들어가 얻어온 것이니, 물에 넣어도 젖지 않고 불에 넣어도 타지 아니하니, 이는 인간 재주가 아니라 용녀(龍女)의 수품입니다."

하니, 모든 부인들이 서로 보고 칭찬하며 신기히 여기더라.

또한 술을 박씨께 권하니, 그녀가 받기를 사양한데, 모든 부인이 일양 권하거늘 박씨 받아가지고 금봉채를 빼어들고 술잔 가운데를 그으니, 술이 절반씩 갈라지는지라. 박씨가 한 편만 마시고 놓으니, 모두 보니 한편은 칼로 베인 듯이 있거늘, 모든 부인이 그 신기함을 흠앙경복(欽仰敬服)하여 종일 즐기더라.

한 걸음 채쳐 석양이 백말 궁글치고, 잘새는 숲을 향하고, 동령(東嶺)에 달이 돋는지라. 모든 부인이 놀음을 파(罷)하고 각각 돌아가니라.

각설.

이때 시백이 벼슬을 살고 집에 나와 박씨와 고금사(古今事)를 의논하며 세월을 보내더니, 마침 시백이 한림(翰林)으로 승천하여 평안감사(平安監司)

를 제수받았는지라. 탑전에 숙배하고 나와 행장을 차릴새, 장인(匠人)을 불러 화교(花轎)를 만들거늘, 박씨 고하기를

"화교를 만들어 무엇을 하오리까?"

시백이,

"국은(國恩)이 망극하여 평안감사를 제수하시니, 당신과 함께 가려 하노라."

박씨가,

"첩(妾)은 듣자오니, 대장부(大丈夫)가 입신양명하여 부모께 영화를 뵈고, 나라를 충성으로 섬기며, 또한 옛말에 '임금 섬기는 날은 많고 부모 섬기는 날은 적다.'하니, 제가 함께 가면 부모는 뉘가 섬기리이까. 저는 이곳에 있어 부모를 뫼셔 봉양하오리니, 감사는 부디 평안히 도임하여, 정사(政事)를 잘하여 위국보충(爲國報忠)하소서."

하니, 감사 이 말을 듣고 감격하여 사례하기를,

"부인의 말씀이 어찌 그르겠소. 도리어 부끄럽소. 부디 당신은 집에 평안히 있어 부모를 효양하여, 이 몸의 불효를 면케 해 주시오."

하고 즉일로 발행(發行)하니라.

평양(平壤)에 도임하여, 백성의 질고(疾苦)와 수령의 선불치(善不治)를 염탐하여 다스리니, 일년지간에 평양 일도(一道) 중에 선치하는 소문이 낭자한지라. 상(上)이 들으시고 기특히 여기사 병조판서(兵曹判書)로 부르시니, 시백이 조서(詔書)를 보고 바로 경성(京城)에 들어와 숙배하고, 즉시 병조의 공사(公事)를 결단하더라.

갑자년(甲子年) 8월에 시백이 어명(御名)을 받자와 남경에 사신(使臣)갈제, 임경업(林慶業)을 데리고 남경에 들어갔더니, 마침 북방 호국(胡國)이 총마가달(馬可達)의 난을 만나 천자(天子)께 청병을 하였는지라. 천자가,

"조선 사신으로 청병장(請兵將)을 삼아 구원하라."

하시는지라.

시백이 임경업과 더불어 총마가달을 쳐 파(破)하고, 호국을 구원하여 돌아오니라. 천자가 아름답게 여기사 금은보화(金銀寶貨)를 많이 상사(賞賜)하시며 가자(加資)를 주시니, 시백과 경업이 황은(皇恩)을 축사하더라. 본국에 돌아오니, 상이 아름답게 여기사 시백으로 우의정(右議政)을 삼으시고, 경업으로 도원수(都元帥)를 제수하였더라.

이때 호국이 점점 강성하여 자주 북방을 침범하매, 임경업으로 의주부윤(義州府尹)을 제수하여,

"호적(胡賊)을 막으라."

하시니라.

이때에 호왕(胡王)이 조선을 도모(圖謀)하고자 하여, 만조제신(滿朝諸臣)더러 왈,

"우리 나라에 조선장수 임경업을 당할 장수가 없으니, 어찌 하면 좋으리오?"

중전왕비(中殿王妃)는 앉아 천리를 보며 서서 만리를 보는지라. 호왕께 여쭈되,

"요사이 천기(天璣)를 보니, 조선 장안에 신인(神人)이 있어 비쳤으니, 임경업이 없더라도 도모키 어려운지라. 청컨대 이 신인을 없애면 경업은 두렵지 아니하여이다."

호왕이,

"그러하면 어찌 하여야 그 신인을 죽이리오?"

왕후(王后) 답하기를,

"다른 묘책이 없사오니, 조선사람은 미색을 가장 좋아하나니, 인물이 어여쁘고, 글이 문장이요, 칼을 잘 쓰며, 용맹있는 계집 자객(刺客)을 보내어, 이 꾀로 그 신인을 죽이면 이는 상책(上策)이오이다."

하니, 호왕이 옳게 여겨

"그러면 뉘가 당하리오?"

왕후가,

"궁중(宮中)에 기홍대(奇紅大)라 하는 계집이 가히 당할 만하여이다."

왕이 즉시 기홍대를 불러,

"네 조선에 가 성공하면 천금상(千金賞) 만종록(萬鍾祿)을 주리라."

하더라. 기홍대가 수명(受命)하고 발행할새, 왕후가 기홍대를 불러 경계(警戒) 하기를

"네 조선에 나가 우의정 이시백의 집을 찾아가면 알 도리 있을 것이니, 부디 신인을 죽이고, 오는 길에 의주에 들어가 임경업을 죽이고 부디 공을 이루어 돌아오라. 만일 잘못 주선(周旋)하면 대환(大患)을 당하리라."

하고 십분 당부하더라.

기홍대가 하직하고 나와 제 재주만 믿고 성공함을 기꺼하며, 여러 날 만에 조선에 득달(得達)하니라.

각설.

이때 박씨가 홀로 피화당에 앉아 천기를 살피더니, 우의정을 청하여

"모월 모일에 어떠한 미인이 찾을 것이니, 부디 피화당으로 보내소서."

우상이,

"그 어떤 여인이니이까?"

박씨가,

"그때를 당하면 자연 알려니와, 그 여인이 필연 사랑에 머물고자 할 것이니, 만일 사랑에 머물게 하였다가는 대환을 당할 것이니, 부디 내 말을 명심하옵소서."

하고, 계화를 불러

"네 술을 많이 빚되, 독한 술과 순한 술을 절반씩 빚었다가, 아무 때라도 내가 어떠한 여인을 데리고 술을 가져오라 하거든 가지고 와서, 그 여인은 독한 술을 권하고 나는 순한 술을 권하며, 안주도 많이 장만하라."

하고 각별 단속하더라.

일일은 우상이 홀로 외당에 앉았더니, 문득 한 여인이 들어와 뜰 앞에 납배(納拜)하고 중계(中階)에 오르거늘, 승상이 보니 그 얼굴이 절대가인이라. 극히 아름답게 여겨 불러 가로되,

"어떠한 여인인고?"

그 여인이 답하기를,

"소녀는 시골 기생(妓生)으로 경성에 구경 왔삽다가, 주로 다녀 이 댁을 감히 범하였나이다." 우상이 그 수려(秀麗)함을 사랑하여,

"방으로 들어오라."

하여,

"네 시골 산다 하니 어느 고을에 살며, 성명은 무엇이냐?"

그 여인이

"소녀는 본디 천마산성(天魔山城)에 사옵더니, 일찍 부모를 잃고 유리걸식(流離乞食)하다가 관비정속(官婢定屬)하였기로, 성은 모르옵고 이름은 풍매(風梅)라 하나이다."

우상이

"더불어 앉거라."

하며 거동을 보니 범상(凡常)한 인물이 아닐뿐더러, 얼굴이 절색(絶色)이요, 또한 글을 의논한즉 문장(文章)이요, 오히려 당신에 더한지라. 오래 말하다가 십분 의심하던 중, 부인이 당부하던 말을 생각하고,

"너는 안으로 들어가 편히 쉬라."

하니, 그 여인이

"어찌 대가댁 안에 가 머물 수 있으리까? 오늘밤에 대감님을 뫼셔 수작(酬酌)하면 좋을 듯하여이다."

우상이,

"오늘밤은 내 몸에 연고 있으니, 안으로 들어가라."

하고 계화를 불러,

"이 사람을 피화당에서 편히 쉬게 하라."

하니, 그 여인이 마지 못하여 계화를 따라 피화당에 들어가더라. 부인께 문안하니, 부인이

"오르라"

하고, 방에 앉히고 성명을 물으니, 그 여인이 우의정과 수작하던 말로 고하는지라. 부인이 가로되

"그대의 자색(姿色)을 보니 미천한 사람이 아니라. 행역(行役) 허비하여 부질없이 우리 집을 찾았구나."

하고 계화를 불러

"손이 왔으니 주효를 가져오라."

계화가 명을 듣고 옥반(玉盤)에 온작 진미(珍味)를 갖추어 술을 많이 들이는지라.

부인이,

"행역에 곤갈(困竭)할 듯하니, 술을 권하라."

하였다. 부인이 그 여인과 같이 순배(巡杯)를 연하여 받으니, 부인 먹은 술은 순한 술이요, 그 여인이 먹는 술은 독한 술이라. 둘이 서로 먹기를 일두주(一斗酒)를 먹은 지라. 피차 다름이 없으니, 사방에서 보는 사람과 우상이 엿보다가, 부인의 그 주효 먹는 양을 보고 아니 놀랄 이 없더라.

술을 파하매, 그 여인이 부인과 수작할 새 말씀이며 문장이 탁월하여 위엄이 솟는지라. 그 여인이 속마음에 헤아리되,

'아까 부인의 주효 먹는 양을 보고 또 문장을 의논한 즉 따를 길이 없고, 외당에서 우상을 본즉 불과 재색뿐이요, 부인을 본즉 분명 영웅이요 신인이로다. 우리 황후가 말씀하시기를 우상의 집에 가면 알 일이 있으리라 하시더

니, 분명 이 부인을 이름이니, 알괘라. 도모하리라.'

하고, 부인께 청하여

"노곤(勞困)이 자심하고 또한 술이 취하오니, 황송하오나 조금 눕기를 청하나이다."

부인이,

"술 취하고 눕기는 예사라. 편히 자라."

하고 베개를 주시니, 그 여인이 눕거늘, 박씨도 또한 비껴 자는 체하고 동정(動靜)을 살피더라. 이윽하여 그 여인이 잠이 깊이 드니, 두 눈을 뜨는데, 뜨는 눈에서 불덩어리가 내달아 방 안에 뒹굴면서 숨소리가 집안에 가득한지라. 박씨가 일어나 그 행장을 펴보니 아무것도 없고, 다만 비수(匕首)하나 있어 주홍(朱紅)으로 새겼으되, '비연도'라 하였더라. 그 칼이 행장 밖에 나와 제비가 되어 방안에 날며 부인을 침범코자 하거늘, 박씨가 매운 재를 뿌리니 변화치 못하고 떨어지거늘, 부인이 그 칼을 들고 그 여인의 배 위에 앉으며, 크게 소리치기를,

"기홍대야, 너는 잠을 깨어 나를 보라!"

하는 소리에 기홍대가 놀라 깨어, 눈을 떠보니 부인이 칼을 들고 배위에 앉았는데, 몸을 요동할 길이 없는지라. 기홍대가 놀라 대답하기를,

"부인이 어찌 소녀를 아시니이까?"

박씨가 칼로 기홍대의 목을 겨누면서 꾸짖되,

"네 호왕놈이 가달(可達)의 난을 만나 우리 우상이 구하여 계시매, 은혜 갚기는커녕 도리어 우리 나라를 도모코자 하더니, 너 같은 요망한 년을 보내어 나를 시험코자 하니, 이 칼로 너를 먼저 베어 분함을 풀겠다."

하고 호통하니 위엄이 추상 같은지라. 기홍대 대겁(大怯)하여 애걸하기를,

"부인이 이미 아셨으니, 어찌 감히 기망(欺罔)하오리까. 과연 그러하옵거니와 소녀는 왕명으로 올 뿐이라. 신첩(臣妾)이 되어 거역지 못하여 왔사오

니, 부인 덕택에 살려주옵소서."

무수히 애걸하는지라. 박씨가 칼을 던지고 배에서 내려, 무수히 꾸짖어 보내니 집안 사람과 우상이 이 광경을 엿보다가 심혼(心魂)이 날고 구백(九魄)이 흩어지는지라.

우상이 즉시 탑전에 이 말을 주달(奏達)하니, 전하가 들으시고 놀라시어,

"만일 박부인(朴夫人) 곧 아니면 나라에 대환을 당할 뻔했도다."

하시고, 의주부윤에게 전교하되,

"부디 수상한 여인을 살피라."

하시고, 박씨로 명월부인(明月夫人)을 봉(封)하시며,

"일후에 무슨 변(變)이 있어도 잘 주선하라."

하시니라.

각설.

기홍대가 부인께 하직하고 나와 생각하되,

'이미 일이 발각되었으니 의주에 가서도 쓸데없다.'

하고 바로 본국에 들어가 복명(復命)하니, 왕이 묻기를

"네 이번 길에 성공했느냐?"

기홍대가 전후수말(前後首末)을 다 아뢰고, 도모치 못한 말을 낱낱이 아뢰더라. 호왕이 듣고 또한 놀라서 황후를 청하여 이 일을 말하고 다른 묘책을 물으니, 황후가

"요사이 천기를 보오니, 조선에 간신(奸臣)이 많아 현인(賢人)을 시기하여 말을 듣지 아니할 터이오니, 바삐 기병(起兵)하여 북으로 가지 말고 동으로 들어가되, 장수를 가리어 북편 길을 막아 임경업의 기병을 통치 못하게 하면, 필연 성공하리이다."

호왕이 대희하여, 용골대(龍骨大)와 율대(律大) 형제로 대장(大將)을 삼아 정병(精兵) 30만을 주며,

"부디 의주로 가지 말고 동으로 돌아 들어가되, 의주 길을 막아 소식을 통치 못하게 하라."

하였다. 황후가 또 두 장수를 불러 왈,

"이번에는 동으로 들어가 장안을 바로 엄살(掩殺)하면 임경업도 몰라 성공할 것이니, 부디 우의정 이시백의 집 후원은 범치 말라. 만일 범하다가는 성공은커녕 목숨을 보전치 못할 것이니 부디 명심불망(銘心不忘)하라."

두 장수가 명을 받고 군사를 거느려, 동으로 황해수(黃海水)를 건너 바로 장안으로 향하였더라.

각설.

이때 박씨가 피화당에서 천기를 보고, 우상을 청하여 이르기를,

"북방 호적이 금방 들어오는가 싶으니, 급히 탑전에 아뢰어 임경업을 내직(內職)으로 불러, 군사를 조발(早發)하여 막으소서."

우상이,

"북방 호적이 들어오면 북으로 올 것이니, 임경업은 북방을 지키는 의주부윤이라. 어찌 오는 길을 내직으로 부르리까?"

박부인이,

"호적이 북방으로 오지 아니하고 동으로 황해수를 건너 들어올 것이니, 바삐 임경업을 패초(牌招)하옵소서."

우상이 크게 놀라, 급히 들어가 부인의 말을 낱낱이 아뢰니, 상이 놀라사 만조백관이 다 경황(驚惶)하여 임경업을 패초하려 의논하시니, 좌의정 원두표가

"북방 오랑캐는 본디 간계(奸計)가 많사오니 분명 그러하올 듯하오니, 박부인 말씀대로 하여보사이다."

하니, 김자점이 발연변색(勃然變色)하고

"제신(諸臣)의 말이 그르오이다. 북적이 경업에게 여러 번 패한바 되었사

오니 기병할 수 없사옵고, 설사 기병하여 온다 하여도 북으로 올 수밖에 없사오니, 만일 임경업을 패초하였다가 호적이 의주를 쳐 항성(降城)하면 그 세(勢)를 당치 못하며, 국가흥망이 경각(頃刻)에 있을지니, 어찌 요망한 계집의 말을 듣고 북방을 비우고 동을 막으리까. 이는 나라를 할 말이니 어찌 지혜 있다하오리까."

상이 가라사대,

"박부인은 신인이라 신명 지감이 있어 여러 번 신기함이 있으니, 그 말대로 하고자 하노라."

김자점이 또 아뢰되,

"시방 시화년풍(時和年?) 태평성대(太平聖代)에 무슨 병란이 있으리까. 박씨는 요망한 계집이어늘, 전하 어찌 요망한 말을 침혹(沈惑)하시며, 국가대사를 아이 희롱같이 하시나이까."

하니, 만조백관이 김자점의 말이 그른 줄 알되, 아무 말도 못하더라. 상이 그 일로 유예미결(猶豫未決)하시고 조회(朝會)를 파하시는지라.

우상이 집에 돌아와 그 연고를 부인더러 말하니, 부인이 앙천탄왈(仰天歎曰),

"슬프다, 호적이 미구에 도성(都城)을 범하려 하되, 간인(奸人)이 나라의 총명을 가리워 사직(社稷)을 위태케 하니 절통치 않으리오. 이제 급히 임경업을 불러 동편에 복병하였다가 냅다 치면 호적 파하기는 어렵지 아니할지라. 이제는 속절없이 손을 매어 놓고 안연히 도적을 받으려 하니, 이제는 국운(國運)이 불행하니 무가내하(無可奈河)라. 대감이 이미 이 나라에 허신(許身)하였사오니, 불행한 일이 있을지라도 나라를 위하여 충성을 다하여, 비록 전패지경(全敗之境)을 당하여 죽더라도 신자(臣子)의 도리에 국가를 위하여 아름다운 이름을 후세에 전하게 하옵소서. 만일 위급한 때를 당하여 김자점으로 하여금 병권(兵權)을 맡길진댄 망국한 일을 볼 것이니, 부디 어진 사람을 가리어 맡기게 하옵소서."

우상이 이 말을 듣고, 강개(慷慨)한 마음을 이기지 못하여 하늘을 우러러 탄식하여 수심으로 지내더니,

'죽기로써 다시 아뢰리라.'

하고 궐내(闕內)에 들어가니, 이때는 병자년 10월이라.

우상이 미처 탑전에 미치지 못하여서 동대문(興仁之文〕 밖에서 방포일성(放砲一聲)에 금고함성(金鼓喊聲)이 천지진동하며, 호병(虎兵)이 동문을 깨치고 장안을 엄살하니, 장안이 불의지변(不意之變)을 만나 모두 분주(奔走)하는지라. 백성들이 도적의 창검에 죽는 자가 무수하여 주검이 태산(泰山)같더라. 장안 인민이 하늘을 우러러 땅을 두드려 살기를 바라는 소리 천지진동하더라.

상(上)이 망극하여 아모리 할 줄 모르시고, 우상더러,

"이제 장안이 벌써 함몰(陷沒)하고, 구화문에 도적이 들어온지라. 내 장차 어찌 하리오?"

우상이,

"일이 급하였사오니, 어서 남한산성(南漢山城)으로 행하사이다."

하고 옥교(玉橋)를 재촉하여 성문으로 나오더니, 또한 중로(中路)에서 호적의 복병(伏兵)을 만나, 우상이 칼로 잡고 죽기로 싸워 복병하였던 장수를 베고, 겨우 길을 얻어 남한에 들어가시니라.

각설.

이때 박씨가 일가 친척을 다 모아 피화당에 피난하는지라. 호장 용골대(龍骨大)가 제 아우 율대(律大)로 하여금 '장안을 지키며 물색(物色)을 수습(收拾)하라.'하고, 군사를 몰아 남한산성을 에워싸는지라. 용율대가 장안에 웅거(雄據)하여 물색을 추심(推尋)하니 장안이 물 끓듯 하며, 살기를 도망하여 죽는 사람이 무수한지라. 피화당에 피난하는 사람들이 이 말을 듣고 도망코자 하거늘, 박씨가,

"이제 장안 사면을 도적이 다 지키었고, 피난코자 한들 어디로 가겠소. 이곳에 있으면 피화(避禍)할 도리가 있으리니 염려들 마시오."

하더라.

이때 율대가 100여 기(騎)를 거느려 우상의 집을 범하여 인물을 수탐하더니, 내외가 적적하여 빈 집 같거늘, 차차 수탐하여 후원에 들어가 살펴보니, 온갖 기이한 수목이 좌우에 늘어서 무성하였는지라. 율대가 고이히 여겨 자세히 살펴보니, 나무마다 용과 범이 수미를 응하며, 가지마다 뱀과 짐승이 되어 천지풍운(天地風雲)을 이루며, 살기(殺氣) 가득하여 은은한 고각(鼓角) 소리 들리는데, 그 가운데 무수한 사람들이 피난하였더라. 율대가 의기양양하여 피화당을 겁칙하려 달려드니, 불의에 하늘이 어두워지며 흑운(黑雲)이 자욱하고 뇌성벽력(雷聲霹靂)이 진동하며, 좌우 전후에 늘어섰던 나무들이 일시에 변하여 기치 창검(旗幟槍劍)이 되어 상설(霜雪) 같으며, 함성(喊聲) 소리가 천지진동하는지라. 율대가 대경하여 급히 내달아 도망치려 한즉, 벌써 칼같은 바위가 높기는 천여 장이나 되어 앞을 가리워 겹겹이 둘러싸이니, 전혀 갈 길이 없는지라.

율대 혼백(魂魄)을 잃어 어찌 할 줄 모르더니, 방 안에서 한 여인이 칼을 들고 나오면서 꾸짖기를,

"너는 어떠한 도적인데, 이러한 중지(重地)에 들어와 죽기를 재촉하느냐?"

율대가 합장배례(合掌拜禮)하며,

"귀댁 부인이 뉘신지 아지 못하거니와, 덕분에 살려주옵소서."

대답하기를,

"나는 박부인의 시비거니와, 우리 아씨 명월부인(明月夫人)이 조화(造化)를 베풀어 너를 기다린 지 오랜지라. 너는 극악(極惡)한 도적이라. 빨리 목을 늘이어 내 칼을 받아라."

율대가 그 말을 듣고 대로하여, 칼을 들어 계화를 치려 하되, 경각에 칼

든 팔이 힘이 없어 놀릴 길이 없는지라. 하는 수 없어 하늘을 우러러 탄식하기를,

"대장부가 세상에 나서 만리타국(萬里他國)에 대공(大功)을 바라고 왔다가, 오늘날 조그마한 계집의 손에 죽을 줄 어찌 알았으리오."

계화가 웃으며,

"불쌍코 가련하다. 세상에 장부라 위명(爲名)하고 나같은 여자를 당치 못하느냐. 네 왕놈이 천의(天意)를 모르고 예의지국(禮儀之國)을 침범코자 하여 너같은 구상유취를 보냈거니와, 오늘은 네 명이 내 손에 달렸으니, 바삐 목을 늘이어 내 칼을 받아라."

하니 율대 앙천탄왈,

"천수(天數)로다."

하고 자결(自決)하더라.

계화가 율대의 머리를 베어 문밖에 다니, 이윽고 풍운이 그치며 천지가 명랑해지더라.

각설.

국운이 불행하여, 호적이 강성하여 왕대비(王大妃)와 세자(世子)·대군(大君)을 사로잡고, 국가 위태함은 다 김자점(金自點)이 도적을 인도함이니 어찌 절통치 않으리오. 슬프다, 여러 날 도적에게 에운 바 되어, 세궁역진(細窮力盡)하여 상이 도적에게 강화(講和)하니라.

용골대가 강화를 받은 후 장안으로 들어오다, 문득 제 아우 율대의 죽음을 듣고 방성통곡하며 이르기를,

"이미 화친언약(和親言約)을 받았으니 뉘라서 내 아우를 해하리오. 오늘은 원수를 갚으리라."

하고, 군사를 몰아 장안에 들어가 피화당에 다다르니, 과연 율대의 머리를 문밖에 달았더라. 용골대가 분기를 이기지 못하여, 칼을 높이 들고 말을 채쳐

달려들고자 하거늘, 도원수가 나무를 보고 용골대를 만류하기를,

"그대는 분한 마음을 잠깐 참으라. 저 나무를 보니 옛날 제갈공명의 팔진도 법(八陳圖法)이니, 경홀(輕忽)히 말라."

하니, 용골대 더욱 분기대발(憤氣大發)하여 칼을 들고 크게 소리치며,

"그러면 동생의 원수를 어찌 하오리까?"

도원수가 가로되,

"아무리 분한들 저런 중지에 들어갔다가는, 원수 갚기는 고사하고 형제가 다 죽을 것이니, 아직 진정하라."

하니, 용골대가 옳게 여겨, 군사를 호령하여,

"그 나무를 다 베어 버려라."

하니, 문득 미친 바람이 일어나며 운무가 자욱하더라. 나무마다 무성하여 무수한 장졸(將卒)이 되고, 금고함성(金鼓喊聲)은 천지진동하며, 용과 범이 며 검은 새와 흰 뱀이 수미를 상접(相接)하며 풍운을 토하고, 기치·창검이 별 같으며, 난데없는 신장이 갑주(甲冑)를 입고 삼척검(三尺劍)을 들어 호병을 엄살하니, 뇌성벽력이 강산이 무너지는 듯하며, 호진(胡陳) 장졸들이 천지를 분별치 못하고, 주검이 구산(丘山) 같더라. 용골대 황겁하여 급히 쟁(錚)을 쳐서 군사를 거두니 이윽고 천지가 명랑한지라. 용골대가 더욱 분기대발하여 칼을 들고 달려든즉, 호진 장졸이 감히 손을 용납지 못하더라. 문득 나무 속 으로부터 한 여인이 나와 크게 꾸짖기를,

"무지한 용골대야, 네 아우가 내 손에 죽었거늘, 너조차 죽기를 재촉하느냐?"

골대가 대로하여 꾸짖기를,

"너는 어떠한 계집인데 장부의 마음을 돋우느냐? 내 아우가 불행하여 네 손에 죽었거니와 네 나라의 화친언약을 받았으니 이제는 너희도 다 우리 나 라의 신첩(臣妾)이라. 잔말 말고 바삐 내 칼을 받아라."

하니 계화가 들은 체 아니하고 대매(大罵) 하기를,

"네 동생이 내 칼에 죽었거니와, 너 또한 명이 내 손에 달렸으니, 어찌 가소롭지 않으리오."

용골대가 더욱 분기등등(憤氣騰騰)하여 군중에 호령하되,

"일시에 활을 당겨 쏘라!"

하니, 살이 무수하되 감히 한 개도 범치 못하는지라. 용골대가 아무리 분할들 어찌 하리오. 마음에 탄복하고, 조선 도원수 김자점을 불러,

"너희, 이제는 내 나라의 신하라. 내 명령을 어찌 어기리오."

김자점이 황공하여,

"분부대로 거행하오리다."

"네 군사를 몰아 박부인과 계화를 사로잡아 들이라."

하는지라. 김자점이 황겁하여 방포일성에 군사를 몰아 피화당을 에워싸니, 문득 팔문(八門)이 변하여 100여 길 함정이 되는지라. 용골대가 그 변을 보고 졸연히 파(破)치 못할 줄 알고 한 꾀를 생각하여, 군사로 하여금 피화당 사방 10리를 깊이 파서 화약(火藥)·염초(焰硝)를 많이 붓고, 군사로 하여금 각각 불을 지르게 하고,

"너희 무리 아무리 천변만화지술(千變萬化之術)이 있은들 어찌 하리오."

하고, 군사를 호령하여 일시에 불을 놓는지라. 그 불이 화약염초를 범하매, 벽력같은 소리가 나며 장안 30리에 화광(火光)이 충천(衝天)하여 죽는 자가 무수하더라.

박씨가 옥렴을 드리우고, 좌수(左手)에 옥화선을 쥐고 불을 부치니, 화광이 호진을 충돌하여, 호진 장졸이 항오(行伍)을 잃고 타 죽고 밟혀 죽으며, 남은 군사는 살기를 도모하고 다 도망하는지라. 용골대가 할 길 없어,

"이미 화친을 받았으니 대공을 세웠거늘, 부질없이 조그만 계집을 시험하다가 공연히 장졸만 다 죽였으니, 어찌 분한(憤恨)치 않으리오."

하고 회군(回軍)하여 발행할새, 왕대비와 세자·대군이며 장안미색(長安美

色)을 데리고 가는지라. 박씨가 계화를 시켜 외치기를,

"무지한 오랑캐야, 너희 왕놈이 무식하여 은혜지국(恩惠之局)을 침범하였거니와, 우리 왕대비는 데려가지 못하리라. 만일 그런 뜻을 두면 너희들은 본국에 돌아가지 못하리라."

하니, 호장들이 가소롭게 여겨

"우리 이미 화친언약을 받고, 또한 인물이 나의 장중(掌中)에 매였으니, 그런 말은 생심(生心)도 말라."

하며, 혹 질욕(叱辱)하며 듣지 아니하거늘, 박씨가 또 계화를 시켜 외치기를,

"너희 일양 그러하려거든 내 재주를 구경하라."

하더니, 이윽고 공중으로 두 줄기 무지개 일어나며, 모진 비 천지 뒤덮게 오며, 음풍(陰風)이 일어나며, 백설(白雪)이 날리며, 얼음이 얼어 호군중 말발이 땅에 붙어 촌보(寸步)를 옮기지 못하는지라. 그제야 호장들이 황겁하여 아무리 생각하여도 모두 함몰할지라. 마지 못하여 호장들이 투구를 벗고 창을 버려, 피화당 앞에 나아가 꿇어 애걸하기를,

"오늘날 이미 화친을 받았으니, 왕대비는 아니 모셔갈 것이니, 박부인 덕택에 살려주옵소서." 하고 만단애걸(萬端哀乞)하거늘, 박씨 주렴(珠簾)안에서 꾸짖기를,

"너희들을 씨없이 죽일 것이로되, 천시(天時)를 생각하고 십분 용서하거니와, 너희놈이 본디 간사하여 범람(汎濫)한 죄를 지었으나, 이번은 아는 일이 있어 살려 보내나니 조심하여 들어가며, 우리 세자대군을 부디 태평히 모셔 가라. 만일 그렇지 아니하면 내 오랑캐를 씨도 없이 멸하리라."

하더라. 호장들이 백배 사례하고, 용골대 아뢰되,

"황공하오나 소장(小將)의 아우 머리를 주옵시면, 덕택이 태산 같을까 바라나이다."

박씨가 웃으며 일변 꾸짖기를,

"그리는 못하리로다. 옛날 조양자(趙襄子)는 지백(知伯)의 머리를 칠하여 술잔을 만들어 진양성(晉陽城)의 분함을 씻어 천추만세(千秋萬歲)에 유전하였으니, 이제 우리는 너의 아우 머리를 칠하여 강화성(江華城)의 분함을 씻으리라."

하니, 용골대가 이 말을 듣고 아무리 대성통곡한들 어찌 하리오.

호장들이 박씨께 하직하고 물러나와, 장안 물색(物色)을 거두어 발행할새, 잡혀가는 부인네들이 박씨를 향하여 울며,

"슬프다, 박부인은 무슨 복으로 이러하고, 우리는 이제 가면 생사(生死)를 모를지라. 언제나 고국산천을 다시 볼까."

하며 대성통곡하는지라. 박씨가 계화로 하여금 위로하여 가로되,

"흥진비래(興盡悲來)요 고진감래(苦盡甘來)라 하니, 이 다 천수(天數)니, 너무 서러워 말고 잘 가 있으면, 3년 후 호국에 들어가 데려올 때 있을 것이니, 부디 세자·대군을 뫼셔 잘 있다가, 때를 기다리시오."

하니 모든 부인이 눈물을 흘리며 가는 행색(行色)을 차마 보지 못하겠더라.

각설.

호장이 의기양양하여, 군사를 거느려 의주(義州)로 장로(長路)하여 가더라. 의주 지경을 당하매 난데없는 장수가 내달아 선봉(先鋒)을 베고 군중을 짓치니, 그 형세를 당치 못하여 황황하는지라. 급히 조선국 화친한 전지(傳旨)를 내었더니, 그 장수 간데 없는지라. 이는 곧 임경업이라. 호장들이 박부인의 말을 생각하고 탄복하더라.

이때 상(上)이 박씨의 말을 듣지 아니함을 백 번 뉘우쳐 하사, 탄식하며,

"슬프다, 박부인의 말대로 하였으면 오늘날 어찌 이 지경을 당하였으며, 만일 박부인이 남자 되었다면 어찌 호적을 두려워하리오. 이제 박씨는 적수단신(赤手單身)으로 집안에 있어 호적을 승전하며 호장을 꿇리고, 조선 정기(精氣)를 생생케 하니, 이는 고금에 없는 바라."

하시고, 무수히 탄복하시며 절충부인(折衝夫人)을 봉하시고 만금을 상사

하시며, 조서(詔書)를 내려 '박씨 자손을 벼슬 주고 천추만대에 유전하라.' 하사, 궁녀(宮女)를 박씨께 보내어 말하기를,

"오호라, 과인(寡人)이 밝지 못하여 박부인의 위국지충(爲國之忠)을 몰라보고 불의의 이 환난을 당하니, 누구를 원망하리오. 황천(皇天)이 명감(明鑑)하사, 박부인 충절 덕행으로 유자유손(有子有孫)하여 세세유전(歲歲遺傳)하라."

하였거늘, 박씨가 전지를 받자와 사배(四拜)하고 천은(天恩)을 축사하더라.

당초에 박씨 얼굴이 추비하기는 시백이 침혹하여 공부에 방해로울까 혐의(嫌疑)함이라. 후에 자녀 11남매를 두어, 다 장성하여 명문거족의 집에 남혼여가(男婚女嫁)하여 자손만당하고 부귀겸전하니, 개세(蓋世)한 행락(行樂)이 곽분양을 압두하겠더라. 박씨가 남편과 더불어 백수동락(白首同樂)하여 90세가 되도록 강건하여 무양(無恙)하더라.

대저 박부인은 천상선녀(天上仙女)로 박처사 집에 적강(謫降)한 여중군자(女中君子)라. 침선(針線)은 소약란의 재질이요, 문장은 이태백의 구법(句法)을 압두(壓頭)하며, 흉중에 만고승패와 풍운조화를 품었으니, 병법은 사마(司馬)·제갈무후(諸葛武候)의 변화지술(變化之術)을 상통하며, 신기한 도량은 육정 육갑(六甲)을 하여 신장을 잠시간 부리고, 통통 묘한 진법은 나무를 심어 팔문검사진(八門劍蛇陣)이 되어 풍운조화와 용호(龍虎) 기치(旗幟)가 벌여 도적이 감히 접주(接住)치 못하게 하니, 그 신기묘법은 이루 측량하지 못하겠더라.

　　　　을미년(乙未年) 정월(正月) 염이일(念二日) 등서(謄書)

1. 내가 이시백이라면 어떻게 했을지 이야기해봅시다.

2. 박씨가 미모의 여인으로 변신하지 않았다면 어떻게 되었을지 생각해봅시다.

3. 박씨와 이시백의 불행한 결혼생활에 대한 책임은 누구에게 있는지 이야기해봅시다.

4. 자객이 잠입했을 때 박씨가 이시백의 목숨을 구해주고 조정 일까지 이시백에게 일일이 훈수할 뿐만 아니라 평안감사로 부임할 때 직무를 감당하기 어렵다며 박씨를 함께 데려가려고 합니다. 또한 외형상으로는 왕에 의해 전쟁이 결정되고 남성들에 의해 치러지지만 실질적 결정과 지휘는 박씨와 귀비가 합니다. 이처럼 작품에 그려지는 여성이 펼치는 활약과 남성의 무능함은 무엇을 의미하는지 이야기해봅시다.

5. 여성들에게 피화당은 어떤 공간이며, 박씨는 왜 피화당을 지었는지 생각해봅시다.

12강 남성의 환타지, 구운몽

구운몽 상

천하에 명산이 다섯이 있으니 동쪽은 동악 태산이요, 서쪽은 서악 화산이요, 남쪽은 남악 형산이요, 북쪽은 북악 항산이요, 가운데는 중악 숭산이다. 오악 중에 오직 형산이 중국에서 가장 멀어 구의산이 그 남쪽에 있고, 동정강이 그 북쪽에 있고, 소상강 물이 그 삼면에 둘러 있으니, 제일 수려한 곳이다. 그 가운데 축용, 자개, 천주, 석름, 연화 다섯 봉우리가 가장 높으니, 수목이 울창하고 구름과 안개가 가리워 날씨가 아주 맑고 햇빛이 밝지 않으면 사람이 그 근사한 진면목을 쉽게 보지 못하였다.

진나라 때 선녀 위부인이 옥황상제의 명을 받아 선동(仙童)과 옥녀(玉女)를 거느리고 이 산에 와 지키니, 신령한 일과 기이한 거동은 다 헤아리지 못할 정도였다.

당나라 시절에 한 노승이 있어 서역 천축국에서 와 연화봉 경치를 사랑하여, 제자 오륙백 인을 데리고 연화봉 위에 법당을 크게 지었으니, 혹 육여화상이라 하기도 하고 혹 육관대사라 하기도 하였다. 그 대사가 대승법(大乘法)으로 중생을 가르치고 귀신을 다스리니 사람이 다 공경하여 생불이 세상에 나왔다 하였다.

무수한 제자 가운데 성진이라 하는 중이 삼장경문(三藏經文)을 모르는 것이 없고 총명한 지혜를 당할 사람이 없으니, 대사가 극히 사랑하여 입던 옷과 먹던 바리때를 성진에게 전하고자 하였다.

대사가 매일 모든 제자와 함께 불법을 강론하는데 동정(洞庭)용왕이 백의(白衣)노인으로 변하여 법석(法席)에 참예해 경문을 들었다. 대사가 제자를 불러 말하였다.

"나는 늙고 병들어 산문(山門) 밖에 나가지 못한 지 십여 년이니 너의 제자 중에 누가 나를 위하여 수부(水府)에 들어가 용왕께 보답하고 돌아오겠는가?"

성진이 두 번 절하며 말하였다.

소자가 비록 불민(不敏)하오나 명을 받아 가겠습니다."

대사가 크게 기뻐 성진을 명하여 보내니 성진이 일곱 근이나 되는 가사(袈裟)를 떨쳐 입고 육환장(六環杖)을 둘러 짚고 표연히 동정을 향하여 갔다.

얼마 후에 문을 지키는 도인(道人)이 대사께 고하여 말하였다.

"남악 위부인(衛夫人)이 여덟 선녀를 보내어 문밖에 왔습니다."

대사가 명하여 부르시니 팔선녀가 차례로 들어와 인사하고 꿇어 앉자 부인의 말씀을 여쭈어 말하였다.

"대사는 산 서편에 계시고 저는 산 동편에 있어 떨어진 거리가 멀지 아니하지만 자연히 일이 많아 한 번도 법석에 나아가 경문을 듣지 못하오니, 사람을 대하는 도리도 없고, 또한 이웃과 교제하는 뜻도 없기에 시비를 보내어 안부를 묻고, 하늘 꽃과 신선의 과일 그리고 칠보문금(七寶紋錦)으로 구구한 정성을 표합니다."

하고, 각각 선과(仙果)와 보배를 눈 위에 높이 들어 대사께 드리니, 대사가 친히 받아 시자(侍子)를 주어 불전에 공양하고, 또 합장하여 사례하며 말하였다.

"노승이 무슨 공덕이 있기에 이렇듯 상선(上仙)의 풍성한 선물을 받겠는가?"

하며, 이어서 큰 재(齋)를 베풀어 팔선녀를 대접하여 보냈다.

팔선녀가 대사께 하직하고 산문 밖에 나와 서로 손을 잡고 말하였다.

"이 남악의 물 하나 산 하나가 다 우리 집 경계인데 육환대사가 거처 기거하신 후로는 동서로 분명히 나뉘게 되어 연화봉 아름다운 경치를 지척에 두고도 구경하지 못한지 오래되었다. 이제 우리 부인의 명을 받아 이 땅에 왔으니 만나기 힘든 좋은 기회라, 또 봄빛이 좋고 해가 저물지 아니 하였으니 이 좋은 때를 맞아 저 높은 대에 올라 흥을 타며 시를 읊어 풍경을 구경하고 돌아가 궁중에 자랑하는 것이 어떠한가?"

하고, 서로 손을 이끌고 천천히 걸어 올라 폭포에 나아가 흐름을 보고 물을 쫓아 내려가 돌다리 위에 쉬니 이때는 바로 춘삼월이었다. 화초는 만발하고 구름과 안개는 자욱한데 봄새 소리에 춘흥이 호탕하고 물색이 사람을 붙잡는 듯하여, 팔선녀가 자연 몸과 마음이 산란하고 춘흥이 일어나 차마 떠나지 못하여 편안히 웃고 말하며 돌다리에 걸터앉아 경치를 희롱하니, 낭랑한 웃음은 물소리에 어울리고 아름답고 고운 얼굴은 물 가운데 비치어 완전히 한 폭의 미인도라 하면 미인도를 잘 그린 주방(周昉)¹⁾의 손 아래에 갓 나온 듯하였다.

온갖 희롱하며 떠날 줄 모르더니, 이때 성진이 동정에 가 물결을 헤치고 수정궁(水晶宮)에 들어가니 용왕이 크게 기뻐하여 몸소 문무(文武) 여러 신하들을 거느리고 궁문 밖에 나가 맞아 들어가 자리를 정한 후에 성진이 땅에 엎드려 대사의 말씀을 낱낱이 아뢰니, 용왕이 공경하여 사례하고 잔치를 크게 베풀어 성진을 대접할 때, 신선의 과일과 채소는 인간 세상의 음식과 같지 않았다.

용왕이 잔을 들어 성진에게 삼배(三盃)를 권하여 말하였다.

"이 술이 좋지는 않으나 인간 세상의 술과는 다르니 과인(寡人)의 권하는 정을 생각하라."

---

1) 주방 : 당나라 때의 명화가

성진이 재배하여 말하였다.

"술은 사람의 정신을 헤치는 것이라 불가(佛家)에서 크게 경계하니 감히 먹지 못하겠습니다."

용왕이 지성으로 권하니 성진이 감히 사양치 못하여 석 잔 술을 먹은 후에 용왕께 하직하고 수궁에서 떠나 연화봉을 행하였다.

연화산 아래에 당도하니 취기가 크게 일어나 갑자기 생각하여 말하였다.

'사부(師傅)께서 만일 나의 취한 얼굴을 보면 반드시 무거운 벌을 내리실 것이다.'

하고, 가사를 벗어 모래 위에 놓고 손으로 맑은 물을 쥐어 얼굴을 씻는데, 문득 기이한 향내가 바람결에 진동하니 마음이 자연 호탕하였다. 성진이 이상히 여겨 말하였다.

"이 향내는 예사로운 초목의 향내가 아니다. 이 산 중에 무슨 기이한 것이 있는가?"

하고, 다시 의관을 정제하고 길을 찾아 올라가니, 이때 팔선녀가 돌다리 위에 앉아 있었다.

성진이 육환장을 놓고 합장하여 재배하고 말하였다.

"모든 보살님은 잠깐 소승(小僧)의 말씀을 들어주십시오. 천승(賤僧)은 연화 도량 육관대사의 제자로서 사부의 명을 받아 용궁에 갔다 오는데, 이 좁은 다리 위에 모든 보살님이 앉아 계시니 천승이 갈 길이 없어 부탁합니다, 잠깐 옮겨 앉아서 길을 빌려주십시오."

팔선녀가 대답하고 절하며 말하였다.

"첩 등은 남악 위부인의 시녀인데 부인의 명을 받아 연화 도량 육관대사께 문안하고 돌아오는 길에 이 다리 위에 잠깐 쉬고 있습니다. 〈예기(禮記)〉에 '남자는 왼편으로 가고, 여자는 오른편으로 간다.' 하였습니다. 첩 등이 먼저 와 앉았으니, 원컨대 화상(和尙)께서는 다른 길을 구하십시오."

성진이 답하여 말하였다.

"물은 깊고 다른 길이 없으니 어디로 가라 하십니까?"

선녀가 대답하여 말하였다.

"옛날 달마존자(達磨尊者)라 하는 대사는 연 꽃잎을 타고도 큰 바다를 육지같이 왕래하였으니, 화상이 진실로 육관대사의 제자라면 반드시 신통한 도술이 있을 것이니, 어찌 이 같은 조그마한 물을 건너기를 염려하시며 아녀자와 길을 다투십니까?"

성진이 크게 웃으며 말하였다.

"모든 낭자의 뜻을 보니 이는 반드시 값을 받고 길을 빌려주시고자 하는 것이니, 본디 가난한 중이라 다른 보화는 없고 다만 행장에 지닌 백팔염주가 있으니, 빌건대 이것으로 값을 드리겠습니다."

하고, 목의 염주를 벗어 손으로 만지더니 복숭아꽃 한 가지를 던지거늘, 팔선녀가 그 꽃을 구경하니 꽃이 변하여 네 쌍의 구슬이 되어 그 빛이 땅에 가득하고 상서로운 기운은 하늘에 사무치니 향내가 천지에 진동하였다.

팔선녀가 그제야 일어나 움직이며 말하였다.

"과연 육관대사의 제자구나."

하며, 각각 하나씩 손에 쥐고 성진을 서로 돌아보고 웃으며 바람을 타고 공중을 향해 갔다. 성진이 홀로 돌다리 위에서 눈을 들어보니 팔선녀는 간 곳이 없었다.

한참 후에 채색 구름이 흩어지고 향내가 사라지니 성진이 마음을 진정치 못하여 홀린 듯 취한 듯 돌아와 용왕의 말씀을 대사께 아뢰자, 대사가 말하였다.

"어찌 늦었는가?"

성진이 대답해 말하였다.

"용왕이 심히 만류하기에 차마 떨치지 못하여 지체하였습니다."

대사가 대답하지 아니하고,

"네 방으로 가라."

하였다.

성진이 돌아와 밤에 혼자 빈방에 누우니 팔선녀의 말소리가 귀에 쟁쟁하고 얼굴빛은 눈에 아른거려 앞에 앉아 있는 듯, 옆에서 당기는 듯 마음이 황홀하여 진정치 못하다가 문득 생각하였다.

'남자로 태어나서 어려서는 공자와 맹자의 글을 읽고, 자라서는 요순 같은 임금을 섬겨, 나가면 백만 대군을 거느려 적진에 횡행하고, 들어서는 백관(百官)을 장악하는 재상이 되어 몸에는 비단 두루마기를 입고, 허리에는 황금으로 만든 도장을 차고, 임금을 섬기고 백성을 달래며, 눈에는 아리따운 미색을 희롱하고, 귀에는 좋은 풍류 소리를 들으며, 영화를 당대에 자랑하고 공명을 후세에 전하면 그것이야말로 진실로 대장부의 일일 텐데 슬프다, 우리 불가는 다만 한 바리때 밥과 한 잔 정화수요, 수삼 권 경문과 백팔염주일 따름이요, 그 도가 허무하고 그 덕이 사라져 없어지니, 가령 도통한 들 넋이 한번 불꽃 속에 흩어지면 뉘 한낱 성진이 세상에 났던 줄을 알리오.'

이럭저럭 잠을 이루지 못하여 밤이 이미 깊었다, 눈을 감으면 팔선녀가 앞에 앉았고 눈을 떠보면 문득 간 데가 없었다. 성진이 크게 뉘우쳐 말하였다.

"불법(佛法)공부는 마음을 정하는 것이 제일인데 이 사사로운 마음이 이렇듯 일어나니 어찌 앞날을 바라겠는가?"

하고, 즉시 염주를 굴리며 염불을 하는데 갑자기 창 밖에서 동자가 급히 말하였다.

"사형는 주무십니까? 사부께서 부르십니다."

성진이 크게 놀라 동자를 따라 바삐 들어가니 대사가 모든 제자를 거느려 있는데 촛불이 대낮 같았다. 대사가 크게 화를 내며 말하였다.

"성진아, 네 죄를 아느냐?"

성진이 크게 놀라 신을 벗고 뜰에 나려 엎드려 말하였다.

"소자가 사부를 섬긴 지 십 년이 넘었지만 조금도 불순불공한 일이 없었으니 죄를 알지 못하겠습니다."

대사가 크게 화를 내며 말하였다.

"네 용궁에 가 술을 먹었으니 그 죄도 있거니와 오가다 돌다리 위에서 팔선녀와 함께 언어를 희롱하고 꽃 꺾어 주었으니 그 죄 어찌하며, 돌아온 후 선녀를 그리워하여 불가의 경계는 전혀 잊고 인간 부귀를 생각하니 그러하고서 공부를 어찌 하겠느냐, 네 죄가 중하여 이곳에 있지 못할 것이니, 네 가고자 하는 데로 가거라."

성진이 머리를 두드리고 울며 말하였다.

"소자가 죄 있어 아뢸 말씀이 없지만, 용궁에서 술을 먹은 것은 주인이 힘써 권하였기 때문이요, 돌다리에서 수작한 것은 길을 빌리기 위함이었고, 방에 들어가 망령된 생각이 있었지만 즉시 잘못인 줄을 알아 다시 마음을 정하였으니 무슨 죄가 있습니까? 설사 죄가 있다면 종아리나 때리서 경계하실 것이지 박절하게 내치십니까? 소자가 십이 세에 부모를 버리고 친척을 떠나 사부님께 의탁하여 머리를 깎아 중이 되었으니, 그 뜻을 말한다면 부자의 은혜가 깊고 사제의 분별이 중하니, 사부를 떠나 연화도량을 버리고 어디로 가라 하십니까?"

대사가 말하였다.

"네 마음이 크게 변하여 산중에 있어도 공부를 이루지 못할 것이니 사양치 말고 가거라. 연화봉을 다시 생각한다면 찾을 날이 있을 것이다."

하고, 이어서 크게 소리쳐 황건역사(黃巾力士)를 불러 분부하여 말하였다.

"이 죄인을 압송하여 풍도(豐都)2)에 가 염라대왕께 부쳐라."

성진이 이 말씀을 듣고 간장이 떨어지는 듯하였다. 머리를 두드리며 눈물을 흘리고 사죄하여 말하였다.

---

2) 풍도 : 지옥의 하나.

"사부, 사부님은 들으십시오. 옛적 아란존자(阿難尊者)[3]는 창가(娼家)에 가 창녀와 동침하였지만 석가여래께서 오히려 죄하지 아니하였으니, 소자가 비록 근신하지 않은 죄가 있으나 아란존자에게 비하면 오히려 가벼운데, 어찌 연화봉을 버리고 풍도로 가라 하십니까?"

대사가 말하였다.

"아란존자는 비록 창녀와 동침하였으나 그 마음은 변치 아니 하였지만, 너는 한번 요색(妖色)을 보고 전혀 본심을 잃으니 어찌 아란존자와 비교하겠는가?"

성진이 눈물을 흘리고 마지 못하여 부처와 대사께 하직하고 사형(師兄)과 사제(師弟)를 이별하고, 사자(使者)를 따라 수만 리를 행하여 음혼관(陰魂關) 망향대(望鄕臺)를 지나 풍도에 들어가니 문을 지키는 군졸이 말하였다.

"이 죄인은 어떤 죄인이요?"

황건역사가 대답하여 말하였다.

"육관대사의 명으로 이 죄인을 잡아왔노라."

귀졸(鬼卒)이 대문을 열자, 역사(力士)가 성진을 데리고 삼라전(森羅殿)[4]에 들어가 염라대왕께 뵈니 대왕이 말하였다.

"화상(和尙)이 몸은 비록 연화봉에 매였으나, 화상 이름은 지장왕(地藏王) 향안(香案)에 있어 신통한 도술로 천하 중생을 건질까 하였는데, 이제 무슨 일로 이곳에 왔느냐?"

성진이 크게 부끄러워하며 고하여 말하였다.

"소승이 사리가 밝지 못하여 사부께 죄를 짓고 왔으니, 원컨대 대왕은 처분하십시오."

한참 후에 또 황건역사가 여덟 죄인을 거느리고 들어오자, 성진이 잠깐 눈을 들어 보니 남악산 팔선녀였다. 염라대왕이 또 팔선녀에게 물었다.

---

3) 아란존자 : 석가모니의 제자로서 석가모니를 따라 25년을 수도하여 모든 불법을 전수받았다 함.
4) 삼라전 : 저승에 있다는 누대

"남악산 아름다운 경치가 어떠하기에 버리고 이런 데 왔느냐?"

선녀 등이 부끄러움을 머금고 대답해 말하였다.

"첩 등이 위부인 낭랑의 명을 받아 육관대사께 문안하고 돌아오는 길에 성진 화상을 만나 문답한 말씀이 있었는데 대사가, 첩 등이 좋은 경계를 더럽게 하였다 하여 위부인께 넘겨 첩 등을 잡아 보냈습니다. 첩 등의 괴로움과 즐거움이 다 대왕의 손에 매였으니, 원컨대 좋은 땅을 점지해 주십시오."

염라대왕이 즉시 지장왕(地藏王)께 보고하고 사자(使者) 아홉 사람을 명하여 성진과 팔선녀를 이끌고 인간 세상으로 보냈다.

각설이라.

성진이 사자를 따라 가는데 문득 큰 바람이 일어 공중에 떠 천지를 분간치 못하였다. 한 곳에 다다라 바람이 그치자 정신을 수습하여 눈을 떠보니 비로소 땅에 서있었다. 한 곳에 이르니 푸른 산이 사면으로 둘러있고 푸른 물이 잔잔한 곳에 마을이 있었다. 사자가 성진을 기다리게 하고 마을로 들어간 후, 성진이 한 참 서서 들으니 서너 명의 여인이 서로 말하기를,

"양처사 부인이 오십이 넘은 후에 태기가 있어 임신한 지 오래인데 지금 해산치 못하니 이상하다."

하더라.

한참 후에 사자가 성진의 손을 잡고 말하였다.

"이 땅은 곧 당나라 회남도(淮南道) 수주(秀州) 고을이요, 이 집은 양처사의 집이다. 처사는 너의 부친이요, 부인 유씨는 네 모친이다. 네 전생의 연분으로 이 집 자식이 되었으니 너는 네 때를 잃지 말고 급히 들어가라."

성진이 들어가며 보니 처사는 갈건(葛巾)을 쓰고 학창의(鶴氅衣)를 입고 화로에서 약을 다리고 있었다. 부인이 이제 막 신음하자, 사자가 성진을 재촉하여 뒤에서 밀쳤다. 성진이 땅에 업어지니 정신이 아득하여 천지가 뒤집어지는 듯하였다. 급히 소리쳐 말하였다.

"나 살려! 나 살려!"

그러나 소리가 목구멍 속에 있어 능히 말을 이루지 못하고 어린 아이의 울음소리만 나왔다. 부인이 이에 아기를 낳으니 남자였다. 성진이 다만 오히려 연화봉에서 놀던 마음이 역력하더니 점점 자라 부모를 알아 본 후로 전생 일을 아득히 생각지 못하였다.

양처사가 아들을 낳은 후에 매우 사랑하여 말하였다.

"이 아이의 골격이 맑고 빼어나니 천상의 신선이 귀양 왔다."

하고, 이름을 소유라 하고, 자는 천리라 하였다. 양생이 십여 세에 이르러 얼굴이 옥 같고 눈이 샛별 같아 풍채가 준수하고 지혜가 무궁하니 실로 대인 군자였다. 하루는 처사가 부인에게 말하였다.

"나는 세속 사람이 아니요, 봉래산 선관(仙官)으로서 부인과 전생연분이 있어 내려왔는데, 이제 아들을 낳았으니 나는 봉래산으로 가거니와 부인은 말년에 영화를 보시고 부귀를 누리시오."

하고, 학을 타고 공중으로 올라갔다.

처사가 승천한 후에 양생이 이십 세를 당하여 얼굴은 백옥 같고, 글은 이적선(李謫仙) 같으며, 글씨는 왕희지(王羲之)같고, 지혜는 손빈(孫殯) 오기(吳起)도 미치지 못하였다.

하루는 성진이 모친께 아뢰어 말하였다.

"들어보니 과거 시험이 있다 합니다. 소자 모친 슬하를 떠나 서울 황성에 유학하고자 합니다."

유씨가 그의 뜻이 본디 평범하지 않음을 보고 만 리 밖에 보내기 민망하지만, '공명을 얻어 가문을 보전할까 한다.' 하고, 즉시 봉황이 새겨진 금비녀를 팔아 행장을 차려주니, 양생이 모친께 하직하고 한 필 나귀와 삼척 서동(書童)을 데리고 떠났다.

한 곳에 도달하니 수양버들이 있는데 그 가운데 한 작은 누각이 있어 단청은 밝게 빛나고 향기 진동하니 이 땅은 화주 화음현(華州 華陰縣)이었다. 소유가 춘흥을 이기지 못하여 버들을 비스듬히 잡고 〈양류사(楊柳詞)〉를 지어 읊으니 그 글은 다음과 같았다.

버드나무 푸르러 베 짠 듯하니,
긴 가지 그림 같은 누각에 드리웠구나.
원컨대 부지런히 심으세요.
이 버들이 가장 멋지다오.

또 하였으되,

버드나무 어찌 이리 푸르고 푸를까?
긴 가지 비단 기둥에 드리웠구나.
원컨대 그대는 잡아 꺽지 마오.
이 나무가 가장 다정하다오.

하고 읊으니 그 소리 청아하여 옥을 깨치는 듯하였다.

이때 그 누각 위에 옥 같은 처자가 있으니 이제 막 낮잠을 자다가 그 청아한 소리를 듣고 잠을 깨어 생각하되,

'이 소리는 필연 인간의 소리가 아니다. 반드시 이 소리를 찾으리라.'

하고, 베개를 밀치고 주렴을 반만 걷고 옥난간에 비껴서서 사방을 두루 볼 때, 갑자기 양생과 눈이 마주치니 그 처자의 눈을 초생달 같고, 얼굴은 빙옥 같으며, 머리 구비가 헝클어져 귀밑에 드리워졌고, 옥비녀는 비스듬히 옷깃에 걸친 모양이 낮잠 자던 흔적이었다. 그 아리따운 거동을 어디 다 헤아리겠는가.

이때 서동이 객점(客店)에 가 묵을 것을 잡고 와 양생께 고하여,

"저녁밥이 다 되었으니 행차하십시오."

라고 하자, 그 처자가 부끄러워 주렴을 거두고 안으로 들어갔다. 양생이 홀로 누각 아래에서 속절없이 바라보니, 지는 날 빈 누각에 향내뿐이었다. 지척이 천리되고 약수(弱水)가 멀어지니 양생이 할 수 없이 서동을 데리고 객점으로 돌아와 애만 태웠다.

　대개 이 처자의 성은 진씨요, 이름은 채봉이니 진어사의 딸이다. 일찍이 자모를 잃고 동생이 없어, 그 부친이 서울 가 벼슬하는 까닭에 소저가 홀로 종만 데리고 머물렀는데, 뜻밖에 꿈 밖에서 양생을 만나 그 풍채와 재주를 보고 심신이 황홀하여 말하였다.

　"여자가 장부를 섬기기는 인간의 대사요 백년고락이라. 옛날 탁문군(卓文君)이 사마상여(司馬相如)를 찾아갔으니 처자의 몸으로 배필을 청하기는 가하지 않지만, 그 상공의 거주지와 성명을 묻지 아니 하였다가 후에 부친께 고하여 매파를 보내려 한들 어디 가서 찾겠는가?"

　하고, 즉시 편지를 써 유모를 주어 말하였다.

　"객점에 가 나귀를 타고 이 누각 아래에 와 〈양류사〉를 읊던 상공을 찾아 이 편지를 전하고 내 몸이 의지하고자 하는 뜻을 알게 하라."

　유모가 말하였다.

　"이후에 어사도가 노하여 물으시면 어찌하시렵니까?"

　소저가 말하였다.

　"이는 내가 당할 것이니 염려치 말라."

　유모가 말하였다.

　"그 상공이 이미 배필을 정하였으면 어찌하시렵니까?"

　소저가 한참을 생각다가 말하였다.

　"불행히도 배필을 정하였으면 이 상공의 소첩됨이 부끄럽지 아니할 것이다. 또 그 상공을 보니 소년이어서 취처(娶妻)하지 아니하였을 것이니 의심 말고 가라."

유모가 객점으로 가니, 이때 양생이 객점 밖에서 두루 걸으며 글을 읊다가 늙은 할미가 〈양류사〉 읊은 나그네를 찾는 것을 보고 바삐 나아가 물어 말하였다.

"〈양류사〉는 내가 읊었는데 무슨 일로 찾는가?"

유모가 말하였다.

"여기서 할 말씀이 아니오니 객점으로 들어가십시오."

양생이 유모를 이끌고 객점에 들어가 급히 물으니 유모가 말하였다.

"〈양류사〉를 어디서 읊으셨습니까?"

양생이 대답하여 말하였다.

"나는 먼 지방 사람으로 지나다가 마침 한 누각을 보니 양류 춘색(楊柳春色)이 볼만하기에 흥에 겨워 시 한 수를 읊었는데 어찌 묻는가?"

유모가 말하였다.

"낭군께서 그때 상면한 사람이 있으십니까?"

양생이 말하였다.

"마침 하늘의 신선이 누각에 있어 아리따운 거동과 기이한 향내가 이제까지 눈에 있어 잊지 못한다."

유모가 말하였다.

"그 집은 진어사댁이요, 처자는 우리 소저인데 소저가 마음이 총명하고 눈이 밝아 사람을 잘 알아 잠깐 상공을 보시고 몸을 의탁고자 하되, 어사께서 바야흐로 경성에 계시니 이후로 매파를 통하고자 한들 상공이 한번 떠난 후에는 종적을 찾을 길이 없어 노첩(老妾)으로 하여금 사시는 곳과 성명과 취처 여부를 알고자 하여 왔습니다."

생이 크게 기뻐하여 말하였다.

"내 성은 양씨요, 이름은 소유요, 집은 초나라 수주 고을이요, 나이 어려 배필을 정하지 못하였고, 노모가 계시니 혼례를 지내기는 서로 부모께 고하여 해야 하겠지만 배필 정하기는 한마디로 결단하겠다."

유모가 크게 기뻐하여 봉한 편지를 내어드리자, 떼어보니 〈양류사〉에 화답한 글이었다.

그 글에 다음과 같이 쓰여 있었다.

> 누각 앞에 양류를 심기는
> 낭군의 말 매게 함입니다.
> 어찌 이 버들을 꺾어 채를 만들어
> 장대(章臺) 길로 가기를 향하시는지요?

양생이 이글을 보고 탄복하여 말하였다.

"옛날 왕유(王維)와 이백(李白)이라도 미치지 못할 것입니다."

즉시 채전(彩箋)을 빼어 한 수 글을 지어 써서 유모를 주니 그 글은 다음과 같았다.

> 양류 천만 실이
> 실마다 마음을 맺었습니다.
> 원컨대 달 아래 만나
> 즐거운 봄소식을 맺을까 하오.

유모가 받아 품 안에 넣고 객점 문 밖에 나가자 양생이 다시 불러 말하였다.

"소저는 진 땅 사람이요, 나는 초 땅 사람이라서, 산천이 멀리 떨어져 있으니 소식을 통하기가 어렵다. 하물며 오늘날 이룬 징표가 없으니, 생각건대 달빛을 타 서로 상대하여 굳게 약속하여 정함이 어떠한가?"

노모가 허락하고 가서는 즉시 돌아와 소저의 말씀을 양생에게 전하여 말하였다.

"성례(成禮) 전에 서로 보기가 지극히 편치 못하지만, 내 그대에게 의탁코자 하는데 어찌 말씀을 어기겠습니까. 밤에 서로 만나보면 남의 말도 있을 것이요, 부친이 아시면 반드시 죄를 주실 것이니, 원컨대 밝은 날 길에서 만나 약속을 정하는 것이 좋을 듯합니다."

양생이 이 말을 듣고 탄식하며 말하였다.

"소저의 영민한 마음은 남에게 미칠 바가 아니구나."

하고, 유모를 사례하여 보냈다.

양생이 객점에서 자는데 마음에 잊혀지지 않아 잠을 이루지 못하고 새벽 닭 우는 소리를 기다리더니, 한참 후에 날이 장차 밝으려 하자 생이 서동을 불러 말을 먹이는데, 갑자기 큰 규모의 군대가 들어오는 소리가 나 문득 바라보니 천지가 진동하였다. 생이 크게 놀라 옷을 떨쳐 입고 문 밖에 내달아 보니 피난하는 사람들이 분주하게 달아나거늘, 생이 황망히 연고를 묻자,

'신책장군(神策將軍) 구사량(仇士良)[5]이란 사람이 나라를 배반하여 자칭 황제라 하고 군병을 일으키자 천자께서 진노하시어 신책의 대병을 단번에 쳐 파하니 도적이 패군하여 온다.'

하거늘, 생이 더욱 크게 놀라 서동을 재촉하여 피난하여 도망할 때, 갈 바를 몰라 남전산으로 들어가 피하고자 하였다. 아이를 재촉하여 들어가며 좌우를 살펴 산수를 구경하다가, 문득 보니 절벽 위에 수간 초당이 있는데 구름에 가렸고 학의 소리가 들리거늘, '분명 인가가 있다.' 하고, 바위 사이 돌길로 올라 찾아가니 한 도사가 자리 위에 비스듬히 앉았다가 양생을 보고 기뻐하여 물어 말하였다.

"너는 피난하는 사람이니 반드시 회남 양처사의 아들이 아니냐?"

양생이 나아가 재배하며 눈물을 머금고 대답하여 말하였다.

"소생은 양처사의 아들입니다. 아비를 이별하고 다만 어미를 의지하여 재주가 심히 미련하나 망령되이 요행으로 과거를 보려 화음 땅에 이르렀는데

---

5) 구사량 : 당나라 문종, 무종 년간의 장군으로 권세를 전단하며 포학한 일을 많이 행함.

난리를 만나 살기를 도모하여 이곳에 와 오늘날 선생을 만나 부친의 소식을 듣기는 하늘이 명하신 일입니다. 이제 대인의 궤장(几杖)⁶⁾을 모셨으니, 엎드려 빌건대 부친은 어디 계시며 건강은 어떠하십니까? 원컨대 한 말씀을 아끼지 마십시오." 도사가 웃으며 말하였다.

"네 부친이 아까 자각봉에서 나와 바둑을 두었는데 어디로 간 줄을 알겠느냐. 얼굴이 아이 같고 머리카락이 세지 아니하였으니 그대는 염려치 말라."

양생이 또 울며 청하여 말하였다.

"원컨대 선생의 도움으로 부친을 뵙게 하십시오."

도사가 웃으며 말하였다.

"부자간 지극한 정이 중하나 신선과 범인(凡人)이 다르니 보기 어렵다. 또 삼산(三山)이 막연하고 십주(十洲)가 아득하니 네 부친의 거취를 어디 가서 찾겠는가, 너는 부질없이 슬퍼 말고 여기서 머물며 난리가 평정된 후에 내려가거라."

양생이 눈물을 씻고 앉았는데 도사가 갑자기 벽 위의 거문고를 가리켜 말하였다.

"너는 저것을 하느냐?"

생이 대답하여 말하였다.

"소자가 좋아하지만 선생을 만나지 못하여 배우지는 못하였습니다."

도사가 동자를 시켜 거문고를 내려와 세상에 전해지지 않은 네 곡조를 가르치니, 그 소리는 청아하고 맑고 또렷하여 인간 세상에서 듣지 못하던 소리였다. 도사가 생에게 타라고 하자, 양생이 도사의 곡조를 본받아 타니 도사가 기특히 여겨 옥통소 한 곡조를 불며 생을 가르치니 생이 또 능히 따라하였다.

도사가 크게 기뻐하여 말하였다.

"이제 한 거문고와 한 통소를 네게 주니 잃어버리지 말아라. 이후에 쓸 때

---

6) 궤장 : 웃어른의 경칭.

가 있을 것이다."

생이 감사히 절을 하고 말하였다.

"소생이 선생을 만나기도 부친의 인도하심이요, 또 선생은 부친의 친구이시니 어찌 부친과 다르겠습니까? 바라건대 선생을 모셔 제자가 되고 싶습니다."

도사가 웃으며 말하였다.

"인간의 공명이 너를 따르니 네 아무리 하여도 피하지 못할 것이다. 어찌 나와 같은 노부(老夫)를 쫓아 속절없이 늙겠느냐? 말년에 네 돌아갈 곳이 있으니 우리와 상대할 사람은 아니다."

양생이 다시 재배하고 말하였다.

"소자가 화음 땅의 진씨 여자와 혼사를 의논하였는데, 난리에 바쁘게 도망하였으니 이 혼사가 되겠습니까?"

도사가 웃으며 말하였다.

"네 혼사는 여러 곳에 있지만 진씨와의 혼사는 어두운 밤 같으니 생각지 말아라."

양생이 도사를 모시고 자는데 문득 동방이 밝았다. 도사가 생을 불러 말하였다.

"이제 난이 평정되었고 과거는 다음 봄으로 기한이 옮겨졌다. 대부인이 너를 보내고 주야로 염려하시니 어서 가거라."

하고, 행장을 차려 주었다. 양생이 상하에 내려 재배하고 거문고와 퉁소를 가지고 동구 밖으로 나와 돌아보니 그 집이며 도사는 간 데 없었다.

처음에 양생이 들어갈 때는 춘삼월이어서 화초가 만발하였는데 나올 때에는 국화가 만발하였기에 이상하게 여겨 행인에게 물으니 추팔월이었다. 어찌 도사와 하룻밤 잔 것이 이토록 오래인가, 헛된 것이 세상이로다. 양생이 나귀를 재촉하여 몰아 진어사 집을 찾아오니 양류는 간 데 없고 집이 다 쑥밭이 되어 있었다. 생이 속절없이 빈 터에 서서 소저의 〈양류사〉를 읊으며 소식을 묻고자 하였지만, 인적이 없어 어쩔 수 없이 객점으로 가 물어 말하였다.

"저 진어사 가솔(家率)이 어디로 갔는가?"

주인이 탄식하여 말하였다.

"상공이 듣지 못하셨군요? 진어사는 역적에 참여하여 죽고 그 소저는 서울로 잡혀갔는데, 혹 죽었다 하고, 혹 궁중 노비가 되었다 하니 자세히 알지 못하겠습니다."

양생이 이 말을 듣고 슬픔을 이기지 못하여 말하였다.

"남전산 도사가 진씨 혼사는 어두운 밤 같다 하더니, 진소저는 분명히 죽었구나."

하고, 즉시 행장을 꾸려 출발해 수주로 향하였다.

이때 유씨가 생을 보낸 후에 경성이 어지러움을 듣고 주야로 염려하더니 문득 생을 보고 내달아 붙들고 울며 죽었던 사람을 다시 본 듯하였다.

"작년 황성에 가 난리 중에 위태로운 지경을 면하고 살아와 모자가 다시 상면하기도 천행이요, 또 네 나이가 어리니 공명은 바쁘지 아니하나 내 너를 만류치 아니함은 이 땅이 좁고 또 궁벽하기 때문이다. 네 나이 십륙 세니 배필을 구할 것이지만 가문과 재주와 얼굴이 너와 같은 사람이 없구나. 경성 춘명문 밖에 자청관(紫淸觀)의 두련사(杜鍊師)라 하는 사람은 나의 외사촌 형제다. 지혜가 넉넉하고 기개와 도량이 평범치 않아 모든 명문귀족을 다 알고 있다. 내가 편지를 부치면 반드시 너를 위하여 어진 배필을 구해 줄 것이다."

하고, 편지를 주거늘 생이 행장을 차려 하직하고 떠났다.

낙양 땅에 이르니 낙양은 천자가 머무는 수도(首都)이다. 번화한 풍경을 구경코자 하여 천진교(天津橋)에 이르니 낙숫물은 동정호를 지나 천 리 밖으로 흐르고, 다리는 황룡이 굽이를 편 듯한데 다리 가에 한 누각이 있으니 단청은 찬란하고 난간은 층층하였다. 금안장을 한 좋은 말들은 좌우에 매어 있고 누각의 비단 장막은 은은한 가운데 온갖 풍류 소리가 들리거늘 생이 누각 아래에 다다라 물어 말하였다.

"이 어떠한 잔치인가?"

다 이르되,

"모든 선비가 일대 이름난 기생을 데리고 잔치합니다."

양생이 이 말을 듣고 취흥을 이기지 못하고 말에서 내려 누각 위에 올라가니, 모든 선비가 미인 수십 사람을 데리고 서로 좋은 자리 위에 앉아 떠들썩하며 담소가 단란하다가 양생의 거동과 풍채가 깨끗함을 보고 다 일어나 읍하여 맞아 앉았다. 성명을 통한 후에 노생이라 하는 선비가 물어 말하였다.

"내 양형의 행색을 보니 분명 과거를 보러 가십니까?"

생이 말하였다.

"과연 재주는 없지만 굿이나 보러 가거니와 오늘 잔치는 한갓 술만 먹고 노는 일이 아니라 문장을 다투는 뜻이 있는 듯합니다. 소제(小弟)와 같은 사람은 먼 지방 미천한 사람으로 나이가 어리고 견식이 심히 천하고 비루하니 용렬한 재주로 여러 공의 잔치에 참여함이 극히 외람됩니다."

모든 선비가 양생이 나이가 젊고 언어가 겸손함을 보고 오히려 쉽게 여겨 말하였다.

"과연 그러하지만 양형은 후에 왔으니 글을 짓거나 말거나 하고 술이나 먹고 가시오."

하고, 이어서 잔 돌리기를 재촉하고 온갖 풍류를 일시에 울리게 하였다.

생이 눈을 들어보니 모든 창기는 각각 풍악을 가지고 즐겼지만, 한 미인이 홀로 풍류도 아니하고 말도 아니 하며 앉았는데 아름다운 얼굴과 얌전한 태도가 정말로 국색(國色)이었다. 한번 보자 정신이 황홀하여 정처가 없고, 그 미인도 자주 추파를 들어 정을 보내는 듯하였다. 생이 또 바라보니 그 미인의 앞, 흰 옥으로 된 책상에 글 지은 종이가 여러 장 있거늘, 생이 여러 선비를 향하여 읍하고 말하였다.

"저 글이 다 모든 형들의 글입니까? 주옥같은 글을 구경함이 어떠합니까?"

여러 선비가 미처 대답하지 못 할 때, 그 미인이 급히 일어나 그 글을 받들어 양생 앞에 놓거늘, 양생이 차례로 보니 그 글이 놀라운 글귀가 없고 평범하였다. 생이 속으로 말하였다.

'낙양은 인재가 많다 하더니 이것으로 보면 헛된 말이로다.'

그 글을 미인에게 주고 여러 선비께 읍(揖)하여 말하였다.

"궁벽한 벽지의 미천한 선비가 상국의 문장을 구경하니 어찌 즐겁지 아니하겠습니까?"

이때 여러 선비가 술이 다 취하여서 웃으며 말하였다.

"양형은 다만 글만 좋은 줄 알고 더욱 좋은 일이 있는 줄을 알지 못하는구려."

양생이 말하였다.

"소제가 모든 형의 사랑함을 입어 함께 취하였는데 더욱 좋은 일을 어찌 말하지 아니하십니까?"

왕생이라 하는 선비가 웃으며 말하였다.

"냑양은 예부터 인재의 고장이오, 이번 과거의 방목(榜目)7) 차례를 정하고자 하는데, 저 미인의 성은 계요, 이름은 섬월이오, 한갓 얼굴 아름답고 가무 출중한 뿐 아니라 글을 알아보는 슬기 또한 신통하여 한번 보면 과거의 합격과 낙제를 정하기에, 우리도 글을 지어 계랑과 오늘밤 연분을 정하고자 하니 어찌 더욱 좋은 일이 아니겠소, 양형 또한 남자라 좋은 흥이 있거든 우리와 함께 글을 지어 우열을 다툼이 어떠하오?"

생이 말하였다.

"여러 형들의 글은 지은 지 오래니 누구의 글을 취하여 읊었습니까?"

왕생이 말하였다.

---

7) 방목 : 과거 합격자 명부

"아직 불만족해 하고 붉은 입술과 흰 이를 열어 양춘곡조(陽春曲調)를 아뢰지 아니하니 분명히 부끄러운 마음이 있어 그러한가 하오."

양생이 말하였다.

"소제는 글도 잘 못하거니와 하물며 국외인(局外人)이라 여러 형과 재주를 다투는 것이 미안 합니다."

왕생이 크게 말하였다.

"양형의 얼굴이 계집 같지만, 어찌 장부의 기품이 아니오. 다만 양형이 글 지을 재주가 없다면 할 수 없겠지만 재주가 있다면 어찌 사양하려 하시오."

생이 처음 계랑을 본 후에 시를 지어 뜻을 시험코자 하였지만, 여러 선비가 시기할까 주저하였는데 이 말을 듣고 즉시 종이와 붓을 들어 거침없는 필체로 순식간에 세 장의 시를 쓰니, 바람 돛대가 바다에서 달리는 것 같고 목마른 말이 물에 닿은 것 같았다. 여러 선비들이 시 글귀가 민첩하고 필법(筆法)이 매우 생생함을 보고 크게 놀라지 않는 사람이 없었다.

양생이 여러 선비를 향해 읍하여 말하였다.

"이 글을 먼저 여러 선비께 드려야 마땅하나, 오늘 좌중의 시관(試官)은 곧 계랑입니다. 글 바칠 시각이 미치지 못하였습니까?"

하고, 즉시 시 쓴 종이를 계랑에게 주니 계랑이 샛별 같은 눈을 뜨며 옥 같은 소리로 높이 읊자, 그 소리는 외로운 학이 구름 속에 우는 듯, 짝 잃은 봉황이 달밤에 우지지는 듯하여 진나라의 쟁과 조나라의 거문고라도 미치지 못할 정도였다.

그 글은 다음과 같았다.

초객(楚客)이 서유로입진(西遊路入秦)하니
주루래취낙양춘(酒樓來醉洛陽春)을.
월중단계(月中丹桂)를 수선절(誰先折)고?
금대문장(今代文章)이 자유인(自由人)을.

뜻은 다음과 같다.

> 초나라 손이 서쪽에서 놀다가 길이 진나라에 드니,
> 술집에 와 낙양춘 술에 취하였도다.
> 달 가운데 붉은 계수나무를 누가 먼저 꺾을고,
> 오늘날 문장이 스스로 사람이 있도다.

여러 선비가 처음에 양형을 쉽게 여겨 글을 지으라 하다가 양형의 글이 섬월의 눈에 든 것을 보고 낙담하여 계랑을 돌아보며 아무 말도 못하였다. 양생이 그 기색을 보고 갑자기 일어나 여러 선비에게 하직하고 말하였다.

"소제가 여러 형의 가엾게 여겨 돌보심을 입어 술이 취하니 감사하거니와 갈 길이 멀어 종일 담화치 못하겠습니다. 훗날 곡강연(曲江宴)에서 다시 뵙겠습니다."

하고 내려가니 여러 선비가 만류치 아니하였다. 생이 누각에서 내려가자 계랑이 바삐 내려와 생에게 말하였다.

"이 길로 가시다가 길 가 분칠한 담장 밖에 앵두화가 성한 곳이 바로 첩의 집입니다. 원컨대 상공께서 먼저 가시어 첩을 기다리십시오, 첩 또한 곧 따라가겠습니다."

생이 머리를 끄덕이며 대답하고 갔다. 섬월이 누각에 놀라가 여러 선비께 고하여 말하였다.

"모든 상공이 첩을 더럽게 아니 여기시어 한 곡조 노래로 연분을 정하셨으니 어찌 하면 좋겠습니까?"

여러 선비가 말하였다.

"양생은 객이라서 우리와 약속한 사람이 아니니 어찌 거리낄 것 있겠는가?"

섬월이 말하였다.

"사람이 신의가 없으면 어찌 옳다 하겠습니까? 첩이 병이 있어 먼저 가오니, 원컨대 상공들은 종일토록 즐기십시오."

하고, 하직하고 천천히 걸어 누각에서 내려가니 여러 선비가 앙심을 품었지만 처음에 이미 언약이 있었고, 또 그 냉소하는 기색을 보고 감히 한 말도 못하였다.

이 때 생이 객점에 머물다가 날이 저물어 섬월의 집을 찾아가니 섬월이 이미 먼저 와 있었다. 중당을 쓸고 촛불을 켜고 기다리는데, 생이 앵두화 나무에 나귀를 매고 문을 두드리며 불러 말하였다.

"계랑은 있느냐?"

섬월이 문 두드리는 소리를 듣고 신을 벗고 내달아 손을 이끌어 말하였다.

"상공께서 먼저 가셨는데 어찌 이제야 오십니까?"

생이 웃으며 말하였다.

"주인이 손을 기다려야 옳으냐, 손이 주인을 기다려야 옳으냐?"

서로 이끌고 중당에 들어가 옥 술잔에 술을 부어 취토록 권한 후에 원앙금 침을 한 가지로 하니 초양대(楚陽臺)에서 무산(巫山) 신녀(神女)를 만난 듯, 낙포(洛蒲) 왕모(王母) 선녀(仙女)를 만난 듯 그 즐거움을 어이 다 기록 하겠는가.

이럭저럭 밤이 깊었다. 섬월이 눈물을 머금고 탄식하여 말하였다.

"첩의 몸을 이미 상공께 의탁하였으니 첩의 사정을 잠깐 생각하십시오. 첩은 조 땅 사람입니다. 첩의 부친이 이 고을 태수가 되었는데 불행하여 세상을 버리신 후에 가세가 몰락하고 고향이 멀어서 천리 밖에 반장(返葬) 할 길이 없어, 첩의 계모가 첩을 백금을 받고 창가(娼家)에 팔아 장례를 치르니 첩이 차마 거스르지 못하여 슬픔을 머금고 몸을 굽혀 이제까지 부지하였는데, 천행을 입어 낭군을 만나니 해와 달이 다시 밝은 듯합니다. 원컨대 낭군께서 첩을 비루하게 생각지 아니 하신다면 물 긷는 종이나 될까 합니다."

양생이 말하였다.

"나는 본디 가난하여 처첩을 둠이 어려우니 자당께 말씀드려 아내를 삼겠다."

삼월이 앉아 말하였다.

"낭군께서는 어찌 그런 말씀을 하십니까? 지금 천하의 재주를 헤아리건대 낭군께 미칠 사람이 없습니다. 이번 과거 장원은 하려니와 승상의 인끈[8]과 장군의 절월(節鉞)[9]이 오래지 아니하여서 낭군께 돌아올 것이니 천하 미색이 누가 아니 쫓겠습니까? 어찌 저만한 사람으로 아내 삼기를 원하십니까? 낭군은 어진 아내를 구하여 대부인을 모신 후에 첩을 버리시지나 마십시오."

생이 말하였다.

"내 일찍이 화음 땅을 지나다가 마침 진가 여자를 보니 그 얼굴과 재주가 계랑과 비슷하였는데 불행하게 죽었으니 어디 가서 다시 어진 아내를 얻겠는가?"

섬월이 말하였다.

"그 처자는 진어사의 딸 채봉입니다. 진어사가 낙양 태수로 오셨던 때에 첩이 그 낭자와 더불어 친하게 지냈습니다. 그 낭자 같은 얼굴과 재주는 과연 얻기 어렵거니와 이제는 속절없으니 생각지 마시고 다른 데 구혼하십시오."

생이 말하였다.

"옛부터 천하 절색이 없다 하니 진낭자와 계낭자가 있는데 또 어디 가서 다시 구하겠는가?"

섬월이 웃으며 말하였다.

"낭군의 말씀이 진실로 우물안 개구리 같습니다. 우리 창가(娼家)로 말하면 절색이 셋이 있으니 강남의 만옥연이요, 하북의 적경홍이요, 낙양의 계섬월입니다. 첩은 모처럼 허황된 이름을 얻었지만 만옥연과 적경홍은 진실로 절색입니다. 어찌 천하에 절색이 없다 하겠습니까?"

생이 말하였다.

---

8) 인끈 : 병권(兵權)을 가진 무관이 발병부(發兵符) 주머니를 매어 차던, 길고 넓적한 녹비 끈.
9) 절월 : 절부월(節斧鉞). 조선 시대에, 관찰사·유수(留守)·병사(兵使)·수사(水使)·대장(大將)·통제사 들이 지방에 부임할 때에 임금이 내어 주던 물건.

"저 두 낭자는 외람되게 계낭과 이름을 가지런히 하였구나."

섬월이 말하였다.

"옥년은 먼 지방 사람이라 보지는 못하였지만, 경홍은 저와 아주 형제 같으니 경홍의 일생 본말을 대충 고하겠습니다. 경홍은 곧 반주 양민의 딸입니다. 일찍 부모를 잃고 그 고모께 의탁하였는데 십 세부터 아주 빼어난 미색이 하북(河北)에 이름이 자자하여 근방 사람이 천금으로 구하는 사람이 많아 매파가 구름같이 모였지만 경홍이 모두 물리치니 매파가 고모에게 물어 말하였습니다. '동서로 모두 물리치니 어떤 훌륭한 신랑을 구하여야 고모의 뜻에 합당하겠습니까? 대승상의 총애하는 첩이 되고자 하시는가, 아니면 절도사의 부실(副室)이 되고자 하시는가, 이름난 선비에게 허락코자 하시는가, 뛰어난 재주를 가진 선비에게 보내고자 하시는가?' 경홍이 크게 노하여 대답하여 말하였습니다. '진나라 때 동산(東山)에서 기생들을 모아들이던 사안석(謝安石)이 있으면 가히 대승상의 첩이 될 것이요, 삼국 때 사람들에게 곡조 가르치던 주공근(周公瑾)이 있으면 가히 절도사의 첩이 될 것이요, 현종 조에 청평사(清平詞)를 드리던 한림학사가 있으면 가히 이름난 선비를 좇을 것이요, 무제 때 봉황곡(鳳凰曲)을 아뢰던 사마상여(司馬相如)가 곧 있으면 뛰어난 재주를 가진 선비를 가히 따를 것이라.' 하니, 모든 매파가 크게 웃고 흩어졌습니다. 경홍이 첩과 함께 상국사(上國寺)에 놀러가 첩에게 말하였습니다. '우리 두 사람이 진실로 뜻하던 군자를 만나거든 서로 천거하여 함께 한 사람을 섬겨 백년을 해로하자.'고 하여, 첩이 또한 허락하였는데 첩이 낭군을 만남에 문득 경홍을 생각하지만 경홍이 산동 제후의 궁중에 있으니 이는 분명히 호사다마(好事多魔)입니다. 왕후(王侯)의 희첩(姬妾)이 부귀가 극진하나 이것은 경홍의 소원이 아닙니다."

이어서 탄식하여 말하였다.

"어찌 한번 경홍을 보고 이 정회를 풀겠습니까?"

양생이 말하였다.

"창가에 비록 재색이 많으나 사대부 집의 규수는 보지 못하니 어찌 알겠는가?"

섬월이 말하였다.

"내 눈으로 보건대 진낭자만한 사람이 없을 뿐 아니라 장안 사람이 다 정사도의 여자가 요조한 얼굴과 유한한 덕행이 당세에 으뜸이라 하니 첩이 비록 보지는 못하였으나, '이름이 높으면 실속 없는 빈 명예가 없다.' 하니, 원컨대 낭군은 경성에 가서서 두루 방문 하십시오."

이때 닭이 울어 날이 샜다.

섬월이 말하였다.

"이곳은 오래 머물 곳이 아니니 상공은 가십시오, 이후에 모실 날이 있을 것이니 아녀자를 위하여 떠나는 것을 슬퍼 마십시오. 하물며 어제 여러 공자들의 앙심 품은 마음이 없겠습니까?"

생이 오히려 눈물을 뿌리고 떠났다.

각설이라.

양생이 장안에 들어가 숙소를 정한 후에 주인에게 물어 말하였다.

"자청관이 어디에 있는가?"

주인이 대답하여 말하였다.

"저 춘명문 밖에 있습니다."

생이 즉시 예단(禮緞)을 갖추고 두련사를 찾아가니 연사는 나이 육십이 넘었다. 생이 들어가 재배하고 그 모친의 편지를 드리니 연사가 그 편지를 보고 눈물을 흘리며 말하였다.

"네 어머니와 이별한 지 이십여 년이 되었구나. 그 후에 낳은 자식이 이렇듯 컸으니 세상 일월이 헛된 것이로다. 나는 세상 번화(繁華)를 버리고 세상 밖에 와 있거니와, 네 모친 편지를 보니 네 배필을 구하라 하였지만 네 풍채를 보니 진실로 신선이다. 아무리 구하여도 너 같은 사람은 얻기 어렵거니와 다시 생각할 것이니 훗날 다시 오너라." 생이 말하였다.

"소자의 어머니께서 연세가 많으십니다. 소자의 나이가 십륙 세나 배필을 정하지 못하여 효도하여 봉양치 못하고 있으니, 원컨대 숙모님은 십분 염려하십시오." 하직하고 갔다.

이때 과거 날이 가까웠지만 혼처를 정하지 못하였기에 과거의 뜻이 없어 다시 자청관에 가니 두연사가 웃으며 말하였다.

"한 혼처 있는데 처자의 얼굴과 재주는 양랑과 배필이다. 귀족집 붉은 문이 겹겹이 되어 있고 계극(棨戟)을 문 밖에 베푼 데가 바로 그 집이다. 문벌이 가장 높은 사람이 육대공후(六代公侯)요, 삼대상국(三代相國)이라. 양랑이 이번에 장원 급제 하면 그 혼사를 바랄 것이나 그 전에는 의논하지 못할 것이니, 양랑은 나만 보채지 말고 착실히 공부하여 장원 급제를 하라."

"누구의 집입니까?" 연사가 말하였다.

"춘명문 밖의 정사도 집이다. 사도가 한 딸을 두었는데 신선이요, 인간 사람이 아니다."

생이 이 말을 듣고 갑자기 생각하되, '계섬월이 그런 말을 하더니 과연 그러한가' 하여 물어 말하였다.

"정씨 여자를 숙모님이 친히 보셨습니까?" 연사가 말하였다.

"어찌 보지 못하였겠는가? 정소저는 진실로 하늘 나라 사람이요, 범인이 아니다. 어이 다 입으로 헤아리겠는가?" 생이 말하였다.

"어리 석지만 이번 과거는 내 손 안에 있어 염려치 아니하지만, 평생에 정한 뜻이 있으니 그 처자를 보지 못하면 결단코 구혼치 않고자 하니, 원컨대 불쌍히 여겨 그 소저를 보게 해 주십시오." 연사가 크게 웃으며 말하였다.

"재상집 처녀를 어이 보겠는가? 양랑이 이 노인을 믿지 아니하는구나." 생이 말하였다.

"소자가 어찌 사부의 말씀을 의심하겠습니까마는 사람의 소견이 각각 다르니 사부의 소견이 소자와 다를까 염려하는 것입니다."

연사가 웃으며 말하였다.

"봉황과 기린은 아무리 무식한 계집이라도 상서(祥瑞)로운 줄을 알아보고 푸른 하늘과 밝은 태양은 아무리 지극히 천한 시골 사람이라도 높고 밝은 줄을 아는데, 노인의 눈이 아무리 밝지 못한들 사람 알기를 양랑만 못하겠는가."

생이 한참을 생각하다가 말하였다.

"아무리 해도 내 눈으로 보지 못하면 의심이 풀리지 아니하오니, 원컨대 사부는 모친께서 편지한 뜻을 생각하셔서 한번 보게 해 주십시오."

연사가 말하였다.

"죽기는 쉬워도 정소저 보기는 어렵다. 어이하면 좋은가?"

하더니 갑자기 생각하여 말하였다.

"네가 혹시 음률을 아느냐?" 생이 말하였다.

"지난 해 한 도사를 만나 한 곡조를 배워 압니다."

연사가 말하였다.

"재상가의 뜰이 엄숙하니 날지 못하면 들어갈 길 없고, 또 소저가 경서와 예문(禮文)을 능통하여 동정출입(動靜出入)을 예(禮)대로 하기에 문 밖에 나는 일이 없으니 어찌 그림자나 얻어 보겠는가. 다만 한 일이 있지만 양랑이 듣지 아니할까 염려되는구나."

생이 이 말을 듣고 일어나 재배하여 말하였다.

"정소저를 볼 수만 있다면 하늘이라도 오를 것이요, 깊은 못이라도 들어가리니 무슨 일을 듣지 아니하겠습니까?" 연사가 말하였다.

"정사도가 요사이 늙고 병들어 벼슬을 사양하고 원림(園林)에 돌아와 풍류만 일삼고, 부인 최씨는 거문고를 좋아하여 거문고를 잘 타는 객을 만나면 소저와 함께 곡조를 의논하는데, 소저가 지음(知音)을 잘 해서 한번 들으면 청탁고저를 모를 것이 없으니 비록 사광(師曠)이라도 더하지 못할 것이다.

양랑이 만일 거문고를 알면 분명히 보기 쉬울 것이다. 이월 그믐날은 정사도의 생일이라 해마다 시비를 보내어 향촉을 갖추어 수복(壽福)을 비니, 그때 양랑이 여도사(女道士)의 옷을 입고 거문고를 타면 시비가 보고 돌아가서 부인께 고하면 부인이 반드시 청할 것이고, 그러면 소저를 보기 분명 쉬울 듯하니 양랑은 연분만 기다리라.”

생이 크게 기뻐하여 날을 기다리다 이럭저럭 날이 당하니 정사도의 시비가 부인의 명으로 향촉을 가지고 왔거늘, 연사가 받아 삼청전(三淸殿)에 가서 불전에 가 공양하고 시비를 보낼 때, 이때 생이 여도사의 의관을 하고 별당에 앉아 거문고를 탔다. 시비가 하직하다가 문득 거문고 소리를 듣고 물어 말하였다.

“내 일찍이 부인 앞에서 이름난 거문고 소리를 많이 들었지만 이런 소리는 과연 듣지 못하였으니 모르겠지만 어떤 사람입니까?”

연사가 말하였다.

“엊그제 나이 어린 여관(女官)이 초 땅에서 와 황성을 구경하고 여기 와 머물고 있다. 때때로 거문고를 타니 그 소리가 심히 사랑스럽더구나. 나는 본디 음률에 귀먹어 곡조를 모르는데 그대의 말을 들으니 진실로 잘 하는 것 같구나.” 시비가 말하였다.

“부인의 말씀을 들으면 반드시 청하실 것이니, 바라건대 사부님이 이 사람을 잡아두십시오.” 연사가 말하였다.

“그대를 위하여 잡아두겠다.”

하고 시비를 보냈다.

생이 이 말을 듣고 부인의 부르심을 기다리더니, 시비가 돌아가 부인께 고하여 말하였다.

“자청관에 어떤 여관이 거문고를 타는데 그 소리가 진실로 들음직하였습니다.”

부인이 이 말을 듣고 기뻐하며 말하였다.

"내 잠깐 듣고자 한다."

하고, 즉시 시비를 자청관에 보내어 두련사께 청하여 말하였다.

"나이 어린 여관이 거문고를 잘 탄다 하니, 원컨대 도인(道人)은 권하여 보내십시오."

연사가 시비를 데리고 별당에 가 양생에게 물어 말하였다.

"최부인께서 불러계시니 여관은 나를 위하여 잠깐 가봄이 어떠한가?"

생이 말하였다.

"먼 지방 천한 몸이 존귀한 댁 출입이 어려우나 대사께서 권하시니 어찌 감히 사양하겠습니까?"

하고, 여도사의 옷을 입고 화관(花冠)을 바로 쓰고 거문고를 안고 나오니 선풍도골(仙風道骨)은 위부인과 사자연(謝自然)이라도 미치지 못하였다. 가마를 타고 정부(鄭府)에 가니 최부인이 중당에 앉았는데 위의가 엄숙하였다. 생이 당하에 나아가 재배하니 대부인이 시비를 명하여 자리를 주고 말하였다.

"우연히 시비로 인하여 신선의 음악 소리를 듣고자 하여 청하였는데 과연 여관을 보니 천상 선녀를 만난 듯하여 세상 마음이 다 없구나."

생이 말하였다.

"첩은 본디 초나라 천한 사람이라 외로운 자취 구름같이 동서로 다니다가 오늘날 부인을 모시니 하늘의 뜻인가 합니다."

부인이 생의 거문고를 취하여 무릎에 놓고 손으로 만지며 말하였다.

"이 재목이 진실로 묘하도다."

생이 말하였다.

"이 재목(材木)은 용문산(龍門山)에서 백 년 자란, 오래 된 오동나무라 천금으로 사려고 하여도 얻지 못할 것입니다."

생이 마음속으로 생각하되, 이 사지(死地)에 들어오기는 소저를 보려 함인데 날이 늦어가도 소저를 보지 못하니 마음에 의심하여 부인께 고하여 말하였다.

"첩이 비록 예부터 전하여 오는 곡조를 타오나 청탁을 알지 못합니다. 자청관에 와 들으니 소저가 지음(知音)을 잘 하신다 하니 한 곡조를 아뢰어 가르치는 말씀을 듣고자 하였는데 소저가 안에 계시니 마음이 섭섭합니다."

부인이 시비를 시켜 즉시 소저를 불렀다. 한참 후에 소저가 비단 장막을 잠깐 걷고 나와 부인 앞에 앉으니 생이 일어나 절하고 앉으며 눈을 들어 바라보니 태양이 처음으로 붉은 안개 속에서 비취는 듯, 아리따운 연꽃이 물 가운데 피었는 듯 심신이 황홀하여 안정치 못하였다. 생이 생각하되, 멀리 앉아 소저의 얼굴을 자세히 못 볼까하여 일어나 다시 고하여 말하였다.

"한 곡조를 시험하여 소저의 가르침을 듣고자 하였는데, 화당(華堂)이 멀어 소리가 흩어지면 소저의 귀에 자세하지 못할까 염려됩니다."

부인이 즉시 시비를 명하여 자리를 옮겼다. 생이 고쳐 앉으며 거문고를 무릎 위에 놓고 줄을 고른 후에 한 곡조를 타니 소저가 말하였다.

"아름답다, 곡조여! 이 곡조는 〈예상우의곡(霓裳羽衣曲)〉이다. 도인의 수법은 신통하나 음난한 곡조니 들음직하지 아니하다. 예부터 전해오는 다른 곡조를 듣고자 한다."

생이 또 한 곡조를 타니 소저가 말하였다.

"이 곡조는 진후주(陳後主)의 〈옥수후정화(玉樹後庭花)〉다. 망국조(亡國調)니 들음직하지 아니하구나. 다른 곡조가 있느냐?"

생이 또 한 곡조를 타니 소저가 말하였다.

"이는 채문희(蔡文姬)가 오랑캐에게 잡혀가 두 자식을 생각한 곡조라. 절개를 잃었으니 어찌 들음직하겠는가?"

생이 또 한 곡조를 타니 소저가 말하였다.

"이는 왕소군(王昭君)의 〈출새곡(出塞曲)〉이다. 오랑캐 땅의 곡조니 어찌 들음직하겠는가?"

또 한 곡조를 타니 소저가 말하였다.

"이 곡조를 듣지 못한 지 오래 되었다. 여관은 보통 사람이 아니다. 옛날 혜숙야(嵇叔夜)의 〈광릉산(廣陵散)〉이라 하는 곡조다. 혜숙야가 도적을 쳐 파하고 천하를 맑게 하고자 하다가 뜻밖에 참소를 만남에 분을 이기지 못하여 이 곡조를 지었거니와 후세에 전할 사람이 없었는데 여관은 어디서 배웠느냐?"

생이 일어나 절하고 사례하여 말하였다.

"소저의 총명은 세상에 없습니다. 소첩의 스승 말씀도 그러하였습니다."

또 한 곡조를 타니 소저가 말하였다.

"이는 백아(佰牙)의 〈수선조(水仙操)〉다. 도인이 천백 년 후에 백아(佰牙)의 지음(知音)이구나."

또 한 곡조를 타니 옷깃을 여미고 꿇어앉아 말하였다.

"이는 공부자(孔夫子)의 〈의란조(倚蘭操)〉다. 우뚝 높아서 어찌 이름을 붙이겠는가. 아름다움이여! 이에 지날 것이 없으니 어찌 다른 곡조를 원하겠는가?"

생이 말하였다.

"첩이 듣자오니 아홉 곡조를 이루면 천신이 내린다 하는데, 이미 여덟 곡조를 탔고 또 한 곡조가 남았으니 마저 탈까 합니다."

줄을 고쳐 다스려 타니 그 소리가 청량하여 사람의 마음을 방탕케 하였다. 소저가 눈썹을 나직이 하고 말하지 아니하니 생이 곡조를 더욱 빠르게 몰아쳐 소리가 호탕하였다.

"봉(鳳)이여, 봉이여."

그 황(凰)을 구하는 곡조에 이르러 소저가 눈을 들어 생을 자주 돌아보며 옥같이 아름다운 얼굴에 부끄러운 빛을 띠고 즉시 일어나 안으로 들어가자, 생이 놀라 거문고를 밀치고 소저가 가는 데만 보니, 부인이 말하였다.

"여관이 아까 탄 곡조는 무슨 곡조냐?"

생이 말하였다.

"선생께 배웠지만 곡조 이름은 알지 못하기에 소저의 가르치심을 듣고자 하였는데 소저는 아니 오십니까?"

부인이 시비를 명하여 소저를 부르시니 시녀가 돌아와 고하였다.

"소저가 반나절을 바람을 쏘여 기운이 편치 아니하다 합니다."

생이 이 말을 듣고 소저가 아는가 하여 크게 놀라, '오래 머물지 못하겠구나.'하고, 즉시 일어나 재배하여 말하였다.

"듣자오니 소저가 옥체 불평하시다 하오니, 생각건대 부인이 진맥하실 것 같아 소첩은 물러 가겠습니다."

부인이 상으로 비단을 많이 주었지만 사양하며,

"첩이 천한 재주를 배웠으니 어찌 값을 받겠습니까?"

라 말하고 갔다.

부인이 즉시 들어가 물으시니, 소저의 병이 이미 나았다. 소저가 침소에 가 시녀에게 물어 말하였다.

"춘랑의 병이 어떠하냐?"

시녀가 말하였다.

"오늘은 잠깐 나아 소저가 거문고 소리를 희롱하심을 듣고 일어나 세수하였습니다."

춘운이 소저를 모시고 밤낮 함께 거처하니 비록 주인과 종의 분수는 있으나 정은 형제 같았다.

이날 소저의 방에 와 물어 말하였다.

"아침에 어떤 여관이 거문고를 가지고 와 좋은 소리를 탄다 하여 병을 억지로 참고 왔는데 무슨 까닭으로 그 여관이 속히 갔습니까?"

소저가 낯빛이 붉어지며 가만히 대답하여 말하였다.

"내가 몸 가지기를 법대로 하고 말씀을 예대로 하여 나이가 십륙 세 되었지만 중문(中門) 밖에 나가 외인(外人)을 대면치 아니하였는데, 하루 아침에 간사한 사람에게 평생 씻지 못할 욕을 입으니 무슨 면목으로 너를 대면하겠는가." 춘운이 크게 놀라 말하였다.

"무슨 일이기에 이런 말씀을 하십니까?" 소저가 말하였다.

"아까 왔던 여관이 얼굴이 아름답고 기상이 준수하였단다. 처음에 〈예상우의곡〉을 타고 나중에 〈남훈곡(南薰曲)〉을 타기에 내가 '진선진미(盡善盡味)하니 그만하라.' 하였지만 또 한 곡조를 타니 이는 사마상여가 탁문군을 꼬이던 〈봉구황곡(鳳求凰曲)〉이었다. 그제서야 자세히 보니 그 여관이 얼굴은 아름다우나 기상이 호탕하여 아마도 계집이 아니었다. 분명 간사한 사람이 내 허명(虛名)을 듣고 춘색을 구경코자 하여 변복(變服)을 하고 온 것이니, 다만 춘랑이 병들어 보지 못한 것이 애닯구나. 춘랑이 곧 한번 보았으면 남녀를 구별하였을 것이다. 춘랑은 생각해 보라. 내 규중 처녀로서 평생에 보지 못하던 사내를 데리고 반나절을 서로 말을 주고 받았으니 천하에 이런 일이 있을 수 있겠느냐? 아무리 부모라도 차마 아뢰지 못하였는데 춘랑에게 말하노라." 춘운이 웃으며 말하였다.

"소저는 여관의 〈봉황곡〉을 듣고 사마상여의 〈봉황곡〉은 아니었으니 어찌 그리 과하게 생각 하십니까. 옛날 사람이 잔 가운데 활 그림자를 보고 병들었다는 것과 같습니다. 또 그 여관이 얼굴이 아름답고 기상이 호방하며 음률을 능통하니 참으로 사마상여인가 합니다." 소저가 말하였다.

"비록 사마상여라도 나는 탁문군이 되지 아니할 것이다."

하루는 소저가 부인을 모시고 중당에 앉았는데 사도가 과거 방목(榜目)을 가지고 희색이 만연하여 들어오며 부인에게 말하였다.

"내 아기의 혼사를 정하지 못하여 밤낮으로 염려하였는데 오늘날 어진 사위를 얻었소." 부인이 말하였다.

"어떤 사람입니까?" 사도가 말하였다.

"이번 장원한 사람은 성은 양씨요 이름은 소유요, 나이는 십륙 세요, 회남 땅 사람이오. 그 풍채는 두목지(杜牧之)요, 그 재주는 조자건(曹子健)이니 진실로 이 사람을 얻으면 어찌 즐겁지 아니하겠소." 부인이 말하였다.

"열 번 듣는 것이 한번 보기만 못하다 하니 친히 본 후에 정하십시오."

소저가 이 말을 듣고 부끄러움을 이기지 못하여 즉시 일어나 침소에 가 춘운에게 말하였다.

"저번에 거문고 타던 여관이 초 땅 사람이라 하더니 회남은 초 땅이다. 양 장원이 분명히 부친께 뵈오려 올 것이니 춘랑은 자세히 보고 나에게 이르라."

춘운이 웃으며 말하였다.

"나는 여관을 보지 못하였사오니 양장원을 본들 어찌 알겠습니까. 소저가 주렴 사이로 잠깐 보시면 어떠하겠습니까?" 소저가 말하였다.

"한번 욕을 먹은 후에 다시 볼 뜻이 있겠는가."

이때 양장원이 회시(會試) 장원하고 이어서 급제 장원하여 한람학사를 하니 이름이 천하에 가득하였다. 명문 귀족의 딸 둔 집에서 매파를 보내어 구혼하는 집이 구름 모이 듯 하였다. 생이 정사도와의 혼사를 생각하여 다 물리쳤다. 하루는 한림이 정사도를 뵈오려 가 통하자 사도가 즉시 화당을 청소하고 맞는데, 한림이 머리에 계수나무 꽃을 꽂고 홍패(紅牌)와 한림 유지(諭旨)를 드리고 화동(花童)과 악공(樂工)이 각색 풍류를 울리며 사도께 뵈니, 풍채가 아름답고 예의를 지키는 태도나 행동이 거룩하여 사도가 기쁨을 이기지 못하였다.

춘운이 시비 등을 불러 말하였다.

"이전에 거문고를 타던 여관이 아름답다 하더니 양한림과 어떠하더냐?"

다 이르되,

"그 여관의 얼굴과 아주 같습니다."

춘운이 들어가 소저의 눈이 밝은 줄을 말하였다. 사도가 한림에게 말하였다.

"나는 팔자가 기구하여 아들이 없고 다만 딸자식이 있으되 혼처를 정하지 못하였으니 한림이 내 사위가 됨이 어떠한가?"

한림이 일어나 절하고 말하였다.

"소자가 경성에 들어와 소저의 요조(窈窕)한 얼굴과 그윽한 재주와 덕행은 일찍이 들었지만 문벌이 하늘과 땅 사이처럼 다르고 인품이 봉황과 오작 같사오니 어찌 바라겠습니까마는 버리지 아니하시면 하늘같은 은덕으로 여기겠습니다." 사도가 크게 기뻐하여 술과 안주로 대접하였다.

한참 후에 부인이 소저를 불러 말하였다.

"새로 장원으로 뽑힌 양한림은 만인이 칭찬하는 바이다. 네 부친이 이미 혼인을 허락하셨으니 우리 부처는 몸을 의탁할 곳을 얻었구나. 무슨 근심이 있겠느냐." 소저가 말하였다.

"시비의 말을 들으니 양한림이 전에 거문고를 타던 여인과 같다 하던데 그러합니까?" 부인이 말하였다.

"그래, 내가 그 여관을 사랑하여 다시 보고자 하였지만 자연 일이 많아 못하였는데, 오늘 양한림을 보니 그 여관을 다시 본 듯하여 즐거운 마음을 어찌 금하겠느냐."

"양한림이 비록 아름다우나 소저에게 혐의가 있사오니 더불어 혼인함이 마땅치 아니합니다." 부인이 크게 놀라 말하였다.

"너는 재상가 규중의 처녀요, 양한림은 회남 땅 사람이니 무슨 혐의가 있겠느냐?"

소저가 말하였다.

"소녀가 말씀 드리기 부끄러워 모친께 아뢰지 못하였지만 오늘 양한림은 이전에 거문고를 타던 여관입니다. 간사한 사람의 꾀에 빠져 종일 말을 주고받았으니 어찌 혐의가 없겠습니까?"

부인이 미처 대답하지 못하여, 사도가 한림을 보내고 바삐 들어와 소저를 불러 말하였다.

"경패야, 오늘 날 용을 타고 하늘에 올라가는 경사를 보았으니 어찌 기쁘지 아니하겠느냐."

부인이 소저가 혐의하는 말을 아뢰자, 사도가 크게 웃으며 말하였다.

"양랑은 진실로 만고의 풍류 남자로다. 옛적 왕유(王維)도 악공(樂工)이 되어 태평공주(太平公主)의 집에 들어가 비파(琵琶)를 타고 돌아와 장원급제함에 만고에 칭찬이 오래 전하였는데, 이제 한림이 또 기이한 일이로다. 또 너는 여관을 보고 한림을 보지 아니하였으니 무슨 혐의가 있겠느냐?"

소저가 말하였다.

"소저가 욕먹기는 부끄럽지 아니하오나, 제가 어질지 못하여 남에게 속은 것이 한이 됩니다."

사도가 웃으며 말하였다.

"그것은 늙은 아비가 알 바가 아니다. 훗날 양한림에게 물어보아라."

사도가 부인에게 말하였다.

"올 가을에 한림의 대부인을 모셔온 후 혼례는 행하겠지만 납채(納采)는 먼저 받을 것이오. 즉시 택일(擇日)하여 납채를 받고 한림을 데려와 화원 별당(別堂)에 두고 사위의 예로 대접할 것이오."

하루는 부인이 한림의 저녁 반찬을 장만하는데 소저가 보고 말하였다.

"한림이 화원에 오신 후로 의복과 음식을 친히 염려하시니 소저가 그 괴로움을 당하고자 하나 인정(人情)이나 예법(禮法)에 맞지 않아 못하지만, 춘운이 이미 장성하여 족히 온갖 일을 당할 수 있으니 화원에 보내어 한림을 섬기게 하여 노천의 수고를 덜까 합니다." 부인이 말하였다.

"춘운이 얼굴과 재주로 무슨 일을 못 당하겠느냐마는 춘운의 얼굴과 재주가 너와 진배없으니, 먼저 한림을 섬기면 반드시 부인의 권한을 빼앗아 갈까 염려 되는구나." 소저가 말하였다.

"춘운의 뜻이 소저와 함께 한 사람을 섬기고자 하는 것이니 따르지 아니할 이유가 없을 것이고, 또 춘운을 먼저 보내면 권한을 빼앗길까 염려하시지만, 한림이 나이 어린 서생으로 재상가 규방(閨房)에 들어와 처녀를 희롱하니 그 기상이 어찌 한 아내만 지키어 늙겠습니까. 타일에 승상부(丞相府)의 많은 녹봉을 먹을 때 춘운 같은 자색이 몇일 줄을 알겠습니까?"

부인이 사도께 고하자, 사도가 말하였다.

"어찌 나이 어린 남자로 빈 방 촛불만 벗삼게 하겠소."

이날 소저가 춘운에게 말하였다.

"춘랑아, 내 너와 어려서부터 동기같이 지냈는데 나는 이미 한림의 납채를 받았거니와 너도 나이가 자랐으니 백 년 대사를 염려해야 할 것이다. 어떤 사람을 섬기고자 하느냐?" 춘운이 말하였다.

"소저는 어찌 그런 말씀을 하시옵니까? 첩은 소저를 따라 한 사람을 섬기고자 하오니, 원컨대 소저는 버리지 마십시오." 소저가 말하였다.

"내 본디 춘랑의 뜻을 안다. 의논코자 하는 일이 있으니 어떠하냐? 한림이 거문고 한 곡조로 규중 처녀를 희롱하였으니 그 욕이 중하구나. 우리 춘랑이 아니면 누가 나를 위하여 그 치욕을 씻어 주겠는가? 종남산(終南山) 자각봉(紫閣峯)은 산이 깊고 경개가 좋다. 춘랑을 위하여 별도의 작은 방을 지어 춘랑의 화촉을 베풀고, 또 사촌형 십삼낭(十三郎)과 기특한 꾀를 내면 내 부끄럼을 씻게 될 것이다. 춘랑은 한번 수고를 아끼지 말라."

춘운이 말하였다.

"소저의 말씀을 어찌 사양하겠습니까마는 타일에 무슨 면목으로 한림을 뵙겠습니까?" 소저가 말하였다.

"군사의 무리는 장군의 명령을 듣는다 하니, 춘랑은 한림만 두려워하는구나."

춘랑이 웃으며 말하였다.

"죽기도 피하지 못하는데 소저의 말씀을 어찌 좇지 아니하겠습니까?"

각설.

한림이 한가한 날이면 술집에 가 술도 먹으며 기생도 구경했는데, 하루는 정십삼이 와 한림에게 말하였다.

"종남산 자각봉이 산천이 아름답고 경개가 좋으니 한번 구경함이 어떠하오?"

한림이 말하였다.

"바로 내 뜻입니다."

하고, 술과 안주를 이끌고 갔다.

한 곳에 도착하니 꽃과 풀은 흐드러지게 피어 있고 온갖 꽃은 아리따운데, 문득 시냇물에 꽃이 떠내려오거늘 한림이 말하였다.

"반드시 무릉도원(武陵桃源)이 있을 것이다."

정생이 말하였다.

"이 물이 자각봉에서 내려오는데, 일찍이 들으니 꽃 피고 달 밝은 때에는 신선의 풍류 소리가 있어 들은 사람이 많다 하지만, 나는 신선(神仙)과의 연분이 없어 한 번도 구경치 못하였으니, 오늘 형과 함께 옷을 떨치고 올라가 신선의 자취를 찾고자 합니다."

그러할 때 문득 정생의 종이 바삐 와 아뢰었다.

"낭자의 병이 중하오니 상공을 어서 오시라 합니다."

정생이 탄식하며 말하였다.

"과연 신선과의 연분이 없도. 인연(因緣)이 이러하여 가지만 양형은 신선을 찾아보고 오시오."

하고 가자, 한림이 흥을 이기지 못하여 혼자 올라 가더니 물 위에 나뭇잎이 떠내려 오거늘 건져보니 글씨가 있으되, '선방(仙厖)이 운외폐(雲外吠)하니, 지시(知是) 양랑래(楊郎來)로다. 신선의 개 구름 밖에서 짖으니, 알겠군, 양랑이 오는구나.' 하였거늘, 한림이 크게 놀라 말하였다.

"이는 반드시 신선의 글이다."

하고, 층암절벽으로 올라가니, 이때 날이 저물고 달이 밝아 길은 험하고 의탁할 곳이 없어 배회하는데, 갑자기 푸른 옷을 입은 선동(仙童)이 시냇가의 길을 쓸다가 한림을 보고 들어가며,

"양랑이 오십니다."

하거늘, 한림이 더욱 놀라 어린 선녀(仙女)를 따라 가니 층암절벽 위에 한 정자가 있으되, 온갖 화초가 만발한데 앵무 공작이며 두견새 소리가 낭자하니 진실로 선경(仙境)이었다.

한림이 마음이 황홀하여 들어가니 비단 장막에 공작 병풍을 둘렀는데 촛불을 밝게 켜고 서 있다가 한림께 나와 예를 올린 후에 말하였다.

"양랑께서는 어찌 저물어 오십니까?" 한림이 대답하여 말하였다.

"소생은 인간 사람이라 신선과 혼약(婚約)할 연분이 없는데 어찌 더디다 하십니까?" 선녀가 말하였다.

"한림은 의심치 마십시오." 하고, 여동을 불러 말하였다.

"낭군께서 멀리 와 계시니 급히 차를 드려라."

하니, 여동이 즉시 백옥 쟁반에 신선의 과일을 배설하고 유리잔에 자하주(紫霞酒)를 부어 권하거늘, 그 술이 인간 술과 달랐다. 한림이 말하였다.

"선녀는 무슨 일로 요지(瑤池)의 무한한 경개를 버리고 이 산중에 와 외로이 머무십니까?" 선녀가 탄식하여 말하였다.

"옛 일이 꿈 같아 생각하면 슬픕니다. 첩은 서왕모(西王母)의 시녀로서 광한궁(廣寒宮)의 잔치 때 낭군이 첩을 보고 희롱했다 하시고 옥황상제(玉皇上帝)께서 진노하시어 낭군은 중죄하여 인간으로 귀양 보내고 첩은 경한 죄로 이 산중에 와 있는데, 낭군이 화식(火食)을 하신 까닭에 전생 일을 알지 못하시는군요. 상제께서 첩의 죄를 용서 하셔서 곧 승천하라는 분부가 계셨지만 낭군을 만나 전생의 회포를 풀고자 하는 까닭에 아직 머물렀으니 한림은 의심치 마십시오."

한림이 이 말을 닫고 선녀의 손을 이끌어 침소로 들어가 오랫동안 바라던 회포를 다 못 풀었는데 사창(紗窓)이 밝아왔다. 선녀가 한림에게 말하였다.

"오늘은 첩이 승천할 날이어서 모든 선관(仙官)이 첩을 데리러 올 것이니, 낭군은 오래 머물지 못 하실 것입니다." 하고, 어서 가기를 재촉하며 말하였다.

"낭군이 첩을 잊지 아니 하신다면 다시 만나 뵈올 날이 있을 것입니다."

하며, 수건에 이별시를 써 한림에게 주거늘, 한림이 옷소매를 떼어 그 글에 화답하였다.

선녀가 그 글을 보고 눈물을 지으며 말하였다.

"서산에 달이 지고 두견이 슬피 우니 한번 이별하면 구만 장천 구름 밖에 이 글귀뿐이군요."

글은 받아 품에 품고 재삼 재촉하였다.

"때가 점점 늦어지니 낭군은 어서 가십시오."

한림이 선녀의 손을 잡고 눈물로 이별하니 그 애련한 정은 차마 보지 못할 바였다.

한림이 집에 돌아오니 자각봉의 많은 화초가 두 눈에 삼삼하고 선녀의 말소리는 두 귀에 쟁쟁하니 꿈을 깬 듯하여 탄식해 말하였다.

"거기 잠깐 몸을 숨겨 선녀의 가는 모습을 못 본 것이 한이다."

이렇듯 도저히 잊을 수 없어 할 때, 정생이 돌아와서 한림에게 말하였다.

"어제 집사람의 병으로 형과 함께 선경을 구경치 못하여 한이 되었으니 다시 또 한 번 형과 놀아봄이 어떠하오?"

한림이 크게 기뻐하여 선녀가 있던 곳이나 보고자 하여 술과 안주를 가지고 성 밖에 나와 보니 녹음방초(綠陰芳草)가 꽃보다 아름다운 초여름이었다. 한림과 정생이 술을 부어 마시는데 길가에 퇴락한 무덤이 있어 한림이 잔을 잡고 탄식하여 말하였다.

"슬프다. 사람이 죽으면 다 저러하구나." 정생이 말하였다.

"형은 저 무덤을 알지 못할 것이오. 옛 장녀랑(張女娘)의 무덤이라. 장녀랑의 얼굴과 재덕이 만고에 으뜸이었는데 나이 이십 세에 죽자, 후세 사람들이 불쌍히 여겨 그 무덤 앞에 화초를 심어 망혼을 위로하니, 우리도 마침 이곳에 왔으니 한 잔 술로써 위로함이 어떠하오?" 한림은 다정한 사람이다.

"형의 말씀이 옳소. 한 잔 술을 아끼겠는가?"

하고, 각각 제문(祭文)을 지어 한 잔 술로 위로하였다.

이때 정생이 무덤을 돌아다니다가 문득 비단 적삼 소매에 쓴 글을 얻어 가지고 읊으며 말하였다.

"어떤 사람이 이 글을 지어 무덤 구멍에다 넣었는가?"

한림이 살펴보니, 자각봉에서 선녀와 이별하던 글이었다. 크게 놀라 말하였다.

"그 미인이 선녀가 아니라 장녀화의 혼이었구나."

하고, 땀이 나 등이 젖고 머리털이 하늘로 솟았다. 정생 없는 때를 타 다시 한 잔 술을 부어 가만히 빌어 말하였다.

"비록 유명(幽明)은 다르지만 정은 같으니 혼령은 다시 보게 하라."

하고, 정생을 데리고 왔다.

이날 밤 한림이 화원 별당에 앉았는데 과연 창 밖에 발자취 소리가 나 한림이 문을 열어보니 자각봉 선녀였다. 한편으로 반갑고 한편으로는 놀라 내달아 옥 같은 손을 이끌자, 미인이 말하였다.

"첩의 근본을 낭군이 아셨으니 더러운 몸이 어찌 가까이하겠습니까? 처음에 낭군을 속인 것은 놀라실까 하고 선녀라 하여 하룻밤을 모셨던 것인데, 오늘 첩의 무덤을 찾아와 제사를 올리고 술을 부으셨으니 즐거웠고, 또 제문을 지어 임자 없는 그 혼을 이같이 위로하시니 어찌 감격치 않겠습니까? 은공을 잊지 못하여 은혜에 보답하러 왔지만 더러운 몸으로는 다시 상공을 모시지 못하겠습니다." 한림이 다시 소매를 잡고 말하였다.

"사람이 죽으면 귀신이 되고 환생하면 사람이 되는 그 근본은 한 가지라. 유명은 다르나 연분(緣分)을 잊을 수 있겠는가?"

하고, 허리를 안고 들어가니 연모하는 정이 전날보다 백배나 더하였다.

한참 후에 날이 새었다. 미인이 말하였다.

"첩은 날이 밝으면 출입을 못합니다." 한림이 말하였다.

"그러하면 밤에 만나기로 하지."

미인이 대답지 아니하고 꽃밭 속으로 들어갔다. 이후부터는 밤마다 왕래하였다.

하루는 정생이 두진인(杜眞人)이란 사람을 데리고 화원에 들어가니 한림이 일어나 예를 올린 후에 정생이 말하였다.

"진인은 한림의 관상의 보십시오." 진인이 말하였다.

"한림의 관상이 두 눈썹이 빼어나 눈초리가 귀밑까지 갔으니 정승할 상이요, 귀밑이 분을 바른 듯하고 귓밥이 구슬을 드린 듯하니 어진 이름은 천하에 진동할 것이요, 권골(權骨)이 낯에 가득하니 병권(兵權)을 잡아 만리 밖에 봉후(封侯)할 관상이지만 한 가지 흠이 있습니다." 한림이 말하였다.

"사람이 길흉화복은 다 정한 바이오." 진인이 말하였다.

"상공이 숨겨둔 첩을 가까이 하십니까?" 한림이 말하였다.

"없소이다." 진인이 말하였다.

"혹 옛 무덤을 지나다 슬픈 마음이 일어난 적이 있으십니까?"

"없소."

진인이 말하였다.

"꿈 속에서 계집을 가까이 하십니까?"

"없소이다."

정생이 말하였다.

"두선생의 말씀이 한 번도 그른 적이 없으니 양형은 자세히 생각하시오."

한림이 대답지 아니하자, 진인이 말하였다.

"임자 없는 여귀신이 한림의 몸에 어리었으니 여러 날이 지나지 아니하여 병이 골수에 들 것이니 구완치 못합니다." 한림이 말하였다.

"진인의 말씀이 그러면 과연 그러하겠지만 장녀랑이 나와 정회가 심히 깊으니 어찌 나를 해하겠는가? 옛날 초(楚)나라의 양왕(襄王)도 무산(巫山) 선녀를 만나 함께 잤고, 유춘(柳春)이라 하는 사람도 귀신과 교접하여 자식을 낳았으니 어찌 의심하며, 또 사람이 오래 살고 일찍 죽는 것은 다 하늘이 정한 것이니, 내 관상이 부귀공후할 상이라면 장녀랑의 혼이 어찌하겠오?"

진인이 말하였다.

"한림은 마음대로 하십시오." 하고 갔다.

한림이 술이 취하여 누웠다가 밤에 일어나 앉아 향을 피우고 장녀랑 오기를 기다리더니, 갑자기 창 밖에서 슬프게 말하는 소리가 있어 가만히 들어보니 장녀랑의 소리였다. 장녀랑이 울며 말하였다.

"괴상한 도사의 말을 듣고 첩을 오지 못하게 하니 어찌 이리 박절하십니까?"

한림이 크게 놀라 문을 열고 말하였다.

"어찌 들어오지 못하는가?"

여랑이 말하였다.

"나를 오게 하면 왜 부적(符籍)을 머리에 부치셨습니까?"

한림이 머리를 만져보니 과연 귀신을 쫓는 부적이었다. 한림이 크게 화가 나서 부적을 찢고 내달아 여랑을 잡으려 하니, 여랑이 말하였다.

"나는 이제부터 영원히 이별하니 낭군은 옥체를 편안히 보전하십시오."

하고, 울며 담을 넘어 가니 붙들지 못하였다. 쓸쓸한 빈 방에 혼자 누워 잠도 이루지 못하고 음식도 먹지 못하니 자연 병이 되어 형용이 파리하고 말랐다.

하루는 사도 부처가 큰 잔치를 배설하고 한림을 청하여 놀다가 사도가 말하였다.

"양랑의 얼굴이 어찌 저토록 초췌한가?" 한림이 말하였다.

"정형과 술을 과히 먹어 술병인가 합니다." 사도가 말하였다.

"종의 말을 들으니 어떤 계집과 함께 잔다 하니 그러한가?" 한림이 말하였다.

"화원이 깊으니 누가 들어오겠습니까?" 정생이 말하기를,

"형이 어찌 아녀자 같이 부끄러워 하는가. 형이 두진인의 말을 깨닫지 못하기에, 축귀 부적을 형의 상투 밑에 넣고 그날 밤에 꽃밭 속에 앉아 보았는데, 어떤 계집이 울며 창 밖에 와 하직하고 가니 과연 두진인의 말이 그르지 아니하였소."라 하자, 한림이 속이지 못하고 말하였다.

"소자에게 과연 괴이한 일이 있습니다."

하고, 일의 전후의 일을 아뢰자, 사도가 웃으며 말하였다.

"나도 젊었을 때 부적을 배워 귀신을 낮에 불러오게 하였는데, 이제 양랑을 위하여 그 미인을 불러 생각하는 마음을 위로하겠다." 한림이 말하였다.

"장인 어른께서 비록 도술이 용하시나 귀신을 어찌 낮에 부르시겠습니까? 소자를 희롱하시려는군요."

사도가 파리채로 병풍을 치며 말하였다.

"장녀랑은 있느냐?"

하자, 한 미인이 웃음을 머금고 병풍 뒤에서 나오는데 한림이 눈을 들어 보니 과연 장녀랑이었다. 마음이 황홀하여 사도께 아뢰어 말하였다.

"저 미인이 귀신입니까, 사람입니까? 귀신이면 어찌 대낮에 나옵니까?" 사도가 말하였다.

"저 미인의 성은 가씨요, 이름은 춘운이다. 한림이 적조한 빈 방에 외로이 있음이 민망하여 춘운을 보내어 위로하기 위함이었다." 한림이 말하였다.

"위로함이 아니라 희롱하심입니다." 정생이 말하였다.

"양형은 스스로 화를 입은 것이니 이전의 허물을 생각하시오." 한림이 말하

였다.

"나는 지은 죄 없으니 무슨 허물이오." 정생이 말하였다.

"사나이가 계집이 되어 삼 척 거문고로 규중 처녀를 희롱했으니 사람이 신선되며 귀신됨도 이상치 아니합니다."

한림이 고향에 돌아와 대부인을 모셔 와 혼례를 지내고자 했는데, 그때 토번(吐蕃)이란 도적이 변방을 쳐들어와 하북(河北)을 나누어 연(燕)나라, 위(魏)나라, 조(趙)나라가 되어 서로 장난하니 천자가 진노하여 조정 대신을 불러 의논하자, 양소유가 임금 앞에 나아가 아뢰어 말하였다.

"옛날 한무제(漢武帝)는 조서(詔書)를 내려서 남월(南越) 왕을 항복 받았으니, 원컨대 폐하는 급히 조서하여 천자의 위엄을 보이십시오."

천자가, 현명하다."

하시고, 즉시 한림을 명하여 조서를 만들어 세 나라에 보내니, 조왕과 위왕은 즉시 항복하고 무명 천 필을 드렸지만, 오직 연왕은 땅이 멀고 군병이 강하기로 항복지 아니하였다. 천자가 한림을 불러 말하였다.

"선왕(先王)이 십만 군병으로도 항복 받지 못한 나라를 한림은 짧은 글로써 두 나라를 항복 받고 천자의 위엄을 만리 밖에 빛나게 하니 어찌 아름답지 아니하겠는가?" 비단 이천 필과 말 오십 필을 상으로 내리시니, 한림이 삼가 사양하며 말하였다.

"모두 다 현명한 임금의 덕이오니 소신이 무슨 공이 있겠습니까? 연왕이 항복지 아니함은 나라의 부끄러움이니, 청컨대 한 칼을 짚고 연국에 가 연왕을 달래어 듣지 아니하면 연왕의 머리를 베어 오겠습니다."

천자가 장히 여겨 허락하시고 병부(兵符)를 주시니 한림이 임금의 은혜에 감사히 여겨 경건하게 절하고 나와 정사도께 하직하고 갈 때, 사도가 말하였다.

"슬프다. 양랑이 십륙 세 서생으로 만리 밖에 가니 노부(老夫)의 불행이다. 내 늙고 병들어 조정 의논에 참여치 못하나 상소하여 다투고자 한다." 한림이 말하였다.

"장인께서는 과히 염려치 마십시오. 연나라는 솥에 든 고기요, 구멍에 든 개미라 무슨 염려하겠습니까?" 부인이 말하였다.

"좋은 사위를 얻은 후로 늙은이 기쁨과 노여움을 위로 받았는데 이제 어찌 될 지 알 수 없는 땅에 가시니 어찌 슬프지 아니하겠는가? 바라건대 빨리 성공하고 돌아오시오."

한림이 화원에 들어가 행장을 차려 떠나려 할 때, 춘운이 소매를 잡고 눈물을 흘리며 말하였다.

"상공이 한림원에 가셔도 밤에 잠을 이루지 못하시는데 이제 만 리 밖에 가시니 볼 지키다 울까 합니다." 한림이 웃으며 말하였다.

"대장부는 나라 일을 당하여 사생을 돌아보지 아니하니 어찌 사사로운 감정을 생각하겠는가? 춘랑은 부질없이 슬퍼하여 꽃 같은 얼굴을 상하게 말고 소저를 편히 모셔 내가 공을 이뤄 허리에 말 같은 인(印)을 차고 돌아오기를 기다리라." 하고 갔다.

한림이 낙양 땅을 지날 때, 십륙 세 소년으로 옥절(玉節)을 가지고 병부(兵符)를 차고 비단옷을 입고 위의가 늠름하였다. 낙양 태수와 하남 부윤(河南府尹)이 다 앞길을 인도하여 맞으니 광채가 비할 데 없었다.

한림이 서동을 보내어 계섬월을 찾으니 섬월이 거짓으로 아프다 하고 산중에 들어간 지 오래였다. 한림이 섭섭한 마음을 금치 못하여 객관(客館)에 들어가 촛불만 벗을 삼고 앉았다가, 날이 새거늘 글을 지어 벽 위에 쓰고 갔다.

연국(燕國)에 이르니 그 땅 사람이 한쪽 구석에 있어 천자의 위엄을 보지 못하였다가, 한림 행차를 보고는 두려워 음식을 많이 장만하여 군사를 먹이고 사례하였다. 한림이 연왕을 보고 천자의 위엄을 베푸니 연왕이 즉시 땅에 엎드려 항복하고 황금 일만 냥과 명마 백 필을 드리거늘 한림이 받지 아니하고 왔다.

한단(邯鄲) 땅에 이르러 한 나이 어린 서생이 혼자 한 마리 말을 타고 행차를 피하여 길가에 섰는데, 한림이 자세히 보니 얼굴은 반악(潘岳) 같고 풍채와 거동이 비범하거늘 한림이 객관에 머물러 소년을 청하여 말하였다.

"내 천하를 두루 다니며 보았지만 그대 같은 사람을 보지 못하였으니 성명을 뉘라 하는가?" 대답하여 말하였다.

"소생은 하북 사람입니다. 성은 적씨요, 이름은 생이라 합니다." 한림이 말하였다.

"내 어진 선비를 얻지 못하여 세상 일을 의논치 못하였는데 그대를 만나니 어찌 즐겁지 아니하겠는가?" 적생이 말하였다.

"나는 초야(草野)에 묻혀 있어 견문(見聞)이 없거니와 상공이 버리지 아니하시면 평생 소원인가 합니다."

한림이 적생을 데리고 산수풍경을 구경하고 낙양 객관(客館)에 다다랐다. 계섬월이 높은 누각 위에 올라 한림의 행차를 기다리다가 한림에게 나아가 절하고 앉으니 한편으로는 슬프고 한편으로는 기쁨을 이기지 못하여 눈물을 흘리며 말하였다.

"첩이 상공을 이별한 후에 깊은 산중에 들어가 자취를 감추었다가 상공이 급제하여 한림 벼슬하신 기별만은 들었지만, 그때 옥절(玉節)을 가지고 이리 지나실 줄을 모르고 산중에 있었는데, 연나라를 항복 받아 꽃 장식한 덮개 가마를 앞에 세우고 돌아오실 때, 천지만물과 산천초목이 다 환영하오니 첩이 어찌 모르겠습니까? 알지 못하겠지만 부인은 정하셨습니까?"

한림이 말하였다.

"정사도 여자와 혼사를 정하였지만 예식은 치루지 못하였다."

말을 그친 후에 날이 저물어 서동이 고하여 말하였다.

"한림께서 적생을 어진 선비라 하셨는데 지금 섬랑의 손을 잡고 희롱하고 있습니다."

한림이 말하였다.

"적생은 본디 어진 사람이라 반드시 그러지 아니할 것이요, 섬월도 내게 정성이 지극하니 어찌 다른 뜻이 있겠느냐? 네가 잘못 보았다."

서동이 열적어 물러갔다가 한참 후에 다시 와 고하였다.

"상공께서 제 말을 요망타 하셔 다시 아뢰지 못하겠으니, 원컨대 상공께서 잠깐 가서 보십시오."

한림이 난간에 숨어 거동을 보니 과연 적생이 섬월의 손을 잡고 희롱하거늘, 한림이 하는 말을 듣고자 하여 나아가니 적생이 갑자기 한림을 보고 놀라 도망하고, 섬월도 부끄러워 말을 못하자 한림이 말하였다.

"섬랑아, 네가 적생과 친한 사이였느냐?"

섬월이 말하였다.

"첩이 과연 적생의 누이와 결의형제하여 그 정이 동기 같더니 적생을 만남에 반가워 안부를 물었는데 상공께서 보시고 의심하시니 첩의 죄가 백번 죽어도 아까울 것이 없습니다." 한림이 말하였다.

"내 어찌 섬랑을 의심하겠는가? 어진 사람을 잃었으니 잘못되었다."

하고, 이어서 섬월과 함께 잤는데 닭이 울어 날이 샜다. 섬월이 먼저 일어나 촛불을 돋우고 단장하는데 한림이 눈을 들어보니 밝은 눈과 고운 태도가 섬월이었으나 자세히 보면 또 아니었다. 한림이 놀라 물어 말하였다.

"미인은 어떤 사람인가?" 대답하여 말하였다.

"첩은 본디 하북 사람입니다. 제 성명은 적경홍으로 섬랑과 함께 결의형제한 사이였는데, 오늘 밤 섬랑이 마침 병이 있노라 하고 저에게 상공을 모시라 하거늘 첩이 마지 못하여 모셨습니다."

말을 맺지 못하여 섬월이 문을 열고 말하였다.

"상공께서 오늘밤 새 사람을 얻었으니 축하드립니다. 첩이 일찍이 하북의 적경홍을 상공께 천거하였는데 과연 어떠십니까?" 한림이 말하였다.

"듣던 말보다 훨씬 낫군, 어제 적생의 누이가 있다 하더니 그러하냐? 얼굴이 아주 같구나." 경홍이 말하였다.

"첩은 본디 동생이 없습니다. 첩이 과연 적생입니다."

한림이 오히려 의심하여 말하였다.

"홍랑은 어찌 남자의 복장을 하고 나를 속이느냐?"

경홍이 말하였다.

"첩은 본디 연왕의 궁중 사람입니다. 재주와 얼굴이 남보다 못하나 평생에 대인군자를 섬기는 것이 소원이었는데, 저번에 연왕이 상공을 맞아 잔치 할 때, 첩이 벽 틈으로 상공의 기상을 잠깐 본 후에 정신이 호탕하여 호화로운 생활이 다 하찮게 보여 상공을 따라 좇고자 하였지만, 구중궁궐(九重宮闕)을 어찌 나오며 천리만리를 어찌 따르겠습니까? 죽기를 무릅써 연왕의 천리마를 도적해 타고 남자의 복장을 하여 상공을 따라 왔으니, 부디 상공을 속인 일은 아니지만 엎드려 사죄합니다." 한림이 섬월을 시켜 위로하였다.

이날 한림이 떠나려 할 때, 섬월과 경홍이 말하였다.

"상공이 부인을 얻으신 후에 첩 등이 모실 날이 있으니 상공은 평안히 행차하십시오."

이때 연왕의 항복 받은 문서와 조공 받은 보화를 다 경성으로 들여가자, 황제가 크게 기뻐하여 말하였다.

"양한림이 승전(勝戰)하여 온다."

하고, 모든 관리들을 보내어 맞아 들여와 상을 내리고 예부상서(禮部尙書)를 내렸다. 한림이 은혜에 깊이 감사드리고 물러나와 정사도 집에 가 뵈니, 사도가 반가움을 이기지 못하여 말하였다.

"만리 타국에 가 성공하고 벼슬을 돋우시니 우리 집의 복이로다."

한림이 화원에 나와 춘운에게 소저의 안부를 묻고 귀한 정을 이루 다 헤아리지 못하였다.

하루는 한림원에서 난간에 지어 붙인 글귀를 읊으며 달을 구경하는데, 갑자기 바람결에 퉁소 소리가 들리거늘 하인을 불러 말하였다.

"이 소리가 어디서 나느냐?" 하인이 말하였다.

"확실히는 모르겠지만 달이 밝고 바람이 순하면 때때로 들립니다."

한림이 손 안에 백옥 퉁소를 내어 한 곡조를 부니 맑은 소리가 청천에 사무쳐 오색 구름이 사면에 일어나며 청학과 백학이 공중에서 내려와 뜰에서 춤을 추었다. 보는 사람이 기이하게 여겨 말하였다.

"옛날 왕자 진(晉)이라도 미치지 못할 것이다."

이때 황태후에게 두 아들과 한 딸이 있는데, 맏아들은 천자요, 또 하나는 월왕을 봉하고, 또 딸은 난양공주다. 공주가 날 때 한 선녀가 명주를 가져와 팔에 걷자, 한참 후에 공주를 낳으니 옥 같은 얼굴과 난초 같은 태도는 인간 사람이 아니요, 민첩한 재주와 늠름한 풍채는 천상의 신선이었다. 태후가 가장 사랑 하셨는데, 서역국(西域國)에서 백옥 퉁소를 진상하였거늘 악공을 불러 불라고 하였지만 소리를 내지 못하였다. 공주가 밤에 한 꿈을 꾸니 한 선녀가 한 곡조를 가르치기에, 공주가 꿈을 깨어 그 퉁소를 불어보니 소리가 청아하여 세상에 듣지 못하던 곡조였다. 황제와 태후가 사랑하여 항상 달 밝은 밤이면 불게 하니, 그때마다 청학이 내려와 춤을 추었다. 태후와 황제가 매일 말하였다.

"난양이 자라면 신선 같은 사람을 얻어 부마(駙馬)를 삼을 것이다."

하더니, 이날 밤 공주의 퉁소 소리에 춤추던 학이 한림원에 가 춤을 추었다. 그 후에 궁인이 이 말을 전파하니 황제가 듣고 기특히 여겨 말하였다.

"양소유는 진실로 난양의 배필이다."

하시고, 태후께 들어가 아뢰어 말하였다.

"예부상서 양소유의 나이가 난양과 서로 비슷하고 재주와 얼굴이 모든 신하 중에 으뜸이니 부마를 정할까 합니다."

태후가 크게 기뻐하여 말하였다.

"소화(簫和)의 혼사를 정하지 못하여 밤낮으로 염려하였는데 양소유는 진실로 하늘이 정해준 소화의 배필이니, 내가 양상서를 보고 청하고자 하오."

황제가 말하였다.

"어렵지 아니하니 양상서를 불러 별전(別殿)에 앉히고 문장을 의논할 때, 태후께서는 주렴 속에서 보시면 아실 것입니다." 태후가 크게 기뻐하였다.

난양의 이름은 소화인데 그 퉁소에 그렇게 새겨져 있어서 이름을 붙인 것이다.

임술(壬戌)년 가을 완산(完山) 개판(開版)

구운몽 하

천자가 환자(宦者)를 보내어 상서를 부르자, 환자가 정사도의 집에 가 물으니 상서가 오지 않았다. 환자가 급히 찾으니 상서가 바야흐로 정십삼을 데리고 장안 술집에 가 술에 흠뻑 취하였다. 환자가 급히 명패(名牌)로 부르니 상서가 취중에 정신을 차리지 못하여 창기(娼妓)에게 붙들려 조복(朝服)을 입고 겨우 들어가 입조(入朝)하자, 황제가 크게 기뻐하여 자리를 주시고 이어 백대 제왕의 치란흥망(治亂興亡)과 만고의 문장명필을 의논할 때, 상서가 고금의 제왕을 역력히 의논하고 문장을 차례로 헤아리니, 황제가 크게 기뻐하여 말하였다.

"내 이태백을 보지 못하여 한이었는데 경을 얻었으니 어찌 이태백을 부러워하겠는가? 짐이 글하는 궁녀 여남은 명을 가려 여중서(女中書)를 봉하였으니, 경이 그 궁녀들에게 각각 글을 지어주면 그 재주를 보고자 한다."

하고, 즉시 궁녀를 명하여 백옥으로 된 책상과 유리 벼루와 금으로 만든 두꺼비 모양의 연적을 앞에 놓게 하였다. 모든 궁녀들이 차례로 늘어서 혹 좋은 화선지와 비단 수건이며 그림 그린 부채를 들고 다투어 글을 빌자, 상서 가 취흥이 일어나 좋은 붓을 한번 휘두르니 구름과 바람이 일어나며 용과 뱀이 뒤트는 것 같았다. 순식간에 궁녀에게 다 지어 주니 궁녀들이 그 글을 가지고 차례로 황제께 드리자, 황제가 다 보시고 극히 아름답게 여겨 궁녀를 명하여 어주(御酒)를 주라 하였다. 궁녀가 다투어 각각 술을 드리니 상서가 받는 듯, 주는 듯 삼십여 잔을 마신 후에 몹시 취하여 정신을 차리지 못하였다. 황제가 말하였다.

"이 글 한 구절의 값을 논하면 천금과 같다. 옛글에 '모과(木果)를 던지거든 구슬로 보답하라.' 하였으니, 너희는 무엇으로 문장을 써 준 대가를 치르겠느냐?"

모든 궁녀가 봉황을 새긴 금비녀도 빼고, 흰 옥과 금으로 된 노리개도 끄르 며, 옥가락지도 벗어 서로 다투어 상서께 던지니 잠깐 만에 산같이 쌓였다.

황제가 웃으며 말하였다.

"짐은 무엇으로 상을 내리면 좋겠는가?"

하고, 환자를 시켜 쓰던 필먹과 벼루와 연적과 궁녀들이 드린 보화를 거두 어 상서의 집에 드리라 하자, 상서가 머리를 조아려 은혜에 깊이 감사하고 일어나 화원에 가니, 춘운이 내달아 옷을 벗기고 물어 말하였다.

"누구의 집에 가서서 이리 취하셨습니까?"

말을 맺지 못하여 종이, 필먹, 벼루, 연적과 봉황을 새긴 비녀, 가락지, 금 노리개를 무수히 보여 주었다. 상서가 춘운에게 말하였다.

"이 보화는 천자께서 춘랑에게 상사(賞賜)하신 바라."

춘운이 다시 듣고자 하였으나, 상서는 벌써 잠이 들었다.

다음날 상서가 일어나 세수하는데 문 지키는 사람이 급히 고하였다.

"월왕께서 오셨습니다."

상서가 크게 놀라 신을 벗고 내달아 맞아 윗자리를 내어주고 물어 말하였다.

"전하께서 무슨 일로 누추한 곳에 행차하셨습니까?" 월왕이 말하였다.

"과인이 황제의 명을 받아 왔소. 난양공주가 나이 자랐지만 부마를 정하지 못하였는데, 황제께서 상사의 재덕을 사랑하시어 혼인을 정코자 하십니다."

상서가 크게 놀라 말하였다.

"소신이 무슨 재덕이 있습니까? 황제 폐하의 은혜가 이렇듯 하오니 아뢸 말씀이 없지만 정사도 여자와 혼인을 정하여 납폐를 한 지 삼 년이니, 원컨대 대왕은 이 뜻을 황제께 아뢰어 주십시오." 월왕이 말하였다.

"내 돌아가 아뢰겠지만 슬픕니다. 상서를 사랑하던 일이 허사가 되었군요."

상서가 말하였다.

"혼인은 인륜대사이니 소신이 들어가 죄를 받겠습니다."

월왕이 즉시 하직하고 갔다. 상서가 들어가 사도를 보고 월왕의 말을 전하니 온 집안이 다 허둥지둥하며 어쩔 줄 몰라 했다.

처음에 황태후가 상서를 보고 크게 기뻐하여 말하였다.

"이는 하늘이 정해 준 난양의 배필이니 어찌 다른 의논이 있겠는가?"

천자가 상서의 글과 글씨를 잊지 못하여 다시 보고자 하여 태감(太監)에게 명하여 '즉시 거두어 들이라.' 하였다. 궁녀들이 이미 그 글을 깊이 간수하였는데 한 궁녀는 상서가 글 쓴 부채를 들고 제 침실에 들어가 슬피 울었다. 이 궁녀의 성명은 진채봉이니 화음 당 진어사의 딸이다. 진어사가 죽은 후에 궁의 노비가 되었는데 천자가 보고 사랑하여 후궁을 봉하려 하자, 황후가 그 재덕을 보고 자기 권리를 휘두를까 염려하여 말하였다.

"진낭자의 재주와 행실이 족히 후궁을 봉함직 하지만 제 아비를 죽이고 그 딸을 가까이 함이 가치 아니한 듯 합니다."

천자가 말하였다.

"옳다" 하고, 채봉을 불러 말하였다.

"너를 황태후 궁궁에 보내어 난양공주를 모셔 힘써 하게 한다."

하고 보내자, 공주도 그 재주와 용모를 보시고 사랑하여 잠시도 떠나지 못하게 하였다.

하루는 황태후를 모시고 봉래전에 가 양상서의 글을 얻으니 상서는 진씨를 알아보지 못하였지만, 진씨는 알아보고 자연 슬픈 마음을 이기지 못하였다. 눈물을 머금고 남이 알까 두려워 부채만 들고 물러가 상서를 피하여 한번 글을 읊으니 눈물이 일천 줄이었다. 진랑(秦娘)이 옛일을 생각하여 상서의 글에 화답하여 그 부채에 썼는데, 갑자기 태감이 급히 와 양상서의 글을 다 들이라 하신다. 하자, 진씨가 크게 놀라 말하였다.

"과연 다시 찾을 줄을 알지 못하고 그 글에 화답하여 그 부채에 썼는데 황상께서 보시면 반드시 죄가 중할 것이니 차라리 자결하겠습니다."

하자 태감이 말하였다.

"황상이 인후하시니 반드시 죄하지 아니하실 것이요, 내 또 힘써 구완할 터이니 염려 말고 갑시다."

진씨가 마지 못하여 태감을 따라갔다.

태감이 모든 궁녀의 글을 차례로 드리자 황제가 글마다 보시다가 진씨의 부채에 쓴 글을 보시고 괴이히 여겨 물어 말하였다.

"양상서의 글에 누가 화답하였느냐?" 태감이 말하였다.

"진씨의 말을 들어보니 '황상이 다시 찾으실 줄을 모르고 외람되게 화답하여 썼습니다.' 하고 죽으려 하기에 소신이 못 죽게 하여 데려왔습니다."

황제가 다시 진씨의 글을 보니 그 글은 다음과 같았다.

비단 부채 둥긋하여 달 같으니,
누각 위에서 부끄러워하던 만남이 생각나누나.
처음 지척에서도 서로 알지 못할 바
문득 그대로 하여금 자세히 보게나 할 걸.

황제가 보고 말하였다.

"진씨에게 반드시 사정이 있다. 어떤 사람을 보았기에 이 글이 이러한가? 그러나 재주가 아까우니 살려는 주겠다." 하고, 태감을 명하여 진씨를 부르자 진씨가 들어가 섬돌 아래에 내려 머리를 두드리며 말하였다.

"소첩이 죽을 죄를 지었사오니, 원컨대 빨리 죽여 주십시오." 상이 말하였다.

"네 속이지 말고 바로 아뢰라. 어떤 사람과 사정이 있느냐?"

진씨가 눈물을 흘리며 말하였다.

"황상께서 하문(下問)하시니 어찌 속이겠습니까? 첩의 집이 망하지 아니하였을 때, 양상서가 과거를 보러 가다가 첩을 보고 〈양류사(楊柳詞)〉로 서로 화답하고 결친(結親)하기를 언약하였는데, 이전에 봉래전에서 글을 지을 때 첩은 상서를 알아보았지만 상서는 첩을 알지 못해서 슬픈 마음을 이기지 못하여 우연히 화답하였으니, 첩의 죄는 백 번 죽어 마땅합니다." 상이 말하였다.

"네가 〈양류사〉를 기억하겠느냐?"

진씨 즉시 〈양류사〉를 써서 드리니, 상이 보고 말하였다.

"너의 죄가 중하나 네 재주가 기특하니 용서한다. 돌아가 난양을 정성으로 섬겨라."하고, 부채를 주었다.

이날 상이 황태후를 모셔 잔치를 하는데, 월왕이 양상서의 집에서 돌아와 정사도의 집에 납폐한 말을 고하니 황태후가 크게 노하여 말하였다.

"양상서가 조정 체모를 알 텐데 어찌 나라의 영을 거역하는가?"

다음날 상이 양소유를 불러 보고 말하였다.

"짐이 한 누이동생이 있는데 경이 아니면 가히 배필 될 사람이 없어 월왕으로 하여금 경의 집에 보냈는데 경이 정사도의 집 말로써 사양한다 하니 생각지 못한 바이다. 옛부터 부마를 정하면 얻은 아내라도 소박하거늘 상서는 정가(鄭家) 여자에게 행례(行禮) 한 일이 없으니 정가 여자는 자연히 갈 곳이 있을 것인데 무슨 해가 되겠는가?" 상서가 머리를 두드리며 말하였다.

"소신은 먼 지방 사람으로 경성에 와 몸을 맡길 곳이 없어 정사도의 관대함을 입어 묶을 곳을 정하고 납례(納禮)를 하여 장인과 사위의 의리를 맺고 부부의 뜻을 정하였지만, 이제까지 혼례를 행치 못한 것은 국가의 맡은 일이 많아 모친을 모셔오지 못하였기 때문이었는데, 이제 소신을 부마를 정하시면 여자는 죽기로 수절할 것이니 어찌 국정(國政)에 해롭지 아니하겠습니까?"

상이 말하였다.

"경의 딱하고 가엾은 형편은 그러하나 혼례를 행치 아니하였으니 정가 여자가 무슨 수절을 하며, 또 황태후가 경의 재덕을 사랑하여 부마를 정코자 하시니 경은 과히 사양치 말라. 혼인은 대사이니 어찌 소소한 사정을 생각하겠는가. 짐과 바둑이나 두자." 하고, 종일토록 바둑을 두다가 나오니 정사도가 상서를 보고 눈물을 한삼에 흘리며 말하였다.

"오늘 황태후께서 전교(傳敎)하시어 '양상서의 납채(納采)를 빨리 내어주라. 아니면 큰 벌이 있을 것이다.' 라고 하시기에 납채를 화원에 내어 보냈으니 우리 집 앞 일이 걱정이다. 나는 겨우 부지하겠지만 늙은 처는 병이 되어 정신을 차리지 못하니 이런 사정이 있는가?"

상서가 실색(失色)하여 말을 못하다가 한참 후에 말하였다.

"제가 상소하여 다투면 조정에 공론(公論)이 없겠습니까?"

사도가 말하였다.

"상서가 이제 상소하면 반드시 무거운 죄를 얻으려니와 천자의 명령을 받은 후에 화원에 있기 미안하니 아무리 떠나기 서운하나 다른 데 거처를 정하는 것이 마땅하다."

상서가 대답하지 아니하고 화원으로 나가니 춘운이 눈물을 흘리며 납채를 붙들고 말하였다.

"소저의 명으로 와 상서를 모신 지 오래인데 호사다마(好事多魔)하여 일이 이리되어 소저의 혼사는 다시 바랄 것이 없으니 첩도 아주 이별하렵니다."

상서가 말하였다.

"내가 상소하여 힘써 다투겠지만 설사 허락하지 아니하신데도 춘랑은 이미 내게 몸을 맡겼으니 어찌 나를 버리는가." 춘운이 말하였다.

"첩이 비록 민첩하지 못하나 여필종부의 뜻을 어이 모르겠습니까마는, 첩이 어려서 소저와 죽고 살며 남고 모자란 것을 함께 하자고 맹세하였으니, 오늘날 상서를 모시는 것도 소저의 명입니다. 소저가 평생토록 수절하면 첩이 어디를 가겠습니까?" 상서가 말하였다.

"소저는 동서남북의 뜻대로 가겠지만 춘랑이 소저를 좇아 다른 사람을 섬기면 여자의 정절이 있다고 할 수 있는가?" 춘운이 말하였다.

"상공은 우리 소저를 알지 못합니다. 소저가 정한 일이 있습니다. 부모 슬하에 있다가 백 년이 지난 후에 터럭을 끊고 몸을 맑게 닦아 산문(山門)에 몸을 맡겨 일생을 지키고자 하시니 첩이 홀로 어디로 가겠습니까? 상서께서 춘운을 보고자 하시거든 납채를 소저의 방으로 보내십시오. 그렇게 하지 아니하시면 죽어 후세에서나 다시 뵙겠습니다. 바라건대 상공은 오랫동안 편안히 계십시오." 하고, 문득 뜰에 나려 재배하고 안으로 들어갔다. 상서가 마음이 적막하여 길게 탄식만 하였다.

이날 상서가 상소하니 그 글은 다음과 같았다.

> 한림학사 겸 예부상서 양소유는 머리를 조아려 절하며 황제 폐하께 아룁니다. 대개 인륜은 왕정(王政)의 근본이요, 혼인은 인륜의 대사여서 왕정을 잃으면 나라가 그릇되고 혼인을 삼가지 아니하면 가도(家道)가 망하니, 어찌 혼인을 삼가 왕정을 구하지 아니하겠습니까? 소신(小臣)이 바야흐로 정가 여자와 혼인을 정하여 납채하였는데 천만 뜻밖에 부마로 봉코자 하시어 황태후의 명으로 이미 받은 납채를 내어 주라 하시니 이는 예로부터 듣지 못하던 바입니다. 원컨대 폐하는 왕정과 인륜을 살펴 정가와의 혼인을 허락하여 주십시오.

상이 보시고 태후께 아뢰니, 태후가 크게 화를 내어 '양상서를 감옥에 가두라.' 하자, 조정 백관이 다 다투어 간(諫)하였지만 듣지 아니하였다.

이때 토번(吐蕃)이 바야흐로 중국을 얕보아 3만 병을 거느리고 와 변경 지방에 있는 군현(郡縣)을 노략하여 선봉(先鋒)이 이미 위교(渭橋)에 왔다. 상이 조정 대신을 불러 의논할 때, 다 아뢰어 말하였다.

"양상서가 전일에도 군병을 죄하지 아니하고 삼 진(陳)을 정벌(征伐)하였으니 지금도 양상서가 아니면 당할 사람이 없을까 합니다." 상이 말하였다.

"옳다." 하시고, 즉시 들어가 태후께 여쭈었다.

"조정에는 양소유가 아니면 도적을 당할 사람이 없다 하오니, 비록 죄가 있으나 국사를 먼저 생각하십시오."

태후가 허락하자, 즉시 사자(使者)를 보내어 양상서를 불러 보고 물어 말하였다.

"도적이 급하여 경이 아니면 제어치 못할 것이니 어찌하면 좋은가?" 상서가 대답하여 말하였다.

"신이 비록 재주가 없으나 수천 군사를 얻어 이 도적을 파하여 죽을 목숨을 구완하신 은덕을 만분지일이나 갚을까 합니다."

상이 크게 기뻐하여 즉시 대사마(大司馬) 대원수를 봉하고 3만 군을 주었다.

상서가 이날 황상께 하직하고 군병을 거느려 위교로 나가자, 선봉장이 달려들어 좌현왕(左賢王)을 사로잡으니 적의 기세가 크게 꺾여 다 도망하거늘 쫓아가 세 번 싸워 세 번 이기고 머리 3만과 좋은 말 8천을 얻고 승첩(勝捷)을 천자께 보고하니 상이 크게 기뻐하여 칭찬해 마지 않았다. 상서가 또 군중에서 상소하였다.

"도적을 비록 파하였으나 저들의 땅에 들어가 멸하고 돌아오겠습니다."

상이 상소를 보시고 장히 여겨 병부상서 대원수 벼슬을 내리고 통천어대(通天御帶), 참마검(斬馬劍), 백모황월(白毛黃鉞)을 주고 하북(河北), 농서

(隴西) 지방의 병마(兵馬)를 다 조발(調發)하여 양상서를 도우라 하였다.

상서가 택일하여 길을 떠날 때, 붉은 빛의 갓끈이 엄숙하고 위의가 씩씩하였다. 수일 사이에 오십여 성(城)을 항복 받고 적절산 아래에 군사를 머물게 하였는데, 갑자기 찬바람이 일어나며 까치가 진 안에 들어와 울고 가기에 상서가 말 위에서 점을 치니 흉한 것이 먼저 나타나고 뒤이어 좋은 일이 발생할 괘(卦)였다. 상서가 촛불을 밝히고 병서를 보는데 삼경(三更)쯤 되어 촛불이 꺼지며 냉기가 사람을 놀라게 하였다. 문득 한 여자가 공중에서 내려와 상서의 앞에 서거늘, 보니 손에 팔 척의 비수를 들고 있는데 얼굴이 눈빛 같았다. 상서가 자객인 줄 알고 안색을 바꾸지 않은 채 물어 말하였다.

"여자는 어떤 사람이기에 밤에 군중(軍中)에 들어왔느냐?" 대답하여 말하였다.

"저는 토번국 찬보(贊普)의 명으로 상서의 머리를 베러 왔습니다." 상서가 웃으며 말하였다.

"대장부가 어찌 죽기를 두려워 하겠는가."

안색이 편안하자, 그 여자가 칼을 땅에 던지고 머리를 들어 말하였다.

"상서는 염려치 마십시오."

상서가 붙들어 일으키고 물어 말하였다.

"그대가 나를 해치지 아니함은 어찌된 일인가?"

여자가 대답하여 말하였다.

"첩은 본디 양주(楊洲) 사람입니다. 부모를 일찍 여의고 한 도사를 따라 검술을 배웠는데, 첩의 성명은 심요연입니다. 진해월이와 김채홍이와 함께 배운지 삼 년 만에 바람을 타고 번개를 좇아 천리를 가게 되었습니다. 선생이 혹 원수를 갚거나 사나운 사람을 죽이고자 하면 항상 해월과 채홍을 보내고 첩은 보내지 아니하여 첩이 이상히 여겨 물으니 선생이 말하였습니다. '어찌 네 재주가 부족하겠는가. 너는 인간 세상의 귀한 사람이다. 대당국(大唐國)

양상서의 배필이 될 것이니 어찌 사람을 살해하겠는가?' 첩이 말하였습니다. '그러면 검술을 배워 무엇하겠습니까?' 선생이 말하였습니다. '양상서를 백만 군중에서 만나 연분을 맺을 것이다. 또 토번이 천하 자객을 모아 들여 양상서를 죽이려하니 네 어서 나가 자객을 물리쳐 양상서를 구완하라.' 하거늘, 첩이 토번국에 와 모든 자객을 물리치고 왔으니 어찌 상공을 해하겠습니까?"

상서가 이 말을 듣고 크게 기뻐하여 말하였다.

"낭자가 죽어가는 목숨을 구완하고 또 몸을 허락하니 이 은혜를 어찌 갚겠는가. 낭자와 함께 백년 해로 하겠다."

하고, 옥장(玉帳)에 들어가 동침하니 복파영중(伏波營中)에 월색이 뜰에 가득하고 옥문관(玉門關) 밖에 춘광이 향기로왔다. 기분 좋은 흥취를 어이 헤아리겠는가.

요연이 문득 하직하며 말하였다.

"군중("軍中)은 여자가 있을 곳이 아니니 돌아가겠습니다." 상서가 말하였다.

"낭자는 세상 사람이 아니다. 기특한 꾀를 가르쳐 도적을 파게 할 것이거늘, 어찌 나를 버리고 급히 가느냐?" 요연이 말하였다.

"상공의 용맹으로 패한 도적 치기는 손에 침 뱉기 같으니 무슨 염려하시겠습니까. 첩이 돌아가 선생을 모시고 있다가 상서께서 회군(回軍)하신 후에 가 모시겠습니다." 상서가 말하였다.

"한 말이나 가르치고 가라." 요연이 말하였다.

"반사곡(盤蛇谷)에 가서 물이 없거든 샘을 파 군사를 먹이고 돌아가십시오."

또 무슨 말을 묻고자 했는데 문득 공중으로 올라 간 데 없었다. 상서가 여러 장수를 불러 요연의 말을 하니 다 말하였다.

"장군께서 몹시 신통하시기에 천신이 와 도우신 것입니다."

상서가 군사를 거느리고 돌아올 때, 한 곳에 이르니 길이 좁아 군대가 지나기 어려웠다. 겨우 수백 리를 기어 나와 한 들을 만나 군대를 머물게하니 군사가 다 목이 말라 급하였다. 마침 못의 물을 보고 먹으니 일시에 몸이 푸르게 되고 말을 통치 못하여 죽어갔다. 상서가 크게 놀라서 문득 심요연이 전해 준 반사곡이라는 말을 생각하고, 즉시 샘을 팠지만 물이 나오지 않으니, 상서가 염려하여 진을 옮기고자 하는데, 갑자기 북소리가 천지를 진동하며 산천이 다 응하니, 이는 적병이 험한 길을 막아 습격코자 한 것이었다.

여러 장수가 군사가 배고픔과 목마름이 심하여 적병을 당할 듯이 없으니 상서가 크게 민망하여 옥장(玉帳)에 앉아 묘책을 생각하다가, 갑자기 잠이 들어 한 꿈을 꾸니 푸른 옷을 입은 여동(女童)이 앞에 와 섰는데, 보니 단정한 얼굴이 범인(凡人)이 아니었다. 상서께 고하여 말하였다.

"우리 낭자가 한 말씀을 상서께 아뢰고자 하오니, 원컨대 상서는 잠깐 행차 하십시오." 상서가 말하였다.

"너의 낭자는 어떤 사람이냐?" 대답하여 말하였다.

"우리 낭자는 동정용왕의 작은 딸이신데, 잠깐 화를 피하여 여기에 와 있습 니다." 상서가 말하였다.

"용녀(龍女)는 수부(水府)에 있고 나는 세상 사람인데 어찌 가겠는가?"

여동이 말하였다.

"말을 진문(陣門) 밖에 매어 두었으니 그 말을 타시면 자연 가실 수 있을 것입니다."

상서가 여동을 따라 한참 들어가니 궁궐이며 위의(威儀)가 찬란하였다. 여동 여러 사람이 나와 상서를 맞아 백옥으로 꾸민 의자에 앉히거늘, 상서가 사양치 못하여 앉았더니 시녀 수십 사람이 한 낭자를 모시고 나오는데, □□ □□□은 태도와 씩씩한 거동은 두루 측량치 못□□□□□. 시녀가 상서께 고하였다.

"우리 낭자가 상서께 예로써 알현(謁見)합니다."

상서가 놀라 피하고자 하나 좌우 시녀가 붙잡으니 어쩔 수 없었다. 용녀가

예를 갖추어 절을 한 후에 상서가 시녀를 명하여,

"전상(殿上)에 모셔라."

하나, 용녀가 사양하고 자리에 무릎을 꿇고 앉자 상서가 말하였다.

"양소유는 인간 천하 사람이요, 낭자는 용궁 선녀인데 어이 이토록 과히 하십니까?

용녀가 일어나 재배하고 말하였다.

"첩은 동정 용왕의 딸입니다. 부왕(父王)이 옥황상제께 조회(朝會)할 때, 장진인(張眞人)을 만나 첩의 팔자를 물어보니 진인이 말하였습니다. '이 아기 는 천상 선녀입니다. 죄를 짓고 용왕의 딸이 되었으나 인간 양상서의 첩이 돼 영화를 얻어 백년해로하다가 다시 불가(佛家)에 돌아가 극락세계에서 천 만 년을 지낼 것입니다.' 부왕이 이 말을 듣고 첩을 각별히 사랑하셨는데, 천만 뜻밖에 남해 용왕의 태자가 첩의 자색을 듣고 구혼하니 우리 동정은 남해 소속이라 부왕이 거역하지 못하여 몸소 가 장진인의 말로 변명하셨지만, 남해 왕이 요망타 하고 구혼을 더욱 급히 하였습니다. 그래 첩이 생각다 못해 피하여 이 물에 와 살고 있는데, 이 물의 이름은 백룡담(白龍潭)입니다. 물빛 과 맛을 변하게 하여 사람과 물상을 통치 못하게 하였습니다. 그러나 지금 상서를 청하여 이 더러운 땅에 오시게 하여 신세를 부탁하니 상서의 근심은 첩의 근심이라 어찌 구완치 아니하겠습니까? 그 물 맛을 다시 달게 할 것이니 군사가 먹으면 자연 병이 나을 것입니다."

상서가 말하였다.

"낭자의 말을 들으니 하늘이 정한 연분입니다. 낭자와 동침함이 어떠합니까?"

용녀가 말하였다.

"첩의 몸을 이미 상서께 허락하였으나 부모께 고하지 아니하였으니 불가하 고, 또 남해 태자가 수만 군을 거느리고 첩을 얻고자 하니 그 우환이 상서께 미칠 것이요, 첩이 몸의 비늘을 벗지 못하였으니 귀인의 몸을 더럽힘이 불가

합니다." 상서가 말하였다.

"낭자의 말씀이 아름다우나 낭자의 부왕이 나를 기다리니 고하지 아니하여 도 부끄럽지 아니하고, 몸에 비늘이 있으나 신선의 연분을 정하였으면 관계치 아니하며, 내 백만 군병을 거느렸으니 남해의 태자를 어찌 두려워 하겠소."

하고, 용녀를 이끌고 취침하니 그 즐거움은 꿈도 아니요, 인간보다 백배나 더하였다.

날이 새지 않았는데 북소리가 급히 들리거늘, 용녀가 잠을 깨어 일어나 앉으니 궁녀가 들어와 급히 고하였다.

"지금 남해 태자가 무수한 군병을 거느리고 와 산 아래에 진을 치고 양상서 와 사생을 다투고자 합니다." 상서가 크게 웃으며 말하였다.

"미친 아이가 나를 어찌 하겠는가."

하고, 일어나 보니 남해 군병이 백룡담을 여러 겹으로 에워싸고 함성 소리 가 천지에 진동하였다.

남해 태자가 외치며 말하였다.

"네 어떤 것이기에 남의 혼사를 방해하느냐? 너와 사생을 결단하겠다."

하거늘, 상서가 크게 웃으며 말하였다.

"동정 용녀는 나와 부부의 인연이 있어 하늘과 귀신이 다 아는 일인데, 너 같은 버러지가 감히 천명(天命)을 거스르느냐?"

하고, 깃발로 지휘하여 백만 군병을 몰아 싸우자 천만 수족(水族)이 다 패 하였다. 원참군(參軍) 별주부와 잉어제독을 한 칼에 베고 남해 태자를 사로잡 아 죄를 묻고 놓아주었다.

이때 용녀가 음식을 장만하여 군대를 축하하고 천 석 술과 천 필 소로 군사 를 먹이며 양원수가 용녀와 함께 앉았는데, 한참 후에 동남쪽에서 붉은 옷을 입은 사자(使者)가 공중에서 내려와 상서께 고하여 말하였다.

"동정 용왕이 상서의 공덕을 치하코자 하였지만, 맡은 일을 떠나지 못하여 지금 응벽전(凝壁殿)에서 잔치를 베풀고 상서를 청하십니다."

상서가 용녀와 수레 위에 오르니 바람이 수레를 몰아 공중으로 날아가더니, 한참 후에 동정호(洞庭湖) 용궁에 이르자 용왕이 멀리 나와 맞아 들어가 장인과 사위의 예를 베풀고 잔치할 때, 용왕이 잔을 잡고 상서께 사례하며 말하였다.

"과인이 덕이 없어 한 딸을 두고 남에게 곤란한 일이 많았는데, 양원수의 위엄과 덕망으로 근심을 없애니 어찌 즐겁지 아니하겠소." 상서가 대답하여 말하였다.

"다 대왕의 신령하심인데 무슨 사례를 하십니까?"

상서가 술에 취하매 하직하여 말하였다.

"궁중에 일이 많으니 오래 머물지 못하겠습니다. 바라건대 낭자와 훗날 기약을 잊지 마십시오." 하고, 용왕과 함께 궁문 밖에 나오니, 문득 한 산이 있으되 다섯 봉우리가 높이 구름 속에 둘렀는데 붉은 안개가 사변에 둘러있고 층암절벽이 하늘에 연하였거늘, 상서가 물어 말하였다.

"저 산은 무슨 산입니까?" 용왕이 말하였다.

"저 산의 이름은 남악산이라 하거니와 산천이 아름답고 경개가 거룩합니다." 상서가 말하였다.

"어찌해야 전 산에 올라 구경할 수 있겠습니까?" 용왕이 말하였다.

"날이 저물지 아니하였으니 올라 구경하여도 늦지 않을 것입니다."

상서가 즉시 수레를 타니 벌써 연황봉에 이르렀다. 죽장을 짚고 천봉만학(千峰萬壑)을 차례로 구경하여 말하였다.

"슬프다. 이런 아름다운 경치를 버리고 전쟁의 북새통에 골몰하니 언제야 공을 이루고 물러가 이런 산천을 찾을까?" 하더니, 갑자기 경쇠 소리가 들리거늘 상서가 찾아 올라가니 한 절이 있는데 법당이 아주 맑고 깨끗하고 중이 다 신선 같았다. 한 노승이 있는데 눈썹이 길고 골격은 푸르고 정신이 맑으니 그 나이는 헤아리지 못하였다. 문득 상서를 보고 모든 제자를 거느리고 당에 내려와 예를 표하고 말하였다.

"깊은 산중에 있는 중이 귀먹어 대원수의 행차를 알지 못하여 산문 밖에 나가 대령치 못하였으니, 청컨대 상공은 허물하지 마십시오. 또 이번은 대원수가 아주 오신 길이 아니오니 어서 법당에 올라 예불하고 가십시오."

상서가 즉시 불전에 가 향을 피우고 두 번 절하고 계단에 내려올 때 발을 헛디뎌 잠을 깨니 몸이 옥장(玉帳)속에 앉아 있었다. 동방이 점점 새거늘, 상서가 여러 장수를 불러 말하였다.

"공들도 꿈을 꾸었는가?" 여러 장수가 말하였다.

"소인들도 다 꿈을 꾸었습니다. 장군을 모시고 신병귀졸(神兵鬼卒)과 크게 싸워 장수를 사로잡아 뵈오니 이는 길조(吉兆)인가 합니다."

상서도 꿈의 일을 역력히 말하고 여러 장수를 모시고 물가에 가보니 부서진 비늘이 땅에 깔리고 피가 흘러 물이 붉었다. 상서가 그 물을 맛보니 과연 달거늘 군사와 말을 먹이니 병에 즉시 효험이 있었다. 적병이 이 말을 듣고 크게 놀라 즉시 항복하거늘, 상서가 명령하여 승전한 첩서(捷書)를 올리자 천자가 크게 기뻐하였다.

하루는 천자가 황태후께 아뢰어 말하였다.

"양상서의 공은 만고의 으뜸이니 환군(還軍)한 후에 즉시 승상을 봉하겠지만, 난양의 혼사를 양상서가 마음을 바꾸어 허락하면 좋거니와 만일 고집하면 공신(功臣)을 죄 주지 못할 것이요, 혼인을 우격다짐 못할 것이니 어찌하면 좋겠습니까? 매우 민망합니다." 태후가 말하였다.

"양상서가 돌아오지 않았으니 정사도의 여자에게 다른 혼인을 급히 하게 하면 어떠한가?" 상이 대답지 아니하고 나가니 난양공주가 이 말씀을 듣고 태후께 고하여 말하였다.

"낭랑은 어찌 이런 말씀을 하십니까? 정가의 혼사는 제 집 일인데 어찌 조정에서 권하겠습니까?" 태후가 말하였다.

"내가 벌써 너와 의논코자 하였다. 양상서는 풍채와 문장이 세상에 으뜸일 뿐 아니라, 퉁소 한 곡조로 네 연분을 정하였으니 어찌 이 사람을 버리고 다른 데서 구하겠느냐. 양상서가 돌아오면 먼저 네 혼사를 지내고 정사도 여자로 첩을 삼게 하면, 양상서가 사양할 바가 없을 텐데 네 뜻을 알지 못하여 염려스럽구나." 공주가 대답하여 말하였다.

"소저가 일생 투기(妬忌)를 알지 못하니 어찌 정가 여자를 꺼리겠습니까? 다만 양상서가 처음에 납폐하였다가 다시 첩을 삼으면 예가 아니요, 또 정사도는 여러 대에 걸친 재상의 집입니다. 그 여자로 남의 첩이 되게 함이 어찌 원통치 아니하겠습니까?" 태후가 말하였다.

"네 뜻이 그러하면 어찌 하면 좋겠느냐?" 공주가 말하였다.

"들으니 제후에게는 세 부인이 가하다 합니다. 양상서가 성공하고 돌아오면 후왕(侯王)을 봉할 것이니, 두 부인 취함이 어찌 마땅치 아니하겠습니까?" 태후가 말하였다.

"안 된다. 사람이 귀천이 없다면 관계치 아니하겠지마는 너는 선왕(先王)의 귀한 딸이요, 지금 임금의 사랑하는 누이다. 어찌 여염집 천한 사람과 함께 섬기겠느냐?" 공주가 말하였다.

"선비가 어질면 만승천자(萬乘天子)도 벗한다 하니 관계치 아니하며, 또 정가 여자는 자색과 덕행이 옛 사람이라도 미치기 어렵다 하오니 그러하면 소녀에게는 다행입니다. 아무튼 그 여자를 친히 보아 듣던 말과 같으면 몸을 굽혀 섞임이 가하고, 그렇치 아니하면 첩을 삼거나 마음대로 하십시오." 태후가 말하였다.

"여자의 투기는 예부터 있는데 너는 어찌 이토록 인후(仁厚)하냐? 내 명일에 정가 여자를 부르겠다." 공주가 말하였다.

"아무리 낭랑의 명이 있어도 아프다고 핑계하면 부질없고, 더구나 재상가의 여자를 어찌 불러 들이겠습니까? 소녀가 직접 가 보겠습니다."

이때 정소저가 부모를 위하여 태연한 체 하지만 형용은 자연 초췌하였다. 하루는 한 여동이 비단 족자를 팔러 왔거늘 춘운이 보니 꽃밭 속에 공작이 수놓여 있었다. 춘운이 족자를 가지고 들어가 소저께 고하여 말하였다.

"이 족자는 어떠합니까?" 소저가 보고 놀라 말하였다.

"어떤 사람이 이런 재주가 있는가? 인간 사람이 아니다." 하고, 춘운을 명하여,

"이 족자는 어디서 났으며, 만든 사람이 어떤 사람이냐?" 여동이 말하였다.

"우리 소저의 재주인데, 우리 소저가 객중에 계셔 급히 쓸 곳이 있어 팔러 왔으니 값의 많고 적음을 보지 아니합니다." 춘운이 말하였다.

"너의 소저는 뉘 집 낭자이며, 무슨 일로 객중에 머무느냐?" 여동이 말하였다.

"우리 소저는 이통판(李通判)의 누이입니다. 이통판이 절동(浙東) 땅에 벼슬 갈 때, 부인과 소저를 모시고 가는데 소저가 병이 들어 가지 못하여 연지 촌 사삼낭(謝三娘)의 집에 처소를 정하여 계십니다."

정소저가 그 족자를 많은 값을 주고 사 중당에 걸어두고 춘운에게 말하였다.

"이 족자의 임자를 시비를 보내어 얼굴이나 보고 싶구나." 하고, 즉시 시비를 보냈다. 시비가 돌아와 고하였다.

"억만 장안을 다 보았지만 우리 소저 같은 사람은 없는데, 과연 이소저는 우리 소저와 같았습니다." 춘운이 말하였다.

"그 족자를 보니 재주는 아름다우나 어찌 우리 소저 같은 사람이 있겠느냐? 네가 잘못 보았다."

하루는 사삼낭이 와 부인과 정소저께 고하였다.

"소인의 집에 이통판 댁 낭자가 거처하고 있는데, 소저의 재덕을 듣고 한번 뵙고자 청합니다." 부인이 말하였다.

"내 그 낭자를 보고자 하였지만 청하기 미안하여 못 하였는데, 그대 말을 들으니 어찌 기쁘지 아니하겠는가?"

다음날 이소저가 흰 옥으로 꾸민 가마를 타고 시비를 데리고 왔다. 정소저

가 나와 맞아 침실에 들어가 서로 대하여 앉으니, 월궁(月宮)의 선녀가 요지연(瑤池宴)에 참예한 듯 그 광채가 비할 데 없었다. 정소저가 말하였다.

"마침 시비에게 들으니 저저(姐姐)가 가까이 와 계시다 하나, 나는 팔자가 기박하여 인사를 사절하였기 때문에 가 뵈옵지 못하였는데, 저저가 이런 더러운 곳에 오시니 매우 감사합니다." 이소저가 말하였다.

"나는 본디 초야에 묻힌 사람입니다. 부친을 일찍 여의고 모친을 의지하여 배운 일이 없어 마침 소저의 아름다운 행실을 듣고 한번 모시어 가르치시는 말씀을 듣고자 했는데, 더러운 몸을 버리지 아니하시니 평생 소원을 푼 듯합니다. 또 들으니 댁에 춘운이 있다 하오니 볼 수 있겠습니까?"

정소저가 즉시 시비를 명하여 춘운을 부르니 춘운이 들어와 예로써 알현하자 이소저가 일어나 맞아 앉았다. 이소저가 춘운을 보고 감탄하여 말하였다.

'듣던 말과 같구나, 정소저가 저러하고 춘운이 또 이러하니 양상서가 어찌 부마를 구하겠는가?'

이소저가 일어나 부인과 소저께 하직하며 말하였다.

"날이 저물었으니 물러가지만 거처한 곳이 멀지 아니하니 다시 뵐 날이 있겠습니까?"

정소저가 계단 아래로 내려와 사례하여 말하였다.

"나는 얼굴을 들어 출입하지 못하기에 은혜에 보답하지 못하오니 허물치 마십시오." 하고, 서로 이별하였다.

정소저가 춘운에게 말하였다.

"보검은 땅에 묻혔어도 기운이 두우간(斗牛間)에 쏘이고, 큰 조개는 물 속에 있어도 빛이 수루(戍樓)를 비추니, 이소저가 같은 땅에 있으면서도 우리가 일찍이 듣지 못하였으니 괴이하다." 춘운이 말하였다.

"첩은 의심컨대 화음 진어사의 딸이 상서와 〈양류사〉를 화답하여 혼인을 언약하였다가 그 집이 환란을 만난 후에 진씨가 아무 데도 간 줄을 모른다

하는데, 반드시 성명을 바꾸고 소저를 쫓아 연분을 잇고자 함인가 합니다."
소저가 말하였다.

"나도 진씨 말을 들었지만 그 집이 환란을 만난 후에 진씨는 궁비정속(宮婢定屬)하였다 하니 어찌 오겠는가? 나는 의심컨대 난양공주가 덕행과 재색이 만고에 으뜸이라 하니 그러한가 한다."

다음날 또 시비를 보내어 이소저를 청하여 춘운이 함께 앉아 종일토록 문장을 의논하였다.

하루는 이소자가 와서 부인과 소저께 하직하며 말하였다.

"내 병이 잠깐 나아 내일은 절동(浙東)을 가려 하니 하직합니다." 정소저가 말하였다.

"더러운 몸을 버리지 아니하시고 자주 부르시니 즐거운 마음을 이기지 못하였는데 버리고 돌아가시니 떠나는 정회를 어이 헤아리겠습니까." 이소저가 말하였다.

"한 말씀을 소저께 아뢰고자 하나 좇지 아니하실까 염려됩니다." 정소저가 말하였다.

"무슨 말씀이십니까?" 이소저가 말하였다.

"늙은 어미를 위하여 남해 관음보살의 얼굴과 모습을 그린 그림을 수 놓았는데 문장 명필을 얻어 제목을 쓰고자 하니, 원컨대 소저는 찬문(贊文)을 지어 제목을 써주시면 한편으로는 위친(爲親)하는 마음을 위로하고, 한편으로는 우리 서로 잊지 못할 정표나 해주십시오. 소저가 허락하지 아니하실까 염려하여 족자를 가져 오지 않았으나 거처하는 곳이 멀지 아니하니 잠깐 생각해 주십시오." 정소저가 말하였다.

"비록 문필은 없으나 위친하시는 일을 어이 좇지 아니하겠습니까? 날이 저물기를 기다려 가셨으면 합니다."

이소저가 크게 기뻐하여 일어나 절하고 말하였다.

"날이 저물면 글 쓰기가 어려울 것이니 내가 타고 온 가마가 비록 더러우나 함께 가셨으면 합니다."

정소저가 허락하니 이소저가 일어나 부인께 하직하고 춘운의 손을 잡고 이별한 후에 정소저와 함께 흰 옥으로 꾸민 가마를 타고 갈 때, 정소저의 시녀 여러 사람이 따라갔다.

정소저가 이소저의 침실에 들어가니 보패와 음식이 다 보통과 달리 이상하였다. 이소저가 족자도 내놓지 아니하고 문필도 청하지 아니하자 정소자가 민망하여 말하였다.

"날이 저물어 가는데 관음화상은 어디에 있습니까? 절하여 뵙고자 합니다."

이 말을 미처 마치지 못하여 군마(軍馬) 소리가 진동하며 기치창검(旗幟槍劍)이 사면을 애워쌌다. 정소저가 크게 놀라 피하려 하자 이소저가 말하였다.

"소저는 놀라지 마십시오. 나는 난양공주로 이름은 소화입니다. 태후 낭랑의 명으로 소저를 모셔 가려합니다."

정소저가 이 말을 듣고 땅에 내려 재배하여 말하였다.

"여염집 천한 사람이 지식이 없어 귀한 공주를 알아 뵙지 못하고 예의 없이 하였으니 죽어도 아깝지 아니합니다." 난양공주가 말하였다.

"그런 말씀은 차차 하겠지만 태후 낭랑께서 지금 난간에 의지해 기다리시니, 원컨대 소저는 함께 가십시다."

정소저가 말하였다.

"귀한 공주께서 먼저 들어가시면 첩이 돌아가 부모께 고하고 이후에 따라 들어가겠습니다." 공주가 말하였다.

"태후가 소저를 보시고자 하여 어명을 내리신 것이니 사양치 마십시오." 정소저가 말하였다.

"첩은 본디 천한 사람입니다. 어찌 귀한 공주와 가마를 함께 타겠습니까?" 공주가 말하였다.

"여상(呂尚)은 어부였지만 문왕(文王)이 한 수레에 탔고, 후영(候嬴)은 문지기였지만 신능군(信陵君)의 고삐를 잡았습니다. 더구나 소저는 재상가 처녀인데 어찌 사양하겠습니까?" 하고, 손을 이끌어 가마를 타고 갔다.

난양공주가 소저를 궐 문 밖에 세우고 궁녀에게 명하여 호위케 한 후, 공주가 들어가 태후께 입조(入朝)하고 정소저의 자색과 덕행을 아뢰었다. 태후가 감탄하여 말하였다.

"그러하다면 양상서가 부마를 어찌 사양치 아니하겠는가?" 하고, 궁녀에게 명하여 말하였다.

"정소저는 대신의 딸이요, 양상서의 납채를 받았으니 일품조복(一品朝服)을 입고 입조하라."

궁녀가 의복함을 가져와 정소저께 고하자 소저가 말하였다.

"첩은 천녀(賤女)의 몸이니 어찌 조복(朝服)하겠습니까."

태후가 듣고 더욱 기특히 여겨 불러 들어가니 궁중 사람이 다 감탄하여 말하였다.

"천하 일색이 우리 공주님뿐인가 하였는데 또 이 소저가 있는 줄을 어이 알았겠는가?"

소저가 예를 마치자 태후가 명하여 자리를 주고 말하였다.

"양상서는 일대 호걸이요, 만고 영웅이다. 부마를 정하려고 하였는데 너의 집이 납채를 먼저 받았다기에 억지로 빼앗지 못하여 난양의 지휘(指揮)로 너를 데려 왔거니와, 내 일찍이 두 딸이 있다가 한 딸이 죽은 후에 난양만 두고 외롭게 여겼는데, 네 자색과 덕행이 족히 난양과 형제 될 만 하구나. 너를 양녀로 정하여 난양이 너를 잊지 못하는 정을 표하고자 한다." 소저가 말하였다.

"첩이 여염집 천인으로 어찌 난양공주님과 형제가 되겠습니까? 복을 잃을까 두렵습니다."

태후가 말하였다.

"내가 이미 정하였으니 무슨 사양하느냐? 또 네 글 재주가 용타하니 글 한 구를 지어 나를 위로하라. 옛날 조자건(曹子健)은 〈칠보시(七步詩)〉를 지었으니 너도 그렇게 할 수 있겠느냐? 재주를 보고자 한다." 소저가 대답하여 말하였다.

"소저가 글은 잘 못하지만 낭랑의 명을 어찌 거스르겠습니까?" 난양이 말하였다.

"정씨를 혼자 시키기 미안하니 소녀가 함께 짓겠습니다."

태후가 크게 기뻐하여 필먹을 갖추고 궁녀를 명해 앞에 세우고 글의 제목을 낼 때, 이때는 춘삼월이다. 벽도화(碧桃花)가 많이 핀 속에 까치가 짖자, 그것으로 글제를 내니 각각 붓을 잡고 써 드렸는데, 궁녀가 겨우 다섯 걸음을 옮겼을 뿐이었다. 태후가 다 보시고 칭찬하여 말하였다.

"내 두 딸은 이태백과 조자건이라도 미치지 못할 것이다."

이때 천자가 태후께 입조하자 태후가 말하였다.

"내 난양의 혼사를 위하여 정소저를 데려다가 내 양녀를 삼아 함께 양상서를 섬기고자 하니 어떠하오?" 상이 말하였다.

"낭랑의 훌륭한 덕은 고금에 없습니다." 태후가 정소저를 불러,

"황상께 입조하라." 하자, 정소저가 즉시 들어와 뵈니 상이 여중서(女中書) 진씨 채봉을 명하여 비단과 필먹을 가져오라 하여, 친필로 '정씨를 영양공주로 봉한다.'하고 차례를 형으로 하니 영양공주가 땅에 엎드려 말하였다.

"첩은 본디 미천한 사람인데 어찌 난양의 형이 되겠습니까?" 난양이 말하였다.

"영양은 재덕(才德)이 내 위이니 어찌 사양하십니까?" 황상이 태후께 여쭈었다.

"두 누이의 혼사를 이미 결단 하셨으니 여중서 진채봉을 생각하십시오. 진채봉은 본디 조관(朝官)의 자식입니다. 그의 집이 비록 망하였으나 그 재주와 심덕이 기특하고 또 양상서와 언약이 있었다하니, 공주 혼사에 잉첩(媵妾)을

삼았으면 합니다."

태후가 즉시 채봉을 불러 말하였다.

"너를 양상서의 첩으로 정하니 두 공주의 희작시(喜鵲詩)를 차운(次韻)하라."

진씨가 즉시 글을 지어 드리니 의사(意思)와 필법이 신묘하여 태후와 황상이 칭찬해 마지 않았다.

하루는 영양공주가 태후께 아뢰어 말하였다.

"소녀가 들어올 때에 부모가 놀라 염려하였으니 돌아가 부모를 보고 이런 훌륭한 덕을 자랑하고자 합니다."

태후가 말하였다.

"아직 사사로이 출입을 할 수 없다. 내 의논할 말도 있으니 최부인을 청하겠다." 하고, 즉시 조서(調書)하였다. 최씨가 들어가 태후께 입조하자 태후가 말하였다.

"내 부인의 딸을 데려와 양녀를 삼았으니 부인은 염려 마시오." 최씨가 사례하여 말하였다.

"첩이 아들이 없고 딸 하나만 있어 금옥같이 사랑하였는데 낭랑의 훌륭한 덕이 이렇듯 하니 시든 나무에 꽃이 핀 것과 같습니다. 이 은덕을 죽어도 갚을 길이 없습니다."

영양과 난양이 부인을 보고 서로 반겨함은 헤아리지 못할 바였다. 태후가 말하였다.

"부인의 집에 가춘운이 있다 하더니 왔소이까?"

부인이 춘운을 불러 즉시 입조케 하자 태후가 말하였다.

"진실로 절대가인(絶代佳人) 이구나." 하고, 두 공주와 진씨가 지은 글을 말한 후,

"차운하라" 하자, 춘운이 사양치 못하여 즉시 지어 드리니 태후가 보고 길게 탄복하였다.

춘운이 물러가 두 공주께 뵈고 앉으니 공주가 진씨를 가리켜 말하였다.

"이는 화음(華陰) 진가(秦家) 여자다. 그대와 백 년을 함께 할 사람이다."
춘운이 말하였다.

"〈양류사〉를 지은 진씨십니까?" 진씨가 눈물을 흘리며 말하였다.

"〈양류사〉를 어찌 아십니까?" 춘운이 말하였다.

"상서가 매일 〈양류사〉를 읊으며 낭자를 생각하시기에 들었습니다." 진씨
가 말하였다.

"상서가 옛일을 잊지 아니하시는구나." 하고, 더욱 슬퍼하였다.

태후가 최부인에게 말하였다.

"양상서를 속일 묘책이 있으니 부인도 나가서 소저가 죽었다고 하시오."
두 공주가 부인을 문 밖에 전송(餞送)하고 춘운에게 말하였다.

"네가 죽었다하고 상서를 속여라." 춘운이 말하였다.

"전에 속인 일도 죄가 큰데 다시 속이고 무슨 면목으로 상서를 섬기겠습니
까?" 공주가 말하였다.

"태후께서 명하신 일이니 마지는 못할 것이다."

춘운이 듣고 갔다.

각설이라.

양상서가 돌아온다는 소문이 경성에 들어오자, 천자가 친히 위교에 나와
상서의 손을 잡고 말하였다.

"만 리 밖에 가 역적들을 깨끗이 쓸어버린 공을 어찌 갚겠는가?"

하시고, 바로 그날 대승상(大丞相) 위국공(魏國公)을 봉하고, 삼만 호를 끊
어 주고, 화상(畵像)을 기린각(麒麟閣)에 그려놓게 하였다.

승상이 사은숙배(謝恩肅拜)하고 물러나와 정사도 집에 가자 정사도 일가
가 다 외당에 모여 승상을 위로할 때, 양승상이 사도 부처의 안부를 물으니
정십삼이 말하였다.

"누이의 상사(喪事)를 만난 후에 항상 눈물로 지내시기에 나와서 승상을 맞이하지 못하니 승상은 들어가 뵙되 아프게 하는 말씀은 하지 마십시오."

승상이 이 말을 듣고 질색하여 말을 못하다가 한참 후에 말하였다.

"소저가 죽었단 말이오?" 하고, 눈물을 흘리거늘 정생이 말하였다.

"승상과 혼인을 정하였다가 불행하여 이렇게 되니 어찌 우리 집 가문의 운수가 쇠한 것이 아니겠습니까? 승상은 슬퍼 마십시오."

승상이 눈물을 씻고 정생을 데리고 들어가 사도 부처께 뵈니 사도 부처가 별로 서러워하는 빛이 없었다. 승상이 말하였다.

"저는 나라의 명으로 만리 타국에 가 성공하고 돌아와 전생연분을 맺을까 하였는데, 하늘이 그르게 여기시어 소저가 인간 세상을 이별하였다 하오니 소자의 불행입니다." 사도가 말하였다.

"사람의 생사는 하늘에 달려 있으니 어찌 하겠나? 오늘은 승상의 즐길 날이니 어찌 슬퍼하는가?"

정생이 승상에게 눈짓을 해 일어나 화원에 들어가니 춘운이 반겨 내달아 뵈자, 승상이 춘운을 보고 소저를 생각하여 눈물을 금치 못하였다.

춘운이 위로하여 말하였다.

"승상께서는 과히 슬퍼 마시고 첩의 말을 들으십시오. 소저는 본디 천상에서 귀양왔는데 하늘에 올라 갈 때, 첩에게 이르되 '양상서가 납채를 도로 내어 주었으니 부당한 사람이다. 혹 내 무덤이나 내 제사를 지내는 대청에 들어와 조문(弔問)하면 나를 욕하는 일이니 아무리 죽은 혼령인들 어찌 노하지 아니하겠는가?' 하였습니다." 승상이 말하였다.

"또 무슨 말을 하던가?"

춘운이 말하였다.

"또 한 말이 있지만 차마 내 입으로 말하지는 못하겠습니다."

승상이 말하였다.

"무슨 말이었느냐?"

춘운이 말하였다.

"상서께서 춘운을 사랑하시라고 전하였습니다."

승상이 말하였다.

"소저가 이르지 아니한들 어찌 너를 버리겠는가."

하루는 천자가 승상을 이끌어 보시고 말하였다.

"승상이 부마를 사양하였지만 이제 정소저가 이미 죽었으니 또 무슨 말로 사양하겠는가?"

승상이 재배하고 말하였다.

"정녀가 죽었으니 어찌 항거하겠습니까만 소신의 문벌이 미천하고 재덕이 천하고 비루하오니 당치 못할까 합니다."

천자가 크게 기뻐하여 태사(太史)를 불러 좋은 날을 가리니 구월 보름이었다.

상이 승상에게 말하였다.

"경의 혼사를 확실히 결정치 못하였기에 미처 이르지 못하였는데, 짐에게 과연 두 누이가 있으니 하나는 영양공주요, 하나는 난양공주이다. 영양 공주는 정부인(正夫人)을 정하고, 난양공주는 둘째 부인을 정하여 한날에 혼사를 행할 것이다."

구월 보름을 당하여 혼례를 궐문 밖에서 행할 때, 승상이 비단으로 만든 도포와 옥으로 된 띠를 하고 두 공주와 예를 이루니 그 위엄 있는 거동은 다 헤아리지 못할 바였다. 이날 밤은 영양공주와 동침하고, 다음날은 난양공주와 동침하고, 또 다음 날에는 진씨 방으로 갔는데, 진씨가 승상을 보고 슬픔을 이기지 못하여 눈물을 흘리자 승상이 말하였다.

"오늘은 즐거운 날인데 낭자는 무슨 일로 눈물을 흘리는가?" 진씨가 말하였다.

"승상이 첩을 알아보지 못하시니 반드시 잊으신 것 같습니다. 그래서 자연 슬퍼하는 것입니다."

승상이 자세히 보고 나아가 옥수를 잡고 말하였다.

"낭자가 화음 진씨인 줄을 알겠군. 낭자가 벌써 죽은 줄 알았는데 오늘 궁중에서 볼 줄 어찌 알았겠는가? 낭자의 집이 참화를 본 일은 차마 말하지 못하겠군. 객점에서 난리를 만나 이별한 후에 어느 날인들 생각지 아니하였겠는가." 하며, 〈양류사〉를 서로 대하여 읊으니 한편으로는 반갑고 한편으로는 슬펐다. 승상이 말하였다.

"내 처음에 배필을 기약하였다가 오늘날 첩을 삼으니 어찌 부끄럽지 아니하겠는가."

진씨가 대답하여 말하였다.

"처음에 유모를 보낼 때 첩되기를 원하였으니 무슨 원통함이 있겠습니까?"

하고, 서로 즐기는 정이 두 날 밤보다 백 배나 더하였다.

그 다음날 두 공주가 승상께 술을 권하다가 영양공주가 시비를 불러 진씨를 청하니 승상이 그 소리를 듣고 마음이 자연 감동하여 갑자기 생각하였다.

'내 일찍이 정소저와 거문고 한 곡조를 의논할 때, 그 소리와 얼굴을 익히 듣고 보았는데 오늘 영양공주를 보니 얼굴과 말소리가 매우 같구나. 나는 두 공주와 함께 즐겨하는데 슬프다, 정소저의 외로운 혼은 어디에 가 의탁하였을까?'

영양공주를 거듭 보고 눈물을 머금고 말하지 아니하자 영양공주가 잔을 놓고 물어 말하였다.

"승상이 무슨 일로 마음을 슬퍼하십니까?" 승상이 말하였다.

"내 일찍이 정사도 여자를 보았는데 공주의 얼굴과 소리가 매우 같아 자연 감동하여 그러합니다."

영양공주가 말을 듣고 낯빛이 변하고 일어나 안으로 들어가자 승상이 부끄럽고 열적어 난양공주께 고하였다

"영양은 내 말을 그릇되다 여깁니까?" 난양이 말하였다.

"영양공주는 태후의 딸이요, 천자의 누이입니다. 뜻이 교만하고 건방져 한 번 그릇되게 여기면 마음을 좇지 아니하니 정가 여자가 비록 아름다우나 여염 처녀요, 또 □□□□어 백골이 다 진토되었는데 어찌 그런 데 비하십니까?

승상이 즉시 진씨를 불러 영양공주께 사죄하여 말하였다.

"마침 술을 과히 먹고 망발을 하였으니, 원컨대 공주는 허물치 마십시오."

진씨가 즉시 돌아와 승상께 고하였다.

"공주가 하시는 말씀이 있었지만 첩이 차마 아뢰지 못하겠습니다."

승상이 말하였다.

"공주의 말씀이 비록 과하나 진씨의 죄가 아니니 전해보라."

진씨가 말하였다.

"공주가 막 화를 내시며 이르시되, '나는 황태후의 딸이요, 정녀는 여염집 천인입니다. 제 얼굴만 자랑하고 평생 보지 못하던 상공과 반나절을 함께 거문고를 의논하고 수작하니 행실이 아름답지 못하고, 또 혼인이 시기를 놓쳐 이루어지지 못하게 된 것에 심술이 나서 청춘에 죽었으니 복도 좋지 못한 사람입니다. 옛날 추호(秋胡)라는 사람이 뽕 따는 계집과 희롱할 때 그 아내가 듣고 말하기를, '내 아무리 어질지 못하나 나를 생각한다면 어찌 상중(桑中) 유녀(遊女)와 희롱하겠는가.' 하고 물에 빠져 죽었으니 내들 무슨 면목으로 상공을 대면하겠습니까. 나를 죽은 정씨에게 비하고 행실 없는 사람을 생각 하니 내 그런 사람 섬기기를 원치 않습니다. 난양은 성질이 양순하고 인정이 많으니 승상을 모셔 백년 해로하십시오.' 하였습니다."

승상이 이 말을 듣고 크게 화를 내어 말하였다.

"천하의 형세만 믿고 가장을 업수이 여기기는 영양공주 같은 사람이 없다. 옛부터 부마 되기를 싫어한 것은 이렇기 때문이다."

하고, 난양공주에게 말하였다.

"과연 정소저를 만나본 것에 곡절이 있습니다. 영양이 행실 없는 사람으로 책망하니 어찌 애닯지 아니하겠습니까?"

난양이 말하였다.

"첩이 청컨대 들어가 알아듣도록 잘 타이르겠습니다."

하고, 즉시 돌아가 날이 저물도록 나오지 아니하고 시비를 시켜 승상께 전갈하여 말하였다.

"백 번 알아듣도록 잘 타일렀지만 도무지 듣지 아니합니다. 첩은 영양과 사생고락(死生苦樂)을 함께 하기로 했습니다. 영양이 깊은 방에서 혼자 늙기를 결단하니 첩도 상공을 모시지 못하겠습니다. 바라건대 진씨와 함께 백년을 해로하십시오."

승상이 이 말을 듣고 분을 이기지 못하여 빈방에 촛불만 대하고 앉았는데, 진씨가 금으로 만든 화로에 향을 피우고 승상께 고하여 말하였다.

"첩은 군자를 곁에서 모시지 못하기에 첩도 들어가니 승상은 평안히 쉬십시오."

하고, 나가자 승상이 더욱 분하여 잠을 이루지 못하고 생각하되,

'저희가 작당하고 가장을 이토록 조롱하니 세상에 이런 고약한 일이 어디에 있는가. 차라리 정사도 집 화원에서 낮이면 정십삼과 술이나 먹고, 밤이면 춘운과 희롱함만 같지 못하다. 부마된 삼일 만에 이토록 곤핍하니 어찌 분하지 아니한가?'

하고, 사창(紗窓)을 여니, 이때 달빛은 뜰에 가득하고 은하수가 비껴 있었다. 잠깐 얼나 신을 신고 배회하는데, 문득 바라보니 영양공주의 방에 등촉이 휘황하고 웃음 소리가 자자하기에 승상이 생각하되,

'밤이 깊었는데 어떤 궁인이 이제까지 아니 자는가? 영양이 나에게 화가 나서 들어가더니 침실에 있는가?'

하여, 가만히 들어가 창 밖에서 엿들으니 두 공주가 쌍륙(雙六) 치는 소리가 역력히 들리거늘, 승상이 창틀로 보니 진씨가 한 여자와 함께 두 공주

앞에서 쌍륙을 치는데 자세히 보니 춘운이었다.

대개 춘운이 공주를 위하여 관광(觀光)하고 궁중에 머물렀지만, 종적을 감추어 보이지 않은 까닭에 승상이 알지 못하였다. 승상이 춘운을 보자 마음에 이상히 여겨 '어찌 왔을까?' 하는데, 문득 진씨가 쌍륙을 다시 벌이고 말하였다.

"춘랑과 내기코자 하오." 춘운이 말하였다.

"첩은 본디 가난하여 내기하면 술 한 잔뿐이거니와, 진숙인(秦淑人)은 귀한 공주를 모셔 명주 비단을 흔한 삼베 같이 여기고 팔진미를 변변치 못한 음식처럼 여기니 무엇을 내기코자 하십니까?" 진씨가 말하였다.

"내가 지면 보패(寶貝)를 끌러 춘랑을 주고 춘랑이 지면 내가 청하는 일을 하거라." 춘운이 말하였다.

"무슨 일을 청하십니까?" 진씨가 말하였다.

"내 잠깐 말씀을 들으니 춘랑이 '신선도 되고 귀신도 된다.' 하니, 그 말을 자세히 듣고자 하오."

춘운이 쌍륙판을 밀치고 영양공주를 향하여 말하였다.

"소저가 평소 저를 사랑하시면서 어찌 이런 말씀을 공주께 하십니까? 진숙인이 들었으니 궁중에 귀 있는 사람이 누가 아니 들었겠습니까?" 진씨가 말하였다.

"춘랑이 어찌 우리 공주께 소저라 하는가? 공주는 대승상 위국공 부인이시오. 비록 나이는 어리나 작위가 이미 높으신데 어찌 춘랑자의 소저이겠는가?" 춘운이 웃으며 말하였다.

"십 년 넘게 부르던 입을 고치기 어렵습니다. 꽃을 다투어 희롱하던 일이 어제인 듯해서 그러했습니다."

하고, 서로 웃음 소리가 낭랑하였다.

"춘랑의 말을 다 듣지 못하였지만 승상이 과연 춘랑에게 그토록 속았습니까?"

영양이 말하였다.

"승상이 겁내는 거동을 보고자 하였는데 승상이 사리에 어둡고 완고하여 귀신을 꺼릴 줄 알지 못하니, 옛부터 색(色)을 좋아하는 사람을 색중아귀(色中餓鬼)라더니 과연 승상 같은 사람을 말하는 것입니다." 하고, 모두 크게 웃었다.

승상이 비로소 영양공주가 정소저인 줄을 알고 한편으로 반가워 문을 열고 급히 보고자 하다가, 갑자기 생각하되 '제가 나를 속이니 나도 또한 속이리라.' 하고 가만히 진씨의 방으로 돌아와 누웠는데 하늘이 이미 새었다.

진씨가 나와 시녀에게 물어 말하였다.

"승상께서 일어나셨느냐?" 시녀가 말하였다.

"아직 일어나지 아니하셨습니다."

진씨가 창 밖에 서서 일어나기를 기다리는데, 승상이 신음하는 소리가 때때로 들리거늘 진씨가 들어가 물어 말하였다.

"승상께서 기체 평안치 않으십니까?"

승상이 대답하지 아니하고 눈을 바로 떠 보며 헛소리를 무수히 하자 진씨가 물어 말하였다.

"승상은 무슨 헛소리를 이리 하십니까?"

승상이 두 손을 내어 두르며 말하였다.

"너는 어떤 사람이냐?" 진씨가 말하였다.

"첩을 알지 못하십니까? 첩은 진숙인입니다."

승상이 말하였다.

"진숙인이 어떤 사람이냐?"

진씨가 놀래어 나아가 머리를 만져보니 심히 더웠다. 진씨가 말하였다.

"승상 병환이 하룻밤 사이에 어찌 이토록 중하십니까?"

승상이 말하였다.

"내 꿈에 정씨와 함께 밤새도록 말했더니 내 기운이 이러하다."

진씨가 다시 물으나 승상이 대답지 아니하고 몸을 돌이켜 눕자, 진씨가 민망하여 시녀를 명하여 두 공주께 보고하였다.

"승상의 병환이 중하니 빨리 나와 보십시오." 영양이 말하였다.

"어제 술을 먹은 사람이 무슨 병이겠는가. 우리를 나오게 함일 뿐이다.:"

진씨가 바삐 들어가 태후께 고하였다.

"승상의 병환이 중하니 사람을 알아보지 못하니 황상께 아뢰어 의원을 불러 치료하게 하십시오."

태후가 이 말을 듣고 두 공주를 불러 꾸짖어 말하였다.

"너희는 부질없이 승상을 과히 희롱했구나. 병이 중타하면 어찌 빨리 나가 보지 아니하느냐? 급히 나가 병이 중하거든 의원을 불러 치료하게 하라."

두 공주가 마지 못하여 승상의 침소에 나와 영양은 밖에 서고 난양과 진씨가 먼저 들어가니, 승상이 난양을 보고 두 손을 내어 두르며 눈을 굴려 사람을 알아보지 못하고 목 안으로 소리쳐 말하였다.

"내 명이 다하여 영양과 영결하고자 하는데 영양은 어디에 가고 아니 오는가?"

난양이 말하였다.

"승상은 어찌 그런 말씀을 하십니까?" 승상이 말하였다.

"오늘밤 정씨가 와 나에게 이로되, '상공은 어찌 약속을 저버리십니까?' 하며 술을 주어 먹었더니 말을 못하겠고 눈을 감으면 내 품에 눕고 눈을 뜨면 내 앞에 서니, 정씨가 나를 원망함이 깊은 모양인데 내 어찌 살 수 있겠는가?"

하고, 벽을 향하여 헛소리를 무수히 하고 기절하는 듯하자, 난양이 병을 보고 크게 겁내어 나와서 영양에게 말하였다.

"승상이 저저(姐姐)를 보고자 하여 병이 되었으니 저저가 아니면 구하지 못할 것입니다. 저저는 급히 들어가 보십시오."

영양이 오히려 의심하였지만, 난양이 영양의 손을 잡아 함께 들어가니 승상이 헛소리를 하는데 모두 정씨에 대한 말이었다.

난양이 크게 소리하여 말하였다.

"영양이 왔으니 눈을 들어 보십시오"

승상이 잠깐 머리를 들어 손을 내어 일어나고자 하자, 진씨가 나아가 몸을 붙들어 일으켜 앉히니 승상이 두 공주에게 말하였다.

"내 두 공주와 백년해로하려 하였는데 지금 나를 잡아가려 하는 사람이 있으니, 나는 세상에 오래 머물지 못할 것 같습니다." 영양이 말하였다.

"상공은 어떤 재상이시기에 저런 허황된 말씀을 하십니까? 정씨가 비록 남은 혼이 있다한들 궁중이 깊숙하고 그윽하며 천만 귀신이 지키고 보호하는데 어찌 감히 들어오겠습니까." 승상이 말하였다.

"정씨가 지금 내 앞에 앉았는데 어찌 '들어오지 못하리라.' 하십니까?"

난양이 말하였다.

"옛 사람이 술잔의 활 그림자를 보고 병이 들어 죽었다더니 승상이 또 그러하십니다."

승상이 대답하지 아니하고 두 손만 내어 두르자, 영양이 병세가 흉함을 보고 다시 속이지 못하여 나아가 앉아 말하였다.

"승상이 죽은 정씨를 이렇듯 생각하니 산 정씨를 보면 어떠하시겠습니까? 첩이 과연 정씨입니다."

승상이 말하였다.

"부인은 어찌 그런 말씀을 하십니까? 정씨의 혼이 지금 내 앞에 앉아 나를 황천에 데려가 전생의 연분을 맺자 하고 잠시도 머물지 못하게 하니 산 정씨가 어디에 있겠소, 불과 내 병을 위로코자 하여 산 정씨라 하지만 진실로 허망합니다."

난양이 나가 앉아 말하였다.

"승상은 의심치 마십시오. 과연 태후 낭랑이 정씨를 양녀로 삼아 영양공주를 봉하여 첩과 함께 상서를 섬기게 하였으니, 오늘의 영양공주는 전일 거문고 희롱하던 정소저입니다. 그렇지 않으면 어찌 얼굴과 말소리가 심히 같겠습니까?"

승상이 대답하지 아니하고 가만히 소리 내어 말하였다.

"내가 정가(鄭家)에 있을 때 정소저에게 시비 춘운이 있었는데, 한 말을 묻고자 합니다."

난양이 말하였다.

"춘운이 영양을 뵈러 궁중에 왔다가 승상의 기후(氣候)가 평안치 아니 하심을 보고 밖에 대령하였습니다."

하고, 즉시 춘운을 부르니 춘운이 들어와 앉으며 말하였다.

"승상께서는 기체 어떠하십니까?"

승상이 말하였다.

"춘운 혼자만 있고 다른 사람은 다 나가시오."

두 공주와 진숙인이 나와 난간에 나와 앉았는데, 승상이 즉시 일어나 세수하고 의관을 정제해 춘운으로 하여금 '데려오라.' 하니 춘운이 웃음을 머금고 또 나와 전하자 다 들어갔다. 승상이 화양건(華陽巾)을 쓰고, 궁금포(宮錦袍)를 입고, 백옥선(白玉扇)을 들고, 안석(案席)에 비스듬히 앉았으니 기상이 봄바람 같이 호탕하고 정신이 가을달 같이 맑아 병들었던 것 같지 아니하였다.

"가까이 앉으시오."

영양이 들어온 줄을 알고 웃음을 머금고 머리를 숙이고 앉았다.

난양이 말하였다.

"상공께서 기체 지금 어떠하십니까?"

승상이 정색하고 말하였다.

"요새는 풍속이 좋지 못하여 부인이 작당하고 가장을 조롱하니, 내가 비록 어질지 못하나 대신의 위치에 있어 문란해진 풍속을 바로잡을 일을 생각하여 병이 들었는데 이제는 나았으니 염려마십시오." 영양이 말하였다.

"그 일은 첩들이 알지 못하거니와 승상의 병환이 쾌치 못하면 태후께 여쭈어 명의를 불러 치병(治病)코자 합니다."

승상이 아무리 웃음을 참고자 하였지만, 실상 '정소저가 죽었는가?' 하였는데, 이날 밤에 소저가 살아 있는 줄을 알고 비록 속였으나 그리워하던 심사를 참지 못하고 생각하는 마음을 이기지 못하여 크게 웃어 말하였다.

"이제 부인을 지하에 가 상봉할까 하였더니 오늘 일은 진실로 꿈 속입니다."

하며, 옥수를 잡고 희롱하니 원앙새가 초목 사이의 푸른 물을 만난 듯, 나비가 붉은 꽃을 본 듯 그 사랑함을 이루 헤아리지 못할 바였다.

영양이 일어나 재배하고 말하였다.

"이는 태후께서 어지시기 때문이며 황상 폐하의 성덕과 난양공주의 인후(仁厚) 하신 덕이오니 그 은덕은 백골이 진토되어도 갚지 못할까 합니다. 입으로 다 말씀드릴 수 있겠습니까?"

하고, 전후의 사연을 다 베푸니 만고에 듣지 못한 일이었다.

난양이 웃으며 말하였다.

"영양은 심덕(心德)이 아름다워서 하늘이 감동하신 것이니 첩이 무슨 관계가 있겠습니까?"

이때 태후가 이 말을 듣고 크게 웃으며 말하였다.

"내가 또한 속였다."

하고, 즉시 불러 보시니, 두 공주가 태후를 모셔 있었다. 태후가 물어 말하였다.

"승상이 죽은 정씨와 함께 끊어진 연분을 다시 맺으니 어떠하신가?"

승상이 땅에 엎드려 말하였다.

"성은이 망극한데 만분지일이나 다 갚지 못하올까 합니다."

태후가 말하였다.

"나의 희롱함이 무슨 은혜라 하겠는가?"

이날 상이 군신 조회를 받을 때, 군신이 아뢰어 말하였다.

"요사이 경성(景星)이 나오고, 황하수도 맑아졌으며, 풍년이 들었고, 토번이 살던 땅이 다 항복하니 진실로 태평성대인가 합니다." 상이 겸양하였다.

하루는 승상이 대부인을 모시고자 하여 상소를 할 때, 말씀이 지극하고 간절하여 상이 보고,

"양소유는 극진한 효자이다."

하고, 황금 일천 근과, 비단 팔백 필과, 백옥으로 꾸민 가마를 주며 말하였다.

"즉시 가 대부인을 위하여 잔치하고 모셔오라."

승상이 황태후께 하직할 때, 태후가 비단으로 장식된 신을 주었다. 승상이 물러나와 두 공주와 진씨, 춘랑을 이별하고 발행하여 낙양에 다다르니, 계섬월과 적경홍이 벌써 객관에 와 기다리고 있었다.

승상이 웃으며 말하였다.

"내 이 길은 황명이 아니요, 사사로운 용무로 가는데 두 낭자는 어찌 알고 왔는가?" 대답하여 말하였다.

"대승상 위국공이자 부마도위(駙馬都尉)의 행차를 깊은 산골이라도 다 아는데, 첩들이 아무리 산림에 숨었은들 어찌 모르겠습니까. 또한 승상의 부귀는 천하의 으뜸이라 첩들도 즐겁거니와 소문에 두 공주를 부인 삼으셨다 하니 알지 못하겠습니다. 첩들을 받아들이시겠습니까?"

승상이 말하였다.

"한 분은 황상 폐하의 누이요, 또 한 분은 정사도의 소저이다. 황태후가 양녀를 삼아 영양공주를 봉하였으니 계랑이 정한 바이다. 무슨 투기(妬忌)가 있겠는가. 두 공주가 다 유한(幽閑)한 덕이 있으니 두 낭자의 복이다."

섬월과 경홍이 크게 기뻐하였다. 승상이 발행하여 고향에 갔다.

각설이라.

승상이 십육세에 모친께 이별하고 과거에 갔다가 다시 사 년 사이에 대승상 위국공이 된 위의를 갖추고 대부인께 돌아가 뵈니, 부인 유씨가 손을 잡고 등을 어루만지며 말하였다.

"네가 진실로 내 아들 양소유냐? 근근히 너를 기를 때 이리 될 줄 어찌 알았겠느냐?"

하고, 반가운 마음을 헤아리지 못하여 손을 잡고서 눈물을 흘렸다. 승상이 조상의 무덤을 깨끗이 한 후 제사지내고 임금께 받은 금과 비단으로 대부인을 위하여 친구와 일가 친척을 다 청하여 큰 잔치를 베풀고 대부인을 모셔 경성으로 올라 갈 때, 각도(各道)의 수령이며 여러 고을의 태수(太守)들이 뉘 아니 모셔 따라오지 않았겠는가?

황성에 이르러 대부인을 모셔 승상부에 모시고 들어가 황제와 태후께 입조하니 황제가 불러 만나보고 금과 비단을 많이 상사(賞賜)하거늘, 택일하여 임금께서 내려준 새 집에 모시고 두 공주와 진숙인, 가유인을 다 예로써 알현(謁見)하고 만조 백관을 청하여 삼 일을 잔치할 때, 궁실 거처의 휘황함과 풍악 음식의 찬란함은 세상에 비할 데 없었다.

한참 후에 문지기가 고하였다.

"문 밖에서 두 여자가 승상과 대부인 뵙기를 청합니다." 승상이 말하였다.

"분명 계섬월과 적경홍이다."

하고, 대부인께 고하고 부르자, 섬월과 경홍이 머리를 숙여 계단 아래에서 뵈니 진실로 절대 가인이어서 모든 손님들이 다 칭찬해 마지 않았다. 진숙인이 섬월과 옛정이 있기에 서로 만나 슬픔과 기쁨을 이기지 못하였다.

영양공주가 섬월을 불러 술 한 잔을 주어 말하였다.

"이것으로 나를 천거한 공을 사례한다." 대부인이 말했다.

"너희는 섬월에게만 사례하고 두련사의 공은 생각지 아니하느냐?"

승상이 말하였다.

"오늘날 이렇게 즐기는 것은 다 두련사의 덕이다."

하고, 즉시 사람을 자청관(紫淸觀)에 보내어 청하니 두련사는 촉나라에 들어가고 없었다.

이로부터 승상부 창기(娼妓) 팔백인을 동부와 서부를 만들어, 동부 사백은 섬월이 가르치고 서부 사백 인은 경홍이 가르치니 가무가 날로 새로워, 비록 이원(梨園)의 배우들이라도 미치지 못할 정도였다.

하루는 공주와 여러 낭자가 대부인을 모셔 앉았는데, 승상이 한 편지를 들고 들어와 난양을 주어 말하였다.

"이는 월왕의 편지니 보십시오."

난양이 펴보니 다음과 같았다.

"지난번 국가에 일이 많아 낙유원(樂遊原)에 말을 머물게 하는 좋은 기회와 곤명지(昆明池)에서 배 타고 노는 즐거운 일을 이제껏 못하였는데, 지금 황상의 넓으신 덕과 승상의 공명을 힘입어 천하태평하였으니, 원컨대 승상과 함께 봄빛을 구경코자 합니다."

난양이 승상께 말하였다.

"월왕의 뜻을 아시겠습니까?"

승상이 말하였다.

"봄빛을 희롱코자 하는 것에 불과한 것 아닙니까?"

난양이 말하였다.

"월왕의 뜻이 본디 풍류를 좋아하여 무창(武昌)의 명기(名妓) 만옥연을 얻어두고, 승상 궁중에서 보았던 미인들과 한번 다투어 보고자 하는 것입니다."

승상이 웃으며 말하였다.

"과연 그렇소이다." 영양공주가 말하였다.

"그렇다면 아무리 노는 일이라도 어찌 남에게 질 수야 있겠습니까."

하고, 계섬월과 적경홍을 쳐다보며 말하였다.

"군병을 십 년 가르치기는 한번 싸움의 승패를 위한 것이니, 이날 승부는 다 두 낭자에게 있다. 부디 힘써 하라." 섬월이 말하였다.

"월궁의 풍류는 일국의 으뜸이요, 만옥연은 천하의 절색입니다. 첩의 얼굴과 음율이 다 부족하니 누를 끼치게 될까 두렵습니다."

경홍이 이 말을 듣고 큰 소리로 말하였다.

"섬랑, 우리 두 사람이 관동 칠십 여 주를 돌아다녔지만 당할 사람이 없었는데 만옥연 한 사람을 두려워하는가?"

섬월이 말하였다.

"홍랑은 어찌 이처럼 자신하는가?" 하고, 승상께 고하였다.

"교만한 사람과 하는 일은 반드시 잘못된다.'고 하는데, 홍랑의 말이 과하니 패배할 것 같습니다. 또 홍랑의 얼굴이 아리따우면 승상이 어찌 남자로 속으셨겠습니까?" 영양이 말하였다.

"홍랑의 얼굴이 부족한 것이 아니라 승상의 눈이 밝지 못한 것이지요."

승상이 크게 웃으며 말하였다.

"부인도 눈이 있으면 어이 남자인 줄을 모르셨습니까?"

모든 사람들이 크게 웃었다.

이럭저럭 월왕과 모이는 날이 되자, 승상이 의복과 안장 얹은 말을 각별히 가다듬어 모양을 내고 계섬월과 적경홍 등 팔백 창기를 거느려 좌우에 모시게 하니 진실로 춘삼월 복숭아 꽃 속이었다. 월왕이 또한 풍류를 성대히 갖추고 승상을 맞아 서로 자리를 정한 후에, 승상과 월왕이 말도 자랑하고 활 쏘는 법도 시험하여 서로 칭찬하는데 문득 심부름하는 사람이 고하였다.

"어린 내시가 어명을 모셔 왔습니다."

월왕과 승상이 놀라 일어나 맞이하니, 어린 내시가 임금이 내려준 황봉주(黃封酒)를 부어 권하며 말하였다.

"글제를 받들어 글을 지으라 하셨습니다."

월왕과 승상이 머리를 조아려 재배하고 각각 사운(四韻) 시를 지어 보냈다.

이때 여러 빈객은 차례대로 쭉 벌여 앉았고 좋은 술과 맛난 안주를 한꺼번에 올리니, 위의가 찬란하고 음식이 난만하였다. 각각 풍류와 온갖 노래는 서왕모(西王母)의 요지연(瑤池宴)과 한무제(漢武帝)의 백량대(柏梁臺)라도 미치지 못하였다.

월왕이 승상에게 말하였다.

"승상께 조그마한 정성을 아뢰고자 하니 소첩 등을 불러 가무(歌舞)하여 승상을 즐겁게 하고자 합니다." 승상이 말하였다.

"제가 감히 대왕의 궁인과 상대하겠습니까? 저 또한 시첩(侍妾)을 시켜 재주를 아뢰어 대왕의 흥을 돕고자 합니다."

이에 계섬월과 적경홍과 월궁의 네 미인이 나와 뵈니 승상이 말하였다.

"옛날 현종(玄宗) 황제 시절에 궁중에 한 미인이 있었는데 이름은 부운이요, 얼굴은 일색이었습니다. 이태백이 그 미인을 보고자 황제께 청하였지만 겨우 말소리만 듣고 얼굴을 보지 못하였는데, 저는 대왕의 네 선녀를 보니 천상 선인(仙人)인가 하거니와 저 미인의 이름은 무엇이라 합니까?" 월왕이 말하였다.

"저 미인은 금릉(金陵)의 두운선(杜雲仙)이요, 진류(陣留)의 소채아(少蔡兒)요, 무창(武昌)의 만옥연(萬玉燕)이요, 장안(長安)의 호영영(胡英英)입니다."

승상이 말하였다.

"만옥연의 이름을 들은 지 오래되었는데, 그 얼굴을 보니 과연 소문과 같습니다."

월왕이 또 섬월의 성명을 들은 바 있어 물어 말하였다.

"이 양랑자를 어디서 얻으셨습니까?" 승상이 말하였다.

"제가 과거 보러 오는 날에 마침 낙양 땅에서 섬월은 제 스스로 좇아왔고, 경홍은 연나라를 치러갈 때 한단(邯鄲) 땅에서 스스로 좇아왔습니다."

월왕이 손벽치고 크게 웃으며 말하였다.

"승상이 한림을 띠고 황금인을 차고 도적을 쳐 승전하고 돌아오니 적낭자가 알아보기는 쉬웠겠지만, 계낭자는 승상이 곤궁할 때 부귀할 줄을 알았으니 기특하구나."

하고, 술을 가득 부어 섬월에게 상으로 주었다.

승상과 월왕이 장막 밖의 무사들이 활 쏘고 말 달리는 것을 보고 있다가 월왕이 말하였다.

"미인이 말타는 재주를 봄직 하기에 궁녀 수십 인을 가르쳤는데 승상 부중(府中)에도 또한 있습니까? 원컨대 함께 활 쏴 사냥하며 한 즐거움을 □□□ 지이다."

승상이 크게 기뻐하여 즉시 수십 인을 뽑아 월궁녀와 승부를 다툴 때, 경홍이 고하여 말하였다.

"비록 활을 잡아보지는 아니하였으나 남이 활 쏘는 것을 익히 보았으니 잠깐 시험코자 합니다."

승상이 기뻐해 즉시 찬 활을 끌러 주었다. 경홍이 여러 미인에게 말하였다.

"비록 마치지 못하여도 웃지 말라."

하고, 말에 올라 채찍질을 하는데 마침 꿩이 날자 쏴 말 아래 떨어뜨리니, 승상과 월왕이 다 놀라고 월궁 미인이 모두 탄복하며 말하였다.

"우리는 십 년 헛공부를 하였다."

계섬월과 적경홍이, '우리 두 사람이 월왕의 미인들에게 첫 자리를 사양하는 것은 아니지만 외로워 안타깝구나.'라고 생각하며, 문득 바라보니 두 미인이 수레를 타고 장막 밖에 와 고하였다.

"양승상의 소실(小室)입니다."

하고, 수레에서 내리거늘 보니 하나는 심요연이요, 또 하나는 완연히 꿈속에서 보던 동정 용녀였다. 승상께 절하며 알현하니 승상이 월왕을 가리켜 말하였다.

"이 분은 월왕 전하시다."

두 사람이 예로써 알현하였다. 두 사람이 계섬월, 적경홍과 함께 앉아 있는데 승상이 월왕에게 말하였다.

"저 두 사람은 내가 토번을 정발할 때 얻었지만 미처 데려오지 못하였는데, 오늘 이 성대한 모임을 듣고 온 듯합니다."

왕이 그 두 사람을 보니 자색이 섬월과 같았지만 고고한 태도와 뛰어난 기운은 더하였다. 왕이 기이히 여기고 월궁의 미인들도 다 안색이 바뀌었다. 왕이 물어 말하였다.

"두 낭자는 어디 사람이며 성명은 누구냐?" 하나가 말하였다.

"첩은 심요연입니다." 하고, 또 하나는 말하였다.

"백능파 입니다." 왕이 말하였다.

"두 낭자에게 무슨 재주가 있느냐?" 요연이 말하였다.

"변방 밖 사람이라 사죽(絲竹) 소리를 듣지 못하였으니 대왕께서 즐기실 바는 없지만 다만 허랑한 검술을 배워 용진(龍陳)은 압니다."

월왕이 크게 기뻐하여 승상에게 말하였다.

"현종조에 공손대랑(公孫大娘)이 검무로 유명하였지만 후세에 전해지지 않아 항상 두보의 글만을 읊고 쾌히 보지 못함을 한탄하였는데, 낭자가 능히 하면 쾌할 일이다."

하고, 승상과 각각 찬 칼을 끌러 주었다. 요연이 한 곡조를 추니 자유자재로 변화하여 신통 기이한 법이 많아 왕이 놀라 정신을 잃었다가 한참 후에 말하였다.

"세상 사람이야 어찌 저럴 수 있겠는가, 낭자는 진실로 신선이구나."

하고 또 능파에게 물으니 대답하여 말하였다.

"첩은 상강(湘江) 가에 살기에 항상 비파 타는 노래를 때때로 익혔으나 귀한 분께서 들음직은 할 듯합니다." 왕이 말하였다.

"상비(湘妃)의 비파 소리를 옛사람의 시구(詩句)를 통해서나 알 수 있었을 뿐이다. 낭자가 능히 하면 쾌할 일이다. 어서 타라."

능파가 한 곡조를 타니 맑은 노래와 신통한 술법(術法)이 사람을 슬프게 하고 조화를 아는 듯하였다.

왕이 기이히 여겨 말하였다.

"진실로 인간의 곡조 아니다. 정말로 선녀구나."

날이 저물어 잔치를 파하니 가무에 상으로 내린 금과 비단이 헤아리지 못할 정도였다. 승상과 월왕이 각각 풍류를 여러 가지로 갖추어 성문에 들어오니 장안 사람이 뉘 아니 구경하며 백 세 노인도 혹 감탄하며 말하였다.

"현종 황제가 화청궁(華淸宮)에 거동하실 때 위엄이 이와 같았는데 오늘 또 다시 보는구나."

이때 두 공주가 진가(秦家)의 두 낭자를 데리고 대부인을 모셔 승상이 돌아오기를 밤낮으로 기다렸다.

각설.

이때 승상이 당에 오르자 좌우가 다 놀랐다. 심요연과 백능파 두 사람을 대부인과 두 공주께 뵈니 부인이 말하였다.

"전일 승상이 두 낭자의 공로를 칭찬하여 일찍 보고자 하였는데 어찌 이리 늦었느냐?" 연파가 말하였다.

"첩 등은 먼 지방의 천인입니다. 비록 승상의 한번 돌아보신 은혜를 입었으나 두 부인께서 한 자리 땅을 허락하지 않으실까 두려워 감히 오지 못하였습니다. 서울에 들어와 두 공주께서 관저(關雎)와 규목(樛木)의 덕이 있으심을 듣고 이제야 나아와 뵙고자 했는데, 마침 승상께서 성대히 노신다는 것을 듣고 외람되게 참예하고 돌아오니 첩 등의 영광스러운 행운인가 합니다." 공주가 웃으며 말하였다.

"우리 궁중에 춘색(春色)이 난만한 것은 다 우리 형제의 공이니 승상은 아십니까?" 승상이 크게 웃으며 말하였다.

"저 두 사람이 새로 와 공주의 위풍이 두려워 아첨하는 말을 공주는 공을 삼고자 합니까?" 모두가 크게 웃었다.

진가의 두 낭자가 섬월에게 물어 말하였다.

"오늘 승부는 어떠했는가?" 경홍이 말하였다.

"섬랑이 내 큰소리를 비웃었는데 내 한마디로 월궁 미인들의 기운을 꺾었으니 섬랑에게 물으시면 아실 것입니다." 섬랑이 말하였다.

"홍랑의 말 타고 활 쏘는 재주는 절묘하다 할 것이지만, 저 월궁 미인의 기운을 꺾은 것은 다 새로 온 두 낭자의 자색과 재주 때문입니다."

그 이튿날 승상이 황상께 입조할 때, 태후가 승상과 월왕을 보니 두 공주는 벌써 들어가 모시고 있었다. 태후가 월왕에게 말하였다.

"어제 승상과 춘색을 다투었다 하더니 승부는 어떠했는가?" 월왕이 말하였다.

"승상의 복은 보통 사람과 같을 바가 아닙니다. 다만 공주에게도 복이 되겠습니까? 원컨대 낭랑은 이 말씀으로 승상을 심문하십시오." 승상이 말하였다.

"월왕이 신에게 졌단 말은 이태백이 최호(崔顥)의 시를 겁내는 것과 같습니다. 공주에게 복이 되고 아니됨은 공주에게 물으십시오."

공주가 대답하여 말하였다.

"부부는 한몸이니 영욕고락(榮辱苦樂)이 어찌 다르겠습니까?"

월왕이 말하였다.

"누이의 말이 비록 좋으나 자고로 부마 중에 누가 승상같이 방탕하였겠습니까? 청컨대 승상을 벌하십시오."

태후가 크게 웃고 술 한 잔으로 벌하였다. 승상이 크게 취하여 돌아올 때, 두 공주도 함께 왔다. 대부인이 물어 말하였다.

"전에도 선온(宣醞)의 명이 있었지만 이처럼 취하지 아니하였는데, 어찌 오늘은 과히 취하였는가?" 승상이 말하였다.

"공주의 오라비인 월왕이 태후께 고자질하여 소자의 죄를 지어내었는데 마침 말씀을 잘 드려 한 말 술로 벌을 받았습니다. 소자가 만일 주량이 약했으면 거의 죽을 뻔하였으니, 대개 월왕이야 낙원(樂原)에서 진 일을 설욕하려 한 일이겠지만 난양도 내가 희첩(姬妾)이 많음을 시기하여 그 오라비와 함께 나를 모해하였으니, 모친은 한 잔 술로 난양을 벌하여 소자를 설욕하여 주십시오." 유부인이 크게 웃으며 말하였다.

"공주가 비록 술을 먹지 못하나 취객을 위하여 마다하지는 못할 것이다." 하고, 승상을 속여 설탕물 한 잔으로 벌하였다.

이때 두 부인이 육낭자와 서로 즐기는 뜻이 고기가 물에서 놀고 새가 구름에서 나는 것 같아서 서로 은정을 잊지 못하니, 비록 두 부인 현덕(賢德)에 감화 받아서였지만 대개 남악산에서 발원(發願)한 때문이었다.

하루는 두 공주가 서로 의논하여 말하였다.

"옛 사람이 자매형제가 혹 남의 아내도 되고 혹 남의 첩도 되었는데, 우리 이처육첩(二妻六妾)은 의가 골육 같고 정이 형제 같으니 어찌 천명(天命)이 아니겠는가. 타고난 성이 한 가지가 아니고 지위의 높고 낮음이 같지 않음은 족히 거리낄 일이 아니다. 마땅히 결의형제(結義兄弟)하여 일생을 지내는 것이 어떠한가?"

육 낭자가 다 겸손히 사양하고 춘운과 섬월이 더욱 응치 아니하자 정부인이 말하였다.

"유비,관우,장비 세 사람은 군신 사이였지만 형제의 의가 있었고, 세존의 처와 등가여자(登伽女子)는 높고 낮음이 현격히 차이가 났지만 함께 제자가 되었으니, 당초 미천함이 앞날을 성취하는데 무엇이 관계하겠는가?"

두 공주가 이에 육 낭자를 데리고 관음화상 앞에 나아가 분향 재배한 후, 형제 맺은 맹세를 하고 글을 지어, '각각 자매로 스스로 처신하라.' 하였지만,

육 낭자가 오히려 명분을 지키어 말이 공순하나 정의(情誼)는 더 각별하였다.

팔 선녀가 각각 자녀를 두었다. 양부인, 춘운, 섬월, 요연, 경홍은 아들을 낳았고, 채봉, 능파는 딸을 낳았는데, 낳고 기르는데 괴로움이 없었다.

이때 천하가 아주 태평하여 승상이 나면 현명한 임금을 모셔 후원에서 사냥하고, 들면 대부인을 모셔 북당(北堂)에서 잔치하니 이럭저럭 세월이 물 흐르는 듯 하였다. 승상이 장상(將相)이 되어 권세를 잡은 지 이미 수십 년이었다. 유부인이 천수(天壽)를 다하고 별세하자 승상이 슬퍼 야윔이 과도하였다. 임금과 왕비가 중사(中使)를 보내 위로하고 왕후예(王后禮)로 장사 지내게 하였으며, 정사도 부처가 또 상수(上壽)하니 승상이 서러워하기를 정부인과 같이 하였다.

승상에게 육남 이녀가 있었다. 맏아들은 대경(大卿)이니 정부인의 소생으로 이부상서(吏部尚書)를 하고, 둘째는 차경(次卿)이니 적씨의 소생으로 경조윤(京兆尹)을 하고, 셋째는 순경(舜卿)이니 가씨의 소생으로 어사중승(御史中丞)을 하고, 넷째는 계경(季卿)이니 난양의 소생으로 병부시랑(兵府侍郎)을 하고, 다섯째는 오경(五卿)이니 계씨의 소생으로 한림학사(翰林學士)를 하고, 여섯째는 치경(致卿)이니 심씨의 소생으로 나이 열 다섯에 용력이 절륜하여 금오상장군(金吾上將軍)이 되었다. 맏딸의 이름은 전단(傳丹)이니 진씨의 소생으로 월왕의 며느리가 되었고, 차녀의 이름은 영락(永樂)이니 백씨의 소생으로 황태자의 첩여(婕妤)가 되었다.

승상이 일개 서생으로 환란을 평정하고 태평을 이루어 공명 부귀가 곽분양(郭汾陽)과 명성을 나란히 하였지만, 곽분양은 육십에 상장(上將)이 되었는데 상은 이십에 장상(將相)이 되어 위로 임금의 마음을 얻고 아래로는 인망이 있어 부디 복을 누리기는 천고에 없는 일이었다. 승상이 나라의 큰 명령 아래에 있기 어렵기에 상소하여 '물너가고자 합니다.'라고 하였지만, 상이 친필로 답장을 써 고집스럽게 만류하였다. 그 후 또 상소하여 뜻을 간절히 하자, 상이 친필로 답장을 써 말하였다.

"경의 높은 절개를 이루어 주고자 하지만, 황태후께서 승하하신 후에 어찌 차마 두 공주를 멀리 떠나보낼 수 있겠는가? 성남 사십 리에 별궁이 있으니 이름은 취미궁(翠微宮)이다. 이 궁이 한적하니 경이 은거함이 마땅하다."

하고, 승상을 위국공(魏國公)을 더 봉하고 오천 호를 더 상사하며 아주 승상의 인수(印綬)를 거두었다. 승상이 큰 은혜에 더욱 감격하여 즉시 취미궁으로 가니, 이 궁은 종남산(終南山) 가운데 있어 누대(樓臺)가 장려하며 경치가 아주 빼어나 진실로 봉래(蓬萊) 선경(仙景)이었다. 승상이 그 정전(正殿)을 비워 나라의 조지(詔旨)와 임금이 지은 시문(詩文)을 받들어 모시고 그 남은 누각과 정자는 두 공주와 여러 양자가 나누어 거처케 하였다.

승상이 두 부인과 육 낭자를 데리고 물에 다달아 달을 희롱하고 산에 들어가 매화를 찾아, 혹 시도 화답하며 거문고도 타니 만년의 조용한 복을 뉘 아니 칭찬하겠는가? 팔월 보름날은 승상의 생일이어서 모든 자녀들이 다 헌수(獻壽)하여 잔치하니, 그 번화한 모습은 비할 데 없었다.

이럭저럭 구월이 당하니 국화가 만발하여 구경하기 좋은 때였다. 취미궁 서편에 한 높은 누각이 있으니 올라보면 팔백 리 진천(秦川)이 손바닥 펼친 모양으로 훤히 보였다. 승상이 부인과 낭자를 데리고 올라가 가을 경치를 희롱하는데, 어느덧 석양은 기울어지고 구름은 나즉히 깔려 가을 빛이 찬란하니 마치 그림 속 같았다.

승상이 옥통소를 내어 한 곡조를 부니 그 소리가 처량하여 형경(荊卿)이 역수(易水)를 건널 때 고점리(高漸離)가 비파를 켜고, 초패왕(楚霸王)이 해하(垓下)에서 삼경에 우미인(虞美人)을 이별하는 노래 같았다. 모든 미인이 다 슬픔을 이기지 못하니 두 부인이 물어 말하였다.

"승상이 일찍이 공명을 이루고 오래 부귀를 누려 오늘날 좋은 풍경을 당하였는데, 퉁소 소리가 처량하여 전일과 다르니 어찌된 일입니까?"

승상이 옥퉁소를 던지고 난간에 기대어 밝은 달을 가리키며 말하였다.

"동쪽을 바라보니 진시황(秦始皇)의 아방궁(阿房宮)이 풀 속에 외롭게 서 있고, 서쪽을 바라보니 한무제(漢武帝)의 무릉(茂陵)이 가을 풀 속에 쓸쓸하며, 북쪽을 바라보니 당명황(唐明皇)의 화청궁(華淸宮)에 빈 달빛뿐이라오. 이 세 임금은 천고의 영웅이어서 사해(四海)로 집을 삼고 억조창생(億兆蒼生)으로 신첩(臣妾)을 삼아 해와 달과 별을 돌이켜 천세를 지내고자 하였지만 이제 어디 있는가? 소유는 하동(河東)의 한 베옷 입은 선비로 다행히 현명하신 임금을 만나 벼슬이 장상(將相)에 이르고 또 여러 낭자와 함께 서로 만나 정이 두텁고 심정이 늙도록 더 긴밀하니, 전생 연분이 아니 면 어찌 그러하겠소? 연분이 있어 모이고 연분이 다하면 흩어지기는 천리 (天理)의 떳떳한 일이오. 우리 한번 돌아가면 높은 누각과 굽은 연못과 노래하던 궁전과 춤추던 정자들이 거친 풀과 쓸쓸한 연기로 적막한 가운데 나무하는 아이와 풀 뜯어 마소 치는 아이들이 손가락질 하여 이르되, '승 상이 낭자와 함께 놀던 곳이다.'하리니 어찌 슬프지 아니하겠소. 천하에 세 가지 도가 있으니 유도(儒道)·선도(仙道)·불도(佛道)라오. 유도는 윤리와 기강을 밝히고 사업을 귀하게 여겨 이름을 죽은 후에 전할 따름이요, 선도는 허망하니 족히 구할 것 아닌데, 오직 불도는 내 근래에 꿈을 꾸면 항상 부들 방석 위에서 참선하는 것이 불가에 반드시 인연이 있는 것 같소. 내 장차 장자방(張子房)이 적송자(赤松子)를 좇은 것같이 하여 남해를 건너 관음(觀音)께 뵈고, 의대 (義臺)에 올라 문수보살(文殊菩薩)에 예불하여, 불생 불멸의 도를 얻고자 하나, 다만 그대들과 함께 반평생을 서로 따르다가 장차 멀리 이별하려 하니 자연 비창한 마음이 퉁소 소리에 나타났던 것이오."

여러 낭자도 다 남악 선녀로서 세속의 인연이 장차 다한 가운데 승상의 말씀을 들으니 어찌 감동치 아니하겠는가?

"상공이 번화한 중에 이 마음이 있으니 분명 하늘의 뜻입니다. 첩 등 여덟 사람이 마땅히 아침저녁으로 예불하여 상공을 기다릴 것이니, 상공은 밝은 스승을 얻어 큰 도를 깨달은 후에 첩 등을 가르치십시오."

승상이 크게 기뻐하며 말하였다.

"우리 아홉 사람의 마음이 서로 맞으니 무슨 근심이 있겠소."

여러 낭자가 술을 내어와 작별하려 할 때, 문득 지팡막대 끄는 소리가 난간 밖에서 나 여러 사람이 다 의심하였다. 한참 후에 한 노승이 나타났는데 눈썹은 한 자나 길고 눈은 물결 같아 얼굴과 동정(動靜)이 보통의 중은 아니었다. 대(臺) 위에 올라 승상과 자리를 맞대고 앉아 말하였다.

"산야(山野)의 사람이 대승상께 뵙니다."

승상이 일어나 답례하여 말하였다.

"사부(師父)는 어디에서 오셨습니까?"

노승이 웃으며 말하였다.

"승상은 평생 사귀던 오랜 벗을 모르십니까?"

승상이 한참 보다가 깨닫고 여러 낭자를 돌아보며 말하였다.

"내 토번을 치러갔을 때 꿈에 동정호에 갔다가 남악산에 올라 늙은 화상이 제자를 데리고 강론하는 모습을 보았는데 사부가 바로 그분이십니까?"

노승이 박장대소하며 말하였다.

"옳소! 옳소! 그러나 승상은 꿈 속에서 한번 본 것만 기억하고, 십 년을 같이 산 일은 생각하지 못하십니까?"

승상이 멍한 채로 말하였다.

"십육 세 이전은 부모의 곁을 떠나지 아니하고, 십육 세 후는 벼슬하여 임금을 섬겨 분주하여 겨를이 없었는데, 어느 때 사부를 좇아 십 년을 놀았겠습니까?"

노승이 웃으며 말하였다.

"승상이 오히려 꿈을 깨닫지 못하였소."

승상이 말하였다.

"사부께서 저를 깨닫게 하시겠습니까?"

노승이 말하였다.

"이 어렵지 않다."

하고, 막대기를 들어 난간을 치니, 문득 흰 구름이 일어나 사면에 두루 껴 지척을 분간치 못하였다. 승상이 크게 불러 말하였다.

"사부는 바른 도리로 가르치지 아니하시고 어찌 환술(幻術)로 희롱하십니까?"

말을 마치지 못하여 구름이 걷히며 노승과 두 부인 육 낭자는 간 데 없었다. 승상이 크게 놀라 자세히 보니 누대 궁궐은 간 데 없고, 몸은 홀로 작은 암자 가운데 앉아 있었다. 손으로 머리를 만지니 새로 깎은 흔적이 송송하고 백팔염주가 목에 걸려 있으니 다시는 대승상 위의는 없고 불과 연화 도장의 성진 소화상(小和尙)이었다.

다시 생각하되,

'당초 일념 그르침을 사부(師傅)가 경계하려 하여 인간 세상에 나가 부귀 영화와 남녀 정욕을 한번 알게 하신 게구나.'

하고, 즉시 새암에 가 세수한 후, 장삼(長衫)을 바로 입고 고깔을 뚜렷이 쓰고 방장(房丈)에 들어가니 모든 제자들이 다 모여 있었다.

대사가 큰 소리로 말하였다.

"성진아, 인간 세상의 재미가 어떠하더냐?"

성진이 머리를 땅에 두드리며 눈물을 흘려 말하였다.

"이제야 깨달았습니다. 성진이 함부로 굴어 도심(道心)이 바르지 못하니 마땅히 괴로운 세계에 있어 길이 앙화(殃禍)를 받을 것을 사부께서 한 꿈을 불러 일으켜 성진의 마음을 깨닫게 하시니, 사부의 은덕은 천만 년이라도 갚지 못하겠습니다."

대사가 말하였다.

"네 흥을 띠어 갔다가 흥이 다하여 왔으니 내가 무슨 간섭하겠느냐? 또 네가 세상과 꿈을 다르게 아니, 네 꿈을 오히려 깨지 못하였구나."

성진이 두 번 절해 사죄하고, 설법(說法)하여 꿈 깸을 청하였다. 이때 팔 선녀가 들어와 사례하며 말하였다.

"제자 등이 위부인을 모셔 배운 것이 없기에 정욕을 금치 못해 중한 책망을 입었는데, 사부께서 구제하심을 입어 한 꿈을 깨었으니, 원컨대 제자 되어 길이 같기를 바랍니다."

대사가 크게 웃으며 말하였다.

"너희들이 진실로 꿈을 알았으니 다시는 망령된 생각을 하지 말라"

하고, 즉시 대경법(大經法)을 베풀어 성진과 팔 선녀를 가르치니 인간 세상 의 모든 변화는 다 꿈 밖의 꿈이요, 한 마음으로 불법에 나아가니 극락 세계 의 만만세 무궁한 즐거움이었다.

정미(丁未)년 완남(完南) 개간(開刊)
구운몽 종(終)

서울대본 결말부분

대사가 말했다.

"네가 흥을 타고 갔다가 흥이 다하여 돌아왔으니 내가 무슨 간여한 일이 있겠느냐? 또한 네가 '제자가 인간 세상의 윤회하는 일을 꿈으로 꾸었다.'고 하는데, 이것은 네가 꿈과 인간세상을 나누어서 둘로 보는 것이다. 너의 꿈은 오히려 아직 깨지 않았다. 장주(莊周)가 꿈에 나비가 되었다가 나비가 또 변 하여 장주가 되었다고 하니, 나비가 꿈에 장주가 된 것인가, 장주가 꿈에 나비가 된 것인가 하는 것은 끝내 구별할 수 없었다. 누가 어떤 일이 꿈이고 어떤 일이 진짜인 줄 알겠느냐. 지금 네가 성진을 네 몸으로 생각하고, 꿈을 네 몸이 꾼 꿈으로 생각하니 너도 또한 몸과 꿈을 하나로 생각지 않는구나. 성진과 소유가 누가 꿈이며 누가 꿈이 아니냐?"

성진이 말했다.

"제자가 몽매하여 꿈에 것이 진짜가 아닌지, 진짜 것이 꿈이 아닌지 구별하지 못하겠습니다. 바라건대 사부께서 설법해 주셔서 제자가 깨닫게 해 주십시오."

대사가 말했다.

"내 마땅히 《금강경(金剛經)》 대법(大法)을 설법하여 너의 마음을 깨닫게 해 주겠다만 마땅히 새로 오는 제자가 있을 터이니 너는 조금만 기다려라."

말이 채 끝나기도 전에 대문을 지키는 도인(道人)이 들어와 고했다.

"어제 왔던 위부인 아래의 선녀 여덟 사람이 또 와서 대사께 뵙기를 청합니다."

대사가 명하여 불러오게 했다.

팔선녀가 대사 앞에 나와 합장하고 머리를 조아리고 말했다.

"제자 등이 비록 위부인을 좌우에서 모셨으나 진실로 배운 것이 없습니다. 아직 그릇된 마음을 버리지 못하고 정욕이 잠깐 움직여 엄한 견책이 따랐습니다. 속세의 한 꿈을 불러 깨우쳐 주는 이 없었는데 다행히 사부의 자비를 입어 친히 오셔서 이끌어 주셨습니다. 어제 위부인의 궁중에 갔다가 전날의 죄를 깊이 사죄하였습니다. 돌이켜 부인을 하직하고 영원히 불문(佛門)에 돌아오려 하오니, 엎드려 바라건대 사부께서는 옛 잘못을 흔쾌히 용서하시고 특별히 밝은 가르침을 내려 주십시오."

대사가 말했다.

"여선(女仙)들의 뜻은 비록 좋으나 불법은 깊고도 멀어서 별안간에 배울 수 없는 것이다. 너그럽고 어진 도량으로도 큰 발원이 없으면 도를 이룰 수 없다. 선녀들은 스스로를 헤아려서 처신하라."

팔선녀가 곧 물러나서 온 얼굴의 연지분을 씻고 몸에 두른 비단옷을 벗어버리고 금전도(金剪刀)를 꺼내어 스스로 푸른 구름 같은 머리채를 잘라버리고 다시 들어가 아뢰었다.

"제자들은 이미 모습을 변화시켰으니, 맹세컨대 사부의 교훈을 게을리 하지 않겠습니다."

대사가 말했다.

"좋구나, 좋아! 너희 여덟 사람아. 지극한 정성이 이와 같으니 어찌 감동하지 않겠느냐."

드디어 법좌에 올라 경문을 강설(講說)하였다. 그 경에 '백호(白毫)의 광채가 세계에 퍼져 나가고, 하늘 꽃이 마치 소낙비처럼 내리더라' 등의 말이 있었다. 설법이 끝날 즈음 네 구절의 게(偈)를 외우자, 성진과 여덟 비구니가 모두 본성을 단박에 깨닫고 적멸(寂滅)의 도를 크게 얻었다. 대사가 성진의 계행(戒行)이 순수하고 원숙해진 것을 보고 이에 여러 제자를 모아놓고 말했다.

"나는 본래 전도(傳道)하기 위하여 멀리서 중국에 들어왔다. 지금 이미 법을 전할 만한 사람을 얻었으니 나는 이제 떠나야겠다."

하고, 가사(袈裟)와 바리때 하나와 정형(淨)과 석장(錫杖)과 금강경 한 권을 성진에게 주고, 드디어 서천(西天)을 향하여 떠났다.

이후로 성진이 연화도량의 대중을 이끌고 크게 교화를 펴니 신선과 귀신이며 인간과 귀물(鬼物)이 성진을 높이기를 마치 육관대사에게 하듯 하였다. 여덟 비구니도 모두 성진을 스승으로 섬겨 보살의 큰 도를 깊이 체득하여 마침내 모두 극락세계로 돌아갔다.

아아! 신기하구나!

1. 구운몽의 진정한 주인공은 성진인지 양소유인지 생각해봅시다.

2. 구운몽의 주제는 어떻게 이해되어 왔으며 그러한 해석에 대한 의문이 있다면 그에 대해 이야기해봅시다.

3. 구운몽의 구조는 '부정의 연쇄'로 이루어져 있습니다. 성진과 양소유의 삶을 대립적, 배타적으로 드러내고 있는 것이 아니라 그것들의 변증적 이해를 요구하고 있다고 할 수 있겠지요. 이러한 구운몽의 구조를 바탕으로 주제파악의 실마리를 찾아봅시다.

4. 구운몽에 등장하는 여덟 여인은 각기 다른 신분과 처지를 반영하고 있으며 각기 다른 매력을 발산합니다. 팔선녀의 신분, 사랑, 특기를 이야기해봅시다.

5. 전기소설의 주인공을 한 곳에 모아놓은 듯한 다양한 여성인물의 형상화와 일대 팔의 비대칭적인 남녀관계를 어떻게 해석해야 할지 생각해 봅시다.

6. 구운몽에 형상화된 남녀관계는 남성중심적인지 여성중심적인지 이야기해보고, 상대의 주장에 대한 반론을 펼쳐봅시다.

13강 사설시조의 욕망과 여성 화자

서방님 병들여 두고 쓸 것 업셔,
종루(鐘樓) 저재 달래 파라 배 사고 감 사고 유자 사고 석류 삿다 아차아차
이저고 오화당을 니저발여고자,
수박에 술꼬자 노코 한숨계워 하노라

님 다리고 산에도 못 살거시 촉백성(蜀魄聲)에 애긋난 듯,
물가의도 못 살거시 물 우희 사공(沙工) 물 아래 사공놈들이 밤중만 배 떠날
재 지국총기어야이어 닷채는 소리에 한숨짓고 도라눕내.
이후란 산도 물도 말고 들에 가셔 살니라

사랑 사랑 고고이 매친 사랑 왼 바다를 두로 덥는 그물갓치 매친 사랑,
왕십리 답십리라 참외너출 슈박너출 얼거지고 트러져서 골골히 버더가는 사랑,
아마도 이 님의 사랑은 끗 간듸를 몰나 하노라.

님으란 회양(淮陽) 금성(金城) 오리남기 되고 나는 삼사월 츩너출이 되야,
그 남긔 그 츩이 낙거믜 나븨감듯 이리로 츤츤 져리로 츤츤 외오푸러 올이감
아 밋부터 끗까지 한 곳도 뷘틈 업시 주야장상(晝夜長常)에 뒤트러져 감겨이셔,
동(冬)셧달 바람비 눈셔리를 아모리 마즌들 플닐 줄이 이시랴.

바람도 쉬여 넘는 고개 구름이라도 쉬여 넘는 고개,

산진이 수진이 해동청 보라매 쉬여 넘는 고봉 장성령 고개,

그 너머 님이 왔다 하면 나는 아니 한 번도 쉬여 넘어 가리라.

****

각씨네 더위들 사시오 일은 더위 느즌 더위 여러 해포 묵은 더위,

오뉴월 복더위에 정에 님 만나이셔 달 발근 평상 우희 츤츤 감겨 누엇다가

무음일 하엿던디 오장(五臟)이 번열(煩熱)하여 구슬땀 흘니면서 헐덕이는 그

더위와 동지달 긴긴 밤의 고은 님 품에 들어 다스한 아름목과 둑거운 니불

속에 두 몸이 한몸되야 그리져리 하니 수족이 답답하고 목굼기 타올적의 윗

목에 찬 슉늉을 벌덕벌덕 켜난 더위 각씨네 사려거든 소견대로 사시옵소.

쟝사야 네 더위 여러 듕에 님 만난 두 더위난 뉘 아니 됴화하리 남의게 파디

말고 브디 네게 파르시소

반여든에 첫 계집을 ㅎ니 어릿두릿 우벅주벅 주글번 살번 ㅎ다가

와당탕 드리드라 이러져리 ㅎ니 노도령의 ᄆᆞ음 홍글항글

진실로 이 자미 아돗던글 걸적부터 홀랏다

高臺廣室 나ᄂᆞ 마다 錦衣玉食 더옥 마다

金銀寶貨 奴婢田宅 緋緞치마 大段쟝옷 密羅珠 겻칼 紫芝鄕纖 져고리 쓴머

리 石雄黃으로 다 쑴자리 ᄀᆞ고

眞實로 나의 평생 願하기ᄂᆞ 말 잘ᄒᆞ고 글 잘ᄒᆞ고 얼골 ᄀᆡ자ᄒᆞ고 품자리 잘ᄒᆞ

ᄂᆞ 져믄 書房이로다

****

간밤의 즈고 간 그놈 아마도 못 이져라

瓦얏놈의 아들인지 즌흙에 쏨닉드시 沙工놈의 명녕(精靈)인지 沙於씩로 지
르드시 두더쥐 녕식(슈息)인지 곳곳지 뒤지드시 平生에 처음이요 흉즁(胸中)
이도 야롯지라

前後에 나도 무던이 격거시되 춤 盟誓호지 간밤 그놈은 춤아 못 니즐식 호노라

얽고 검고 킈 큰 구렛나루 그것조차 길고 넙다

졈지 아닌 놈이 밤마다 빅에 올라 죠고만 구멍에 큰 연장 너허두고 흘근할젹
홀 제는 愛情은커니와 泰山이 덥누로는듯 즌 放氣소릭에 졋먹던 힘이 다 쓰
이노믜라

아모나 이 놈을 다려다가 百年同住호고 永永 아니온들 어느 개쏠년이 싀앗새
옴 호리오

나는 지남석이런가 가씨네들은 날반을인지,

안자도 붓고 셔도 따르고 누워도 붓고 솝떠도 따라와 안이 떠러진다.

금슬이 부조(不調)한 분(分)네들은 지남석 날바늘을 달혀 일재복(日再服)하
시소.

어이려뇨 어이려뇨 싀어마님아 어이려뇨

쇼대 남진의 밥을 담다가 놋쥬걱 잘를 부르쳐시니 이를 어이ㅎ려뇨 싀어마님아
져 아기 하 걱정마스라 우리도 져머신 제 만히 것거 보왓노라

白髮에 환양노는 년이 져믄 書房을 마초아두고

셴머리에 먹칠호고 泰山峻嶺으로 허위허위 너머가다가 과그른 소나기에 흰

동정 거머지고 검던 머리 다 희거고나
그르사 늘근의 所望이라 일락배락 ᄒᆞ더라

니르랴 보쟈 니르랴 보쟈 내 아니 니르랴 네 남진ᄃᆞ려
거즛 거스로 물 짓ᄂᆞᆫ 체ᄒᆞ고 통으란 ᄂᆞ리와 우물 젼에 노코 쏘아리 버서 통조
지에 걸고 건넌 집 쟈근 김서방을 눈ㄱᅵ야 불러내여 두 손목 마조 덥셕 쥐고
슈근슈근 말ᄒᆞ다가 삼밧트로 드러가셔 므스 일 ᄒᆞ던지 존삼은 쓰러지고 굴근
삼대 긋만 나마 우즑우즑 ᄒᆞ더라 ᄒᆞ고 내 아니 니르랴 네 남진다려
져 아희 입이 보도라와 거즛말 마라스라 우리ᄂᆞᆫ 모을 지서미라 실삼 죠곰
키더니라

1. 〈서방님 병들여 두고〉, 〈님 다리고〉를 해석해보고, 이러한 작품의 문학성은 어디서 찾을 수 있는지 생각해봅시다.

2. 〈님이 오마 하거늘〉, 〈바람도 쉬여 넘는〉을 해석해 보고, 사랑을 성취하기 위한 화자의 태도에 대해 이야기해 봅시다.

3. 조선조 사회에서 사랑의 자유로운 성취란 당대의 사회적 제도와 통념과는 정면으로 위반되는 불온한 것이므로 당대 제도의 장벽이나 질곡과의 갈등을 피할 수 없는 것이었습니다. 〈님이 오마 하거늘〉, 〈바람도 쉬여 넘는〉과 같은 작품을 중심으로 '사랑은 강한 정치적 의미를 지닌다'는 말이 무엇을 의미하는지 생각해봅시다.

4. 〈각씨네〉, 〈반 여든에 첫 계집을〉, 〈고대광실 나는 마다〉를 해석해보고 이 작품들에 나타난 에로티시즘은 전위인지 퇴폐인지 이야기해보고 왜 그렇게 생각하는지 말해봅시다.

5. 〈간밤에 자고 간 그놈〉, 〈나는 지남석이런가〉, 〈어이러뇨〉, 〈백발에 환향 노는 년〉, 〈니르랴보자〉를 해석해보고, 이상 네 작품은 전위인지 퇴폐인지 이야기해보고 왜 그렇게 생각하는지 말해봅시다.

6. 마지막 네 작품에 나타난 성담론은 사랑과 성에 대한 파격적인 내용, 성적 욕망에 대한 열렬한 예찬, 이를 채워주지 못하는 남성에 대한 야유, 간통을 자랑스럽게 드러내는 등 매우 파격적입니다. 또한 사설시조의 여성화자는 사례를 찾아보기 힘들 정도로 대담하게 성적 체험과 욕망을 거침없이 술회하며 윤리적 규범을 과감하게 무시하고 있습니다. 이러한 작품들은 어떤 공간에서 향유되었을지 이야기해보고, 작품의 여성화자는 누구의 욕망을 진술하고 있는지 생각해봅시다.

14강 남정기, 악녀의 탄생

사씨남정기(謝氏南征記)

　명나라 가정(嘉靖) 연간, 금릉 순천부 땅에 유명한 인사가 있었는데, 성은 유(劉)요 이름은 현(炫)이라고 하였다. 그는 개국공신인 유기(劉琦)의 자손이라, 사람됨이 현명하고 문장과 풍채가 일세의 추앙을 받았다. 나이 십오 세 때 시랑 최모의 딸을 아내로 맞아서, 부부의 덕행과 금실이 세인의 칭송을 받았다. 소년 대에 과거에 급제하여 벼슬이 이부시랑참지정사에 이르매, 명망이 조야에 진동하였다. 그러나 당시 간신이 조정에서 국권을 제멋대로 농간하였으므로, 벼슬을 버리고 물러가려고 기회를 보고 있었다.

　유현은 부인 최씨와 금실은 좋았으나 자녀의 소생이 없어서 근심으로 지내다가 늦게서 아들을 낳고 얼마 되지 않아서 부인이 세상을 떠났다. 부인을 잃은 그는 인생의 무상을 느끼고 더욱 벼슬에 뜻이 없어져서 병을 빙자하고 사직한 뒤에 집으로 돌아와서 한가로이 세월을 보냈다. 그 뒤로 국사에는 비록 참여치 않았으나 일세의 명사로서 그의 청덕을 모두 앙망하였다.

　그에게 매제가 있었는데 성행이 유순하고 정숙하여 일찍이 선비 두홍(杜洪)의 아내가 되었는데, 초년 고생을 하다가 두홍이 늦게서야 벼슬을 하였다. 유공의 아들 이름은 연수(延壽)라 하였는데 어려서부터 숙성하였고 나이 차차 자람에 따라 얼굴이 관옥 같고 재주가 뛰어났으며, 십 세 때 이미 문장이 놀라웠다.

유공이 기특히 여겨서 사랑하였으나 그 재롱을 죽은 부인에게 보이고 함께 즐기지 못하는 것이 한이었다. 유연수 소년은 십 세 때 이미 향시(鄕試)에 장원으로 뽑혔고, 십오 세에 과거에 급제하여 즉시 한림학사를 제수하였다. 그러나 나이가 어리기 때문에 십 년 동안 더 학업에 힘쓴 뒤에 출사할 것을 청하매 황제께서 그 뜻을 기특히 여기시고 특히 본직을 띤 채 오 년 간의 수학 말미를 주셨다. 이에 대하여 유한림이 천은을 감축하고 부친 유공이 더욱 충의를 다하여 국은에 보답하려고 맹세하였다.

유한림이 급제 후에 성혼하려고 하매, 구혼하는 규수가 많으나 좀처럼 허하지 않고 유공이 매제 두부인과 함께 성중의 모든 매파를 청하여 현철한 소저가 있는 집안을 물었으나 마땅한 상대가 없어서 좀체로 결정하지 못하였다. 그 중의 주파라는 매파가 말을 하지 않고 있다가 모든 매파들의 천거가 끝난 뒤에 입을 열었다.

"모든 말이 공변되지 못하니 제가 바른대로 소견을 말하겠습니다. 대감의 말씀이 부귀한 곳을 구하면 엄승상댁만한 곳이 없고, 규수 낭자의 현철한 분을 구하려면 신성현의 사급사(謝給事)댁 소저밖에 없으니 이 두 댁 가운데 택하십시오."

"부귀는 본디 내가 원하는 바가 아니요, 어진 규수를 택하려고 하오. 사급사는 본디 대간벼슬을 하다가 적소에서 억울하게 죽은 사람이라 진실로 강직한 인물인데, 그 집에 소저가 있는 줄은 몰랐소."

"그 소저의 용모와 덕행이 일세에 뛰어나니 더 여쭐 말씀이 없습니다. 저는 중매 일을 본 지가 삼십 여 년에 왕공재열의 모든 재상댁을 다니며 신부를 많이 보았으나 이같이 요조현철한 소저를 보기는 처음이니 두 번 묻지 마십시오."

"우리는 색을 취함이 아니니, 현숙한 덕행이 있는 소저라야 하오."

"사소저는 덕행과 용모가 출중합니다. 대감이 제 말씀을 못 믿으시겠거든 사소저의 현불현(賢不賢)을 다시 알아보십시오."

하고 그 매파는 사소저를 극력 찬양하고 다짐하였다. 매파가 돌아간 뒤에 유공은 매파의 말을 생각하고 두부인에게 상의하였다. 그러자 부인이 묘한 제안을 하였다.

"사람의 덕행과 성질은 필법에 나타나니 사소저의 필체를 얻어 봅시다. 우화암(羽化庵)의 묘혜니(妙慧尼)를 불러서 우화암에 기진하려던 관음화상에 관음찬을 사소저에게 짓도록 청탁하게 합시다. 사소저의 그 친필을 보면 재덕을 짐작할 수 있고 또 그것을 청하러 갔을 때 사소저의 선을 보고 올 것이니 묘혜니는 매파처럼 좋은 말로만 우리를 속이지는 않을 줄로 압니다."

"그거 참 묘안이다. 그러나 관음찬은 매우 어려울 텐데 여자의 글재주로 어찌 감당할까?"

"어려운 글을 짓지 못하면 어찌 재원이라 하겠습니까?"

유공이 매제의 말이 옳다 하고 빨리 사소저의 선볼 것을 재촉하였다. 두부인이 사람을 우화암으로 보내서 묘혜 스님을 불러왔다.

"사가(謝家)와 결친하려고 하나 신부의 재덕과 용모를 알 길이 없으니 묘혜 암자에 기진하려던 이 관음화상을 가지고 가서, 사소저에게 관음찬을 받아서 보내주시오."

하고 화상을 내주면서 간곡히 부탁하였다. 묘혜가 그 화상을 받아 가지고 곧 자기 암자의 일처럼 간청하려고 사급사 집으로 갔다. 소저의 모친은 본디 불법을 신앙하였기 때문에 전부터 출입하던 묘혜가 왔으므로 곧 불러들였다. 묘혜가 안부인사를 하자 부인이 반겨 하면서,

"오래 보지 못하였더니 오늘은 무슨 바람이 불어서 우리 집에 왔소?"

"아시는 바와 같이 소승의 암자가 퇴락하여 금년에 정재를 얻어서 중수하느라고 댁에도 와 보일 틈이 없었습니다. 이제 역사가 끝났으매 부인께 한

가지 청이 있어서 왔습니다."

"불사(佛事)를 위한 일이라면 어찌 시주를 아끼겠소마는 빈한한 집에 재물이 없어서 크게는 시주하지 못하겠지만 청이라 함은 무엇이오?"

"소승이 청하려는 것은 재물 시주가 아니옵고 소승에게는 금은 이상으로 귀중한 일입니다."

"궁금하니 어서 말해 보시오."

부인은 묘혜의 말이 의아스러워서 재촉하였다.

"소승의 암자를 중수한 뒤에 어떤 시주댁에서 관음화상을 보내 주셨는데 이 화상은 당인(唐人)의 명화입니다. 그런데 그 그림 뒤에 제명(題名)과 찬미의 글이 없는 것이 큰 흠이니, 댁의 소저가 금석 같은 친필로 찬문을 지어 주십사 하고 청하러 왔습니다. 찬문은 산문의 보배라 그 공덕이 칠보를 시주하는 것보다도 더 중하고 찬문을 써 주신 소저의 수명이 장원하실 것입니다."

"스님의 말이 고맙소. 우리 집 아이가 비록 고금시문에 통하나 이런 글을 지을 수 있을지 좌우간 시험삼아 물어봅시다."

하고 시녀에게 소저를 불러오라고 명하였다. 이윽고 소저가 나와서 모친에게 무슨 말씀이냐고 대령하였다. 묘혜가 한번 소저를 본즉 용모가 쇄락 기이하고 우아 자비함이 실로 관음보살이 강림한 듯이 황홀하였다. 묘혜는 심중으로 놀라며 생각하되,

'진세 속에 어찌 이런 아름다운 소저가 있으랴.'

감탄하면서 합장배례하고 물었다.

"소승이 사 년 전에 소저께 뵈온 일이 있었는데 기억하고 계십니까?"

"스님을 어찌 잊었겠소?"

소저와 묘혜의 인사가 끝난 뒤에 부인이 소저에게 물었다.

"스님이 멀리 찾아와서 네 필체로 관음찬을 구하는데 네가 그 글을 지을 수 있겠느냐?"

"소녀에게 지으라고 하시더라도 노둔한 제 재주로 어찌 감당하겠습니까? 더구나 시부 짓는 것은 여자로서 경계할 일이라 하였으니 스님의 청일지라도 사양할 수밖에 없습니다."

"소승이 구하는 것은 원래 시부가 아니고 관음보살님의 그 높으신 공덕을 찬양코자 할 따름입니다. 관음보살님은 본디 여자의 몸이신 고로 여자의 글을 받아야 더욱 좋습니다. 그러니 요즘 여자 중에서 소저가 아니면 누가 이 글을 지을 수 있겠습니까? 이런 소승의 간청을 소저는 물리치지 마시오."

부인 또한 은근히 딸에게 권하고 싶어하는 눈치로,

"네 재주가 미치지 못하면 하는 수 없지만 그 글은 보통의 무익지문(無益之文)과는 다르니 웬만하면 지어 보는 것이 어떠냐, 나도 보고 싶다."

이에 반가워하는 묘혜가 얼른 족자 싸 가지고 온 책보를 풀어서 관음보살의 화상을 펼치매, 화폭 위에 바다 물결이 끝이 없다. 그 가운데 외로운 정자가 서 있는데 관음보살이 흰 옷을 입고 머리도 빗지 않은 채 어린 사내 아이를 품에 안고 물결을 헤치고 앉아 있는 장면이었다. 그 화법이 정묘하여 관음보살과 동자가 살아서 움직일 듯이 보였다. 그 그림을 본 사소저가 머리를 한 번 갸웃하고,

"내가 배운 것은 오직 유가의 글이요, 불서(佛書)는 모르니 비록 찬사를 시작(試作)하더라도 스님의 마음에 들지는 못할 것입니다."

"소승이 듣건대, 푸른 연잎과 흰 연근은 한 생명이요, 석씨(釋氏)의 자비가 공씨(孔氏)의 인(仁)과 한 가지라 하니, 소저 비록 불서를 애송하지 않더라도 선비의 글로 보살을 칭송하면 더욱 좋을까 합니다."

사소저는 그제야 더 사양하지 않고 손을 정결히 씻은 뒤에 관음화상의 족자를 벽에 걸어 모시고 분향 배례하였다. 그리고 채필을 들고 앞으로 가서 관음찬 일백 이십 자를 족자 밑 여백에 가늘게 쓰고, 다시 그 아래에 연월일과 〈정옥은사 배작서(精屋隱士 拜作書)〉라고 서명하였다.

묘혜가 그 글의 뜻과 글씨의 모양을 극구 칭찬하고 유공댁으로 돌아왔다. 묘혜의 회답을 기다리고 있던 유공과 두부인은 묘혜가 돌려주는 관음화상의 족자를 받으면서 물었다.

"그 소저를 자세히 보았소?"

"족자 속에 그린 관음님 얼굴과 같은 용모였습니다."

하고 사급사 댁의 모녀와 수작한 이야기를 자세히 보고하였다.

유공이 묘혜의 말을 듣고 매우 기뻐하고,

"이 관음찬의 글과 글씨를 보니 그 재주와 덕행이 범인이 아니다."

하고 족자를 걸고 다시 보매, 글이 청아쇄락하고 필법이 정묘하여 한 곳도 구차한 데가 없었다. 온화하고 유순한 성품이 글에 나타났을 것이라고 칭찬하여 마지 않았다. 그 글에는,

'관음경은 필경 옛날의 성녀(聖女)일지니, 주나라의 임사(任姒)와 같도다. 그런데 외롭게 공산(空山)에 있음이 본뜻이 아닐지언정 직설은 세상이 돕고 백이숙제는 주려 죽었으니, 처지가 다름이 아니라 의취가 다름이로다. 화상을 보니 흰 옷을 입고 아이를 데리고 있으매, 이 그림으로 생각컨대 오직 뜻을 취하도다. 슬프도다. 서녘의 풀이 잔결하고 세속이 괴이하니 글을 좋아하는도다. 신지(神地)를 전희(專戲)하면 윤기(輪機)의 해로움이 있는데, 관음님은 왜 여기 계심이뇨. 죽림에 하강하시니 상운오채(祥雲五彩)가 임중(林中)을 둘렀도다. 그 덕이 세상에 비치니 억만창생이 뉘 아니 공경 흠탄하리오. 극진한 공부의 거룩함이 윤회에 벗어나니, 목이 숨 잃음 같아서 불생불멸하리로다. 지공무사한 덕이 천추에 유연하니 그 덕을 한 붓으로 찬양하기 어렵도다.'

유공과 두부인이 관음찬을 보고 칭찬하여 마지 않고,

"문자와 필법이 이처럼 기묘하여 재덕이 겸비함을 알겠다.

매파의 말이 허언이 아니었으니 곧 예를 갖추어 다시 통혼하자."

남매가 합의하고 다시 매파를 사가(謝家)로 보내서 통혼하려고 부탁하였다.

"사소저의 덕행을 알았으니 잘 부탁하오. 그 댁의 허혼을 받아 오면 후하게 상을 주겠소."

매파가 기뻐하며 장담을 하고 사급사의 집으로 갔다. 사소저는 개국공신 사일청(謝逸淸)의 후예요, 사후영(謝厚英)의 딸이었다.

후영이 본디 청렴 강직하매 조정의 소인배가 꺼려하였다. 마침 소인배가 반란을 음모할 적에 사후영이 대간의 언관으로 있었으므로 간신들의 작당농권을 분하게 여기고 여러 번 상소하다가 도리어 간신의 모해를 받고 소주로 귀양갔다가 거기서 죽었다. 부인이 비분을 참고 소저를 데리고 고향 본집에 돌아와서 슬픈 세월을 보내며 소저를 애지중지 길렀다. 소저가 점점 크면서 모친을 모시고 지냈는데 그 용모와 재덕이 기이함은 말할 것도 없이 증자(曾子)와 같이 편모를 지성으로 받들어 봉양하며 모녀가 서로 의지하며 살아왔다. 딸이 성장하여 혼기가 되었으나 주혼될 사람과 방도가 없어서 근심으로 세월을 보내고 있었다.

그러던 차에 하루는 매파가 찾아와서 용광색덕을 칭찬하면서

"제가 유씨 문중의 명을 받자와 귀댁 소저와 혼인하겠다는 뜻을 전하러 왔습니다. 신랑되실 유한림으로 말하면 소년 등과하여 벼슬이 한림학사에 이르고 소년 풍채와 문장재화가 일세에 압두하니 귀 소저의 용색과 일대가연인가 하옵니다."

부인은 이미 유한림의 풍채가 범류에서 뛰어난 소문을 들은 지 오래였으나 인륜의 대사를 매파의 말만 듣고 가볍게 허혼할 수가 없었으므로 소저가 아직 유약하다는 핑계로 시원한 대답을 주지 않았다. 매파가 하는 수 없이 그냥 돌아와서 사실대로 자세히 유공과 두부인에게 보고하였다. 유공은 실망하고 오랜 생각 끝에 매파에게 물었다.

"그 댁에 가서 할멈은 무어라고 말하였나?"

매파가 처음 인사부터 하직하고 오던 인삿말까지 자세히 되풀이하여 말하였다. 유공이 그 매파의 교섭 경과를 듣고 문득 깨닫고,

"내가 소홀하게 할멈에게 잘못 가르쳐 보냈었구나."

하고 매파를 돌려보냈다. 그리고 이튿날 유공이 직접 신성현으로 가서 지현(知縣)을 찾아보고 정중한 중매를 부탁하였다.

"아들의 호사로 사가(謝家)에 매파를 보냈더니 규수의 모친이 규수의 유약을 핑계로 허혼하지 않으니 귀관이 나를 위하여 사가에 가 주시는 수고를 아끼지 마시오."

"노 선생님의 말씀을 어찌 범연히 듣겠습니까?"

"가시거든 다른 말은 하지 마시고 다만 고(故) 사급사의 청덕을 흠모하여 구혼한다는 말만 전해 주시오. 그러면 반드시 허혼할 줄로 믿습니다."

유공이 부탁하고 돌아간 뒤에 지현이 사가로 찾아가서 부인에게 만나기를 청하자 다른 일로는 찾아올 리가 없는 지현의 방문이라 요전에 매파가 와서 청하던 혼사인 줄 짐작하고 객당을 깨끗이 치우고 손님을 청해 들일 준비를 하였다. 부인은 딸을 미리 객당의 옆방에 깊이 숨겨 두고, 노복을 시켜서 지현을 객당 안으로 인도하여 들였다. 우선 주과를 잘 차려서 대접한 뒤에 부인은 시비에게 전언(傳言)하여,

"성주께서 친히 누지에 왕림하셔서 한가의 외로움을 위로하여 주시니 저의 집의 영광이옵니다."

지현이 부인의 인사 전언을 공손하게 다 들은 뒤에 시녀에게 전언하여,

"소관이 귀댁을 찾아온 것은 다름이 아니라 귀댁 소저의 혼사를 꼭 이루어 드리고자 하는 뜻에서입니다. 전임 이부시랑참지정사 유공 현이 귀 소저가 재덕을 겸비하고 자색이 비상함을 듣고 기특히 여길 뿐 아니라 사급사의 청명 정직함을 항상 흠앙하오매 그 여아의 재덕은 불문가지라 하여 귀댁 소저로 며느리를 삼고자 하옵니다. 유공의 아들은 금방 장원하여 벼슬이 한림학

사에 이르옵고 상총(上寵)이 극하오매 사람마다 사위를 삼고자 하는 바이나, 유공은 그 많은 구혼을 모두 물리치고 귀댁 소저에게만 나를 통하여 청혼함이니 이 좋은 때를 잃지 마시고 허락하시면 내가 돌아가서 유공을 뵈올 낯이 있을까 합니다."

부인이 다시 전언하여 대답하되,

"용우(庸愚)한 여식이 재덕이 부족하고 용모 또한 취할 것이 없는데 성주께서 이처럼 친히 오셨으니 어찌 사양하오리까. 성주께서는 돌아가셔서 쾌히 통혼하겠다는 비가의 뜻을 전해 주십시오."

지현이 크게 기뻐하고 돌아와서 유공에게 그 경과를 상세히 알렸다. 유공은 기뻐하면서 지현의 수고를 치하하였다. 곧 택일하고 혼례 준비를 시작하는 한편 사급사의 청렴결백으로 집에 유산이 없어서 가세가 빈한함을 알기 때문에 납폐를 후하게 보내었다. 그러나 유공은 아들의 성혼을 보지 못하고 세상을 떠난 부인 최씨를 생각하고 비회를 금하지 못하였다.

어느덧 길일이 되매 양가에서 큰 잔치를 베풀고 예식을 이루매 남풍여모(男風女貌)가 발월하여 봉황의 쌍을 이루었다. 신부의 모친이 신랑의 신선 같은 풍채를 사랑하여 딸과 아름다운 쌍을 이룬 것을 즐기면서도 남편 급사가 그 모양을 보지 못함을 슬퍼하는 눈물이 옷깃을 적시었다. 신랑이 신부와 함께 빨리 집으로 돌아와서 신부가 폐백을 드리자 유공과 두부인의 남매 양위가 눈을 들어서 비로소 신부의 모습을 보니 용모의 아름다움은 말할 것도 없고 현숙한 덕성이 나타나서 주가(周家) 팔백 년을 이루던 임사의 덕이 전해 남은 듯하였다.

날이 서산에 지매 잔치 손님들이 돌아가고 신부 또한 숙소로 돌아가매 유한림이 이 첫날밤에 신부와 더불어 운우지락을 이루어서 남녀의 정이 흡연하였다.

이튿날부터 소저는 시부를 효성으로 받들고 남편을 즐겁게 섬기더니 유공이 우연히 병을 얻어서 백약이 무효하매 유공이 소생하지 못할 것을 깨닫고 매제 두부인에게 길이 탄식하고 유언하였다.

"현매(賢妹)는 나 죽은 후에 자주 왕래하여 가사를 주관하고 잘못이 없게 하라."

또 아들 한림의 손을 잡고,

"너는 앞으로 가사를 고모와 상의하여 가헌을 빛내도록 하라. 네 아내는 덕행과 식견이 높으니 가부를 불의로 섬기지 않을 것이니 공경하고 화락하라."

고 유언하고, 며느리 사씨에게도,

"너의 현부(賢婦)로서의 요조 성행을 탄복하니, 안심하고 세상을 떠날 수 있다."

하고 마지막까지 칭찬하고 신임하였다. 유족들에게 일일이 유언한 유공은 그날 엄연한 자세로 별세하자 한림 부부의 호천애통은 비할 데 없었고 매제 두부인의 애통이 또한 극진하였다. 상일(喪日)에 임하여 영구를 선영에 안장하고 한림부부가 집상하매 애회(哀懷)가 뼈에 사무쳐서 통곡하는 정상이 모든 사람의 눈물을 자아내어서 효성에 탄복하지 않는 자가 없었다.

세월이 물 흐르듯이 빨라서 어느덧 삼상(三喪)을 마치고 유한림이 직임에 나가니 황제가 중용하려고 하였다. 그러나 유한림이 조정의 소인을 배척하는 기개가 강직하므로 엄승상이 꺼리고 방해하였으므로 벼슬도 제대로 승진하지 못하였다. 그뿐 아니라 유한림의 나이가 삼십에 이르렀으나 슬하에 자녀가 없어서 망연하였다. 사부인이 이를 근심하고 한림에게 호소하였다.

"첩의 기질이 허약하고 원기가 일정치 못하여 당신과 십여 년을 동거하였으나 일점 혈육이 없으니 불효삼천 가지 죄에 무자(無子)의 죄가 가장 크다 하여 첩의 무자한 죄가 존문에 용납하지 못할 것이나 당신의 관용하신 덕으로 지금까지 부지해 왔습니다. 그러나 곰곰이 생각하매 당신은 누대독신(累代獨身)으로 이대로 가다가는 유씨 종사가 위태로우니 첩을 개의치 마시고 어진 여인을 취하여 득남득녀하면 가문의 경사일 뿐 아니라 첩의 죄도 면할 수 있을까 합니다."

유한림은 허허 웃고서 부인을 위로하여 말하기를,

"소생이 없다 하여 당신을 두고 다른 첩을 얻을 수야 있소. 첩이 들어오면 집안이 어지러워지는 근본인데 당신은 왜 화근을 자청하는 거요? 그것은 천만부당하니 그런 생각은 하지 마시오."

"첩이 비록 용렬하나 세상 보통 여자의 투기를 잘 알고 경계하겠으니 첩의 걱정은 마시오. 태우의 일처일첩은 옛날에도 미덕이 되었으니 첩이 비록 덕이 없으나 세속 여자의 투기는 본받지 않겠습니다."

이 말을 듣고 있던 고모 두부인이 한림 부부의 사정을 살피고,

"듣건대 옛날에 관저와 수목은 진실로 태자의 투기함이 없었기 때문에 도리어 덕이었지만 만일 문왕이 미색을 탐하시고 의종이 편벽하셨으면 태우가 투기는 하지 않았더라도 어찌 궁중에 원한이 없었으며 규중이 평생 어지럽지 않겠느냐. 지금 시속이 옛날과 다르고 성인이 아닌 범인으로서 어찌 투기가 생기지 않으리라고 장담하랴. 공연히 옛날의 미명을 사모하여 화근의 씨를 뿌리지 않도록 함이 좋다."

"제가 어찌 고인(古人)의 미덕만 앙모하겠습니까마는 시속 부녀가 인륜을 모르고 시부모와 남편을 업신여기고 질투로 일을 삼아서 가도를 문란케 하는 것을 기탄하는 바이오니 첩이 비록 어리석어도 교화를 못할지라도 그런 패악을 창수하겠습니까. 제가 비록 어리석으나 몸을 반성하지 못하고 요색에 침혹하는 일은 결코 않기로 맹세하옵니다. 그보다도 가문을 이을 후손을 보는 것이 더욱 중합니다."

사부인의 뜻이 이미 굳게 정한 것을 보고 탄식하여,

"네 뜻은 매우 갸륵하다. 그러나 가부가 만일 너 같은 현부의 간언을 청납하면 다행이지만 그렇지 않으면 내 말을 생각하고 뉘우칠 테니 그런 일이

없기를 바란다."

하고 두부인이 자기 집으로 돌아갔다. 이튿날 매파가 와서 사부인에게 권하였다.

"한 곳에 마땅한 여자가 있는데 부인이 바라고 구하는 뜻에 맞을까 합니다."

"내가 구하는 여자가 어떤 것인 줄 알고 하는 말이오?"

사부인이 묻자 눈치 빠른 매파는,

"댁의 둘째 부인으로 구하시는 뜻이 요색을 취하심이 아니고 사람이 믿음직하고 덕이 있으며 몸이 건강하여 아들을 낳아서 후손을 이을 수 있는 여자인가 짐작합니다. 그렇지 못하고 용모와 재색만 잘난 여자는 부인께서 구하시지 않으실 줄 압니다."

"호호호. 대관절 그 여자의 근본을 자세히 말해 보소."

"양반댁 사람으로서 성은 교(喬)요, 이름은 채란(彩蘭)인데, 조실부모하고 지금은 그의 형에게 의지하여 있는데 방년이 십육 세입니다."

"다행히 벼슬 다니는 양반댁 딸이라면 하류천녀와 다를 것이니 가장 마땅하오."

하고 남편 한림에게 매파의 말을 전하면서 권하였다.

"내가 소실을 두는 것은 바쁘지 않소. 그러나 당신의 말이 관대하여 받아들이겠으니 택일해서 좋도록 하소."

그리하여 곧 그 집에 통혼하고 집에서 친척을 모아 간략한 잔치를 열어서 교씨를 제이 부인으로 데려왔다. 교씨는 유한림과 본부인에게 예배하고 자리에 앉았다. 주빈 일동이 교씨를 바라보니 자태가 매우 아름답고 거동이 경첩하여 마치 해당화 꽃가지가 아침 이슬 머금은 듯이 고와서 칭찬하지 않는 사람이 없었다. 그러나 두부인 혼자만은 안색이 우울해지며 말 한마디도 하지 않았다.

날이 저물자 교씨를 화원별당에 머무르게 하고 유한림이 새로운 둘째 부인과 밤을 지냈는데 남녀의 두 정분이 각별하였다.

이때 두부인이 질부되는 사씨에게,

"한림의 둘째 사람은 마땅히 질둔유순한 여자를 얻어야 할 것을 잘못 택한 것 같다. 저토록 절색가인을 얻었으니 만일 저 여자의 성품이 어질지 못하면 장차 집안이 평온치 못할 것 같아서 걱정이다."

하고 미리 걱정하였다. 그러나 사부인은 태연한 태도로,

"옛날의 위장강의 고운 얼굴과 공교로운 웃음으로도 현덕지덕을 가작하여 지금까지 절대가인이 반드시 간교롭지 않음을 증명하고 있는데 색이 곱다고 어찌 어질지 않으리까?"

"장강은 어진 부인이었지만 자색은 그리 곱지 못하였던 모양이다."

하고 서로 웃었다. 그러나 이튿날 두부인은 사씨에게 재삼 새로 맞은 교씨를 조심하라고 이르고 돌아갔다.

유한림은 교씨 처소의 당호를 고쳐서 백자당(百子堂)이라 하고, 시비 납매 등 다섯 명으로 교씨의 시중을 들게 하였다.

교씨는 총명민첩이 지나친 교활한 솜씨로 유한림의 마음을 잘 맞추며 본부인 사씨도 잘 섬겼으므로 집안이 칭찬하여 마지 않았다.

멀지 않아서 교씨 몸에 잉태하였으므로 유한림과 본부인 사씨가 매우 기뻐하였다. 한편 간사한 교씨는 아들을 낳지 못할까 미리 염려한 나머지 여러 무당을 불러서 물었지만 어떤 자는 생남한다고 하고 어떤 자는 생녀한다고도 하였다. 그리고 또 아들을 낳으면 단명하고 딸을 낳으면 장수한다는 점괘풀이도 하였다. 교씨는 이런 무당들의 불길한 점괘에 마음을 놓지 못하고 근심으로 지냈다. 하루는 시비 납매가 교씨에게 이상한 말을 속삭였다.

"동리에 어떤 여자가 있는데 호를 십랑이라 합니다. 본디 남방 사람으로서 여기 와서 우거 중인데 재주가 비상하여 모를 것이 없으니 그 사람을 불러다가 물어 보십시오."

교씨가 그 말을 듣고 기뻐하고 곧 자기 거처로 불러들였다.

교씨는 그 십랑에게 운수를 물었다.

"임자는 뱃속에 든 아기의 남녀를 알아낼 재주가 있소?"

"제가 비록 식견이 밝지 못하오나 수태한 사람의 남녀를 분별치야 못하겠습니까? 부인의 손을 잠깐 빌려주시면 진맥한 후에 정확하게 판단해 올리겠습니다."

교씨가 팔을 걷고 맥을 짚어 보이자 십랑이 잠시 맥을 짚어 본 뒤에,

"여맥입니다."

하고 말하자 교씨는 그 엄연한 선언에 깜짝 놀라면서,

"대감께서 나를 이 댁으로 들여놓으신 것은 한갓 색을 취하심이 아니라 사속할 생남으로 농장지경(弄璋之慶)을 보고자 하신 것인데 만일 첫아기를 생녀하면 낳지 않으니만 못하니 이 일을 장차 어쩌리요."

"제가 일찍이 산중에 들어가서 도인을 만나서 수업하고 복중의 여맥을 남태로 변화시키는 술법을 배운 바 있습니다. 그 뒤에 그 술법을 시험해 보았더니 영험이 백발백중입니다. 부인께서 꼭 생남하시고 싶으시면 저의 그 묘한 술법을 한번 시험해 보십시오."

교씨가 반색을 하고 그 술법으로 다행히 생남하면 천금을 아끼지 않고 후한 상을 주리라고 약속하였다. 십랑은 그 술법이 매우 어렵다는 태를 뺀 뒤에 문방사우를 청하여 기묘한 부적을 여러 장 써서 기괴한 비방을 많이 한 뒤에 교씨의 방 안의 각처와 침석 속에 감추어 둔 뒤에,

"저의 술법은 끝났습니다. 금후 만삭이 되면 반드시 옥동자를 낳으실 것입니다. 그때 다시 와서 득남 하례를 하겠으며 후하신 상금은 그때 받을까 합니다."

하고 십랑은 자신만만하게 돌아갔다. 그 후에 어느덧 십 삭이 차매, 교씨는 과연 순산득남하였다. 어린아이의 이목이 청수쇄락하고 크기가 세 살된 아기만 하매, 한림은 본부인 사씨와 기쁨을 이기지 못하였고 노복들도 모두 경희

하며 칭송하였다.

교씨가 남아를 낳은 뒤로는 유한림의 교씨에 대한 대접이 더욱 두터워지고 사랑이 비할 데 없어서 백자당을 떠난 일이 없고 아들의 이름을 장지라 하여 장중보옥같이 여겼다. 더구나 본부인 사씨는 아기에 대한 정이 극진하였으므로 교씨가 낳은 아이인지 모를 정도로 두 부인 사이의 정까지 한층 깊어졌다.

때는 마침 늦봄이라 동산의 백화가 만발하여 경치가 아름다웠다. 유한림이 황제를 모시고 서원에서 잔치를 배석하고 집에 일찍이 돌아오지 못하였다. 이때 사부인이 책상에 의지하여 글을 보고 있었는데, 시녀 춘방이 와서,

"지금 화원 정자에 모란꽃이 만발하였으니 구경하십시오. 대감께서 아직 조정에서 돌아오지 않았으니 한가로운 이때에 한번 화원에 소풍하시고 꽃구경하십시오."

하고 권하였다. 사부인이 반가운 소식이라고 곧 책을 덮고 옷을 가볍게 갈아입은 뒤에 시녀 오륙 명을 거느리고 연보를 옮겨서 화원의 정자에 이르렀다. 버들 그늘이 정자의 난간에 기대고 꽃향기가 연못에 젖었으며 그윽한 경치가 매우 고요하여 봄경치가 매우 즐길 만하였다. 사부인이 시녀에게 차를 명하고 교씨를 청하여 함께 봄경치를 구경하려던 참에 바람결에 문득 거문고 소리가 은은히 들려왔다. 사부인이 이상히 여기고 귀를 기울이고 자세히 들으니 거문고 소리가 맑아서 비취가 옥쟁반에 구르는 듯, 사람의 마음을 깊이 감동시켰다. 사부인이 좌우 시녀에게 물었다.

"어디서 누가 저렇게 거문고를 잘도 타느냐?"

"그 거문고 소리가 교낭자 침소에서 나는 성싶습니다."

"그럴까? 음률은 여자의 할 바가 아닌데 교낭자가 어찌 거문고를 저리 잘하겠느냐. 남의 말은 믿기 어려우니 저 소리 나는 곳에 가 보고 와서 사실대로 고하라."

시비가 사부인의 명을 받들고 그 거문고 소리나는 곳으로 찾아가 보니 과

연 백자당이었다. 시녀가 밖에서 안을 엿본즉 교씨가 요리상을 풍부하게 차려 놓고 섬섬옥수로 거문고를 희롱하고 한 사람의 미인이 화려한 의상으로 마주앉아서 노래를 부르고 있었다. 시비가 자기의 눈을 의심하고 몇 번 자세히 본 뒤에 돌아와서 사부인에게 사실대로 고하였다.

사부인은 매우 못마땅하게 여기고 교랑이 어느 사이에 거문고를 배웠으며 또 노래를 부르는 사람은 누구냐고 노하였다.

그리고 교씨를 불러서 좋은 말로 훈계한 후에 다시는 그런 일이 없게 할 생각이었다. 그리고 곧 시비를 보내어 교씨를 데려오라고 명하였다.

이때 교씨는 십랑의 술법으로 생남하고 유한림의 사랑이 두터워지자 십랑과 더욱 친해졌다. 그 뒤로 교씨는 십랑의 힘과 방예로 유한림의 총애를 독점하려고 애쓴 나머지 음률로 유한림의 마음을 매혹시키고 농락하려고 거문고와 노래까지 배우게 되었던 것이다.

"낭자가 유한림의 총애를 더 얻으려면 음률을 배우시오. 거문고와 노래는 장부를 혹하게 하는 마술이니 거문고 잘하는 사람을 스승으로 삼으시오."

"나도 그런 마음이 있으나 그런 사람을 구할 길이 없으니 소개해 주오."

"거문고 잘 타는 여자가 있는데 이름이 가랑으로서 거문고와 노래의 명수이니 그 여자에게 청하여 배우시면 됩니다."

교씨가 찬성하고 십랑을 통해서 가랑을 백자당으로 불러들였던 것이다. 가랑은 화방 계집으로서 온갖 풍악에 능숙하였는데 교씨의 부름을 받고 와서 곧 뜻이 맞고 정이 깊어졌다. 교씨는 본래 영리하였기 때문에 가랑에게 음률을 배우기 시작하자 거문고와 노래 솜씨가 일취월장하였다. 교씨는 음률의 스승이자 이야기 친구인 가랑을 옆방에 숨겨두고 유한림이 조정에 나가고 없는 틈에 음률을 배웠다. 그리고 유한림이 집에 있을 때는 그 배운 솜씨의 음악으로 유한림의 심정을 혹하게 해서 더욱 총애를 받고 마침내 몸까지 독점하게 되었다. 그리하여 유한림은 사부인과는 점점 멀어져서 침소에는 얼씬도 않고 교씨 침소에만 사로잡혀 있는 형편이 되고 말았다.

그날도 유한림이 조정에 나가고 집에 없었으므로 요리를 차려 놓고 가랑과 함께 술을 즐기면서 가곡을 희롱하고 있는데, 사부인의 시비가 와서 명을 전하고 같이 가자고 재촉하였다.

교씨가 황급히 주안상을 치우고 시비를 따라서 사부인이 있는 화원의 정자로 가지 않을 수 없었다. 사부인은 넌지시 좋은 낯으로 맞아서 자리에 앉힌 뒤에 조용히 물었다.

"교랑 침소에 와 있는 미인이 어떤 여자지?"

"친정 사촌 누이입니다."

교씨가 거짓말을 하였다. 사부인이 엄숙한 태도로 정색을 하고,

"여자의 행실은 출가하면 시부모 봉양과 낭군 섬기는 여가에 자녀를 엄숙히 교육하고 비복을 은혜로 부리는 것이 천직이 아닌가. 그런데 방종하게 음률과 노래로 소일하면 가도가 자연 어지러워지니 교랑은 잘 생각하고 다시는 그런 일이 없도록 조심하게. 그리고 그 여자는 곧 제 집으로 보내며 이런 내 말을 고깝게 여기지 말게."

"제가 배우지 못하여 그런 잘못을 깨닫지 못하였다가 이제 부인의 훈계 말씀을 들었으니 각골명심하겠습니다."

사부인은 재삼 위로하고 조금도 오해하지 말라고 자상하게 일렀다. 그리고 그날이 지도록 화원에서 꽃구경을 하면서 즐겁게 지냈다.

하루는 유한림이 조정에서 돌아와서 백자당에 들렀으나 술이 취하여 잠을 이루지 못하고 난간에 기대서 봄밤의 원근 경치를 바라보니 달빛은 낮같이 밝고 꽃향기 그윽하매 호흥(好興)이 발작하였다. 그래서 교씨에게 거문고를 타고 노래를 하라고 청하자 교씨가 딴청을 썼다.

"바람이 차서 감기가 들었는지 몸이 불편하여 못하겠으니 용서하십시오."

"허허, 그게 무슨 말인고. 여자의 도리는 남편이 죽을 일을 하라고 해도

반드시 어겨서는 안 되는 법인데 그대가 병 핑계로 내 말을 거역하니 무슨 못마땅한 일로 그러는 것이 아닌가?"

"실은 제가 심심하기로 노래를 부르고 있었더니 부인이 불러서 책망하기를 네가 요괴스럽게 집안을 어지럽게 하고 한림을 혹하게 하니 다시 그런 행동을 말라고 꾸중하셨습니다. 만일 또다시 노래를 부르면 칼로 혀를 끊고 약을 먹여 벙어리로 만든다 하셨습니다. 제가 본디 비천한 계집으로 유한림의 은혜를 입사와 부귀영화가 이같이 되었으니 죽어도 한이 없습니다.

그러니 제가 지금 부르시라는 노래를 못하는 고충을 짐작하시고 용서하여 주십시오. 더구나 한림의 청덕이 저의 잘못으로 흠이 되고 흐려지실까 두려워합니다."

교씨가 공교로운 말로 은근히 사부인을 좋지 않게 중상하자 유한림이 깜짝 놀라면서 속으로 본부인 사씨의 질투라고 생각하고 교씨를 위로하였다.

"내가 그대를 취함이 모두 부인의 권고로 이루어진 것이요, 지금까지 한번도 그대에 대하여 나쁘게 대하는 것을 본 일이 없었다. 이제 부인이 그대에게 그런 책망을 한 것은 필경 비복들이 부인에게 참언으로 고자질했기 때문이 아닐까 한다. 부인은 본디 성품이 유순한 사람이라 결코 그대를 해치려고 할 리가 없으니 부질없는 염려는 말고 안심하라."

교씨는 가슴이 투기로 타올랐으나 대범한 유한림의 말에는 잠자코 있었다. 그것이 더욱 유한림의 동정을 사게 되었다.

속담에도 범의 그림에서는 뼈를 그리기 어렵고, 사람의 사귐에는 마음을 알기 어렵다고 하듯이, 교씨는 교언영색으로 말은 겸손한 탈을 쓰고 있었으므로 사부인은 교씨가 겉 다르고 속 다른 본심을 알 수 없었다. 사부인이 교씨를 훈계한 것은 조금도 질투에서 나온 사심은 아니었다. 다만 음란한 노래로 장부의 마음을 미혹할까 염려한 것보다는 실로 교씨에게 정숙한 여자의 몸가짐을 하라는 심정에서 충고한 데 지나지 않았던 것이다. 그러나 교씨는 사부인의 충고에 원한을 품고 교묘한 말로 유한림에게 은연한 참언을 하여 내화를 빚어내게 하였으니 이것은 교씨의 요악한 투기 때문이었다.

이때 유한림의 친한 벗이 하나 있었는데 그 친구가 자기의 집사로 있던 남방 사람 동청(董淸)을 천거하여 문객으로 두라고 권하였다. 유한림이 마침 집사를 구하던 중이라 집에 두고 집일을 보게 하였다. 동청은 영리하고 민첩하여 남의 마음을 잘 맞추어서 영합하기를 잘하였다. 친구도 그의 마음이 착하지는 못하여도 마음을 잘 맞추어서 좋게 여기다가 외임으로 떠나게 되자 동청의 허물은 말하지 않고 유한림에게 천거하고 갔던 것이다. 유한림이 동청을 불러서 사람됨을 보았을 때에 동청의 언사가 민첩하여 흐르는 물 같았다. 유한림은 믿는 친구의 추천에다 그처럼 영리하였으므로 곧 집에 두고 서사(書士)의 일을 시켰다. 그런데 동청의 위인이 간사하고 교활하여 유한림에게 아첨하고 하고자 하는 것을 미리 알아차리고 비위를 잘 맞추었으므로 순진한 유한림이 기뻐하고 신임하게 되었다.

그런 동청의 태도를 본 사부인이 한림에게 귀띔하였다.

"들리는 말에도 동청의 위인이 정직하지 못하다 하니 큰 일을 저지르기 전에 내보내는 것이 좋을까 합니다. 전에 있던 곳에서도 요악한 일을 많이 하다가 일이 탄로되어 쫓겨났다 하니 곧 내보내십시오."

"남의 풍설의 진부를 알 수 없고 친구의 추천으로 받아들였으니 좋고 나쁜 것은 좀 두고 보아야 할 것 아니오."

"사람은 부정한 사람과 함께 지내면 주위 사람까지 부정에 물들게 되는 법이니 빨리 내보내서 가도를 어지럽히지 말도록 예방하는 것이 좋을까 합니다. 만일 그런 표리부동한 사람 때문에 지하로 돌아가신 부모님의 가법을 추락시키면 그때 후회하여도 소용이 없습니다."

"당신의 말도 일리가 있으나 세상 사람들이 남을 중상하기 좋아해서 하는 풍설인지 모르니 좀 써 봐야 진부를 알 것이며 좋지 못할 것을 발견했을 때

처리하는 것이 우리의 길이 아니겠소."

사부인은 남편 유한림의 태도가 못마땅하였다. 그전에는 이런 문제로 이만큼 말하면 남편이 자기의 말에 따르더니 이렇게 고집하는 남편의 태도가 이상스럽기도 했다. 사실 유한림으로서는 사부인의 신임하는 정도가 전과는 분명히 달라져 있었다. 첩 교씨의 참소로 사부인을 의심하는 마음이 유한림에게 생긴 줄을 사부인은 아직도 모르고 있었기 때문에 말만 길어지고 결과는 얻지 못하였던 것이다.

그 후로 동청은 큰집 살림의 집사로 일을 보았는데 유한림의 비위 맞추기에 노력하였으므로 유한림은 사부인의 충고도 공연한 말이라고 다 잊어버리고 더욱 신임하면서 중요한 가사를 거의 일임하였다.

첩 교씨는 점점 노골적으로 사부인을 참소하였으나 아직도 총명이 남은 유한림은 그저 못 들은 척하면서 집안에 내분이 없게 되기를 바라는 태도였다. 마침내 질투에 불타게 된 교씨는 무당 십랑을 불러서 자기의 분한 사정을 말하고 사부인을 모해할 계교를 물었다. 재물에 매수된 십랑은 묘한 계교를 오래 생각한 뒤에 교씨의 귀에 입을 대고 이리이리하면 사씨를 절제할 수 있다고 속삭이고 조금도 근심할 것이 없다고 다짐하였다.

"그럼, 지체 말고 빨리 해서 내 속을 편히 해 주게."

"염려 마십시오."

십랑이 신이 나서 사씨를 음해하는 일을 착수하였다.

이때 마침 사부인 몸에 태기가 있어서 열 달이 차서 순산 생남하였으므로 유한림이 인아(麟兒)라 이름짓고 기뻐하고, 상하비복들까지 단념하였던 본부인이 득남하였으므로 신기히 여기고 교씨가 생남하였던 때보다 몇 배로 경축하였다. 교씨가 이런 유한림과 집안의 기색을 보고 질투가 더욱 심해져서 간장이 타오르는 듯 어쩔 줄을 몰랐다. 십랑을 또 불러서 이 사실을 전하고 빨리 사씨 음해의 비방을 행하라고 재촉하였다. 십랑은 곧 요물을 만들어서

서면에 묻고 교씨의 심복 시비인 납매를 시켜서 이리이리하라고 가르쳐 주었다. 그런 간악한 음모가 비밀리에 진행되고 있는 것은 교씨, 십랑, 시비 납매의 세 사람 이외에는 아무도 알지 못하였다.

하루는 유한림이 조정에 입번하였다가 여러 날만에 출번하여 집으로 돌아와 보니 집안의 상하가 황황하며 교씨 거처인 백자당으로 달려가니 교씨가 유한림을 보고 울면서 호소하였다.

"아이가 홀연히 발병하여 죽을 지경이니 심상치 않습니다.

병세가 체증이나 감기가 아니고 필경 집안의 누가 방예를 해서 일으킨 귀신의 발동인가 합니다."

"설마 그럴 리야 있을까?"

유한림은 교씨를 위로하고 아들의 방으로 가서 보니 과연 헛소리를 지르고 가위 눌리는 증세로 위급해 보였다. 유한림이 우려하여 약을 지어다가 시비 납매에게 급히 달여서 먹이게 하고 동정을 자세히 보았으나 조금도 차도가 없었다. 유한림은 낙망을 하고 교씨는 엉엉 울기만 하였다.

유한림의 총명도 점점 감하여 갔는데 열 번 찍어서 안 넘어가는 나무가 없다는 속담과 같이 교씨의 말에 귀를 기울이게 되었다. 의심이 늘어서 모든 일에 줏대를 잃게 되었다. 사부인의 부덕은 옛날 현부에도 손색이 없었으나 교씨 같은 요인(妖人)이 첩으로 들어와서 집안을 어지럽히고 천미한 여자가 누명을 만들어서 가문을 욕되게 하니 마땅히 그런 사악한 여자는 엄중히 경계하여야 할 것이다.

이때 교씨가 교활한 집사 동청과 몰래 사통하고 있었으매, 실로 한 쌍의 요악지물이었다. 교씨의 침소인 백자당이 밖으로 담 하나를 격하여 화원이 있었으며 화원의 열쇠는 교씨가 가지고 있었으므로, 유한림이 내당에서 자는 밤에는 교씨가 동청을 화원 문으로 불러들여서 동침하여 음란을 일삼았다. 그러나 엄중한 비밀의 사통이라 시비 납매만이 알 뿐이었다.

유한림이 장지의 병이 심상치 않음을 보고 매우 심통하고 있을 때 교씨마저 칭병하고 식음을 끊고 밤이면 더욱 슬퍼하여 유한림의 마음을 불안케 하였다. 하루는 납매가 부엌에서 소세하다가 한 봉의 괴이한 방예를 얻었다고 유한림과 교씨에게 보였다. 그것을 본 교씨의 얼굴이 흙빛으로 변해서 말을 못하고 앉았다가 이윽고 울면서,

"제가 십육 세 때 이 댁으로 들어와서 남에게 원망 들을 일은 하나도 하지 않았는데 어떤 사람이 우리 모자를 이토록 모해하니 참으로 억울해서 죽을 지경입니다."

유한림이 그 방예한 요물을 보고 묵묵히 말을 잇지 못하고 침통해 하고만 있었다.

"한림께서는 이 일을 어떻게 처치하실 생각입니까?"

교씨가 이 기회에 유한림의 결의를 촉구하였다. 유한림은 한참 생각한 끝에,

"일이 비록 잔악하지만 집안에 의심할 잡인이 없으니 누구를 지목하고 문초하겠는가. 이런 요예지물은 아무도 모르게 불태워 버리는 것이 좋지 않겠는가."

교씨가 문득 생각난 듯한 태도를 하다가 참는 척하고,

"한림 말씀이 지당합니다."

대답하자 유한림이 안심한 듯 납매에게 불을 가져오라고 명하여 뜰에서 친히 살라 버리고 아무에게도 누설하지 말라고 일렀다. 그러자 유한림이 나간 뒤에 납매가 교씨에게 불평스럽게 물었다.

"낭자께서는 왜 한림의 의심을 부채질해서 예정대로 일을 진행시키지 않고 좋은 기회를 잃었습니까?"

"이번에는 한림께 그만 정도로 의심하게 해 두는 것이 좋다.

너무 급하게 서두르다가는 도리어 의심을 사고 해로울 것 같아서 그랬다. 다음 기회에 한림께서 더 결심을 굳게 하시도록 할 것이니 너는 너무 조급히

굴지 말아라. 그만해도 한림의 마음은 이미 동하였으니 요 다음에……."

이리이리하자고 납매에게 다음 계교를 말해 두었다. 유한림이 그 방예의 글씨가 교씨의 글씨임을 알았는데 그것이 또한 교씨 부인의 필적같이 모방한 줄로 짐작하고 불에 살라서 증거를 없앴던 것이다. 유한림은 전에 교씨가 사부인의 투기를 은연중에 비방하였을 때에도 믿지 않았었는데 이번에 이런 일까지 있을 줄은 꿈에도 생각하지 못하였다. 당초에 대를 이을 아들이 없어서 사부인의 주선으로 교씨를 첩으로 맞아들였더니 지금 와서는 자기도 자식을 낳게 되자 악독한 계교로 교씨 소생을 방예로 저주하여 없애려고 한다고 부인 대접에 냉담하게 되었다.

이때 사급사 댁에서 부인의 병환이 위중하므로 딸을 보고자 사돈 유한림 댁으로 편지를 내었다. 사부인이 모친의 위독한 기별을 받고 깜짝 놀라서 유한림에게,

"모친의 병환이 위중하시다 합니다. 지금 가뵙지 못하면 평생의 한이 되겠으니 친정에 보내주십시오."

"장모님 병환이 위독하시면 빨리 가시오. 나도 틈을 타서 한번 가서 문안하겠소."

사부인이 친정길을 떠날 때 교씨를 불러서 자기 없는 사이의 가사를 부탁하고 인아를 데리고 신성현 친정으로 갔다. 모녀가 오래 떠나 있다가 병석에서 딸을 만나니 모녀가 일희일비하였다.

모친의 노환은 중하였으나 일진일퇴의 증세이므로 사부인은 구호하느라고 빨리 시가로 돌아오지 못하고 자연 수개월이 흘렀다. 유한림의 벼슬은 본디 한가한 직책이라 때때로 틈을 타서 빙모 문병차 신성현 처가로 왕래하였다. 이 무렵에 산동과 산서와 하남 지방에 흉년이 들어서 백성이 거산하여 사방으로 유랑하게 되었다. 황제가 이 지방의 기황을 들으시고 크게 근심하여 조정에서 덕망 있는 신하 세 사람을 뽑아서 삼도로 나누어 보내어 백성의 질고

를 살피라는 분부를 내렸다. 이때 유한림이 세 신하의 한 사람에 뽑혀서 급히 산동 지방으로 나가게 되었으므로 미처 사부인을 보지 못하고 떠났다.

유한림이 집을 떠난 뒤로는 교씨가 더욱 마음을 놓고 방자하게 동청과의 간통을 마치 부부같이 하여 거리낌이 없었다. 하루는 교씨가 동청에게,

"지금 한림이 멀리 지방을 순모하고 있으며 사씨가 오래 집을 떠나서 없으니 계교를 단행할 가장 좋은 시기인데 장차 사씨를 없애 버릴 무슨 방법이 없을까?"

하고 간부의 꾀를 물었다.

"묘계가 있소. 사씨를 쥐도 새도 모르게 죽여 버리겠으니 걱정할 것 없소."

하고 그 묘안을 귓속말로 설명하자 교씨가 반색하였다.

"낭군의 그 방법이면 귀신도 모를 테니 곧 착수해 주소."

"내게 냉진이란 심복이 있는데 내 말이라면 잘 듣고 꾀가 많으니 감쪽같이 해치울 것이오. 우선 사씨가 소중히 여기는 보물을 얻어야 하겠는데 그것이 어렵군요."

교씨가 한참 생각한 끝에 자신이 있는 듯이 말하였다.

"옳지 좋은 수가 있어요. 사씨의 시비 설매가 우리 납매의 동생이니까 그 애를 달래서 사씨의 보물을 훔쳐 내게 하겠어요."

이런 음모를 한 뒤에 납매가 조용한 틈을 타서 사씨의 시비 설매를 불러서 금은과 보물을 주면서 꾀여 대었다. 이에 귀가 솔깃해서 넘어간 설매가,

"부인의 패물을 넣은 상자는 골방에 간수해 있으나 열쇠가 있어야지. 그런데 그 보물을 무엇에 쓰시려고 그러지?"

"그것은 묻지 말고 아무에게도 말하지 마라. 만일 이 일이 탄로나면 우리 둘은 살지 못할 거야."

납매는 그런 위협까지 하고 교씨의 열쇠꾸러미를 주면서 그 중에서 맞는 열쇠가 있을 테니 잘 해보라고 하며 보물 가운데서도 유한림도 늘 보고 소중

히 여기는 보물을 꺼내 오라고 부탁하였다. 설매가 열쇠꾸러미를 숨겨 가지고 가서 골방에 간수해 둔 보석상자를 열고 옥지환을 훔쳐다가 교씨에게 주면서 그 옥지환의 내력을 고하였다.

"이 옥지환은 구가(舊家)의 세전지보물이라고 한림 양주께서 가장 소중히 여기셨습니다."

교씨가 기뻐하며 설매에게 후한 상금을 주고 동청과 함께 흉계를 시행시키기로 하였다. 마침 이때에 사씨를 모시고 갔던 하인이 신성현 친가에서 와서 사급사 부인이 작고했다는 부고를 전해왔다.

"사씨 댁에 무후(無後)하시고 다음에 가까운 친척도 없어서 우리 부인께서 손수 치상(治喪)하여 장례를 지내시고 교낭자께 가사를 착실히 살피시라는 전갈이었습니다."

이 부고를 받은 교씨는 간사스럽게 시비 납매를 보내서 극진히 사부인을 위로하고 한편으로는 동청을 재촉하여 흉계를 진행시켰다.

이때 유한림이 산동 지방에 이르러서 주점에 들러서 밥을 사먹으려 할 적에 문득 어떤 청년이 들어와서 유한림에게 읍하였다. 유한림이 답례하고 본즉 그 청년의 풍채가 매우 준매하였다. 유한림이 성명을 묻자,

"소생은 남방 태생으로 성명은 냉진이라 하옵는데 선생의 고성대명(高聲大名)을 듣고자 하옵니다."

그러나 유한림은 민정시찰로 암행중이므로 바른대로 밝히지 않고 다른 성명으로 대답하고 민간의 곤궁한 실정을 물었다.

그러자 그 청년의 대답이 영리하고 선명하였으므로 유한림이 감탄하고 계속 물었다.

"그대는 지금 어디로 가는 길인가? 그대가 비록 남방 사람이라 하나 서울 말을 하는군."

"저는 외로운 몸으로서 구름같이 동서로 표박하며 정처가 없는 사람입니

다. 서울에도 수년간 있다가 올 봄에 이곳 신성현에 와서 반 년을 지내고 고향으로 돌아가는 길인데 다행히 함께 수일 동안 동행하게 됨은 좋은 인연이 될까 합니다."

"그런가? 나도 외로운 길에서 마음이 울적한 참이니 자네를 만나서 다행일세."

하고 주식을 권하니 서로 먹고 동행하게 되었다. 그들은 낮에는 길을 가고 해가 지면 주막에서 자고 닭이 울어서 밤이 새면 또 떠나가고 하였다. 유한림이 밤에 잘 때에 보니 그 청년의 속 옷고름에 본 적이 있는 듯한 옥지환이 매여 있었다.

유한림이 이상히 여기고 자세히 본즉 아무래도 눈에 익은 옥지환이라 의심하지 않을 수 없었다.

"내가 일찍이 서연 사람에게 배워서 옥류를 좀 분별할 줄 아는데 자네가 가진 그 옥지환이 예사 옥이 아닌 듯하니 좀 구경시켜 주게."

청년이 옥지환 보인 것을 뉘우치는 듯이 머뭇거리다가 마지 못하는 듯이 옷고름을 끌러서 한림에게 내주었다. 유한림이 손에 받아들고 자세히 보니 옥의 색깔과 형태와 새긴 제도가 자기 부인 사씨의 옥지환과 똑같았다. 의심하면서 더욱 자세히 살펴보니 더 이상하게 푸른 털실로 동심결이 맺어 있지 않은가.

더욱 의심이 깊어졌으므로 청년에게,

"참 좋은 보배로군. 그대는 그것을 어디서 구하였나?"

청년이 거짓으로 슬픈 모양을 꾸미고 묵묵히 옥지환을 받아서 도로 옷고름에 매었다. 유한림은 그 옥지환의 출처가 궁금해서 다시 물었다.

"그 옥지환에 반드시 무슨 인연이 있을 텐데 나한테 말한들 무슨 거리낌이 있겠는가?"

청년이 오래 있다가 입을 열고,

"북방에 있을 때 마침 아는 사람에게 얻었는데 형이 왜 그리 캐어묻습니까?"

하고 그 출처를 알리려고 하지 않았다. 유한림은 어떤 도적이 자기 부인의 옥지환을 훔쳤던 것을 이 사람이 우연히 산 것이 아닐까 하고 그 내막을 알아내려고 기회를 보았다. 그럭저럭 여러 날 동행하는 사이에 두 사람은 자연 친근한 길동무가 되었으므로 유한림은 또 물었다.

"자네가 그 옥지환에 동심결을 맺은 이유를 좀체로 말하지 않으니 어찌 그동안 길동무로 친해진 우정이라고 하겠는가?"

그러자 냉진이라는 청년이 마지못한 듯이,

"그동안 형과 정의가 깊어졌으므로 숨길 필요도 없지만 정든 사람의 정표로만 알고 나를 비웃지 말아 주십시오."

"그처럼 정든 사람이 있으면 왜 같이 살지 않고 남방으로 가는가?"

"호사다마하고 조물주가 시기하여 좋은 인연이 두 번 오지 않는 것을 어찌 겠습니까. 옛날 말에 규문에 한번 들어가는 것이 깊은 바다에 들어감과 같다 하더니 이것이 내가 사랑하는 소저와의 정사(情事)이매 어찌 안타깝지 않겠습니까?"

냉진은 짐짓 자기 사랑의 고민을 고백하는 듯이 슬픈 기색을 하며 탄식하여 보였다.

"그러나 자네 염복(艶福)이 부러워."

하며 두 길동무는 종일토록 통음하고 다음날 오후 각각 길을 나누어 이별하였다. 유한림은 그 냉진이라는 청년과 우연히 길동무가 됐으나 수일 동안 동행한 자의 근본을 알지 못하였다.

더구나 자기 부인 사씨의 옥지환의 행방이 어찌되었는지 궁금하였으나 멀리 떨어진 산동 지방을 암행중이라 알아볼 도리가 없었다.

'세상에는 이상한 일도 측은한 일도 많구나. 혹은 집안의 종들이 그 옥지환을 훔쳐 내다가 팔아 버린 것일까? 그러나 그 청년이 사랑하는 의중지인의 정표라던 넋두리는 무슨 관계의 뜻일까?'

유한림의 의심과 걱정은 천 갈래 만 갈래로 심란스럽기만 하였다. 그런 근심을 하면서 반 년 만에야 국사를 마치고 서울로 돌아오니 사부인이 친정에서 돌아와 있은 지도 오래였다.

유한림은 비로소 장모의 별세를 알고 부인과 함께 슬퍼하며 조상하고, 교씨와 두 아들 장지와 인아를 만나서 그립던 회포를 풀었다. 그리고 객지에서 냉진이라는 청년이 가지고 있던 옥지환이 궁금해서 사씨 부인에게 물었다.

"당신은 전에 부친께서 내려주신 옥지환을 어디 간수해 두었소?"

"그대로 패물 상자에 넣어 두었는데 그건 왜 갑자기 물으세요?"

"좀 이상한 일이 있었기로 궁금해서 보고자 하오."

사씨 부인이 이상히 여기고 시비에게 금상자를 가져오라고 명하였다. 상자를 갖다가 열고 본즉 다른 패물은 전부 그대로 있었으나 그 옥지환 한 개만 보이지 않았다. 사씨 부인이 깜짝 놀라서,

"분명히 이 상자 속에 넣어 두었는데 이게 웬일일까요!"

하고 어쩔 줄을 몰라하였다. 한림의 안색이 급변하고 말을 하지 않으므로 더욱 당황해서 물었다.

"그 옥지환의 행방을 한림께서 아십니까?"

유한림이 얼굴을 붉히고,

"자기가 남에게 주고서 나한테 묻는 건 무슨 심사요?"

사씨 부인은 이 같은 남편의 뜻밖의 말을 듣고 부끄럽고 두려운 마음이 착잡하여 아무 말도 하지 못하고 있었다. 이때 시비가 두부인께서 오셨다고 고하였다. 유한림이 황망히 나가서 고모를 맞아들여서 인사를 나눈 뒤에 두부인이 먼 길의 무사왕복을 위로하였다. 이윽고 유한림은 두부인을 향하여,

"제가 출타중 집안에 대변이 생겨서 곧 고모님께 상의하러 가려던 참에 잘 오셨습니다."

"아니, 집안에 무슨 대변이 생겼기에?"

유한림이 흥분을 진정하면서 냉진이라는 청년을 만나서 옥지환을 보고 또 그에게 들은 말이 이상해서 집에 와서 옥지환을 찾아보았으나 과연 없으니 이 가문의 큰 불행을 장차 어찌 처치할까 하고 상의하였다. 사씨 부인이 유한림의 그 말을 듣고 혼비백산하여 눈물을 흘리고 있다가, "첩의 평일의 행색이 성실치 못하였기 때문에 주인이 의심하고 지금 이런 누명을 쓰게 되었으니 무슨 면목으로 사람을 대하겠습니까? 첩의 입으로는 변명하지도 않고 할 수도 없으니 죽이든지 살리든지 한림의 뜻대로 하십시오. 옛말에 이르기를 어진 군자는 참언을 신청(信聽)하지 말고 참소하는 자를 엄중히 다스리라 하였으니 한림은 살피셔서 억울함이 없게 하십시오."

　　두부인이 변색을 하고 유한림을 꾸짖었다.

　　"너의 총명이 선친과 비교하여 어떠냐?"

　　"소질이 어찌 선친께 따를 수 있습니까?"

　　유한림이 황송해 하면서 대답하였다.

　　"사형(오빠)께서는 지인지감(知人之鑑)이 있고 또 천하의 일을 모를 것이 없이 지내셨는데 매양 사씨를 칭찬하되 우리 자부는 천하에 기특한 절대열부로서 옛날의 열부에 못하지 않다 하셨다.

　　또 네 일을 나에게 부탁하시기를 아직 연소하니 모든 것을 가르쳐서 그릇되지 않도록 하라고 하셨다. 또 자부에 대하여는 모든 일에 별로 경계할 바가 없다고 하셨으니, 이것은 선친의 총명이 사씨의 범행숙덕을 잘 아시고 한 말씀이었으니, 그 교자지도(敎子之道)가 어찌 범연하셨겠느냐. 그렇지 않을지라도 선친의 유탁을 생각함이 인자의 도리어늘 하물며 선친의 식감과 사씨의 열행에 이 같은 누명을 씌워서 옥 같은 처자를 의심하느냐? 이것은 필경 집안에 악인이 있어서 사씨를 모해함이 아니면, 시비들 가운데 간음한 자가 있어서 옥지환을 도적질해 낸 것이 분명하다. 그것을 엄중히 밝혀내지 않고 왜 그런 어리석은 의심을 하느냐?"

"고모님 말씀이 지당합니다."

하고 유한림은 곧 형장지구를 갖추고 시비들을 엄중하게 문초하였다. 애매한 시비는 죽어도 모를 수밖에 없었고 장본인인 설매는 바른대로 고백하면 죽을 것이 분명하므로 끝까지 고문을 참고 자백하지 않았으므로 마침내 시비들 가운데서 범인을 색출하지는 못하였으므로 두부인도 할 수 없이 집으로 돌아갔다.

그러나 사씨는 누명을 깨끗이 씻어 버리지 못하였으므로 하당하여 죄인으로 자처했고, 유한림은 유한림대로 참언을 하도 많이 들었으므로 역시 사씨에 대한 의심을 풀지 않았으므로 집안에서 기뻐하는 자는 교씨뿐이었다.

"선친께서 항상 말씀을 빛내어서 사씨를 옛날의 열부에 비교하고 다른 사람들은 안하로 보니 첩인들 어찌 좋지 않은 일을 해서 남의 치소 능욕을 받겠습니까. 첩의 소견으로도 두부인 말씀이 옳을까 합니다. 그러나 두부인 말씀도 역시 공평하지 못하셔서 사씨만 너무 칭찬하시고 한림을 너무 공박하시니 자못 체면이 없어서 민망스럽습니다. 옛날의 성인도 오히려 속은 일이 많사오니, 선친이 비록 고명하시나 사씨가 들어 온 후에 오래지 않아서 기세하셨으니 어찌 사씨의 심지를 예탁하심이며 임종시의 유언은 한림을 경계하심에 지나지 않았던 것입니다. 그런데도 불구하고 두부인이 그 말씀을 빙자하여 모든 일을 사씨에게 상의하여 처리하라 강요하시니 어찌 편벽되지 않습니까?"

"사씨의 행색에 별로 구차한 점이 없어서 나도 이런 일은 없을 줄 알았더니 지금은 아무래도 의심하지 않을 수 없는 점이 있다.

요전에는 방예물의 저주 필적이 사씨 필적 같아서 그때는 집안의 누구의 참언인가 하고 불살라 버리게 하였지만 옥지환이 없어진 일 같은 중대한 사건을 본 뒤로는 금후에 어떤 지경에 이를지 매우 불안하다."

하고 유한림이 사씨에 대한 현재의 심경을 말하자 교씨가 이때라고 다그쳐 물었다.

"그러면 사부인을 어떻게 처리하실 생각입니까?"

"그러나 지금 명백한 증참이 없으니 이대로는 다스릴 수 없고 또 선친께서 사랑하셨고, 또 초토(焦土)를 함께 지내었고, 숙모께서 그토록 두둔하시니 어찌 처치하겠는가."

유한림의 이런 신중한 태도에 교씨는 불만인 안색으로 묵묵히 대답하지 않았다.

교씨가 또 잉태하여 십 삭이 차서 남아를 낳았으므로 한림이 기뻐하고 이름을 봉추(鳳雛)라 하고, 교씨 소생 형제를 사랑함이 장중보옥 같았다.

교씨는 한림이 없을 때를 타서 동청과 함께 흉계를 꾸미고 있더니,

"요전에 행한 계교가 실로 묘하였소. 옛말에도 풀을 뿌리째 뽑아 없애야 한다고 했으니 앞으로 어찌할까요? 더구나 두부인과 사씨가 옥지환 없어진 근맥을 잡아내어서 그 내막이 누설되면 어떡할까요?"

교씨가 전후사를 근심하자 동청이 교씨를 위로하면서 교사하였다.

"두씨가 옥지환 사건을 극력 추궁하고 있으니 숙질간을 참소하여 이간시키시오."

"나도 그런 생각이 있어서 두부인과 한림 사이를 이간시키고자 하지만 한림이 두부인 섬기기를 모친 못지 않게 하여 모든 집안 일을 두부인 뜻에 순종하니 그 계략은 어려울 것 같아요."

"그러면 묘책이 곧 생각나지 않으니 두고두고 상의합시다."

하고 사씨 음해를 끈덕지게 벼르고 있었다.

이때 두부인은 사씨의 누명을 벗겨주려고 사람을 시켜서 옥지환이 없어진 단서를 잡지 못하고 심중으로 생각하기를,

'아무래도 교녀의 간계 같은데 단서를 잡지 못하였으니 그런 발설을 할 수도 없고 이 일을 장차 어찌할까.'

하고 속을 썩이고 있었다. 그래서 유한림 집에 오래 머무르기도 거북해

하다가 아들 두억(杜億)이 장사부 총관으로 부임하므로 그 아들을 따라 장사로 가게 되었다. 자기는 아들을 따라서 장사로 떠나는 것이 좋으나 사씨의 고생을 생각하면 마음이 놓이지 않았다. 마침내 장사로 떠나는 날 유한림이 두부인 모자를 청하여 큰 환송잔치를 배설하였는데 그 좌상에 사부인이 보이지 않았다. 두부인이 자못 울적하여 유한림에게 원망스러운 말을 하였다.

"오라버님이 세상을 떠나신 후로 현질 한림과 서로 의지하여 지냈는데 이제 갑자기 만리의 이별을 하게 되었으므로 꼭 현질에게 한마디 부탁코자 하는데 내 말을 꼭 지키겠느냐?"

"소질이 비록 신의가 없을지라도 고모님 말씀을 어찌 거역하겠습니까? 무슨 말씀인지 들려주십시오."

"다른 일이 아니라 사씨의 앞일을 부탁하련다. 사씨의 성행이 근엄하여 억울한 마음도 소견대로 변명하지 않으니 더욱 측은하다. 그 정렬한 점으로 보아서 무죄한 것이 틀림없으니 멀지 않아서 억울한 사실이 나타나려니와 만일 내가 이 집에서 없어진 후에 또 무슨 해괴한 일로 참언이 있더라도 곧이 듣지 말며 혹 무슨 불미한 일이 있더라도 나에게 먼저 편지로 상의하고 내 의견이 있을 때까지 과하게 처치하지 말아서 나중에 경솔했다고 뉘우치는 일이 없게 하라."

"고모님의 말씀을 명심하고 교의를 근수하겠사옵니다."

유한림이 맹세하듯이 대답하자 두부인은 시녀를 불러서 물었다.

"사부인께서 어디 가시고 이 자리에 안 보이시느냐? 이 자리에 오시기를 꺼려하시거든 나를 그리로 인도하라."

시비가 두부인을 모시고 사씨 사는 곳으로 갔다. 가서 본즉 사씨가 녹발(綠髮)을 흐트린 채 얼굴이 창백하고 전신이 연약해져서 입은 옷 무게조차 이기지 못하는 듯이 애처로웠다.

이를 본 두부인의 마음이 칼로 저미듯이 아팠다. 수심에 잠겨 있던 사씨 부인이 고모님을 보고 반가워하며 축하 인사를 올리었다.

"이번에 고모님 댁이 영귀하셔서 임지로 행차하시매, 죄첩이 존하에 나아가서 마땅히 하직올려야 하오련만, 몸이 만고의 누명을 쓰고 있기 때문에 나아가 뵈옵지 못하와 제 목숨이 있는 동안에 다시는 뵙지 못하게 되면 무궁한 한이 되겠더니 천만 뜻밖에 누처에 왕림하여 주셔서 감사하옵니다."

두부인이 눈물을 흘리면서 위로하였다.

"오라버님의 임종시의 유언에 유한림을 나에게 부탁하시던 말씀이 아직도 귀에 쟁쟁하되 내가 조카를 잘 인도하지 못한 탓으로 사랑을 이 지경에 이르게 하였으니 모두 내 허물이다.

그리고 타일에 어찌 지하로 들어가서 오라버님 영혼을 뵙겠느냐.

모두 내 불명이지만 질부 너무 근심하지 말고 필경은 사필귀정으로 길운을 만나서 흑운을 벗어날 날이 올 것이다.

그러면 간사한 무리가 능히 모해하지 못하고 조카 한림이 자기의 불명을 뉘우치고 질부 누명을 씻어 줄 것이다. 예로부터 영웅열사와 절부열녀가 시운을 만나지 못하면 한때 곤욕을 당하는 법이니 널리 생각하고 심신을 상함이 없도록 하라. 이 유씨 가문이 본디 충문지가로서 간악한 소인에게는 원한을 사서 해를 많이 당하였으나 가중은 한결같이 맑더니 선대가 별세하신 후로 이렇듯 괴이한 변고가 있으니 이것은 집안의 요사한 시첩이 조카의 총명을 흐리게 한 까닭이다. 요사이 조카의 거동을 보니 그전의 총명과 맑은 기운이 하나도 없고, 나하고도 집안 일을 의논하는 일이 적어서 숙질간의 의도 감소되어 버렸다. 내가 동정을 살펴보니 한림에게도 귀신에 홀린 것 같아서 빨리 그 매혹에서 벗어나기를 바라지만, 그것도 시기가 와야 미몽을 깨우칠 것 같다. 질부도 천정(天定)의 운수로 여기고 과도하게 심사를 상하지 말라."

되풀이하여 신신당부한 두부인은 시비를 시켜서 유한림을 그 방으로 불러오게 하였다. 두부인은 유한림을 맞아서 정색으로 슬퍼하면서 엄숙히 훈계하였다.

"요새 네 행사를 보니 아무래도 본심을 잃은 사람 같으니 매우 뜻밖의 일로써 슬프기 짝이 없다. 네 선친이 별세하실 때에 집안의 대소사를 나에게 부탁하신 말씀이 아직도 귓전에 새로운데 내가 용렬하여 질부 사씨의 빙옥 같은 행실까지 시운이 불리한 탓인지 누명을 쓰고 고통하고 있는 정사를 보고도 내가 멀리 떠나게 되니 마음을 놓고 갈 수가 없다. 내가 지금 질부 있는 이 자리에서 한 말을 꼭 부탁하겠다. 금후에 집안에서 질부를 음해하거나 혹 무슨 흉사를 보게 되는 경우라도 결코 사씨를 의심하고 냉대하지 말고 내가 돌아옴을 기다려서 처리하라. 질부는 절부정녀니까 결코 그른 생각이나 그른 행동은 하지 않을 것으로 믿는다. 질부의 신세가 위태로운 정상을 보니 내 발길이 돌려지지 않는다. 그러니 조카 한림은 부디 조심하고 간사한 말을 듣지 말아라."

유한림은 이마를 찌푸리고 엎드려서 묵묵히 고모의 말을 듣고만 있었다. 두부인은 깊은 한숨을 쉬고 재삼 사씨의 일을 당부하고 돌아갔다. 사씨 부인은 가장 믿어 오던 보호자가 떠나감을 멀리 바라보며 슬프게 울었다.

교씨는 원수같이 여기다가 이제 멀리 장사로 감을 내심으로 기뻐하고 십랑을 불러 놓고,

"지금까지 원수 같던 두부인이 이제 아들을 따라 멀리 가게 되었으니 이때에 빨리 계획대로 해치우는 것이 좋겠네."

십랑이 찬성하고 계획을 진행하기로 하고 납매를 불러서 이리저리하라고 일렀다. 그 말을 들은 납매는 설매를 불러서 계교를 일러주었다.

"매우 중대한 일이니 먼저 교낭자께 알리고 하는 것이 좋을 것 아니요?"

하고 설매는 교씨의 확실한 다짐을 받으려는 생각에서 말하자 납매도 찬성하고 교씨와 함께 만나서,

"지금 사씨 부인을 이 댁에서 내쫓으려면 아씨 아드님 장기 아기의 목숨을 끊어야 한림께서도 격분하시고 계교를 행할 수 있을까 합니다."

교씨도 자기 아들의 목숨을 희생으로 삼아야 되겠다는 말에는 깜짝 놀랐다.

"미운 사씨를 위한 일이라면 무슨 일을 하여도 좋지만 어찌 귀여운 내 아들의 목숨을 재물로 바치겠느냐? 그리고 어찌 내가 살 수 있겠느냐?"

이에 악에 바쳐서 묵묵히 말을 못하고 있었다.

이때에 유한림은 두부인이 멀리 떠난 후 더욱 기댈 곳이 없어서 주야로 백자당에서 교씨와 즐겁게 지내던 중 아들 장지의 병이 낫지 않는 것을 근심하면서 납매와 설매에게 약시중을 시키고 있었다. 그런데 설매가 역시 사씨부인의 시비인 춘방을 시켜서 약을 달이게 한 뒤에 장지에게 먹일 때 몰래 독약을 섞어서 먹였다.

이 얼마나 끔찍하랴. 교씨는 남을 잡으려고 제 자식을 죽이기까지 하였으니 어찌 천도가 무심하며 만고의 독부가 아니겠는가. 천진한 어린아이 장지가 약을 먹자마자 전신이 푸르게 부어오르고 일곱 구멍에서 일시에 피를 흘려 내면서 한마디 큰소리를 지르고 죽어 버렸다. 교씨와 유한림이 대경실색하고 장지의 시체를 살펴보니 독약을 먹고 죽은 것 같으므로 유한림이 의심하고 약 그릇을 자져와 남은 약을 개에게 먹여 본즉 약을 먹은 개가 즉사하였다. 이것을 본 유한림의 얼굴이 흙빛으로 변하는 것을 본 교씨가 대성통곡하면서,

"내 평생에 남의 원한을 살 만한 일은 한 적이 없는데 어떤 간악한 자가 우리 모자를 죽이려고 이런 악독한 짓을 했을까?"

하고 죽은 자식을 붙잡고 장지의 이름을 부르고 울다가 유한림에게 향하여,

"한림이 내 원수를 갚아주지 않으시면 나도 죽어 버리고야 말겠나이다."

유한림은 교씨를 위로하고 좌우의 시녀를 족쳐서 장지에게 먹인 독약의 출처를 추궁하려고 하였다. 사씨 부인은 시비 춘방이 설매의 꼬임으로 약을 달였는데 약을 쓴 뒤에 장지가 급사한 것을 보고 깜짝 놀라서 겁을 집어먹고 탄식하였다.

"장지의 어린 목숨이 불쌍하다. 죄 없는 자식이 어미를 잘못 만나서 참혹한 죽음을 하였구나. 공교롭게 내가 달인 약을 먹고 죽었다는 그 의심을 받은 내 신세가 앞으로 무슨 화를 입을지 모르겠다."

유한림이 서헌에 나와서 여러 비복들을 호령하고 당장에 납매와 설매를 잡아내다가 엄형으로 독약의 출처를 추궁하여 살이 터지고 피가 흘렀으나 좀처럼 자백하는 자는 나오지 않았다. 설매는 교씨의 심복이라 이를 갈고 불복하였으므로 유한림은 하는 수 없이 시비들을 모두 감금하고 자백하는 자가 나오기를 기다리려고 하였다.

시비들이 그 흉한 사고를 사씨 부인에게 알리고 통곡하였으므로 사씨 부인도 경악하면서 올 것이 마침내 왔다고 생각하였다.

"내가 이런 일이 있을 줄 예측한 지가 오래매 새삼스럽게 놀랄 것도 없다. 피하지 못할 운수일지도 모른다."

하고 안색이 조금도 변하지 않았다. 이튿날에는 유씨 종중이 모두 모여서 가문의 괴변을 처리하려고 의논하였다. 이 자리에서 유한림이 사씨의 전후의 죄상과 모든 의심쩍은 말을 하였다.

그러나 모든 사람은 전부터 사씨의 현숙함을 알고 있었으며 사씨 또한 모든 친척을 후대하여 왔으므로 깜짝 놀라며 의심하지 않을 수 없었다. 그러나 유한림은 반드시 증거를 잡아 내겠으니 비밀을 아는 사람은 가문을 위하여 서슴지 말고 증거인으로 나와 달라고 요구하였다. 그러나 남의 집안의 비밀 일을 어떻게 알겠느냐고 펄쩍 뛰며 이구동성으로,

"이 일은 한림 스스로 잘 살펴서 처치할 일이지 우리가 어찌 판단하겠소. 우리 소견은 한림이 공명정대하게 처치하기를 바랄 뿐이오."

하고 은근히 사씨의 무죄를 암시하는 동시에 그런 불상사의 분규에는 휩쓸려 들기를 꺼려하였다. 유한림은 향촉을 갖추어서 사당 앞에 올리고 친척들과 함께 분향 예배하고 사씨의 죄상을 고하였다. 그 조상에 고발하는 글월에,

'유세차 가정 삼십 년 모월 모일에 효증조 한림학사 유연수는 삼가 글월을 현증고조(顯曾祖考) 문현각 태학사 문충공부군(文忠公府君), 현증조비 부인 호씨, 현조고 태상경 이부상서부군(吏部尙書府君) 현조비 부인 정씨, 현고 태사공 예부상서부군(禮部尙書府君), 현비 최씨 영전에 아뢰옵나니 부부는 오륜이요 만복지원이매 나라를 비롯하여 서인에 이르기까지 어찌 삼가지 아니하리오. 슬프도다, 저 사씨 처음으로 유씨 문중에 들어오매, 가내에 예성이 자못 자자하고 예도에 어김이 없으므로 천행이었습니다. 그러나 범사에 처음 만 있고 내내 여일치 못하여 혹 불미한 일이 있어도 대체를 생각하고 책하지 않았더니 그 후로 사씨의 행색이 점점 방자하여졌습니다. 선고(先考)의 삼년 상을 함께 모신 후에 출사하여 집에 있지 못하는 사이에 더욱 음흉하였고 모병(母病)을 빙자하고 본가에 가서 누행이 탄로되었으나 혹 억울한 중상을 입은 것이 아닌가도 생각하고 자취를 집안에 머무르게 하였던 것입니다. 그 런데도 스스로 후회하지 않고 그 죄가 칠거에 더하니 조종심령이 흠향치 않 으실 바이므로 후사멸절할까 두려워서 부득이 출거시키고자 하옵니다. 소첩 교씨는 비록 육례는 갖추지 못하였으나 실로 명가의 자손이요, 고서를 박람하 여 가히 조종의 제사를 받듦직하온지라 교씨를 봉하여 정실로 삼나이다.'

유한림은 조상 영전에 고하는 이 글월을 다 읽은 뒤에 시비들을 시켜서 사씨를 데려다가 사당 앞에 사배 하직케 하매 사씨의 눈물이 비오듯 하였다. 친척들은 대문 밖에서 쫓겨나가는 사씨와 이별하고 모두 동정의 눈물을 흘렸 다. 유모가 사씨 소생 인아를 안고 나오자 사씨 부인이 받아서 안고 차마 이별하지 못하였다.

"너는 내 생각을 말고 잘 있거라. 혹 우리가 다시 만날 날이 있을지도 모른 다. 새도 깃을 잃으면 몸을 부전하기 어렵다 하니 나 간 뒤에 넌들 어찌 완명 할 수 있으랴. 서로가 죽더라도 하생에서 미진한 인연을 후생에 다시 만나서 모자의 연분이 되기를 원한다."

사씨의 슬픈 회포가 피눈물로 화하여 흘렀다. 문전에서 발이 떠나지 않는 사씨 부인은 다시 자기 모자의 슬픈 신세를 하소연하였다.

"네 조부님께서 세상을 떠나실 때에 모시고 따라가지 못하고 살아 있다가 지금 이런 광경을 당하니 어찌 슬프지 않으랴."

하고 사랑스런 아들 인아를 다시 유모에게 돌려주고 죽으러 가는 죄인처럼 가마에 오른 뒤에도 유모에게 안긴 천진난만한 인아의 조그만 손을 잡고 어루만지다가 마지막으로 어린 손을 놓고 이내 가마가 떠나자 어린 인아가 엄마를 따라가려고 애처롭게 울어댔다. 사부인은 우는 목소리로 유모에게 인아의 장래를 수없이 당부하고 하인 하나만 데리고 떠나버렸다.

이때 유한림 집안에서는 교씨의 흉계가 성공되었으므로 교씨의 시비들이 저희들 세상이 되었다고 기뻐하였다. 그 시비들은 교씨를 사당 앞으로 인도하고 분향 예배시키기를 서둘렀다.

주홍군의 패옥 소리가 맑게 울리고 황홀히 빛나서 마치 신선과 같이 아리따운 자태였다. 사당 예배를 마치고 정실 부인으로서 많은 비복들의 하례를 받았는데 교씨는 비복들에게 향하여 훈시하였다.

"내가 오늘부터 새로 이 댁의 내사를 다스릴 터이니 너희들은 각각 맡은 일에 근면하고 죄를 범하지 말아 주도록 명심하라."

이에 응하여 시비 중의 팔구 명이 앞으로 나와서 교씨에게 아뢰었다.

"그전의 사씨 부인이 비록 출거하셨으나 여러 해 섬기는 동안에 은혜를 많이 받았습니다. 다행히 부인께서 허락하시면 문 밖까지 나가서 전 부인께 이별 인사를 드리고 전송하고자 하옵니다."

"그것은 너희들의 인정상 원하는 것이니 내가 어찌 막겠느냐?"

교씨의 허락이 내리자 모든 시비들이 일시에 문 밖으로 달려나가서 이미 저만큼 떠나가는 가마를 따라가서 통곡하였다.

사씨가 교자를 멈추고 타일렀다.

"너희들이 나를 생각하고 이렇게 나와서 나를 보내 주니 고맙다. 앞으로는 새로운 부인을 잘 섬기며 나를 잊지 말아다오."

이 말에 여러 시비가 울면서 배별을 슬퍼하여 마지 않았다.

유한림의 집에서 쫓겨난 사씨는 가마꾼에게 신성현으로 가지 말고 유씨의 묘소로 가라고 분부하였다. 교자가 묘소에 이르자 사씨는 시부모 묘전에 수간초옥을 짓고 거기서 홀로 살았다. 그 뒤로 한적한 산중에서 화조월석에 친부모와 시부모를 사모하는 효성이 지극하였다.

이런 소식을 들은 사씨의 남동생이 찾아와서 눈물을 흘리면서 탄식하였다.

"여자가 남편에게 용납되지 못하면 마땅히 친정으로 돌아와서 형제와 함께 지낼 것이지 누님은 왜 이런 무인 산중에 홀로 고생을 하고 계십니까?"

"네 말은 고맙다. 내가 어찌 동기지정과 모친 영혼을 모르겠느냐. 그러나 한번 친정으로 돌아가면 유씨 집안과는 아주 인연이 끊어지고 말 것이요, 또 한림이 비록 갑자기 나를 버렸으나 내가 돌아가신 시부님께 죄진 일이 없으니 시부님 산소 밑에 여년을 마치는 것이 나의 마지막 소원이다. 그러니 내 걱정을 말아라."

사씨의 아우는 자기 누님의 고집을 알고 집으로 돌아가 노복 한 사람과 시비 두 사람을 보내서 사씨 신변을 보살피게 하였다.

사씨는 아우의 정의에 고마운 눈물을 흘리면서,

"우리 친가에 본디 노복이 적은데 어찌 여러 비복을 내가 거느리겠는가?"

하고 노복 한 사람만 두어서 외부와의 연락하는 데 쓰고 시비들은 도로 친정으로 보내었다. 이 묘지가 있는 근처에는 유씨 종중과 노복들이 많이 살고 있었으므로 사씨가 시부 묘하에 묘막을 짓고 살게 된 사실에 동정과 감격을 하고 모두 위로하여 쌀과 야채를 끊임없이 공급하여 주었다. 그러나 사씨는 그런 친척과 노복들의 신세만 지는 것이 송구하여서 되도록 사양하고 바느질과 길쌈을 하여 근근이 연명하며 외로운 세월을 보내고 있었다.

이때 사씨를 태우고 갔던 가마꾼들이 유한림 댁으로 돌아와서 사씨가 유한림의 부친 묘소 밑으로 가서 거처를 삼으련다는 소식을 전하였다. 교씨는 그 소식을 듣고 사씨가 신성현의 제 친정으로 가지 않고 유씨 묘소로 간 것은 유씨 가문에서 축출한 명령을 거역하는 방자스러운 소행이라고 분하게 생각하고 유한림에게 그 부당함을 주장하였다.

"사씨는 누명으로 조상께 죄진 몸인데 어찌 감히 유씨 묘하에 있을 수 있습니까? 빨리 거기서 쫓아 버려야 합니다."

유한림이 침울한 마음으로 더 염두에 두지 않으려고,

"이미 우리 집에서 쫓아 버렸으니 제가 어디 가서 살든 죽든 상관할 것 없지 않소. 하물며 산소 부근에는 다른 사람들도 많이 사는데 그만 금할 수도 없으니 모른 척하고 잊어버립시다."

교씨는 더 주장은 못하였으나 속으로 못마땅하게 여겼다.

그러다 하루는 동청에게 의논하자 동청이 후환을 염려하고,

"사씨가 제 친정으로 가지 않고 유씨 묘하에 머물러 있는 것은 큰 뜻을 품고 행동으로 앞으로 옥지환 행방 등 우리 계교를 발명하고 복수하려는 저의가 분명하고 제가 유가의 자부로 자처하면서 후일을 도모하려는 것이 아니겠소. 더구나 그 근처에 있는 유씨 종중의 인심을 사려는 간교가 또한 분명하오. 그뿐 아니라 한림이 춘추로 성묘를 다니시다가 그 처량한 모양을 보시면 철석간장이라도 옛날 정의를 생각하고 마음이 다시 어떻게 동요할지 모르니 마음이 놓이지 않습니다."

"그러면 곧 사람을 보내서 암살해 버릴까?"

교씨가 성급하게 최악의 수단을 말하였다.

"그것은 도리어 평지풍파를 일으킬 염려가 있으니 안 됩니다.

지금 갑자기 죽이면 역시 가엾게 여기는 마음이 남아 있는 한림이 우선 의심합니다. 나한테 한 가지 계획이 있는데 그것은 냉진이 아직 가속이 없고

그전부터 사씨를 흠모해 왔으니 그에게 사씨를 속여서 꾀어다가 첩을 삼게 하면 나중에 한림이 듣더라도 변절해 버린 여자라 여기고 아주 잊어버릴 것입니다."

"호호호 그렇게만 되면 냉진에게도 좋은 일이지만 잘 될 수 있을까?"

"냉진의 수단으로는 되고말고요. 사씨가 유씨 묘하에 뿌리를 박고 있으려는 계획은 아까 말한 것 외에도 장차 두부인이 오는 것을 기다려서 그 힘을 빌려서 한림과 인연을 다시 맺으려는 계획입니다. 사씨가 두부인을 하늘같이 믿고 있으니 이제 두부인의 편지를 위조하여 장사로 인부를 차려 오라면 반드시 그대로 할 것이니, 도중에서 냉진이 데려다가 겁탈하여 첩으로 삼으면 사씨가 아무리 절개를 지키려 하더라도 연약한 몸으로는 욕을 당하고 단념하게 될 것이니 이것이 소위 독 속에 든 쥐라, 별수 없을 것입니다."

교씨는 간부(間夫) 동청의 계략을 듣고 여간 반가워하지 않았다.

"당신의 계교는 정말로 신출귀몰하니 와룡선생의 후신인가 보구려."

동청은 몰래 냉진을 불러서 그 계교를 일러주었다. 냉진은 총각인데다가 사씨의 높은 평판을 알고 있었으므로 기뻐하면서 두부인의 필적을 청하였다. 동청이 염려 말라 한 뒤에 교씨에게 그것을 구하게 해서 냉진에게 주었다. 냉진은 그 두부인의 필법을 모방한 똑같은 글씨로 사씨에게 서울로 오라는 사연을 썼다. 즉 유한림의 무상한 태도를 탄식하고, 당분간 서울로 와서 함께 지내다가 사가(謝家)로 복귀할 시기를 기다리라는 편지를 보냈다. 그리고 교자와 인마를 차려서 보내니 곧 타고 오라는 재촉이었다. 냉진은 이러한 두부인의 편지를 교묘하게 위조한 뒤에 교자와 말을 세내고 가마꾼 등의 인부 십여 명을 매수하여 보내면서 사씨에게 장사에서 온 것같이 잘 행동하라고 교사하였다.

냉진은 사씨를 유괴할 인부들을 보낸 뒤에 집으로 돌아가서 화촉을 갖추고 사씨가 유괴되어 오기를 기다렸다.

하루는 사부인이 창가에서 베를 짜고 있을 때 문 밖에서 부르는 소리가 문득 들렸다.

"문안드립니다. 이 댁이 유한림 부인 사소저 계신 댁입니까?"

노복이 나가서 그렇다 하고 어디서 무슨 일로 왔느냐고 물었다.

"서울 두총관 댁에서 왔소."

"두총관이 마님을 모시고 임지로 가셨고 그 후로 그 댁이 비었는데 누구의 명으로 왔소?"

"아직 두총관 댁 소식을 모르는군. 우리 주인께서 장사총관으로 계시다가 나라에서 한림으로 제수하시고 조정의 내관으로 부르셨으므로 마님께서 먼저 상경하시고 사씨 부인께서 여기서 고생하신다는 소식을 들으시고 놀라서 우리를 보내어 문후하라고 편지를 가지고 왔소."

하고 찾아온 전갈꾼이 사씨 부인의 노복에게 편지를 전하였다.

노복이 안으로 들어가서 그대로 사씨 부인에게 알렸다. 사씨 부인이 그 편지를 받아서 봉을 떼어 본즉 그 사연은 이별한 후로 염려하던 말로 위로하고 아들의 벼슬이 승진하여 곧 임지를 떠나서 상경하리라는 것과 그에 앞서서 자기가 먼저 상경하여 있다는 사연이었다. 그리고 또 유한림의 오해로 쫓겨나서 산중 산소 밑에서 고생하다가 강포한 무리의 침노를 당할까 두려우니 당분간 자기 집으로 와서 있으면 모든 것이 좋지 않을까 생각하며 만일 이런 자기 뜻에 찬성하면 곧 교자를 보낸다는 내용이었다.

이 두부인의 편지를 본 사씨 부인은 두부인이 장사에서 아들의 내관 전직으로 먼저 상경한 것을 기뻐하고 곧 두부인한테로 가겠다는 답장을 써서 전갈 온 사람에게 주어 돌려보냈다.

그리고 그날 밤에 혼자 앉아서 곰곰이 생각하되,

'이곳이 비록 산골짝이지만 선산을 바라보며 마음을 위로해왔었는데 이제 이곳도 떠나게 되니 서울 두부인 댁으로 가면 몸은 편할지라도 마음은 더욱

허전할 터이니 내 신세가 처량하다.'

그런 생각중에 홀연히 잠이 와서 조는데 비몽사몽간에 전에 부리던 시비가 와서 시아버님 유공께서 부르신다고 말하면서 자기를 청하였다. 사씨 부인이 곧 시비의 뒤를 따라서 어느 곳에 이르니 시비 수명이 나와서 맞아들였다. 사씨 부인이 시아버님의 침전에 이르러서 보니 완연히 그전 시아버님의 생시 모습이었다.

사부인이 반가워서 흐느껴 울었다. 유공이 가깝게 끌어서 슬하에 앉히고 무애하여 위로하고,

"어리석은 아이가 참언을 듣고 너 같은 현부를 내쫓아서 고생을 시키니 내 마음이 아프다. 그러나 오늘 불러가겠다는 두부인의 편지가 진짜가 아니니 속지 말라. 네가 그 글씨의 자획을 다시 자세히 보면 위조편지임을 알 것이니 결코 속지 말라. 그리고 내가 세상을 이별한 뒤로 너를 다시 보지 못하였으니 어찌 슬프지 않으랴. 눈을 들어서 나를 다시 봐라.

비록 유명의 세계가 다르나 자부가 아이와 함께 사당에 분향하고 잔을 올리더니 지금 와서는 천첩이던 간악한 교씨가 제사를 받들매 내 어찌 흠향하겠는가. 이런 해괴하고 슬픈 일이 어디 있으랴. 현부가 집을 떠난 후에 이곳에 와 있으니 나도 너의 정성을 기쁘게 여기고 의지하여 왔는데 네가 이제 멀리 떠나가면 또한 외로워서 어찌하랴."

사부인이 시부 유공에게 울면서 대답하되,

"두부인께서 부르시더라도 어찌 묘하를 떠나겠습니까?"

"정말로 두부인 옆으로 간다면 나도 말릴 생각은 없다마는 그 편지가 위조물이요 그렇다고 여기 오래 있으면 또 박해가 있을 것이다. 더구나 자부에겐 칠 년 재액의 운수이니 마땅히 남방으로 멀리 피신하는 것이 좋다. 그것도 지금 박해가 급하니 빨리 피신하라."

"외롭고 약한 여자의 몸으로 어찌 칠 년 동안이나 사고무친한 타향을 유리

하겠습니까? 앞으로 겪을 길흉을 가르쳐 주십시오."

"그 천수를 낸들 어찌 알겠느냐? 다만 내가 일러두거니와 지금으로부터 육년 후의 사월 십오일에 배를 백빈주에 매어 두었다가 급한 사람을 구해 주어라. 이 말을 명심불망하였다가 꼭 그래야만 네 운수가 대통한다."

"분부대로 하겠습니다. 그러나 이제 이곳을 떠나면 언제 또다시 뵙겠습니까?"

하고 흐느껴 울었다. 그 잠꼬대의 울음에 놀란 유모와 노복이 몸을 흔들기로 사씨 부인이 놀라서 눈을 뜨니 꿈결이었다. 사씨 부인이 그 신기한 꿈 이야기를 한즉 유모와 노복도 신기하게 여기고 소홀히 여길 꿈이 아니라고 아뢰었다. 사부인이 꿈에서 가르친 대로 두부인이 보냈다는 편지를 꺼내서 글씨의 자획을 자세히 살피면서,

"두총관이 홍(洪)자를 은위하는데 두부인 편지라면 어찌 홍자를 썼을까? 아무리 필적을 비슷하게 흉내냈어도 이것만으로도 위조가 분명하다. 도대체 어떤 자가 이렇게까지 악랄한 수단으로 나를 모해하려는가."

하고 흉흉한 의심으로 잠을 이루지 못하던 중에 어느덧 날이 훤히 밝기 시작하였다. 사씨가 유모에게 은근히,

"어젯밤 꿈에 시부님의 영혼이 분명히 남방으로 가라고 가르쳐 주셨는데 마침 장사가 남방이라 두부인이 가실 때에 수로 수천 리라 하시더니 이제 시부님 영혼이 남방으로 피신하라신 것은 필경 장사로 두부인을 찾아가서 의탁하라는 뜻이니 어찌 빨리 떠나지 않으랴."

하고 떠날 준비를 하였으나 배를 얻지 못하여 초조하게 배편을 기다리게 되었다.

이때에 노복이 안으로 달려들어오면서 서울 두부인으로부터 교자가 와서 사부인을 맞아 가려고 하니 어찌하랴고 물었다.

"내 어젯밤에 찬바람에 촉상하여 일어나지 못하니 몸이 나으면 수일 후에 갈 테니 교자를 가지고 온 하인들을 보내라."

라고 노복에게 전갈시켰다. 그래서 냉진이 유괴하려고 보낸 인부들은 어리 둥절하였으나 하는 수 없이 돌아갔다. 냉진은 그 경과를 동청에게 보고하고 앞으로 취할 방법을 의논하였다.

"사씨는 본래 지혜가 있는 여자라 두부인의 초청을 의심하고 칭병으로 거절하였을 것이리라. 이러다가 만일 두부인의 편지를 위조하여 유괴하려던 계략이 탄로나면 화를 면하지 못할 것이다."

동청도 당황해서 실패를 자인하였다. 그러나 냉진은 아직도 실망하지 않고 강경한 방법을 취하고자 하였다.

"기왕 내친걸음이니 힘으로 해치웁시다."

"무슨 방법이냐?"

"힘센 사람 십여 명과 교꾼을 데리고 산소 근처에 가서 잠복하였다가 밤이 되거든 사씨를 납치해 오는 것이 좋을까 하오."

"그 방법으로 빨리 실행하라. 그 여자가 우리 눈치를 알고 도망칠지도 모르니까 빨리 납치해다가 네 계집으로 삼아라."

냉진은 동청의 동의를 얻자 곧 강도 수십 명을 인솔하고 사씨를 납치하려고 달려갔다.

이때 사씨는 남방으로 가는 선편을 얻지 못하고 초조하게 기다리다가 마침내 남경으로 가는 장삿배를 발견하고 노복과 함께 달려가서 태워 주기를 간청하였다. 천만다행으로 그 장사꾼이 일찍이 두부인 댁에서 사씨 부인을 본일이 있었으므로 사씨 부인의 곤경을 동정하고 잘 태워다 줄 것을 약속하였다.

사씨 부인이 시부님 묘전으로 가서 하직 배례를 하고 유모와 시비와 노복세 사람을 데리고 배에 올라 일로 남방으로 향하여 먼 길을 떠났다. 사씨가 배를 타고 떠난 직후에 냉진이 강도 수십 명을 데리고 유씨 산소 밑에 있는 사씨의 집을 밤중에 습격하였으나 텅빈 집에 주종의 인적은 묘연히 사라지고 없었다.

냉진이 놀라서 어이가 없는 듯이,

"사씨는 과연 꾀가 많은 여자다. 우리의 계교를 벌써 알아채고 달아났구나."

하고 도리어 탄복하고 돌아와서 또 실패한 경과를 동청에게 보고하였다. 동청과 교씨는 사씨를 잡지 못하고 놓친 것을 분하게 여겼다.

이때 사씨 부인은 배를 타고 남방으로 향하여 갈 제 만경창파에 바람이 일어서 파도가 하늘에 닿을 듯이 거칠어서 배를 나뭇잎처럼 희롱하였다. 이렇게 위험해진 풍랑 속을 가던 장삿배들은 새벽달 찬바람에 한사코 닻 감는 소리는 물 깊이를 짐작시켰고, 양자강 양안의 산협에서는 원숭이떼가 우는 슬픈 소리가 조난한 선객들의 마음을 더욱 산란케 하였다. 이런 조난선 가운데서 사씨는 자기의 불행만 계속되는 신세를 한탄하여 마지 않았다. 규중 열녀의 몸으로 더러운 죄명을 쓰고 시집을 쫓겨난 사람이 되었다가 박해를 피하여 장사로 도망치다가 이제 만경황파의 일엽편주에 운명을 맡겼으니 오장이 뒤집히고 가슴이 무너지는 듯하였다.

사씨는 마침내 통곡하고 하늘에 호소하였다.

"하늘이 어찌 이런 인생을 내시고 명도의 기구함을 이처럼 점지하셨습니까?"

유모도 따라서 슬프게 울다가 먼저 울음을 그치고,

"하늘이 높으시나 살피심이 밝으시니 부인의 앞길도 멀지 않아서 트일 것입니다."

"내 팔자가 기박하여 너희들까지 고생을 시키니 마음이 아프다. 나는 내 죄로 당하는 고생이지만 유모와 차환은 무슨 죄랴. 이것은 나 같은 주인을 잘못 만난 탓이니 내가 어찌 민망하지 않으랴. 규중 여자의 몸으로 일엽편주로 이 풍랑이 심한 물 위에 표류하니 장차 어찌될 신세랴. 두부인이 이런 사정을 알고 기다리시는 바도 아닌데 시집을 쫓겨난 사람이 구차하게 살아서 장사로 구원을 바라고 가니 이 신세가 어찌 가련하지 않으랴. 차라리 이 물 속에 몸을 던져서 굴삼려의 충혼을 따를까 한다."

이처럼 주종이 서로 울고 서로 위로하면서 표류하던 배가 어느 곳에 이르렀을 때 풍랑이 더욱 심해지고 사씨의 토사병이 급해져서 정신을 차리지 못하게 되자 배를 뭍에 대고 어떤 집에 들러서 병을 치료하게 되었다. 다행히 그 집의 여자가 매우 양순하여 사씨 일행을 극진히 대접하였으므로 사씨가 감격하고 그 여자의 나이를 물었더니 이십 세라는 처녀의 대답이었다.

사씨 부인은 그 여자의 용모가 곱고 마음의 의기가 장함을 사랑하는 동시에 병으로 고생하는 과객에 대한 지성을 고마워하면서 친형제같이 수일 동안을 지냈다. 그 집 처녀의 덕택으로 병이 나아서 이별할 적에는 주객의 정의가 헤어짐을 여간 슬퍼하지 않았다. 사씨는 주인 여자에게 사례하려고 손에 끼었던 가락지를 주면서 치하하였다.

"이것이 비록 미미하지만 그대 손에 끼고서 나의 마음으로 보내는 정을 잊지 말아요."

"이 패물은 부인이 먼 길을 가시는데 노비가 떨어졌을 때도 긴요하실 터인데 제가 어찌 받겠습니까?"

"여기서는 이미 장사가 멀지 않고 그곳에 가면 비용도 별로 들 것 같지 않으니 사양하지 말고 받아 두오."

사씨가 굳이 주었으므로 그 여자는 감사하게 받고 이별을 안타까워하였다. 사씨 부인도 그 여자와 이별하기를 슬퍼하면서 그 집을 떠났다. 수일 후에는 노복이 노독과 풍토병에 걸려 마침내 객사하고 말았다. 사씨 부인은 충성스럽던 노복의 죽음을 슬퍼하고 배를 머물게 한 뒤에 그의 시체를 남향 언덕에 정성껏 안장하고 떠났다. 그러나 거기서 얼마 가는 동안에 또다시 폭풍이 일어서 파도가 집동같이 솟아서 배를 덮어 버리려고 몰려들었으므로 배는 위험을 피해서 동정호의 위수를 따라서 악양루에 이르렀다.

이곳은 옛날 열국시대의 초나라 지경이었다. 우의 순 임금이 순행하시다가 창호 땅에서 붕거하시자 아황과 여영의 두 왕후가 순 임금을 찾지 못하고 소상강에서 슬피 울었을 때 그 피로 화한 눈물을 대숲에 뿌린 것이 대나무에 점점의 얼룩이 졌다는데 그것이 유명한 소상반죽(瀟湘班竹)이 되었다는 전설을 남겼던 것이다. 그 후에 나라의 신하 굴원이 충성을 다하여 왕을 섬기다가 간신의 참소를 받고 강남으로 축출되자 이곳에 와서 수간 모옥을 짓고 지내다가 강물에 몸을 던져 버렸으며 또 한나라의 가의(賈誼)는 낙양재사(洛陽才士)였으나 당의 권신에게 쫓겨서 장사에 와서 제문을 강물에 던져서 여기서 억울하게 빠져 죽은 굴원의 충혼을 조문한 고적으로서 옛날부터 이곳을 지나는 사람들의 심회를 비창하게 감동시켰다.

그러므로 그 슬픈 전설에 흐린 구름이 항상 구의산에 끼고 소상강에 밤이 오고 동정호에 달이 밝고 황릉묘에 두견새가 울 때는 비록 슬프지 않은 사람일지라도 저절로 눈물이 흐르고 탄식하게 되었으므로 천고의 의기가 서린 영지였다. 슬프도다.

사씨는 대가집 주부로서 무거운 짐을 지고 정성을 다하여 장부를 섬기다가 음부 교씨의 참소를 입고 일조에 몸이 표령하여 이곳에 이르러서 옛날의 충의 인사들의 영혼을 조상하면서 자신의 신세를 생각하니 어찌 슬프고 원통하지 않으랴.

악양루 밑에서 배를 내린 사씨 부인은 밤이 새도록 강가에 머문 배에서 기다리다가 날이 밝은 후에야 비로소 인가를 발견하고 유모와 시비를 거느리고 배에서 내렸다. 뱃사람들은 갈길이 바쁘기 때문에 사씨에게 몸조심하라는 당부와 슬픈 인사를 하고 떠나갔다.

이처럼 사씨는 천신만고 뱃길을 얻어서 장사에 거의 다 왔다가 풍랑에 밀려서 이곳에 와서 배에서도 내렸으므로 앞길이 다시 막혔으니 창자가 촌절할 듯 아무리 생각하여도 죽을 수밖에 없게 되었다고 탄식하였다. 유모가 울면서 호소하였다.

"사고무친한 이 땅에 와서 또다시 앞길이 막혔으므로 부인은 장차 어떻게 귀하신 몸을 보전하려 하십니까?"

"인생이 세상에 나면 수요장단(壽夭長短)과 화복길흉이 천정(天定)한 운수임에 일시의 액운을 굳이 근심할 바 아니지만 이제 내 신세를 생각하니 자취기화(自取其禍)라 할 수밖에 없다.

옛말에도 하늘이 지은 화는 면할 수 있어도 스스로 지은 화에선 살아나지 못한다 하였는데 내가 지금 중도에 이르러서 이같이 낭패하니 다시 어디로 가며 누구를 의지하랴."

하면서 자탄하였다. 이때 유모가 도리어 사씨 부인을 위로하여 말하기를,

"옛날의 영웅호걸과 열녀절부들도 이런 곤액을 당하지 않은 사람이 없습니다. 부인에게 지금 일지의 액화가 있으나 그 억울함은 명천(明天)이 조람하시고 신명이 재방하여 청풍이 흑운을 쓸어 버리면 일월을 다시 보실 것이니 부인은 너무 낙심 마십시오. 어찌 일시의 액운에 지쳐서 천금 같은 몸을 돌보지 않으시렵니까?"

그러나 사씨 부인은 여전히 힘을 잃고 탄식만 하였다.

"옛날 사람들도 액운을 겪은 이가 하나 둘이 아니지만 자연 구해 주는 사람이 있어서 몸을 보존하였다. 그러나 지금 내 처지는 그렇지 못하여 연연약질이 위로 하늘을 우러러보지 못하고 아래로 땅에 용납되지 못하니 어찌하랴. 구차하게 된 인생을 살려고 할 것이 아니라 한번 죽어서 옛날 사람처럼 꽃다운 이름을 나타내자는 것이 하늘의 뜻이요, 결코 우연한 일이 아닐 것 같다. 강물이 맑아서 깊이가 천만장이니 마땅히 나의 한낱 뜻과 뼈를 감출 것이다."

하고 강물을 향하여 뛰어들려고 하였다. 유모가 놀라서 사씨의 몸을 부여잡고 울면서 애원하였다.

"저희들이 천신만고하여 부인을 모시고 이곳에 이르렀으매, 부인이 만일 죽으시려면 저희들도 함께 죽어서 지하에서도 모시기를 원합니다."

"그것은 안 된다. 나는 죄인이니까 죽어도 마땅하지만 너희들은 무슨 죄로

나를 따라 죽는다는 말이냐. 도중에서 노자 다 떨어졌으니 너희들은 인가에 의탁하여 일을 해주고 몸조심을 하다가 북방 사람을 만나거든 내가 이곳 강물에 빠져 죽었다는 소식을 고향으로 전해라."

하고 신신당부한 뒤에 거기 선 나무의 껍질을 깎고 큰 글씨로 모년 모월 모일 사씨 정옥은 시가에서 쫓긴 몸 되어 이곳에 이르렀다가 진퇴무로하여 몸을 이 강물에 던졌다고 썼다. 이 유서를 쓴 사씨는 붓을 놓고 통곡하였다. 유모와 시녀가 좌우에서 사씨를 붙잡고 슬피 울매 일월이 빛을 잃고 초목이 시들어서 슬픈 듯하였다. 어느덧 날이 어둡고 달이 떠서 달빛이 강 위에 처량하게 비치매 사면에서 물귀신이 울어대고 황릉묘에서 두견새가 처량하고, 소상강 대밭에서도 귀신 우는 소리가 끊임없이 들려서 악기(惡氣)가 사람을 침노하였다.

"밤기운이 몹시 차가우니 저 악양루에 올라서서 밤을 지내고 내일 다시 앞일을 선처하시기 바랍니다."

유모가 부인에게 권하자 부인이 유모의 말에 따라서 악양루로 올라갔다. 조각으로 된 들보가 하늘에 높이 솟아서 소상강 물에 임하였는데 오색 구름이 구의산에서 피어 와서 악양루를 둘러싸고 달빛이 난간에 은은히 비치매 시인 묵객이 읊어 쓴 글귀의 현판이 벽에 무수히 걸려 있었다. 사씨가 그 광경을 보고 길이 탄식하면서,

"이 악양루는 강호의 유명한 곳이지만 영웅호걸과 절부열녀들이 이렇게 많이 이곳에 인연을 맺었을 줄 알았으랴.

내 비록 표박중이나 이곳에 온 것이 또한 우연한 일이 아니다."

하고 노주 세 사람이 그날 밤을 누상에서 지냈다. 그러자 이튿날 새벽에 누 밑에서 소란한 사람의 소리가 나며 수십 명이 누상을 향하여 올라왔다. 그들은 서울 사람들로서 이곳에 왔다가 악양루의 해 뜨는 경치를 구경하려고 일찍 올라온 일행이었다.

사씨 부인은 갑자기 사람들이 나타났으므로 유모를 데리고 뒷문으로 빠져 강변 숲으로 와서 말하였다.

"날이 밝았으나 노자가 없고 우리들이 의탁할 곳이 없으니 장차 어디로 가랴. 아무리 생각하여도 강물 속으로 몸을 감추는 수밖에 없다."

하고 사씨 부인이 또 강물에 몸을 던지려고 하였다. 유모와 시비가 망극하여 통곡하였다. 사씨는 어제 종일과 종야를 굶주리고 잠을 자지 못하여 지칠 대로 지쳤으므로 잠시 유모의 무릎에 기댄 채 깜박 졸았다. 그때 비몽사몽간에 한 소녀가 와서,

"저의 낭랑께서 부인을 모셔오라는 분부로 왔습니다."

하고 어디로인지 인도하여 가고자 하였다.

"너의 낭랑이 누구시냐?"

"저와 함께 가시면 아실 것입니다."

사씨 부인이 그 소녀를 따라서 어떤 곳에 이르니 고대광실의 전각이 강가에 즐비하게 빛나고 있었다. 소녀가 사씨 부인을 인도하여 그 전각 안으로 들어갔다. 중문을 몇 개나 지나서 들어가자 큰 대궐 위에서 이리로 올라오라는 지시가 내렸다.

사씨가 전상으로 올라가서 보니 좌우에 두 분의 낭랑이 황금교의에 앉았고 그 좌우에 고귀한 여러 부인들이 모시고 있었다.

사씨 부인이 예를 마치자 낭랑이 자리를 권하고,

"우리는 다른 사람이 아니라 순 임금의 두 비다. 옥황상제께서 우리의 정사를 측은히 여기시고 이곳의 신령으로 삼으신 고로 여기서 고금의 절부열녀를 보살피면서 세월을 보내고 있다. 그런데 그대가 한때의 화를 만나고 이곳에 오게 된 것은 모두 하늘의 정한 운명이다. 그대가 아무리 죽으려 하여도 아직 죽을 때가 아니므로 허락할 수 없으니 마음을 진정하라."

사씨가 자리에서 일어나서 사례하고 낭랑의 덕을 치하하였다.

"인간계의 미천한 여자로서 항상 책을 통하여 성덕열절을 우러러 사모할 따름이옵더니 이제 여기와서 양배하올 줄 어찌 뜻하였겠나이까?"

"그대를 청한 것은 다름이 아니라 그대가 천금 중신을 헛되게 버려서 굴원의 뒤를 따르려 하니 이는 천도가 아니니라. 그대의 호천 통곡은 천도가 무심함을 한함이니 이는 평일의 총명이 옹폐함이요, 그대의 액운이 비상한 탓이다. 그러므로 특별히 의논하고 오래 쌓인 회포를 듣고 위로해 주고자 한 것이다."

"상랑의 분부가 이러하오니 미첩이 품은 소회를 아뢰겠나이다. 저는 본디 한미한 사람입니다. 일찍 엄부를 잃고 자모 슬하에 자랐으매 배운 바가 없어서 행실이 불미하던 중에 시부가 별세한 뒤에 크게 변하여 남산의 대(竹)를 베고 동해의 물을 기우려도 그 죄를 씻지 못할 누명을 쓰고 낯을 가리고 시가의 문을 하직하고 나왔습니다. 그 후에 눈물을 뿌려 시부의 묘하에 하직하고 강호를 유랑하다가 몸이 소상강에 이르러 진퇴궁전하여 앙천 장탄하였으나 하는 수 없어서 천장수심(千丈水深)에 임하니 한 터럭 같은 일신을 어복(魚腹)에 장사지낼 결심을 하였습니다. 이와 같이 아녀자의 마음이 망령되어 잘못을 깨닫지 못하고 호천통곡하여 낭랑께서 들으시게 됨에 심려를 끼쳤사오니 죽어도 아깝지 않습니다."

"모든 일이 천정한 바로서 인력이 아닌데 그대가 어찌 굴원의 뒤를 따르며 하늘을 원망하겠느냐? 하늘이 이미 나라를 멸망시키고 원한을 시원케 하시니 임금이 죄를 다스리고 충신의 이름이 나타나서 천백 세에 유전된 것이다. 그 옛일을 비겨서 보면 처음에는 곤액하나 장래에는 복록이 무량함이니 어찌 그때를 기다리지 않고 자결하겠느냐? 우리 형제(아황과 여영)는 규중약녀로서 배운 바 없으되 시가를 조심하여 섬김을 옥황상제가 가엾게 여기시고 기특히 여기서서 이 땅의 신령으로 봉하여 그윽한 음혼을 다스리게 하였으매 이 좌상의 여러 부인은 모두 현부열녀이므로 이따금 풍운의 힘을 빌려 이곳에 모여 서로 위로하매, 세상의 영욕이 어찌 문제가 되랴. 유가는 본디 적선

지문(積善之門)인데 오직 유한림이 조달하여 천하사를 통하나 골격이 너무 징청한 고로 하늘이 재앙을 내리사 크게 경계코자 잠깐 이리하다가 좋은 때가 오면 다시 재앙을 없이 하실 것이다. 그런데 그대는 어찌 그것을 모르고 조급히 구느냐. 그대를 참소하는 자는 아직 득의하여 방자교만하지만 그것은 마치 똥벌레가 제 몸 더러운 줄을 모르는 것과 같으니 어찌 더러운 것과 곡직을 다루겠느냐? 하늘이 장차 대벌을 내리셔서 보응이 명백해질 것이다."

"어리석은 저를 이처럼 위로하시고 격려하여 주시니 감사하옵니다."

"그대 온 지가 벌써 오래 되었으니 내 말을 알았거든 빨리 돌아가라."

"제 허물을 낭랑께서 더럽다 하시지 않으시고 목숨을 구해 주시려 하오나 돌아가도 의탁할 곳이 없으매 속절없이 강물에 몸을 감추겠사오니, 낭랑께서는 저의 정상을 살피고 이 말재(末才)를 시녀로 삼아서 이곳에 참례케 하여 주십시오."

하고 사씨 부인이 다시 애원하였다. 낭랑이 그 말을 듣고 웃으며,

"그대도 나중에는 이곳에 머무르게 되려니와 아직 때가 마땅치 않으니 빨리 돌아가라. 남해도인이 그대와 인연이 있으니 그에게 잠깐 의탁함이 또한 천의(天意)로다."

"제가 전에 들은 바에 의하면 남해는 하늘 끝이라 길이 요원하다는데 이제 노자 한 푼도 없이 어떻게 거기까지 가겠습니까?"

"연분이 있어서 자연 가게 될 것이니 그런 염려는 말고 어서 돌아가라."

하고 동벽 좌상에 용모가 미려하고 눈이 별같이 빛나는 자를 가리키면서 그는 위국부인이라 하고 또 한 사람을 가리켜서 반첩녀(潘妾女)라 하고 동한 때의 교대가와 양처사의 처 맹광이라고 일러주었다. 그리고 그대가 이미 여기 왔으니 옛사람의 이름을 서로 소개하는 것이라고 웃어 보였다.

"오늘 여기 와서 여러 부인의 면목을 뵈오니 뜻하지 않았던 영광이옵니다."

하고 두루 예하자 여러 부인들도 미소로 답례하였다. 사씨 부인이 하직하

고 물러서려고 하자 낭랑이,

"매사를 힘써 하면 오십 후에 이곳에 자연 모이게 될 것이니 그때까지 세상에서 몸을 조심하라."

하고 청의동녀를 명하여 사씨를 모시고 가라 하므로 사씨가 전상에서 계하로 내리며 전상에서 열두 주렴 내리는 소리가 주르르 하고 맑게 울렸다. 그 소리에 놀라서 정신을 깨우치니 유모와 시녀가 사씨 부인이 오래 기절한 것을 망극히 여기다가 사씨의 소생을 반기며 구원하였다. 사씨가 몸을 움직여서 일어나서 얼마나 잤느냐고 물으니 기절한 뒤 서너 시나 되었다 하면서 소생한 것을 신기하게 여겼다.

"부인께서 기절하셔서 저희들이 당황하여 백방으로 구완하다가 이제야 정신을 차리셨습니다."

하고 그동안의 경위를 고하자 사씨도 낭랑을 만나보고 온 비몽사몽간에 본 이야기를 자세하게 하고,

"아무래도 보통 꿈과는 다르니 내가 그곳으로 가던 길을 찾아가 보자."

하고 소상강 가의 대밭으로 들어가니 과연 한 묘당이 있고 현판에 황릉묘라고 써 있었다. 이것은 아황, 여영 두 비의 사당으로서 사부인의 꿈에 본 장소와 같으나 건물의 단청이 퇴색하고 황량하기 말이 아니었다. 사당 안으로 들어가서 전상을 바라보니 두 비의 화상이 꿈에 보던 용모와 조금도 다름이 없었다. 사씨가 분향하고 축원하는 말이,

"제가 낭랑의 가르치심을 입사와 타일의 길할 때를 기다리겠사오니 낭랑의 성덕을 믿고 잊지 않겠습니다."

축원을 마치고 사당을 물러나서 서편 언덕에 앉아 신세를 생각하고 여전히 슬픈 회포를 탄식하였다. 그리고 묘지기 집에 가서 밥을 얻어 오게 해서 세 사람이 모두 먹었다.

"우리 셋이 방황하여 의지할 곳이 없으나 이것은 신령께서 야속하게 희롱

하심이다. 낭랑의 말씀대로 참는 데까지는 참아보자."

하고 탄식하는 동안에 해가 서산에 지고 달빛이 떠서 몽롱하게 주위를 비췄다. 묘 안에 들어가서 사방을 살펴보니 밤은 깊어만 가고 짐승 소리가 여기저기서 들려왔다. 사씨가 곰곰이 생각하되,

"사람이 세상에 나면 부귀빈천이 팔자소정이나 여자로서 억울한 누명을 쓰고 갖은 고초를 겪으며 이곳에 와서 의탁할 곳이 없으니 아무리 아황, 여영의 영혼의 위로하는 말씀이 있었으나 역시 죽어서 만사를 잊어버리는 것이 상책이다."

하고 또다시 죽을 생각을 하였다. 이때 홀연히 황릉묘의 묘문이 열리고 두 사람이 들어와서 물었다.

"부인이 또한 고초를 당하고 물에 빠지려고 하십니까?"

사씨 부인이 놀라서 바라보니 하나는 여승이요, 하나는 여동(女童)이었다.

"그대들은 어떻게 우리 일을 아는가?"

여승이 황망히 읍하고 합장하면서,

"소승은 동정호 군산사에 있는데 아까 비몽사몽간에 관음보살님이 나타나셔서 '어진 사람이 환란을 만나서 갈 바를 모르고 강물에 빠지려고 하니 빨리 황릉묘로 가서 구하라' 하시므로 급히 배를 저어 왔는데 과연 부인을 만났으니 부처님 영험이 신기합니다."

"우리는 죽게 된 사람이라 존사의 구함을 받으니 실로 감격하나 존사의 암자가 멀고 가더라도 폐가 될까 합니다."

"출가한 사람은 본디 자비를 일삼는 처지이며 하물며 부처님의 지시로 모시려고 왔는데 그게 무슨 말씀이오니까?"

하고 세 사람을 밖으로 인도하여 강가로 내려와서 배를 태우고 여동에게 노를 저어 가게 하자 순풍을 만나서 순식간에 군산사에 이르렀다. 이 섬의 산은 동정호 가운데 솟아 있으므로 사면이 다 물이요, 산은 푸른 대숲으로

덮여서 인적이 없는 한적한 곳이었다. 여승이 배에서 내려서 사씨를 부축이고 길을 찾아갔으나 사씨의 기운이 파하였고 산길이 험해서 열 걸음에 한 번씩 쉬면서 암자에 이르렀다. 수월암(水月庵)이라는 이 절은 매우 한적하고 정결하여 인세(人世)를 떠난 선경이었다.

사씨는 몸이 피곤해서 곧 잠이 들어 이튿날 아침까지 깨지 못하였다. 여승이 먼저 일어나서 불당을 소제하고 향을 피우며 경자를 치며 부인을 깨워 예불하라고 권하였다. 사씨가 유모들과 함께 불당에 올라 분향배례하고 눈을 들어 부처를 쳐다본 순간에 문득 놀라며 눈물을 흘렸다. 알고 보니 그 부처는 다른 불체가 아니라 사씨가 십육 년 전에 자기가 찬을 지어서 쓴 백의관음의 화상이었다. 그 화상에 쓴 찬의 자기 글씨를 보니 자연 놀라움과 슬픈 회포를 금할 수 없었던 것이다. 그 모양을 본 여승이 또한 깜짝 놀라서,

"부인의 말씀이 그러실진대 분명히 신성현 땅의 사급사 댁 소저가 아니십니까?"

"그렇습니다. 스님이 어찌 내 신분을 아십니까?"

"부인의 용모와 음성이 본 듯해서 이상하게 생각하였습니다.

소승 역시 그때 저 관음화상의 찬을 당시의 소저에게 받아간 우화암의 묘혜입니다. 소승이 유대감 댁의 명을 받고 부인에게 관음찬을 받아다가 보인 즉 크게 칭찬하시고 아드님 유한림과 혼인을 정하셨던 것입니다. 소승도 부인과 혼사를 보려고 하였으나 스승이 급히 부르셔서 산으로 돌아왔으므로 참례를 못하였습니다. 그 후에 소승은 스승 밑에서 십 년을 수도하였으나 스승이 입적하신 후에 이곳에 와서 암자를 짓고 고요히 공부하면서 불상을 예배하고 부인이 쓴 글과 필적을 볼 적마다 부인의 옥설 같은 용모를 생각해 왔습니다. 그런데 부인은 어찌하여 이런 고생을 하게 되었습니다."

사씨 부인이 유한림의 부인이 된 이후의 전후사실을 자세히 들려주자 묘혜가 탄식하면서 사씨를 위로하였다.

"세상 일이 항상 이러한 법이니 부인은 너무 슬퍼하지 마십시오."

부인이 감개무량해서 다시 관음불상을 우러러보니 외로운 섬 가운데 있는 한적한 절간에서 생기유동하여 완연히 살아 있는 듯하고 사씨가 소녀 시절에 지은 찬사가 또한 자기유락함을 그린 그 경지와 흡사하였다.

"세상만사가 모두 하늘이 정한 운수이매 인력으로 어찌하랴.

그러나 관음보살을 매일 분향하여 공양 기도하고 떼어놓고 온 어진 인아를 다시 만나야겠다."

고 축원하며 남자로 변복하였던 것을 여자옷으로 갈아입었다.

묘혜가 조용한 때 사씨 부인을 보고,

"부인이 이제 여기 와 계시나 왜 복색을 갈아입으십니까?"

"내가 자비로운 부처님과 스님의 보호를 받고 신변이 안전한데 어찌 어색한 변복으로 지내겠습니까."

"그렇게 마음이 안전되신 것을 소승은 고맙게 여깁니다.

그런데 유한림은 현명한 군자이시니까 한때 참언에 속더라도 멀지 않아서 일월같이 깨닫고 부인을 화거주륜으로 맞아 갈 것입니다. 소승이 일찍이 스승에게 수도하여 주(籌)도 약간 알고 있으니 부인의 사주를 보아드리겠습니다."

부인이 자기의 생년월일시를 말하자 묘혜는 한동안 침음하며 점을 친 뒤에 크게 기뻐하고 풀이를 하였다.

"부인의 팔자는 앞으로 대길합니다. 초년은 잠깐 재앙이 있으나 나중에는 부부와 모자가 다시 화락하여 복이 무궁하실 것입니다."

"아아, 그 말씀을 믿고는 싶으나 어찌 믿고 안심하겠습니까?

이 박명한 인생이 스님의 과장하신 복을 어찌 받을 수 있겠습니까?"

하고 한담하는 동안에 도중에서 배가 풍랑을 만나고 병도 나서 어떤 인가에 들러서 휴양한 이야기와 그때 어진 주인 여자의 은덕을 입은 일을 칭찬하였다. 그러자 묘혜가 그 말을 듣고, "그 여자가 소승의 질녀였습니다."

하고 뜻밖의 말을 하였으므로 사씨가 의아해서 물었다.

"스님의 질녀라뇨?"

"이름이 취영이라 하지 않던가요. 제 어미가 그 애를 강보에 두고 죽고 제 아비가 변씨를 후처로 취했는데 그 후 아비가 또 죽으니까 계모 변씨가 취영이를 소승에게 맡겨서 삭발시키라 하지 않았겠어요. 그래서 내가 그 애의 관상을 보니 귀자(貴子)를 많이 두고 복록을 누릴 상이라 변씨에게 데리고 살도록 권하였는데 요사이 들으니 효성이 지극하여 모녀가 잘 산다더니 부인이 이번 도중에서 우연히 만나보셨습니다그려."

"역시 스님의 인연으로 그 질녀의 덕을 보았던 모양입니다.

세상에서 얻기 어려운 것은 사람의 마음이라 나도 사람의 마음을 얻지 못하여 몸에 누명을 쓰고 쫓기는 사람이 되어서 이런 신세가 되었으니 어찌 슬프지 않겠습니까?"

"모두 하늘이 정하신 운수입니다. 부인과 소승이 잠시 인연이 있었으나 어찌 이런 곳에 계시겠습니까?"

사씨 부인이 묘혜의 말을 듣고 슬퍼하며 민망스러운 말로,

"내가 이곳으로 온 것을 후회하겠습니까마는 집을 떠나 있으매 집에 남은 인아의 신세가 외로운 것이며 그 생사조차 모르고 또 근자에는 한림의 심정이 변한데다가 집안의 요인(妖人)이 있어서 나를 해치고자 하다가 뜻을 이루지 못하였으므로 한림의 신상에 화가 미칠까 염려하던 중 내가 시부님 묘하에 있을 때 시부님 영혼이 현몽하셔서 일러주신 말씀이 육 년 사월 십오일에 배를 백빈주에 대었다가 급한 사람을 구하라고 신신당부하셨는데 어떤 사람이 그때 급화를 만날는지 모르겠습니다."

"유한림은 오복이 구전지상(具全之相)이요, 유문은 적덕지가이매 어찌 요화가 오래 침노하겠습니까? 그리고 백빈주의 급한 사람을 구하라 하신 말씀을 때를 어기지 말고 구하십시오. 유상공은 본디 고명하신 분이었으니까 영

혼인들 어찌 범연하시겠습니까?"

사씨 부인도 묘혜의 말이 옳다고 생각하고 그 수월암에 머물러서 세월을 보냈으나 그냥 한가롭게 놀지 않고 바느질과 길쌈을 부지런히 하여 절의 신세를 보답하였으므로 묘혜도 기뻐하고 부인을 극진히 공경하였다.

이때 교씨가 본실의 지위로 정당에 거처하면서 가사를 총괄하매 간악이 날로 더하여 비복들도 교씨의 혹독한 형벌을 견디지 못하고 사씨의 인자한 대우를 그리워하며 슬퍼하였다.

교씨는 아래로는 비복을 학대하고 위로는 간악한 십랑과 공모하여 한림의 총명을 흐리게 하는 요물들을 집안에 끌여들여서 집안을 혼탁하게 만들고 있었다.

교씨는 유한림이 조정에 입번할 때는 그 틈을 타서 동청을 백자당으로 청하여 음란한 추행으로 밤을 새웠다. 교씨가 그날밤에도 동청을 데리고 백자당에서 자고 날이 밝으매 동청은 외당으로 나가고 교녀는 수색으로 피곤하여 늦도록 일어나지 못하고 있었다. 마침 유한림이 출번으로 집에 돌아와서 정당에 이르매, 교씨가 보이지 않았다. 시비에게 물으니 백자당에 있다는 대답이었다. 유한림이 곧 백자당으로 가서 아직도 전날 밤의 난잡한 몸매로 자고 있는 것을 보자 힐문하였다.

"왜 여기서 자는 거요?"

"요즘 정당에서 자면 꿈자리가 뒤숭숭하고 기운이 좋지 않아서 어젯밤에 여기서 잤습니다."

"그대 역시 그 방에서 자면 몽사가 흉하던가. 나도 잠만 들면 꿈자리가 번잡하여 정신이 혼침하고 입번으로 나가서 자면 편안해서 이상하더니 그대 역시 그렇다니 복술 잘하는 사람을 불러다가 물어보는 것이 어떨까?"

교씨는 백자당으로 숨어서 동청과 간통한 사실을 유한림이 알아챌까 겁내던 차에, 유한림이 그런 말을 하므로 안심할 뿐 아니라 굿이라도 하라는 유한림의 뜻이라 좋은 기회라고 기뻐하였다.

이때 황제가 서원에서 기도를 일삼으며 미신에 빠져 있으므로 가의태우 서세가 상소하여 간하고 간신 엄승상을 논핵하자 황제가 대로하여 서세를 삭직하고 멀리 귀양보냈다. 이에 대하여 유한림이 서세의 충성을 변호하고 그를 구하려고 상소하였으나 황제가 역시 질택하시고 신하에게 조서를 내려서,

"이후로 짐의 기도를 막는 자가 있으면 참하라."

고 엄명을 내렸다. 이때 도관에 도진인(都眞人)이라는 사람이 있는데 유한림과 친한 사이였다. 하루는 도진인이 유한림을 문병차 방문해 왔다. 유한림이 사람을 다 보낸 뒤에 진인만 머무르게 하고 내실로 데리고 가서 이 방에서 자면 흉몽을 꾸게 되니 무슨 악귀의 장난이냐고 물었다. 진인이 방 안의 기운을 살피더니,

"비록 대단치 않으나 역시 기운이 좋지 않소이다."

하고 하인을 시켜서 벽을 뜯고 방예물의 목인(木人) 여러 개를 꺼내서 유한림에게 보였다. 유한림이 대경실색하자 진인이 껄껄 웃고,

"이것은 굳이 사람을 해하려 함이 아니요, 오직 시첩이 유한림의 중총(重寵)을 얻으려는 마음으로 한 소행입니다. 옛날부터 이런 방예로 사람의 정신을 미란케 하는 계교니까 이것만 없애 버리면 다른 염려는 없습니다."

하고 그 목인들을 곧 불살라 버리라고 권하였다.

"유한림의 미간에 혹기가 가득 차 있고 집안의 기운이 또한 좋지 않습니다. 이때는 주인이 집을 떠나라고 술법에 나와 있으니 조심하여 제액(除厄)하십시오."

"삼가 명심하리다."

유한림이 괴이하게 여기고 진인에게 후사하여 보냈다.

유한림은 진인의 신기한 도술에 경탄한 뒤에 문득 깨닫는 바가 있었다. 지금까지는 집안에 이런 일이 있으면 사씨를 의심하게 되어 있었는데 지금은

사씨도 없고 방을 고친 지도 얼마 되지 않았는데 이런 요물이 나왔으니 반드시 집안에 악사(惡事)를 꾸미는 자가 있다고 생각하였다. 그러고 보니 사씨가 억울한 누명을 쓰고 쫓겨난 것이 아닐까 하고 의심하게 되었다.

원래 이 일은 교씨가 십랑과 공모한 계교였는데 교녀가 동청과 백화당에서 동침한 사실을 숨기려고 창졸간에 꾸며댄 핑계인데 그 내실에서 자면 꿈자리가 나쁘다고 한 것이 도진인의 도술로 발각되고 말았던 것이다. 유한림이 비록 교씨의 짓인 줄 깨닫지 못하고 오랫동안 정신이 흐려졌으나 지금 비로소 전일의 총명이 다시 소생한 셈이었다. 유한림은 머리를 숙이고 과거 사오 년 동안 지낸 일을 곰곰이 반성하고 비로소 악몽을 깬 듯이 스스로 부끄러웠다.

이때 마침 장사로부터 고모 두부인의 편지가 왔다. 그런데 두부인은 아직도 사씨를 집에서 쫓아 내보낸 사실도 모르고 사씨의 일을 신신당부한 사연이 더욱 간절하게 유한림의 반성을 촉구하였다.

'고모께서 사씨를 축출한 지 여러 해가 되었는데 아직도 모르는 것이 의아스럽다. 그리고 사씨가 결코 방탕하지 않으므로 옥지환 사건도 어떤 자의 농간이 아닌가.'

하고 새삼스럽게 의심하게 되었다. 눈치가 빠른 교씨는 유한림의 기색이 전과 달라진 것을 보고 그 기위가 늠름해진 유한림에게 감히 요괴로운 수단을 피우지 못하게 되었다. 그리고 지금까지 사씨를 음해한 계교가 탄로되지나 않을까 두려워하고 동청에게 상의하였다.

"요즘 유한림의 기색을 보니 그전과는 아주 딴 사람이 되었어요. 우리 양인의 관계를 눈치챈 듯하니 어쩌면 좋겠어요?"

"우리 관계를 집안의 비복들이 모를 리 없으되 지금까지 유한림의 귀에까지 들어가지 않은 것은 부인을 두려워했기 때문인데 지금 갑자기 기운을 잃고 약해지면 참소하는 자가 많을테니 그렇게 되면 죽어도 묻힐 땅이 없을 것입니다."

"사세가 이렇게 되었으니 어찌하면 좋아요. 나는 여자라 좋은 궁리가 나지 않으니 당신이 좋은 방법을 생각해서 우리 두 사람의 화를 면하게 해주어요."

교씨가 간부 동청에게 매달려서 애원하였다.

"한 가지 방법이 있습니다. 옛말에 남이 나를 해치기 전에 내가 먼저 그를 해치라 하였으니 좋은 기회를 노려서 한림의 음식에 독약을 섞어서 먹여 죽이고 우리 둘이 백년해로합시다."

간악한 교씨도 이 끔찍한 계획에는 한참 동안 침울하게 생각하였으나 결국 유한림을 죽이지 않으면 제가 잡혀 죽으리라는 두려움에서,

"결국 그럴 수밖에 없군요. 그러나 사전에 누설되면 큰일이니 둘이만 극비로 일을 진행시킵시다."

교씨와 동청이 이런 끔찍스러운 음모를 하는 줄도 모르고 유한림은 마음이 울적해서 친구를 찾아다니며 한담이나 하며 기분을 풀려고 하였다. 하루는 교씨와 동청이 유한림이 없는 틈을 타서 깊은 밤에 숨어서 은근히 정을 나누고 역시 유한림 해칠 계획을 상의하다가 동청이 책상 서랍에서 우연히 유한림이 쓴 글을 얻어 보게 되었다. 동청이 그 글을 읽어 보다가 희색이 만면해지더니,

"하늘이 우리 두 사람으로 백년가우가 되게 해주실 테니 부인은 아무 걱정 말아요."

교씨가 의아하여 동청의 손을 잡아 흔들면서,

"그게 정말이오? 무슨 좋은 징조가 있나요?"

"요전에 황제께서 조서를 내려서 짐의 기도 행사를 금하려고 간하는 자는 참하라 하여 계신데, 지금 다행히 한림이 쓴 이 글을 보니 엄승상을 간악소인에 비하여 비방하고 있습니다. 이 증거가 되는 글을 갖다가 엄승상에게 보이면 엄승상이 황제께 알려서 엄형에 처할 것이 아닙니까? 그러면 우리 양인은 마음 놓고 백 년을 즐겁게 살 수 있지 않습니까?"

"아이 좋아라!"

교녀가 반색을 하고 제 볼을 동청의 볼에 대고 문지르면서 음란한 교태를 부리며 시시덕거렸다.

"이번 계획이 공명정대한 나라의 위엄으로 처치하게 됐어요.

요전에 독살하려던 계획은 위험해서 걱정이더니 참 잘 됐어요.

역시 당신 말처럼 하늘이 우리 사랑을 도와 주신 거지요."

하고 음란한 행색이 더욱 해괴하였다. 동청은 교씨와 껴안고 뒹굴던 몸을 털고 일어서서 소매 속에 유한림의 글을 넣고 곧 엄승상 댁으로 가서 엄승상을 만났다.

"그대는 누군데 왜 왔는가?"

"저는 한림학사 유연수의 문객입니다마는 그 사람이 승상님과 나라에 반역죄인인 것을 알았기 때문에 참지 못하여 그 비행을 알려드리려고 왔습니다."

엄승상은 평소에 못마땅하게 여기던 유한림의 약점을 알리러 왔다는 말에 귀가 번뜩 뜨였다.

"그래 그가 나를 어떻게 모해하던가?"

"그 사람의 의논을 들으면 항상 승상을 해치려고 하더니 어제는 술에 취해서 저에게 하는 말이 엄승상은 군부(君父)를 그르치는 놈이라고 욕하면서 모든 일을 송휘종(宋徽宗) 시절에 비하고, 황제께서 엄명을 내려서 간하는 상소는 못할지라도 글을 지어서 내 뜻을 풀리라 하고 이 글을 쓰기에, 글 뜻을 제가 물으니 승상을 옛날의 유명한 간신들에게 비유하였으며 짐짓 묘한 풍요(風謠)의 글이라고 자랑하였습니다. 그래서 제가 속으로 분격하고 이 글을 훔쳐서 승상께 드립니다."

하고 동청은 그럴 듯한 거짓말을 붙여서 참소하였다, 엄승상이 그 글 쓴 종이를 받아서 본즉 과연 천서와 옥배의 간악을 풍자해서 지은 글이 분명하였다. 엄승상이 잘 되었다는 듯이 냉소하고,

"흠, 유연수 부자만이 내게 항복하지 않고 음으로 양으로 나를 거역하더니 망령된 아이가 나라를 희롱하고 나를 원망하니 인제 죽고 싶은 모양이로구나."

하고 그 글을 가지고 곧 궁중으로 들어가서 황제를 찾아 만나고,

"근래에 나라의 기강이 풀어져서 젊은 학자가 국법을 두려워하지 않으니 심히 한심하옵니다. 이제 성상께서 법을 세워 계시매 감히 상소치 못하고 불출한 한림 유연수가 왕 흠약의 천서와 진원평의 옥배로 신을 욕하오니 신이야 무슨 욕을 먹어도 참을 수 있사오나 무엄하게도 성주를 기롱하오니 마땅히 국법을 밝혀서 기강을 바로 세워야 할까 하옵니다."

하고 국궁배례하고 유한림 필적의 글을 증거품으로 어전에 바쳤다. 황제가 그 글을 받아서 보시고 대로하여 유연수를 잡아서 옥에 가두고 장차 극형에 처하려고 하였다, 이 소문에 놀란 태우 서세가 상소하였다. 그 전에 자기가 억울하게 엄승상에게 몰려서 귀양간 때에 유한림이 그를 구명하려고 상소하였다가 엄승상의 미움을 받던 결과라고 생각한 서세가, 이번에는 죽음을 각오하고 유한림을 구하려는 정의감에서 올린 상서였다.

'성상께서 충신을 죽이려 하시는 그 죄상이 무엇인지 알지 못하오나 청컨대 그 글을 내리셔서 만조 백관에게 알리게 하오.'

황제가 서세의 상소문을 보시고,

"유연수가 천서와 옥배로써 짐을 기롱하니 어찌 사죄를 면하리오?"

이에 대하여 서세가 다시 아뢰되,

"이 글을 보오니 천서 옥배로 비유하여 성상을 기롱함이 분명치 않으며 한무제의 송인종(宋仁宗)은 태평지주라 유연수 죄를 입더라도 죽일 죄는 아닌데 어찌 밝게 살피지 않사옵니까?"

황제가 이 말에 침음하시자 좌우에서 간언이 일어날 기세를 보고 심중에 불평이 북받쳤으나 여러 조신의 이목을 가리우지 못하여 선심이나 쓰는 척하고,

"서학사의 말이 이러하오니 유연수를 감형하여 귀양보냄이 마땅하옵니다."

황제가 허락하시사, 엄승상은 유한림을 엄중히 경호하여 먼 북방의 행주 땅으로 귀양보내라고 유사에게 명하고 자기 집으로 돌아갔다. 그의 집에서 기다리던 동청이 불만을 품고,

"그런 중죄자를 죽이지 왜 살려서 귀양보내는 경벌에 그치게 하셨습니까?"

"나도 죽이려고 하였는데 조정에서 간언이 많아서 그러지는 못했으나 행주는 수토가 험악한 북방이라 귀양간 자로서 살아 온 자가 없으니 칼로 죽이는 거나 별로 다름이 없다."

동청이 그 말을 듣고서 안심한 듯이 기뻐하면서 교씨에게 알리려고 백자당으로 달려갔다.

유한림이 벼락 같은 흉변을 만나서 귀양길을 떠나는 날 교씨는 비복을 거느리고 성 밖에 나와서 전송하면서 거짓 통곡을 하며 한림에게,

"한림께서 먼 곳으로 고생길을 떠나시는데 첩이 어찌 떨어져서 홀로 살겠습니까? 한림을 따라가서 생사를 같이 하고자 하옵니다."

하고 가장 열녀답게 호소하였다.

"내 이제 흉지로 가서 생사를 기약하지 못하니 그대는 집을 잘 지키고 조상의 제사를 받들고 아이들을 잘 길러서 성취시킬 직책이 있는데 어찌 나를 따라가겠다는 말이오? 인아가 비록 사나운 어미의 소생이나 골격이 비범하니 거두어 잘 기르면 내가 죽어도 눈을 감을 것이오."

"한림의 아들이 곧 제 자식이니 어찌 제 배를 앓고 낳은 봉추와 조금이라도 달리 생각하겠습니까?"

"부디 그렇게 부탁하오."

유한림이 재삼 부탁하였다. 그리고 집사 동청이 보이지 않으므로 어찌된 일이냐고 비복에게 물었다.

"집을 나간 지 삼사 일이 되었습니다."

유한림은 그가 집을 나갔다는 말을 듣고 속으로 잘 되었다고 생각하였다.

이때 호위하는 관졸이 재촉하므로 비복 약간 명만 데리고 먼 귀양길을 떠났다. 유한림을 음해하여 귀양보내게 한 동청은 그 후에 승상 엄숭의 가인이 되었다가, 엄숭의 세도로 인진되어 진유현 현령으로 출세하여 되었다. 이에 득의양양해진 동청은 교씨에게 사람을 보내서 기별하였다.

"내 이제 진유현령이 되어 재명일 부임하게 되었으니 함께 가도록 차비를 차리시오."

이 기별을 받은 교씨가 기뻐하면서 집안 사람들에게 거짓말로,

"내 사촌 형이 먼 시골에 살다가 병으로 세상을 떠났다는 부고가 왔으므로 가야겠다."

하고 심복 시녀 남매 등 다섯 명과 인아, 봉추 형제를 데리고 남은 비복들은 자기가 다녀올 때까지 집을 잘 지키라고 이르고 집을 떠났다. 이에 인아를 맡아 기르던 유모가 따라가고자 원하였으나,

"인아는 젖 먹지 않아도 아무 관계없으니 내가 장례를 보고 곧 돌아올 테니 너는 가지 않아도 좋다."

하고 꾸짖어 물리쳤다. 그리고 집에 있던 금은 주옥을 비롯한 값진 재물을 모두 꾸려가지고 갔으나, 그 눈치를 아는 사람도 감히 막을 수가 없었다. 집을 떠난 교씨가 사흘 동안 주야로 급행하여 약속한 지점에 이르니 동청이 부임 행차의 의의를 갖추고 벌써 거기 와서 기다리고 있었다. 그들 탕아 음부는 서로 만나서 이제는 저희들 세상이 되었다고 기뻐 날뛰었다.

"인아는 원수 사씨의 자식인데 데려다 무엇하겠소? 빨리 죽여서 화근을 없앱시다."

동청의 말을 옳게 여기고 시비 설매에게,

"인아가 장성하면 너와 내가 보복을 당할 테니 빨리 끌어다가 물에 넣어서 자취를 싹 없애 버려."

하고 명하였다. 설매가 곧 인아를 안고 강가로 가서 물에 던져 버리려고

할 때 천진난만한 어린아이는 금방 죽을 줄도 모르고 악마 같은 설매의 품안에서 색색 잠을 자고 있었다. 이것을 본 설매의 마음에는 자기도 모를 측은한 생각이 들어서 눈물을 흘리고 혼잣말로,

"사씨 부인의 인덕이 저 강물같이 깊은데 내가 억울하게 죽는 데 방조하고 이제 그 자식마저 해치면 어찌 천벌을 받지 않으랴."

하고 차마 죽일 수가 없어서 인아를 강가의 숲속에 감추어 두고 돌아와서 교녀에게 거짓말을 하였다.

"아이를 물 속에 던졌더니 물 속에서 잠깐 들락날락 하다가 가라앉고 보이지 않았습니다."

이 보고를 들은 교녀와 동청이 기뻐하고 채선(彩船)에 진수성찬을 차려서 술을 통음하고 비파를 타고 노래를 하면서 음란하기 형언할 수 없었다. 거기서 배를 내려서 위의를 갖추고 육로로 진유현에 도임하였다.

한편 유한림은 금의옥식으로 생장하여 높은 벼슬을 지내다가 일조에 적객의 몸으로 영락하여 귀양길을 촌촌전진하여 적소에 이르렀다. 그 도중에 고초가 참혹하였으며 북방의 수토가 황량하고 험악할 뿐 아니라 주민들의 습관이 포악무도하였으므로 과거의 일을 회상하고 후회하여 마지 않았다.

'사씨가 동청을 집사로 채용할 때부터 꺼려하더니 그 슬기로운 사람 봄을 이제야 깨달았다. 이는 내가 화근을 자초하고 사씨를 학대하였으니 지하에 가서 무슨 면목으로 선조의 영혼을 대할 것이냐?'

하는 생각으로 한숨을 쉬는 동안에 자기도 모르는 눈물이 비오듯 쏟아졌다. 이때부터 주야로 심화(心火)가 가슴을 태워서 병이 되어 눕게 되었다. 그러나 이 지방에서는 약을 구할 길이 없어서 병은 점점 위중해질 뿐이었다. 그러던 중 하루는 비몽사몽간에 노인이 와서,

"한림의 병이 위중하시니 이 물을 잡수시고 쾌차하시기 바랍니다."

하고 권하였다. 유한림이 이상히 여기고 물었다.

"노인은 누구신데 이 외로운 적객의 병을 구해 주시려고 합니까?"

"나는 동차군산에 사는 사람입니다."

그 말만 하고 물병을 마당에 놓고 홀연히 떠나가므로 재차 물으려고 부르는 자기 음성에 깨어 보니 병석에서 꾼 꿈이었다.

유한림은 이상한 꿈이라고 생각하고 있던 차 이튿날 아침에 노복이 뜰을 쓸다가 놀라며 중얼거리는 소리가 유한림에게 들렸다,

"뜨락 마른 땅에서 갑자기 웬 물이 솟아나올까? 참 이상도 하다."

유한림이 목이 타서 신음하다가 창을 열고 내다보니 물나는 곳이 꿈에 나타났던 노인이 물병을 놓고 간 그 장소였다.

유한림이 노복에게 그 물을 떠 오라 해서 먹어 보니 맛이 달고 시원해서 감로수같이 좋았다. 그 물 먹은 즉시로 유한림의 병이 안개 가시듯이 금방 낫고 기분이 상쾌해졌으므로 보는 사람들이 모두 신기하게 여기고 탄복하였다. 그 소문을 들은 지방 사람들이 모여 와서 먹고 모두 수토병이 나았으며 그 후로 이 행주 지방의 수토병이 근절되고 말았다. 이에 감격한 사람들은 그 우물을 기념하기 위하여 학사천(學士泉)이라고 불러서 후세까지 유명하게 되었다.

한편 동청은 교씨와 함께 진유현에 도임한 후에 백성에 대하여 탐람을 일삼았으며 세금을 가혹하게 받는 등 고혈을 착취하였으나 그래도 부족한 동청은 황제에게 상소하여 승상 엄숭에게 가봉(加俸)을 요청하였다.

'진유현령 동청은 고두재배(叩頭再拜)하옵고 수상 좌하에 이 글을 올리나이다. 소생이 미한한 정성을 다하여 승상을 섬기고자 하되, 이 고을이 산박하며 재화가 없으므로 마음과 같지 못하오니 재정과 산물이 풍부한 남방의 수령을 시켜 주시면 더욱 정성을 다할 수 있을까 하옵니다.'

엄승상이 이 기회에 수단가인 동청을 아주 심복부하로 만들려고 곧 남방의 웅읍(雄邑)의 수령으로 영전시키려고 곧 황제에게 진언하였다.

"진유현령 동청이 재기과인하므로 큰 고을을 감당할 만하오니 성상께서 적소에 써 주시기 바라옵나이다."

"경이 보는 바가 그러하면 각별히 큰 고을의 수령으로 승진시켜서 그의 재능을 발휘하게 하라."

하고 곧 허락하셨다. 이때 마침 계림태수의 자리가 비어 있으므로 엄승상은 곧 동청을 금은보화가 많이 나는 고을로 영전시켰다. 그리하여 제 뜻대로 재물이 풍부한 계림의 태수가 된 동청은 교씨를 데리고 부임하여 더욱 탐관오리의 수완으로 백성의 고혈을 수찰하기에 분망하였다.

때마침 황제가 태자를 책봉하는 나라의 큰 경사가 있었으므로 유학사도 사은(赦恩)을 입었다. 그러나 곧 서울 본집으로 돌아오지 않고 척친이 있는 무창으로 향하였다. 여러 날 길을 가다가 장사 땅을 지나게 되었는데 이때가 마침 여름의 염천이라, 더위로 여행이 어려웠다. 피곤한 몸의 땀을 식히려고 길가의 나무 그늘에서 쉬면서 전후사를 생각하였다.

'내 신령의 도움으로 삼 년 동안의 귀양살이에서도 심한 수토병도 면하였고, 또 천사(天赦)를 입어서 돌아가게 되었으니 북경의 처자를 데려다가 고향에 두고 생을 어옹(漁翁)이 되어 성대의 한가한 백성으로 지내면 얼마나 즐거우랴.'

하고 외로운 몸을 스스로 위로하고 있었다. 이때 갑자기 북쪽에서 와자지껄하는 인성이 들리더니 붉은 곤장을 든 관졸과 각색기치를 든 하인들이 쌍쌍이 오면서 길을 치우라고 호통을 하였다. 유한림이 무슨 어마어마한 행차인 줄 짐작하고 몸을 얼른 부근 숲속으로 숨기고 보니 한 고관이 금안백마 위에 높이 타고 수십 명의 부하를 거느리고 지나고 있었다. 유한림이 그 말을 탄 사람을 자세히 본즉, 분명히 자기 집에서 집사로 일하던 그 간악한 동청이었다.

"아니 저놈이 어떻게 높은 벼슬을 하고 이 지방을 행차해갈까?"

의심하고 일행의 거동을 살펴보니, 그 기구가 자사(刺使)가 아니면 태수의 지위임이 분명하였다.

'아하, 저 간통스러운 놈이 천하의 세도가 엄승상에게 아부하여 저런 출세를 하였구나.'

하고 더욱 치밀어오르는 분노를 느꼈다. 동청이 탄 백마가 지나간 뒤에 곧 이어서 길 치우라는 관졸의 호통이 들리더니 채의시녀 십여 명이 칠보금덩을 옹위하고 지나갔다. 그것이 동청의 처의 일행이라고 짐작한 유한림은 그 행렬이 다 지나간 뒤에 다시 큰길로 나와서 한참 가다가 주점에 들러서 점심을 사 먹었다. 이때 맞은편 집에서 여자 한 명이 나오다가 주점에서 점심을 먹는 유한림을 보고 놀라면서 물었다.

"유한림께서 어떻게 이런 곳에 와 계십니까?"

유한림도 놀라서 그 여자의 얼굴을 자세히 보니 그 여자가 다름 아닌 사씨의 시녀였던 설매였다.

"나는 이제 은사를 입고 귀양이 풀려서 황성으로 돌아가는 길이다마는 너는 어떻게 이곳에 왔느냐? 그래 그동안 댁내가 평안하냐?"

"대감님, 이리로 오세요."

설매는 황망히 유한림을 사람 없는 장소로 모시고 가서 눈물을 흘리면서 목멘 소리로,

"그동안 댁에서 겪은 일을 다 아뢰겠습니다. 한림께서는 아까 지나간 행차가 누구인지 아십니까?"

"동청이 무슨 벼슬을 하고 가는 모양이더라."

"뒤에 가던 가마 행차는 누구로 아셨습니까? 동해수를 기울여도 씻지 못할 원통한 일입니다."

"그야 필경 동청의 내자일 게 아니냐?"

"동태수의 그 내권이 바로 교낭자입니다. 소비도 일행을 따라 가다가 말에

서 떨어져서 옷을 갈아입으려고 저 집에 들렀다가 뜻하지 않은 한림을 이렇게 뵈옵게 되었습니다."

유한림이 설매의 말을 듣고 기가 막혀서 한참 말을 못하다가 이윽고 설매에게 다시 물었다.

"세상에 이럴 수가 있느냐! 좌우간 이렇게 된 자초지종을 자세히 말하라."

유한림이 비통한 안색으로 재촉하자, 설매가 흐느껴 울면서 호소하였다.

"소비는 하늘을 속이고 주인을 저버린 죄가 천지에 가득하오니 한림께서 관대히 용서하여 주십시오."

"내 지난 일은 탓하지 않을 테니 사실대로 숨기지 말고 말하라."

"사씨 부인께서는 비복을 사랑하셨는데 불충한 소비가 우둔한 탓으로 교낭자의 시비 납매의 꼬임에 빠져서 사씨 부인의 옥지환을 훔쳐 내었으며 교낭자 소생 장지를 죽였습니다. 그리고 그 죄를 사씨 부인에게 씌워서 축출케 하는 계교에 방조한 것이 모두 소비의 죄올시다. 그 근원은 모두 교낭자가 동청과 사통하여 갖은 추행을 일삼으면서 요녀 십랑과 공모하여 꾸민 간계였습니다. 한림께서 행주로 귀양가시게 된 것도 교낭자가 동청과 함께 엄승상에게 참소하여 꾸민 농간이었습니다. 그리고 한림께서 행주로 귀양가신 뒤에 교낭자는 동청을 따라 도망할 때도 형의 초상을 당하여 조상하러 간다는 거짓말을 하고 댁에 있는 보화를 전부 훔쳐 가지고 갔습니다. 소녀는 비록 배우지 못한 비천한 계집이나 이런 해괴한 변은 꿈에도 생각지 못하던 일입니다. 또 교낭자의 투기와 형벌이 혹독하여 시비들을 악형으로 괴롭혔으매, 소비도 비록 한때 이용은 당했으나 언제 살해될지 모르는 목숨입니다."

하고 설매는 자기 소매를 걷고 팔뚝에 악형당한 흉터를 내보이면서 말을 이었다.

"미천한 제 신세라 어미 품을 떠나서 호구지책으로 종의 몸이 되어서 그런 포악한 상전을 만났으니 누구를 원망하오며 제가 저지른 죄가 끔찍하오니

만 번 죽은들 어찌 속죄하겠습니까."

유한림이 설매의 보고와 참회하는 말을 듣다가 인아도 죽이려고……. 하는 말에 이르러서, 크게 실성하고 아찔해서 정신을 잃고 말았다. 이윽고 정신을 차린 유한림은,

"내가 어리석어서 음부에게 속아 무죄한 처자를 보전치 못하였으니 무슨 면목으로 세상과 조상께 대하랴."

유한림이 탄식하자 설매는 인아를 죽이려던 경과에 대하여 말을 계속하였다.

"교씨가 소비에게 인아 공자를 물에 넣어 죽이라는 명을 받고 강가에까지 갔으나, 그때 비로소 소비의 잘못을 뉘우치고 차마 교씨 말대로 할 수가 없어서 길가의 숲에 숨겨 두고 가서 물에 넣었다고 거짓 보고하였습니다. 그러니까 혹 어쩌면 그 인아 공자는 어떤 사람이 데려다가 잘 기르고 있을지도 모릅니다.

다행히 그렇게라도 되었으면 제 죄의 만분지 일이라도 덜어질까 하고 공자의 생존을 신명께 빌어 왔습니다."

이 말을 들은 유한림이 약간 미간을 펴고,

"다행히 너의 그 갸륵한 소행으로 인아가 살았다면 너는 그 애의 생명의 은인이다."

"밖에 저를 데리러 온 사람이 있으니 지체하면 의심받을까 겁이 납니다. 떠나기 전에 한 말씀 급히 아뢰고 가겠습니다.

어제 악주에서 행인을 만나서 들은 소식이온데 한림부인께서 장사로 가시다가 풍랑을 만나서 물에 빠져 돌아가셨다는 말도 하고, 다른 사람은 어떤 도움으로 살아 계시다고 풍문이 자자하여 갈피를 잡지 못하겠으니 한림께서 수소문하여 자세히 알아보시고 선처하십소서."

하고 설매는 밖에서 부르는 동행 시비를 따라서 급히 나가 버렸다. 설매가 교씨의 행렬을 쫓아가자 교씨가 의심하고 늦게 온 이유를 추궁하였다.

"낙마한 상처가 아파서 곧 오지 못하였습니다."

하고 핑계하였으나 교씨는 의심이 많고 간특한 인물이라 설매를 데리고 동행해 온 시비에게 다시 물었다.

"설매가 옷을 갈아입고 나오다가 그 앞집의 주점서 어떤 관위를 만나서 한동안 이야기하느라고 이토록 늦게 되었습니다."

"그 사람이 누구더냐?"

"행주 땅에 귀양갔다가 풀려서 돌아오는 유한림이었습니다."

교씨가 깜짝 놀라서 행차를 멈추고 동청과 함께 선후책을 상의하였다. 동청도 대경실색하고,

"그놈이 죽어서 탸향 귀신이 될 줄 알았는데 살아서 돌아오니 만일 다시 득의하면 우리는 살지 못할 것이다."

하고 건장한 관졸 수십 명을 뽑아서 유한림의 목을 베어 오면 천금의 상을 주리라고 명하였다. 이런 소동이 일어난 것을 본 설매는 교씨에게 맞아 죽을 것을 겁내고 뒤로 가서 나무에 목을 매고 죽었으므로 교씨는 그년 잘 되었다고 기뻐하였다.

이때 유한림은 설매로부터 기막힌 소식을 듣고 힘없는 걸음으로 가면서 생각하였다.

'내가 음부의 간교한 말을 듣고, 현처를 멀리하여 자식을 보전하지 못하고 일신이 이처럼 표박하게 되었으니 만고의 죄인이다. 무슨 면목으로 지하에 가서 처자를 보겠느냐.'

하고 악주에 이르러 강가를 배회하면서 부근 사람들에게 그 강물에 빠져 죽었다는 사씨의 소문을 알아보려고 하였으나 모두 모른다는 대답이었다. 유한림은 그래도 단념하지 않고 끈덕지게 수소문하다가 어떤 노인을 만나 물었더니 어느 해 어느 달 어떤 부인이 시녀 두어 명을 데리고 악양루에서 밤을 지새고 강가로 내려가는 것을 보았으나 그 후의 일은 모르겠다고 알려 주었다.

유한림은 그것이 필경 사씨로서 물에 빠진 것이 틀림없으리라고 더욱 절망하고 슬퍼하였다.

유한림은 그 강가를 떠나지 못하고 사방으로 배회하다가 큰 소나무 껍질을 깎아 거기에 큰 글씨로 쓴 것을 발견하였다.

'모년 모일 사씨 정옥은 이곳에서 눈물을 뿌리고 강물에 몸을 던졌다.'

이 유서를 발견한 유한림은 깜짝 놀라서 통곡하다가 그대로 기절하였다. 시동이 황망히 구원하여 한림은 정신을 차리고 다시 탄식하였다.

"부인이 그 현숙한 덕행으로 비명에 죽었으니 어찌 슬프지 않으랴. 억울한 물귀신에게 제사라도 지내서 위로하리라."

하고 제문을 지으려 하자 마음이 아득하여 눈물이 앞을 가려서 붓이 내려가지 않았다. 이때에 갑자기 밖에서 함성이 진동하였다. 놀라서 문을 열고 보니 장정 수십 명이 칼과 창을 들고서 들이닥치면서 외쳤다.

"유연수만 잡고 다른 사람은 상하지 말라!"

유한림이 놀라서 뒷문으로 도망쳐서 방향도 없이 허둥지둥 달아났다. 마치 그물을 벗어난 물고기 같고 함정에서 뛰어나온 범같이 정신없이 도망하였다. 그러나 얼마 가지 않아서 앞길이 막히고 바다 같은 큰 물이 가로놓였으므로 정신이 아득하여 진퇴가 극히 어려웠다.

"유연수가 이 물가에 숨었으니 샅샅이 뒤져서 잡아라!"

뒤에서 추격하는 괴한들이 호통을 쳤다. 유한림은 이제는 잡혀서 죽을 수밖에 없다고 하늘을 우러러 호소하였다.

"내가 선량한 처자를 애매하게 학대하였으니 어찌 천벌을 받지 않으랴. 남의 손에 죽느니보다는 차라리 물에 빠져서 스스로 죽으리라."

하고 물에 몸을 던지려는 순간 문득 배 젓는 소리가 은은히 들려왔다. 유한림이 그 뱃소리 나는 곳을 찾아 허둥지둥 가면서,'어떤 사람이 나의 위급한 몸을 구해 주려는 것일까.'

하고 요행이라도 있기를 하늘에 빌었다.

동정호 섬에 있는 수월암의 묘혜 스님은 사씨 부인을 보호하며 세월을 보내고 있었는데 하루는 사씨에게,

"부인, 오늘이 사월 보름날인데 그 전에 하시던 말을 잊으셨나요?"

하고 물었다. 사씨는 세상과 인연이 없는 섬 속의 한가로운 암자에서 세월 가는 줄도 모를 정도로 체력이 필요없는 생활이라, 그 중대한 사월 보름날의 일도 잊고 있었던 것이다.

"금년 사월 보름날에 배를 백빈주에 매고 있다가 급한 사람을 구하라는 예언을 시부님 영혼이 가르치셨다 하셨는데 오늘이 바로 그날입니다. 어서 백빈주로 배를 저어 가십시다."

사씨 부인은 그날 황혼에 배에 올라 백빈주로 저어 가면서 급해서 이 배의 구원을 받은 사람이 어떤 사람일까 궁금히 여기면서도 반가운 사람이면 얼마나 좋으랴 하는 생각이 들자 자연 자기 신세의 슬픈 회포에 사로잡히게 되었다.

유한림이 뱃소리가 가까워 오는 강가로 내려가면서 물 위를 보니 어떤 여자가 일엽편주를 저어 구슬픈 노래를 탄식처럼 부르며 오고 있었다. 그 노래의 귀절이 유한림에게 들려왔다.

> 창파에 달이 밝으니
> 남호의 흰 마름白濱을 캐리로다
> 꽃이 아름다워 웃고자 하되
> 배 젓는 사람 슬퍼하는도다

이 노래를 받아서 부르는 또 다른 여자의 노래도 들렸다.

> 물가의 마름을 캐니
> 강남의 날이 저물었네

동청에 사람 있어 고인을 만나리로다

유한림이 배를 향하여 빨리 배를 대어서 사람 살려 달라고 구원을 청하였다. 배를 젓던 묘혜가 백빈주 물가로 배를 대려고 하자 사씨가 당황해서 묘혜를 말리면서,

"저 사람의 음성이 남자인데 이상한 남자를 이 배에 태워도 괜찮겠습니까?"

하고 주저하였다. 그러나 묘혜는 조금도 저어하지 않고,

"급한 인명이 천금보다 귀중한데 목전에 죽을 사람을 어찌 구하지 않겠습니까?"

하고 급히 배를 저어서 물가로 대었다. 유한림이 배에 뛰어오르면서 애원하였다.

"도적놈들이 내 뒤를 쫓아오니 빨리 배를 저어 주시오."

조금만 늦었으면 유한림은 추격하던 동청의 부하 관졸에게 잡힐 뻔하였다. 체포 직전에 뜻하지 않은 배를 타고 떠나는 것을 본 괴한들은 호통을 치며 배를 불렀다.

"배를 도로 돌려 대라. 그렇지 않으면 전부 죽여 버린다!"

그러나 묘혜는 못 들은 척하고 배를 저어 그들의 추격을 피해갔다.

"그 배에 태운 놈은 살인한 죄인이다. 계림태수께서 잡으라는 놈이니 그놈을 잡아오면 천금 상을 주신다."

유한림은 자기를 잡아 죽이려는 놈들이 보통 도적이 아니고 동청이가 보낸 관졸임을 분명히 알았다. 머리끝이 새삼스럽게 쭈뼛해지고 전신에 소름이 끼친 유한림은 묘혜를 향하여 호소하였다.

"나는 한림학사 유연수로서 살인한 죄가 없는데 저 도적놈들이 공연히 꾸며서 하는 소리입니다."

묘혜는 유한림이 선량한 사람인 줄로 알았으므로 도적들을 비웃는 듯이

닷줄을 치면서 노래를 부르기까지 하였다.

> 창오산 저문 날에
> 달빛이 밝았으니
> 구의산의 구름 개는데
> 저기 가는 저 속객은
> 독행 천리 어디를 부질없이 가는가

유한림은 사지(死地)에서 뜻밖에 구해 준 배 안의 두 사람의 여자, 그 중의 늙은 여자가 부르는 이 노래의 의미도 알아들을 경황이 없었다. 이때 배 안에 담장소복으로 앉아 있던 젊은 여자가 유한림을 보더니 놀랍고 반가워서 울음을 터뜨렸다.

유한림이 이상히 여기고 자세히 보니 자기의 아내 사씨가 분명하지 않은가.

"부인을 여기서 만나다니, 이것이 웬일이오!"

유한림은 뜻밖에 만난 부인에게 인사한 후에 자연 나오는 탄식은 부인에 대한 자기 불찰의 후회와 사과가 아닐 수 없었다.

"내가 이제 무슨 낯을 들어 부인을 대하겠소. 부끄럽고 마음이 괴로워서 할 말이 없소. 그러나 부인은 정신을 진정하고 이 어리석은 연수의 불명을 허물하시오."

하고 설매에게 갓 듣고 온 소식을 마치 자백하듯이 말하였다.

즉 사씨 부인이 집을 떠난 후에 교씨가 십랑과 공모하고 방예로 저주한 일이며 또 설매가 옥지환을 훔쳐내다가 냉진과 더불어 갖은 흉계를 꾸민 말을 다 하였다. 사씨 부인이 남편의 이런 뉘우치는 말을 듣고 감사하면서 떨리는 음성으로,

"한림께 이런 말씀을 듣지 못하였으면 죽어도 어찌 눈을 감았겠습니까?"

하고 흐느껴 울었다. 한림이 또 설매를 꼬여서 장지를 죽이고 춘방에게

미루던 말과, 동청이 엄승상에게 참소하여 자기가 죽을 뻔하였다는 말과 교씨가 집안의 보물을 전부 가지고 동청을 따라간 경과를 알리자 사씨 부인은 기가 막혀서 묵묵히 울고만 있었다. 유한림은 부인이 아직도 자기의 잘못을 야속히 여기는 분함을 풀지 않고 대답도 않는 것이 아닐까 하고 더욱 가슴이 답답하였다.

"다른 것은 참을 수 있다 하더라도 어린 자식 인아가 죄도 없이 부인의 품을 잃고 아비도 모르게 강물 속의 무주고혼(無主孤魂)이 되었으니 어찌 견딜 수 있겠소."

하고 탄식하는 유한림의 눈에서 눈물이 비오듯이 흘러내렸다.

사씨 부인은 처음부터 너무 놀라워서 말도 못하고 있었다가 유한림의 이런 말을 다 듣자 외마디 비명을 올리고 기절하고 말았다. 한림이 황급히 구호하여 부인이 정신을 차리자 한림은 실의 상태에 빠진 부인을 위로하려는 듯, 또는 요행을 바라는 듯이,

"설매의 말을 들으니 인아를 차마 물에 던져 죽이지 못하고 길가의 숲속에 숨겨 두었다 하니 혹 하늘이 도우셨으면 어떤 고마운 사람이 데려다 길러 주고 있을지도 모르니 만나지 못하더라도 어디서든지 살아 있기만 해도 내 죄가 덜할까 하오."

사씨 부인이 흐느껴 울면서 비로소 입을 열었다.

"설매의 그 말인들 어찌 믿을 수 있습니까? 설사 숲속에 넣어 두었더라도 어린것이 어찌 살기를 바라겠습니까?"

서로 죽은 줄 알았다가 만난 부부는 반갑기보다도 어린 인아의 생사로, 새로운 슬픔에 사로잡혀서 오열하였다.

"아까 강가의 소나무를 깎고 쓴 필적을 보니 부인이 물에 빠져 죽은 유서가 분명하므로 슬픈 회포를 제문으로 지어 제사를 지내고 고혼이나마 위로하려고 하다가 마침 동청이 보낸 자객놈들을 만나서 데리고 오던 동자의 잠을

깨울 새 없이 쫓겨서 강가까지 왔으나 앞에 물이 막혀서 죽을 지경에 이르렀을 때 뜻밖에 부인의 배로 생명의 구원을 받았으니 감사하여 마지 않는데, 도시 부인은 어떻게 이곳에 와서 나를 구해 주었소?"

"제가 선산 묘하에 있을 적에 도적이 위조 편지를 하여 제가 속아서 납치될 뻔하였으나 시부님께서 현몽하셔서 모년 모월 모일에 배를 백빈주에 대령하고 있다가 급한 사람을 구하라고 신신당부하셨는데 오늘이 바로 그때 분부하신 날입니다. 그러나 제가 아득히 잊고 있었던 것을 저 스님께서 기억하시고 있어서 오늘 배를 타고 왔더니 과연 한림을 위급에서 구하게 되었으니 저 묘혜 스님은 우리 양인의 생명의 은인입니다. 아까 보셨다는 소나무의 유서를 쓰고 물에 뛰어들려고 했을 때에도 저 묘혜 스님이 구해다가 스님 암자에 지금까지 보호하여 주셨습니다."

유한림이,

"우리 부부는 묘혜 스님의 힘으로 살았으니, 그 태산 같은 은혜에 감사합니다."

하고 묘혜를 향하여 사례한 뒤에,

"지금 생각하니 묘혜 스님은 원래 서울에 계시던 스님이 아니십니까?"

"호호, 소승의 일을 한림께서 기억하고 계십니까?"

"기억만 하겠습니까. 당초에 우리 혼사를 담당해 주시고 이제 또 우리 부부를 구해 주시니 하늘이 우리 부부를 위하여 스님을 이 세상에 내신가 하옵니다."

묘혜가 유한림의 감사에 사양하면서,

"한림과 부인의 천명이 장원(長遠)하시기 때문이지 어찌 소승의 공이라 하겠습니까. 그러나 이곳에서 오래 말씀하고 계실 것이 아니라 빨리 소승의 암자로 가셔서 편히 쉬시기 바랍니다."

하고 묘혜가 배를 젓기 시작하자 순풍이 불어서 순식간에 암자 있는 섬에 도달하였다. 수월암에 이르러서 묘혜가 객당을 소제하고 유한림을 맞아들이고 차를 대접할 때 사씨를 모시던 유모와 시녀가 유한림을 뵈옵고 일희일비

의 주종(主從)의 회포를 금하지 못하였다. 유한림이 부인을 보고 말하기를,

"이제 호구의 환은 벗어났으나 의지할 곳이 없고 가업이 황폐하였으니 무창으로 가서 약간의 전량을 수습하여 앞일을 정한 후에 서울로 올라가서 가묘를 모시고 전죄(前罪)를 사코자 하니 부인이 나를 버리지 않으면 동행하기 바라오."

"한림께서 저를 더럽다 하시지 않으시면 제가 어찌 역명하겠습니까. 제가 선산을 떠날 적에 친척을 모아서 가묘를 개축하였습니다. 그런데 제가 이제 댁으로 돌아가는 것이 어떨까 합니다. 제가 옛일을 죄로 생각한 것은 없으나 사람을 대하기가 부끄러워서 그럽니다. 출거지인이 다시 입승하는데 예절이 있어야 하지 않을까 합니다."

"아, 내가 너무 급하게 생각한 모양이오. 내가 먼저 가서 묘를 모셔오고 다시 소식을 수소문한 후에 예를 갖추어서 데려 가리다."

"그는 그러하오나 한림의 외로운 몸이 또 도적의 무리를 만나시면 위태하니 조심하여 가십시오. 동청이 폭도를 보내어 잡지 못하였으므로 필연 다시 잡아죽이려고 할 것이 분명하니 한림은 성명을 바꾸고 변복으로 가십시오."

유한림이 사씨 부인의 염려가 옳다 하고 혼자 떠나서 여러 날만에 고향땅 무창에 이르러서 약간의 재산을 수습하고 선산을 수축하고 노복을 시켜서 농업을 경영하도록 지시하였다.

한편 동청은 교녀를 데리고 계림태수로 도임해 가다가 악양루 부근에서 유한림이 은사를 받고 귀양이 풀려서 행주에서 돌아온다는 소식을 듣고 깜짝 놀라서 장정 수십 명을 급히 보내어 목을 베려고 하였으나 실패로 돌아가자 교씨와 함께 당황해서 어쩔 줄을 몰랐다.

"유연수가 무사히 서울로 가면 우리 죄상을 황제께 아뢰고 원한을 풀 것이니 어찌 방심하겠소?"

하고 심복부하의 관졸들에게 유연수를 극력 수색하여 잡으라고 엄명하였

다. 그리고 사씨 학대에 공모하던 냉진도 의지할 곳이 없어서 생각한 끝에 큰 벼슬을 한 동청을 찾아서 도움을 청하자, 동청이 환대하고 심복을 삼고 그의 간교로 갖은 악행을 하여 백성을 가렴주구하고 왕래하는 행인을 유인하여 독주를 먹여 죽이고 재물을 약탈하였다. 이리하여 남방의 사람들은 모두 독청의 학정을 저주하고 그의 고기를 씹으려고 민심이 흉흉해졌다. 교씨는 계림에 간 지 얼마 되지 않아서 데리고 온 아들 봉추가 병들어 죽었으므로 역시 어미의 정으로 번민하였다.

큰 고을 계림에는 자연 관사가 많아서 분망하였다. 따라서 동청이 자주 관하 소현에 순행하여 집을 비우는 날이 많았다.

그리하여 동청이 본아에 없는 동안은 불량배 냉진이 내외사를 다스리게 되어 세도를 부리는 한편 요부 교씨는 동청의 눈을 속이고 냉진과 간통하고 추태를 재연했다. 마치 유한림 집에서 유한림의 눈을 속이고 동청과 간통하던 버릇을 그대로 되풀이하였던 것이다.

동청은 자기의 지위와 재산을 더 얻으려는 수단으로 계림 지방 백성의 재물을 수탈하여 십만보화를 엄승상에게 뇌물로 바치려고 그의 생일축하 선물 명목으로 냉진에게 전달시켜 보냈다. 그런데 냉진이 서울에 와서 보니 이미 엄승상의 세도가 무너진 때였다.

황제도 그의 간악함을 깨닫고 관직을 삭탈하고 가산을 압수하는 소동 중이었다. 냉진은 깜짝 놀라서 그 화가 자기에게도 미칠 것을 두려워하였다. 자기의 보호자요 공모자인 동청의 죄악이 많은 사실은 세상이 다 알고 있었으나 그의 배후에는 엄승상의 세도가 두려워서 감히 말하지 못하였던 것이다. 언제나 제 욕심에서 남을 이용만 하고 의리라고는 추호도 없는 냉진은 자기가 살아날 계교로 동청을 숙청시키는 공을 세우려고 등문고(登聞鼓)를 울려서 법관에게 민정을 호소하였다. 법관이 무슨 소송이냐고 묻자 냉진은 천연스러운 우국양민의 열변으로 진술하였다.

"저는 북방 사람으로서 남방에 다니러 갔다 왔습니다. 계림 지방에서는 태수 동청이 불인무의하여 학정을 일삼을 뿐 아니라 하늘을 속이고 무소불위하여 행인을 겁박하여 재물을 탈취하는 등 열두 죄목을 아룁니다."

법관이 냉진의 진술대로 황제에게 아뢰자 황제께서 대로하고 금오관을 파견하여 동청을 잡아 가두라고 분부하고 따로 순찰관을 보내서 민정을 조사한 즉 냉진이 고발한 사실과 조금도 틀리지 않는 학정을 일삼고 있는 사실이 증명되었다. 조정에는 이미 동청의 죄를 비호해 줄 엄승상이 숙청되었으므로 그를 구해 줄 사람은 없었다. 간악한 동청이 아무리 간신의 세도를 믿고 갖은 악행으로 재물을 구산같이 쌓고 살기를 원하였지만 어찌 불의의 뜻대로 되리오. 그는 속절없이 잡혀 와서 장안 네거리에서 요참의 형을 받았으며 백성에게 도적질한 재산을 몰수한 황금이 사만 냥이요, 그밖의 재물은 헤아릴 수 없을 정도로 사람들을 놀라게 하였다.

냉진은 동청을 배반한 덕으로 제 죄를 면하였을 뿐 아니라, 동청이 엄승상에게 보내던 뇌물 십만 냥을 고스란히 착복하게 되었다. 그리고 동청의 덕을 볼 때에 간통하던 교녀를 데리고 당당한 부부행세로 살게 되었다. 그러나 역시 서울에서 살기에는 뒤가 켕겨서 멀리 산동으로 피해 갔다. 산동으로 가는 도중에 어떤 여관에서 탕남음녀는 술에 만취하여 정신없이 자고 있었다.

그들을 태우고 가던 차부 성대관이란 놈이 본디 도적놈이었으므로 냉진의 행장에 큰 돈 냄새를 맡고 기회를 노리고 있다가, 그날밤에 냉진의 재물을 송두리째 훔쳐 가지고 도망해 버렸다. 냉진과 교녀는 함께 잠을 깬 후 도적맞은 것을 알고 애고하고 한탄할 따름이었다.

이때 황제가 조회를 받고 각 읍 수령의 불치를 탐문하시는 중 동청의 죄상 보고를 듣고 통탄하시며,

"이런 도적을 누가 그런 벼슬에 천거하였는고?"

"엄승상의 천거로 진유현령에서 계림태수로 승진시켰던 것입니다."

하고 승상 석가뇌가 보고해 올렸다.

"그렇다면 이 한가지로 미루어 보면 엄승상이 천거한 자는 모두 소인이요, 그가 배격하던 자는 모두 어진 사람임을 가히 알 수 있다."

하시고 엄승상의 잔당은 모두 벼슬을 삭탈하고 엄승상의 질시로 몰려서 귀양갔거나 좌천되었던 신료를 다시 초용하여 관기를 일신하였다. 이번의 큰 인사이동으로 가의대부 호연세로 도어사를 삼으시고 한림학사 유연수로 이부시랑을 삼으시고 또 과거를 실시하여 인재를 천하에 구하셨다. 이때 외해랑이 급제하여 문벌의 영화를 보전하였으니 그는 유한림의 부인 사씨의 남동생이었다. 사씨 부인이 두부인을 찾아서 남방의 장사로 향할 때 두총관은 이미 이직하고 서울로 돌아갈 때에 두부인도 함께 상경하였다. 사공자는 서울에서 그런 줄도 모르고 또 누님이 장사로 가다가 중간에서 낭패한 사실도 전혀 모르고 배를 얻어 타고 장사로 가려던 참에 서울의 조보를 보고 두총관이 순천부사로 영전된 것을 알았다. 마침 과거 시행의 시일이 멀지 않아 있게 되었으므로 두부인이 상경하기를 기다리며 과거 공부를 하다가 다행히 과거에 급제하였다. 그때 마침 순천부사로 승진된 두총관이 부임준비차 상경하였다.

사공자는 곧 누님의 소식을 물었으나 무사는 소식을 모른다고 눈물을 머금고 슬퍼하였다.

사공자는 누님이 장사로 가다가 중도에서 낭패하고 진퇴유곡하여 마침내 물에 빠져 죽었다는 소문을 듣고 그 누님 소식을 알려고 물가에 가서 두루 찾았으나 생사를 모른다는 소식을 두부인께 보고하였다.

"그때 그곳의 어떤 사람 말로는 어느 해 유한림이 그곳에 와서 사부인이 물에 빠져 죽었다는 필적을 보고 슬퍼하고 제문을 지어 제사를 지내려고 하다가 그날 밤에 도적에게 쫓겨서 어디로 간지 모른다고 합니다. 그러나 이제 조정에서 유한림을 다시 벼슬에 영전시키려고 찾으나 아무도 알지 못한다 하오니 기쁨이 도리어 더욱 슬픔이옵니다."

"그렇다면 한림은 살지 못하였을 듯하다."

하고 두부인이 여러 사람을 보내서 사방으로 탐문하자 유한림은 아직 죽지 않았다는 말이 더 많다는 보고였다. 이에 용기를 얻은 사공자가 행장을 차리고 악양루 근처의 강가에 이르러서 극진히 누님과 유한림의 행방을 찾았다. 그러나 역시 행방이 묘연하여 알 길이 없었다. 그래서 일단 단념은 하였으나 남양 지경이 장사와 멀지 않으니 도임한 후에 찾으려고 생각하였다.

이때에 유한림은 이름을 고치고 모든 행동을 취하였으므로 그의 신분을 알 사람이 없었다. 그리고 유한림은 고향에서 비복에게 농사를 열심히 짓게 하고 그 수확의 일부를 군산사로 사씨 부인에게 보내고 소식을 알아오라고 일러 보내었더니 다녀온 동자가 돌아와서,

"부인께서는 무사하십니다. 그런데 약주관아에서 방을 붙이고 한림을 찾고 있습니다. 그 연고를 물어 보았더니 황제께서 한림을 초용하셔서 이부시랑을 제수하시고 사신을 적소 행주로 보내서 찾았으나 벌써 은사를 입고 돌아가셨으나 종적을 몰라서 각처에 방을 붙이고 한림을 찾는 중이라 합니다. 그래서 소복은 감격하였으나 한림 허락을 받지 못하였으므로 관원에게 고하지 못하고 빨리 소식을 알려드리려고 달려왔습니다."

유한림은 동자의 이 소식을 듣고 속으로 생각하였다.

'엄승상이 천권하면 내 어찌 이부시랑에 초용되리오. 내가 초용되었다면 엄승상이 쫓겨난 모양이구나.'

하고 무창으로 나가서 관청에 복명하자 관원이 크게 놀라서 급히 맞아 당상으로 인도하면서,

"황제께서 선생을 이부시랑으로 제수하시고 소명이 미급하시온데 이제 어디로부터 오십니까?"

"소생이 뜻하는 바가 있어서 신분을 숨기고 다니다가 황제께서 엄승상을 조정에서 몰아내시고 현자를 부르시는 말씀을 듣고 왔습니다."

유한림은 무창 관원에게 이렇게 신분을 밝혔다. 그리고 외로운 섬의 암자에서 좋은 소식을 기다리는 부인에게 이 소식을 전달하였다. 그리고 오늘부터 유시랑의 신분이 된 유연수는 빨리 상경하여 황제께 복명하려고 역마를 몰아 길을 재촉해 갔다.

유시랑이 남창부에 이르자 지방 장관이 명함을 드리고 인사하였다. 유시랑이 명함을 받아서 본즉 성명이 사경(謝敬)으로 되어 있으나 본인의 얼굴은 모르는 사람이었다.

지방 장관은 유시랑을 귀빈으로 영접하고 주찬으로 환대하였다.

그런데 그 관원의 얼굴에 수색이 가득 차 있으므로 이상히 여기고 물으니,

"하관이 심중에 소회가 있어서 자연 기운이 없어 보인 모양이니 실례를 용서하여 주십시오."

하고 자기 누님을 한번 이별한 후에 생사를 모르고 매부 유한림의 종적도 묘연하다는 한탄을 하면서 눈물을 주르르 흘렸다. 유시랑이 비로소 그 지방 장관이 처남 사공자임을 알고 손을 잡고 탄식하였다.

"아 자네가 내 처남 아닌가. 내 얼굴을 자세히 보게."

남창부윤 사경이 놀라서 자세히 보니 분명히 매부 유한림이라, 반갑게 소매를 잡고 누님의 소식을 물었다.

"내가 우암하여 무죄한 누이를 집에서 내쫓아서 그 후에 갖은 억울한 고생을 시켰으니 자네 대할 면목이 없네."

"지난 일은 하는 수 없습니다. 누님은 지금 어디 계십니까?"

"묘혜 스님의 구원을 받고 지금 군산사에 잘 있으니 염려 말게."

"누님이 생존해 있는 것은 매형님의 복입니다. 묘혜 스님의 은혜는 백골난망입니다."

"자네는 너무나 마음을 상하지 말게. 천은이 호대하시매 다 갚기 어려운데 나의 박덕으로 이런 영복을 당하니 황송하기 그지없네."

하고 서로가 술잔을 나누며 끝없는 이야기를 다하지 못하고 이별하였다.
유시랑은 서울로 나가서 황제께 사은하자 친히 불러 보시고 간신 엄승상에게
속아서 유시랑의 충성을 모르고 고생시킨 존후사를 후회하였다. 유시랑이 황
송하여 감격의 눈물을 흘리며,

"성은이 이렇게 홍대하시니 미신이 황공무지하옵니다."

"경의 뜻이 굳어서 특히 강서백(講書伯)을 삼으니 인심찰직(仁心察職)하
기 바라오."

"황공하옵니다."

유시랑이 어전을 하직하고 집으로 돌아오니 비복들이 나와서 맞으며 눈물
을 흘렸다. 당사가 황량하고 정자에 잡초가 무성하여 주인이 없음을 여실히
나타내고 있었다. 유시랑이 사당에 참배하고 통곡 사죄하고 고모 두부인을
찾아 사죄하매 부인이 흐느껴 울고,

"이 늙은 몸이 살았다가 현질이 다시 귀달(貴達)함을 보니 죽어도 한이 없
다. 그러나 네가 조종향사를 폐한 지 오래니 그 죄가 어찌 가벼우랴."

"제 죄는 만 번 죽어도 부족하오나 다행히 부부가 다시 만났으니 죄를 용서
하십소서."

두부인이 질부와 만났다는 말에 놀라운 기쁨을 참지 못하고,

"조카의 액운이 인제야 다하였구나. 옛날에 현인에게는 복을 내리고 악인
은 재화를 만난다 하니 너는 이제 회과자책(悔過自責)하겠느냐?"

유시랑이 전후사를 모두 고하고 앞으로 다시는 그런 간악에 속지 않고 근
신할 것을 다짐하였다.

"그 같은 대악이 어찌 세상에 용납되겠습니까?"

하고 거듭 사과하였다. 이때에 모든 친척들이 유시랑을 찾아와서 하례하고
위로하였다.

"이것은 모두 가운이매 어찌 인력으로 막았으리오."

유시랑이 친척들과 하직하고 강서로 갈 제 그 위용이 매우 장엄하였다. 이때 사추관이 누님을 데려오겠다고 말하자 유시랑은 허락하고 자기는 강가에 가서 맞을 테니 먼저 떠나가라고 약속하였다.

동생 사추관은 미리 편지를 보내고 동정호의 섬 군산사에 이르니 사씨 부인이 미리 알고 기다리다가 만나서 기쁨을 이기지 못하고 수년 동안 그리던 정회를 푼 뒤에 유시랑의 편지를 전하였다. 사씨 부인이 편지를 받아 보니 남편은 방백을 하였는지라 감격하여 묘혜 스님에게 사은하고 유시랑이 보내온 예물을 전하였다.

"이것은 모두 부인의 복이지 어찌 소승의 공이겠습니까?"

이윽고 작별하게 되자 사부인과 묘혜 스님이 마치 모녀의 이별같이 서로 슬퍼하였다. 사추관이 묘혜에게 재삼 은혜를 치하하자 묘혜 또한 재삼 사양하고 앞으로도 여러분의 복록을 불전에 축원하겠다고 말하였다. 그날 사추관이 객당에서 자고 이튿날 부인과 함께 발정하자 묘혜가 암자의 여러 승니와 산에서 내려와서 떠나는 배를 기쁨과 슬픔으로 전송하였다. 일행이 약속한 지경에 강가에 배를 대니 유시랑이 이미 그곳에 와서 기다리고 있었는데 금수채장(錦繡彩帳)이 강변을 덮고 환영하는 사람이 물가에 정렬하고 기다렸다. 시비가 새 의복을 사씨 부인에게 올리매 부인은 칠 년 동안이나 입었던 소복을 비로소 벗고 화복으로 갈아입고 부부가 상봉하니 세상에 희한한 경사였다. 여기서 뱃길로 강서로 행하여 고향집에 이르니 비복들이 감격으로 환영하였다. 유시랑 부부가 묘에 참배할 제 제문을 지어서 부부가 재합함을 보고하는 사의가 간절하더라. 이 소문을 들은 강서 지방의 대소관원이 모두 유시랑을 찾아와서 예단을 드려 하례하고 또 사추관에게 하례하였으며, 유시랑은 큰 잔치를 베풀어서 빈객을 접대하였다.

사씨 부인은 남편을 만나서 다시 유가의 주부가 되었으나 새로운 슬픔이 있으니 아들 인아의 생사 소식이었다. 사방으로 수소문하였으나 인아의 행적은 묘연하여 알 길이 없었다. 어느덧 신년을 맞으며 부인이 유시랑에게 은근히 술회하였다.

"그전에 제가 사람을 잘못 천거하여 가사가 탁란하였던 일을 회상하면 모골이 송연합니다. 지금은 그때와 다르고 제 나이도 사십에 이르러서 생산하지 못한 지 십 년이라 밤낮으로 큰 걱정입니다. 후손을 위하여 다시 숙녀를 얻어 생남의 길을 마련할까 합니다."

"후손을 위하여 소실을 권하는 부인의 뜻은 고마우나 그 전에 교녀로 말미암아 인아의 생사를 알지 못하매 통입골수(痛入骨髓)한데 어찌 또다시 잡인을 집안에 들여놓겠소?"

부인이 한숨을 짓고,

"제가 시랑과 동서 삼십 년에 일점 혈육이던 인아의 생사를 모르고 아직 사속(嗣屬)이 없으니 지하에 가서 무슨 면목으로 조상을 뵈오리까?"

"그러나 부인의 연기가 아직 단산할 때가 아니니 그런 불길한 말을 하지 마시오."

"상공은 그런 고집은 마시고 제 말을 들으십시오."

하고 묘혜 스님의 질녀가 현숙하고 또 귀자(貴子)를 둘 팔자라 하면서 유시랑의 첩으로 삼으라고 굳이 권하였다. 유시랑은 사씨 부인의 성의에 마지 못하여 묘혜 스님의 질녀라는 여자의 근본을 물은 뒤 부인의 생각에 맡기겠다고 허락하였다.

"또 청할 일이 있습니다."

부인이 말을 바꾸어 남편에게 상의하였다.

"노복이 충성으로 나를 시중하다가 조난한 뱃속에서 죽었으니 그 영혼을 위로해 주어야겠으며, 또 황릉묘가 황폐하였으니 중수해야겠으며, 또 묘혜 스님의 암자가 있는 군산동구에 탑을 세워서 모든 은혜를 갚고자 합니다."

유시랑이 부인의 청은 마땅히 하여야 할 사은의 지성이라 하고 모두 많은 재물을 희사하여 시설하였다. 묘혜 스님은 유시랑 부부가 보낸 후한 금백으로 곧 수월암을 중수하고 군산동구에 탑을 신축하여 부인탑이라고 불렀다. 특히 황릉묘를 장엄하게 중수하고 노복의 영혼을 위로하려고 관곽을 갖추어서 다시 후장을 지내준 데 대하여 사씨 부인의 기특한 뜻을 세상이 칭송하여 마지 않았다.

사씨의 사동이 황릉묘지기에게 중수 비용을 전하고 돌아오는 길에 회룡령 땅에 들러서 묘혜 스님의 질녀를 찾아갔다. 이때 그 낭자가 그 전에 알았던 사씨 부인의 사동을 보고도 채 알지 못하고 물었다.

"총각은 어디서 어떻게 또 이곳에 왔소?"

"낭자는 왜 나를 몰라보십니까? 연전에 사씨 부인을 모시고 장사를 가던 길에 댁에서 수일간 신세를 진 사환입니다."

"아참 그랬군. 내가 몰라뵈서 미안했어요. 사씨 부인은 안녕하신지요?"

사동이 그 후에 지낸 사씨 부인의 사실을 대략 전하자 낭자는 사씨 부인이 누명을 벗고 시가로 돌아가서 잘 계시다는 말과 그것이 모두 낭자의 고모님 묘혜의 공이라는 말을 듣고 매우 기뻐하였다. 인사가 끝난 뒤에 사환은 사씨 부인이 보낸 편지를 낭자에게 내놓았다. 임낭자가 감격하고 봉을 떼어 보니 사연이 매우 간곡하였으므로 사씨 부인을 다시 한 번 만나보고 싶었다.

벌써 칠 년 전에 설매가 인아를 차마 물 속에 던지지 못하고 가만히 강변의 숲 속에 놓고 간 뒤에 인아가 잠을 깨어 아무도 없으므로 큰소리로 앙앙 울고 있었다. 이때 마침 나경으로 장사차 지나가던 뱃사람이 우는 어린아이를 찾아가 보니 얼굴 생김이 비범하고 가엾어서 배에 싣고 가다가 갈 길이 멀고 남경 가서도 누구에게 맡겨야 하겠기로, 도중의 연화촌에서 인아를 사람의 눈에 띄기 쉬운 곳에 내려놓고 갔었다. 이때 마침 임가의 아내 변씨가 꿈을 꾸었는데 문 밖에 이상한 광채가 비치었으므로 놀라서 깨니 꿈이었다. 아내의 꿈 이야기를 들은 남편 임씨가 급히 울 밖으로 나가서 본즉 용모가 잘난 어린아이가 울고 있으므로 안고 집으로 돌아왔다. 아내 변씨가 하늘의 꿈을 통해서 자기에게 준 귀동자라고 기뻐하고 고이 길렀다. 그러다가 변씨가 세상을 떠난 뒤로는 임낭자가 친동생같이 기르고 있었다.

동리 사람들은 효성이 지극하고 용모가 고운 임낭자가 부모를 다 잃고 외롭게 지내게 되자 동정도 하고 탐도 나서 여러 군데서 혼인하기를 청하였다. 그러나 임낭자는 고모 묘혜 스님이 장차 귀한 몸이 되리라던 말만 생각하면서 시골 농부의 집으로 출가하기를 원하지 않고 장차 재상의 부인이 될 것만 믿고 있었다.

사씨 부인은 임낭자의 재덕을 생각하고 유시랑에게 허락을 받은 후 사환을 그 연화촌에 보내고 얼마 지나 다시 시녀와 교부를 보내서 임낭자를 데려오게 하였다. 임낭자가 사부인을 만나려 생각하던 차에 가마로 데리러 왔으므로 감사히 여기고 얻어서 기르던 소년(인아)을 데리고 함께 사씨 부인을 만나 반기고 아이는 동생이라 하였기 때문에 아무도 이상하게 생각하지 않았다. 사씨 부인은 임낭자에게 유시랑의 둘째 부인이 되기를 권하였다. 임낭자는 이것이 꿈인가 의심하면서도 고모 묘혜 스님의 예언을 생각하고 감격하였다. 사씨 부인은 택일하여 친척을 초대하고 잔치를 베풀어 임씨를 성례시키니 그 용모가 아름다운 숙녀였으므로 유시랑이 심중으로 기뻐하고 사씨 부인에게 말하기를 내 그대에게 정이 덜할까 염려하노라 하니 부인은 미소만 보이고 대답하지 않았다.

하루는 인아의 그전 유모가 임씨 방으로 들어가서 눈물을 흘리며 말하기를,

"요전에 시비의 말을 들으니 낭자의 남동생 도련님이 그 전에 제가 시중하던 우리 공자와 얼굴이 꼭같이 생겼다 하기에 한번 보러 왔나이다."

유모의 말을 의아스럽게 생각한 임씨가 유모에게 물었다.

"댁의 공자를 어디서 잃었던가?"

"북경 순천부에서 잃었습니다."

임씨가 생각하기를 북경이 천 리인데 어찌 남경 땅에서 잃은 공자를 얻었으랴 하고 의아하였으나 시녀에게 인아 소년을 불러오게 하였다. 유모가 본즉 어렸을 때 자기가 밤낮으로 안고 기른 인아가 틀림없었다. 반가운 생각으로 왈칵 끌어안으나 한편 의심을 가지지 아니할 수 없었다.

"이 소년은 실로 내 모친이 낳은 친동생이 아니고 '모년 모월 모일'에 강가에 버려진 어린아이를 주워다가 길러서 의남매가 되었다네. 만일 얼굴이 댁이 기르던 공자와 같으면 혹 그런 연고 있는 소년인지도 모르겠네."

이때 소년이 먼저 유모를 알아보고 깜짝 놀라면서 물었다.

"유모, 왜 나를 몰라보는거야?"

"앗, 도련님!"

유모가 이때 소년을 끌어안고 임씨에게,

"이것 보십시오. 이 댁의 도련님이 아니면 어찌 나를 알아보고 이렇게 반가워하겠습니까?"

"이 아이의 성명은 비록 모르나 전에 귀한 댁 아들로서 곱게 길렀던 것이 분명하고 남경으로 가던 뱃군이 어디서 주웠으나 가다가 우리집 근처에 버리고 간 것이니까, 유모가 잘 알아보고 대감 양위께 말씀드리도록 하게."

유모가 임씨의 말을 듣고 크게 기뻐하면서 곧 사씨 부인에게 그 말을 전하자 부인이 황망히 임씨 방으로 달려와서 그 소년을 보고 반신반의하면서,

"너는 나를 알겠느냐?"

인아가 사씨 부인을 자세히 보다가 울음을 터뜨리고,

"어머니, 어머니는 저를 몰라보십니까? 어머님이 집을 떠나신 후에 소자가 매양 그립게 생각하였습니다. 어릴 때 일이라 제 기억이 아득하여 잘 모르나 여자가 저를 멀리 가다가 제가 잠든 사이에 강변 숲속에 두고 갔기 때문에 잠을 깬 뒤에 외롭고 무서워서 울 적에 큰 배를 타고 가던 사람이 데리고 가다가 또 어떤 집 울 밑에 놓고 갔습니다. 그때 그 집의 은모(恩母)가 거두어

길러 주어서 전보다 편하게 지내다가 이제 뜻밖에 여기 와서 어머님을 뵈오니 이제는 죽어도 한이 없습니다."

사씨 부인이 인아의 손을 잡고 대성통곡하며,

"이것이 꿈이냐, 생시냐. 꿈이면 이대로 깨지 말아야겠다. 내 너를 다시 보지 못할까 하였더니 오늘날 집에 돌아온 것을 만나니 어찌 하늘의 도움이 아니겠느냐?"

하고 흐느껴 울다가 유시랑에게 인아를 찾은 사실을 고하자, 유시랑이 급히 달려와서 자초지종을 듣고서 임씨를 칭찬하면서 기뻐하였다.

"우리가 오늘 부자, 모자가 이처럼 만나서 즐기는 경사는 모두 그대의 공이니, 그 은덕을 어찌 잊겠는가. 금후로는 나의 가장 큰 슬픔이 없게 되었다."

"과분하신 말씀을 듣자와 황송하옵니다. 오늘날 부자 모자가 상봉하신 것은 모두 존문의 음덕이시지, 어찌 제 공이겠습니까.

사씨 부인의 성덕현심(聖德賢心)에 신명이 감동하신 영험입니다."

"음, 그것도 그렇고 그대 공도 또한 장하지 않은가?"

하고 온 집안이 이 경사를 축하하면서 인아의 모습을 보니 장부의 체격이 발월하고 그 준매함을 칭찬치 않은 사람이 없었다. 원근의 친척이 모두 모여서 치하하는 동시에 임씨에 대한 대우가 두터워지고 비복들도 착한 임씨를 존경으로 섬겼다.

그리고 사씨 부인이 임씨 대하기를 동기처럼 아끼고 임씨 또한 사씨 부인을 형님같이 극진히 섬겼으며 보통 처첩간의 투기 같은 감정은 추호도 없었다.

이 무렵에 교녀는 동청이 죽은 뒤에 냉진과 살다가 마침내 냉진이 역적의 도당을 꾸미다가 괴수로 잡혀 처형되자 도망가서 낙양 술집의 창기가 되어 낙양의 인사에게 웃음을 팔아 재물을 낚으면서 전신이 한림학사의 부인이라고 호언하였으므로 낙양에서 교녀의 교태를 모르는 사람이 없었다. 유시랑 댁의 사환이 마침 낙양에 왔다가 창녀 교씨의 유명한 평판을 듣고 술집에 가서 보니 분명히 본인이라 깜짝 놀라고 돌아와서 교녀의 소식을 전하였다. 이 소식을 들은 유시랑은 부인 사씨에게,

"교녀를 잡지 못할까 걱정했더니 낙양청루에서 행색이 낭자하더니 내가 돌아갈 때에 잡아서 설치(雪恥)하겠소."

"그러세요. 그년을 잡아서 제 원한을 풀어야겠습니다."

관대한 부인 사씨도 교녀에 대한 철천지한은 풀리지 않았던 것이다. 그러나 사씨는 아들 인아를 만난 후로는 시름이 없었고 유시랑은 사사로운 고민이 없어서 모든 힘을 치민(治民)에 근면하매 모든 백성이 농업과 학업에 힘썼으므로 그의 일읍이 대치(大治)하여 태평성대를 구가하였다. 황제가 그 공적을 들으시고 예부상서로 승탁하시니 유상서가 사은차 상경하게 되었다. 행차가 서주에 이르러서 창녀로 이름난 교녀를 염탐한즉 분명히 그곳 화류계에서 군림하는 존재로 있었다. 유상서는 수단 있는 매파와 상의하고 창녀 교칠랑을 시켜서 이러이러하라고 명하였다. 매파가 교녀를 찾아서,

"이번에 예부상서로 영전되어 상경하시는 대감께서 교낭자의 향명을 들으시고 소실을 맞아 총애코자 하시는데 낭자 의향이 어떤가? 상서벼슬은 거룩한 재상의 지위요, 그 시비의 말을 들은즉 정실부인은 신병으로 치가(治家)도 못한다니까 낭자가 그 대감 댁에 들어만 가면 정실부인과 다름이 없이 집안 실권을 휘두르며 마음대로 호강을 할 것이니 이런 좋은 혼담이 어디 있겠나. 여자의 부귀는 역시 교낭자 같은 미인의 차지야."

교녀가 매파의 달콤한 권고를 듣고 생각하되,

'내 비록 화류계 생활로 의식의 부족은 없지만 나이도 점점 먹어 가니 종신의탁을 생각하지 않을 수 없으니 이 기회에 상서 부인이 되어서 천한 신분을 면하자.'

하고 매파에게 잘 성사시켜 달라고 쾌락하였다.

"성례는 대감과 본부인이 보시는 데서 할 것이므로 준비가 되면 낭자를

데리고 갈 테니 화장을 곱게 하고 기다려요."

"알겠어요."

하고 교녀가 득의의 미소를 지었다. 매파가 교녀의 승낙을 고하자 유상서는 인부를 갖추어서 교녀를 가마에 태워서 본 행차와 따로 서울로 데려가도록 분부하였다.

유상서는 서울에 이르러 황제 어전에 사은하고 집으로 돌아와서 친척을 모아 놓고 경축 잔치를 크게 베풀었다. 이 자리에서 사씨는 임씨를 불러서 두부인을 뵙게 하고,

"이 사람은 그전의 교녀와 같지 않은 현숙한 사람이니 고모님께서는 그릇 보지 마십시오."

하고 소개하자 두부인은 새사람이 비록 어진 사람이라도 나에게는 상관없는 일이라고 담담한 태도를 취하였다. 이때 유상서는 빙글빙글 웃으며 두부인과 좌중 손님들에게,

"오늘 이 즐거운 잔치에 여흥이 없으면 심심할까 합니다.

노상에서 명창을 얻어 왔으니 한번 구경하시오."

하고 좌우에 명하여 창녀 교칠랑을 부르라 하였다. 이때 교자로 실려서 서울로 왔던 교녀가 사처에서 기다리고 있다가 승명하고 상서 댁으로 데려오자 가마 안에서 내다보고 깜짝 놀라면서,

"이 집은 분명히 유한림 댁인데 왜 이리 가느냐?"

시녀가 시치미를 딱 떼고 하는 대답이,

"유한림은 귀양가시고 우리 대감께서 이 집을 사서 들어 계십니다."

교녀가 시녀의 말에 안심하고 또다시 가증한 교만한 생각을 일으켰다.

'나하고 이 집과는 인연이 깊구나. 마땅히 그 전에 정들었던 백자당에 거처하겠다.'

시비가 그렇게 옛꿈을 그리워하는 교녀를 인도하고 유상서와 사부인 앞으

로 갔다. 교녀가 눈을 들어서 보니 좌우에 있는 수많은 사람들이 전부 낯익은 유연수 문중의 일적이라 벼락을 맞은 듯이 낙담상혼하고 말았다. 교녀는 땅에 엎드려서 목숨만 살려 달라고 애걸하였다. 유상서가 큰 호통을 하며 꾸짖었다.

"네 죄를 아느냐!"

"제 죄를 어찌 모르겠습니까마는 관대히 용서하여 주십시오."

"네 죄는 일륜이니 음부는 들으라. 처음에 부인이 너를 경계하여 음탕한 풍류를 말라 함이 좋은 뜻이어늘 너는 도리어 참소하여 여우의 탈을 썼으니 그 죄 하나요, 요망된 무녀 십랑과 음모하여 해괴한 방법으로 장부를 혹하게 했으니 그 죄 둘이요, 음흉한 종년들과 동청과 간통하여 당을 이루고 악행을 하였으니 그 죄 셋이요, 스스로 저주하고 부인에게 미루었으니 그 죄 넷이요, 동청과 사통하여 가문을 더럽혔으니 그 죄 다섯이요, 옥지환을 도둑질하여 간인(奸人)을 주어 부인을 모해하였으니 그 죄 여섯이요, 제 손으로 자식을 죽이고 그 악을 부인에게 미루었으니 그 죄 일곱이요, 간부와 작하고 부인을 사지에 몰아넣었으니 그 죄 여덟이요, 아들을 강물에 던졌으니 그 죄 아홉이요, 겨우 부지하여 살아가는 나를 죽이려고 하였으니 그 죄 열이다. 너 같은 음부가 천지간의 음악한 대죄를 짓고 아직도 살고자 하느냐?"

교녀가 머리를 땅을 받으면서 울어대고,

"이것이 모두 제 죄이오나 자식을 해친 것은 설매가 한 일이요, 도적을 보낸 것과 엄승상에게 참소한 것은 동청이가 한 일입니다."

하고 사씨 부인을 향하여 울면서 호소하되,

"저는 실로 부인을 저버린 죄인이오나 오직 부인은 대자대비하신 은혜로 저의 잔명을 살려 주시비오."

부인 사씨는 눈물을 머금고 떨리는 음성으로 대답하였다.

"네가 나를 해하려 한 것은 죽을 죄가 아니지만 대감께 죄진 너를 내가 어찌 구하겠느냐?"

유상서는 교녀의 비굴한 행색에 더욱 노하였다. 곧 시동에게 엄명하여 교녀의 가슴을 찢어 헤치고 심장을 꺼내라고 하였다.

이때 사씨 부인이 시동을 만류시키고,

"비록 죄가 중하나 대감을 모신 지 오랜 몸이니 시체는 완전하게 처치하십시오."

유상서는 부인의 권고에 감동하고 동편 언덕으로 끌어내다가 타살한 후에 시체를 그대로 버려서 까막까치의 밥이 되게 하라고 명하니 좌중의 모든 사람이 상쾌하게 여겼다. 유상서는 만고의 간부 교녀를 죽이고 상쾌하게 여겼으나 사씨 부인은 시녀 설매가 억울하게 참사된 것을 가엾이 여겨서 뼈를 찾아서 잘 묻어 주었다. 그리고 십랑을 잡아서 치죄(治罪)하려고 찾았으나 전년에 금령의 옥사에 연좌되어서 죽었다는 사실이 밝혀졌다.

임씨가 유씨 문중에 들어온 지 십 년이 지나는 동안에 계속하여 삼형제를 낳았는데 모두 옥골선풍이요, 천금가사(千金佳士)였다. 장자의 이름은 웅(雄)이요, 차자의 이름은 준(俊)이요, 삼자의 이름은 란(爛)이라 하였는데 모두 부형을 닮아서 세상에서 뛰어난 인재들이었다. 황제는 유상서의 벼슬을 좌승상으로 승진하고 자주 불러서 만나시니, 유씨 가문의 영광이 비할 데 없었고 또 두춘관이 높은 벼슬에 이르니 그 명성의 웅성함이 천하에 으뜸이었다.

유승상 부부는 팔십여 세를 안양(安養)하고, 그 후대의 공자는 병부상서에 이르고 유웅은 이부상서를 하고 유준은 호부시랑을 하고 유란은 태상경을 하여 조정에 참열하였으니, 그 모친 임씨도 복록을 누려서 자부와 제손을 거느리고, 사씨 부인을 모시며 안락한 세월을 보냈다. 문필에 능달한 사씨 부인은 내훈 십 편과 열녀전 십 권을 지어서 세상에 전하고 자부들을 가르쳐서 선도를 행토록 권장하였다.

이러므로 착한 사람은 복을 받고 악한 사람은 앙화를 받는 법이니 후인을 징계함직 하나 사정이 기이하므로 대강 기록하여 후세에 전하는 바이니 보시고 사람은 명심하소서. 희로애락을 지성으로 근고(謹告)하옵니다.

1. 〈사씨남정기〉에서 교씨는 철저한 악녀의 형상으로 매우 생생하게 그려집니다. 이러한 악녀 교씨가 작품에서 수행하고 있는 서사적 기능은 무엇인지 생각해봅시다.

2. 유연수, 교채란, 사정옥 가운데 한 인물을 선택해 비판 또는 옹호해봅시다.

3. 교씨와 임씨는 같은 첩이지만 전혀 다른 행로를 걷고 있습니다. 그들의 대비에 감춰진 작가의 속임수는 무엇일까 이야기해 봅시다.

4. 불평등한 가족제도에는 항시 균열과 폭발의 가능성이 잠복되어 있기 마련입니다. 그러한 억압구조는 가족 구성원의 일부(여성)가 아닌 모두를 파산으로 몰아가기 마련입니다. 이와 같은 경험에 대해 서로 이야기해 봅시다.

15강 계모와 딸들의 전쟁

장화홍련전(薔花紅蓮傳)

  조선 평안도 철산 고을에 한 사람이 있었으니 성은 배요 명은 무용으로 본래 향족으로 좌수를 지내였다. 성품이 순후하고 가산이 넉넉하여 그릴 것이 없으나 다만 슬하의 일점 혈육이 없어 매양 슬퍼하였다. 하루는 부인 강씨가 몸이 곤하여 침구에 의지하였더니 문득 한 선관이 하늘에서 내려와 꽃송이를 주거늘 받으려 할 즈음에 홀연 광풍이 일어나 꽃을 불어 물속으로 들이치거늘 놀라 깨달으니 남가일몽이었다. 좌수를 청하여 꿈 이야기를 전하니 좌수 왈,

  "우리 무자함을 하늘이 가련히 여기사 귀자를 점지하시도다"

  하며 서로 기뻐하였다. 과연 그달부터 잉태하여 열 달이 차니 문득 방안에 향기가 진동하며 옥 같은 딸을 낳았다. 용모와 기질이 남달리 특이하여 좌수 부부 이름을 장화(薔花)라 하여 장중보옥(손 가운데 보석)으로 여겼다. 장화가 서너 살이 되자 강씨가 또 태기가 있어 열 달이 되었다. 부부가 아들을 낳기를 주야 바랐으나 해산을 하니 딸이었다. 마음에 서운하나 어쩔 수 없어 이름을 홍련(紅蓮)이라고 지었다.

  장화 형제 점점 자라매 얼굴의 화려함과 재질의 기묘함이 세상에 무쌍하고 효행이 더욱 특출하니 좌수 부처 사랑함이 비할 데가 없었으나 그 너무 숙성

함을 매양 염려하였다. 불행히도 강씨가 홀연히 병을 얻어 증세가 날로 위중하였다. 좌수와 장화 형제가 주야 약을 힘쓰되 조금도 효험이 없었다. 장화 형제 초조하여 하늘에게 기도하여 낫기를 바랐다. 이때 강씨는 병이 낫지 못할 줄 짐작하고 두 딸의 손을 잡고 좌수를 청하여 슬피 말하기를,

"첩이 전생의 죄가 중하여 이제 세상이 오래지 아니하리니 죽기는 서럽지 아니하되 저 어린 아이들을 부탁할 곳이 없으니 지하에 가도 눈을 감지 못할 것입니다. 슬프다! 첩은 한을 머금고 돌아가거니와 외로운 혼백이 바라는 바는 다른 뜻이 아닙니다. 첩이 죽은 후 낭군이 반드시 다른 사람을 취할 것이요, 취한즉 마음이 자연히 변할 것이니 그를 두려워합니다. 바라건대 낭군은 첩의 유언을 저버리지 마시고 두 아이를 가엾게 여겨 거두어 길러 어울리는 가문에 혼인하여 봉황의 쌍이 놀게 하시면 첩이 어두운 저승에서라도 낭군의 은혜에 감격하여 결초보은할 것입니다."

길게 탄식한 후 명이 진했다. 장화 형제 어머니를 붙들고 가슴을 치며 애통해 하니 그 형상은 심장이 쇠나 돌이더라도 슬퍼할 만했다. 이럭저럭 장례일이 다다라 예를 갖추어 선산에 묻고 장화 형제가 조석으로 제사를 지성으로 받들며 주야로 지나치게 슬퍼하였다. 세월이 물처럼 흘러 삼년이 지나 탈상을 하니 슬픔이 더욱 새로웠다.

이때 좌수가 비록 죽은 처의 유언을 생각하지만 후사를 염려하지 않을 수 없어 두루 혼처를 구하되 원하는 자가 없어 부득이 허씨를 취했다. 그 용모는 양 뺨이 한 자가 넘고 눈은 퉁방울 같고 코는 질병 같고 입은 메기 아가리요 머리털은 돼지털 같고 키는 한 자 정도 되는 난장이요 소리를 시랑(豺狼)의 소리요 허리는 두 아름은 한데 그 중에 곰배팔이며 수중다리에 쌍언청이를 겸하였고 그 주둥이를 썰면 열 사발이나 되고 얽기는 콩 멍석 같으니 그 형용은 참아 견디어 보기 어려운 중 그 마음이 더욱 엉큼하여 남이 못할 짓만 골라 하니 집에 두기 난감하였다. 그렇지만 그것도 계집이라고 그달부터 태

기가 있어 연하여 세 아들을 낳으니 좌수가 이로 말미암아 알고도 모르는 척하였으나 늘 딸들과 함께 강부인을 생각하며 잠깐이라도 딸들을 못 보면 삼추(三秋)같이 여겨 나갔다가 들어오면 먼저 딸들의 방에 들어가 손을 잡고 눈물을 흘리며 말하기를,

"너희 깊은 방 안에 있으면서 어미를 그리워하는 것을 아비가 매양 슬퍼하노라."

하며 애처롭고 불쌍하게 여기는 것이 점점 간절하니 허씨 시기하는 마음이 크게 일어나 장화 형제를 모해할 꾀를 생각했다.

이때 좌수가 허씨의 시기하는 마음을 알아채고 허씨를 불러 크게 책망하기를,

"우리 원래 빈곤하게 지내다가 전처의 재물이 많으므로 지금 넉넉해졌으니 그대의 먹는 것이 다 전처의 것이라. 그 은혜를 생각하여 저 아이들에게 심하게 굴지 말라."

이렇게 조용히 타일렀으니 시랑 같은 마음이 어찌 뉘우치리오. 이후로 더욱 모질어져서 저 형제를 죽일 계획을 밤낮으로 생각했다.

하루는 좌수가 외당에서 들어와 딸들의 방에 앉으며 딸들을 살펴보니 딸들이 괴롭게 앉아 서로 손을 잡고 슬픔을 머금어 눈물이 옷을 적셨다. 좌수가 탄식하기를,

"이는 반드시 죽은 어미를 생각하고 슬퍼하는구나."

하고 또한 눈물을 흘리며 말하기를,

"너희가 이렇게 자랐으니 네 모친이 살았다면 오죽 기뻐하랴마는 팔자가 기구하여 허씨 같은 계모를 만나 박대가 심하여 너희가 슬퍼하는 것을 짐작하니 차후 다시 이런 일이 있으면 처치하여 너희 마음을 편하게 하리라."

하고 나왔다.

이때 흉녀가 창틈으로 엿듣고 더욱 분노하여 흉계를 생각하다가 문득 기뻐하면서 제 자식 장쇠를 불러 큰 쥐를 잡아 오게 한 후 껍질을 벗기고 피를

발라 낙태한 형상을 만들어 장화 자는 방에 들어가 이불 밑에 넣고 나와 좌수를 기다려 보이려 했다. 아침이 되어 좌수가 들어오자 허씨가 정색하고 혀를 찼다. 좌수가 괴이하게 여겨 이유를 물으니 허씨가 말하기를,

"흉측한 일이 있으나 낭군이 반드시 첩의 모해라 하실 듯하여 처음에는 발설치 못하였습니다. 낭군은 친어버이라 나면 어르고 들면 반기는 정으로 자식들의 부정한 일을 전혀 모르고, 나는 친어미 아닌 까닭에 짐작은 하나 차마 이르지 못하였는데, 오늘은 늦도록 일어나지 않기에 어디가 불편한가 하여 들어가 보니 과연 낙태하고 누웠다가 첩을 보고 미처 숨기지 못하여 당황하였습니다. 첩이 마음에 놀랐으나 친딸이 아닌 까닭에 저와 나만 알고 일을 들추어내지 않았습니다. 우리는 대대로 양반인데 만일 이 일이 새어나간다면 무슨 면목으로 세상에 서겠습니까?"

하고 좌수의 손을 이끌고 들어가 이불을 들춰 보이니 이때 장화 형제는 잠이 깊이 들어 있었다. 허씨가 그것을 가지고 온갖 말로 조롱하니 용렬한 좌수는 그 흉계를 모르고 놀라 말하기를,

"이 일을 장차 어찌하리오?" 흉녀가 말하기를,

"저를 죽여 흔적을 없애면 다른 사람은 이런 사정을 모르고 첩이 흉악하여 무고한 전실 자식을 모해한다 할 것이니 첩이 먼저 죽어 모르는 것만 같지 못합니다."

하며 거짓 자결하는 체하니 미련한 좌수가 그 말을 곧이 듣고 급히 붙들고 빌면서,

"그대의 진중한 덕을 내가 이미 알고 있으니 빨리 가르치면 저를 바로 처치하리라."

하고 울었다. 흉녀가 이 말을 듣고 제 소원이 이루어지는가 기뻐하나 겉으로는 탄식하며 말하기를,

"내 죽어 모르고자 하더니 낭군이 이다지 걱정하시니 부득이 참거니와 저

를 죽이지 않으면 가문에 화를 면치 못하리니 진퇴양난입니다."

좌수가 듣고 죽은 처의 유언을 생각하며 기가 막혔지만, 한편으로 분노하여 처치할 묘책을 의논했다. 흉녀가 말하기를,

"장화를 불러 거짓말로 외삼촌 집에 다녀오라 하고 장쇠를 시켜 뒤 연못에 밀어 넣어 죽이라 하면 상책일까 합니다."

좌수가 옳게 여겨 장쇠를 불러 계획을 알려주고 장화를 불렀다. 이때 두 소저는 밤이 깊도록 죽은 어머니를 생각하고 슬퍼하다가 잠을 깊이 들었으니 어찌 흉녀의 흉악한 계책을 알리요? 장화가 갑자기 불안하고 답답하여 잠이 깨어 이상하게 생각하며 다시 잠들지 못하고 눈물을 흘리며 앉아 있었다. 갑자기 아버지의 부름을 듣고 나아가니 좌수가 말하기를,

"너는 너의 외삼촌 집에 다녀오라."

장화가 눈물을 머금고 대답하기를,

"소녀는 어머니 뱃속에서 나온 뒤로 문밖에 나간 적이 없는데 어찌 이 깊은 밤에 길을 나서겠습니까?"

좌수가 크게 노하여 꾸짖기를,

"네 오라비 장쇠를 데리고 가라 하거늘 무슨 잡말을 하느냐?"

장화가 엎드려 말하기를,

"부친께서 죽으라 하신들 어찌 거역하겠습니까마는 다만 밤이 깊기로 이런 사정을 하는 것이니 바라건대 밤이 새거든 가겠습니다."

눈물을 비처럼 흘리니 풀과 나무와 동물들도 장화를 위해 슬퍼하는 듯했다. 흉녀가 이러한 말을 듣고 갑자기 두 발길로 박차며 말하기를,

"너는 어버이 명을 따를 것이어늘 무슨 여러 말을 하느냐?"

하고 크게 욕하거늘 장화가 어쩔 수 없어 울며 말하기를,

"다시 드릴 말씀이 없으니 명대로 하겠습니다."

자기 방으로 돌아가 홍련을 깨워 손을 잡고 울며 말하기를,

"부친의 의향은 알지 못하겠지만 무슨 연고가 있는지 갑자기 외가로 가라 하시니 마지못해 간다. 시간이 없어 사사로운 정을 다 못 펴고 떠나니 가장 기가 막히는구나. 다만 슬픈 바는 우리 형제가 서로 의지하여 세월을 보내며 잠깐도 떠난 적이 없었는데 천만 의외에 길을 당하여 너를 적적한 빈 방에 혼자 버리고 가는 일을 생각하니 가슴이 터지고 간장이 타는 심정은 푸른 하늘이라도 다 쓸 수 없을 것이다. 아무래도 내 길이 좋지 못할 듯하나 만일 일이 잘 풀리면 빨리 돌아올 것이니 그 사이 그리운 생각이 있거든 서로 보게 옷이나 바꾸어 입자."

서로 바꾸어 입은 후 홍련의 손을 잡고 울며 타일러 말하기를,

"너는 부친과 계모를 극진히 섬겨 죄를 얻지 말고 내가 돌아오기를 기다려라. 내 가서 오래 있지 않고 삼사 일만에 돌아오려니와 그동안 그리워 어찌하리? 너를 두고 가는 형의 마음이 헤아릴 수 없으니 너는 슬퍼 말고 부디 잘 있거라."

말을 마치고 대성통곡하여 차마 서로 손을 놓지 못했다.

슬프다! 살아있을 때 헤아릴 수 없이 사랑하던 그 모친은 어찌 이런 때를 당하여 저 형제의 사정을 굽어 살피지 못하는가?

이때 흉녀가 듣고 시랑 같은 소리를 질러 꾸짖기를,

"어찌 이렇게 요란하게 구느냐?"

장쇠를 불러 재촉하기를,

"네 누이를 데리고 빨리 가라 했는데 그대로 있는 것은 어째서이냐? 바삐 가고 지체하지 말라."

개 돼지 같은 장쇠 놈은 염라왕의 분부나 모신 듯 어깨춤을 추며 문을 흔들며 말하기를,

"누이는 빨리 나오시오. 부친의 명을 거역하여 공연히 나만 꾸지람을 듣게 하니 이 아니 원통한가?"

하며 재촉이 대단하였다. 장화가 어쩔 수 없이 홍련의 손을 떨치고 나오려 하니 홍련이 형의 붉은 치마를 잡고 울며 말하기를,

"우리 형제 일시도 서로 떠날 때가 없더니 갑자기 오늘은 나를 버리고 어디로 가려 하시오?"

하며 따라 나왔다. 장화가 홍련의 가엾은 모습을 보니 간장이 마디마디 끊어지는 듯하여 달래 말하기를,

"내 잠깐 다녀올 것이니 울지 말고 잘 있거라."

하며 말을 이루지 못하니 노복들이 그 모습을 보고 눈물 아니 흘리는 사람이 없었다. 홍련이 형의 치마를 굳게 잡고 놓지 않으니 흉녀가 들이달아 홍련의 손을 뿌리치고 말하기를,

"네 형이 외가에 가는데 어디로 죽으러 가는 줄 알고 저다지 요괴롭게 구느냐?"

하고 꾸짖고 장쇠 놈에게 눈짓을 하니 장쇠가 알아채고 재촉이 성화같으니 장화가 어쩔 수 없어 말에 올라 통곡하며 갔다.

말을 몰아 산속으로 들어가 한 곳에 이르니 산은 첩첩하고 계곡마다 물이 흘렀으며 초목이 무성하고 인적이 적막했다. 달밤에 두견이 소리에 간장이 다 썩을 지경이었고 정신이 아득하고 물소리가 처량했다. 장쇠가 말을 잡고 내리라 하니 장화가 크게 놀라 말하기를,

"이 곳에 와 내리라니 어찌 된 말인가?"

장쇠가 말하기를,

"그대를 외가에 가라 함이 정말이 아니라 행실을 잘못하여 낙태한 일이 드러났기로 나로 하여금 이 못에 넣고 오라 하시기로 여기에 왔으니 빨리 물에 들어가라."

하며 잡아 내렸다. 장화가 이 말을 듣고 청천백일에 벽력이 내리는 듯 넋이 나가 소리 지르기를,

"유유한 창천(蒼天)아! 이 어찐 일인가? 무슨 일로 장화를 내시고 천고에

없는 악명을 쓰고 이 못에 빠져 죽어 속절없이 원혼이 되게 하시는고? 하늘이여 살피소서! 장화는 태어난 이후로 문 밖을 모르는데 오늘 무고한 누명을 얻었으니 전생 죄악이 이처럼 중하였단 말인가. 우리 모친은 어찌 세상을 버리셔서 슬픈 인생을 살다가 간악한 사람의 모해를 입어 타오르는 불에 나비 죽듯 하니 죽기는 서럽지 않지만 흉악한 악명을 어느 시절에 씻으며 외로운 홍련은 어찌 하리오?"

하며 통곡 기절하니 그 광경은 돌이나 나무 같은 마음을 가진 사람이라도 슬퍼할 만하나 흉악한 장쇠는 다만 재촉하기를,

"적막한 산중에 밤이 깊을 뿐만 아니라 이미 죽을 목숨이 발악하여 무익하니 바삐 물에 들라."

장화가 겨우 정신을 차려 울며 말하기를,

"내 기막힌 사정을 들어다오. 우리 비록 배다른 형제나 한 아비의 자식이라. 전일 우애하던 일을 생각하여 영영 황천으로 돌아가는 목숨을 가련하게 여겨 잠깐만 말미를 주면 외삼촌 집에 가서 돌아가신 어머니의 가묘에 하직하고 외로운 홍련을 부탁하여 위로하고자 하니 내 목숨을 보전하거나 누명을 벗고자 함이 아니다. 무죄함을 밝히면 계모에게 해가 있을 것이요 살고자 하면 아버지의 명을 거역함이니 반드시 명대로 하려니와 바라건대 잠깐 말미를 주면 다녀와 죽기를 청하노라."

하며 비는 소리가 애원 처절했으나 나무토막 같은 장쇠 놈은 조금도 불쌍히 여기는 빛이 없어 마침내 듣지 않으니 장화가 더욱 기가 막혀 하늘을 바라보고 통곡하기를,

"밝은 하늘은 이 지극한 원한을 살피소서. 장화의 팔자가 기박하여 6세에 모친을 여의고 형제가 서로 의지하여 서산에 지는 해와 동쪽 봉우리에 돋는 달을 대하면 간장이 사그라지고 후원에 피는 꽃과 계단에 돋는 풀을 보면 하염없이 눈물이 비 오듯하여 지내더니, 삼년 후에 계모를 얻으니 성품이 흉

악하여 박대가 심한지라. 서러운 간장과 슬픈 마음을 이기지 못하나 낮이면 부친을 바라고 밤이면 어머니를 생각하여 형제 서로 손을 잡아 길고긴 여름 날과 가을밤을 탄식으로 지내더니, 극악한 계모의 독수를 벗어나지 못하여 오늘날 이 물에 빠져 죽사오니 이 장화의 억울함을 천지일월은 살피소서. 홍련의 가엾은 인생을 불쌍히 여기사 나 같은 원귀를 본받게 마소서."

하고 장쇠를 돌아보고 말하기를,

"나는 이미 악명을 쓰고 죽거니와 저 외로운 홍련을 불쌍히 여겨 잘 인도하여 부모께 죄를 얻음이 없게 하고 부모를 뫼셔 백세 무양함을 바라노라."

하며 왼손으로 붉은 치마를 부여잡고 오른손으로 귀걸이를 벗어 들고 구슬 신발을 벗어 발을 구르며 눈물을 비 오듯 흘리고 오던 길을 향해 목 놓아 울어 말하기를,

"가엾구나 홍련아. 빈방에 혼자 앉아 밤인들 누구를 의지하여 새울 것인가? 차마 너를 버리고 죽는 간장이 굽이굽이 다 썩는다."

말을 마치며 푸른 물결에 나는 듯이 뛰어드니 문득 물결이 하늘에 닿으며 찬 바람이 일어나고 공중에서 큰 호랑이가 내달아 꾸짖기를,

"네 어미가 부도하여 애매한 자식을 모해하여 죽이니 하늘이 어찌 무심하리요?"

하고 장쇠 놈의 두 귀와 한 팔과 한 다리를 베어 먹고 간데없었다. 장쇠 기절하여 땅에 거꾸러지니 장화가 탔던 말이 놀라 집으로 돌아왔다.

이때 흉녀가 장쇠를 보내고 밤이 깊도록 오지 않는 것을 이상하게 여기고 있었는데 문득 장화가 탔던 말이 소리를 지르며 달려왔다. 흉녀 반기며 달려가 보니 그 말이 온 몸에 땀을 흘리고 들어오되 사람은 없었다. 크게 놀라 노복을 불러 말 오던 자취를 찾아 가 보게 하니 한 못 가에 장쇠가 거꾸러져 있었다. 자세히 보니 한 팔, 한 다리, 두 귀가 없고 피를 흘리고 인사불성이어서 모두 놀랐다. 문득 향기가 진동하며 차가운 바람이 으스스 불어오는데 이

상하게 여겨 살펴보니 못 가운데서 나오는 것이었다. 노복들이 장쇠를 구하여 돌아오니 그 어미가 놀라 약을 먹여 다음날 비로소 정신을 차렸다. 흉녀가 어떻게 된 일인지 물으니 장쇠가 전후 사연을 이르며,

"그 뒤로는 어찌 된 일인지 모릅니다."

하거늘 흉녀가 더욱 원망하여 홍련을 마저 죽이려 주야로 계교를 생각했다. 이때 좌수는 이 일로 인해 장화가 억울하게 죽은 줄 깨닫고 한탄하고 서러워함이 헤아릴 수 없었다.

이때 홍련은 집안일을 전혀 모르다가 집안이 요란한 것을 보고 이상하게 여겨 계모에게 이유를 물으니 흉녀가 벌컥 화를 내어 말하기를,

"요괴로운 네 형을 데리고 가다가 길에서 범을 만나 장쇠가 물려 병이 중하다."

하거늘 홍련이 다시 인사로 장쇠의 부상을 묻자 흉녀가 눈을 흘기며 말하기를, "무슨 요괴로운 말을 이리 하느냐?"

하고 떨치고 일어났다. 홍련이 이렇듯 박대함을 당하고 가슴이 터지는 듯하며 온몸이 떨려 제 방으로 들어와 형을 부르며 통곡하다가 홀연 잠이 들었다. 비몽사몽간에 물속에서 장화가 황룡을 타고 북해로 가거늘 홍련이 반갑게 달려가 물었으나 장화가 본체도 하지 않았다. 홍련이 울며 말하기를,

"형님은 나를 본 체 아니 하시고 홀연히 어디로 가십니까?"

장화가 눈물을 뿌리며 말하기를,

"내 몸은 길이 다른지라. 옥황상제의 명을 받들어 삼신산으로 약을 캐러 가는데 길이 바쁘기로 정회를 베풀지 못하나 너를 잊어버렸다고 여기지 말거라. 내 나중에 너를 데려가마."

이때 장화가 탄 용이 소리를 질러 홍련이 놀라 깨니 꿈이었다. 기운이 서늘하고 온몸에 땀이 흘러 놀라움을 이기지 못하여 부친께 이 사연을 고하며 통곡하기를,

"이 꿈을 꾸니 소녀의 마음이 무엇을 잃은 듯하여 자연 슬프니 형이 간

곳에 필연 연고가 있는가 합니다."

하며 목 놓아 통곡하니, 좌수가 이 말을 듣고는 가슴이 막혀 한 마디도 하지 못하고 다만 눈물을 흘렸다. 흉녀가 곁에 있다가 얼굴색이 변하며 말하기를,

"어린아이가 무슨 꿈 이야기를 하고 쓸데없이 슬픈 말을 하여 어른의 마음을 상하게 하느냐?"

하고 등을 밀어 내치거늘 홍련이 생각하기를,

'꿈 이야기를 하니 부친은 슬퍼만 하시며 아무 말을 못하시고 허씨는 얼굴색이 변하며 이렇게 구박하니 이는 반드시 연고가 있다.'

하며 이리저리 생각했다.

하루는 흉녀가 나가고 없는 틈을 타서 장쇠를 불러 달래며 장화의 거취를 탐문하니 장쇠가 감히 속이지 못하여 장화의 전후 사연을 이야기했다. 그제야 홍련이 제 형이 억울하게 죽은 줄 알고 슬프게 부르짖으며 기절하였다가 겨우 정신을 차려 말하기를,

"가엾구나 형님이여. 야속하구나 흉녀여. 애처롭구나 형님이여. 흉악하구나 흉녀여. 불쌍하구나 우리 형님 어느 나이라고 적막 공방에 외로운 나를 버리고 한없는 물에 빠져 슬픈 혼백이 되었는가. 세상 사람이 제 명에 죽어도 오히려 부족하게 여기는데 참혹하게도 우리 형님 이팔 청춘에 흉악한 악명을 씻지 못하고 천추에 원혼이 되었으니 고금에 이런 지원극통한 일이 또 어디 있으리오. 밝으신 하늘은 알아주소서. 소녀 3세에 어미를 여의고 형으로 더불어 의지하여 세월을 보내더니 외로운 몸이 전생에 죄 중하므로 이생에 팔자 기구하여 일신이 의탁할 곳이 없사오니 모진 목숨이 외롭게 남았다가 형과 같이 더러운 욕을 보지 말고 차라리 내 몸이 먼저 죽어 남을 원치 말 것이니 이제 죽기만 원하오니 원대로 하여 주시면 외로운 혼백이라도 형과 함께 다니고자 하나이다."

말을 마치며 눈물이 온 얼굴을 덮고 정신이 나갈 지경이었다. 아무리 형 죽은 곳을 찾아 가고자 하나 규중여자의 몸으로 문 밖 길을 모르니 어찌 그곳을 능히 찾아가리요. 주야 한탄할 뿐이었다.

하루는 청조가 날아와 온갖 꽃이 만발한 곳에서 오락가락하니 홍련이 생각하기를, '형님 죽은 곳을 영영 몰라 하더니 청조가 저렇듯 함은 필연 나를 데려가려 하는 것인가?' 슬픈 마음을 진정하지 못했다. 다음날도 청조 오기를 기다리는데 이미 해가 지니 동쪽 창에 기대 생각하기를, '청조가 오지 않아도 형의 죽은 곳을 반드시 찾아가려니와 이 일을 부친께 고하면 필연 가지 못할 것이니 내 스스로 사연을 기록하여 두고 가리라.' 하고 지필을 내와 유서를 썼다.

"슬프다. 모친일 일찍 이별하고 형제가 서로 의지하여 세월을 보내더니 형이 무죄하게 악명을 쓰고 마침내 이 지경에 이르니 어찌 슬프며 원통하지 않으리요? 전일 형제가 일시도 부친 슬하를 떠난 적이 없어서 거의 이십년간 한결같이 지내다가 오늘 이 지경에 이를 줄은 꿈에도 뜻한 바가 아니라. 지금 이후로 다신 부친의 얼굴을 뵙지 못하고 음성을 들을 길이 없으니 어찌 통한치 않으리까. 불초녀 홍련은 지극히 원통하고 슬픈 말씀을 아뢰오매 눈물이 앞을 가리와 가슴이 막히는지라. 바라건대 부모는 불초녀를 생각지 마시고 만수무강하소서."

이때는 오경으로 월색이 뜰에 가득하고 청풍이 서쪽으로부터 불어오더니 문득 청조가 날아와 앵두 나무에 앉으며 홍련을 보고 반기는 듯 지저귀거늘 홍련이 이르기를,

"네 비록 짐승이나 우리 형님 있는 곳을 가르쳐주려 왔느냐?"

하니 청조가 대답하는 듯하거늘 홍련이 말하기를,

"나를 데리러 왔거든 길을 인도하면 내가 따라가리라."

하니 청조가 고개를 숙이며 대답하는 것 같으니 홍련이 말하기를,

"그러면 잠깐만 머물렀다가 함께 가자."

하고 유서를 벽에 붙이고 방문을 나오며 한 바탕 통곡하기를,

"가련하다 나의 팔자여. 이제 어디로 가서 다시 이 문전을 보리요?"

하며 청조를 따라갔다. 몇 리를 못 가서 동쪽이 밝아왔다.

점점 나아가니 산은 첩첩하고 물은 겹겹인데 황금 같은 꾀꼬리가 봄날을 희롱하여 슬픈 사람의 심정을 도왔다. 청조가 물가에 다다라 주저했다. 홍련이 살펴보니 물 위에 오색 구름이 자욱하고 가운데서 슬픈 울음소리가 나며 '홍련아' 불러 말하기를,

"너는 무슨 죄로 천금 같은 목숨을 속절없이 험한 곳에 버리려고 하느냐? 사람이 한번 죽으면 다시 살지 못한다. 가련하다 홍련아. 이런 일을 생각 말고 빨리 돌아가라."

홍련이 형의 소린 줄 알고 급히 소리 질러 부르며 말하기를,

"형님은 무슨 죄로 나를 두고 이곳에 와서 있습니까? 내 형님 곁을 떠나 홀로 살 길이 없으니 형님을 따라 한 가지로 다니고자 합니다."

하니 구름 속에서 울음소리가 끊이지 아니하여 가장 슬펐다. 홍련이 더욱 정신을 차리지 못하다가 하늘에게 절을 하고 말하기를,

"우리 형의 악명을 씻어 주심을 바라나니 황천은 밝히 내려보소서."

하며 통곡하니 그 애처로움을 다 기록할 수 없었다.

이때는 구월이었다. 바람은 맑고 달은 밝아서 슬픈 사람의 마음을 비창하게 하는 중 홍련이 부르는 소리에 더욱 정신이 나가 오른손으로 비단치마를 잡고 나는 듯이 물에 뛰어드니 그 후로부터 물안개 자욱한 가운데서 슬피 우는 소리 주야로 이어져 계모에게 억울하게 죽음을 이야기하니 이는 사람들이 다 알게 하려는 것이었다. 장화 형제 원혼이 하늘에 사무쳐 매번 억울함을 밝히려고 본읍 원에게 들어가면 원이 기절하여 죽었다. 이런 일이 여러 번 일어나자 철산이 자연히 폐읍이 되어 인민이 흩어지니 조정에서 근심하였다.

하루는 전동호라는 사람이 철산 부사를 자원하니 이 사람은 성품이 강직하고 체구가 웅장했다. 상이 불러 보시고 말씀하시기를,

"철산이 이러저러하여 폐읍이 되었다 하여 가장 염려가 되더니 네 이제 자원하니 심히 다행하면서도 또한 근심이 된다. 부디 조심하여 인민을 보호하라."

하시고 철산 부사를 제수하셨다.

부사가 도임한 후 이방을 불러 묻기를,

"내 들으니 네 고을의 관장이 도임 후면 즉시 죽는다 하니 그 말이 옳으냐?"

이방이 대답하기를,

"과연 5,6년 전부터 부사가 밤이면 비몽 간에 꿈을 깨닫지 못하여 죽사오니 그 연고를 알지 못합니다."

하거늘 부사가 관아의 이속들에게 분부하기를,

"너희들은 불을 끄고 잠자지 말고 고요히 있으면서 동정을 살피라."

하고 친히 객사에 가 등불을 밝히고 주역을 읽었다. 밤이 깊은 뒤 홀연 찬 바람이 일어나며 정신이 아득하여 어쩔 줄 모를 즈음에 한 미인이 녹의홍상으로 문을 열고 천천히 들어와 절했다. 부사가 정신을 가다듬고 묻기를,

"너는 어떤 여자길래 깊은 밤에 감히 찾아왔느냐?"

"소녀는 이 고을에 사는 여자로 이름은 홍련이고 배좌수의 딸입니다. 장화는 소녀의 형입니다. 형의 나이 6세, 소녀의 나이 4세 때 어미를 여의고 아비를 의지하여 세월을 보냈습니다. 아비가 후처를 얻었는데 용모와 행실이 하나도 취할 것이 없었으나 공교롭게도 연이어 세 아들을 낳아 아비의 신임을 얻었습니다. 아비가 계모의 꾸며낸 참람한 말을 믿고 소녀 형제를 푸대접하기를 심하게 하였으나 계모도 어미라 하여 섬기기를 극진히 했습니다. 소녀의 형제 장성하자 얼굴과 재주가 떨어지지 않으니 아비가 소녀들을 애지중지하며 남이 가지지 못한 것으로 알고 어진 배필을 구하되 계모가 시기하기로

장차 이십이 되도록 정혼하지 못했습니다. 소녀의 몸이 원혼이 된 것은 다름이 아니라 아비 본래 물려받은 재산이 없고 어미 재물이 많아 노비가 천 명이오 전답이 천여 석지기요 그 외 금은보화는 수레에 싣고 말로 될 정도였습니다. 계모가 소녀 형제가 출가하면 재물을 다 가질까 하여 소녀 형제를 죽이고 재물을 탈취하여 제 자식을 주고자 하여 밤낮으로 궁리하며 반드시 해할 뜻을 두었습니다. 스스로 흉계를 내어 큰 쥐를 잡아 피를 많이 바르고 낙태한 모양을 만들어 가만히 형이 자는 이불 밑에 넣고 아비를 속여 죄를 이룬 뒤에 거짓으로 외삼촌 집에 보내는 체하고 불시에 말을 태워 그 아들 장쇠로 하여금 데려다가 못에 넣어 죽였습니다. 소녀가 이 일을 알고 지원극통하여 스스로 생각하니 구차하게 살았다가 또 흉계에 빠질까 두려워 마침내 형 죽은 곳에 빠져 죽었습니다. 죽은 것은 서럽지 않으나 형이 흉악한 악명을 씻을 길이 없으므로 더욱 원혼이 되어 부사마다 원통한 사정을 아뢰었으나 다 놀라 죽는 바람에 원을 이루지 못했습니다. 금일 천행으로 명관을 만나 당돌히 원통한 사정을 아뢰었으니 명관은 소녀의 슬픈 혼백을 불쌍히 여기셔서 죄의 유무를 밝혀 원수를 갚아 주시고 형의 누명을 벗겨 주시면 명관께서 이 고을을 태평하게 지내시고 아무런 문제가 없을 것입니다."

말을 마치고 하직하고 나갔다. 부사가 괴이하게 여겨 생각하기를, '처음부터 이런 일 때문에 폐읍이 되었구나.'

다음날 날이 밝자 동헌에 앉아 이방을 불러 묻기를,

"이 고을에 배좌수라는 사람이 있느냐?"

이방이 대답하기를,

"과연 있습니다."

부사 말하기를

"좌수의 전후처의 자식이 몇 명이냐?"

이방이 말하기를,

"전처의 두 딸이 있고 후처의 세 아들이 있다 합니다."

"오남매가 다 살았느냐?"

"두 딸은 죽고 아들들은 살았다 합니다."

"두 딸은 어찌 죽었다 하던가?"

"남의 일이라 자세히 알지는 못하지만 대강 듣기에는 그 장녀가 무슨 죄가 있었는지 못에 빠져 죽은 후 그 동생이 형제 우애가 중하므로 주야 통곡하다가 제 형이 죽은 못에 빠져 죽어 한 가지로 원귀가 되어 날마다 못가에 나와 앉아 울며 이르기를, '계모의 모해를 입어 악명을 쓰고 죽었다' 하며 여러 이야기를 하므로 행인들이 듣고 눈물을 흘리지 않는 사람이 없다 합니다."

부사가 듣고 즉시 좌수 부처를 잡아오게 했다.

부사가 배가에게 묻기를,

"네 전처에게 두 딸과 후처에게 세 아들을 둔 것이 옳으냐?"

좌수가 대답하기를,

"과연 그렇습니다."

"다 살았느냐?"

"두 딸은 병들어 죽고 아들 셋만 살았습니다."

"무슨 연고로 두 딸이 죽었는지 바른 대로 아뢰면 죽기를 면하려니와 그렇지 않으면 장하(杖下)에 죽으리라."

흉녀가 이 말을 듣고 크게 놀라 아뢰기를,

"부사께서 아시고 물으시니 어찌 조금이나 속이겠습니까? 전실의 두 딸을 길러 장성했는데 장녀가 실행하여 잉태하여 장차 누설되게 되어 노복들도 모르게 약을 먹여 낙태시켰습니다. 남들은 그런 줄 모르고 계모가 모해한 줄로 알 듯하기에 저를 불러 훈계하기를, '네 죄는 죽여 아깝지 않으나 너를 죽이면 남들은 나의 모해로 알겠기로 짐작하여 죄를 용서한다. 차후는 다시 이런 행실을 하지 말고 마음을 닦아라. 만일 남이 알면 우리 집을 경멸할 것이니 무슨 면목으로 사람을 대하겠느냐?' 하고 꾸짖었더니 제 죄를 알고 부모 보기를 부끄러워하여 스스로 밤에 나가 못에 빠져 죽었습니다. 그 아우 홍련 또한 제 형의 행실을 좋게 여겨 밤을 타 달아난 것이 해가 지났으나 종적을 모를 뿐만 아니라 양반의 자식이 실행하여 나갔다고 어찌 찾을 수 있겠습니까? 이러므로 허물을 나타내지 못했습니다."

부사가 듣고 묻기를

"네 말이 그렇다면 낙태한 것을 가져 와 보이면 알 것이다."

흉녀가 대답하기를,

"첩의 친녀가 아닌 까닭에 이런 화를 당할 줄 알고 그것을 깊이 보관했습니다."

하고 즉시 품속에서 꺼내 드렸다. 부사가 보니 낙태한 것이 분명했다. 이에 분부하기를,

"말과 일이 그럴듯하나 죽은 지 오래 되어 분명한 증거가 없으니 내 생각하여 처치할 것이니 아직 물러 있으라."

하고 놓아주었다.

이날 밤에 홍련 형제가 부사 앞에 나아와 두 번 절하고 여쭙기를,

"천만의외에 명관을 만나 우리 형제 누명을 벗을까 바라더니 명관도 흉녀의 간특한 꾀에 빠질 줄 어찌 생각했겠습니까?"

하며 슬피 울다가 말하기를,

"명관은 깊이 생각해 보소서. 옛날 순임금도 계모의 화를 입었으니 소녀의 뼈에 새긴 원한은 어린 아이라도 다 알거늘 이제 명관이 간악한 계집의 말을 곧이 듣고 극악함을 깨닫지 못하시니 어찌 애닯지 않으리요? 소녀의 일은 천지일월이 아시는 바니 밝히기는 손바닥 뒤집듯 쉬운지라. 소녀 등의 어리석은 소견으로는 흉녀를 다시 잡아 낙태한 것을 올리라 하여 배를 가르고 보시면 반드시 진가를 밝히실 것이니 알게 되신 뒤에는 소녀 형제를 불쌍하게 여기시어 법대로 처치해 주시고 소녀의 아비는 태고 적 사람 같아 그 흉녀

의 간특한 모계에 빠져 흑백을 분변치 못한 것이니 특별히 용서해 주심을 천만 바랍니다."

말을 그치며 홍련 형제 일어나 절하고 청학을 타고 반공에 솟아 갔다. 부사가 그 말이 분명한 것을 듣고 자기가 흉녀에게 속은 줄 더욱 분노하여 날 새기를 기다렸다.

아침에 정무를 시작하자 좌수 부처를 성화 같이 잡아다가 다른 말은 묻지 않고 낙태한 것을 바삐 내라 하여 살펴보니 낙태한 것이 아닌 것이 분명했다. 좌우에게 명하여

"그 낙태한 것을 배를 가르라."

하니 좌우가 명을 듣고 칼을 가지고 달려들어 배를 가르니 그 속에 쥐똥이 가득했다. 허다 관속이 이를 보고 모두 흉녀의 계교인 줄 알고 저마다 꾸짖으며 홍련 형제의 애매히 참사함을 불쌍히 여겼다. 부사가 대로하여 흉녀에게 큰 칼을 씌우고 큰 소리로 욕하기를,

"이 간특하고 흉악한 년아! 네 천고에 극악한 죄를 짓고도 방자히 공교한 말로 관장을 속였느냐? 그때는 내 잠깐 생각하는 바가 있어 놓아주었거니와 이제는 무슨 말을 꾸며 변명코자 하느냐? 네 국법을 업신여겨 몹쓸 일을 하여 무죄한 전실 자식을 죽인 연고를 자세히 아뢰어라."

좌수 이 거동을 보고는 제 몸에 돌아가는 죄는 생각하지 않고 애매한 자식을 무고히 죽였음을 뉘우치고 뉘우쳐 다만 눈물을 흘리며 고하기를,

"소민의 무지무식한 죄는 성주 처분이오나 비록 지방의 용렬한 백성이온들 어찌 사리를 모르겠습니까? 전실 강씨 불쌍하게 죽고 두 딸이 있으니 부녀 서로 위로하여 세월을 보내더니 후사를 아니 돌아보지 못하여 후처를 얻었습니다. 비록 어지지 못하나 연이어 세 아들을 낳으니 마음에 가장 기뻐하더니 하루는 소민이 나갔다가 돌아오니 흉녀가 문득 얼굴색을 변하며 고하기를, '장화의 행실이 음란하여 낙태하였으니 들어가 보라' 하고 이불을 들추기로

소민이 놀라 어두운 눈에 보니 과연 낙태한 것이 맞았습니다. 미련한 소견에 전혀 깨닫지 못하는 중 더욱 전처의 유언을 아득히 잊고 흉계에 빠져 죽인 것이 분명하니 그 죄 만 번 죽어도 사양하지 않겠습니다."

흉녀가 또한 엎드려 아뢰기를,

"소첩은 대대 거족으로 문중이 쇠잔하고 가사가 탕패하던 차에 좌수가 간청하므로 그 후처가 되었습니다. 전실의 두 딸이 있으나 그 행동거지가 매우 아름답기로 친자식같이 길렀습니다. 그런데 이십에 이르자 저의 행동이 점점 흉측하여 백 가지 말 중 한 말도 듣지 않고 원망이 대단하기로 때때로 저희를 훈계하고 타일러 아무쪼록 사람을 만들고자 했습니다. 하루는 저희 형제가 비밀히 하는 말을 우연히 엿들었는데 그 흉악하고 패악함을 이루 헤아릴 수 없었습니다. 마음에 가장 놀라웠으나 가부에게 말한다면 반드시 모해하는 줄로 알 것 같아 다시 생각하여 저를 먼저 죽여 내 마음을 펴고자 하여 가부를 속이고 죽인 것이 맞습니다. 법대로 처치하시려니와 첩의 아들 장쇠는 이 일로 말미암아 천벌을 입어 이미 병인이 되었으니 죄를 용서하소서."

장쇠 등 삼형제가 또한 여쭙기를,

"소인 등은 달리 아뢸 말씀이 없고 다만 부모 대신으로 죽고 늙은 부모를 용서하심을 천만 비옵니다."

부사가 좌수 부처와 장쇠 등의 진술을 듣고 한편으로 흉녀의 범행을 놀라워하고 한편으로 홍련 형제의 억울하게 죽음을 가련히 여겨 말하기를,

"이 죄인은 다른 이와 다르니 내 임의로 처결할 수 없다."

하고 즉시 이 사연으로 감영에 보고하니 순찰사가 듣고 놀라 말하기를,

"이는 고금에 없는 일이다."

하고 조정에 보고했다. 상이 장계를 보시고 홍련 형제를 불쌍히 여기셔서 즉시 하교하시기를,

"흉녀의 죄상이 만만 흉악하니 흉녀는 능지처참하여 후인을 각별히 징계하

고 그 아들 장쇠는 교살하고 장화 형제의 억울함을 밝히는 비를 세워 주고 제 아비는 제 원대로 놓아주라."

하시니 순찰사가 하교를 받들어 철산부에 알렸다. 본관이 명령대로 흉녀는 능지처참하여 회시하고 그 아들 장쇠는 목졸라 죽이고 좌수는 계단 아래 꿇어앉히고 꾸짖기를,

"네 아무리 어리석으나 흉녀의 간계를 깨닫지 못하고 애매한 자식을 죽였으니 마땅히 네 죄를 다스릴 것이로되 홍련 형제의 소원이 있고 또 하교가 이러하시기로 네 죄를 특별히 사하노라."

하고 즉시 관속을 거느리고 장화 형제 죽은 못에 나아가 물을 퍼내고 보니 두 여인이 옥평상에 자는 듯이 누워 있었는데 얼굴이 조금도 변치 않아 산 사람 같았다. 부사가 보고 기이하게 여겨 관과 수의를 갖추어 명산을 골라 안장하고 묘 앞에 삼척 석비를 세웠다. 석비에 쓰기를 "해동 조선국 평안도 철산부 배무용의 딸 장화와 홍련의 불망비"라 했다.

하루는 부사가 피곤하여 침구에 의지해 있었는데 문득 장화 홍련이 차림새를 정결하게 하고 들어와 사례하기를,

"명관의 은택으로 소녀들의 원수를 갚고 해골을 거두며 아비 죄를 분간하신지 은혜를 논할진대 태산이 낮고 하해가 옅은지라. 어두운 저승에서라도 결초보은을 잊지 아니하려니와 우선 머지않아 승진하실 것이니 소녀의 도움인 줄 아소서."

하고 문득 간데없었다. 부사가 놀라 깨어 꿈을 기록하여 나중에 맞는지 보려고 했다. 과연 그 달부터 차차 승진하여 통제사에 이르니 장화 홍련이 음으로 도운 것을 가히 알 수 있다. 무릇 흉녀의 간악함은 천지간에 용납할 수 없는 바인 까닭에 저의 모자 죽음을 면치 못하니 여자 중에 혹 남의 후실 되는 자는 반드시 전실 자식을 친자식보다 더 사랑하고 이 같은 년의 소행을 추호도 하지 말 것이다.

배좌수가 국가 처분으로 흉녀를 죽여 두 딸의 원혼을 위로하였으나 오히려 상쾌함이 없어 오직 딸들이 애매히 죽음을 주야 슬퍼하여 그 얼굴을 보는 듯 목소리를 듣는 듯 거의 미칠 지경이 되어 다만 이 세상에 다시 부녀가 되기를 축원했다. 그러나 집안을 주재할 사람이 없으므로 바랄 곳이 더욱 없어 부득이 혼처를 구하여 향족 윤광호의 딸을 취하니, 나이는 18세요 용모와 재질이 비상하고 성품이 온순하여 숙녀의 기풍이 있었다. 부부의 정이 진중하여 금슬지락이 지극했다.

하루는 좌수가 외당에서 딸 생각이 솟아나 능히 잠을 이루지 못하고 이리저리 돌아누울 즈음에 홀연 두 딸이 평상시 같은 모습으로 표연히 들어와 절하고 말하기를,

"소녀 팔자 기구하여 모친을 일찍 여의고 전생 업원으로 계모를 만나 마침내 애매히 누명을 쓰고 부친 슬하를 이별했습니다. 지원극통함을 이기지 못해 이 사정을 상제께 아뢰니 상제께서 살피셔서 말씀하시기를, '너희 사정이 불쌍하나 이것도 너희 팔자니 누구를 한하리요? 그러나 너의 아비와 인연이 미진하였으니 다시 세상에 나가 부녀의 의를 맺어 서로 원을 풀어라.' 하시고 물러가라 하시니 그 의향을 모르겠습니다."

하고 비처럼 눈물을 흘리니 좌수가 달려들어 붙잡고 반길 즈음에 동네 닭 울음 소리에 문득 깨달아 무엇을 잃은 듯 어린 듯 취한 듯하여 심신을 진정하기 어려웠다.

이때 윤씨가 꿈을 꾸니 선녀가 구름 속에서 내려와 연꽃 두 송이를 주며,

"이는 장화 홍련이니 그 애매히 죽음을 상제가 불쌍히 여기사 부인께 점지하시니 귀하게 길러 영화를 보라."

하고 간데없거늘 윤씨가 깨어 보니 꽃송이가 손에 쥐여 있고 기이한 향이 방안에 가득했다. 괴이하게 여겨 좌수를 청하여 꿈 이야기를 전하며 장화 홍련이라는 말을 물었다. 좌수가 말을 듣고 꽃을 보니 꽃이 넘실거리며 반기는

것 같았다. 딸을 다시 만난 듯 눈물이 떨어짐을 깨닫지 못하며 윤씨에게 딸들의 전후 이야기를 들려주었다.

"전날 꿈이 이러이러하더니 두 딸이 반드시 부인께 태어날 징조인가 싶소이다."

서로 기뻐하며 꽃을 옥병에 꽂아 두고 시시로 보며 사랑하니 슬픈 마음이 자연히 사라졌다.

과연 그달부터 윤씨가 잉태하여 육칠 개월이 되니 배부르기 유별하여 쌍둥이가 분명했다. 열 달이 되자 윤씨가 몸이 심하게 피곤하여 침상에 의지했더니 이윽고 몸을 풀어 쌍둥이 딸을 낳았다. 좌수가 듣고 급히 들어와 부인을 위로하고 신생아를 보니 용모와 기질이 옥으로 새긴 듯 꽃으로 만든 듯 곱고 아름다움이 그 연화와 같았다. 그러나 그 꽃을 돌아보니 벌써 간데없었다. 가장 이상하게 여겨 생각하기를, '반드시 그 꽃이 변하여 딸이 되었구나.' 하며 기쁨을 이기지 못해 이름을 장화와 홍련이라 하고 손 안에 구슬처럼 애지중지했다.

장성하여 부유하고 외모, 재주를 두루 갖춘 쌍둥이 형제와 각각 혼인하여 행복하게 인생을 보냄. 배좌수는 90세가 되어 자손의 영화를 보고 장수하는 사람에게 주는 벼슬을 지내고 죽음.

1. 강씨의 유언은 무엇이었는지 알아봅시다.

2. 허씨의 외모를 어떻게 묘사하고 있는지 알아봅시다.

3. 배좌수는 어떤 인물인지 알아봅시다.

4. 허씨와 장화, 홍련의 갈등 원인은 무엇인지 생각해봅시다. 특히 17세기 이후 상속제도가 변화했던 사회적 상황과 관련하여서도 갈등 원인을 생각해봅시다. (조선 전기 : 여성이 혼인할 때 가져간 재산은 여성 명의이며, 사망 시 남편이 아닌 친자녀에게 상속되고 친자녀가 없을 경우 친정에 귀속됨. 조선 후기 : 여성이 혼인할 때 가져간 재산은 남편 명의이며 남편의 재산으로 아들에게 상속됨)

5. 계모와 전처 자식의 갈등 원인을 보다 깊이 알아보기 위해 장화홍련전을 희생양 매커니즘으로 읽어 봅시다.

16강 아버지의 딸, 심청

심청전

송나라 말년에 황주 도화동에 한 사람이 있었는데, 성은 심(沈)이고, 이름은 학규였다. 대대로 벼슬을 한 집안으로 이름이 났으나, 집안 형편이 기울어져 스무 살이 못 되어 앞을 못 보게 되니, 벼슬 길이 끊어지고 높은 자리에 오를 희망이 사라졌다. 시골에서 어렵게 사는 처지이고 보니 가까운 친척도 없고 게다가 눈까지 어두워서 알아주는 사람은 없었지만, 양반의 후예로 행실이 청렴하고 지조가 곧아서 사람들이 모두 군자라고 칭송했다.

그 아내 곽씨 부인은 어질고 지혜로워서 임사 같은 덕행과 장강 같은 아름다움과 목란 같은 절개를 가졌다. [예기(禮記)], [가례(家禮)] 〈내칙편〉과 〈주남〉, 〈소남〉 관저시를 모를 것이 없었다. 이웃과 화목하고 아랫사람에게 따뜻하며 집안 살림하는 솜씨가 빈틈이 없었으며, 백이 숙제처럼 청렴하고 안연처럼 가난하게 살았다. 물려받은 재산 없이 집 한 칸에 많지 않은 세간살이로 끼니조차 잇기 힘들었다.

들에는 논밭이 없고 행랑에는 종이 없어, 가련하고 어진 곽씨 부인 몸소 품을 팔아 삯바느질을 했다. 관대 도포 행의 창의 직령이며, 섭수 쾌자 중추막과 남녀 의복 잔누비질, 상침질 외올뜨기, 고두 누비 속올리기, 빨래하여 풀먹이기, 여름 의복 한삼 고의, 망건 꾸미기, 갓끈 접기, 비자 단추 토수 보선

행전, 줌치 쌈지 대님 허리띠, 약주머니 볼끼, 휘양 복건 풍채 천의, 갖은 금침 베갯모에 쌍원 앙 수 놓기며, 오사 모사 각대 흉배에 학 놓기와, 초상난 집 원삼 제복, 질삼 선주 궁초 공단, 수주 남능갑사 운문 토주, 분주 명주 생초 퉁경이며, 북포 황저포 춘포 문포 제추리며, 삼베 백저 극상 세목 짜기와 혼인 장례 큰일 칠 때 음식 장만, 갖은 중계하기, 백산 과즐 신선로며, 종이 접기, 과일 고이기와 잔칫상에 음식 차리기, 청홍황백 침향 염색하기를 일년 삼백예 순 날, 하루 한시도 놀지 않고, 손톱 발톱 잦아지게 품을 팔아 모을 적에, 푼을 모아 돈을 짓고, 돈을 모아 양을 만들어, 일수놀이 장리변으로 이웃집 착실한 데 빚을 주어 실수 없이 받아들여, 봄 가을 올리는 제사와 앞 못 보는 가장 공경, 사절 의복 아침 저녁 반찬과 입에 맞는 갖은 별미, 비위 맞춰 지성 공경 언제나 한결같으니, 위아랫 마을 사람들이 곽씨부인 음전하다고 칭송했다.

하루는 심봉사가 말했다.

"여보, 마누라."

"예."

"사람이 세상에 생겨 부부야 누군들 없겠소마는, 전생에 무슨 은혜로 이승에 부부되어, 앞 못 보는 나를 위해 잠시도 놀지 않고, 밤낮으로 벌어다가 어린아이 받들듯이, 행여 배고플까, 행여 추워할까, 의복 음식 때 맞추어 극진히 공양하니, 나는 편하다 하겠지만, 마누라 고생하는 일이 도리어 편치 못하니, 이제부터는 나한테 너무 마음쓰지 말고 사는 대로 살아갑시다. 우리 나이 마흔이 되도록 슬하에 자식이 없어 조상 제사를 끊게 되었으니, 죽어 저승에 간들 무슨 면목으로 조상을 뵈오며, 우리 부부 신세를 생각하면 죽어서 장례를 치를 일이나, 해마다 돌아오는 제삿날에 밥 한 그릇 물 한 모금 그 누가 차려 주겠소? 명산대찰에 공이나 들여보아, 다행히 눈먼 자식이라도 아들이고 딸이고 간에 낳아 보면 평생 한을 풀 것이니, 지성으로 빌어보시오."

곽씨가 대답했다.

"옛글에 이르기를, '불효한 일이 삼천 가지나 되지만 그 가운데 자식 못 낳는 일이 가장 크다.'고 했으니, 우리에게 자식 없음은 다 저의 탓이라, 마땅히 내쫓을 일인데도 당신의 넓으신 덕택으로 지금까지 살아오고 있습니다. 자식 두고 싶은 마음이야 밤낮으로 간절하여, 몸을 팔고 뼈를 간들 못 하겠습니까마는, 집안 형편도 어렵고, 바르고 곧으신 당신 성품에 어떻게 생각하실지 몰라 말을 꺼내지 못했는데, 먼저 말씀하시니 지성으로 공을 들여 보겠습니다."

그러고는 품팔아 모은 재물로 온갖 공을 다 들였다. 명산태찰 영신당과 오래 된 사당과 성황당이며, 여러 부처님, 보살님과 미륵님께 찾아다니며 칠성불공 나한불공 제석불공, 신중마지 노구마지 탁의시주 인등시주 창호시주 갖가지로 다 지내고, 집에 들어 있는 날은 조왕 성주 지신제를 극진히 드렸더니, 공든 탑이 무너지며 심은 나무가 꺾어지겠는가.

갑자년 사월 초파일에 꿈을 꾸니, 상서로운 기운이 공중에 어리고 무지개가 영롱한 가운데 어떤 선녀가 학을 타고 하늘에서 내려오는데, 몸에는 색동옷이요 머리에는 화관이었다. 노리개를 느짓 차서 쟁그랑거리고 소리내며, 계화꽃 한 가지를 손에 들고 부인께 절하고 곁에 와 앉는 모양은 뚜렷한 달기운이 품안에 드는 듯, 남해관음이 바다에서 다시 돋는 듯, 심신이 황홀하여 진정하기 어려웠다. 선녀가 부인에게,

"저는 서왕모의 딸이었는데, 반도 복숭아 진상하러 가는 길에 옥진비자를 만나 둘이 노닥거리느라 시간을 좀 어겼더니, 상제께 죄를 얻어 인간에 내치시매 갈 바를 모르고 있는데, 태행산 노군과 후토부인 제불보살 석가여래님이 부인댁으로 가라 하시기에 왔사오니, 어여삐 받아주소서,"

하고는 품안으로 들어오기에 놀라 깨어보니 꿈이었다. 즉시 봉사님을 깨워 꿈 이야기를 하니 두 사람의 꿈이 서로 같았다. 그날 밤에 어찌 했던지, 과연 그 달부터 태기가 있었다. 곽씨 부인 마음을 어질게 가지고, 바르지 않은 자

리에는 앉지를 않고, 깨끗하지 않은 음식은 먹지를 않으며, 음탕한 소리는 듣지를 않고, 나쁜 것은 보지를 않으며, 가장자리에는 서지를 않고, 삐뚤어진 자리에는 눕지를 않았다. 이렇게 하면서 열 달이 되니 하루는 해산기가 있었다.

"애고 배야, 애고 허리야!"

심봉사가 한편으로는 반갑고 한편으로는 놀라서 짚 한 줌을 깨끗이 추려 깔고 정화수 한 사발을 소반에 받쳐놓고 단정히 꿇어앉아,

"비나이다, 비나이다, 삼신 제왕님께 비나이다. 곽씨 부인 늘그막에 낳는 아이오니 헌 치마에 외씨 빠지듯 순산하게 해주옵소서."

하고 비는데, 난데없는 향내가 방에 가득하고, 오색 무지개가 둘러 정신이 가물가물한 가운데 아이를 낳고 보니 딸이었다. 심봉사가 삼을 갈라 뉘어 놓고 어쩔 줄 모르고 기뻐하는데, 곽씨 부인이 정신을 차리고 나서 물었다. "여보시오 봉사님, 아들 딸 가운데 무엇인가요?"

심봉사가 크게 웃고 아기의 아랫도리를 만져보니, 손이 나룻배 지나듯 거침없이 지나가니,

"아마도 묵은 조개가 햇조개를 낳았나 보오."

곽씨 부인 서러워하여 하는 말이,

"공을 들여 늘그막에 얻은 자식이 딸이란 말이오?"

심봉사가 이른 말이,

"마누라, 그런 말일랑 마오. 첫째는 순산이요, 딸이라도 잘 두면 어느 아들과 바꾸겠소. 우리 이 딸 고이 길러 예절부터 가르치고, 바느질 베짜기를 두루두루 가르쳐서 요조숙녀 되거들랑, 좋은 배필 가리어서 사이 좋게 살게 되면, 우리도 사위에게 의탁하고 외손에게 제사를 잇게 하지 못하겠소?"

하며, 첫국밥 얼른 지어 삼신상에 받쳐 놓고 옷매무새 바로 하고 두 손 들어 빌었다.

"비나이다, 비나이다. 삼십삼천 도솔천 제석님께 비오니, 삼신 제왕님네 모

두 한마음으로 굽어보옵소서, 사십 넘어 점지한 자식 한두 달에 이슬 맺혀 석 달에 피 어리고, 넉 달에 사람 모습 생기고 다섯 달에 살갗 생겨, 여섯 달에 육정 나고, 일곱 달에 골격 생겨 사만팔천 털이 나고, 여덟 달에 친잠 받아 금강문 해탈문 고이 지나 순산하오니 삼신님네 덕이 아니신가. 비록 무남독녀 딸이오나 동방삭의 명을 주어, 태임의 덕행이며 대순 증삼 효행이며 기량 처의 절행이며 반희의 재질이며, 복은 석숭의 복을 점지하며 가이없는 복을 주어, 외 붓듯 달 붓듯 잔병 없이 일취월장하게 해주옵소서."

더운 국밥 퍼다놓고 산모를 먹인 뒤에 혼자말로 아기를 어른다.

금자동아, 옥자동아. 어허 간간 내 딸이야.

포진강 숙향이가 네가 되어 살아왔나.

은하수 직녀성이 네가 되어 내려왔나.

남전북답 장만한들 이보다 더 반가우며, 산호진주 얻었은들 이보다 더 반가울까.

어디 갔다 이제 와 생겼느냐.

이렇듯이 즐기더니 곽씨 부인 뜻밖에 산후 뒤탈이 났다. 어질고 음전한 곽씨 부인 해산한 지 초칠일 못다 가서 바깥 바람을 많이 쐬어 병이 났다.

"애고 배야, 애고 머리야, 애고 가슴이야, 애고 다리야."

지향없이 온몸을 앓으니, 심봉사가 기가 막혀 아픈 데를 두루 만지며,

"정신차려 말을 하오. 체했는가, 삼신님네 노함인가?"

병세가 점점 위중하니 심봉사가 겁을 내어 건너 마을 성생원을 모셔다가 진맥한 후에 약을 쓸 제, 천문동 맥문동 반하 진피 계피 백복 염소 엽방풍 시호 계지, 행인 도인 신농씨 장백 초로에 약을 쓴들 죽을 병에는 약이 없는 법이라. 병세 점점 깊어져서 속절없이 죽게 되니, 곽씨 부인도 살지 못할 줄

알고 남편의 손을 잡고,

"봉사님!"

후유 한숨 길게 쉬고,

"우리 둘이 서로 만나 백년해로하려 하고 가난한 살림살이 앞 못보는 가장을 소홀히 하면 불편할까 걱정되어 아무쪼록 뜻을 받아 받들고자 하여, 추위더위 가리지 않고 아랫동네 윗동네로 다니면서 품을 팔아 밥도 받고 반찬도 얻어, 식은 밥은 내가 먹고 더운 밥은 낭군 드려 배고프지 않고 춥지 않게 극진히 공경해 왔는데, 천명이 그뿐인지 인연이 끊겨 그러한지 하릴없게 되었군요. 눈을 어찌 감고 갈까. 뉘라서 헌 옷 지어 주며 맛난 음식 뉘라서 권하리오. 내가 한 번 죽어지면 눈 어둔 우리 가장 사고무친 혈혈 단신 의탁할 곳이 없어, 바가지 손에 들고 지팡막대 부여잡고 때 맞추어 나가다가 구렁에도 빠지고 돌에도 채여 엎푸러져서 신세 한탄 우는 양은 눈으로 보는 듯, 집집마다 찾아가서 밥 달라는 슬픈 소리 귀에 쟁쟁 들리는 듯, 나 죽은 뒤혼백인들 차마 어찌 듣고 보며, 명산대찰 신공들여 사십에 낳은 자식 젖 한번도 못 먹이고 얼굴도 채 못 보고 죽는단 말이오? 전생에 무슨 죄로 이승에 생겨나서 어미 없는 어린 것이 뉘 젖 먹고 자라나며, 가장의 일신도 주체못 하는데 또 저것을 어찌 하며, 그 모양 어찌 할까. 멀고 먼 황천길에 눈물겨워 어찌 가며, 앞이 막혀 어찌 갈까.

저 건너 이동지 집에 돈 열 냥 맡겼으니 그 돈 열 냥 찾아다가 초상에 보태쓰고, 광 안에 양식 해산쌀로 두었으나 못다 먹고 죽게 되니 나의 사정 절박하오. 첫 삭망이나 지낸 뒤에 두고 양식하옵고, 진어사댁 관복 한 벌 흉배학을 놓다 못다하고 보에 싸서 아래 농에 넣었으니, 나 죽어 초상 뒤에 찾으러 오거든 염려 말고 내어주고, 건넛 마을 귀덕어미 내게 절친하게 다녔으니 어린아이 안고 가서 젖을 먹여 달라 하면 결코 괄세하지 않을 테니, 천행으로 이 자식이 죽지 않고 자라나서 제발로 걷거든, 앞세우고 길을 물어 내 무덤

앞에 찾아와서,

'너의 죽은 어머니 무덤이다.'

하고 가르쳐 모녀 상면하면 혼이라도 원이 없겠어요. 천명을 어길 길이 없어 앞 못 보는 가장에게 어린 자식 맡겨 두고 영결하고 돌아가니, 낭군의 귀하신 몸 애통하여 상하지 말고 천만보중하셔요. 이승에서 못다한 인연 다시 만나 이별 말고 사십시다.

애고 애고, 잊은 게 있네요. 저 아이 이름을 심청이라 지어주고, 나 끼던 옥가락지 이 함 속에 있으니, 심청이 자라거든 날 본 듯이 내어주고, 나라에서 내려주신 돈 수복강녕(壽福康寧) 태평안락(太平安樂) 양편에 새긴 돈을 고운 비단 주머니에 주홍 당사 벌매듭 끈을 달아 두었으니, 그것도 내어 채워주셔요."

하고 잡았던 손을 뿌리치고 한숨짓고 돌아누워 어린아이를 잡아당겨 낯을 한데 문지르며 혀를 끌끌 차며,

"천지도 무심하고 귀신도 야속하다. 네가 진작 생기거나 내가 좀 더 살거나, 너 낳자 나 죽으니 가없는 이 설움을 너로 하여 품게 하니, 죽는 어미 사는 자식 생사간에 무슨 죄냐? 뉘 젖 먹고 살아나며 뉘 품에서 잠을 자리. 애고, 아가, 내 젖 마지막 먹고 어서 어서 자라거라."

두 줄기 눈물에 낯이 젖는다. 한숨지어 부는 바람 소슬바람 되어 있고, 눈물 맺어 오는 비는 보슬비가 되어 있다. 하늘은 나직하고 검은 구름 자욱한데 수풀에 우는 새는 둥지에 잠이 들어 고요히 머무르고, 시내에 도는 물은 돌돌돌 소리내며 흐느끼듯 흘러가니 하 물며 사람이야 어찌 아니 설워하리. 딸꾹질 두세 번에 숨이 덜컥 지니 심봉사가 그제야 죽은 줄 알고,

"애고 애고, 마누라, 참으로 죽었는가? 이게 웬일인고."

가슴을 꽝꽝 두드리며 머리를 탕탕 부딪치며 내리궁글 치궁글며 엎어지며 자빠지며 발구르며 슬퍼하며,

"여보, 마누라. 그대 살고 내가 죽으면 저 자식을 키울 것을, 내가 살고

그대 죽어 저 자식을 어찌 키우잔 말이오? 애고 애고, 모진 목숨, 살자 하니 무엇을 먹고 살며, 함께 죽자 한들 어린 자식 어찌 할까.

애고! 동지 섣달 찬 바람에 무엇 입혀 키워내며, 달은 지고 어두운 빈 방 안에 젖 먹자 우는 소리 뉘 젖 먹여 살려낼까? 마오 마오, 제발 덕분 죽지 마오. 평생 정한 뜻이 같이 죽어 한데 묻히자더니 염라국이 어디라고 날 버리오 저것 두고 죽는단 말이오? 인제 가면 언제 오리, 애고, 겨울 지나 봄이 되면 친구 따라 오려는가, 여름 지나 가을되면 달을 따라 오려는가. 꽃도 졌다 다시 피고 해도 졌다 돋건마는, 우리 마누라 가신 데는 가면 다시 못 오는가. 하늘나라 요지연에 서왕모를 따라갔나, 월궁 항아 짝이 되어 약을 찾아 올라갔나, 황릉묘 두 부인께 회포 풀러 올라갔나. 회사정에 통곡하던 사씨 부인 찾아갔나. 나는 뉘를 찾아갈까, 애고 애고, 설운지고."

이렇듯이 애통할 제 도화동 사람들이 남녀노소 없이 모여 눈물을 흘리며 하는 말이,

"음전하던 곽씨 부인 불쌍히도 죽었구나. 우리 동네 백여 집이 십시일반으로 장례나 치러주세."

공론이 모아져서 수의와 관을 마련하여 양지바른 곳을 가리어서 사흘만에 장례할 제 슬픈 소리로 상두가를 불렀다.

> 원어 원어 원어리 넘차 원어.
> 북망산이 멀다더니 건넛산이 북망일세.
> 원어 원어 원어리 넘차 원어.
> 황천길이 멀다더니 방문 밖이 황천이라.
> 원어 원어.
> 불쌍하다 곽씨 부인, 행실도 음전하고 재질도 기이터니, 늙도 젊도 아니
> 해서 영결종천 하였구나.
> 원어, 원어, 원어리 넘차, 원어.
> 어화 너화 원어.

이리 저리 건너갈 제 심봉사 거동 보니, 어린아이 강보에 싼 채 귀덕어미 맡겨 두고, 지팡막대 흩어 짚고 논틀 밭틀 좇아와서 상여 뒤채 부여잡고, 목은 쉬어 크게 울진 못하고,

"여보, 마누라. 내가 죽고 마누라가 살아야 어린 자식 살려내지, 천하천지 몹쓸 마누라. 그대 죽고 내가 살아 초칠일 못다간 어린 자식, 앞 못 보는 내가 어찌 키워낼꼬. 애고 애고."

섧게 울면서 산소에 당도하여 안장하고 봉분을 다 한 뒤에, 심봉사가 제를 지내는데 서러운 심정으로 제문 지어 읽었다.

아아, 부인이여, 아아, 부인이여
그토록 음전하던 부인이여, 그 누군들 따를 수가 있으리오.
한평생 같이 살자 기약하고, 급히 떠나 어디로 갔소.
이 아일 남겨두고 떠나가니 이것을 어찌 길러내며
한 번 가면 못 돌아올 저승에서 어느 때나 오려는가
깊은 산에 묻혀 있어 자는 듯이 누웠으니
말 못 하고 조용하니 보고 듣기 어려워라.
눈물 흘러 옷깃 적셔 젖는 눈물 피가 되고
애끓는 마음으로 빌어본들 살 길이 전혀 없다.
그대 생각 간절하나 바라본들 어이하며
그대 잃고 탄식하니 뉘를 의지하잔 말가
백양나무 달이 지니 산은 적막 밤 깊은데
울음소리 들리는 듯 무슨 말을 하소한들
이승 저승 길이 달라 그 뉘라서 위로하리.
후세에나 만나려나 이승에는 한이 없네.
변변찮은 제물이나 많이 먹고 돌아가오.

제문을 막 읽더니 숨이 넘어갈 듯하여,

"애고 애고. 이게 웬일인고. 가오 가오, 날 버리고 가는 부인 탄하여 무엇하

리. 황천으로 가는 길에 주막이 없으니 뉘 집에 자고 가리, 가는 데나 내게 일러주오."

슬피 우니 장례에 온 손님들이 말려 진정시켰다. 돌아와서 집이 라고 들어가니 부엌은 적적하고 방은 텅 비어 있었다. 어린아이 데려다가 횅댕그러진 빈 방 안에 태백산 갈가마귀 게발 물어 던진듯 이 홀로 누웠으니 마음이 온전하리, 벌떡 일어서더니 이불도 만져 보고 베개도 더듬으며, 전에 덮던 이부자리 전과 같이 있지마는 독수공방 뉘와 함께 덮고 자리. 농짝도 광쾅 치며 바느질 상자도 덥석 만져보고, 머리 빗던 빗도 핑둥그리 던져도 보고, 받은 밥상도 더듬더듬 만져보고, 부엌을 향하여 공연히 불러도 보며, 이웃집 찾아가서 공연히,

"우리 마누라 여기 왔소?"

물어도 보고, 어린아이 품에 품고,

"너의 어머니 무상하다, 너를 두고 죽었지? 오늘은 젖을 얻어먹었으니 내일은 뉘 집에 가 젖을 얻어먹여 올까. 애고 애고, 야속하고 무상한 귀신이 우리 마누라를 잡아갔구나."

이렇게 애통하다가 마음을 돌려 생각하기를,

'죽은 사람은 다시 살아올 수 없는 법이라. 할 수 없으니 이 자식이나 잘 키워내리라,'

하고 어린아이 있는 집을 차례로 물어 동냥젖을 얻어 먹일 적에, 눈어두워 보지는 못하고 귀는 밝아 눈치로 가늠하고 앉았다가, 아침 해가 돋을 적에 우물가에서 들리는 소리 얼른 듣고 나서면서,

"여보시오 아주머님, 여보 아씨님네, 이 자식 젖을 좀 먹여주오. 나를 본들 어찌하고, 우리 마누라 살았을 제 인심으로 생각한들 차마 어찌 괄시하겠으며, 어미 없는 어린 것이 불쌍하지 아니하오. 댁네 귀하신 아기 먹이고 남은 젖 한 통 먹여 주시오."

하니, 뉘 아니 먹여주리. 또 6, 7월 김매는 여인 쉬는 참 찾아가서 애걸하여 얻어 먹이고, 또 시냇가에 빨래하는 데도 찾아가면 어떤 부인은 달래다가 따뜻이 먹여주며 훗날도 찾아오라 하고, 또 어떤 여인은,

"이제 막 우리 아기 먹였더니 젖이 없구만요."

했다. 젖을 많이 얻어 먹여서 아기 배가 볼록하면 심봉사가 좋아라고 양지 바른 언덕 밑에 쪼그려 앉아 아기를 어루었다.

아가 아가 자느냐. 아가 아가 웃느냐.
어서 커서 너의 어머니같이 어질고 똑똑하여
효행 있어 아비에게 귀한 일을 보여라.
어느 할머니 있어 보아주며
어느 외가 있어 맡길소냐.

하루라도 아이를 맡길 사람이 없어서 아이 젖을 얻어 먹여 뉘어 놓은 뒤에, 사이사이 동냥할 제 삼베 전대 두 동 지어 한 머리는 쌀을 받고 한 머리는 벼를 받아 모으고, 장날이면 가게마다 다니며 한푼 두푼 얻어 모아 아이 간식거리로 갱엿이나 홍합도 샀다. 이렇게 살면서 매월 초하루 보름과 소상, 대상, 기제사를 염려없이 지냈다. 심청이는 장래 귀히 될 사람이라, 천지 귀신이 도와주고 여러 부처와 보살이 남몰래 도와주어 잔병 없이 자라나서 제발로 걸어다니며 어린 시절을 지냈다. 무정한 세월은 물 흐르듯하여 어느덧 예닐곱 살이 되니, 얼굴이 아름답고 행동이 민첩하고, 효행이 뛰어나고 소견이 탁월하고 인자함이 기린이라. 아버지의 조석 공양과 어머니의 제사를 법도대로 할 줄 아니, 뉘 아니 칭찬하리.

하루는 아버지께 여쭈었다.

"까마귀 같은 새짐승도 저녁이 되면 먹을 것을 물어다가 제 어미를 먹일 줄 아는데 하물며 사람이 새짐승만 못하겠어요? 아버지 눈 어두우신데 밥

빌러 가시다가 높은 데 깊은 데와 좁은 길로 여기저기 다니다가 엎어져서 상하기 쉽고, 비바람 부는 궂은 날과 눈서리 치는 추운 날이면 병이 나실까 밤낮으로 염려됩니다. 제 나이 예닐곱이나 되었는데 낳아서 길러 주신 부모 은덕을 이제 갚지 못하면 후에 불행하신 날에 애통한들 갚겠어요? 오늘부터 아버지는 집이나 지키시면 제가 나서서 밥을 빌어다가 끼니 걱정 덜게 해드리겠어요."

심봉사가 웃으며 하는 말이,

"네 말이 기특하구나. 인정은 그러하나 어린 너를 내보내고 앉아 받아먹는 내 마음은 어찌 편하겠느냐, 그런 말 다시 마라."

심청이 다시 여쭈었다.

"자로는 어진 사람으로 백리 길에 쌀을 져다 부모를 봉양했고, 제영이는 어진 여자였지만 낙양 감옥에 갇힌 아버지를 제 몸 팔아 구해냈다는데, 그런 일을 생각하면 사람이 예나 지금이 다르겠어요, 고집하지 마셔요."

심봉사가 옳게 여겨,

"기특하다 내 딸아, 효녀로다 내 딸아. 네 말대로 그리 하여라."

하고 허락했다. 심청이 이날부터 밥빌러 나설 적에 먼 산에 해 비치고 앞마을에 연기나면, 헌 버선에 대님치고 말기만 남은 베치마, 앞 섬 없는 겹저고리 이렁저렁 얽어매고, 청목 휘양 둘러쓰고 버선 없이 발을 벗고, 뒤축 없는 신을 끌고 헌 바가지 옆에 끼고 노끈 매어 손에 들고, 엄동설한 모진 날에 추운 줄을 모르고 이집 저집 문앞 문앞 들어가서 간절히 비는 말이,

"어머니는 세상 버리시고 우리 아버지 눈 어두워 앞 못 보시는 줄 뉘 모르시겠어요? 십시일반이오니 밥 한 술 덜 잡수시고 주시면 눈 어두운 저의 아버지 시장을 면하겠습니다."

보고 듣는 사람들이 마음에 감동하여 밥 한 술, 김치 한 그릇을 아끼지 않고 주며 먹고 가라 하는 사람이 있으면, 심청이 하는 말이,

"추운 방에 늙으신 아버지가 기다리고 계실텐데 저 혼자만 먹겠습니까? 어서 바삐 돌아가서 아버지와 함께 먹지요."

이렇게 얻어서 두세 집 밥을 모아서 넉넉하면 급히 돌아와서 방문 앞에 들어서며,

"아버지 춥고 시장하지 않으셨어요, 오래 기다리셨지요, 여러 집을 다니다 보니 이렇게 더디었어요."

심봉사가 딸을 보내고 마음 둘 데 없어 탄식하다가 이런 소리를 얼른 반겨 듣고 문을 펄쩍 열고 두 손 덥석 잡고,

"손 시렵지,"

하며 손을 입에 대고 훌훌 불며, 발도 차다고 어루만지며, 혀를 끌끌 차고 눈물을 글썽이며,

"애고 애고, 애닯구나 너의 어머니. 무정하다 내 팔자야. 너를 시켜 밥을 빌어먹고 사잔 말이냐? 애고 애고, 모진 목숨 구차히 살아서 자식 고생만 시키는구나."

심청의 극진한 효성, 아버지를 위로하기를,

"아버지 그런 말씀 마셔요. 부모를 봉양하고 자식의 효도 받는게 이치에 떳떳하고 사람의 도리에 당연하니, 그런 걱정일랑 마시고 진지나 잡수셔요."

하며 아버지 손을 잡고,

"이것은 김치고, 이것은 간장이어요, 시장하신데 많이 잡수셔요."

이렇듯이 공양하며 춘하추동 사시절 없이 동네 거지 되었더니, 한해 두해 너댓 해 지나가니 천성이 재바르고 바느질 솜씨가 능란하여 동네 바느질로 공밥 먹지 아니하고, 삯을 주면 받아와서 아버지 의복과 반찬 하고, 일 없는 날은 밥을 빌어 근근이 연명해갔다. 세월이 물 흐르듯 흘러가서 심청의 나이 열다섯 살이 되었다. 얼굴이 빼어나고 효행이 뛰어나며 행동이 침착하고 하는 일이 비범하니 타고난 성품이지 가르쳐서 될 일인가? 여자 중의 군자요,

새 중의 봉황이었다.

이러한 소문이 온 이웃에 자자하니, 하루는 월명 무릉촌 장승상 댁 시비(侍婢)가 들어와서, 부인이 심소저를 부른다 하기에 심청이 아버지께 여쭈었다.

"어른이 부르시니 시비를 따라 다녀오겠습니다. 제가 가서 더디더라도 잡수실 진지상을 보아 두었으니 시장하시거든 잡수셔요. 부디 저 오기를 기다려 조심하셔요."

시비를 따라가며 손을 들어 가리키는 데를 바라보니, 문 앞에 심은 버들 아늑한 마을을 둘러 있고, 대문 안에 들어서니 왼편에 벽오동은 맑은 이슬이 뚝뚝 떨어져 학의 꿈을 놀래 깨우고, 오른편에 선 늙은 소나무는 청풍이 건듯 부니 늙은 용이 꿈틀거리는 듯, 중문 안에 들어서니 창 앞에 심은 화초 일년초 봉미장은 속잎이 빼어나고, 높은 누각 앞에 부용당은 갈매기가 날고 있는데 연잎은 물 위에 높이 떠서 동실넙적하고, 진경이는 쌍쌍, 금붕어 둥둥, 안중문 들어서니 규모도 굉장하고 대문과 창문에는 무의가 찬란한데, 머리가 반 쯤 센 부인이 옷매무새 단정하고 살결이 깨끗하여 복스럽게 보였다. 심소저를 보고 반겨하여 손을 쥐며,

"네가 과연 심청이냐? 듣던 말과 같구나."

하며 자리에 앉게 한 뒤에 가련한 처지를 위로하고 자세히 살펴보니, 타고난 미인이었다. 옷깃을 여미고 앉은 모습은 비 개인 맑은 시냇가에 목욕하고 앉은 제비가 사람보고 놀라는 듯, 황홀한 저 얼굴은 하늘 가운데 돋은 달이 수면에 비치었고, 바라보는 저 눈길은 새벽빛 맑은 하늘에 빛나는 샛별 같고, 두 뺨에 고운 빛은 늦은 봄 산자락에 부용이 새로 핀 듯, 두 눈의 눈썹은 초생달 정신이요, 흐트러진 머리털은 새로 자란 난초 같고, 가지런한 귀밑머리는 매미의 날개라. 입을 벌려 웃는 양은 모란화 한 송이가 하룻밤 비 기운에 피고자 벌어지는 듯, 흰 이를 드러내어 말을 하니 농산의 앵무였다. 부인이 칭찬하기를,

"전생의 일을 네가 모를 테지만 분명히 선녀로다. 도화동에 내려오니 월궁에 놀던 선녀가 벗 하나를 잃었구나. 오늘 너를 보니 우연한 일 아니로다. 무릉촌에 내가 있고 도화동에 네가 나니, 무릉촌에 봄이 들고 도화동에 꽃이 핀다. 천지의 정기를 빼앗으니 비범한 너로구나. 내 말을 들어라. 승상이 일찍 세상을 버리시고, 두셋 있는 아들이 서울에 가 벼슬하니 다른 자식 손자 없고, 슬하에 재미 없고 눈앞에 말벗 없구나. 각 방의 며느리는 아침 저녁 문안한 후 다 각기 제 일 하니, 적적한 빈 방에 대하느니 촛불이요 보느니 책이로다. 너의 신세 생각하니 양반의 후예로 저렇듯 어려우니 어찌 아니 불쌍하랴. 내 수양딸이 되면 살림도 가르치고 글공부도 시켜 친딸같이 길러 내어 말년 재미 보려 하니, 네 뜻이 어떠하냐?"

심소저가 일어나 두 번 절하고 여쭈었다.

"팔자가 기구하여 태어난 지 이레 안에 어머니가 세상을 버리셔서, 눈 어두운 아버지가 동냥젖 얻어 먹여 겨우 살았습니다. 어머니의 얼굴도 모르는 더할 수 없는 슬픔이 끊일 날이 없기로, 저의 부모 생각하여 남의 부모도 공경해 왔습니다. 오늘 승상부인께서 저의 미천함을 헤아리지 않으시고 딸을 삼으려 하시니, 어머니를 다시 뵈온 듯 황송감격하여 몸 둘 곳이 전혀 없습니다. 부인의 말씀을 좇자 하면 몸은 영화롭고 부귀하겠지만, 눈 어두우신 우리 아버지 음식 공양과 사철 의복 뉘라서 돌보아 드리겠습니까? 낳아서 길러 주신 부모님 은혜는 누구에게나 있지마는 저에게는 더욱 남다른 데가 있습니다. 제가 아버지 모시기를 어머니 겸 모시고, 아버지는 저를 믿기를 아들 겸 믿사오니, 아버지가 아니었다면 제가 이제까지 살았겠습니까? 제가 만일 없게 되면 저의 아버지 남은 수명을 마칠 길이 없을테니 애틋한 정으로 서로 의지하여 제 몸이 다하도록 길이 모시려 하옵니다."

말을 마치며 눈물이 얼굴에 젖는 모습은 봄바람에 가는 빗방울이 복사꽃에 맺혔다가 점점이 떨어지는 듯하니, 부인도 또한 가련하여 등을 어루만지며,

"효녀로다 네 말이여, 마땅히 그래야지. 늙고 정신없는 내가 미처 생각지 못했구나."

그러는 가운데 날이 저무니 심청이 여쭙기를,

"부인의 크신 덕을 입어 종일토록 모셨으니, 이제 날이 저물었기로 급히 돌아가 아버지의 기다리시는 마음을 위로코자 합니다."

부인이 말리지 못하고 아쉬운 마음을 달래며 옷감과 양식을 후히 주어 시비와 함께 보낼 적에,

"너는 부디 나를 잊지 말고 모녀간의 의를 두면 이 늙은이의 다행이 되리라."

하니 심청이 대답하기를,

"부인의 고마우신 뜻이 이러하시니 삼가 그 말씀을 따르도록 하겠습니다."

하며 절하며 하직하고 급히 돌아왔다.

이때에 심봉사는 홀로 앉아 심청을 기다릴 제, 배고파 등에 붙고 방은 추워 턱이 떨어질 지경인데, 잘 새는 날아들고 먼 절에서 쇠북 소리 들리니 날 저문 줄 짐작하고 혼자 하는 말이,

'내 딸 심청이는 무슨 일에 빠져서 날이 저문 줄 모르는고. 주인에게 잡히어 못 오는가, 저물게 오는 길에 동무에게 붙잡혀 있는가?'

눈바람에 길가는 사람 보고 짖는 개소리에,

"심청이 오느냐?"

하면서 반기기도 하고, 괜히 눈보라가 떨어진 창가에 부딪치기만 해도 행여 심청이 오는 소리인가 하여 반겨 나서면서,

"심청이 너 오느냐?"

하고 나가봐도 적막한 빈 뜰에 인적이 없으니 공연히 속았구나. 지팡막대 찾아 짚고 사립 밖에 나가다가 한 길 넘은 개천에 밀친 듯이 떨어지니, 얼굴에 흙빛이요 의복에 얼음이라. 뒤뚱거리다 도로 더 빠지며 나오자니 미끄러져 하릴없이 죽게 되어, 아무리 소리친들 해는 저물고 행인은 끊겼으니 뉘라

서 건져주리. 그래도 죽을 사람 구해주는 부처님은 곳곳마다 있는 법인지라, 마침 이때 몽운사 화주승이 절을 새로 지으려고 시주책을 둘러메고 내려왔다가, 청산은 어둑어둑하고 눈 덮인 들판에 달이 돋아올 제, 돌밭 비탈길로 절을 찾아가는데 바람결에 애처로운 소리가 들렸다.

"사람 살려!"

화주승은 자비한 마음에 소리나는 곳을 찾아가니, 어떤 사람이 개천에 빠져서 거의 죽게 되었다. 급한 마음에 구절죽장과 바랑을 바위 위에 휙 던져두고, 굴갓과 먹물장삼 실띠 달린 채로 벗어놓고, 육날 미투리 행전 대님 버선도 훨훨 벗어 놓고, 고두 누비 바지 저고리 거듭거듭 훨씬 추켜 올려, 급히 뛰어들어 심봉사 고추상투를 덥벅 잡아 들어올려 건져놓으니, 전에 보던 심봉사였다. 심봉사가 정신차려 묻기를,

"게 뉘시오?"

화주승이 대답하기를,

"몽운사 화주승이오."

"그렇지, 사람을 살리는 부처로군요. 죽을 사람을 살려 주시니 은혜 백골난망이오."

화주승이 심봉사를 업어다 방안에 앉히고 빠진 까닭을 물었다. 심봉사는 신세를 한탄하다가 전후 사정을 말하니, 그 중이 봉사더러 하는 말이,

"딱하시군요. 우리 절 부처님은 영험이 많으셔서 빌어서 아니 되는 일이 없고 구하면 응답을 주신답니다. 공양미 3백 석을 부처님께 올리고 지성으로 불공을 드리면 반드시 눈을 떠서 성한 사람이 되어 천지 만물을 보게 될 것입니다."

심봉사가 집안 형편은 생각지 않고 눈 뜬단 말에 혹하여,

"그러면 3백 석을 적어 가시오."

화주승이 허허 웃고,

"이보시오, 댁의 집안 형편을 살펴보니 3백 석을 무슨 수로 장만 하겠소."

심봉사가 홧김에 하는 말이,

"여보시오, 어느 쇠아들놈이 부처님께 적어놓고 빈말하겠소? 눈 뜨려다가 앉은뱅이 되게요. 사람을 업신여겨 그런 걱정일랑 말고 적으시오."

화주승이 바랑을 펼쳐 놓고 제일 윗줄 붉은 칸에,

'심학규 쌀 3백 석.'

이라 적어 가지고 인사하고 갔다. 그런 뒤에 심봉사는 화주승을 보내고 다시금 생각하니 시주쌀 3백 석을 장만할 길이 없어 복을 빌려다가 도리어 죄를 얻게 되니 이 일을 어이하리. 이 설움 저 설움, 묵은 설움 햇설움이 동무 지어 일어나니 견디지 못하여 울음을 운다.

"애고 애고 내 팔자야, 망녕할사 내 일이야. 하느님이 공평하사 후하고 박함이 없건마는, 무슨 일로 맹인 되어 형세조차 가난하고, 일월같이 밝은 것을 분별할 길 전혀 없고, 처자 같은 친한 사람 대하여도 못 보겠네. 우리 아내 살았다면 끼니 근심 없을 것을, 다 커가는 딸자식을 온 동네에 내놓아서 품을 팔고 밥을 빌어 근근히 살아가는 형편에 공양미 3백 석을 호기있게 적어 놓고 백 가지로 생각한들 방법이 없구나. 빈 단지를 기울인들 한 되 곡식 되지 않고, 장농을 뒤져 본들 한 푼 돈이 어디 있나. 오두막 집 팔자 한들 비바람 못 피하니 살 사람이 뉘 있으리, 내 몸을 팔자 하니 한 푼 돈도 싸지 않아 내라도 안 사겠네. 어떤 사람 팔자 좋아 눈과 귀가 완전하고 손발이 다 성하며, 부부가 해로하고 자손이 그득하며 곡식이 그득하고 재물이 쌓여 있어 써도써도 못다 쓰고 아쉬운 것 없건마는, 애고 애고, 내 팔자야. 나 같은 이 또 있는가? 앉은뱅이 곱사등이 서럽다 하더라도 부모 처자 바로 보고, 말 못하는 벙어리가 서럽다 하더라도 천지 만물 볼 수 있네."

한창 이리 탄식할 제, 심청이 바삐 와서 아버지 모습 보고 깜짝 놀라 발을 구르면서 온 몸을 두루 만지며,

"아버지 이게 웬일이어요? 나를 찾아 나오시다가 이런 욕을 보셨나요, 이웃집에 가셨다가 이런 봉변 당하셨나? 춥긴들 오죽하며 분함인들 오죽하리, 승상댁 노부인이 굳이 잡고 만류하여 하다보니 늦었어요."

승상댁 시비 불러 부엌에 있는 나무로 불 좀 지펴 달라 부탁하고, 치마폭을 거듬거듬 걷어잡고 눈물 흔적 씻으면서,

"진지를 잡수셔요, 더운 진지 가져왔으니 국을 먼저 잡수셔요."

손을 끌어 가리키며,

"이것은 김치고, 이것은 자반이어요."

심봉사는 얼굴 가득 근심 띤 빛으로 밥먹을 뜻이 조금도 없었다.

"아버지 웬일이어요? 어디 아파 그러신가요, 더디 왔다고 화가 나서 그러신가요."

"아니다. 너 알아 쓸데없다."

"아버지 그게 무슨 말씀이어요? 부자간 천륜이야 무슨 허물 있겠어요? 아버지는 저만 믿고 저는 아버지만 믿어 크고 작은 일을 의논해 왔는데 오늘날 말씀이, '너 알아 쓸데없다.' 하시니, 부모 근심은 곧 자식의 근심이라. 제 아무리 불효한들 말씀을 아니하시니 제 마음에 섭섭하네요."

심봉사가 그제야 말하기를,

"내가 무슨 일로 너를 속이랴만, 네가 알게 되면 지극한 너의 마음 걱정만 되겠기로 말하지 못하였다. 아아 너를 기다리다 저물도록 안 오기에 하도 갑갑하여 너를 찾아 나가다가 한 길이 넘는 개천에 빠져서 거의 죽게 되었더니, 뜻밖에 몽운사 화주승이 나를 건져 살려 놓고 하는 말이, '공양미 3백 석을 진심으로 시주하면 생전에 눈을 떠서 천지 만물 보리라.'하더구나. 홧김에 적었더니 중을 보내고 생각하니, 한푼 돈 한톨 쌀이 없는 터에 3백 석이 어디서 난단 말이냐? 도리어 후회로구나."

심청이 그 말을 반갑게 듣고 아버지를 위로한다.

"아버지 걱정 마시고 진지나 잡수셔요. 후회하면 진심이 못 되옵니다. 아버지 눈을 떠서 천지 만물 보신다면 공양미 3백 석을 어떻게 해서든지 준비하여 몽운사로 올리지요."

"네가 아무리 애를 쓴들 이런 어려운 형편에 어찌 할 수 있겠느냐?"

심청이 여쭙기를,

"왕상은 얼음 깨서 잉어를 얻었고, 곽거라 하는 사람은 부모 반찬 해 놓으면 제 자식이 상머리에 앉아 집어먹는다고 그 자식을 산 채로 묻으려 하다가 금항아리를 얻어 부모를 봉양했다 합니다. 제 효성이 비록 옛 사람만 못하지만 지성이면 감천이라 하니, 공양미는 얻을 길이 있을 테니 깊이 근심 마셔요."

갖가지로 위로하고, 그날부터 목욕재계하여 몸을 깨끗이 하며 집을 청소하고 뒷곁에 단을 쌓아, 밤이 깊어 사방이 고요할 때 등불을 밝혀 놓고 정화수 한 그릇을 떠 좋고 북쪽을 향하여 빌었다.

"아무 달 아무 날에 심청은 삼가 두 번 절하고 비옵나이다. 천지 일월성신이며 하지후토 산영성황 오방강신 하백이며, 제일에 석가여래 삼금강 칠보살 팔부신장 십왕성군 강림도령 차례로 굽어 보옵소서. 하느님이 만드신 해와 달은 사람에게는 눈과 같사옵니다. 해와 달이 없사오면 무슨 분별하겠습니까? 저의 아비 무자생(戊子生)으로 삼십 안에 눈이 어두워 사물을 못 보오니 아비 허물을 제 몸으로 대신하옵고 아비 눈을 밝혀 주옵소서."

이렇게 빌기를 계속하던 중에, 하루는 들으니,

'남경 장사 뱃사람들이 열다섯 살 난 처녀를 사려 한다.'

하기에, 심청이 그 말을 반겨 듣고 귀덕어미를 사이에 넣어 사람 사려 하는 까닭을 물으니,

"우리는 남경 뱃사람으로 인당수를 지나갈 제 제물로 제사하면 가이없는 너른 바다를 무사히 건너고 수만 금 이익을 내기로, 몸을 팔려 하는 처녀가 있으면 값을 아끼지 않고 주겠습니다."

하기에 심청이 반겨 듣고,

"나는 이 동네 사람인데, 우리 아버지가 앞을 못 보셔서 '공양미 3백 석을 지성으로 불공하면 눈을 떠 보리라.' 하기로, 집안 형편이 어려워 장만할 길이 전혀 없어 내 몸을 팔려 하니 나를 사 가는 것이 어떠하실런지요?"

뱃사람들이 이 말을 듣고,

"효성이 지극하나 가련하군요."

하며 허락하고, 즉시 쌀 3백 석을 몽운사로 날라다 주고,

"오는 3월 보름날에 배가 떠나기로 되어 있습니다."

하고 가니, 심청이 아버지께 여쭙기를,

"공양미 3백 석을 이미 실어다 주었으니, 이제는 근심치 마셔요."

심봉사가 깜짝 놀라,

"너, 그 말이 웬 말이냐?"

심청같이 타고난 효녀가 어찌 아버지를 속이랴마는, 어찌할 수 없는 형편이라 잠깐 거짓말로 속여 대답한다.

"장승상댁 노부인이 달포 전에 저를 수양딸로 삼으려 하셨는데 차마 허락지 않았습니다. 그러나 지금 형편으로는 공양미 3백 석을 장만할 길이 전혀 없기로 이 사연을 노부인께 말씀드렸더니, 쌀 3백 석을 내어주시기에 수양딸로 팔리기로 했습니다."

심봉사가 물색도 모르면서 이 말만 반겨 듣고,

"그렇다면 고맙구나. 그 부인은 한 나라 재상의 부인이라 아마도 다르리라. 복을 많이 받겠구나. 저러하기에 그 아들 삼 형제가 벼슬길에 나아갔나 보구나. 그나저나 양반의 자식으로 몸을 팔았단 말이 듣기에 고이하다마는 장승상댁 수양딸로 팔린 거야 어떻겠느냐. 언제 가느냐?"

"다음 달 보름날에 데려간다 합디다."

"어허, 그 일 매우 잘 되었다."

심청이 그날부터 곰곰 생각하니, 눈 어두운 백발 아비 영 이별하고 죽을 일과 사람이 세상에 나서 열다섯 살에 죽을 일이 정신이 아득하고 일에도 뜻이 없어 식음을 전폐하고 근심으로 지내다가, 다시금 생각하기를,

'엎지러진 물이요, 쏘아 논 화살이다.'

날이 점점 가까워오니 생각하기를,

'이러다간 안 되겠다. 내가 살았을 제 아버지 의복 빨래나 해두리라.'

하고, 춘추 의복 상침 겹것, 하절 의복 한삼 고의 박아 지어 들여놓고, 동절 의복 솜을 넣어 보에 싸서 농에 넣고, 청목으로 갓끈 접어 갓에 달아 벽에 걸고, 망건 꾸며 당줄 달아 걸어 두고, 배 떠날 날을 헤아리니 하룻밤이 남아 있다. 밤은 깊어 삼경인데 은하수 기울어졌다. 촛불을 대하여 두 무릎을 마주 꿇고 머리를 숙이고 한숨을 길게 쉬니, 아무리 효녀라도 마음이 온전하겠는가.

'아버지 버선이나 마지막으로 지으리라.'

하고 바늘에 실을 꿰어드니, 가슴이 답답하고 두 눈이 침침, 정신이 아득하여 하염없는 울음이 가슴 속에서 솟아나니, 아버지가 깰까 하여 크게 울지는 못하고 흐느끼며 얼굴도 대어보고 손발도 만져본다.

"날 볼 날이 몇 밤인가? 내가 한번 죽어지면 누굴 믿고 사실가? 애닯다, 우리 아버지. 내가 철을 알고 나서 밥 빌기를 놓으시더니, 내일부터라도 동네 거지 되겠으니 눈치인들 오죽하며 멸시인들 오죽할까. 무슨 험한 팔자로서 초칠일 안에 어머니 죽고 아버지조차 이별하니 이런 일도 또 있을까? 저문 날에 구름 일 때 소통천의 모자 이별, 수유꽃 꽃놀이에 근심하던 용산의 형제 이별, 타향살이 설워하던 위성의 친구 이별, 전쟁터에 님을 보낸 오희월녀 부부 이별, 이런 이별 많건마는 살아 당한 이별이야 소식들을 날이 있고 만날 날이 있건마는, 우리 부녀 이별이야 어느 날에 소식 알며 어느 때에 또 만날 까, 돌아가신 어머니는 황천으로 가 계시고 나는 이제 죽게 되면 수궁으로 갈 것이니, 수궁에서 황천 가기 몇만 리, 몇천 리나 되는고? 모녀상면 하려

한들 어머니가 나를 어찌 알며, 내가 어찌 어머니를 알리. 묻고 물어 찾아가서 모녀상면 하는 날에 응당 아버지 소식을 물으실 테니 무슨 말씀으로 대답하리. 오늘밤 새벽 때를 함지에다 머물게 하고, 내일 아침 돋는 해를 부상지에다 매어두면 가련하신 우리 아버지 좀더 모셔 보련마는, 날이 가고 달이 가니 뉘라서 막을소냐. 애고 애고, 설운지고."

천지가 사정 없어 이윽고 닭이 우니 심청이 하릴없어,

"닭아 닭아, 우지 마라. 제발 덕분에 우지 마라. 반야 진관에서 닭울음 기다리던 맹상군이 아니로다. 네가 울면 날이 새고, 날이 새면 나 죽는다. 죽기는 섧지 않아도 의지 없는 우리 아버지 어찌 잊고 가잔 말이냐?"

어느덧 동방이 밝아오니, 심청이 아버지 진지나 마지막 지어드리리라 하고 문을 열고 나서니, 벌써 뱃사람들이 사립문 밖에서,

"오늘이 배 떠나는 날이오니 수이 가게 해 주시오."

하니, 심청이 이 말을 듣고 얼굴빛이 없어지고 손발에 맥이 풀리며 목이 메고 정신이 어지러워 뱃사람들을 겨우 불러,

"여보시오 선인네들, 나도 오늘이 배 떠나는 날인 줄 이미 알고 있으나, 내 몸 팔린 줄을 우리 아버지가 아직 모르십니다. 만일 아시게 되면 지레 야단이 날 테니, 잠깐 기다리면 진지나 마지막으로 지어 잡수시게 하고 말씀 여쭙고 떠나게 하겠어요."

하니 뱃사람들이,

"그리 하시지요."

하였다. 심청이 들어와 눈물로 밥을 지어 아버지께 올리고, 상머리에 마주 앉아 아무쪼록 진지 많이 잡수시게 하느라고 자반도 떼어 입에 넣어 드리고 김쌈도 싸서 수저에 놓으며,

"진지를 많이 잡수셔요."

심봉사는 철도 모르고,

"야, 오늘은 반찬이 유난히 좋구나. 뉘 집 제사 지냈느냐."

그날 밤에 꿈을 꾸었는데, 부자간은 천륜지간이라 꿈에 미리 보여주는 바가 있었다.

"아가 아가, 이상한 일도 있더구나. 간밤에 꿈을 꾸니, 네가 큰 수레를 타고 한없이 가 보이더구나. 수레라 하는 것이 귀한 사람 이 타는 것인데 우리 집에 무슨 좋은 일이 있을란가 보다. 그렇지 않으면 장승상 댁에서 가마태워 갈란가 보다."

심청이는 저 죽을 꿈인 줄 짐작하고 둘러대기를,

"그 꿈 참 좋습니다."

하고 진지상을 물려내고 담배태워 드린 뒤에 밥상을 앞에 놓고 먹으려 하니 간장이 썩는 눈물은 눈에서 솟아나고, 아버지 신세 생각하며 저 죽을 일 생각하니 정신이 아득하고 몸이 떨려 밥을 먹지 못하고 물렸다. 그런 뒤에 심청이 사당에 하직하려고 들어갈 제, 다 시 세수하고 사당문을 가만히 열고 하직 인사를 올렸다.

"못난 여손(女孫) 심청이는 아비 눈 뜨기를 위하여 인당수 제물로 몸을 팔려가오매, 조상 제사를 끊게 되오니 사모하는 마음을 이기지 못하겠습니다."

울며 하직하고 사당문 닫은 뒤에 아버지 앞에 나와 두 손을 부여잡고 기절하니, 심봉사가 깜짝 놀라,

"아가 아가, 이게 웬일이냐? 정신 차려 말하거라."

심청이 여쭙기를,

"제가 못난 딸자식으로 아버지를 속였어요. 공양미 3백 석을 누가 저에게 주겠어요. 남경 뱃사람들에게 인당수 제물로 몸을 팔아 오늘이 떠나는 날이니 저를 마지막 보셔요."

심봉사가 이 말을 듣고,

"참말이냐, 참말이냐? 애고 애고, 이게 웬말인고? 못 가리라, 못 가리라.

네가 날더러 묻지도 않고 네 마음대로 한단 말이냐? 네가 살고 내가 눈을 뜨면 그는 마땅히 할 일이나, 자식 죽여 눈을 뜬들 그게 차마 할 일이냐? 너의 어머니 늦게야 너를 낳고 초이레 안에 죽은 뒤에, 눈 어두운 늙은 것이 품안에 너를 안고 이집 저집 다니면서 구차한 말 해 가면서 동냥 젖 얻어 먹여 이만치 자랐는데, 내 아무리 눈 어두우나 너를 눈으로 알고, 너의 어머니 죽은 뒤에 걱정없이 살았더니 이 말이 무슨 말이냐? 마라 마라, 못 하리라. 아내 죽고 자식 잃고 내 살아서 무엇하리? 너하고 나하고 함께 죽자. 눈을 팔아 너를 살 터에 너를 팔아 눈을 뜬들 무엇을 보려고 눈을 뜨리? 어떤 놈의 팔자길래 사궁지수(四窮之首) 된단 말이냐? 네 이놈 상놈들아! 장사도 좋지 마는 사람 사다 제사하는 데 어디서 보았느냐? 하느님의 어지심과 귀신의 밝은 마음 앙화가 없겠느냐? 눈 먼 놈의 무남독녀 철모르는 어린아이 나 모르게 유인하여 값을 주고 산단 말이냐? 돈도 싫고 쌀도 싫다, 네 이놈 상놈들아. 옛글을 모르느냐? 칠년대한(七年大旱) 가물 적에 사람으로 빌라 하니 탕임금 어지신 말씀, '내가 지금 비는 바는 사람을 위함인데 사람 죽여 빌 양이면 내 몸으로 대신하리라.' 몸소 희생되어 몸을 정히 하여 상임 뜰에 빌었더니 수천 리 너른 땅에 큰 비가 내렸느니라. 이런 일도 있었으니 내 몸으로 대신 감이 어떠하냐? 여보시오 동네 사람, 저런 놈들을 그저 두고 보오?"

심청이 아버지를 붙들고 울며 위로하기를,

"아버지 할 수 없어요. 저는 이미 죽지마는 아버지는 눈을 떠서 밝은 세상 보시고, 착한 사람 구하셔서 아들 낳고 딸을 낳아 후사나 전하고, 못난 딸자식 은 생각지 마시고 오래오래 평안히 계십시오. 이도 또한 천명이니 후회한들 어찌하겠어요?"

뱃사람들이 그 딱한 형편을 보고 모여 앉아 공론하기를,

"심소저의 효성과 심봉사의 일생 신세 생각하여 봉사님 굶지 않고 헐벗지 않게 한 살림을 꾸며주면 어떻겠소?"

"그 말이 옳소."

하고 쌀 2백 석과 돈 3백 냥이며, 무명 삼베 각 한 동씩 마을에 들여 놓고 동네 사람들을 모아 당부하기를,

"쌀 2백 석과 돈 3백 냥을 착실한 사람 주어 실수 없이 온전하게 늘려 심봉사에게 바칩시다. 3백 석 가운데 20석은 올해 양식으로 제하고, 나머지는 해마다 빚을 주어 이자를 받으면 양식이 넉넉할 테고, 명베 삼베로는 사철 의복 장만해 드리기로 하고, 이런 내용을 관청에 공문으로 보내고 마을에도 알립시다."

구별을 다 짓고 나서 심소저를 가자 할 때, 무릉촌 장승상댁 부인이 그제야 이 말을 듣고 급히 시비를 보내어 심소저를 부르기에, 소저가 시비를 따라가니 승상부인이 문 밖에 내달아 소저의 손을 잡고 울며 말했다.

"네 이 무상한 사람아. 나는 너를 자식으로 알았는데 너는 나를 어미같이 알지를 않는구나. 쌀 3백 석에 몸이 팔려 죽으러 간다 하니 효성이 지극하다마는, 네가 살아 세상에 있어 하는 것만 같겠느냐? 나와 의논했더라면 진작 주선해 주었지. 쌀 3백 석을 이제라도 다시 내어 줄 것이니 뱃사람들 도로 주고 당치 않은 말 다시 말라."

하시니 심소저가 여쭈었다.

"당초에 말씀 못 드린 것을 이제야 후회한들 무엇하겠습니까? 또 한 부모를 위해 공을 드릴 양이면 어찌 남의 명분없는 재물을 바라며, 쌀 3백 석을 도로 내어주면 뱃사람들 일이 낭패이니 그도 또한 어렵고, 남에게 몸을 허락하여 약속을 정한 뒤에 다시 약속을 어기면 못난 사람들 하는 짓이니, 그 말씀을 따르지 못하겠습니다. 하물며 값을 받고 몇 달이 지난 뒤에 차마 어찌 낯을 들어 무슨 말을 하겠습니까? 부인의 하늘같은 은혜와 착하신 말씀은 저승으로 돌아가서 결초보은하겠습니다."

하고 눈물이 옷깃을 적시니, 부인이 다시 보니 엄숙한지라, 하릴없이 다시

말리지 못하고 놓지도 못했다. 심소저가 울며 여쭙기를,

"부인은 전생에 나의 부모라. 어느 날에 다시 모시겠어요? 글 한 수를 지어 정을 표하오니 보시면 아실 것입니다."

부인이 반기어 종이와 붓을 내어 주니 붓을 들고 글을 쓸 제, 눈물이 비가 되어 점점이 떨어지니 송이송이 꽃이 되어 그림 족자였다. 안방에 걸고 보니 그 글은 이러했다.

> 생기사귀일몽간에
> 견정하필루잠잠이랴마는
> 세간에 최유단장처하니
> 초록강남인미환을.

이 글 뜻은,

> 사람의 죽고 사는 게 한 꿈 속이니
> 정에 끌려 어찌 굳이 눈물을 흘리랴마는
> 세간에 가장 애끊는 곳이 있으니
> 풀 돋는 강남에 사람이 돌아오지 못하는 일이라.

부인이 재삼 붙들다가 글 짓는 것을 보시고,

"너는 과연 세상 사람 아니로다. 글은 진실로 선녀로다. 분명 인간의 인연이 다하여 상제께서 부르시니 네 어이 피할소냐. 내 또 한 이 운에 맞추어 글을 지으리라."하고 글을 써 주었다.

> 무단풍우야래흔하니
> 취송명화각하문고

적거인간천필연하사
강피부모단정은을

이 글 뜻은 이러하다.

난데없는 비바람 어둔 밤에 불어오니
아름다운 꽃 날려서 뉘 집 문에 떨어지나
인간의 귀양살이 하늘이 정하셔서
아비와 자식으로 하여금 정을 끊게 하는구나.

심소저가 그 글을 품에 품고 눈물로 이별하니 차마 보지 못할 지경이었다. 심청이 돌아와서 아버지께 하직하니 심봉사가 붙들고 뒹굴며 괴로워하여,
"네가 날 죽이고 가지 그저는 못 가리라. 날 데리고 가거라. 네 혼자는 못 가리라." 심청이 아버지를 위로하기를,
"부자간 천륜을 끊고 싶어 끊사오며 죽고 싶어 죽겠습니까마는, 액운이 막혀 있고 생사가 때가 있어 하느님이 하신 일이니 한탄한들 어찌하겠어요? 인정으로 할 양이면 떠날 날이 없을 것입니다."
하고 저의 아버지를 동네 사람에게 붙들게 하고 뱃사람들을 따라갈 제, 소리내어 울며 치마끈 졸라매고 치마폭 거듬거듬 안고 흐트러진 머리털은 두 귀 밑에 늘어지고 비같이 흐르는 눈물 옷깃을 적신다. 엎더지며 자빠지며 붙들어 나갈 제 건넛집 바라보며,
"아무개네 큰아가, 바느질 수놓기를 뉘와 함께 하려느냐, 작년 오월 단오날에 그네뛰고 놀던 일을 네가 행여 생각하느냐? 아무개네 작은아가, 금년 칠월 칠석 밤에 함께 기원하자더니 이제는 허사로다. 언제나 다시 보랴. 너희는 팔자 좋아 양친 모시고 잘 있거라."
동네 남녀노소 없이 눈이 붓도록 서로 붙들고 울다가 마을 어귀 에서 서로

손을 놓고 헤어졌다. 그 때 하느님이 아시던지 밝은 해는 어디 가고 어두침침한 구름이 자욱하며 청산이 찡그리는 듯, 강물 소리 흐느끼고, 휘늘어져 곱던 꽃은 시들어 제 빛을 잃은 듯하고, 하늘거리는 버들가지도 졸듯이 휘늘어졌고, 복사꽃은 다정하여 슬픈 듯이 피어 있다.

'묻노라 저 꾀꼬리, 뉘를 이별하였길래 벗을 불러 울어대고, 뜻밖에 두견이는 피를 내어 우는구나. 달밝은 너른 산을 어디 두고 애끊는 슬픈 소리 울어서 보내느냐. 네 아무리 가지 위에서 가지 말라 울건마는 값을 받고 팔린 몸이 다시 어찌 돌아올까.'

바람에 날린 꽃이 얼굴에 와 부딪치니 꽃을 들고 바라보며,

"봄바람이 사람 마음 알아주지 못한다면 무슨 까닭으로 지는 꽃을 보내리오, 한무제 수양공주 매화장이 있건마는 죽으러 가는 몸이 뉘를 위해 단장하리. 앞산에 지는 꽃이 지고 싶어 지랴마는 마지못한 일이러니 누구를 탓하고 누구를 원망하리오."

한 걸음에 돌아보며 두 걸음에 눈물지며 강머리에 다다르니, 뱃 머리에 판자 깔고 심청이를 인도하여 빗장 안에 실은 후에 닻을 감고 돛을 달아 여러 뱃사람들이 소리를 한다,

"어기야, 어기야, 어기양, 어기양."

소리를 하며 북을 둥둥 울리면서 노를 저어 배질하며 물결에 배를 띄워 떠나간다.

— 중략 —

한 곳을 다다라 돛을 지우고 닻 내리니 여기가 바로 인당수라. 거센 바람 크게 일어 바다가 뒤누우며 어룡이 싸우는 듯, 벽력이 일어 난 듯, 너른 바다 한가운데 일천 석 실은 배, 노도 잃고 닻도 끊어지고 용총도 부러지며 키도

빠지고, 바람불고 물결쳐 안개 비 뒤섞어 잦아진데 갈 길은 천리 만리 남아 있고, 사면은 어둑하고 천지가 적막하여 간신히 떠오는데 뱃전은 탕탕, 돛대도 와지끈, 순식간에 위태하니, 도사공 이하 모두들 겁을 내어 정신이 달아나고, 고사 제물 차릴 적에 섬 쌀로 밥을 짓고 동이 술에 큰 소 잡아 온 소다리 온 소 머리 사지 갈라 올려놓고, 큰 돼지 잡아 통째 삶아 큰 칼 꽂아 기는 듯이 받쳐 놓고, 삼색 실과 오색 탕수, 갖은 고기 식혜류와 온갖 과일 방위 차려 고여 놓고, 심청을 목욕시켜 흰 옷으로 갈아입혀 상머리에 앉힌 뒤에, 도사공이 앞에 나서 북을 둥둥 울리면서 고사한다.

"두리등 두리등, 칩더 잡아 삼십삼천 내립더 잡아 이십팔수. 허궁천지 비비천과 삼황오제 도리천, 십왕 일이 등 마련하실 제, 천상에 옥황상제, 지하 십이제국 차지하신 황제 헌원씨, 공자 맹자 안자 증자 법문 내고, 석가여래 불도 마련, 복희씨 팔괘 마련하여 있고, 신농씨 갖은 식물 맛을 보아 약을 마련하여 있고, 헌원씨 배를 내어 막힌 데를 건네 주심을 후생이 본을 받아, 사농공상 일을 삼아 다 각기 살아가니 막대한 공 이 아니며, 하우씨 구년 홍수 배를 타고 다스렸고, 물길 따라 구획지어 물길을 돌렸으며, 오자서 망명할 제 조각배로 건네주고, 해성에서 패한 항우 오강으로 돌아들 제 배를 매고 기다렸고, 공명의 조화로 동남풍을 빌어 내어 조조의 십만대병 수륙으로 화공(火攻)하니 배 아니면 어찌하며, 도연명은 전원으로 돌아오고 장경은 강동으로 돌아갈 제 이도 또한 배를 타고, 임술년 가을 칠월 달에 조각배 띄워놓고 소동파도 놀아 있고, '지국총 어사와' 하니 배를 저어 떠다님은 어부의 즐거움이요, 닻을 올려 노저으며 장포로 내려가니 오나라 월나라 아가씨들 연꽃 따고, 재물을 많이 싣고 해마다 왕래함은 장삿배가 이 아닌가? 우리 동무 스물네 명 장사를 직업삼아 십여 세에 조수타고 서호를 떠다니니, 인당수 용왕님은 사람 제물 받잡기로 유리국 도화동에 사는 십오 세 효녀 심청을 제물로 드리오니, 사해 용왕님은 고이고이 받으소서. 동해신 아명 서해신 거승이며, 남해신 축융 북해신 옹강이며, 칠금산 용왕님 자금산 용왕님 개개 섬 용왕님 영각대감 성황님, 허리간에 화장성황 이물고물 성황님네 다 굽어보옵소서. 물길 천리 먼먼 길에 바람구멍 열어내고, 낮이면 골을 넘어 대야에 물 담은 듯이, 배도 무쇠가 되고 닻도 무쇠가 되고 용총마류 닻줄 모두 다 무쇠로 점지하시고, 빠질 근심 없삽고 재물 잃을 근심도 없애시어 억십만 금 이문 남겨 대끝에 봉기질러 웃음으로 즐기고 춤으로 기뻐하게 점지하여 주옵소서."

하며 북을 '두리둥 두리둥' 치면서,

"심청은 시각이 급하니 어서 바삐 물에 들라."

심청이 거동 보소. 두 손을 합장하고 일어나서 하느님 전 비는 말이,

"비나이다, 비나이다, 하느님 전에 비나이다. 심청이 죽는 일은 추호라도 섧지 아니하여도, 병든 아버지 깊은 한을 생전에 풀려하고 이 죽음을 당하오니 명천은 감동하사 어두운 아비 눈을 밝게 띄워 주옵소서."

눈물지며 하는 말이,

"여러 선인님네 평안히 가옵시고 억십만 금 이문 남겨 이 물가를 지나거든 나의 혼백 불러내어 물밥이나 주시오."

하며 안색을 변치 않고 뱃전에 나서보니 티없이 푸른 물은 '월러렁 쾰넝' 뒤둥구리 구비쳐서 물거품 북적찌데한데, 심청이 기가 막혀 뒤로 벌떡 주저앉아 뱃전을 다시 잡고 기절하여 엎던 양은 차마 보지 못할 지경이었다. 심청이 다시 정신차려 할 수 없어 일어나서 온 몸을 잔뜩 끼고 치마폭을 뒤집어 쓰고, 종종걸음으로 물러섰다 바다 속에 몸을 던지며,

"애고 애고, 아버지 나는 죽소."

뱃전에 한 발이 지칫하며 거꾸로 풍덩 빠져 놓으니, 꽃 같은 몸이 풍랑에 휩쓸리고 밝은 달이 물 속에 잠기어 너른 바다 속에 곡식낱이 빠진 것 같았다. 새는 날 기운같이 물결은 잔잔하고 광풍은 삭아지며 안개 자욱하여 가는 구름 머물렀고, 맑은 하늘 푸른 안개 새는 날 동방처럼 날씨 명랑했다. 도사공

하는 말이,

"고사를 지낸 후에 날씨가 순통하니 심낭자 덕 아니신가?"

좌중이 같은 생각이라 고사를 마치고,

"술 한 잔씩 먹고 담배 한 대씩 먹고 행선함새."

"어, 그리 함새."

'어기야 어기야.' 뱃노래 한 곡조에 삼승 돛을 채어 양쪽에 갈라 달고 남경으로 들어갈 제, 와룡수 여울물에 쏘아놓은 살대같이, 기러기 다리에 전한 편지 북해 상에 기별같이 순식간에 남경으로 다달았다.

이때 심낭자는 너른 바다에 몸이 들어 죽은 줄로 알았는데, 무지개 영롱하고 향내가 코를 찌르더니, 맑은 피리 소리 은근히 들리기에 몸을 머물러 주저할 제, 옥황상제 하교하사 인당수 용왕과 사해용왕 지부왕에게 일일이 명을 내리셨다.

"내일 출천 효녀 심청이가 그곳에 갈 것이니 몸에 물 한 점 묻지 않게 할 것이며, 만일 모시기를 실수하면 사해용왕은 천벌을 주고 지부왕은 파문을 내릴 것이니, 수정궁으로 모셔들여 3년 받들고 단장하여 세상으로 돌려보내라."

명이 내리니 사해용왕과 지부왕이 모두 다 놀라 두려워하며, 무수한 바다의 장군과 군사들이 모여들 제, 원참군 별주부, 승지 도미, 빈랑 낙지, 감찰왕 잉어며, 수찬 송어와 한림 붕어, 수문장 메기, 청령사령 자가사리, 승지 북어, 삼치 갈치 앙금 방게 수군 백관과 백만 물고기 병사며, 무수한 선녀들은 백옥 가마를 마련하여 그때를 기다리니, 과연 옥같은 심낭자가 물로 뛰어들기에 선녀들이 받들어 가마에 올렸다. 심낭자 정신을 차려 하는 말이,

"속세의 비천한 인간으로 어찌 용궁의 가마를 타오리까?"

하니 여러 선녀들이 여쭙기를,

"옥황상제의 분부가 지엄하시어 만일 타시지 아니하시면 우리 용왕이 죄를 면치 못하실 것이니 사양치 마시고 타옵소서."

심낭자가 그제야 마지못하여 가마 위에 높이 앉으니 팔선녀가 가마를 메고 여섯 용은 곁에서 모시고, 바다의 장군과 군사들이 좌우로 호위하며 청학 탄 두 동자는 앞길을 인도하여 바닷물에 길 만들고 풍악으로 들어갔다. 이때 천상 신선과 선녀들이 심소저를 보려고 늘어섰는데, 태을 선녀는 학을 타고, 적송자는 구름 타고, 사자 탄 갈선옹과 청의동자 백의동자, 쌍쌍 시비 취적선과, 월궁항아 서왕모며 마고선녀 낙포선녀와 남악부인의 팔선녀 다 모였는데, 고운 복색 좋은 패물 향기도 이상하며 풍악이 앞서 간다. 왕자진의 봉피리며 곽처사의 죽장구며 성연자의 거문고와 장자방의 옥퉁소며 해강의 해금이며 완적의 휘파람, 적타 고취 옹적하며 〈능파사〉 〈보해사〉며 〈우의곡〉 〈채련곡〉을 곁들여 노래하니 풍류소리 수궁에 진동한다.

수정궁으로 들어가니 인간세계와는 다른 별천지였다. 남해 광리왕이 통천관을 쓰고 백옥홀을 손에 들고 호기 찬란하게 들어가니, 삼천팔백 수궁부 내외의 대신들은 왕을 위하여 영덕전 큰 문 밖에 차례로 늘어서서 환호성을 올렸다. 심낭자 뒤로 백로 탄 여동빈, 고래 탄 이적선과 청학 탄 장녀가 공중을 날아다니고 있었다.

집 치레 보자 하면 능란하고 장하구나. 고래 뼈를 걸어서 대들보를 삼으니 신령스런 빛깔이 햇빛에 빛나고, 물고기 비늘을 모아서 기와를 삼으니 상서로운 기운이 공중에 어린다. 값진 보물로 치장한 궁궐은 하늘의 빛과 어울리고, 입고 있는 의복은 인간의 온갖 의복과도 비길 수 없었다. 산호주렴 대모 병풍 광채도 찬란한데 비단 휘장을 구름같이 높이 치고, 동으로 바라보니 대붕이 하늘을 날으는데 쪽빛보다 푸른 물은 가마에 둘러 있고, 서쪽으로 바라보니 푸른 물결 아득한데 한 쌍 꾀꼬리 날아들고, 북으로 바라보니 아득한 푸른 산은 비취색을 띠어 있고, 위쪽을 바라보니 상서로운 구름이 붉은데 위로는 하늘로 통하고 아래로는 세상에 뻗쳐 있다. 음식을 둘러보니 세상 음식 아니었다. 유리 소반 옥돌 상에 유리 술잔 호박 받침, 자하주 천일주에 기린

포로 안주하고, 호로병 거호탕에 감로수도 넣어 있고, 옥돌 소반에다 반도 복숭 담아 있고, 한가운데 삼천벽도 덩그렇게 고였는데 신선 음식 아닌 것이 없었다.

수궁에 머물 적에 옥황상제의 명이니 거행이 오죽하랴. 사해 용왕이 다 각기 시녀를 보내어 아침 저녁으로 문안하고, 번갈아 당번을 서서 문안하고 호위하며, 금수능라 비단 옷에 화용월태 고운 얼굴 다 각기 잘 보이려고, 예쁜 모습 웃는 시녀, 얌전하게 차린 시녀, 천성으로 고운 시녀, 수려한 시녀들이 주야로 모실 적에 사흘마다 작은 잔치, 닷새마다 큰 잔치를 베풀면서, 상당에서 비단 백 필, 하당에서 진주 서 되를 바쳤다. 이처럼 받들면서도 오히려 잘못하지나 않을까 조심이 각별했다.

이때 무릉촌 장승상 부인이 심소저의 글을 벽에다 걸어두고 날마다 살펴보아도 빛이 변치 아니 하더니, 하루는 글 족자에 물이 흐르고 빛이 변하여 검어지니,

'심소저가 이제 물에 빠져 죽었는가?'

하여 한없이 슬피 탄식하고 있는데, 이윽고 물이 걷히고 빛이 도로 황홀해지니 부인이 이상히 여겨,

'누가 구하여 살았는가?'

하며 매우 의아하게 생각하면서도,

'어찌 그러하기 쉬우리오.'

그날 밤에 장승상 부인이 제물을 갖추어 강가에 나아가, 심소저를 위하여 혼을 불러 위로하는 제사를 바치려고 시비를 데리고 강가에 다다르니, 밤은 깊어 삼경인데 첩첩이 쌓인 안개 산골짝에 잠겨 있고 첩첩이 이는 안개 강물에 어리었다. 조각배 흘리 저어 중류에 띄워 놓고 배 안에 제사상을 차린 다음 부인이 손수 잔을 부어 흐느끼며 소저를 불러 위로하였다.

"아아 슬프도다, 심소저야. 죽기를 싫어하고 살기를 즐겨함은 인정에 당연

커늘, 일편단심에 양육하신 아버지의 은덕을 죽음으로 갚으려고 잔명을 스스로 끊어, 고운 꽃이 흐려지고 나는 나비 불에 드니 어찌 아니 슬플소냐? 한 잔 술로 위로하니 마땅히 소저의 혼이 아니면 없어지지 아니하리니 속히 와서 흠향함을 바라노라."

눈물뿌려 통곡하니 천지 미물인들 어찌 아니 감동하리. 뚜렷이 밝은 달도 구름 속에 숨어 있고 사납게 불던 바람도 고요하고 용왕이 도왔던지 강물도 고요하고 백사장에 놀던 갈매기도 목을 길게 빼어 '꾸루룩' 소리하며, 고기잡는 어선들은 가던 돛대 머무른다. 뜻밖에 강 가운데서 한 줄기 맑은 기운이 뱃머리에 어렸다가 잠시 뒤에 사라지며 날씨가 화창하니, 부인이 반겨하며 일어서서 바라보니 가득 부었던 잔이 반이나 줄어들었기로 소저의 영혼을 못내 슬퍼했다.

하루는 광한전 옥진부인이 오신다 하니 수궁이 뒤눕는 듯, 용왕이 겁을 내어 사방이 분주하였다. 원래 이 부인은 심봉사의 처 곽씨 부인이 죽어 광한전 옥진부인이 되어 있었는데, 그 딸 심소저가 수중에 왔단 말을 듣고 상제께 말미를 얻어 모녀상면하려 하고 오는 길이었다. 심소저는 뉘신 줄을 모르고 멀리 서서 바라볼 따름인데, 무지개 어린 오색 가마를 옥기린에 높이 싣고, 벽도화 단계화를 좌우에 벌여 꽂고, 각궁 시녀들은 곁에서 모시고 청학백학들은 앞길을 인도하고 봉황은 춤을 추고 앵무는 벌여 섰는데, 보던 바 처음이었다. 이윽고 가마에 내려 섬뜰에 올라서며,

"내 딸 심청아!"

부르는 소리에 어머니인 줄 알고 왈칵 뛰어 나서며,

"어머니 어머니, 나를 낳고 초칠일 안에 죽었으니 지금까지 15년을 얼굴도 모르오니 천지간 한없이 깊은 한이 개일 날이 없었습니다. 오늘날 이곳에 와서 어머니와 다시 만날 줄을 알아서 오는날 아버지 앞에서 이 말씀을 여쭈었더라면, 날 보내고 설운 마음 저으기 위로했을 것을.... 우리 모녀는 서로 만

나보니 좋지마는 외로우신 아버님은 뉘를 보고 반기시겠습니까? 아버지 생각이 새롭군요."

부인이 울며 말하기를,

"나는 죽어 귀히 되어 인간 생각 아득하다. 너의 아버지 너를 키워 서로 의지하였다가 너조차 이별하니 너 오던 날 그 모습이 오죽하랴. 내가 너를 보니 반가운 마음이야 너의 아버지 너를 잃은 설움에다 비길소냐? 너의 아버지 가난에 절어 그 모습이 어떠하며 아마도 많이 늙었겠구나. 그간 수십 년에 재혼이나 하였으며, 뒷마을 귀덕어미 네게 극진하지 않더냐."

얼굴도 대어 보고 손발도 만져 보며,

"귀와 목이 희니 너의 아버지 같기도 하다. 손과 발이 고운 것은 어찌 아니 내 딸이랴. 내 끼던 옥지환도 네가 지금 가졌으며, 수복강녕 태평안락 양편에 새긴 돈 붉은 주머니 청홍당사 벌매듭도, 애고, 네가 찼구나. 아버지 이별하고 어미를 다시 보니 두 가지 다 온전하기 어려운 건 인간 고락이라. 그러나 오늘 나를 다시 이별하고 너의 아버지를 다시 만날 줄을 네가 어찌 알겠느냐? 광한전 맡은 일이 너무도 분주해서 오래 비워두기 어렵기로 다시금 이별하니 애통하고 딱하다만, 내 맘대로 못 하니 한탄한들 어이 할소냐? 후에라도 다시 만나 즐길 날이 있으리라."

하고 떨치고 일어서니 소저 만류하지 못하고 따를 길이 없어 울며 하직하고 수정궁에 머물었다.

이때 심봉사는 딸을 잃고 모진 목숨 죽지 못하여 근근히 살아갈 제, 도화동 사람들이 심소저가 지극한 효성으로 물에 빠져 죽은 일을 불쌍히 여겨 타루비(墮淚碑)를 세우고 글을 지었다.

앞 못 보는 아버지 위해
제 몸 바쳐 효도하러 용궁에 갔네.
안개 어린 바다에 마음만 떠 있으니

봄 풀에 해마다 한이 서린다.

강가를 오가는 행인이 비문을 보고 아니 우는 이 없고, 심봉사는 딸이 생각 나면 그 비를 안고 울었다.

마을 사람들이 심맹인의 돈과 곡식을 늘려서 집안 형편이 해마다 늘어갔 다. 이때 그 마을에 서방질 일쑤 잘하여 밤낮없이 흘레하는 개같이 눈이 벌게 서 다니는 뺑덕어미가 심봉사의 돈과 곡식이 많이 있는 줄을 알고 자원하여 첩이 되어 살았는데, 이년의 입버르장이가 또한 보지 버릇과 같아서 한시 반 때도 놀지 아니하려고 하는 년이었다. 양식 주고 떡 사먹기, 베를 주어 돈을 받아 술 사먹기, 정자밑에 낮잠자기, 이웃집에 밥 부치기, 마을 사람더러 욕설 하기, 일꾼들과 싸우기, 술 취하여 한밤중에 와 달석 울음 울기, 빈 담뱃대 손에 들고 보는 대로 담배 청하기, 총각 유인하기, 온갖 악증을 다 겸하였으 되, 심봉사는 여러 해 주린 판이라, 그 중에 동침하는 즐거움은 있어 아무런 줄 모르고 집안살림이 점점 줄어드니, 심봉사가 생각다 못해서 물었다.

"여보소, 뺑덕이네. 우리 형편 착실하다고 남이 다 수군수군했는데, 근래에 어찌해서 형편이 못 되어 다시금 빌어먹게 되어 가니, 이 늙은 것이 다시 빌어먹자 한들 동네 사람도 부끄럽고 내 신세도 말이 아니니 어디로 낯을 들어 다니겠는가?"

뺑덕어미가 대답한다.

"봉사님, 여태 잡수신 게 무엇이오? 식전마다 해장하신다고 죽 값이 여든두 냥이요, 저렇게 갑갑하다니까, 낳아서 키우지도 못한 것 밴다고 살구는 어찌 그리 먹고 싶던지, 살구 값이 일흔석 냥이요, 저렇게 갑갑하다니까."

심봉사가 속은 타지만 헛웃음 웃으며,

"야, 살구는 너무 많이 먹었다. 그렇지마는 '계집 먹은 것은 쥐 먹은 것'이라 하니 따져 봐야 쓸 데 없다. 우리 세간 기물을 다 팔아 가지고 타향으로 가세."

"그러고 싶으면 그리합시다."

약간 남은 살림살이 다 팔아서 이고지고 타향으로 떠돌이 생활에 나섰다.

하루는 옥황상제께서 사해용왕에게 말씀을 전하시기를,

"심소저 혼약할 기한이 가까우니, 인당수로 돌려보내어 좋은 때를 잃지 말게 하라."

분부가 지엄하시니 사해용왕이 명을 듣고 심소저를 보내실 제, 큰 꽃송이에 넣고 두 시녀를 곁에서 모시게 하여 아침 저녁 먹을 것과 비단 보배를 많이 넣고 옥 화분에 고이 담아 인당수로 보내었다. 이때 사해용왕이 친히 나와 전송하고 각궁 시녀와 여덟 선녀가 여쭙기를,

"소저는 인간 세상에 나아가서 부귀와 영광으로 만만세를 즐기소서."

소저 대답하기를,

"여러 왕의 덕을 입어 죽을 몸이 다시 살아 세상에 나아오니 은혜를 잊을 수가 없습니다. 모든 시녀들과도 정이 깊어 떠나기 섭섭하오나 이승과 저승의 길이 다르기에 이별하고 가기는 하지마는 수궁의 귀하신 몸 내내 평안하옵소서."

하직하고 돌아서니, 순식간에 꿈같이 인당수에 번듯 떠서 뚜렷이 수면을 영롱케 하니 천신의 조화요 용왕의 신령이었다. 바람이 분들 끄떡하며 비가 온들 떠내려갈소냐. 오색 무지개가 꽃봉이 속에 어리어 둥덩실 떠 있을 적에, 남경 갔던 뱃사람들이 억십만 금 이문을 내 어 고국으로 돌아오다가 인당수에 다달아 배를 매고 제물을 깨끗이 차려 용왕에게 제를 지내면서 비는 말이,

"우리 일행 수십 명 몸에 재액을 막아 주시고 소망을 뜻한 대로 이루어 주셔서 용왕님의 넓으신 덕택을 한 잔 술로 정성을 드리오니, 어여삐 보셔서 이 제물을 받아 주시옵소서."

하고 제를 올린 뒤에 제물을 다시 차려 심소저의 혼을 불러 슬픈 말로 위로한다.

"출천효녀 심소저는 늙으신 아버지 눈뜨기를 위하여 젊은 나이에 죽기를 마다 않고 바다 속 외로운 혼이 되었으니 어찌 아니 가련코 불쌍하리오. 우리 뱃사람들은 소저로 말미암아 장사에 이문을 내어 고국으로 돌아가지마는 소저의 영혼이야 어느 날에 다시 돌아올까? 가다가 도화동에 들어가서 소저의 아버지 살았는가 여부을 알아보고 가오리다. 한 잔 술로 위로하니 만일 알으심이 있거든 영혼은 이를 받으소서."

제물을 풀고 눈물을 쏟고 나서, 한 곳을 바라보니 한 송이 꽃봉이 너른 바다 가운데 둥덩실 떠 있으니 뱃사람들이 고히여겨 저희들끼리 의논하기를,

"아마도 심소저의 영혼이 꽃이 되어 떴나 보다."

가까이 가서 보니 과연 심소저가 빠졌던 곳이어서 마음이 감동하여 꽃을 건져내어 놓고 보니, 크기가 수레바퀴처럼 생겼고 두세 사람이 넉넉히 앉을 만했다.

"이 꽃은 세상에 없는 꽃이니 이상하고 고이하다."

하고 정하게 싣고 올 제, 배 빠르기가 화살 날듯하였다. 네다섯 달이나 걸리던 길을 며칠 만에 다다르니, 이도 또한 이상하다 할 것이었다. 돌아와서 억십만 금이 넘는 재물을 다 각기 나누어 가질 적에, 도선주는 무슨 마음에선지 재물은 마다하고 꽃봉이만 차지하여 자기 집 깨끗한 곳에 단을 쌓고 두었더니 향취가 온 집안에 가득하고 주위에 무지개가 둘러 있었다.

이때 송 천자는 황후가 별세하신 후 간택을 아니하시고, 화초를 구하여 상림원에다 채우고 황극전 뜰 앞에도 여기저기 심어두고 기화요초 벗을 삼아 지내실 제, 화초도 많도 많다. 팔월 부용군자며, 연못 그득 맑은 물에 홍련화며, 그윽한 향내 피어내며 달뜨는 저녁 나절에 소식 전하던 매화며, 여기저기 심어 있은 붉은 복사꽃이며, 게자핀 월중단은 황무시에 계화며, 아름다운 여인의 손톱에 물들이려고 밤에 화분에 넣고 찧는 봉선화며, 구월 구일에 활짝 피는 국화며, 귀한 사람 즐겨 찾는 부귀할 손 모란화며, '배꽃은 땅에 가득

떨어지고 문은 열리지 않았다.'던 장신궁중의 배꽃이며, 칠십 제자 강론하던 살구나무의 살구꽃이며, 천태산 들어가면 산기슭에 피어있는 작약이요, 촉나라 망한 한을 못 이기어 피 토하던 두견화며, 촉국 배국 시월국이며, 교화 난화 산당화며, 장미화에 해바라기며, 주작화에 금선화와 능수화에 견우화며, 영산홍 지산홍에 왜철죽 진달래 백일홍이며, 난초 파초에 강진향이요, 그 가운데 전나무 호도목이며, 석류목에 승백목이며, 치자목 송백목이며, 율목 시목에 행자목이며, 자도 능금 도리목이며, 오미자 탱자 유자목이며, 포도 다래 으름넝쿨 너울너을 각색으로 층층이 심어두고, 때를 따라 구경하실 제, 향내가 건듯 불면 우질우질 넘놀며 울긋불긋 떨어지며, 벌 나비 새 짐승이 춤추며 노래하니 천자께서 흥을 붙여 날마다 구경하시었다.

이때 남경 뱃사람이 대궐 안 소식을 듣고 문득 생각하기를,

'옛 사람이 벼슬을 등에 지고 천자를 생각하니, 나도 이 꽃을 가져다가 천자께 드린 후에 정성을 논하리라,'

하고 인당수에서 얻은 꽃을 옥분에 옮겨 심어 대궐 문 밖에 다달아 이 뜻을 아뢰니, 천자께서 반기시어 그 꽃을 들여다가 황극전에 놓고 보니 빛이 찬란하여 해와 달이 빛을 내는 것 같고, 크기가 짝이 업고 향기가 특출하니 세상 꽃이 아니었다.

"달빛에 그림자가 분명하니 계수나무 꽃도 아니요, 요지연의 흰 복숭아 동방삭이 따온 후에 3천 년이 못 되니 벽도화도 아니요, 서역국에 연화씨가 떨어져 그것이 꽃 되어 바다에 떠 왔는가?"

하시며 그 꽃 이름을 '강선화(降仙花)'라 하시고, 자세히 살펴보니 붉은 안개 둘러 있고 상서로운 기운이 어리었으니, 황제 크게 기뻐하사 화단에 옮겨 놓으니 모란화 부용화가 다 아래 자리로 돌아가니, 매화 국화 봉선화는 모두다 신하라 이를 지경이었다. 천자께서 아시던 다른 꽃은 다 버리고 이 꽃뿐이었다.

하루는 천자께서 당나라의 옛 일을 본받아 궁녀에게 명하시어 화청지에 목욕가시고 친히 달을 따라 화단을 배회하시는데, 밝은 달은 뜰에 가득하고 산들 바람 부는 중에 문득 강선화 봉오리가 흔들리며 가만히 벌어지고 무슨 소리 나는 듯했다. 천자께서 몸을 숨겨 가만히 살펴보니 예쁜 용녀가 얼굴을 반만 들어 꽃봉이 밖으로 반만 내다보더니, 사람 자취 있음을 보고 도로 헤치고 들어갔다. 천자께서 보시고 문득 몸과 마음이 황홀하시어 의아한 생각이 들어 아무리 서 있어도 다시는 기척이 없었다. 가까이 가서 꽃봉이를 가만히 벌리고 보시니 한 처녀와 두 미인이 있기에 천자 반기며 물으시기를,

"너희가 귀신이냐 사람이냐?"

미인이 즉시 내려와 땅에 엎드려 여쭙기를,

"소녀는 남해 용궁 시녀이온데 소저를 모시고 세상으로 나왔다가 황제의 모습을 뵈오니 극히 황공하옵니다."

하니 천자 마음속으로 생각하시기를,

'상제께옵서 좋은 인연을 보내신 것이로구나. 하늘이 내리신 바를 받아들이지 않으면 이런 좋은 기회가 다시는 오지 않으리라.'

하시고,

'배필을 정하리라.'

결심하시어 혼인을 하기로 작정하시고 태사관으로 하여금 날을 잡으라 하니 5월 5일 갑자일이었다. 소저를 황후로 봉하여 승상의 집으로 모신 뒤에 혼인날이 당하매 명하시기를,

"이러한 일은 천만고에 없는 일이니 예의범절을 특별히 마련하도록 하라."

하시니 위엄이 이 세상에서 처음이요 천고에 더욱 없는 일이었다. 황제께서 잔치 자리에 나와 서시니 꽃봉오리 속에서 두 시녀가 소저를 부축하여 모셔 나오니 북두칠성에 좌우보필이 갈라서 있는 듯, 궁중이 휘황하여 바로 보기 어려웠다. 나라의 경사라, 온 나라에 사면령을 내리고, 남경 갔던 도선주

를 특별히 무장태수로 임명하시고, 온 조정 여러 신하들은 축하를 보내고 온 백성들은 기뻐 환호하였다.

심황후의 덕과 은혜가 지중하여 해마다 풍년이 들어 태평 세월을 다시 보니 태평성대가 되었다. 심황후는 부귀 극진하나 늘상 마음 속에 숨은 근심이 아버지 생각뿐이었다.

하루는 근심을 이기지 못하여 시종을 데리고 옥난간에 기대 서 있었더니, 가을 달은 밝아 산호 발에 비쳐 들고 귀뚜라미 슬피 울어 방 안에 흘러들어 무한한 심사를 점점이 불러낼 제, 높은 하늘 외로 운 기러기 울면서 내려오니 황후께서 반가운 마음에 바라보며,

"오느냐, 너 기러기. 거기 잠간 머물러서 나의 한 말 들어 봐라. 소중랑이 북해상에서 편지 전하던 기러기냐, 푸른 물 흰 모래밭에 그리움을 못 이기어 내려오는 기러기냐, 도화동에 우리 아버지 편지를 매고 네 오느냐, 이별 3년에 소식을 못 들으니 내가 이제 편지를 써서 네게 전할 테니 부디부디 잘 전하여라."

하고 방 안에 들어가 상자를 얼른 열고 두루마리 종이 끌러 내어놓고 붓을 들고 편지를 쓰려 할 제, 눈물이 먼저 떨어지니 글자는 먹칠이 되고 말마디는 뒤바뀐다.

"슬하를 떠나 온 지 해가 세 번 바뀌오니 아버님 그리워 쌓인 한이 바다같이 깊습니다. 엎드려 생각컨대 그간에 아버지 몸 편히 지내시온지, 그리는 마음 이루 다 말씀드릴 길이 없습니다. 불효녀 심청은 뱃사람을 따라갈 제, 하루 열두 시에 열두 번씩이나 죽고 싶었으나 틈을 얻지 못하여 대여섯 달을 물 위에서 자고, 마지막에는 인당수에 가서 제물로 빠졌습니다. 그런데 하느님이 도우시고 용왕이 구하셔서 세상에 다시 나와 이 나라 천자의 황후가 되었습니다. 부귀영화는 다함이 없사오나, 간장에 맺힌 한 때문에 부귀에도 뜻이 없고 살기도 바라지 아니하고, 다만 바라기는 아버님 슬하에 다시 뵈온

후에 그날 죽사와도 한이 없겠습니다. 아버님이 저를 보내고 겨우 지내시면서 문에 비껴 생각하시는 줄은 분명히 알지마는, 죽었을 제는 혼이 막혀 있고 살았을 제는 액운이 막히어서 천륜이 끊겼습니다. 그간 3년 동안에 눈을 떴사오며 마을에 맡긴 돈과 곡식은 그저 있어 목숨을 보존하시온지요. 아버님 귀하신 몸 잘 보중하셨다가 쉬이 만나 뵈옵기를 천만 바라고 천만 바라옵니다."

날짜를 얼른 써서 가지고 나와보니 기러기는 간 데 없고 아득한 구름 밖에 은하수만 기울어졌다. 별과 달만 밝아 있고 가을 바람 소슬하다. 하릴없어 편지를 집어 상자에 넣고 소리없이 울고 있는데, 이때 황제께서 내전에 들어오셔서 황후를 바라보시니, 두 눈 사이에 근심스러운 빛을 띠었으니 푸른 산이 석양에 잠긴 듯하고, 얼굴에 눈물 자욱이 있으니 국화가 햇빛 아래 시드는 듯하여 황제께서 물으셨다.

"무슨 근심이 계시길래 눈물 흔적이 있는지요? 귀하기는 황후가 되어 있으니 천하에 제일 귀하고, 부하기는 사해를 차지하였으니 인간에 제일 부자인데 무슨 일이 있어 저렇게 슬퍼하시는가요?"

황후가 대답하기를,

"제가 과연 바라는 바가 있사오나 감히 여쭙지 못하였습니다."

황제가 대답하기를,

"바라는 바가 무슨 일인지 자세히 말씀해 보시구료."

하시니, 황후 다시금 꿇어앉아 여쭙기를,

"제가 사실은 용궁 사람이 아니오라 황주 도화동에 사는 맹인 심학규의 딸로서, 아비의 눈뜨기를 위하여 몸이 뱃사람에게 팔려 인당수 물에 제물로 빠졌었습니다."

하고 그 동안 있었던 일을 자세히 여쭈니 황제께서 들으시고,

"그러하시면 어찌 진작에 말씀을 못하시었소? 어렵지 않은 일이니 너무 근심치 마시오."

하시고 그 다음날 조회를 마친 뒤에 온 조정 신하들과 의논하시고,

"황주로 관리를 보내어 심학규를 부원군으로 대우하여 모셔오라."

하였더니, 황주자사가 장계를 올렸는데 떼어 보니,

"분명히 본주의 도화동에 맹인 심학규가 있었으나 1년 전에 떠난 뒤로 사는 곳을 알 수 없습니다."

라고 되어 있었다. 황후께서 들으시고 망극한 마음을 이기지 못하여 눈물을 흘리며 길이 탄식하시니 천자께서 간곡히 위로하시기를,

"죽었으면 할 수 없겠지만 살아 있으면 만날 날이 있지, 설마 찾지 못하겠습니까?"

황후께서 크게 깨달으셔서 황제께 여쭈었다.

"저에게 한 계책이 있사오니 그대로 하옵소서, 이 땅의 모든 백성이 다 임금의 신하이온데 백성 중에 불쌍한 사람은 홀아비, 과부, 고아, 자식 없는 늙은이 네 부류의 사람일 것입니다. 그 가운데 가장 불쌍한 사람이 병든 사람이며, 병신 중에도 특히 맹인이오니 천하 맹인을 모두 모아 잔치를 하옵소서. 그들이 하늘과 땅과 해와 달과 별이며, 희고 검고 길고 짧은 것과, 부모 처자를 보아도 보지 못하여 품은 한을 풀어 주옵소서. 그러하면 그 가운데 혹시 저의 아버님을 만날 수도 있을 것이니, 이는 저의 소원일 뿐 아니오라 또한 나라에 화평한 일도 될 듯하오니 이 일이 어떠하온지요?"

천자께서 이 말을 들으시고 크게 칭찬하시기를,

"과연 여자 중의 요순이로소이다. 그렇게 하십시다."

하시고 천하에 반포하시기를,

"높은 관리에서 서민에 이르기까지 맹인이면 성명과 거주지를 기록하여 각 읍으로부터 기록해 올리도록 하라. 그들을 잔치에 참례하게 하되, 만일 맹인 하나라도 명을 몰라 참례치 못한 자가 있으면 해당 도의 감사와 수령은 마땅히 중한 벌을 받을 것이다."

명령을 내리시니 나라의 각도와 각읍이 놀라고 두려워 성화같이 시행하였다.

이때 심봉사는 뺑덕어미를 데리고 여기저기 떠돌아 다니던 차에 하루는 서울에서 맹인잔치를 베푼다는 소문을 듣고 뺑덕어미더러,

"사람이 세상에 났다가 서울 구경 한번 해보세. 낙양 천리 멀고 먼 길을 나 혼자는 갈 수 없으니 나와 함께 가는 것이 어떠한가? 길에 다니다가 밤이야 우리 할 일 못하겠는가?"

"예, 갑시다."

"그리하오."

그날로 길을 떠나 뺑덕어미 앞세우고 며칠을 가서 한 역촌에 이르러 잠을 자게 되었다. 마침 그 근처에 황봉사라 하는 소경이 있었는데 이는 반소경이 었고 집안 형편도 넉넉한 편이었다. 뺑덕어미가 음탕하여 서방질 일쑤 잘 한다는 소문이 이웃 마을에 자자하여 한 번 보기를 평소에 마음속으로 원하고 있던 터에, 심봉사와 함께 온단 말을 듣고 주인과 짜고 뺑덕어미를 빼어 내려고 주인을 시켜 갖가지로 꼬였다. 뺑덕어미도 생각하기를,

'막상 내가 따라 가더라도 잔치에 참례할 길이 전혀 없고, 돌아온들 형편도 전만 못하고 살 길이 전혀 없을테니, 차라리 황봉사를 따라가면 말년 신세는 편안하겠구나,'

하고 약속을 단단히 정하고,

'심봉사 잠들기를 기다려 내빼리라.'

하고 일부러 자는 체하고 누웠더니 심봉사가 잠을 깊이 들었기에 두말없이 도망하여 달아나버렸다.

— 중략 —

이때 심황후는 여러 날 동안 맹인잔치를 하면서 맹인 명부를 아무리 들여

놓고 보아도 심씨맹인이 없으니 혼자 탄식하기를,

'이 잔치를 연 까닭은 아버님을 뵈옵자는 것이었는데 아버님을 뵙지 못하니 내가 인당수에 죽은 줄로만 아시고 애통하여 죽으셨는가, 아니면 몽운사 부처님이 영험하여 그 동안에 눈을 떠서 천지만물을 보시어 맹인 축에서 빠지셨는가, 잔치가 오늘 마지막이니 내가 몸소 나가 보리라.'

하시며 뒷동산에 자리를 잡고 앉으셔서 맹인잔치를 구경하시는데 풍악도 낭자하며 음식도 풍성했다. 잔치를 다 끝낸 뒤에 맹인 명부를 올리라 하여 의복 한 벌씩을 내어주시니, 맹인들이 모두 사례하는데 명단에 들지 못한 맹인 하나가 우두커니 서 있었다. 황후께서 보시고,

"저 사람은 어떤 맹인이오?"

하고 상궁을 보내어 물으시니 심봉사가 겁을 내어,

"저는 집이 없어 천지로 집을 삼고 사해로 밥을 부치어 떠돌아다니오니, 어느 고을에 산다고 할 수가 없어서 명단에도 들지 못하여 제발로 들어왔습니다."

황후께서 반가워하시면서 가까이 들라 하시니 상궁이 명을 받아 심봉사의 손을 끌어 별전으로 들어갔다. 심봉사는 무슨 영문인 줄 모르고 겁을 내어 더듬거리는 걸음으로 별전에 들어가 계단 아래 섰는데, 그 얼굴은 몰라 볼 만큼 변해 있었고 머리에는 흰 머리카락이 듬성듬성했다. 황후가 3년 동안을 용궁에서 지내다 보니 아버지의 얼굴이 가물가물하여 물어 보았다.

"처자는 있으신가요?"

심봉사가 땅에 엎드려 눈물을 흘리면서 여쭈었다.

"여러 해 전에 아내를 잃고, 초칠일이 못 지나서 어미 잃은 딸이 하나 있었습니다. 제가 눈이 어두운 몸으로 어린 자식을 품에 품고 동냥젖을 얻어먹여 근근히 길러내어 점점 자라면서 효행이 뛰어나서 옛사람을 앞서더니, 요망한 중이 와서,

'공양미 삼백 석을 시주하면 눈을 떠서 볼 것입니다.'

하니 저의 딸이 듣고,

'어찌 아비 눈뜨리란 말을 듣고 그저 있으리오.'

하고, 다른 길로는 공양미를 마련할 길이 전혀 없어 저도 모르게 남경 뱃사람들에게 3백 석에 몸을 팔아서 인당수에 제물로 빠져 죽었는데, 그 때 나이가 열다섯이었습니다. 눈도 뜨지 못하고 자식만 잃었사오니 자식 팔아먹은 놈이 세상에 살아 쓸데없으니 죽여주옵소서."

황후께서 들으시고 눈물을 흘리며, 그 말씀을 자세히 들으니 분명히 아버지인 줄을 알 수 있었다. 아버지와 딸 사이의 천륜에 어찌 그 말씀이 끝나기를 기다렸겠는가마는 자연 이야기를 만들자 하니 그렇게 되었던 것이었다. 그 말씀을 마치자 황후께서 버선발로 뛰어 내려와서 아버지를 안고,

"아버지, 제가 정녕 인당수에 빠져 죽었던 심청이어요."

심봉사가 깜짝 놀라,

"이게 웬말이냐?"

하더니 어찌 반갑던지 뜻밖에 두 눈에서 딱지 떨어지는 소리가 나면서 두 눈이 활딱 밝았다. 그 자리에 가득 모여 있던 맹인들이 심봉사 눈뜨는 소리에 일시에 눈들이 뜨이는데, '희번덕, 짝짝' 까치새끼 밥 먹이는 소리 같았다. 뭇 소경이 밝은 세상을 보게 되고, 집 안에 있는 소경, 계집 소경도 눈이 다 밝고, 배 안의 소경 배 밖의 맹인, 반소경 청맹과니까지 모조리 다 눈이 밝았으니, 맹인에게는 천지개벽이나 다름 없었다.

심봉사가 반갑기는 반가우나 눈을 뜨고 보니 도리어 처음 보는 얼굴이라, 딸이라 하니 딸인 줄 알지마는 한 번도 보지 못한 얼굴이라 알 수가 있나. 하도 좋아서 죽을동 살동 춤추며 노래한다.

얼씨구 절씨구 지화자자 좋을씨구

홍문연 높은 잔치에 항우가 아무리 춤 잘 춘들 내 춤을 어찌 당하며,
한고조가 말 위에서 천하를 얻을 제 칼춤 잘 춘다 할지라도, 어허 내 춤 당할소냐.
어화, 창생들아 아들 낳기 힘쓰지 말고 딸 낳기를 힘쓰시오.
죽은 딸 심청이를 다시 보니
양귀비가 죽었다가 다시 살아난가,
우미인이 도로 살아서 돌아온가,
아무리 보아도 내 딸 심청이지.
딸 덕으로 어두운 눈을 뜨니 해와 달이 다시 밝아 더욱 좋도다
별이 뜨고 구름이 이니 온갖 만물이 즐거한다.
태평세월 다시 보니 얼씨고 좋을시고.
'아들 낳기 힘쓰지 말고 딸 낳기를 힘쓰라' 함은 나를 두고 이름이라.

이 때 무수한 소경들도 영문 모르고 춤을 춘다.

지화자 지화가 좋을씨고 어화 좋구나.
세월아 세월아 가지 마라.
돌아간 봄 다시 돌아오건마는,
우리 인생 한번 늙어지면 다시 젊기 어려워라.
옛글에 이르기를 '좋은 때는 만나기 어렵다.' 하는 것은
만고 명현 공자 맹자 말씀이요,
우리 인생 무슨 일 있으랴.

노래를 마치고 다시 '산호 산호 만세!'를 불렀다.

— 후략 —

1. 〈심청전〉의 내용에 대한 의심 혹은 불만을 2개 이상 제기해봅시다.

2. 심청이 죽음을 결단하는 과정을 삼단논법으로 재구해 봅시다.

3. 〈심청전〉에 존재하는 거래들의 관계를 파악하고 단순화해 봅시다.

4. 〈심청전〉에서 환상적 요소를 제거한다면 어떤 이야기가 될지 생각해봅시다.

5. 심청은 자발적으로 인당수 제물이 되는데, 심청의 자발성이 사실이 아니라면 심청전은 어떤 이야기가 될지 생각해봅시다.

6. 심청전을 희생양 메커니즘으로 읽을 때 공동체의 위기는 무엇이며 그 위기는 어떻게 해결되는지 이야기해 봅시다.

17강 화전, 여성들의 야유회

〈상원화슈가〉

각자 추렴 하여내니 창졸성편 굉장하다
닷말지기 되슐에다 떡 한 시루 져왔구나
차례로 분식할제 난데업난 소년들이
광풍갓치 달여드러 이리져리 훔쳐가니
여의염치 바히업셔 쇠가죽을 무릅슨가
비루하기 그지업다 취객인가 광객인가
분운이 비색하고 가운이 불행하여
오는 거시 쥬색이오 듯는 거시 작셔로다

〈상원화슈답가〉

소년행락 가는 춘풍 뒤를 따라 노랏건만
규문의 아녀자는 지각업시 노단말가
상화상춘 모르고서 무단이 기회하야
셔셜당 놉흔 집 지각도 바히 업다
노노만 그겨노제 소년조롱 불긴하다
셥연규즁 치산 즁의 한번 노름 관계하랴
놀기 곳 잘 놀으면 우리 먼져 츄도하제
이름 조화 즁춘회포로 무식하기 노단말가
풍유남아 우리들이 여자 회석 불관하고

동기업시 노는 일이 장부안하 괘씸하다

〈기수가〉

양간회 쇠쟝국에 뱃가죽이 터져간다
이러타시 먹어시니 아니놀고 무엇하리
옷갓치 놀려니와 척사판을 대령할까
아서라 다 바리고 만단설화 하여보세
가소롭다 우리 인생 백년이 얼마런고
풀닙헤 이실이요 물위에 거품이다

우리 말삼 더져두고 들오신 이 헤어 보주
강누딕 노파딕아 ᄒ도 됴롱 슬허마소
법순딕 희평딕은 명틱 양반 아닐넌가
단동딕 병산딕은 한산 양반 발명마소
오촌딕 상지딕은 아달 주랑 너므 마소
듕동딕 딕야딕은 셰간 스리 주미로쇠
ᄉ촌딕 각산딕은 음전암전 교틱마소
마쳔딕 김산딕은 동실동실 구슬갓닉
지동딕 지동딕은 일가라고 자셰마소
도진딕 산당딕은 동향동서 자별하의

여흥이 미진ᄒ여 파좌를 ᄒ든말가
그듕의 하당딕이 흔말삼 ᄒ여시딕
이 노림이 쉽즌ᄒ니 긔록이나 ᄒ여두쇠
구람갓치 훗터지면 다시 못기 어려워라
이 가ᄉ 닉여보면 좌즁면목 역역ᄒ리

아모커나 제종들아 다시 못기 기약ᄒ쇠

〈반기수가〉

애달을새 시매들은 이댁에서 낳건만은
타문에 들어가니 이전안목 바히없다
머리고개 미기럼에 분연지도 귀향갔네
아이는 둘씩셋씩 안고지고 야단일네
할 일이 없거들랑 잠이나 잘거시지
무단이 떼를지어 이집저집 다니면서
정지문도 열어보며 장독고 들어보네
군지씨네 실물잡고 수가차로 나셨던가
방으로 들오더니 온갖작폐 괴상하다
의가그릇 끌어내어 일하던 것 푸산하며
현반구억 시렁구억 무엇인고 만져보네

〈평암산화전가〉

화천댁을 볼작시면 딱따구리 달맛는가
진보댁을 볼작시면 먹구름을 달맛는가
하는짓도 재미업다
장난즐긴 곡강댁은 아이를 달맛는가
외딴곳에 영양댁은 허제비를 달맛는가
미인같은 김천댁은 마음씨도 아름답다
누죽누죽 석보댁은 뚜거비를 달맛는가
얌전한 방개댁은 독가촌에 묻혀안자
세상물정 모른다네
황소같은 현동댁은 샘도샘도 만터라
백여대촌 며늘네요 흉받다고 욕마시오
한스러움 무엇인가 인물노래 부를려니

웃음을 못참겠다

〈덴동어미화전가〉

열네살에 시집올 때 청실홍실 늘인 인정
원불상리(遠不相離) 맹세하고 백년이나 살잤더니
겨우 삼년 동거하고 영결종천(永訣終天) 이별하니
임은 겨우 십육이요 나는 겨우 십칠이라
(……)
천하만물이 짝이 있건만 나는 어찌 짝이 없나
새소리 들어도 회심하고 꽃핀 걸 보아도 비창한데
애고 답답 내 팔자야 어찌하여야 좋을거나
가자 하니 말 아니요 아니 가고는 어찌할꼬
덴동어미 듣다가서 썩 나서며 하는 말이
가지 마오 가지 마오 제발 적선 가지 말게
팔자 한탄 없을까마는 가단 말이 웬말이요
잘 만나도 내 팔자요 못 만나도 내 팔자지
백년해로도 내 팔자요 십칠세 청상(靑孀)도 내 팔자요
팔자가 좋을 양이면 십칠세에 청상 될까
신명도망(神命逃亡)¹⁾ 못할지라 이내 말을 들어보소
나도 본디 순흥 읍내 임이방의 딸일러니
우리 부모 사랑하사 어리장 고리장 키우다가
열여섯에 시집가니 예천 읍내 그중 큰집에
치행 차려 들어가니 장이방의 집일러라
서방님을 잠깐 보니 준수비범(俊秀非凡) 풍후하고
구고(舅姑)님²⁾께 현알(見謁)하니 사랑한 맘 거룩하데
삼백 장(丈) 높은 가지 추천(鞦韆)을 뛰다가서
추천줄이 떨어지며 공중지기 메박으니

---

1) 신명도망(神命逃亡): 운명을 피하여 달아나는 일.
2) 구고(舅姑): 시부모님.

그만에 박살이라 이런 일이 또 있는가
신정(新情)이 미흡하데 십칠세에 과부 됐네
(……)
이상찰의 며느리 되어 이승발 후취로 들어가니
가서도 웅장하고 시부모님도 자록(慈祿)3)하고
낭군도 출중하고 인심도 거룩한데
매양 앉아 하는 말이 포(逋)4)가 많아 걱정하더니
해로 삼년이 못다 가서 성 쌓던 조등내 도임하고
엄한 중에 수금하고 수만 냥 이포5)를 추어내니
남전북답 좋은 전지(田地) 추풍낙엽 떠나가고
안팎 줄행랑 큰 기와집도 하루 아침에 남의 집 되고
압다기둥 마전켠 뒤지며 큰 황소 적대마 서산나구
대양푼 소양푼 세수대야 큰 솥 작은 솥 단밤가마
놋주걱 술국이6) 놋쟁반에 옥식기 놋주발 실굽달이7)
게사다리 옷걸이며 대병풍 소병풍 산수병풍
자개함농 반다지에 무쇠두멍8) 아루쇠9) 받침
쌍용(雙龍) 그린 빗접고비10) 걸쇠등경11) 놋등경에
백통재판12) 청동화로 요강 타구 재떨이거짐
용두머리13) 장목비14) 아울러 아주 훨쩍 다 팔아도
수천 냥 돈이 모자라서 일가친척에 일족하니15)
삼백 냥 이백 냥 일백 냥에 하지하(下之下)16)가 쉰 냥이라

---

3) 자록(慈祿): 자애롭고 후덕함.
4) 포(逋): 미납한 조세.
5) 이포: 아전이 공금을 집어 쓴 빚.
6) 술국이: 술구기. 술을 뜰 때 쓰는 국자와 비슷한 기구.
7) 실굽달이: 밑바닥에 받침이 달려 있는 그릇.
8) 두멍: 물을 길어붓고 쓰는 큰 가마나 큰 독.
9) 아루쇠: 무엇을 끓이거나 데울 때 화로 위에 걸치는 기구.
10) 빗접고비: 빗·솔 등을 꽂아 걸어두는 물건.
11) 등경: 등잔.
12) 재판: 방안에 담배통·재떨이·타구·요강 등을 놓기 위해 깔아두는 널빤지.
13) 용두머리: 베틀 앞다리 위 끝에 얹는 나무.
14) 장목비: 꿩의 꽁지깃을 묶어 만든 비.
15) 일족하니: 일조(一助)하니의 오기인 듯.

어느 친척이 좋다 하며 어느 일가가 좋다 하리
사오만 냥을 출판(出判)[17]하여 공채필납(公債必納)을 하고 나니
시아버님은 장독이 나서 일곱달 만에 상사(喪事) 나고
시어머님이 앳병[18] 나서 초종[19] 후에 또 상사 나니
근 이십 명 남노여비(男奴女婢) 시실새실 다 나가고
시동생 형제 외임(外任) 가고 다만 우리 내외만 있어
남의 건넌방 빌어 있어 세간살이 하자 하니
콩이나 팥이나 양식 있나 질노구 바가지 그릇이 있나
누구가 날 보고 돈 줄쏜가 하는 두수 다시 없네[20]
하루 이틀 굶고 보니 생목숨 죽기가 어려워라
(‥ ‥)
주인 마누라 긍측(矜惻)하여 곁에 앉히고 하는 말이
그대 양주를 아무리 봐도 걸식할 사람 아니로세
본디 어느 곳 살았으며 어찌하여 저리 됐나
우리는 본디 살기는 청주 읍내 살다가서
신명팔자 괴이하고 가화(家禍)가 공참(孔慘)하여[21]
다만 두 몸이 살아나서 이렇게 개걸(丐乞)하나이다
사람을 보아도 순직(順直)하니 안팎 담살이[22] 있어주면
밧사람은 일백오십 양 주고 자네 사전[23]은 백 냥 줌세
내외 사전을 합하고 보면 이백쉰 냥 아니 되나
신명(身命)은 조금 고되나마 의식(衣食)이야 걱정인가
내 맘대로 어찌 하오릿가 가장과 의논하사이다
이내 봉놋방 나가서 서방님을 불러내어
서방님 소매 부여잡고 정답게 일러 하는 말이

---

16) 하지하(下之下): 가장 작은 것.
17) 출판(出判): 재산을 탕진하여 끝장이 남.
18) 앳병: 애가 타서 병이 남. 화병.
19) 초종: 초종장사(初終葬事)
20) 두수 다시 없네: 달리 주선이나 변통할 여지가 없다.
21) 가화(家禍)가 공참(孔慘)하여: 집안에 닥친 재앙이 매우 참혹하여.
22) 담살이: 머슴살이
23) 사전: 품삯.

주인마누라 하는 말이 안팎 담살이 있고 보면
이백오십 냥 준다 하니 허락하고 있사이다
나는 부엌 어미 되고 서방님은 중노미 되어
다섯해 작정만 하고 보면 한 만금(萬金)을 못 버릿가
만 냥 돈만 벌었으면 그런대로 고향 가서
이전만치는 못 살아도 남에게 천대는 안 받으리
서방님은 허락하고 지성으로 버사이다
서방님이 내 말 듣고 둘의 낯을 한데 대고
눈물 뿌려 하는 말이 이 사람아 내 말 듣게
임상찰의 따님이요 이상찰의 아들로서
돈도 돈도 좋지마는 내사 내사 못하겠네
그런대로 다니면서 빌어먹다가 죽고 말지
아무리 신세가 곤궁하나 군노놈의 사환 되어
한수만 가뜩24) 잘못하면 무지한 욕을 어찌 볼꼬
내 심사도 할말 없고 자네 심사 어떠할꼬
(……)
주인 불러 하는 말이 우리 사환 할 것이니
이백 냥은 우선 주고 쉰 냥일랑 갈 때 주오
주인이 웃으며 하는 말이 심부름만 잘하고 보면
칠월벌이 잘 된 후에 쉰 냥 돈을 더 주오리
행주치마 털트리고 부엌으로 들이달아
사발 대접 종지 접시 몇 죽 몇 개 헤아려서
날마다 궁구(窮究)하여 솜씨나게 잘도 한다
우리 서방님 거동 보소 돈 이백 냥 받아놓고
일수 월수 체계놀이25) 내 손으로 서기(書記)하여
낭중(囊中)에다 간수하고 수자수건26) 골동이고
마죽 쑤기 소죽 쑤기 마당 쓸기 봉당 쓸기

---

24) 한수만 가뜩: 한번만
25) 체계놀이: 장에서 돈을 비싼 이자로 꾸어주고 장날마다 본전의 일부와 이자를 거두어
   들이는 일.
26) 수자수건: 수자(繻子)로 만든 수건.

상 들이기 상 내기 오며가며 거드친다[27]
평생에도 아니 하던 일 눈치 보아 잘도 하네
삼년을 나고 보니 만여 금 돈 되었고나
우리 내외 마음 좋아 다섯해까지 갈 것 없이
돈추심[28]을 알뜰이 하여 내년에는 돌아가세
병술년 괴질 닥쳤구나 안팎소실(小室)[29] 삼십여 명이
함박 모두 병이 들어 사흘 만에 깨나보니
삼십명 소실 다 죽고서 주인 하나 나 하나뿐이라
수천 호(戶)가 다 죽고서 살아난 이 몇 없다네
이 세상 천지간에 이런 일이 또 있는가
서방님 시체 틀어잡고 기절하여 엎드러져서
아주 죽을 줄 알았더니 겨우 인사를 차려내
애고애고 어일거나 가이없고 불쌍하다
(……)
울산 읍내 황도령이 나에게 하는 말이
여보시오 저 마누라 어찌 저리 슬퍼하오
하도 내 신세 곤궁키로 이내 마음 비창(悲愴)하오
아무리 곤궁한들 나와 같이 곤궁할까
(……)
세살 먹어 모친 죽고 네살 먹어 부친 죽네
강근지족(强近之族)[30] 본디 없어 외조모 손에 키나더니[31]
열네살 먹어 외조모 죽고 열다섯에 외조부 죽고
외사촌형제 같이 있어 삼년 초토[32]를 지나더니
남의 빛에 못 견뎌서 외사촌형제 도망하고
의탁할 곳이 전혀 없어 남의 집에 머슴 들어
십여년을 고생하니 장가 밑천이 되더니만

---

27) 거드친다: 거들어서 치운다.
28) 추심: 찾아내서 가지거나 받아냄.
29) 소실(小室): 여기서는 '식솔'의 의미로 쓰인 듯.
30) 강근지족(强近之族): 도와줄 만한 가까운 친척.
31) 키나더니: 자라더니.
32) 초토: 거적자리나 흙베개의 뜻으로 상중(喪中)임을 가리키는 말.

서울장사 남는다고 새경돈 말짱 추심하여
참깨 열통 무역하여 대동선33)에 부쳐 싣고
큰북을 둥둥 울리면서 닻 감는 소리 신명난다
(--암초에 파선하여 혼자 살아남--)
삼십 넘은 노총각이 장가 밑천 가망없네
애고 답답 내 팔자야 언제 벌어 장가갈까
머슴 살아 사오백 냥 창해일속(滄海一栗) 부쳐두고
두 냥 밑천 다시 번들 언제 벌어 장가갈까
그런 날도 살았는데 슬퍼 마오 우지 마오
마누라도 슬프다 하되 내 설움만 못하오리
여보시오 말씀 듣소 우리 사정을 논지컨대
삼십 넘은 노총각과 삼십 넘은 홀과부라
총각의 신세도 가련하고 마누라 신세도 가련하니
가련한 사람 서로 만나 같이 늙으면 어떠하오
가만이 솜솜 생각하니 먼저 얻은 두 낭군은
홍문(鴻門) 안에 사대부요 큰부자의 세간
패가망신하였으니 홍진비래 그러한가
저 총각의 말 들으니 육대독자 내려오다가
죽을 목숨 살았으니 고진감래 할까보다
마지못해 허락하고 손 잡고서 이내 말이
우리 서로 불쌍히 여겨 허물없이 살아보세
영감은 사기 한짐 지고 골목에서 크게 외고
나는 사기 광우리 이고 가가호호에 도부한다
조석(朝夕)이면 밥을 빌어 한 그릇에 둘이 먹고
남촌북촌에 다니면서 부지런히 도부하니
돈백이나 될 만하면 둘 중에 하나 병이 난다
병구려34) 약시세35) 하다보면 남의 신세를 지고나고
다시 다니며 근사36) 모아 또 돈백이 될 만하면

---

33) 대동선: 조선후기 대동미를 운반하던 관아의 배.
34) 병구려: 병구완.
35) 약시세: 앓는 사람을 위해 약을 쓰는 일.

또 하나가 탈이 나서 한푼 없이 다 쓰고 나네
도부장사 한 십년 하니 장바구니에 털이 없고
모가지가 자라목 되고 발가락이 무지러졌네
산밑에 주막의 주인하고 궂은비 실실 오는 날에
건너 동네 도부 가서 한 집 건너 두 집 가니
천둥소리 볶아치며 소나기비가 쏟아진다
주막 뒷산이 무너지며 주막터를 빼 가지고
동해수(東海水)로 달아나니 살아날 이 누굴런고
건너다가 바라보니 망망대해뿐이로다
(·· ···)

죽지 말고 밥을 먹게 죽은들 시원할까
죽으면 쓸데 있나 사는 것만 못하니라
누가 저승 가봤는가 이승만 못하리라
고생해도 살고보지 죽고 나면 말이 없네
(·· ···)

자네 신세 생각하면 겨울바람 만남이라
홍진비래 하온 후에 고진감래 할 것이니
팔자 한 번 다시 고쳐 좋은 바람 기다리게
꽃나무처럼 춘풍 만나 가지가지 만발할 제
향기 나고 빛이 난다 꽃 떨어지자 열매 열어
그 열매가 종자되어 천만 년을 전하나니
귀동자 하나 낳는다면 수부귀 다자손 하오리다
(·· ···)

영감 생애 무엇이요 내 생애는 엿장사라
마누라는 어찌하여 이 지경에 이르렀나
내 팔자가 무상하여 만고풍상 다 겪었소
그날부터 양주 되어 영감 할미 살림한다
나는 집에서 살림하고 영감은 다니며 엿장사라
호두약엿 잣박산37)에 참깨박산 콩박산에

---

36) 근사: 부지런히. 애써.
37) 잣박산: 잣으로 만든 박산. 박산은 얇게 썬 엿에 잣 따위를 붙여 만든 유밀과의 일종.

산자과38) 질민 사과를 갖추갖추 하여주면
상자고리에 담아 지고 장마다 다니며 매매한다
의성장 안동장 풍산장과 노로골 내성장 풍기장에
한달 육장(六場) 매장(每場) 보니 엿장사 조첨지 별호 되네
한달 두달 이태 삼년 사노라니 어찌하다가 태기 있어
열달 배불러 해복하니 참말로이지 옥동자라
영감도 오십에 첫아들 보고 나도 오십에 첫아이라
영감 할미 마음 좋아 어리장 고리장 사랑하다
젊어서 어찌 아니 나고 늙어서 어찌 생겼는고
흥진비래 적은 나도 고진감래 할라는가
(⋯)
한창 이리 놀리다가 어떤 친구 오더니만
수동별신 큰별신39)을 아무날부터 시작하니
밑천이 적거들랑 뒷돈은 내 대줌세
호두약엿 많이 고고 갖은 박산 많이 하게
이번에는 수가 나리 영감님이 옳게 듣고
찹쌀 사고 기름 사고 호두 사고 추자(楸子) 사고
참깨 사고 밤도 사고 칠팔십 냥 밑천이라
닷동이들이 큰 솥에다 삼사 일을 고노라니
한밤중에 바람 일자 굴뚝으로 불이 났네
온집안에 불 붙어서 화광(火光)이 충천(衝天)하니
인사불성 정신 없어 그 엿물을 다 퍼엎고
안방으로 들이달아 아들 안고 나오다가
불더미에 엎더져서 구부려서 나와 보니
영감은 간 곳 없고 불만 자꾸 타는구나
이웃사람 하는 말이 아40) 살리러 들어가더니
지금까지 안 나오니 이제 하마 죽었구나
한마루때41) 떨어지며 기둥조차 다 탔구나

---

38) 산자과: 산사정과(山査正果). 산사자로 만든 정과.
39) 수동별신 큰별신: 별신은 별신굿의 의미로 마을에서 공동으로 여는 큰 굿으로 추정.
40) 아: 아이.

일촌사람 달려들어 부헤치고[42] 찾아보니
포수놈이 불고기하듯 아주 함박 구웠구나
요런 망한 일 또 있는가 나도 같이 죽으려고
불더미로 달려드니 동네사람이 붙들어서
아무리 몸부림하나 아주 죽지도 못하고서
온몸이 콩껍질 되었구나 요런 년의 팔자 있나
감짝 사이에 영감 죽어 삼혼구백(三魂九魄)이 불꽃 되어
불티와 같이 동행하여 아주 펄펄 날아가고
귀한 아들도 불에 데서 죽는다고 소리 치네
엄아 엄아 우는 소리 이내 창자가 끊어진다
(… …)

약시세하며 젖 먹이니 삼사 삭 만에 나았으나
살았다고 할 것 없네 갖은 병신이 되었구나
한짝 손은 오그라져 조막손이 되어 있고
한짝 다리 뻐드러져서 장채다리 되었으니
성한 이도 어렵거든 갖은 병신 어찌 살꼬
수족 없는 아들 하나 병신뉘를 볼 수 있나
덴 자식을 젖 물리고 가르더 안고 생각하니
지난 일도 기막히고 이 앞일도 가련하다
(… …)

첫째 낭군은 추천에 죽고 둘째 낭군은 괴질에 죽고
셋째 낭군은 물에 죽고 넷째 낭군은 불에 죽어
이내 한번 못 잘살고 내 신명이 그만일세
첫째 낭군 죽을 때에 나도 한가지 죽었거나
살더래도 수절하고 다시 가지나 말았더면
산을 보아도 부끄럽잖고 저 새 보아도 무렴(無廉)잖지
살아생전에 못 된 사람 죽어서 귀신도 악귀로다
(… …)
이팔청춘 청상들아 내 말 듣고 가지 말게

---

41) 한마루때: 서까래나 대들보의 의미인 듯.
42) 부헤치고: 여기저기 모두 헤치면서.

아무 동네 화령댁은 스물하나에 혼자 되어
단양으로 갔다더니 겨우 다섯달 살다가
제가 먼저 죽었으니 그건 오히려 낫지마는
아무 동네 장임댁은 갓스물에 청상 되어
제가 춘광(春光)을 못 이겨서 영춘으로 가더니만
몹쓸 병이 달려들어 앉은뱅이 되었다네
아무 마실에 안동댁도 열아홉에 상부하고
제가 공연히 발광나서 내성으로 갔다더니
서방놈에게 매를 맞아 골병이 들어서 죽었다네
아무 집의 월동댁도 스물둘에 과부 되어
제집 소실을 모함하고 예천으로 가더니만
전처 자식을 몹시 하다가 서방에게 쫓겨나고
아무 곳에 한양이네 갓스물에 가장 죽고
남의 첩으로 가더니만 큰어미가 사나워서
삼시 사시 싸우다가 비상을 먹고 죽었다네
(……)
앉아 울던 청춘과부 황연대각(晃然大覺) 깨달아서
덴동어미 말 들으니 말씀마다 개개 옳애[43]
이 내 수심 풀어내어 이리저리 부쳐보세
이팔청춘 이 내 마음 봄 춘자로 부쳐두고
꽃 같은 이 내 얼굴 꽃 화자로 부쳐두고
밤낮으로 숱한 수심 우는 새나 가져가게
일촌간장 쌓인 근심 흐르는 물로 씻어볼까
천만 첩이나 쌓인 설움 웃음 끝에 사라졌네
가슴 속 깊은 설움 그 말 끝에 술술 풀려
한 겨울 쌓인 눈이 봄 춘자 만나 슬슬 녹네
자네 말은 봄 춘자요 내 생각은 꽃 화자라
봄 춘자 만난 꽃 화자요 꽃 화자 만난 봄 춘자라
얼시고나 좋을시고 좋을시고 봄 춘자

---

43) 개개 옳애: 모두 옳다

1. 〈상원화수가〉, 〈상원화수회답가〉, 〈기수가〉, 〈평암산화전가〉를 해석해 봅시다.

2. 화전가는 대부분 화전놀이 혹은 가문의 행사와 관련한 잔치에서 벌어진 사건을 계기로 하여 진행된 논쟁을 소재로 하고 있습니다. 화전가의 논쟁은 공격적인 형태를 취하고 있는지 살펴보고, 그렇지 않다면 어떤 형태로 의사 소통이 이루어지고 있는지 살펴보고 그러한 소통방식이 가능한 이유는 무엇인지 이야기해 봅시다.

3. 〈덴동어미화전가〉의 덴동어미는 어떤 캐릭터인지 알아봅시다.

4. 덴동어미가 만난 세 명의 여인은 어떤 캐릭터이며, 덴동어미에게 어떤 의미인지 이야기해봅시다.

5. 덴동어미가 자신의 내력을 이야기하게 된 이유는 무엇이며, 덴동어미가 말하는 그의 일생이 고통으로 점철된 것이었음에도 불구하고 그의 일생담이 한낱 신세타령에 머무르지 않을 수 있었던 이유는 무엇인지 이야기해봅시다.

6. 조별 발표 모임 후기를 화전가 형식으로 지어봅시다.

18강 방한림의 동성혼

방한림전(쌍완기봉)

　명나라 정덕 연간 북경의 유하촌에 한 서생이 있었다. 이름은 방관주, 자는 문백인데, 건문제 때 태학사 충렬공 방효유의 후손이었다. 방관주의 부모가 자식을 낳지 못하다가, 늘그막에야 비로소 옥으로 새긴 듯한 딸을 낳았는데 그가 곧 방관주였다. 방관주는 비록 딸이었으나 용모가 시원스럽게 생겼고 기상이 빼어나 규방 여자의 행동이 없었다. 부모가 글자를 가르치면 하나를 듣고서 열을 알았고 열을 듣고 천을 깨쳤다. 방공 부부가 붉은 비단옷과 색깔 있는 옷을 입히려고 하였으나 소저는 천성이 소탈하고 검소하여 삼베옷을 입으려고 하였다. 그래서 딸의 뜻에 맞추어 소원대로 남자 옷을 지어 입히고 시 짓는 법과 글 쓰는 법을 가르쳤다. 방소저는 나이가 비록 어렸으나 시경과 서경 등 온갖 책을 알지 못하는 것이 없고 시는 이백과 두보를 무시할 정도였으며, 길쌈과 바느질은 권해도 하지 않았다. 부모 또한 딸의 재주와 외모가 보통이 아니므로 싫어하는 것을 구태여 권하지 않고, 친척에게도 아들이라고 하였다.

　소저가 여덟 살이 되었을 때 불행히도 방공 부부가 한꺼번에 죽었다. 소저가 부모의 상례를 지내고 스스로 집안일을 다스려 삼년상을 극진히 받들었다. 이후 한결같이 남자로 처신하고 비복을 위엄으로 다스리니 친척들도 그의 정체를 알지 못했다. 하루는 유모가 소저에게 고하였다. "이제 소저의 나이 아홉 살입니다. 규방의 여자는 열 살이 되면 문밖을 나서지 않는다고 하였습니다. 공자는 원컨대 돌이켜 생각하시고 우스운 행동을 그만 하십시오. 나중을 어지럽게 하지 마셔서 돌아가신 부모님 영혼을 평안하게 하소서." 공자가 발끈 성을 내고 정색하며 말했다. "내 이미 부모님의 명령을 받들어 남아로 행세한 지 삼 년이 거의 다 되었고, 한 번도 옷을 바꿔 입은 적이 없었네. 그러나 어찌 갑자기 단단히 먹은 마음을 고쳐 돌아가신 부모님의 뜻을 저버리겠는가? 내 마땅히 입신양명하여 부모의 후사를 빛낼 것이니 어미는 괴로운 말을 다시 말라. 나의 정체를 다른 사람에게 말하지 말기를 바라네."

이후 소저는 책 읽는 데 몰두하여 혹 병서도 보고 무예도 익혀 이두의 문장과 손오의 모략이 흉중에 감추니 시간이 갈수록 신속하여 부모의 삼년상을 지남에 소저 더욱 부모의 자취 깊음을 슬퍼했다.

봄이 오니 꽃이 피고 경치 아름다움을 보고 심사 울울하여 스스로 심사를 위로하고자 집안 일을 유모와 비복 등에게 맡기고 말을 끌고 동자 몇 사람과 함께 원근 산천과 지방 대해를 도루 돌아다니다. 풍경이 뛰어나 꽃을 보면 흉중에 문장이 일어나니 시흥이 도도하여 바위 위에 쓰고 해 저물면 암자에 유숙하며 다섯, 여섯 달을 보냈다.

이미 봄이 다 지나고 바람이 소슬한 가을이라. 단풍은 수곡에 붉었고 낙엽이 분분하며 하늘 기운이 아름다운지라. 소저가 고향을 생각하지만 경치를 즐기느라 집안일을 잊었더니 어느새 초겨울이라. 백설이 흩날리며 서리가 내린 곳에 홍매화가 만발하여 향취 은은하니 집 떠난 지 일 년이었다.

공자가 집에 돌아오니 새로이 서러워 부모 영전에 곡하니 뼈를 깎는 듯한 아픔이었다. 시서로 세월을 보내더니, 세월이 흘러 다음 해 봄이 되니 방공자의 나이 12세였다.

풍용한 기질과 꽃다운 얼굴이 백옥을 새긴 듯 인간 세상의 사람 같지 않았다. 그 위엄이 강렬하여 조금도 여자의 연약한 태도가 없었고, 묵묵히 앉아 있으면 겨울 차가운 달이 하늘에 걸려 있는 듯하였고, 이야기를 하면 조용하고 유순하여 겨울눈이 녹는 듯 하였으며, 풍채는 버들 같아 진실로 적강한 신선 같았다. 또한 문필이 날로 좋아져 명성이 자자하여 마을에 모르는 사람이 없을 정도로 사람들이 칭찬하였다.

— 중략 —

(방소저가 12세에 장원급제하여 한림학사가 되어 입경하고 가묘를 옮기다. 여러 집안에서 방한림에게 구혼하나 거절하다.)

병부상서 겸 태학사 영공에게 13살 된 딸 혜빙 소저가 있었다. 용모와 재질이 형제 중에 뛰어나서, 중추의 보름달이 강물에 비친 듯, 귀밑은 흰 연꽃 같고 두 뺨은 복숭아꽃 같았다. 입술은 단사를 찍은 듯하고 눈은 낭성처럼 빛나고 가벼운 두 팔은 봉황이 구름 낀 산을 향해 날아가는 것 같았으며, 가는 허리를 촉깁을 묶은 듯하였다. 마음이 철석과 빙옥 같았고 홍진의 티끌에 얽매이지 않았다. 늘 세상 부부의 즐거움을 배척하여 말끝마다 다음과 같이 말하였다.

"여자는 죄인이다. 온갖 일을 다 마음대로 못하여 남의 규제를 받으니 남자가 못 된다면 인륜을 끊는 것이 옳다."

그러면서 언니들의 구차함을 비웃었다.

영공이 방한림에게 구혼을 정성껏 하니 한림이 매우 괴로웠으나 또한 이미 남자로 행세하면서 처자를 두지 않으면 주변 사람들이 의심할 것이니 차라리 아름다운 숙녀를 얻어 평생의 지기로 삼는 것이 마땅하다고 생각하였다. 그러나 차마 사람을 속여 인륜을 끊게 하는 것이 어렵고 또한 어리석은 사람을 만나면 자기의 정체를 누설할까 하여 천만 번을 생각하나 계교가 없어 다만 사양하였다.

— 중략 —

(영공이 방한림과 영소저를 직접 만나게 함)

한림이 한 번 보고 옥 같은 얼굴에 기쁜 기운이 가득하였다. 속으로 경탄하고 사모하며 칭찬하여 저렇듯 예쁘고 재기 있는 여자는 온 세상을 통틀어도 다시 얻지 못할 것이라 하였다. 다만 숙녀가 자기에게 돌아와 인륜이 끊기고 일생을 망칠 것을 생각하니 불쌍하고 가여웠다. 공이 묻기를

"그대가 우리 딸아이를 보았으니 어떻게 하려 하오?"

한림이 몸을 굽혀 대답하였다.

"소저는 진실로 요조숙녀입니다. 소생이 복이 줄까 두려워할지언정 어찌 감히 사양하겠습니까?"

영공이 매우 기뻐하여 딸을 들여보내고 한림을 데리고 종일토록 즐기다 서로 흩어졌다.

영소저는 원래 총명과 기이함이 보통 사람과 달랐으므로 아버지의 명으로 방한림을 한 번 보자 남자가 아닌 것을 깨달았다. 영소저는 내당으로 돌아와 조용히 헤아려 보았다.

"예로부터 남자가 참으로 고운 사람도 있다고 하나 여자와는 차이가 많으니 어찌 저런 남자가 있겠는가? 부드럽고 시원스러워 이슬 맞은 꽃송이 같아 끝없이 무르녹았고, 온갖 태도가 아름답구나. 이는 반드시 어려서 남복을 하여 부모가 일찍 죽으니 여자의 도리를 권해 가르칠 사람이 없어 이에 이른 것이니 진실로 가소로운 일이구나. 내가 보니 방씨의 얼굴이 시원스럽고 행동거지가 단엄하여 한 시대에서 뛰어난 남자이다. 이런 영웅 같은 여자를 만나 일생 지기가 되어 부부의 의리와 형제의 정을 맺어 한평생을 마치는 것이

나의 소원이다. 내 본디 남자의 사랑하는 아내가 되어 그의 절제를 받으며 눈썹을 그려 아첨하는 것을 괴롭게 여기고 있었다. 금슬우지와 종고락지[44]를 내가 원하지 않더니 우연히 이런 일이 있으니 어찌 우연하다 하리오? 반드시 하늘이 생각해 주신 것이다. 수건과 빗을 받드는 구구한 일보다 이것이 어찌 낫지 않으리오?"

평생 지녀온 철옥 같은 마음으로 이와 같이 생각을 정하니 세상 일이 뜬구름 같았다. 옛날 도원결의와 유백아, 종자기의 지음(知音)이 있었으나 지금에는 이 두 사람뿐이었다.

— 중략 —

(방관주, 영혜빙이 혼인함)

석양에 신방에 나아가니 한림은 수려한 눈썹 사이에 근심이 묵묵히 어렸고 영소저는 그가 여자인 것을 확실히 알고 몰래 기뻐하였다.

"학생이 천박한 필부이거늘 악장의 지우하심을 입사와 소저를 맞게 되었으니 그윽이 다행하거니와 서로 지기가 되기를 바라나이다."

영소저가 용모를 바르게 하고 옷깃을 가다듬으며 말했다.

"비루한 첩이 규방의 문견이 고루하니 어찌 지기를 바라겠습니까마는 스스로 돌아보시어 여자의 식견을 너무 어둡게 생각하지 마소서. 첩이 군자의 염려를 누설하지 않을 것이니 너무 속이지 마소서."

한림이 의아하고 스스로 부끄러워 웃으며 말했다.

"주인과 객이 만난 지 얼마 되지 않아 속인다고 꾸짖으니 그 뜻이 어디에 있는지 자세히 설명해 주시오."

소저가 얼굴을 숙이고 대답하지 않았다. 한림은 영씨의 고명함에 경탄하였

---

44) 금슬우지(琴瑟友之)와 종고락지(鐘鼓樂之)는 모두 부부간의 즐거움

으나 너무 꿰뚫어보는 것이 기분이 좋지 않아 다시 입을 열지 않고 그날 밤을 지냈다.

다음날 밤 한림이 들어오자 영소저가 말했다.

"첩이 상공께 한번 고할 말씀이 있으니 용서하소서."

한림이 탄식하며 말했다.

"무슨 말을 하시려 하는지 듣고자 하노라."

소저가 옷깃을 여미고 대답하였다.

"소첩이 만일 한림을 알지 못한다면 어찌 말이 당돌한 데에 미치겠습니까? 가만히 헤아려 한림이 일월을 속이고 세상을 속여 음양을 바꾸었다는 것을 아니, 한번 자세히 밝히시면 첩이 죽을 때까지 저버리지 않겠나이다."

한림이 영소저가 이미 이와 같이 맑은 결단을 내린 것을 감동하여 슬픈 빛을 띠었다. 이윽고 옥 같은 눈물에 구슬 같은 눈물이 어지럽게 흘러 기운을 수습하지 못하더니 팔을 들어 사례하며 말했다.

"나의 근본은 그대의 의심과 같소. 하늘로부터 큰 벌을 얻어 여덟 살에 부모님을 여의고 고독한 몸이 되니 외딴 시골에 친척이 드물어 사방을 둘러봐도 의탁할 사람이 없어 어찌할 방법이 없었소. 할 수 없이 이런 모습으로 지내며 속절없이 세월을 보내더니 이미 열 살이 되어 어리석은 기운을 더욱 그칠 줄을 몰라 이 지경에 이르렀더니 오늘 그대가 분명히 알아봄을 당하여 감히 다시 속이지 못할 것이니, 나는 이미 길을 그릇 들었고 부부의 즐거움을 긴요치 않게 여기거니와, 존공의 핍박을 면치 못해 소저의 인륜을 끊었으니 부끄러워 낯을 들 수가 없소. 그러나 나의 정체를 누설하며 안 될 것이니 그대가 침묵해 주기를 바라오."

영소저가 기쁜 낯빛으로 말했다.

"첩은 이미 그대를 처음 볼 때 확실히 알아보았으니 이제는 그대와 함께 일생을 지내도 족히 처자의 도리를 잃지 않을 것입니다."

한림이 슬픈 빛을 띠고 탄식하였다.

"소저의 일생을 생각하니 슬픈 마음이 끝이 없소. 이미 나를 위하여 지기가 되어 평생을 함께 지내고자 한다면 형제의 의를 맺어 명칭을 어지럽히지 맙시다."

영소저가 좋아하지 않으며 말했다.

"안됩니다. 그렇게 한다면 자연히 누설이 되어 부모님이 아실 것이니 좋지 않습니다. 다만 부부의 예를 차릴 따름이니 어찌 주저함이 있겠습니까?"

이후 두 사람이 화락하여 한림이 조정에 갔다 오면 내당에서 종일토록 보내고 외당에 손님을 모으지 않았다. 사람들이 고요하고 단정함을 더욱 칭찬하였다.

… 한림이 이부시랑으로 승품함 …

임금이 영소저에게 봉관하리(봉황 장식이 있는 관과 비단 어깨띠)와 명부의 옷을 내리니 영광스러운 동시에 영소저의 모습이 더욱 아름다웠다. 시랑이 눈을 들어 소저를 보고 웃으며 말했다.

"부인이 학생 같은 남편을 만나 열셋 청춘에 봉관하리를 얻으니 일찍 출세함을 축하하노라."

영소저가 화관을 숙이고 붉은 입술에 흰 이를 드러내어 말했다.

"이것이 다 공의 은혜이니 덕이 산악과 같습니다. 그러나 여자가 남편의 은총을 입는 것이 사리에 옳으니 어찌 도리어 아끼십니까?"

시랑이 크게 웃고 또한 자신이 남자 아님을 슬퍼하였다.

— 중략 —

(형주 지방의 인심이 소란하자 이를 진정시키기 위해 방관주를 형주 안찰사로 임명하여 떠나게 됨)

집에 돌아와 부인과 이별을 하니 두 사람이 다 연연해하였다. 시랑이 부인의 손을 잡고 말했다.

"그대를 만나 지기가 된 지 몇 달이 지났을 뿐인데 이별하는 것이 삼춘(세 번의 봄, 즉 3년)과 같아 오늘 몇 년간 떨어질 것을 생각하니 매우 슬프구려. 원컨대 그대는 기리 몸을 보중하여 제사를 정성껏 받들기를 바라오."

부인이 대답하였다.

"첩이 이미 그대의 처자가 되었으니 제사를 당부하시는 것을 기다리지 않습니다. 그러나 이별하는 것이 가장 괴로우니 관포의 지기가 범연치 않음을 오늘에서야 알겠습니다."

— 중략 —

(방관주는 형주 안찰사로 부임하여 소란을 진정시킴. 어느 날 산에 갔다가 큰 별이 떨어진 곳에서 한 아이(낙성)를 얻어 데려와 기름. 병부상서로 승직하여 서울로 돌아올 때 낙성도 함께 데려 옴. 영혜빙의 동의를 얻고 입양함. 낙성이 아홉 살 때 정혼시킴.)

문득 유모가 나와 탄식하고 말했다.

"매사에 부인과 낭군은 즐기시기만 하니, 기둥에 불이 붙는데 제비와 참새가 오히려 즐긴다는 말과 흡사합니다. 만물초목과 금수가 다 음양의 조화를 떳떳하게 여기거늘 낭군과 부인은 인륜을 끊었습니다. 나이가 이십이 지났으니 두 소저의 청춘이 아깝고 위로 두 어른의 목주(제사)를 근심하니 나중이 장차 어찌 되겠습니까? 더욱이 부인은 침묵하시고 갈수록 고집을 부리셔서 지금껏 실상을 부모님께 고하지 않으시고 매양 주표를 감추어 스스로 자식이 없는 체하시니 어찌 괴이한 일이 아닙니까? 원컨대 두 분 주인은 생각을 하시어 진짜 군자를 얻으셔서 황영(아황과 여영은 요임금의 두 딸로 순임금에게 함께 시집갔음)의 자매 같이 지내시는 것이 옳을까 합니다. 첩이 누설하려

해도 낭군이 하도 매서우시니 발설하기 어려워 지금까지 함구하였으니 어찌 애달프지 않겠습니까?"

말이 끝나기 전에 부인은 눈썹을 찡그리고 정색하고 상서는 눈을 부릅뜨고 꾸짖었다.

"어미가 어찌 괴로운 말로 마음을 움직이게 하고 바깥 사람이 의심을 하게 만드는가? 만일 괴이한 소문이 돌면 비록 젖 먹여 품속에서 기른 은혜가 있으나 결단코 용서하지 않으리라."

유모가 할 수 없이 물러갔다. 부인이 천천히 냉소하며 말했다.

"문백 형은 어찌 우연한 일에 유모를 질타하십니까? 유모는 주인을 위한 충성된 마음을 가졌으니 또한 아름답지 않습니까?"

상서가 눈을 흘겨 영씨를 오랫동안 바라보고 말했다.

"부인은 남편을 공경하는 도리를 알지니 어찌 가장의 자(字)를 부르는가?"

부인이 낭랑히 웃었다.

상서 나이 이십사에 이르도록 수염(鬚髥)이 뵈지 아니하니, 사람들이 다 아름답고 개절(凱切)함을 칭찬하고 능히 의심할 자는 없었다.

― 중략 ―

(외환이 일어나자 방관주가 자원 출전하여 적장 호왕을 항복 시킴. 그 공으로 방관주와 영혜빙은 각각 우승상과 진국부인에 봉해짐.)

승상이 집에 돌아와 황제가 내린 서진과 책을 어사에게 주고 통천관은 자기가 쓰니 부인이 웃으며 말했다.

"상으로 받은 것을 아들과 그대는 나누어 가지고 첩에게는 미치지 않으니 어찌된 일입니까?"

승상이 웃으며 말했다.

"이것은 다 부인에게 당치 않은 것이라 부인을 주지 않았거니와 지금 부인 몸 위에 있는 위의가 다 내게서 비롯된 바라. 흡족하거늘 투정하시니 욕심이 참으로 많도다."

부인이 빙그레 웃으며 말했다.

"나에게 당치 않은 것이 그대에게 홀로 맞는 것이 있겠습니까? 끝까지 저리 쾌한 척하시는가?"

승상이 웃던 미우를 찡그리고 기분이 나빠져 말했다.

"부인은 들먹이지 말라. 사람들이 나를 환자(내시)라 할지언정 깊이 의심하지는 않더이다." 부인이 웃었다.

— 중략 —

(도사가 찾아 와 방관주가 40을 넘기지 못할 것이라고 예언함. 방관주와 영혜빙은 방관주가 오래 살지 못할 것을 알고 슬퍼하자 아들 내외가 위로함.)

차후 병세 매우 중하니 병부 내외 망극하여 하늘에 빌어 살기를 바라고, 천자 어의(御醫)로 간병하시고 약탕을 친히 달여 보내고 우려(憂慮)하시나, 일호도 차도 없으니 상이 아끼고 슬퍼하였다. 상이 승상을 다시 보지 못할까 애연하사 친히 승상부에 이르시니, 승상이 몸을 움직여 조복을 몸 위에 덮고 어가를 맞이 하였다. 상이 용모를 보시니 수척하하여 수일을 지탱치 못할 듯하니 놀라시어 눈물을 흘리며 손을 잡고 슬퍼하사 말을 못하였다.

승상이 병부를 붙들고 일어나 감사하고, 또한 자기 사정을 죽은 후에 알게 하는 것은 왕을 속이는 것이니 예가 아니라 생각하고 상께 말했다.

"신이 오늘 용안을 마지막으로 뵈오니 소회를 진달하리니 승상은 사죄를 용서하소서."

상이 말씀하셨다.

"경이 무슨 소회 있는가?"

승상이 울며 말했다.

"신은 본디 여자라. 부모 일찍 죽삽고 어린 소견에 부모 사후 가문이 매몰함을 서럽게 생각하여 십 이세에 전하 인재 뽑음을 듣고 구경코자 나갔다가 폐하의 승은을 입사와 오늘까지 이르렀습니다. 사실을 차마 아뢰지 못하옵고, 또 영공의 청혼을 부득이 하게 받아들여야 했습니다. 영녀 또한 처음에 신을 알아봄이 있으되, 성품이 고이하와 발언치 않고 한낱 지기되어 외인의 시비를 속인 지 오래입니다. 오늘날 화를 입어 황천에 가오니 소회를 진달하오나니, 낙성은 신의 생자 아니라 하늘이 정하신 바요, 신이 양휵하였습니다. 죽기에 이르러 마침내 폐하를 기만치 못하와 실상을 고하옵니다. 또한 신이 규중 여자로 몸으로 예법을 어겼는지라 감히 비상주표로써 뵈옵고 기망한 죄를 청하나이다."

말을 마치자 소매를 걷고 팔에 주표를 내어 보기를 바랄 새, 상이 천만의외의 거짓 정을 들으시고 크게 놀라셨으나, 크게 칭찬하였다.

"금일 경의 본사를 들으니 놀랍고 기특하도다. 현자며 기자(奇者)라. 규중여자의 지혜 이 같으리오? 규리약신(閨裏弱身)이 지용(智勇)이 강장하여 적진을 대함에 신출귀몰하여 전필승공(戰必勝功)할 줄 알리오? 짐이 경의 체용(體容)이 미진한 데 없으되 오직 신장이 여러 신하 중 작고 수염이 없음을 고이 여기나, 망연히 깨닫지 못하여 경의 인륜을 온전히 못하니, 이는 짐의 혼암불명(昏闇不明)이라. 백 번 뉘우치고 천 번 저버리지 아니하리라. 경의 절행은 주표 아니 보나 어찌 모르리오?"

상이 기특하게 여겨 재삼 위로하시더라. 승상이 십 칠년 동안 입조하여 남장으로 다니고 태학사 문현각 입번하여 실적 동관자(同官者) 허다 하나 그 주표를 보이지 아니하였음을 희한히 여기시며, 영씨(영혜빙)의 고절청덕(高節淸德)과 지인지감을 열협(烈俠)이라 칭찬하시고, 여러 신하가 놀라고 희귀하게 여겼다.

승상이 머리를 두드려 청죄하였다.

"소신이 폐하를 기망한 죄 수사난측(雖死難測)이라. 다스리심을 바라나이
다.

상이 위로하여 말했다.

"경은 만고 영웅이요 열녀정부(烈女貞婦)라. 세상에 짝이 없으리니, 어찌
죄라 하리오."

상이 여러 차례 위로하시니 이에 승상이 대승상 광록후 인(印)을 받들어
올리니, 상이 말했다.

"가치 않다. 경의 공덕이 크고, 또 몸은 비록 여자나 처신은 일양 남자로
하였으니 어찌 벼슬을 거두리오! 경이 회복한 후 처치하겠다. 몸이 상할까
걱정되나니 침소에 들라."

재삼 당부하시고 그 재화와 충절을 차마 잊지 못하사 감탄하시고 눈물 내
리시니, 승상이 길이 하직하는 말을 아뢰었다.

"소신이 회복치 못하리니 오늘이 상과 영결하는 날이라. 용안을 다시 뵈옵
지 못하고 지하로 갈 것입니다. 바라건대 성상은 편안하소서. 돌아가는 신으
로 하여 슬퍼하지 말으소서."

말을 마치고 눈물이 흘러 도포에 젖었다. 상이 슬퍼 여러 차례 위로하시고
환궁하였다.

― 중략 ―

슬프다. 이윽고 기운이 거슬러 명이 진하니 향년이 삼십구 세라. 상하에
곡성이 창천하고 영부인이 자주 기절하니, 영공(영혜빙의 아버지)이 붙들어
구하나 기운이 진하고 호흡이 빠르더니 명이 진하였다. 슬프다, 또한 천명으

로 돌아가니 천상에 가서 두 사람이 쾌히 즐기리라.

서평후 부부 간장이 다 스러지고 한탄하여 마지 않았다. 영공이 영혜빙의 신체를 어루만지며 백수에 눈물이 젖어 말하였다.

"너의 재용화태(才容華態), 성덕이 가히 아깝도다."

슬프다. 영공 또한 명이 진하니 어찌 불상치 아니하리오. 천자 상국의 별세함을 들으시고 애통차탄하시며, 사일 동안 육즙(肉汁)을 물리치시고 관곽집물(棺槨什物)을 다 국례(國禮)로 하시고 초종범구(初終凡具)를 다 남장(男裝)으로 하라 하셨다. 그 일월 같은 충절과 관옥 같은 얼굴을 생각하심에, 보배를 잃고 수족을 베인 듯 잠시도 잊을 수 없어, 금자병풍(金字屛風)을 보신즉 눈물이 어의를 적시니 그 무한한 상의 은총을 알 수 있었다.

— 중략 —

(낙성 부부, 부모의 죽음을 애통해 하며 지극하게 삼상을 치름. 낙성은 둘째 부인을 얻고 두 부인에게서 8자 5녀를 얻음. 벼슬이 우승상에 오름)

위국공(낙성)의 복록과 방승상(방관주)의 기이한 일과 영부인(영혜빙)의 호방함을 탄복하여, 승상의 육촌 민한림 부인 방씨는 그 집 사적을 아는 고로 기이한 마디와 대목만 기록하여 세상에 전하였다. 비록 일가지친이나 또한 현명공(방관주)의 몸이 여자인 줄 알지 못하였더니, 임종 시에 천자께 고하여 깨달았다. 기이한 말이 많으나 규중 여자의 문견이 고루하고 언담이 모호하여 세세한 말씀은 빠지고 대강만 기록하였다. 위국공 행적이 가장 신이하고 기이하여 전하여 오지만 너무 방대하여 암매한 정신에 모두 거두지 못하여 시작치 못하니 애석하다. 민한림 부인이 혼암암매함을 안타까워하였다.

현명공(방관주) 소상 때 위국공 부부 정신을 잃고 눈물을 흘리다가 기이한 꿈을 꿨는데, 승상과 부인이 오색 구름을 타고 내려와 아들의 손을 잡고 말했다.

"우리는 본디 문곡성과 상하성이러니 금슬이 너무 진중한 고로 잠시도 떨어져 있지 않으니, 맡은 일을 폐함에 상제가 밉게 여기었다. 태을이 속이고자 하여 상제께 아뢰고, 문곡성은 방씨 가문에 내치고 상하성은 영씨 가문에 내친 것이었다. 문곡성은 본래 남자이므로 남자의 사업을 하게 하여야 할 것이나 태을이 희롱하여 여자 되게 한 것이었다. 이는 허명으로 부부되어 천상에서 너무 방자함을 벌하기 위한 것이었다. 지난 바를 생각하면 할수록 우습고 한심하다. 이제 모두 예전처럼 화평하게 지내고 있으니, 너희는 서러워말고 부디 가문을 빛내고 만수무강하여라."

말을 마치자 승상과 부인은 표연히 하늘로 올라가니 위국공이 기이하게 여기나 발설치 않다가 나중에 부인에게 말했다. 낮말은 새가 듣고 밤말은 쥐가 듣는 것처럼 되어 이에 기록한다.

1. 주인공 방관주는 스스로의 성정체성을 어떻게 인식하고 있는지 이야기해봅시다.

2. 방관주와 영혜빙이 결혼한 이유를 각각의 입장에서 생각해봅시다.

3. 방관주와 영혜빙의 결혼생활은 만족스러웠는지, 둘의 관계는 어떤 모습이었는
   지 알아봅시다.

4. 둘의 관계는 지기 관계인지 동성애적 관계인지 알아보고 그렇게 생각하는 이유
   를 이야기해봅시다.

5. 〈방한림전〉과 보통 '여화위남(女化爲男)' 모티프가 나오는 여성영웅소설의 차이
   점은 무엇인지 살펴봅시다.